David Falk
Blutsbande

W0374118

PIPER

Zu diesem Buch

Die Brüder Seran und Kayo entstammen einer Linie nordischer Krieger. Als Kinder wurden sie ihrer Familie entrissen, nachdem ihr Dorf vom Volk der Thebaner erobert wurde, aber daran erinnern sie sich kaum. Während Kayo als Sklave niederste Dienste verrichten muss, macht der junge Seran Karriere als Offizier im thebanischen Heer. Doch dann wird sein Bruder ermordet, und die Stämme des Nordens erheben sich zum Aufstand gegen das Kaiserreich. Seran muss sich entscheiden: Will er als Feldherr in die Fußstapfen seines thebanischen Ziehvaters treten oder sein Volk befreien?

David Falk, geboren 1972, ist Historiker, Bassist und paranoider Facebook-Verweigerer. Wenn er nicht gerade phantastische Welten baut oder seiner Computerspielsucht frönt, reist er am liebsten auf den Spuren seiner Vorfahren durch Europa. Bei Piper erscheinen seine erfolgreiche High-Fantasy-Reihe um den »Letzten Krieger« und sein neuester epischer Fantasyroman, »Blutsbande«.
Weiteres zum Autor unter: derletztekrieger.wordpress.com

David Falk

BLUTSBANDE

Krieger des Nordens 1

Mit 2 Karten

PIPER

Entdecke die Welt der Piper Fantasy:
PiperFantasy.de

Von David Falk liegen im Piper Verlag vor:
Der letzte Krieger
Der letzte König
Die letzte Bastion
Die letzte Schlacht
Blutsbande

MIX
Papier aus verantwortungsvollen Quellen
FSC® C083411
FSC
www.fsc.org

Originalausgabe
ISBN 978-3-492-28160-7
1. Auflage Oktober 2017
2. Auflage Dezember 2017
© Piper Verlag GmbH, München 2017
Umschlaggestaltung: Guter Punkt, München
Umschlagabbildung: Kentaro Kanamoto
Karten: Timo Kümmel
Satz: psb, Berlin
Gesetzt aus der Minion
Druck und Bindung: CPI books GmbH, Leck
Printed in Germany

DIE MATAVISCHEN STÄMME
Swanen
Sechonen
Bäreninsel
Goterer
Sümpfe
Chatawen
Kurmberge
Witherer
Wariler
Angarier
Funa
Dionen
Skiren
Naraker
Rutaver
Tungarer
Tengerer
Sukambrer
Warasker
Bastarnen
Wokarberge
Elwethungen
Andanen
Provinz Sevena
Hrönn
Amunduren
Uthonen
Elweonen
Elwe
Sewenen
Jukaner
Sevena
Wagur
Sewenen
Denuba
Elivar
Ilera
Provinz Serika
Provinz Theban
Provinz Evoral
Neva
Erzzinnen
Koruna

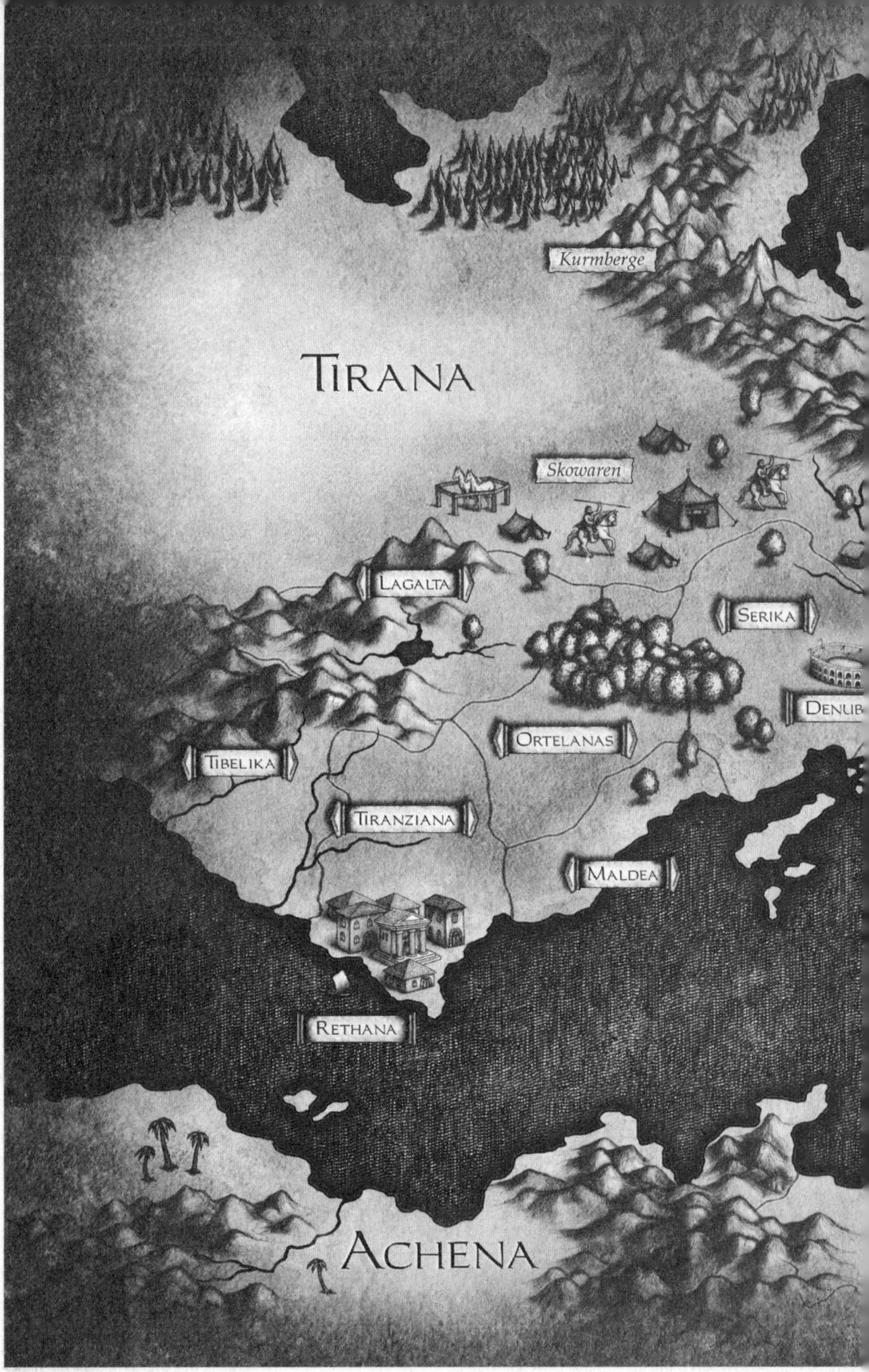
Kurmberge
TIRANA
Skowaren
LAGALTA
SERIKA
DENUB
ORTELANAS
TIBELIKA
TIRANZIANA
MALDEA
RETHANA
ACHENA

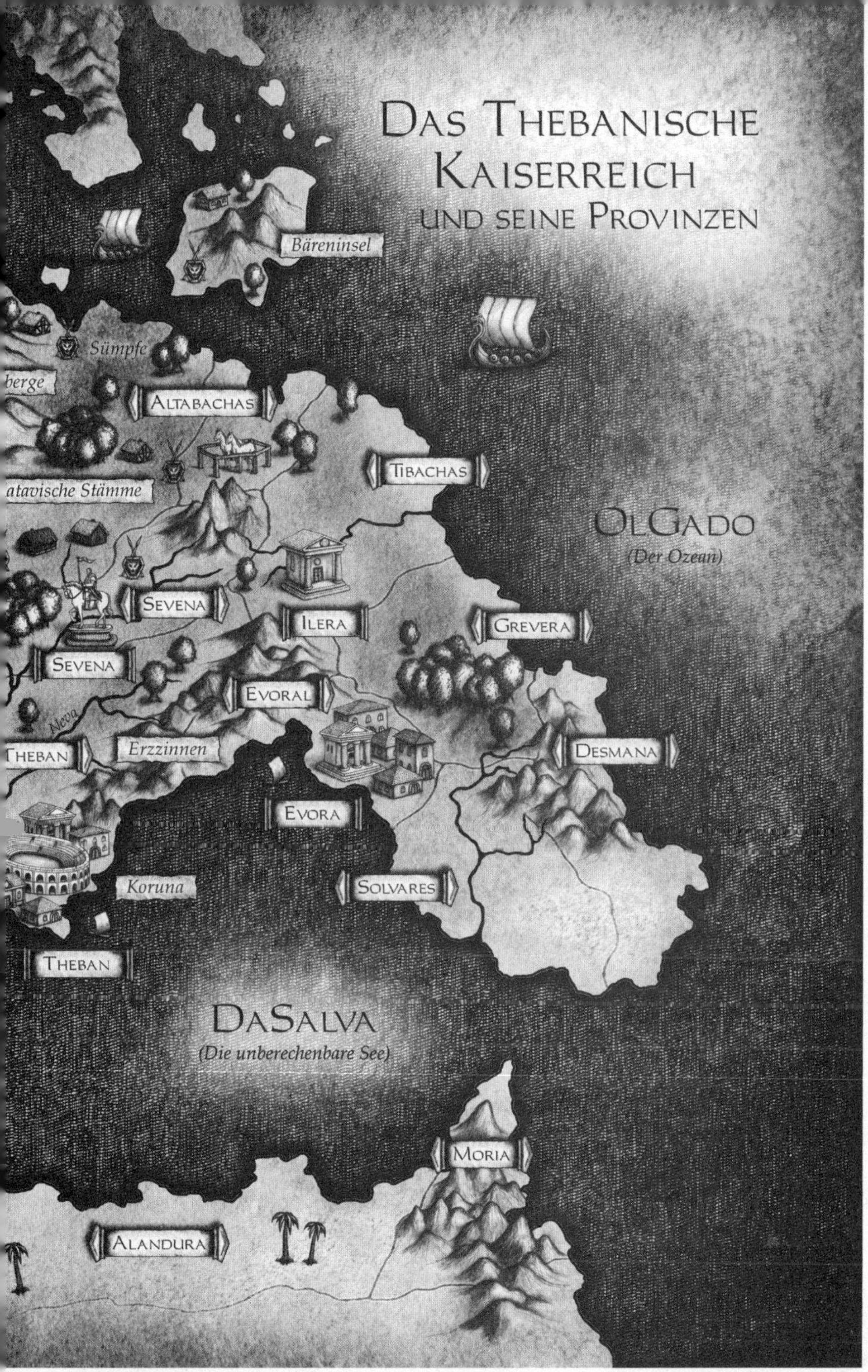

Das Thebanische Kaiserreich
und seine Provinzen
Bäreninsel
Sümpfe
berge
Altabachas
Tibachas
atavische Stämme
OlGado
(Der Ozean)
Sevena
Ilera
Grevera
Sevena
Evoral
Neva
Theban
Erzzinnen
Desmana
Evora
Koruna
Solvares
Theban
DaSalva
(Die unberechenbare See)
Moria
Alandura

Prolog

Provinz Sevena, 9. Jahr der Herrschaft Ermans

Die Feuer der Belagerer waren erloschen. Hlewar spähte vom Wehrgang in die mondlose Nacht, doch nur noch der Wald zeichnete sich dort unten schwarz gegen den Sternenhimmel ab.

Diese verfluchten Bastarde … Beunruhigt trat er näher an die Brustwehr aus verwitterten Balken. Das Holz wies Sprünge auf, an vielen Stellen faulte es bereits, aber es würde noch immer jeden Pfeil und jeden Speer aufhalten. Zumindest wenn kein Fluch der Göttin Afla darauf lag. Sie hasste es, wenn ihre Wälder gerodet wurden, und doch hatten die Ahnen sämtliche Bäume auf diesem Hügel gefällt, um das mächtige Bollwerk aus Balken, Steinen und Erde zu errichten. Seitdem waren Schäfer mit ihren Herden über die Hänge gezogen, damit kein neuer Wald wuchs und die Sicht versperrte. Einige Bäume waren den Mäulern der Ziegen jedoch entgangen. Nach seiner Ankunft hatte Hlewar befohlen, sie zu entfernen. Er hatte selbst Hand angelegt und eine Axt geschwungen, denn auch wenn sie ihn zum Anführer gewählt haben mochten, war er nur ein Mann unter vielen.

Wie ein wehrhaftes Nest saß die Festung auf der nun wieder kahlen Kuppe, weitläufig genug, um Tausenden Zuflucht zu bieten. Und doch kam es Hlewar vor, als stünde er allein auf der alten Mauer. Allein mit dem Feind, der nach dem steten Hämmern der vergangenen Tage und Nächte plötzlich still und unsichtbar geworden war.

Leise Schritte erinnerten ihn an die anderen Wächter. Zu seiner Linken näherte sich eine große, stämmige Gestalt, auf deren Kopf ein erbeuteter Helm im Sternenlicht glänzte. »Der Schein trügt«, warnte Tanngrid mit heiserer und doch weiblicher Stimme. Solange sie sich nicht auszog, verriet nichts sonst ihr Geschlecht. »Die haben irgendwas vor.«

Hlewar nickte. »Entweder schlafen sie endlich oder sie greifen bald an. Sagt es weiter!«, rief er, damit es alle auf dem Mauerabschnitt hörten. »Wir müssen wachsam bleiben!«

In der Stille tönte der Befehl so unerwartet laut, dass es Hlewar vorkam, als hätte er das Unheil damit herausgefordert. Stirnrunzelnd scheuchte er den Gedanken fort, blickte aber doch den Hang hinab, ob seine Worte dort etwas ausgelöst hatten. Nichts rührte sich in der Finsternis unter den Bäumen, aber selbst wenn sich die Thebaner dort heimlich zum Angriff formierten, waren sie zu weit entfernt, um die unvermeidlichen Geräusche zu hören. Das Knacken von Zweigen, das Flüstern der Drakonen, das leise Knirschen von Leder und Rüstungen aus Eisen … Hlewar wünschte, er hätte wie der Gott Tiwarder ein Ohr geopfert. Dann würden ihm die Windweiber jeden verdächtigen Laut zutragen.

»Die Kriecher schlafen nicht ohne Wachfeuer«, behauptete Tanngrid. »Sie werden angreifen.« Ihre Hand schloss sich um den Griff des Kurzschwerts, das sie ebenso einem Drakonen abgenommen hatte wie den blank polierten Helm mit den breiten Wangenklappen.

Hlewar verspürte einen Anflug von Neid. Er besaß nur ein Messer und ein Bündel Speere, von denen er die meisten selbst angespitzt und im Feuer gehärtet hatte. Nur auf seinem alten Fischspeer saß eine Spitze aus Zwergenstahl. Unwillkürlich griff er danach, um das glatte Holz unter seinen Fingern zu spüren. Wie vielen Fischen hatte er damit den Tod gebracht? Heute Nacht würden es Männer mit eiserner Schuppenhaut sein. Männer, die sich selbst Drakonen, also Teile des Drachens nannten und doch vor dem Abbild irgendeines fernen Kerls im Staub herumkrochen. Tanngrid hatte es gesehen. Sie hatten sie ebenfalls vor dem Schrein auf die Knie gezwungen, und als sie entdeckten, dass sich eine Frau unter ihren Kriegsgefangenen befand, hatten sie ihr gezeigt, wo Thebaner den Platz einer Frau sahen. Bei dem Gedanken verging Hlewar jede Spur von Neid. Niemand hatte Schwert und Helm jemals teurer erkauft.

»Sollen wir alle auf die Mauern rufen?«, fragte Oglan, der so weit rechts von Hlewar stand, dass sein Gesicht in der Dunkelheit verborgen blieb.

Hlewar zögerte. Wenn sich die Thebaner tatsächlich gerade anschlichen, brauchte er jeden Verteidiger, den sein kleines Volk noch aufbieten konnte. Doch falls sie sich nur ausruhten, hätte er seine Leute umsonst um den Schlaf gebracht.

»Wir könnten es leise tun«, schlug Tanngrid vor. »Dann merken sie nicht, dass wir vorbereitet sind.« Obwohl ihre Züge kein Gefühl verrieten, glaubte er, den Hass auf die Vergewaltiger in ihrem Blick zu sehen. Schon wandte sie sich ab, weil sie sein Schweigen für Zustimmung hielt und den Befehl weitergeben wollte.

»Warte!«

Mit ungeduldiger Miene drehte sie sich wieder zu ihm um.

»Dein Rat ist klug, aber wenn du dich irrst, werden wir morgen unnötig geschwächt sein. Wir brauchen Gewissheit.«

»Willst du jetzt doch Späher aussenden?«, fragte sie skeptisch.

Hlewar schüttelte den Kopf. Auf dem Hang gab es keine Deckung. Die Späher der Thebaner konnten sich dagegen am Waldrand verstecken und jeden seiner Kundschafter abfangen. »Oglan!« Mit einem Wink rief er den Mann näher. Oglan war sicher nicht sein wahrer Name, denn welche Eltern hätten ihren Sohn *Der Freudlose* genannt? Auf Kopf und Gesicht deuteten halb verheilte Verbrennungen an, warum er sich den neuen Namen gegeben hatte. Er war Fischer gewesen, genau wie Hlewar, und vom Fluss aus hatte er Rauch über seinem Dorf gesehen. Wie von Dämonen gehetzt war er zurückgepaddelt und hatte sich in sein brennendes Haus gestürzt. Er war zu spät gekommen. In seiner bärtigen Miene stand die Trauer um die Toten zu lesen, doch auch die Entschlossenheit, seine Familie zu rächen.

»Ich brauche die kräftigsten Schützen«, eröffnete Hlewar ihm und Tanngrid. »Sie müssen nicht treffsicher sein, nur besonders weit schießen.«

»Hast du magische Pfeile, die ihr Ziel auch bei Dunkelheit finden?«, höhnte Oglan.

»Nein, sie sollen Brandpfeile den Hang hinabschießen. Das dürre Gesträuch vom Vorjahr wird Feuer fangen und uns zeigen, ob sich die Bastarde anschlei…« Abrupt verstummte Hlewar. Aus den Wäldern drang das Heulen eines Wolfs herauf. Ein geisterhafter Ruf, den jeder Krieger verstand.

Dennoch sah Oglan ihn ungläubig an.

Hlewar nickte. »Hodrek ruft sein Rudel zum Kampf.«

Plötzlich fielen zahlreiche Stimmen in das Geheul mit ein. Tierhafte Laute vermischten sich mit menschlichen Schreien und lautem Gebrüll. Hlewar hörte Angst und Verwirrung, aber vor allem Wut. Die bronzenen Signalhörner der Thebaner erklangen. Waffen klirrten, Befehle wurden gebrüllt, und das Poltern von Schlägen auf Schilde dröhnte durchs Tal.

»Harass' Wölfe«, murmelte Tanngrid.

Gebannt starrten sie alle in die Schwärze hinab, doch die Bäume verbargen das Aufglänzen der Waffen.

»Wir sollten einen Ausfall machen! Die Drecksäcke in die Zange nehmen!« In Oglans Augen blitzte unverhohlene Mordlust auf.

»Willst du ihnen den Sieg etwa schenken?«, blaffte Hlewar ihn an. »Sie haben uns umzingelt! Sie sind überall! Wenn wir uns auf dieser Seite ins Tal stürzen, stürmen sie hinter uns die Mauer und schlachten alle ab!«

»Was ist passiert? Werden wir angegriffen?« Geras Stimme ertönte so unvermittelt, dass Hlewar zornig herumfuhr.

»Was machst du hier oben? Das ist gefährlich!«

»Was du nicht sagst«, erwiderte seine Frau kühl. Im Sternenlicht wirkte ihr hellblondes Haar beinahe weiß. Mehr denn je erinnerte sie Hlewar an eine Elfe, schlank und anmutig, aber von unbeugsamem Willen. Sie roch sogar noch immer nach Honig und Wachs, obwohl sie ihre geliebten Bienenvölker im Dorf zurückgelassen hatte. »Wir haben den Lärm gehört und uns gefragt, was vorgeht.« Vage deutete sie ins Innere der Festung hinab, wo Hlewar im Dunkeln die kleinen Gestalten seiner Söhne erahnte.

»Hodrek hat sein Rudel in die Schlacht geführt«, erklärte er knapp.

»Das … ist sehr tapfer«, befand Gera. »Aber auch …«

»Dumm!«, ergänzte Hlewar und blickte unwillkürlich zu Oglan. »Diese Krieger werden uns hier oben bitter fehlen!« Kopfschüttelnd versuchte er, seine Wut zu unterdrücken. »Wir können es nicht ändern.« Er atmete tief durch und bemühte sich um einen anerkennenden Ton. »Sie haben ihr Leben Harass geweiht. Es verstößt gegen ihre Regeln, sich hinter Mauern zu verschanzen.«

Einst hatte auch er vor der Wahl gestanden, sich Hodreks Rudel anzuschließen, doch die Krieger, die sich Wölfe Harass' nannten, lebten für den Tod, nicht für das Leben. Nachdem sein bester Freund auf ihrem ersten Raubzug gefallen war, hatte er sich gegen diesen Weg entschieden. Dennoch stand ihm nicht zu, jene zu verurteilen, die eine andere Wahl getroffen hatten.

»Seht!«, rief Tanngrid.

Rasch wandte sich Hlewar wieder dem Abhang zu. Unten im Tal waren mehrere Feuer aufgeflammt. Ihr Schein drang durch die Baumkronen, die noch immer die Kämpfenden verbargen, doch umherhuschende Schatten ließen das Licht flackern und verrieten die Schlacht. Hlewar glaubte, weniger Furcht in den Stimmen zu hören. Wütendes Gebrüll und anfeuernde Rufe überwogen. *Kein gutes Zeichen.* Die Drakonen hatten ihren Schreck überwunden. Nun würde es nicht mehr lange dauern, bis sie Harass' Wölfe eingekesselt und niedergemetzelt hatten.

»Gera, sorg dafür, dass alle Krieger geweckt werden und sich zum Kampf bereithalten!«

Seine Frau nickte und eilte zu der Treppe, die sie heraufgekommen war.

»Steht nicht rum!«, fuhr Hlewar Tanngrid und Oglan an. »Holt endlich die Bogenschützen, damit wir mehr sehen!«

Die Gescholtenen hasteten in unterschiedliche Richtungen davon. Nur widerstrebend wandte Hlewar dem Abhang den Rücken zu und suchte in der Dunkelheit erneut nach seinen Söhnen. »Askar! Sag deinem Onkel, wir brauchen die Brandpfeile! Und dann bring mir eine Fackel!«

Er sah den blonden Kopf nicken und wegrennen und drehte sich rasch wieder um. Noch immer konnte er nichts Verdächtiges auf dem Hang entdecken. Hatte Hodrek sein Rudel auf schlafende Drakonen gehetzt oder einen Überraschungsangriff durchkreuzt? Stürmten sie den Hang herauf, sobald sie Harass' Wölfe niedergemacht hatten, oder würden sie sich zurückziehen und ihre Wunden lecken? Die Thebaner waren feige. So feige, dass sie jeden Abend einen Graben und einen Zaun um ihr Lager zogen, selbst wenn sie nur für eine Nacht dortblieben. *Aber sie sind auch stur,* erinnerte sich Hlewar. Sollten sie ihren Angriff für diese Nacht geplant haben, würde Hodreks Attacke sie nicht umstimmen. Flaute der Kampflärm nicht bereits ab?

Die Ankunft der ersten Schützen riss Hlewar aus seinen Gedanken. Auch Oglan und Tanngrid kehrten zurück und Männer aus dem Lager schleppten ein paar Bündel Brandpfeile herbei.

»Gib mir die Fackel, Junge!«, forderte einer von ihnen. Der kleine Askar reichte dem Hünen nicht einmal bis zum Gürtel. Verunsichert blickte der Junge zu Hlewar herauf.

»Schon gut.« Hlewar nickte ihm zu. »Bleib in Deckung und pass auf deinen Bruder auf!«

Trotzdem reichte Askar dem Fremden nur zögernd die Fackel, weshalb der Mann sie ihm mit einem ungeduldigen Brummen aus der Hand riss. Hlewar wandte sich wieder den Schützen zu, die bereits Brandpfeile auflegten. »Schießt so weit, wie ihr könnt! Ich will, dass eure Pfeile rund um die Festung den Waldrand beleuchten. Es darf kein dunkler Korridor bleiben, durch den sie sich anschleichen können. Hodreks Rudel wird bald den Weg zu Harass antreten, dann ist unsere Zeit gekommen.«

Die Schützen nickten mit ernsten Gesichtern. Unter ihren Blicken wurde Hlewar bewusst, dass er ihren Tod prophezeit hatte. *Sei's drum.* Wahrscheinlich hatte er nur die Wahrheit gesagt.

»Du begleitest sie und steckst die Pfeile an!«, befahl er dem Mann mit der Fackel.

Zwei Schützen hielten ihre Pfeile bereits in die Flammen. Die anderen eilten davon, und der Fackelträger folgte ihnen hastig. Schweigend hoben die verbliebenen Männer ihre Bögen. Holz und Sehnen knirschten unter der Spannung, dann gab es ein leises Zischen. Die Geschosse jagten davon, beschrieben hohe, weite Bögen, bevor sie wie fallende Sterne durch die Dunkelheit stoben und beim Aufprall fast erloschen. Im nächsten Augenblick ging um den einen Pfeil trockenes Gestrüpp in Flammen auf. Der andere blieb jedoch das Einzige, was an seiner Einschussstelle brannte.

»Verdammt!«, fluchte Hlewar. Er hätte doch nach mehr Fackeln verlangen sollen. Aber er wollte dem Gegner so wenig wie möglich über die Lage auf der Mauer enthüllen. Vielleicht wussten die Thebaner nicht, dass er nur eintausendfünfhundert waffenfähige Frauen und Männer hatte. »Hol dir noch einmal Feuer!«, herrschte er den glücklosen Schützen an, während der andere bereits weglief.

»Da unten geht irgendwas vor«, warnte Oglan.

Sofort trat Hlewar an seine Seite. Obwohl der Lärm der Schlacht versiegt war, bellten die Anführer der Thebaner erneut Befehle. Dumpfe Schläge drangen aus dem Wald, doch nicht nur von dort, wo der Kampf gegen Harass' Wölfe getobt hatte. Hlewar lauschte.

»Das kommt von allen Seiten«, flüsterte Tanngrid alarmiert.

Im Schein eines Feuers entdeckte Hlewar zitternde Äste. »Sie fällen noch mehr Bäume. Aflas Fluch über sie!«

»Aber warum?«, wunderte sich Oglan. Ratlos sahen sie sich an.

»Schieß!«, befahl Hlewar dem Schützen, der mit einem brennenden Pfeil zurückgekehrt war.

Dieses Mal lenkte wohl Afla, die jagende Göttin der Wälder, selbst das Geschoss, denn es ertönte ein Schrei. Im Licht der Flammen wurde eine Gestalt sichtbar, aus deren Brust der Pfeil ragte. Sie war zu weit entfernt, um Details zu erkennen, doch sie stolperte rückwärts und brach zusammen.

»Harass holt euch alle!«, brüllte Tanngrid triumphierend. Alle Wächter, die den Treffer gesehen hatten, nahmen den Ruf begeistert auf.

Auch Hlewar stimmte unwillkürlich ein und reckte die Faust mit dem Speer darin. Es tat gut, einen der Bastarde sterben zu sehen und die Wut über die eigenen Toten herauszubrüllen. Hlewar hatte den Thebanern von Anfang an misstraut. Schon einmal hatte jemand versucht, sein Volk auszulöschen, aber seine Ahnen waren dem Gemetzel entkommen, und das würden die Andanen auch heute Nacht tun.

Während der Jubel verebbte, musterte Hlewar den Hang, so weit das Licht der kleinen Brände reichte. Kein anderer Thebaner war zu sehen, also konnte der Tote, dessen Kleidung Feuer gefangen hatte, nur ein Späher gewesen sein. Das Bersten eines Baumstamms übertönte einen Moment lang die Hiebe, dann trat das dunkle Klopfen der Beile wieder in den Vordergrund, bis an anderer Stelle das gleiche Krachen ertönte. Dieses Mal sah Hlewar die Krone des fallenden Baums im Blätterdach verschwinden. Hunderte Äxte fraßen sich am Fuß des Hügels durch den Wald. Das krachende Splittern umstürzender Bäume wollte kein Ende mehr nehmen. In Hlewars Ohren klang es wie Todesschreie. Wären die Göttinnen der Wälder in der Lage gewesen, Blitze zu schleudern, hätte über den Drakonen längst ein schreckliches Unwetter gewütet, doch Rúl, der Herr des Donners, scherte sich nicht um Bäume.

Hoffentlich liegt ihm wenigstens etwas an Menschen! Wütend blickte Hlewar ins Tal hinab. Die ersten Feuer, die seine Schützen gelegt hatten, erstarben bereits wieder. Pflanzen und Erde waren zu feucht für ergiebige Brände. Aber noch genügte das Licht, um einige Thebaner zu entdecken, die sich am Waldrand aus dem Schutz der Dunkelheit wagten. Aufglänzendes Metall verriet, dass sie Helme und Rüstungen trugen.

»Da sind welche!«, rief ein Wächter auf einem anderen Teil der Mauer. Immer mehr Warnungen ertönten, offenbar auf zwei Seiten der Festung. *Sonnenaufgang und Mittag*, stellte Hlewar fest. *Sie wollen über die beiden flacheren Hänge angreifen.* Schon trieben die Rufe der Wachposten weitere Krieger auf den Wehrgang. Die Zeit des Wartens schien vorüber.

»Alle Verteidiger auf die Mauer!«, rief Hlewar und setzte das Horn an die Lippen, um seine Warnung bis ans andere Ende der Festung zu tragen. Der Klang beunruhigte selbst das Vieh in den Pferchen. Von den Rindern hallte heiseres Gebrüll herüber. Rasch blickte Hlewar wieder zu den Drakonen hinab, die dem Tumult auf dem Hügel jedoch kaum Beachtung schenkten. Nur ein paar Mann behielten als Wächter den Feind im Auge, während die anderen direkt am Waldrand einen weiteren Baum fällten. Sie mochten sich außer Reichweite feindlicher Schützen befinden, aber warum zur Urschlange verschwendeten sie Zeit damit, sich ihrer eigenen Deckung zu berauben?

»Wollt ihr die ganze Nacht auf wehrlose Bäume einschlagen?«, höhnte ein Krieger und erntete zustimmendes Johlen und Gelächter.

»Kommt endlich her, damit ich euch aus euren eisernen Schalen schneiden kann!«, forderte ein zweiter.

»Ich schneide ihnen noch ganz andere Dinge ab!«, tönte Tanngrid, und die Krieger lachten noch lauter.

»Tod den Mördern unserer Familien!«, rief jemand am südlichen Ende der Mauer.

»Tod den Mördern!«, brüllte Oglan gemeinsam mit tausend Männern und Frauen.

Nur Hlewar blieb stumm, denn er begriff, was die Thebaner dort unten taten. *Sie bahnen den Weg für etwas.* Warum war er nicht gleich darauf gekommen? Es lag wohl daran, dass er sich nicht vorzustellen vermochte, wofür die Bäume beseitigt werden mussten. Schließlich gingen die weitaus meisten Drakonen zu Fuß, und selbst ihre berittenen Truppen, die überwiegend aus den verräterischen Sewenen bestanden, hatten genügend Zeit gehabt, um sich durch den unwegsamen Wald zu nähern.

Gerade fiel der Baum am Waldrand. Ein Pferdegespann schleppte ihn zur Seite, wo er unbeachtet liegen blieb. Eifrige Sklaven, die Hlewar an den fehlenden Rüstungen erkannte, führten die Tiere davon. So weit er blicken konnte, hatten die Thebaner im Abstand von ein bis zwei Speerwürfen Schneisen geschlagen. Nun schienen sie zu warten.

Stille senkte sich erneut über die Festung der Andanen. Selbst der zornigste Krieger spürte, dass etwas Unerwartetes vorging. Dass sich etwas näherte, dem die Drakonen Respekt erwiesen.

Hlewar nahm seinen Schild auf, der neben den Speeren an der Brustwehr lehnte. Sofort ahmten es alle nach, die ihre Schilde nicht schon längst aufgehoben hatten. Kriegerinnen wogen ihre Speere in der Hand, Krieger beschworen Harass und Wahena, ihnen den Sieg zu schenken. Der Mann mit der Fackel und die Schützen vollendeten ihre Runde auf der Mauer. Auf Hlewars Befehl flogen weitere Brandpfeile hinab, bohrten sich einen halben Speerwurf vom Waldrand entfernt in den Boden und entfachten neue Feuer.

Plötzlich merkte Hlewar, wie sich Tanngrid neben ihm versteifte. Im nächsten Augenblick hörte er es auch: ein Rumpeln wie ferner Donner. Hatte sich Rúl entschlossen, in den Kampf der Menschen einzugreifen? Doch der Himmel war klar. Keine Wolke verbarg die Sterne – die funkelnden Eisenspäne, die der Wind aus Rúls Schmiede ans Firmament geweht hatte.

»Sie kommen«, knurrte Oglan.

Immer mehr Thebaner traten aus den Schatten des Waldes. Drakonen mit Speeren und großen, rechteckigen Schilden, auf denen Beschläge aus Eisen glänzten, und leicht gerüstete Schützen und Schleuderer, die angeblich aus noch ferneren Ländern stammten. Ohne jede Eile bildeten sie vor den Bäumen geordnete Reihen. Zuvorderst Drakonen, um die Nachrückenden mit ihren Schilden zu schützen, dann Schleuderer oder Bogenschützen, um den Vormarsch durch einen Geschosshagel zu decken, und dahinter weitere Drakonen, die vorstoßen würden, sobald sich die vorderen Reihen im Nahkampf befanden. Widerwillig musste Hlewar anerkennen, wie gut sie aufgestellt waren. Aber er hatte einen hohen, mit Steinmauern und Balkenwänden verstärkten Wall. Es gab keinen Grund, diese Männer zu seinen Füßen zu fürchten. Unwillkürlich reckte er sich, um größer zu wirken, und hob seine Waffe. »Für jeden Feind steht hier oben ein Speer bereit! Genug, um sie alle zu durchbohren! Ihr Blut wird den Hang hinabfließen – bis zurück nach Theban!«

Jubelnd und drohend zugleich schüttelten seine Leute ihre Speere, trommelten mit den Schäften auf die Schilde, als wollten sie sich zu einem Angriff aufstacheln. Einen Moment lang bangte Hlewar, ob sie alles vergaßen, was er ihnen in den vergangenen Tagen eingeschärft hatte, doch sie blieben auf dem Wehrgang. Und weil der Gegner immer noch außer Reichweite zu zaudern schien, überschütteten sie ihn mit weiteren Flüchen und Spott. Ihr Toben übertönte die Geräusche aus dem Tal, aber Hlewar behielt die nächstgelegene Schneise im Auge. Weitere Drakonen tauchten dort aus der Dunkelheit auf. Sie flankierten Sklaven mit Pferden, die etwas Schweres zogen. Hlewar sah, wie sehr sich die Tiere in die Geschirre stemmen mussten. Was war hinter ihnen? Ein großer Wagen? Hölzernes Gestänge und dicke Scheibenräder kamen in Sicht. Heftig wankend rollte das Gefährt über Baumstümpfe und unebenen Boden. Je deutlicher Hlewar es sah, desto fremdartiger kam es ihm vor. Es handelte sich nicht um einen Karren, sondern um ein großes Gestell aus dicken Balken, das vorne höher war als hinten. Ein einzelner Pfahl, an dem etwas baumelte, ragte an der Rückseite darüber hinaus.

»Was zur Urschlange ist das?«, staunte Tanngrid.

Immer mehr Krieger verstummten, blickten verwundert und misstrauisch auf die großen Gerätschaften hinab, die in jeder der Fällgassen auftauchten und an deren Ende abgestellt wurden. Weitere Gespanne zogen schwere Karren herbei, deren Ladung Hlewar auf die Entfernung nicht erkennen konnte. In der eintretenden Stille hörte er erneut die Stimmen der thebanischen Anführer. Auf ihre Befehle hin machten sich Drakonen an den Gestellen zu schaffen, rückten sie herum und bewegten irgendwelche Stangen. Dann hoben sie etwas Schweres aus dem Karren und trugen es zu dem überstehenden Pfahl. *Vielleicht ein Stein?* Auf jeden Fall legten sie den Brocken in eine Art Schlinge oder Netz am Ende des langen Pfostens. Hlewars Herz setzte einen Schlag aus, dann raste es umso schneller. »Es ist eine Schleuder!«, entfuhr es ihm im gleichen Moment wie Oglan. Eine Schleuder, wie Hirten sie benutzten, um Raubtiere zu vertreiben, nur dass diese hier ungleich größer war.

Die Bronzehörner der Thebaner erklangen. Im nächsten Augenblick sah Hlewar nur noch eine verwischte Bewegung. Mit einem dumpfen Knall prallte der vorschnellende Pfosten gegen das Gestell, das unter der Wucht bockte wie ein widerspenstiges Pferd. Weitere Schläge folgten so rasch hintereinander, dass sie fast zu einem verschmolzen. Alle Geschütze schleuderten zugleich.

»Deckung!«, brüllte Hlewar. Hastig ging er in die Knie und riss den Schild dabei empor. Ein leises Pfeifen wie von einer Windböe, die ums Haus strich, drang an sein Ohr, dann krachte es plötzlich so laut, dass er zusammenzuckte. Unter seinen

Füßen spürte er die Mauer erzittern. Holzsplitter regneten auf seinen Schild. Weitere Einschläge erschütterten die Festung. Menschen schrien vor Angst oder Schmerzen. Wie schnell konnte dieses Dämonenwerk nachgeladen werden? Vorsichtig lugte Hlewar über die Brustwehr. Mit geübten Handgriffen bedienten die Drakonen das Gerät, ohne dabei besondere Eile zu zeigen. Ließ sie der Kampf etwa völlig kalt?

Wütend blickte Hlewar den Wehrgang entlang. Nur ein paar Schritte von ihm entfernt klaffte eine Lücke zwischen den schenkeldicken Balken. Das Holz an den Rändern war geborsten wie unter dem Schlag eines gewaltigen Hammers. Ein Verwundeter hielt sich den Arm, aus dem ein Splitter ragte, doch sein besorgter Blick galt dem Kameraden, der von der Mauer gestürzt war. Schon eilten Helfer mit einer Fackel herbei. In ihrem Licht entdeckte Hlewar die hingestreckte Gestalt, deren Oberkörper nur noch ein blutiger Haufen Fleisch und gebrochener Knochen war. Die Wucht, mit der das Geschoss die Balken durchschlagen und den Krieger vom Wehrgang gefegt hatte, bereitete Hlewar eine Gänsehaut.

»Runter!«, brüllte er. »Runter von der Mauer!« Viele hatten sich bereits aufgerappelt, zogen andere auf die Beine oder stützten die Verletzten. Einige starrten Hlewar ungläubig an.

»Die Mauer aufgeben?«, rief jemand empört.

»Kommt nicht infrage!«, blaffte Tanngrid.

Waren sie denn blind? »Diese Brocken verwandeln Balken in Späne und eure Schädel zu Brei! Glaubt ihr, sie werden damit auf die eigenen Leute schießen? Wenn die Bastarde kommen …« Unten am Hang knallten die Geschütze. »… besetzen wir die Mauer wieder, aber jetzt runter mit euch!«

Vergeblich versuchte er, Tanngrid niederzustarren. Wenigstens Oglan drängte sich an ihnen vorbei zur Treppe, und mit ihm hasteten viele die Stufen hinab.

»Los!«, brüllte Hlewar. Als sich Tanngrid endlich abwandte, warf sie der Aufprall eines Geschosses fast von den Füßen. Schwankend kämpfte auch Hlewar um sein Gleichgewicht und versuchte, sich zugleich mit dem Schild zu schützen. Doch dieses Mal trafen ihn keine Splitter. Der Stein musste unterhalb der

Brustwehr in die Mauer gekracht sein. Auf Händen und Knien gelangte Tanngrid zur Treppe und krabbelte rückwärts hinunter, während Einschläge den Wall erschütterten. Hlewar hörte Schreie, denn längst nicht alle hatten rechtzeitig die Stufen erreicht. Weitere Balken barsten. Größere Trümmer landeten polternd vor der Mauer, kleinere flogen auf den Wehrgang und darüber hinaus. Manche Krieger dachten nur daran, die eigene Haut zu retten, aber andere schleppten auch Verwundete in Sicherheit. Hinter seinen Schild gekauert, beobachtete Hlewar, wie sie die Mauer verließen.

Von einem Lidschlag auf den anderen kehrte trügerische Ruhe ein. Die Thebaner luden nach. Nur noch das Stöhnen der Verletzten und das beruhigende Murmeln der Helfer war zu hören. Um die Wunden versorgen zu können, entzündeten sie immer mehr Fackeln. In ihrem Licht sah Hlewar, welche Schäden die Geschosse bereits angerichtet hatten. Obwohl einige vor oder gar hinter der Mauer niedergegangen sein mussten, war die Brustwehr an mehreren Stellen durchbrochen. Breschen, die es den Angreifern erleichtern würden, das Hindernis zu erklimmen. In einem Fall war der Brocken durch eine bereits vorhandene Lücke geflogen und hatte einen Krater in den Wehrgang geschlagen. Diese Stelle ließ sich nun viel schwieriger verteidigen.

Aus dem Tal drang ein neues Geräusch herauf. Alarmiert spähte Hlewar über die Brustwehr. Es waren die Schritte Tausender Drakonen, Schützen und Schleuderer, die entschlossen den Hang heraufmarschierten, während andere die Geschütze wieder schussbereit machten. Offenbar sollten sie fortfahren, bis die Kameraden der Festung zu nahe kamen.

Rasch blickte Hlewar nach Norden, wo keine Riesenschleudern standen, doch auch dort rückten thebanische Truppen vor. So wollten die Drakonen verhindern, dass er seine Krieger auf den beschädigten Mauerabschnitten zusammenzog, um diese Schwachstellen gezielt zu verteidigen. Indem sie drohten, hinter seinem Rücken mit Leitern die Mauer zu überwinden, zwangen sie ihn, die ganze Länge des Wehrgangs zu besetzen.

»Die Dämonen sollen sie fressen!«, fluchte er und kauerte

sich wieder hinter die Balken, obwohl sie kaum Schutz boten. »Tanngrid!«

Die Kriegerin stand noch immer am Fuß der Stufen, wo es nicht sicherer war als bei ihm oben.

»Sie rücken von allen Seiten vor«, warnte er. »Du bist klug und die Götter sind mit dir, sonst wärst du heute nicht hier. Ich will, dass du uns mit den schlechter Bewaffneten gen Mitternacht und Sonnenuntergang verteidigst! Die Dorfvorsteher sollen dir helfen, fünfhundert Leute auszuwählen. Beeilt euch!«

Tanngrid nickte und lief davon.

»Und was ist mit dir?« Vorwurfsvoll nahm Gera den Platz am Fuß der Treppe ein.

Vor Sorge krampften sich Hlewars Eingeweide zusammen. »Einer *muss* Ausschau halten«, wehrte er ab. Dumpfe Schläge verrieten eine neue Salve der Geschütze. »Bring die Jungs so weit wie möglich von der Mauer weg! Schnell!«

»Du bist auch nicht unverwundbar«, hielt Gera dagegen.

Der Knoten in Hlewars Bauch zog sich fester zusammen. Er sah die Kinder zwar nicht, aber sie waren bestimmt in der Nähe. »Lauf endlich!«

Seine Stimme ging in einem Krachen unter. Einen halben Speerwurf entfernt schleuderte der Aufprall Splitter durch die Luft. Hlewar spürte die Erschütterung und hörte das leise Pfeifen weiterer Brocken. »Lau…« Das Wort erstarb ihm in der Kehle.

Zu einem grauen Blitz verschwommen, schoss der Stein herab. Es gab ein Geräusch, das Hlewar das Herz zerriss, dann schlug der Brocken mit einem dumpfen Knall in den Boden. Gras und Erdklumpen flogen in alle Richtungen, doch für Hlewar war der aufspritzende Dreck nur Kulisse. Sein Blick blieb auf Geras hingestreckten Körper gerichtet. Wie ein bleicher Knochen lag ein abgetrennter Arm in ihrer Nähe. Wo ihre Schulter gewesen war, fehlte ein Stück ihres Körpers – als hätte es ein Riese herausgebissen.

»Nein!« Der Schrei stieg aus Hlewars Innerstem auf. Er bahnte sich seinen Weg so unaufhaltsam wie Hlewar selbst, der einfach von der Mauer sprang. Als der harte Aufprall ihm

Schmerz durch den linken Knöchel jagte, versuchte er noch, sich abzurollen, aber es war zu spät und er hatte wenig Übung darin. Schild und Speer waren im Weg, doch schierer Wille brachte ihn sofort wieder auf die Füße. Er merkte, dass er humpelte, obwohl er keine Schmerzen spürte, dann fiel er neben seiner Frau auf die Knie. »Gera!«

Blut sprenkelte ihr Haar und das bleiche Gesicht. Die halb geschlossenen Augen blickten an ihm vorbei ins Leere. Neben dem aufgerissenen Rumpf hatte sich eine dunkle Lache gebildet, aber das Blut schoss nicht mehr aus den Adern hervor. Das Herz hatte aufgehört zu schlagen. Hlewar spürte Tränen über seine Wangen laufen. Speer und Schild waren seinen Händen entglitten. Stattdessen vergrub er die Finger in Geras Haar und senkte seine Stirn in stummer Qual auf ihre.

Sie ist tot. Er war hergekommen, um seine Familie vor den Drakonen zu beschützen, und nun lag Gera in ihrem Blut. Der metallische Geruch verdrängte den Honigduft ihres Haars. Wie oft hatte sie seine Wunden mit den Heilmitteln behandelt, die sie aus den Gaben ihrer Bienen gewonnen hatte. Kein Balsam, keine Tinktur der Welt würde nun ihre eigene Wunde heilen …

Als neue Geschosse in die Mauer krachten, weigerte sich ein Teil von ihm, diesem Krieg Beachtung zu schenken. Diesem Teil war gleichgültig, dass er hier ebenfalls getroffen werden konnte. Sollte er etwa feiger sein als seine Frau, die gestorben war, weil sie ihn nicht allein in der Gefahr zurücklassen wollte? Die Stiche der herabregnenden Splitter nahm er hin, ohne zu zucken. Was waren sie schon verglichen mit Geras Tod?

Doch allmählich spürte er die Blicke seiner Leute auf sich, seiner Nachbarn, seiner entfernten Verwandten, fremder Krieger, die sich ihm angeschlossen hatten, weil seine Worte im Rat überzeugend geklungen hatten. *Was wusste ich schon? Jedenfalls nicht, dass sie über Schleudern verfügen, mit denen man Mauern einebnen kann.* Er hatte diese Festung für eine sichere Zuflucht gehalten, solange es Verteidiger auf den Mauern gab.

»*Denk an die Kinder!*« Geras Stimme ertönte so laut und deutlich in seinem Kopf, dass er sich überrascht ein Stück aufrichtete, um ihr ins Gesicht zu blicken. Nichts regte sich darin.

Was hatte er auch erwartet? Aber die Stimme hatte recht. Er musste weitermachen und Askar und Adagis beschützen. Dennoch nahm er Speer und Schild nur schwerfällig auf und erhob sich, als ob er einen weiteren Mann mit emporstemmen müsste. Einen gebrochenen Mann, der nicht mehr kämpfen wollte.

Ihr Götter, sie ist tot! Er war nun in Trauer und musste bis zum Totenfeuer fasten und schweigen. Wie sollte er seine Krieger anführen, ohne mit ihnen zu sprechen? Sein Blick fiel auf Oglan, der als Einziger näher gekommen war. Oglan verstand. Auch er hatte seine Frau und sogar weit mehr verloren, und obwohl die Thebaner für das Totenfeuer gleich mit gesorgt hatten, wusste er, was nun in Hlewar vorging. Er stand nur da und wartete geduldig.

Aus dem Tal schallten erneut die Bronzehörner herauf. *Sie greifen an!*, durchzuckte es Hlewar. Schon ertönten thebanische Befehle auf dem Hang. *Zurück auf die Mauer!* Hlewar riss seinen Speer in die Luft und deutete damit energisch die Stufen hinauf.

»Besetzt die Mauer!«, brüllte Oglan für ihn.

Schon wandte Hlewar ihm den Rücken zu und rannte die Treppe empor. Für einen Moment flammte Schmerz in seinem Knöchel auf. Das Bein drohte einzuknicken, aber er biss die Zähne zusammen und das wilde Stechen ließ nach.

»Auf die Mauer!«, ertönte es vielfach aus den Kehlen seiner Krieger. Wie befreit stürmten sie auf den Wehrgang zurück. Doch kaum war Hlewar oben angekommen, sah er etwas durch die Dunkelheit auf sich zuschießen. Unvermittelt riss er den Schildarm nach oben.

»Schilde hoch!«, rief Oglan hastig.

Die Worte gingen in lautem Pochen unter. Steine – vom Kiesel bis zum faustgroßen Brocken – trommelten auf Brustwehr und Schilde ein. Zugleich ging ein Pfeilregen auf die Verteidiger nieder, dessen fehlgegangene Spitzen wie Hagel auf den Wehrgang prasselten. Hlewars Schild erzitterte unter den Treffern. Einige hinterließen Sprünge im Holz. Hlewar hörte das leise Knacken. Hinter dem Schildbuckel aus Bronze war seine Hand gut geschützt, doch aus dem Holz ragten die äußersten Spitzen einiger

Pfeile. Es war nur eine Frage der Zeit, bis einer die dünnen Bretter durchschlagen würde. Aus dem Augenwinkel sah Hlewar Krieger zusammenbrechen. Einige stürzten schreiend von der Mauer oder fielen die Stufen wieder zurück, bevor sie überhaupt oben angekommen waren. Die Überlebenden pressten sich wie er hinter die Reste der Brustwehr, die ihre Körper abschirmte.

Während wir hier kauern, stoßen die Drakonen vor. Unter den Schild geduckt eilte er zum Bündel seiner Speere zurück und stellte den guten mit der Stahlspitze für später ab. Im Nahkampf würde er ihn noch brauchen. Die in den letzten Tagen aus dünnen Baumstämmen geschnittenen Waffen waren weniger gerade und fühlten sich rauer an. Sie lagen längst nicht so gut in der Hand, aber sie mussten genügen. Hlewar atmete tief ein und nahm seinen Mut zusammen. Mit einem Ruck richtete er sich auf, senkte zugleich den Schild und holte mit dem Speer aus. Von den Drakonen ragten fast nur die Helme über ihre großen Schilde. Den schmalen Schlitz dazwischen zu treffen war fast unmöglich. Hlewar beschwor die Götter, ihm Gerechtigkeit für Gera zu gewähren, und schleuderte den Speer.

»Harass holt euch alle!«, brüllte Oglan neben ihm. Den Erfolg abzuwarten wäre jedoch tödliche Dummheit gewesen. Während die Waffe flog, tauchte Hlewar wieder ab. Ein Stein traf ihn am Oberarm, lähmte für einen Moment den Muskel, dann war er in Deckung und griff nach dem nächsten Speer.

Seine Krieger nahmen Oglans Schlachtruf auf. Todesmutig jagten sie ihre Speere dem Feind entgegen. Einige bezahlten dafür mit dem Leben. Ohne Unterlass regneten Pfeile und Steine vom Himmel. Erneut stieß sich Hlewar ab, um seine Waffe zu schleudern. Falls er zuvor jemanden tödlich getroffen hatte, verdeckten es die vorrückenden Reihen. Dieses Mal hielt er sich nicht mit den zu gut gerüsteten Drakonen auf, sondern zielte auf einen der Schützen dahinter.

Mit einem Grunzen warf auch Oglan. Sofort kauerten sie sich wieder hinter die Brustwehr und sahen sich an. »Die Drakonen sind gleich da, dann hören die Dreckskerle auf zu schießen«, sagte Oglan voraus. Zu den Verbrennungen am Kopf hatte sich eine Platzwunde gesellt, aus der ihm Blut über die Schläfe rann.

Hlewar nickte und griff nach dem nächsten Speer. Zumindest würden die Thebaner höchstens noch einzelne gezielte Schüsse wagen, um ihre Kameraden nicht zu gefährden. Viel besser war das angesichts ihrer Überzahl nicht, aber seine Leute mussten diesen Moment zwischen dem Ende des Geschosshagels und der Ankunft der Drakonen unbedingt nutzen. Wieder schnellte Hlewar empor, ignorierte das Trommeln der Geschosse auf Brustwehr und Schild und schleuderte den Speer in die Reihen der Schützen. Eine Bewegung im Augenwinkel lenkte seinen Blick weiter nach links. In der Eile, zurück in Deckung zu kommen, hatte er diesen Hangabschnitt schon eine Weile nicht beachtet. Erst jetzt bemerkte er den schwankenden Turm, der mindestens drei Mann hoch war.

Auf einen leichten Schlag am Hinterkopf folgte ein Brennen. Hlewar zuckte zusammen und spürte warme Flüssigkeit im Haar.

»Was tust du da?« Zornig zerrte Oglan ihn am Arm. »Komm runter!«

Rasch ging Hlewar in die Knie, um den Schild wieder über seinen Kopf halten zu können, ohne damit dem Feind die Brust preiszugeben.

»Der verfluchte Pfeil hätte dich fast getötet!«, blaffte Oglan. »Wir werden nicht sterben, ohne unsere Frauen gerächt zu haben, klar?«

Wieder nickte Hlewar. Er konnte dem Freund nicht sagen, was er entdeckt hatte, aber vielleicht war das auch nicht nötig. Stattdessen hob er mit einer Hand alle drei Speere auf, die ihm geblieben waren, und bedeutete Oglan, ihm zu folgen. Unter die Schilde geduckt, eilten sie den Wehrgang entlang. Hlewars Knöchel war steif und angeschwollen, aber er knurrte den Schmerz weg, und nach ein paar Schritten ging es besser. Umherliegende Pfeile zerbrachen knackend unter seinen Füßen. Geschleuderte Steine prallten von Schilden und Boden ab. Einige trafen ihn, die meisten flogen davon. Grimmig nickte er den Kriegern zu, an denen er vorbeikam, und sie erwiderten es mit ebensolcher Miene. Selbst die Verwundeten umklammerten entschlossen ihre Waffen. Sie würden bis zum letzten Blutstropfen kämpfen.

Neben einer Bresche in der Brustwehr hielt Hlewar an und befahl Oglan mit eindeutiger Geste, an dieser Stelle zu bleiben. Dann sprang er mit zwei Sätzen an der Lücke vorbei und kauerte sich neben eine Jägerin, die gerade einen Pfeil hinausschoss.

»Die ziehen einen fahrenden Turm hier rauf!«, rief sie, um das Trommeln der Geschosse zu übertönen.

Hlewar deutete auf ihre Pfeile und stieß ein Fauchen wie von Feuer aus.

»Brandpfeile?«, erriet sie und zog sich rasch von der Bresche zurück. »Holt Fackeln!«, trieb sie die anderen an. »Wir müssen das Ding in Brand schießen!«

Hlewar nahm ihren Platz ein und lugte um die geborstenen Balken herum. Im gleichen Moment versiegte der Geschosshagel endlich. Hastig ließ Hlewar zwei Speere fallen und sprang mit dem dritten in der Faust auf.

»Jetzt!«, brüllte Oglan. »Tötet sie!«

Hlewars Speer flog den Waffen seiner Krieger voraus. Noch immer rückten die Drakonen ohne Eile vor, bildeten eine Wand aus mit Eisen beschlagenen Schilden, die kein Speer zu durchdringen vermochte. Doch Hlewars Waffe fuhr einem der Männer in den Fuß und nagelte ihn fest. Für einen kurzen Moment bekam die Schildwand einen Riss. Schnell bückte sich Hlewar nach dem nächsten Speer, aber schon hatten die Drakonen die Reihe wieder geschlossen. *Verflucht!* Wütend schleuderte er die Waffe, doch sie glitt nutzlos an einem Schild ab. Wie er es vermutet hatte, rumpelte der Turm auf die Bresche in der Brustwehr zu. Hlewar duckte sich wieder hinter die zersplitterten Balken und nahm seinen vertrauten alten Speer in die Hand. Wenn er schräg durch die Lücke spähte, sah er ein weiteres derartiges Ungetüm heranwanken, und vermutlich gab es noch mehr, wo ihm die Sicht versperrt war. In der Dunkelheit erkannte er kaum mehr als den klobigen Umriss. Wie viele Männer waren wohl nötig, um diesen Klotz zu ziehen und zu schieben? Denn die gerissenen Thebaner setzten keine Pferde ein, sondern Freiwillige oder gar Sklaven, denen die Drakonen mit ihren Schilden Deckung gaben.

Irgendein kluger Kopf war bereits darauf gekommen, den anderen Turm mit Brandpfeilen zu beschießen. Auch um Hlewar herum tauchten Leute mit Fackeln auf, aber jeden Augenblick musste die erste Reihe der Drakonen heran sein. Er richtete sich etwas auf, um mit dem Speer durch die Lücke stechen zu können, und Oglan tat es ihm auf der anderen Seite gleich. Brennende Pfeile jagten davon, doch dazu mussten die Schützen über die Brustwehr ragen. Hinter Hlewar ertönte ein Schrei, erstickte in einem Röcheln, und auch jenseits von Oglan sah er einen Schützen hintenüberstürzen. Aus dem Gesicht des Sterbenden ragte ein Pfeil. Niemandem blieb Zeit, sich um ihn zu kümmern. Längst legten sie neue Pfeile auf oder hielten sich mit Speeren bereit. Vor der Mauer ertönten Befehle. Zwischen den Reihen der thebanischen Schützen eilten Kerle mit Leitern heran, doch direkt vor der Bresche rückte nur der Pulk der den Turm ziehenden Männer vor. Drakonen gaben ihnen nach vorn und zur Seite hin Deckung und hielten Schilde über ihre Köpfe. Wie ein gepanzertes Tier krochen sie heran.

Hlewars Blick glitt an dem wankenden Turm empor. Die Thebaner hatten zwar das Gefälle des Hangs ausgeglichen, indem sie die Räder in einer absteigenden Reihe befestigt hatten, aber der unebene Boden brachte die Aufbauten ins Schwanken. Bei jeder Bewegung ächzte das Gestell. Es konnten nur Bretter und Balken sein, doch warum fingen sie dann kein Feuer? Brandpfeil um Brandpfeil schlug in den verfluchten Koloss und erlosch. Von den Stellen stiegen kleine Dampfwolken auf. Wenn überhaupt Flammen blieben, verbrannten sie nur den Pfeil. Als das Ungetüm näher kam, sah Hlewar, dass das Holz mit irgendetwas verhängt war. *Verflucht!*

Wie aus dem Nichts jagte ein Pfeil so nah an seiner Wange vorbei, dass er den Luftzug spürte. Hastig wich er zurück und spähte zwischen den Splittern der beschädigten Balken hindurch. Der Turm war so nah, dass die vordersten Männer, die ihn zogen, vor der Mauer zur Seite weichen mussten. Sie eilten nach hinten, um nun zu schieben, während andere ständig Klötze unter den Rädern verkeilten, damit das schwere Gefährt nicht den Hang wieder hinabrollte. Wenn es die Mauer erreichte, würde es den Wehrgang um zwei Mannslängen überragen.

»Passt auf!«, schrie jemand. »Sie schießen aus dem Turm!«

Hlewar sah es im gleichen Moment. Ganz oben hatten sich mehrere Klappen nebeneinander geöffnet, aus denen für einen Lidschlag Pfeile ragten, bevor sie abgeschossen wurden. Die Schützen dagegen blieben in den Schatten verborgen.

Poltern und Kampfgebrüll verrieten, dass die Drakonen die ersten Leitern anlehnten. Aus den hinteren Reihen gaben die Schützen ihnen Deckung, schossen auf die Verteidiger, die mit Speeren nach den Angreifern stachen. Schreiend fielen Verwundete von den Leitern. Von Pfeilen getroffene Krieger hingen sterbend über der Brustwehr. Hlewar ahnte, dass er dieser Übermacht nichts entgegenzusetzen hatte. Die Thebaner besaßen mehr Männer, eiserne Rüstungen und Dämonenwerk wie diesen Turm, der nicht brennen wollte. Immer schräger kamen die Pfeile von dort oben herab. Wütend hob Hlewar den Schild, um seinen Kopf zu schützen. Warum ließen die Götter eine solche Ungerechtigkeit zu? Lag Hagwir nichts mehr an seinen Kindern? Hatten sie Wahena verärgert? *Fahr mit Blitz und Schwert auf sie nieder, Schlachtenlenkerin!* Er konnte beinahe sehen, wie sie auf ihrem Pferd mit den Donnerhufen zwischen die Drakonen sprengte und sie mit der Klinge niedermähte wie reifes Getreide.

Plötzlich tönte vom Turm ein klirrendes Rasseln herüber. Hlewars Muskeln spannten sich in Erwartung des Angriffs. Eine Klappe – so breit wie der Turm selbst – öffnete sich, fiel herab, bis zwei Eisenketten den Sturz aufhielten und sie wie eine Brücke auf den Wehrgang führte. Zugleich deckten Schützen Hlewar und seine Leute von oben mit Pfeilen ein. Trommelnd schlugen die Geschosse in seinen Schild, doch ihm blieb keine Wahl. Er hatte die Drakonen hinter der Klappe entdeckt. Wortlos brüllend sprang er auf und versperrte die Bresche. Im gleichen Moment schleuderten die drei vorderen Drakonen ihre legendär schweren Speere.

Hastig machte Hlewar mit dem Schildarm eine abwehrende Bewegung. Schabend glitt die Speerspitze an der schrägen Oberfläche ab und verschwand jenseits des Wehrgangs. Der neben Hlewar aufgerückte Krieger hielt den Schild jedoch schützend vor sich. Mit einem Knall durchschlug ein thebanischer Speer das Holz. Knapp über der Faust des Kriegers trat die Spitze wieder hervor, dann steckte der Schaft fest. Dem Mann blieb nichts anderes übrig, als den Schild fallen zu lassen. Zu seinem Glück wagten die Schützen nicht mehr zu schießen, denn die drei Drakonen stürmten bereits nebeneinander über die Brücke, dicht gefolgt von Kameraden. Ihre Schritte polterten hohl auf den Brettern. Bereits im Laufen zogen sie die Schwerter. Die beiden äußeren Gegner hatten noch Trümmer der Brustwehr zu überwinden, über die ihnen zu Hlewars Rechter Oglans Speer entgegenragte und zur Linken der des Kriegers ohne Schild. Dem mittleren Drakonen versperrte dagegen nur noch Hlewar den Weg.

Hlewar blieb kaum Zeit, sich seitlich zum Feind zu drehen, dann warf sich der Drakone bereits gegen ihn. Krachend prallten ihre Schilde aufeinander. Unter der Wucht gab Hlewars Arm nach, wurde jäh gegen seinen Körper gedrückt. Beinahe schlug ihm der eigene Schild ins Gesicht. Gerade rechtzeitig zuckte er mit dem Kopf zurück, denn schon stach das Kurzschwert über die Schilde hinweg. Die Spitze schlitzte seine Haut über der linken Braue, dann verschwand sie so plötzlich, wie sie aufgetaucht war. Die Stelle brannte wie Feuer. Wütend stieß Hlewar den Speer seitlich um den Schild des Gegners, doch die Waffe wurde vom Schildrand zu früh abgelenkt. Stattdessen hatte er durch die Attacke zu viel Gewicht verlagert. Prompt rutschte er unter dem Druck des Drakonen rückwärts, suchte rasch festeren Stand und stemmte sich dagegen. Vor Anstrengung drang ein Ächzen aus seiner Kehle, aber er verlor weiter an Boden. Dabei war der Mistkerl kleiner als er und schmal genug, um sich hinter dem Schild zu verstecken. *Er wird mich noch vom Wehrgang schieben! Wie zur Urschlange ist das möglich? Streng dich an, verdammt!* Er presste die Schulter gegen den Schild und hielt mit ganzer Kraft dagegen. Plötzlich überkam ihn die Erkenntnis. *Er schiebt nicht allein!* Mit neuer Wut stemmte er sich gegen den Druck der Hintermänner, die den Kameraden vorwärtsschoben. Wie sollte er dagegen ankommen?

Neben ihm hielt Oglan mit wilden Speerstößen einen Drakonen davon ab, über die Reste der Brustwehr zu klettern. Um Hlewar zu helfen, hätte er dem Gegner die ungeschützte Seite zuwenden müssen. Hlewars Hoffnung sank. Sie hatten ihn schon zwei Handbreit zurückgedrängt, seine Sohlen fanden keinen Halt.

Von links blitzte Metall auf. Der Drakone stieß ein gequältes Keuchen aus, dann ließ der Druck so unverhofft nach, dass Hlewar nach vorn kippte und den Verwundeten dabei umstieß. Geistesgegenwärtig stach er nach dem Gegner zur Rechten, der ihm im Kampf mit Oglan die ungeschützte Seite zuwandte. Hektisch parierte der Mann mit seinem Kurzschwert, schwenkte dabei jedoch auch den Schild zu weit in Hlewars Richtung. Sofort stieß Oglan ihm den Speer in die Nieren. Vor Schmerz schrie der Drakone auf und ließ die Klinge fallen. Mit triumphierendem Gebrüll rüttelte Oglan am Speer, der im Leib des Gegners steckte.

Hlewars Blick fiel auf den Kerl jenseits des Gefallenen. Der Drakone hatte gezögert, auf seinen sterbenden Kameraden zu steigen, doch gerade überwand er die Skrupel. Knurrend schnellte Hlewar ihm entgegen, stieß sich mit dem Fuß ab und sprang hoch in die Luft. Über dessen Schild hinweg jagte er dem neuen Feind den Speer in die Kehle.

Anstelle von Triumph überkam ihn die Erkenntnis, dass er einen Fehler begangen hatte. Schon zuckte zur Rechten ein Schwert auf ihn zu. Noch in der Luft versuchte er, sich zur Seite zu werfen und dabei den Speer aus dem Hals des zusammenbrechenden Gegners zu reißen, doch er fiel zu schnell, kam bereits auf dem Schild des Gefallenen auf, und das Zurückziehen des Speers bewirkte, dass sein Arm der zustechenden Klinge den Weg zur Brust freigab. Er spürte nicht, wie die Spitze durch Haut und Muskeln glitt, doch dann stieß sie gegen eine Rippe. Knirschend brach der Knochen und sandte sengenden Schmerz durch Hlewars Leib. Im selben Augenblick rutschte sein Fuß auf dem gewölbten Schild ab. Er taumelte zur Seite, weg von der Klinge, und prallte mit dem Schild gegen den Drakonen zur Linken. Einen Lidschlag lang war er vom Schmerz benommen, aber der zornige Aufschrei des angerempelten Gegners fegte die Trägheit davon.

»Was stehst du auch da rum!«, fuhr er ihn an und rammte ihn noch einmal. Erneut überkam ihn eine Woge schwindelerregender Schmerzen. Wütend versuchte sein Gegner, ihn mit dem Schild wegzustoßen. Sofort sah der Krieger auf dem Wehrgang die Blöße und stieß dem Drakonen den Speer in die Seite.

Ich habe das Schweigegebot gebrochen! »Ihr verdammten Mörder!«, brüllte er und stieß den Verwundeten von der Brücke.

Schon zuckte die Faust des Hintermanns mit dem Kurzschwert vor. Hastig zog sich Hlewar über die Leiche seines ersten Gegners in die Bresche zurück und wehrte dabei den Kerl, der ihm die Rippe gebrochen hatte, mit dem Speerschaft ab. Diese Bewegung rettete ihn vor einem Pfeil, der seinen Kopf verfehlte. Die Schützen hatten nur darauf gelauert, dass er endlich wieder frei stand.

Im gleichen Moment warf ein Drakone jenseits der beiden Gefallenen einen Speer. Hlewar riss gerade den Schildarm empor, um sich vor weiteren Pfeilen zu schützen. Vielleicht hatte Wahena sein Gebet erhört, denn auf dem Weg nach oben traf der Schild auf die heranjagende Waffe und lenkte sie über Hlewars Kopf. Mit einem zornigen Ausruf stürmte der Drakone auf ihn zu. Schwer atmend senkte Hlewar den Schild. Aus dem Augenwinkel sah er, dass der Krieger neben ihm zusammenbrach. Mehrere Pfeile ragten aus seiner Brust. Der Anblick erfüllte Hlewar mit kaltem Hass. Noch hielt er dem Feind den Schild entgegen, doch im letzten Moment besann er sich und machte einen Schritt zur Seite. Nur einen Fuß beließ er in der Bresche. Keinen Lidschlag später knallte das Schienbein des Thebaners gegen seinen Knöchel. Er spürte, wie der fremde Fuß hängen blieb, und schon stürzte der Drakone. Mit Schild und Waffenhand fing er sich ab, doch Hlewar rammte ihm bereits den Speer durchs Kettenhemd in die Rippen. *Fahr zu Harass!* Den Fuß auf den Hintern des Kerls zu stellen und den Speer aus ihm zu reißen war fast so gut wie ein kräftiger Tritt.

Plötzlich traf Hlewar ein harter Schlag an der Schulter. Um den Gestrauchelten zu töten, hatte er sich zu weit drehen müssen. Nun steckte ein Pfeil in seiner Schulter. Hastig wandte er sich um, wollte den Schild dabei heben, doch stattdessen tanzten vor Schmerz grelle Flecken vor seinen Augen und raubten ihm die Sicht. Geblendet stand er mit gelähmtem Arm vor dem Feind.

»Pass auf!«, schrie jemand zu seiner Linken. Hlewar glaubte, die Stimme seines Vetters Brag zu erkennen. Während die Lichter verblassten, duckte er sich tiefer – so gut es ging, ohne die Schulter zu bewegen. Schon knallte etwas gegen seinen Schild. Wie ein Feuerstoß fuhr der Aufprall durch den Arm bis in die Schulter. Vor Schmerz brüllte Hlewar auf. Der Griff des Schilds entglitt seiner Hand. Neue Lichtflecken tanzten vor seinen Augen. Zuvor hatte er gerade noch die Speerspitze gesehen, die aus der Rückseite seines Schilds hervorragte. Jeden Moment würde auch er mit Pfeilen in der Brust enden.

Fluchend sprang Oglan an Hlewars Seite, schob sich vor ihn, sodass sein Schild sie beide schützte. »Aufrücken!«, brüllte er seinen Nebenmännern zu, doch in der Bresche boten ihm die Reste der Brustwehr keine Deckung mehr. Kaum stand er vor Hlewar, knallte ein Pfeil in den Schild. Dennoch hörte Hlewar Oglan keuchen. *Er ist getroffen!* Entsetzt senkte er den Blick. Pfeile ragten aus Oglans linkem Bein und seinem Unterleib.

Mit bleicher Miene sah Oglan ihn an. »Nimm meinen Schild!«, murmelte er.

Aber …

»Nimm meinen Schild!«, blaffte Oglan.

Eilig lehnte Hlewar seinen Speer gegen den gelähmten Arm, damit die Waffe nicht zu Boden fiel.

»Ich bin hin«, fügte Oglan leiser hinzu. Niemand überlebte einen Schuss in die Eingeweide.

Mit der freien Hand umschloss Hlewar den Griff des Schilds, während Oglan losließ.

»Wir sehen uns in Harass' Halle.« Unvermittelt stürmte Oglan los und schwang brüllend seinen Speer. Im gleichen Moment schossen die Schützen. Zwei Pfeile trafen Oglan mitten in die Brust. Abrupt verstummte er, stürzte auf die Bretter, aber auch ein Drakone, der vorgerückt war, um ihn aufzuhalten, fiel mit einem Pfeil der eigenen Leute im Nacken.

Rasch wollte Hlewar den neuen Schild in die linke Hand

wechseln, ohne ihn zu senken, denn sonst wäre Oglans Opfer umsonst gewesen. Doch die gelähmte Schulter rührte sich nicht. Anstrengung und Schmerz trieben ihm nur Schweiß auf die Haut. Blut aus der Stirnwunde brannte im linken Auge. Halb blind biss er die Zähne zusammen, zwang den zitternden Arm nach oben.

Plötzlich gab es einen Knall. Die Spitze eines Speers fuhr durch den Schild auf Hlewars Gesicht zu. Unter dem heftigen Stoß knickte sein Arm wie ein Strohhalm. Hlewar riss den Kopf zur Seite, aber die Schneide der Speerspitze schnitt in seine Wange. Stahl schabte über Zähne. Er schmeckte Blut und hörte einen harten, kurzen Ruf, der nichts Gutes bedeuten konnte. Das Gewicht des Schilds samt feststeckendem Speer zerrte seinen Arm nach unten. Kalte Luft und warmes Blut strömten in seinen Mund. Er versuchte, einen klaren Gedanken zu fassen, doch alles zersplitterte unter einem neuen Aufprall. Wie von Rùls Faust getroffen taumelte er rückwärts. Die Speerspitze hatte den Schild durchschlagen und steckte in seinem Arm. Aus seiner Kehle stieg ein Brüllen auf, doch er spie mehr Blut als Laute. Der Griff des bleischweren Schilds entglitt seinen Fingern.

»Hlewar!«, schrie Brag.

Vielleicht wollte sein Vetter ihm zu Hilfe eilen, doch Brags Schild befand sich auf der falschen Seite, und Hlewar sah die Pfeilspitzen bereits im Fackellicht blitzen. Er wollte ausweichen, doch seine Füße stießen gegen den Drakonen, der auf dem Wehrgang lag. Wie Faustschläge trafen ihn die Geschosse, schlugen gegen Schulter, Bauch und Brust. Mit jedem Treffer wich er unwillkürlich weiter zurück. Als er ins Leere trat, fiel er, aber es kam ihm seltsam langsam vor. Kippte er nach hinten oder versank die Welt vor seinen Augen? Jetzt war da jedenfalls nur noch der Sternenhimmel, bis auch dieses Bild erlosch. Der Aufprall presste ihm mit einem Schlag die Luft aus der Lunge. Wild pochend raste sein Herz gegen das Ersticken an, dann atmete er plötzlich wieder. Ein flaches und schmerzhaftes Röcheln, das klang wie von einem Fremden.

Hlewar öffnete die Lider. Im Licht der Fackeln sah er die Pfeile, die aus seinem Körper ragten, aber er spürte sie nicht.

Ihm war, als ob er in eisigem Wasser lag, das die Glieder lähmte. Allmählich ergriff die Kälte von seinem ganzen Körper Besitz.

»Vater?« Askars zaghafte Stimme brachte ihn dazu, den Kopf ein wenig zu drehen. Die beiden Jungen kauerten am Fuß der Mauer. Mit beiden Armen hielt Askar schützend den kleinen Adagis umfangen und sah doch eher so aus, als suchte er darin Trost.

Betrübt blickte Hlewar in die weit geöffneten Augen. Auf ihn wartete ein Tisch in Harass' Halle, aber welches Schicksal war seinen Söhnen bestimmt?

1

Theban, 24. Jahr der Herrschaft Ermans

»Was glotzt du so, Sklave?«, fuhr ihn der Fremde an.

Kayo schreckte aus seinen Gedanken auf und ging schneller. Mit gesenktem Blick wich er dem Mann aus, doch dabei stieß er gegen einen anderen Kerl, den er hinter dem schweren Wäschestapel auf seinen Armen nicht gesehen hatte.

»Pass gefälligst auf!«, blaffte der erste Fremde. Sein Atem stank nach Fäulnis und Wein.

»Dreckiger Mataver!«, zischte der zweite.

Wenn hier jemand dreckig ist …, dachte Kayo angesichts ihrer fleckigen Tuniken, verzog aber keine Miene. Er hatte gelernt, seine Gefühle zu verbergen. Widerwillig trat er zurück, um die Zecher zu umgehen. Sich zwischen ihnen hindurchzuzwängen würde sie nur noch mehr gegen ihn aufbringen.

Der zweite, ein stämmiger, aber nicht allzu großer Kerl, schnitt ihm jedoch den Weg ab. Sein böses Grinsen entblößte einen fehlenden und einen abgebrochenen Zahn, die bestimmt einer Schlägerei zum Opfer gefallen waren. »Hältst dich wohl für was Besseres, weil du irgendeinem reichen Sack die Eier kraulen darfst.«

Die scharfe Antwort, die ihm auf der Zunge lag, schluckte Kayo hinunter. Säufer oder nicht, sie waren Thebaner und er nur ein Sklave. Niemand würde eingreifen, wenn sie ihn schlugen, schließlich konnte er ihr Eigentum sein, aber sobald er sich wehrte, würden sie ihn anklagen, freie Bürger angegriffen zu haben. Darauf stand der Tod. Am besten nahm er einfach einen anderen Weg zur Wäscherei.

Abrupt drehte er sich um und wollte zur nahen Kreuzung zurückgehen, doch hinter ihm hatten sich schon drei Männer aufgebaut, die ebenso übellaunig aussahen wie ihre beiden Kumpane. Kayos Verachtung wuchs ebenso wie seine Angst. Weindunst umgab sie wie eine Wolke, aber ihr Geld hatte wohl nicht gereicht, um sich vollends zu betrinken. Oder die Tavernenhuren waren zu teuer gewesen. Was zum Henker konnte er dafür?

»Hast recht«, befand ein dürrer Kerl mit stechendem Blick. »Der Dreckssklave schaut auf uns herab.«

Bedrohlich schnell trat ein anderer auf Kayo zu. Unwillkürlich zog er den Kopf ein, doch es nützte nichts. Er war zwei Handbreit größer als die meisten von ihnen und hätte in die Knie gehen müssen, um nicht mehr auf sie hinunterzublicken. Ermutigt täuschte der Fremde einen Schlag mit der Faust an. Kayo zuckte zurück.

»Den Hochmut prügeln wir schon aus dir raus«, höhnte der Kerl. Sein schwarzes Haar stank nach ranzigem Salböl. Er hätte seine Münzen besser ins Badehaus als in Schänken getragen.

Plötzlich traf Kayo ein Tritt in die Kniekehle. Sein Bein gab nach und brachte ihn mitsamt dem Stapel schmutziger Wäsche ins Wanken. *Bloß nicht fallen!*, durchzuckte es ihn, während er um sein Gleichgewicht rang, doch im nächsten Moment krachte eine Faust gegen sein Kinn, dass Zähne und Nacken knirschten. Schon im Fallen spürte er weitere Tritte. Halb stürzte er auf den Stoffballen, halb auf das grobe Pflaster, schlug hastig die Arme vors Gesicht und krümmte sich zusammen. Mal klatschend, mal dumpf prallten Sandalen auf seine Haut. Überall war Schmerz, in seinen Nieren, den Schenkeln, der Schulter. Er hörte gehässige Worte, aber sie erreichten ihn nicht. Die auf ihn einprasselnden Tritte füllten sein ganzes Sein aus. Knackend brach eine Rippe, vielleicht waren es auch zwei.

»Hört auf!«, gellte eine weibliche Stimme. Im nächsten Augenblick platschte etwas Nasses auf Straße, Schläger und Kayo herunter. Es stank wie aus den Amphoren, die die Gerber entlang der Straßen aufstellten, damit die Passanten hineinpinkelten.

Fluchend ließen Kayos Peiniger von ihm ab, blickten nach oben und reckten drohend die Fäuste. Vorsichtig blinzelte er zwischen seinen Armen hervor.

»Verdammte Trunkenbolde!«, keifte die Frau, die sich im dritten Stock aus dem Fenster lehnte. »Habt ihr noch nicht genug?« Vielsagend hob sie den Nachttopf.

»Wir kommen gleich rauf!«, brüllte der mit der Zahnlücke, dass der Speichel flog.

»Versucht's doch!«, höhnte sie zurück und holte mit der

Schüssel Schwung. Ein weiterer Schwall schwappte heraus. Hastig schloss Kayo die Lider, um nichts in die Augen zu bekommen, doch es war nicht mehr so viel wie beim ersten Mal. Er hörte schnelle Schritte, dann donnerten Schläge an eine Tür. »Aufmachen!«

»Hältst du mich für blöd?«, ertönte die Stimme des Türhüters gedämpft durch das Holz.

Mit einem verstohlenen Schmunzeln wagte Kayo, die Augen wieder zu öffnen. Mittlerweile waren etliche Passanten stehen geblieben, um das Schauspiel zu verfolgen – oder zumindest nicht im Vorübergehen eine Ladung Urin abzubekommen.

»Wartet! Ich hol mir Nachschub von den Nachbarn«, rief die Frau und verschwand aus dem Fenster.

Einige Zuschauer lachten, andere huschten hastig vorbei. Nur ein Ladenbesitzer von schräg gegenüber beschwerte sich lautstark: »Wo um Meraturs willen bleibt die Stadtwache, wenn man sie braucht?«

Beim Wort Stadtwache blickten sich die Schläger nervös um.

»Los, verschwinden wir!«, drängte der Dürre. »Dem haben wir's doch gegeben.«

»Wird's bald was da vorn?«, brüllte jemand erbost. »Hier gibt's Leute, die arbeiten müssen, verflucht noch mal!«

Widerstrebend wichen Zahnlücke und sein Kumpan von der Haustür zurück. Jemand hinter Kayo versetzte ihm einen letzten Tritt, dann eilten sie davon. Sogleich löste sich der Ring aus Zuschauern auf und alle gingen ihrer Wege.

»Das wird auch Zeit!«, ertönte wieder die wütende Stimme. Das Rumpeln eines Karrens verriet, dass sie einem Fuhrmann gehörte. »Nichtsnutzige Rumtreiber!«

Steif vor Schmerzen rappelte sich Kayo auf. Jede Bewegung war eine Qual, aber wen kümmerte es? An dem eisernen Ring um seinen Hals erkannten sie ihn als Sklaven. Sein Schicksal ging sie nichts an und außerdem stank er nach Latrine.

»He! Heb gefälligst deinen Berg Lumpen auf oder soll ich etwa drüberfahren?«, polterte der Fuhrmann. Neugierig versuchte einer der Ochsen, an der Schmutzwäsche zu schnuppern, doch das Joch hinderte ihn daran.

Unter Schmerzen raffte Kayo den Stoffhaufen zusammen. Ein Teil war im Rinnstein gelandet und triefte nun vor Nässe und eine Platzwunde an seiner Lippe hatte Blutflecken hinterlassen. Sie tropfte noch immer. Rasch leckte er darüber, während der Ochsenkarren vorbeifuhr. Er blickte zum Fenster hinauf, um der Fremden zu danken, doch sie war nicht mehr zu sehen. Vielleicht lachte sie mit den Nachbarn über ihren gelungenen Auftritt.

Seufzend wandte sich Kayo ab. Vom Straßenschmutz war seine neue Tunika nun genauso fleckig wie die der Trinker. Vom strengen Geruch ganz abgesehen. Einen Moment lang erwog er, sie in der Wäscherei abzugeben, aber dann hätte er halb nackt nach Hause gehen müssen, wie irgendein armseliger Feldsklave auf den Äckern vor der Stadt. *Nein, kommt nicht infrage.* Er war schon genug gedemütigt worden. Die Vorübergehenden starrten ihn an und rümpften die Nase.

Um den nächsten Brunnen zu finden, folgte er dem Wasser im Rinnstein. Es stammte aus dem Überlauf eines Marmorbeckens, das zur Fassade eines einstmals schmucken Hauses gehörte. Mittlerweile war es nur noch eine Mietskaserne, deren Bewohner sich an diesem Brunnen ihr Wasser holen und in die oberen Stockwerke schleppen mussten. Kayo tauchte seine Hände in das kühle Nass und wusch sich Arme und Gesicht. Es beseitigte zwar nicht das Pochen in seinen Prellungen und das Stechen der Rippen, aber wenigstens fühlte er sich besser.

»Darf ich jetzt auch mal?«, drängelte eine dickliche ältere Frau, die einen Wasserkrug in der Hand hielt.

Stumm gab Kayo das Becken frei und strich sich die langen, dunkelblonden Haare aus dem Gesicht. Seine Würde war alles, was er dem Gestank der Tunika entgegenzusetzen hatte. Als er sich bückte, um die Schmutzwäsche wieder aufzuheben, entfuhr ihm ein Ächzen, doch die Frau am Brunnen würdigte ihn keines Blickes.

Obwohl es zur Wäscherei nicht allzu weit war, machten seine Verletzungen die Schlepperei zur Qual. Für gewöhnlich strengte es ihn nicht übermäßig an, aber nun trat ihm kalter Schweiß auf die Haut und seine Schritte kamen ihm unsicher vor, als hätte er getrunken. Zu allem Überfluss standen die Kunden vor dem Eingang bereits Schlange. Seit der Besitzer gewechselt hatte, sollte es die beste Wäscherei der Stadt sein, und offenbar wollte das jetzt halb Theban erproben.

Ergeben stellte sich Kayo hinten an. Wenigstens fielen die Ausdünstungen seiner Tunika nicht mehr auf, denn hier stank es nach dem Urin in der Lauge, in der die Wäschergehilfen die Kleidung mit den Füßen stampften. Schon die Vorstellung bereitete Kayo in seinem Zustand Übelkeit, aber vielleicht war es auch der beißende Geruch der Wäscherei. Wie gern hätte er seine Last fallen lassen und sich daraufgesetzt, aber er musste ständig aufrücken, sonst nahmen andere seinen Platz in der Schlange ein.

Nur mit halbem Ohr lauschte er dem Geschwätz der Menschen um sich herum. Sie erzählten sich Belanglosigkeiten oder tauschten Gerüchte über den tödlichen Unfall des früheren Besitzers aus. Ob er wirklich auf dem nassen Rand eines Zubers ausgerutscht und dabei so unglücklich gefallen war, dass er sich den Schädel an einem anderen Bottich eingeschlagen hatte? Die Sklavin vor ihm wollte es nicht glauben, und ihr Vordermann gab zu, dass es unwahrscheinlich klang, während hinter Kayo eine fremde und zugleich seltsam vertraute Sprache ertönte, von der er kein Wort verstand. Das alles ging ihn nichts an. Nervös verlagerte er sein Gewicht, um den angespannten Muskeln Erleichterung zu verschaffen. Wenn seine Kräfte so weiterschwanden, würde er womöglich zusammenbrechen. *Gütige Eseo, steh mir bei! Ich werde dir auch drei Kupfermünzen in den Tempel bringen.*

In diesem Moment tippte ihm jemand von hinten an die verletzte Schulter. Erschreckt fuhr er herum. Hatten ihn seine Peiniger verfolgt? Doch er blickte auf die Nase eines jungen Sklaven, der noch größer war als er.

»Sprichst du kein Matavisch?«, fragte der Hüne tadelnd.

Kayos Blick wanderte zu den grauen Augen unter den blonden Brauen hinauf. Sah man ihm seine Herkunft ebenso deutlich an? »Meine Mutter lebte wohl nicht lange genug, um es mir beizubringen.« Was bildete sich der Kerl ein, ihm das vorzuwerfen?

Entschuldigend wollte der Fremde die Arme heben, was jedoch nur seinen Stapel Schmutzwäsche auf und ab bewegte. »Schon gut! Siehst aus, als hättest du 'n schweren Tag gehabt. Ich bin Swarann. Aus der Gladiatorenschule des Procaros. Na ja, Frischling, wie man sieht.« Grinsend hob er erneut den Stoffberg auf seinen Armen, als spürte er kein Gewicht. »Jeder muss sich hochdienen.«

Neugierig sah Kayo genauer hin und entdeckte Blutergüsse auf Swaranns Armen und verschorfte Schrammen an den Knien. »Mein Name ist Kayo. Aber den haben mir wohl erst meine Besitzer gegeben.«

»Zu welcher Schule gehörst du?«, wollte Swarann wissen. Hielt er ihn etwa wegen seiner Blessuren für einen Gladiator?

»Zu keiner.« Er schämte sich fast und wünschte, es wäre so gewesen. Gladiatoren waren bewunderte Kämpfer, denen eine Zukunft in Freiheit winkte – wenn sie lange genug überlebten. »Ich gehöre dem Noblen Daimean aus dem Hause Darion.«

Swaranns Miene verriet, dass ihm diese Namen nichts sagten. Das Haus Darion gehörte zu den ältesten, aber längst nicht den reichsten der Stadt. »Na, macht nichts«, meinte er. »Du bist jedenfalls Mataver. Einer von uns. Komm doch mal vorbei. Vielleicht macht Procaros deinem Herrn ein gutes Angebot.«

Provinz Desmana, 24. Jahr der Herrschaft Ermans

»Ha! Gewonnen.« Kromer lehnte sich zurück und strich sich zufrieden über den langen, schwarzen Bart.

Seran dagegen raufte sich das dunkelblonde Haar. »Das gibt's überhaupt nicht!«, rief er und starrte auf die Würfel. Alle drei zeigten die Sonne mit sechs Strahlen, die im Spiel für Deiuthar stand, den höchsten aller Götter. Wären ihm nicht gerade erst ein Herdfeuer, ein Pfau und ein Hund beschieden gewesen, hätte er noch einmal überprüft, ob die Würfel überhaupt andere Symbole zeigten.

»Das Glück des Tüchtigen«, lobte sich der Zwerg und lächelte breit.

»Tja, das war's dann wohl für diesen Mond mit Würfeln.«

Resigniert schob Seran seinem alten Lehrmeister die letzten Silbermünzen über den kleinen Tisch. »Du hast meinen kompletten Sold eingesackt.«

»Zufällig weiß ich, dass du der Ziehsohn des Statthalters bist und noch andere Geldquellen hast«, erwiderte Kromer, doch nichts daran war Zufall. Astur selbst, der mächtige Heerführer und Statthalter der Provinz Desmana, hatte ihn einst angestellt, um seinen Söhnen als Waffenmeister zu dienen.

»Unendlich sind die aber nicht«, warnte Seran, während sich Kromer anschickte, die Münzen über die Tischkante in seinen Geldbeutel zu schieben. »Und ich muss meiner Ziehmutter noch ein Geschenk kaufen, über das sie nicht wieder die Nase rümpft.«

Mit einem Brummen hielt der Zwerg inne. Unter den gerunzelten schwarzen Brauen waren seine Augen kaum noch zu sehen. Seran fiel auf, dass sich neuerdings mehr Grau in die dunklen Haare mischte, die unter Kromers Lederkappe hervorquollen und bis über die Schultern reichten.

»Behalt dein Geld! Du bist der Einzige, der noch mit mir spielt. Nimm's gefälligst, damit wir weitermachen können!« Unwirsch schob Kromer die Münzen zurück auf Serans Seite.

Seran konnte sich ein Grinsen nicht verkneifen. »Vielleicht würden mehr Leute mit dir würfeln, wenn du sie nicht immer bis auf den Lendenschurz ausnehmen würdest.«

»Pfff, wer seine Tunika setzt, hat's nicht besser verdient.«

»Hast du etwa wirklich …« Fassungslos schüttelte Seran den Kopf. Er hatte es nur als Scherz gemeint, aber Kromer sah ernst aus.

»Ich trag jetzt sogar seine Sandalen«, behauptete der Zwerg und streckte ein kurzes Bein aus, das trotz des warmen Wetters in einem Stiefel steckte.

Seran lachte, weil er überhaupt hingesehen hatte. Er hätte wissen müssen, dass sein Freund niemals ohne Stiefel aus dem Haus gegangen wäre.

»Drangekriegt!«, triumphierte Kromer und griff schon wieder nach den Würfeln.

Gerade als sich Seran darauf einrichtete, eine weitere Runde zu verlieren, hörte er draußen Schritte heraneilen.

Einer seiner Männer tauchte in der offenen Tür auf und blieb auf der Schwelle stehen. »Bizen?« Obwohl er aufgeregt wirkte, wartete er, bis Seran ihn mit einer Geste aufforderte, weiterzusprechen. »Bizen, wir haben ein Signalfeuer gesichtet.«

Seran sprang so jäh auf, dass sein breiter, mit Bronzebeschlägen verzierter Stuhl umkippte. »In welcher Richtung?«, fragte er und lief bereits zur Tür. Sein Blick streifte Kromer, der sich gemächlicher aus seinem Klapplehnstuhl hievte.

»Im Westen, Herr.« Der Soldat eilte voraus, um ihm den Weg zu weisen.

Dicht gefolgt von Kromer, dessen unverkennbares Schnaufen Seran hinter sich hörte, rannten sie durch das befestigte Lager der zweihundert Mann starken Reiterei, deren Kommando Seran seit ein paar Monden innehatte. Astur hatte es ihm anlässlich seines 21. Geburtstags übertragen, damit er Gelegenheit bekam, sich als Offizier zu bewähren. Bislang war alles ruhig und weitgehend reibungslos verlaufen. Ein paar Straßenräuber, die sich sofort ergeben hatten. Wütende Bauern, die auf einen betrügerischen Müller und dessen Knechte losgegangen waren. Serans Reiter hatten sie auseinandergetrieben und den Müller eingeschüchtert, damit er aufhörte, unverschämt viel Mehl abzuzweigen. Für solche Kleinigkeiten erntete man natürlich keinen Ruhm. Entsprechend gelangweilt hockten die Männer unter den Vordächern ihrer Unterkünfte herum, ließen die Würfel rollen oder saßen beim Mittagessen.

Überrascht blickten sie auf, als Seran vorübereilte. Er merkte, dass er als Kommandant gerade nicht angemessen würdevoll wirkte, aber das war ihm egal. Endlich geschah etwas Wichtiges. Er musste schnellstens wissen, was vorging, und entsprechend handeln. Atemlos eilte er die Treppe des Wachturms hinauf, dessen Plattform einen weiten Blick bot. Im Norden leuchtete das Blau des Ozeans in der Sonne. Gen Osten schloss sich an den flachen Küstenstreifen hügeliges Land an, das bis zu den Bergen im Süden reichte. Suchend schweifte Serans Blick über die frühlingsgrüne Landschaft.

»Dort, Herr.« Der auf dem Turm verbliebene Wachposten wies ihm die Richtung.

Erst jetzt sah Seran die schmale, vor dem hellen Himmel kaum wahrnehmbare Rauchsäule. »Wer von euch hat es entdeckt?«

»Das war ich, Bizen«, antwortete der hagere, dunkelhaarige Mann, und sein Kamerad, der Seran geholt hatte, widersprach ihm nicht.

»Du musst Augen haben wie ein Adler«, lobte Seran.

Atemlos erklomm Kromer die letzte Stufe und trat neben ihn. Auch wenn er für einen Zwerg recht groß war, reichte er Seran nur knapp bis zur Brust, weshalb er niemandem die Sicht versperrte, als er sich vordrängelte. »Piraten?«, schnaufte er.

»Wahrscheinlich. Das Dorf liegt direkt an der Küste.« Seran bemühte sich, so nüchtern zu klingen wie sein Ziehvater, obwohl seine Gedanken aufgeregt hin- und hersprangen. Was sollte er tun? Wie viele Männer würde er brauchen? Wie viele fehlten, weil sie krank oder auf Patrouille waren? Handelte es sich um eines oder mehrere Schiffe? Nur gesichtet oder bereits gelandet?

»Sag was«, murmelte Kromer und stieß ihn verstohlen mit dem Ellbogen an.

Seran bemerkte, dass ihn die Wächter erwartungsvoll ansahen. »Nimm eins der Botenpferde und überbring die Nachricht meinem Vater!«, befahl er dem Fülligeren. Für Kuriere standen stets gesattelte Tiere bereit, damit sie keine Zeit verloren.

»Ich reite, so schnell ich kann, Herr«, versicherte der Desmanaer und eilte die Stufen hinunter.

»Gib Alarm!«, wies Seran den Hageren an, der an einem Lederriemen das aus einem Kuhhorn gefertigte Signalhorn der Wächter um den Hals trug. Rasch griff der Mann danach, während Seran Kromer bedeutete, ihm die Treppe hinab zu folgen. Begleitet vom heiseren Ton des Horns hasteten sie nach unten. Ihre genagelten Sohlen trommelten auf die hölzernen Stufen, dass es in Serans Ohren dröhnte.

Unten kam ihnen bereits Ardoso entgegen, einer der zwanzig Truppführer. Je zehn Reiter bildeten einen solchen Trupp, der sich Quartier und Ausrüstung teilte und vom dienstältesten

Mitglied angeführt wurde. Ardoso war der erfahrenste Kämpfer unter ihnen, denn er hatte im fernen Serika gedient, wo wilde Reitervölker die Grenzstädte überfielen. Obwohl sein Haar noch schwarz war, schimmerte die Kopfhaut schon an vielen Stellen hindurch. »Piraten?«, fragte er grimmig.

»Sieht danach aus«, bestätigte Seran.

»Kaum sind die Frühjahrsstürme vorbei, spült OlGado sie an.«

»Und wir werden sie zurück ins Meer jagen«, rief Seran, denn weitere Truppführer rannten herbei. »Lasst satteln! Die Bereitschaft reitet mit mir. Die anderen folgen unter Ardoso als Verstärkung. Ich will jeden verfügbaren Mann dabeihaben – schnell!«

Sogleich liefen die Truppführer wieder davon, um seinen Befehl zu überbringen, doch Seran fiel ein, dass er das Wichtigste vergessen hatte. »Ardoso!«

Ardoso hielt inne und sah sich noch einmal um.

»Sende zwei Kundschafter voraus! Sie sollen sich ein Bild machen und uns dann entgegenkommen, um zu berichten.«

»Sofort, Bizen«, versicherte Ardoso und rannte zum Quartier seiner Leute.

Untermalt von den Klängen der Bronzehörner, auf denen zum Satteln geblasen wurde, brach im ganzen Lager Betriebsamkeit aus. Die Männer der Bereitschaft drängten in die Waffenkammern. Die anderen rannten zum Tor hinaus, um ihre Pferde von den Koppeln zu holen, und die Sklaven hasteten in die Ställe, aus denen Wiehern ertönte.

»Wirst du uns begleiten?«, rief Seran Kromer nach, als der Zwerg zu den Werkstätten abbog.

»Glaubst du, ich lass dich allein in deine erste Schlacht reiten?« Kopfschüttelnd eilte Kromer davon.

Seran lief weiter zur Kommandantur, in der er als Befehlshaber residierte. Verglichen mit den Bauten größerer Lager war es ein bescheidenes kleines Haus, aber immerhin standen ihm dort mehrere Zimmer zur Verfügung, während sich seine Männer jeweils zu zehnt einen Schlafraum teilen mussten. Unter dem von zwei Säulen aus rotem Sandstein flankierten Portal harrten drei Sklaven seiner Befehle.

»Sattelt Skiron und Aleator!«, rief er den beiden Pferdeknechten entgegen. »Leichte Panzerung, Garud. Ich reite Skiron, du nimmst Aleator als Reserve mit.«

Der ältere der Sklaven nickte, bevor beide zu den Ställen liefen. Schon in Asturs Haushalt hatte er sich um Serans Pferde gekümmert. Auch Milos, der ergraute Sklave, der ihm gerade den Weg ins Haus freigab, gehörte zu Asturs Besitz und diente Seran seit vielen Jahren. Bei nächster Gelegenheit wollte er mit seinem Ziehvater über Milos reden. Astur sollte ihm die Freiheit schenken, bevor es für ihn zu spät war, ein neues Leben zu beginnen.

»Volle Gefechtsausrüstung!«, befahl Seran, während er vor dem Sklaven her in seine Waffenkammer stürmte.

»Piraten, Herr?« Obwohl es fast zwei Jahrzehnte lang kaum noch Überfälle gegeben hatte, wusste seit den schlimmen Zeiten im letzten Sommer offenbar jeder, dass es mit der Ruhe vor der alten Geißel der Küsten vorbei war.

Daher sparte sich Seran die Antwort und griff nach dem gepolsterten Lederwams, das unter der Rüstung getragen wurde. Schon beim Anblick der dicken Füllung begann er zu schwitzen, aber vielleicht lag es auch daran, dass er gerannt war. Mit fahrigen Fingern schloss er die Verschnürung selbst und wehrte Milos' Hände ab. »Reich mir lieber das Kettenhemd!«, drängte er geistesabwesend. In Gedanken ging er die Vorschriften für den Abritt durch. Wenn er etwas vergaß, würden es die Männer als schlechtes Omen auffassen.

Geduldig half ihm Milos in den Kettenpanzer, der klirrend herabfiel und sich wie eine Eisenhaut um seinen Körper legte. Nur Arme und Beine blieben frei. Darüber befestigte Milos die Schulterklappen, die aus mehreren, sich überlappenden Blechstücken bestanden und auf der Vorderseite mit bronzenen Pferdeköpfen verziert waren. Während sich Seran den ledernen Schwertgurt umlegte, kroch Milos zu seinen Füßen herum, um ihm die bis zu den Knien reichenden Beinschienen und die Sporen anzulegen. Das untätige Herumstehen zerrte an Seran. Am liebsten hätte er sich gebückt, um Milos zu helfen, doch sie wären sich nur gegenseitig in die Quere gekommen. »Fertig?«

Ein wenig steif richtete sich Milos wieder auf. »Soll ich Proviant für Euch packen?«

»Nur die Feldflasche füllen«, entschied Seran und griff nach seinem Helm. Darunter würde es heiß werden, aber er konnte nicht wissen, ob ihm später noch Zeit bliebe, um ihn aufzusetzen und in Ruhe zu verschnüren, also tat er es lieber gleich. Sein Ziehbruder Baleos hatte ihm den Helm anlässlich seiner Ernennung zum Bizen geschenkt, aber gefertigt hatte ihn Kromer, der sich dabei selbst übertroffen hatte. Seit er nicht mehr als Waffenmeister gebraucht wurde, weil sie seinem Unterricht entwachsen waren, arbeitete er als Schmied der Familie und versorgte sie mit Rüstungen und Waffen. Die Schale des Helms hatte er mit angedeuteten Haarlocken versehen und die breiten Wangenklappen mit eingelegten Bronzereitern verziert. Über der Stirn schloss den Helm ein Schmuckstreifen aus Bronze ab, sodass es aussah, als ob das eiserne Haar von einem bronzenen Band gebändigt wurde. Obwohl das prächtige Stück nur dazu gedacht war, ihn zu schützen, hoffte Seran, dass auch der Helm keinen Schaden nehmen würde.

»Milos?« Dauerte es so lange, eine Feldflasche zu füllen? Ungeduldig schälte er den ovalen Schild aus der ledernen Hülle und nahm die über mannshohe Lanze zur Hand. »Wo bleibst du denn?«, fuhr er Milos an, der endlich mit der Flasche auftauchte. »Da draußen sterben Frauen und Kinder!« *Zumindest die, die sie nicht in die Sklaverei verschleppen wollen.*

Mit ausdrucksloser Miene nahm Milos Schild und Lanze entgegen, um sie hinter Seran herzutragen. Rasch lud Seran ihm auch noch die drei Wurfspeere auf, deren Köcher Garud wohl gerade an Skirons Sattel hängte. Doch bevor Seran endlich aufs Pferd springen konnte, musste er seine Pflichten als Befehlshaber erfüllen. Gefolgt von Milos verließ er sein Haus und ging zum Götterschrein hinüber. Er musste sich zwingen, würdevoll langsam unter das von Eisensäulen getragene Dach zu treten. Sogleich überkam ihn das Schwindelgefühl, das er stets in Saronns Tempeln empfand. Wie mächtig musste der Gott sein, dass er ihm selbst in diesem entlegenen kleinen Schrein noch so überwältigende Ehrfurcht einflößen konnte?

Hinter dem Altar grüßte ihn die Statue des Kriegsgotts mit erhobenem Speer. Daneben stand ein kleineres Abbild des göttlichen Schmieds Siberos, der Saronns Sohn und Herr über die Flammen war. Ohne seine Gunst würden die Waffen stumpf und brüchig werden, weshalb sich Seran auch vor ihm verneigte. Sein letzter Gruß galt dem Kaiser, dessen Büste durch den Besucher hindurchzublicken schien. Ihm fiel auf, dass die Blumen vor dem Kaiser schon wieder welk geworden waren. Wenn er den Göttersohn nicht beleidigen wollte, musste er sie wohl täglich wechseln lassen.

Gereizt verscheuchte er den Gedanken. Er spürte den Blick des Bannerträgers, der vor dem Schrein auf ihn wartete und jeden Fehler bemerken würde. Plötzlich fürchtete er, er könnte stottern oder stolpern oder das heilige Feldzeichen so schwungvoll vom Altar nehmen, dass die Stange eine der Statuen umstieß. *Ganz ruhig! Beim letzten Mal ging doch auch alles gut.* Damals hatte ihn jedoch nicht seine erste Schlacht erwartet. Heute ging es um alles. Männer würden sterben, *er* konnte sterben, und es lag in Saronns Hand, dies zu verhindern und ihm den Sieg zu verleihen.

Er atmete tief durch und trat an den Altar, auf dem das Feldzeichen seiner Einheit lag. Es bestand aus einer Reiterlanze, ganz ähnlich der, die Milos draußen für ihn bereithielt, aber unter der Spitze war eine kurze Querstange angebracht. In aufgerichtetem Zustand baumelten von den Enden dieser Stange zwei künstliche Schweife aus echtem Pferdehaar herab, und dazwischen hing ein grünes Banner, das einen steigenden Hengst zeigte, der sich aus den Wogen des Ozeans erhob. Alle desmanaischen Reitereinheiten führten das aus Silberfäden gestickte Wogenpferd im Banner. Um sie voneinander abzuheben, kamen weitere Symbole hinzu. Für Serans Einheit standen vier silberne Hibiskusblüten, weil diese Gegend für ihre blühenden Gärten berühmt war.

Feierlich hob Seran die Arme über den Altar. Als ob der Gott selbst ihm das Feldzeichen hineinlegen würde, hielt er die Hände Saronn entgegen. »Herr der Schlachten, erhöre uns! Im Namen Deiuthars, der über uns alle herrscht, im Namen Themenors, der Theban gegründet hat, und im Namen des Kaisers, in dessen Adern dein göttliches Blut fließt, gewähre uns den Sieg! Dann werden wir das Blut unserer Feinde in deinem Namen vergießen. Ihre Leben legen wir dir als Opfer zu Füßen, und der Glanz deiner Stadt Theban wird noch heller erstrahlen.«

Das Schwindelgefühl ließ ihn schwanken. Rasch kämpfte er dagegen an, richtete sich auf, wie es einem Anführer zukam. Auf die vorgeschriebene Art ergriff er mit beiden Händen die Standarte, nahm sie vom Altar und richtete sie vor sich auf, ohne irgendetwas umzuwerfen oder auch nur zu berühren. Gemessenen Schritts trug er sie hinaus, um sie dem Bannerträger zu reichen. »Für den Sieg!«, sagte Seran und der Mann wiederholte die Worte und beugte das Haupt vor dem Schrein. Er musste lange geübt haben, damit sich das Feldzeichen dabei nicht ebenfalls neigte.

Erleichtert sah sich Seran nach Garud und Milos um. Er hatte die Bürde übergeben, und das Gefühl der Schwäche verging mit jedem Schritt, den er sich vom Schrein entfernte. Ganz in der Nähe hielt der Sklavenjunge den gesattelten Skiron für ihn bereit. Das fuchsrote Fell glänzte mit den silbernen Beschlägen des Zaumzeugs und zahlreichen Riemen um die Wette. Die grüne Satteldecke war mit Fransen geschmückt, und auf Skirons Stirn blitzte das Gesicht eines silbernen Löwen, dessen Vorderpranken bis zu den Nüstern hinabreichten, um den Kopf des Pferds vor Klingen zu schützen. Derselbe Löwenkopf prangte auch auf dem ledernen Panzer, der große Teile der breiten Pferdebrust verdeckte. Hinter Skiron wartete Garud auf einem eigenen Pferd und führte den schwarzen Aleator am Zügel. Für alles war gesorgt. Entschlossen sprang Seran in den Sattel. Nun lag es bei ihm, die Männer zum Sieg zu führen.

Milos reichte ihm Lanze und Schild und wünschte ihm Saronns Segen. *Den werden wir haben*, dachte Seran, während er seinen Hengst zum Lagertor lenkte. Sie kämpften für Theban, die Stadt, die Saronns Sohn Themenor gegründet hatte. *Das bewahrt dich nicht vor einer Niederlage,* warnte die Stimme seines Ziehvaters leise. Trotz der zahllosen Siege, die Theban zur Hauptstadt des größten Reichs aller Zeiten gemacht hatten, kannte

Seran ein Dutzend Beispiele berühmter Offiziere, die Schlachten verloren hatten. *Das wird mir nicht passieren.*

Auf dem breiten Weg zum Tor sammelten sich die annähernd hundert Mann der Bereitschaft. Sie saßen in ihren Sätteln oder sprangen gerade auf, und die Truppführer sorgten dafür, dass sie sich in Dreierreihen formierten. Auf ihren grün bemalten Schilden prangten Deiuthars weiße Blitze und die Hibiskusblüten ihrer Einheit.

»Vollzählig!«, meldeten die Truppführer, sobald Seran vorbeiritt. Es bedeutete zwar nicht zwingend, dass der ganze Trupp angetreten war, aber zumindest alle derzeit einsatzfähigen Männer. Seran nickte ihnen zu und zählte im Stillen mit. Bis er das Tor erreicht hatte, war er bei zehn angekommen. Sein Heer stand bereit.

An der Spitze des Zugs erwarteten ihn neben dem nun berittenen Bannerträger auch zwei Hornbläser, um seine Befehle für alle hörbar weiterzugeben. Seran reihte sich vor ihnen ein und warf einen letzten Blick über die Schulter. Helme und Lanzen seiner Reiter glänzten in der Sonne. Ungeduldig tänzelten ihre Pferde, warfen die Köpfe, dass das Zaumzeug klirrte. Aber wo steckte Kromer? Der Zwerg brauchte einen Trittstein, um in den Sattel zu kommen, doch das sollte ihn nicht so lange aufhalten.

Plötzlich spitzte Skiron die Ohren, dann hörte Seran es auch. Rechterhand, verdeckt von Baracken und Ställen, galoppierte ein Pferd heran. Mit wehendem Bart jagte Kromer auf seinem stämmigen gelben Hengst um die Ecke. Hinter Schild und Mähne war kaum mehr als sein Helm zu sehen. Seran lächelte ihm kurz zu, bevor er sich an die Hornbläser wandte. Sogleich setzten sie ihre bronzenen Instrumente an die Lippen.

»Abritt!«, befahl er. Der zweifache Hornstoß dröhnte in seinen Ohren. Mit erhobener Lanze trieb er Skiron zum Tor hinaus.

2

Auf der gepflasterten Straße, die im Hinterland grob dem Verlauf der Küste folgte, waren etliche Ochsenkarren und von Maultieren gezogene Reisewagen unterwegs. Säumer trieben ihre beladenen Esel, Hirten ihre Schafe, und hinzu kamen Krämer, die ihre Waren auf dem eigenen Buckel schleppten. Für schnelle Reiter gab es kein Vorankommen. Auch wenn die Reisenden sicher respektvoll ausgewichen wären, wollte Seran nicht warten, bis die Karren zur Seite gerumpelt waren. Stattdessen ließ er seine Einheit neben der Straße galoppieren, bis er in der Ferne zwei Reiter erkannte, die ihnen entgegenpreschten.

»Anhalten!«, rief er und hob den Speer, um den Befehl zu unterstreichen. Sogleich gaben die Hornbläser das Signal, und doch dauerte es, die ganze Einheit zum Stehen zu bringen, bis die beiden Kundschafter heran waren. Es waren Männer aus der Gegend, die Ardoso wohl deshalb ausgewählt hatte. Seran fand sie klein und stämmig, doch verglichen mit ihm galt das für die meisten Desmanaer.

»Wir haben sie gesehen!«, rief ihm der jüngere Späher entgegen. Er war in Serans Alter, und in seinen dunklen Augen loderte dieselbe Aufregung vor der ersten Schlacht.

»Wie viele sind es?«, fragte Seran.

»Eine dreireihige Galeere«, erwiderte der Ältere. »Vielleicht zweihundert Mann.«

Zweihundert? Seran kämpfte darum, sich den Schreck nicht anmerken zu lassen. Es waren nur Piraten. Feiglinge, die schutzlose Dörfer und Handelsschiffe überfielen. Und Ardoso würde bald mit der Verstärkung kommen. »Können wir sie noch abfangen, bevor sie das Dorf erreichen?«

Der Ältere schüttelte den Kopf. »Sie haben das Schiff direkt beim Dorf auf den Strand gefahren. Als wir ankamen, sind sie schon von Bord gesprungen.«

»Verdammt!«, entfuhr es Kromer.

»Aber ein Teil blieb auf dem Schiff«, fügte der Späher rasch hinzu. »Ich kann nicht schätzen, wie viele, weil wir nicht nah genug dran waren.«

»Wir sind sofort umgekehrt. Sie hatten noch nicht viel Zeit«, beteuerte sein jüngerer Begleiter.

»Gut, beeilen wir uns. Kommt mit!«, befahl Seran den Kundschaftern. Erneut trieb er Skiron zum Galopp und jagte seinen Männern voran. Er war in allen Facetten der Kriegskunst unterwiesen worden und kannte die Taktik der Piraten. Etwa ein Drittel der Ruderer blieb auf der Galeere, um eine blitzschnelle Flucht zu ermöglichen. Sobald die zurückkehrenden Kameraden das Schiff in tieferes Wasser schoben oder die Flut es vom Strand hob, konnten sie mit wenigen Ruderschlägen ihren Verfolgern entkommen. Dann war es Sache der alarmierten Flotte, die Piraten zu jagen. Doch Seran wusste, wie selten es gelang, auf dem weiten Ozean ein einzelnes Schiff aufzustöbern. *Wir werden es anders machen*, beschloss er und gab den Spähern einen Wink, zu ihm aufzuschließen. »Gibt es vor unserem Ziel noch ein anderes Dorf?«

»Ja, Herr«, antwortete der Ältere. »Dort, bei den Steineichen zweigt der Weg ab.«

»Führt uns hin!«, befahl Seran und bedeutete ihnen, sich an die Spitze zu setzen. Sie bogen auf eine staubige Piste ab, die hinter den Bäumen durch Weizenfelder und Bohnenäcker führte. Der Schlamm des Winters, den die Sonne längst wieder getrocknet hatte, war mit Schlaglöchern und tiefen Karrenspuren durchzogen. Schon tauchten jenseits der Felder die ersten Häuser auf. Es war ein kleines Dorf, aber mit etwas Glück würde es reichen.

Angesichts der zum Kampf gerüsteten Reiter, die mit donnerndem Hufschlag heranbrausten, schreckten die Menschen auf. Hunde sprangen ihnen kläffend entgegen, Hühner stoben gackernd davon. Seran sah, wie sich Kinder hinter Hecken versteckten und Frauen in ihre Häuser flohen, während die Männer ihre Werkzeuge wie Waffen packten und den Fremden argwöhnisch entgegenblickten.

Als Seran seine Männer anhalten ließ, zwinkerte Kromer ihm zu. »Das ist das falsche Dorf.«

Seran schmunzelte kurz, bevor er sich an die Bewohner wandte. »Eure Nachbarn werden gerade von Piraten überfallen.«

Schon das Wort genügte, um das Misstrauen aus den Mienen zu vertreiben. Besorgt sahen sich die Bauern nach dem wahren Feind um.

»Ich will dafür sorgen, dass diese feigen Hunde niemals hierherkommen werden«, verkündete Seran. »Aber dafür brauche ich eure Hilfe.«

Sofort kehrte die Skepsis in die wettergegerbten Gesichter zurück.

»Bringt uns alle Fackeln und Öllampen, die ihr habt! Wir werden ihr Schiff verbrennen, sodass sie uns nicht entkommen können.«

Einen Moment lang starrten ihn seine Männer ebenso ungläubig an wie die Bauern. Er konnte ihre Gedanken beinahe hören. *»Wir sollen auf Pferden ein Schiff angreifen?«*

»Ein großartiger Plan!«, rief Kromer. »Gebt mir eine Amphore mit Lampenöl und ich mache lebende Fackeln aus den Kerlen!«

Begeistert stimmte der jüngere Späher ein. »Ohne Schiff werden sie zappeln wie Fische auf dem Trocknen.«

»Los!«, fuhr der Ältere die Bauern an. »Befolgt die Befehle unseres Herrn! Oder sollen wir beim nächsten Überfall gemütlich im Lager bleiben?«

»Nein, nein!« Beflissen eilten die Leute in ihre Häuser.

Seran musterte derweil seine Reiter. Einige sahen noch zwiespältig aus, aber die Mehrheit schien darauf zu brennen, sich in den Kampf zu stürzen. Manche scherzten sogar. Schon sammelten sich die Truppführer um ihn, um die neuen Befehle zu empfangen. Während die Dorfbewohner Kienspäne, Fackeln, Öllampen und einen kleinen Kessel angefüllt mit glühenden Kohlen brachten, teilte Seran seine Reiter in zwei Gruppen ein. Die erste Hälfte sollte das Schiff mit Feuer attackieren und ihm danach ins Dorf folgen, um die Plünderer zu bekämpfen. Der anderen Hälfte trug er auf, den Angriff so lange fortzusetzen, bis die Galeere vollständig in Flammen stand. Auch wenn Ardoso nichts mehr vorfinden würde, um Feuer zu säen, schickte Seran ihm einen Boten mit dem Befehl entgegen, die Verstärkung in gleicher Weise aufzuteilen.

Bald zeigte sich, dass die Vorräte des Dorfs nicht reichten. Es gab nicht für jeden ein brennendes Wurfgeschoss. Rasch ließ Seran zum Aufbruch blasen, bevor der Mangel die Stimmung trüben konnte. »Heizen wir ihnen ein!«, rief er und ritt mit lodernder Fackel voran.

Jenseits des Dorfs verbargen Olivenhaine sie zunächst vor den Piraten, doch dahinter erstreckte sich nur noch flaches Buschland bis zum Strand. Ziegen und Schafe sprangen panisch ins Gestrüpp. Das Trommeln der Hufe verband sich mit dem Tosen der Brandung. Selbst an den ruhigen Tagen hämmerte der Ozean beharrlich an die Küste und die auflaufende Flut verlieh den Wogen neue Wucht.

»Da ist sie!« Der jüngere Späher deutete gen Westen voraus.

Seran entdeckte das Schiff, während sie durch die niedrigen Dünen stoben. Gegen die Fischerboote, die weiter oben auf dem Strand lagen, wirkte es beunruhigend groß. Aus seiner Mitte ragte ein einzelner Mast empor, an dem das gereffte Segel wie ein dicker roter Querbalken hing. An ihren blutroten Segeln waren Piratenschiffe schon von Weitem zu erkennen. Feiglinge hin oder her, ihr Stolz verbot ihnen offenbar, sich hinter anderen Farben zu verstecken.

Während sie im Galopp den Strand entlangfegten, kniff Seran die Augen gegen Wind und Sonne zusammen. An der Reling leuchteten bunte Schilde, hinter denen sich hektische Gestalten bewegten. *Wir sind entdeckt.* Am Bug, wo der Rammsporn wie ein Speer auf das Dorf deutete, bemerkte er weitere Männer. Zweifellos versuchten sie, die Galeere in tieferes Wasser zu schieben. Andere saßen wohl schon auf den Ruderbänken, denn er sah, wie gen Heck erste Ruder ins Wasser getaucht wurden. Rasch ließ er den Blick wieder über die Kerle hinter den Schilden schweifen. Noch waren sie nur gesichtslose, ferne Gestalten, doch von ihnen ging die Gefahr aus. *Was bei Sephanees Hunden …* Knapp hinter dem Bug überragte etwas die Reling, das zu kantig aussah, um ein Mensch zu sein.

»Geschütz voraus!«, brüllte Kromer im gleichen Augenblick, da Seran es erkannte.

Hastig hob Seran den Schild vor die Brust. Plötzlich riss etwas den älteren Späher fast vom Pferd. Wie betrunken schwankte er und mit ihm der armdicke Bolzen, der aus Brust und Rücken ragte. Entsetzt und verwundert begriff Seran, dass der Mann tot sein musste, doch die Pauschen des Sattels hielten die Beine noch fest. Das verwirrte Pferd wurde langsamer, fiel zurück und Seran verlor es aus den Augen. Furcht schloss sich wie eine Faust um sein Herz. In seiner verfluchten Unerfahrenheit hatte er die Gegenwehr der wartenden Piraten unterschätzt. »Kromer! Nimm meine Fackel!«

Der Zwerg lenkte seinen Falben näher an Skiron und streckte den kurzen Arm über den Schild. Sobald Seran spürte, dass Kromer die Fackel packte, ließ er los. Rasch griff er hinter sich, wo die Wurfspieße im Köcher am Sattel hingen. Vom Schiff her zischte ein weiterer Bolzen heran, doch Seran war nun so nah, dass das Geschoss über ihn hinwegflog. Schreie und Wiehern kündeten davon, dass es weiter hinten einschlug und Schrecken unter Männer und Pferde trug.

Vor ihnen kletterten die eben noch schiebenden Piraten hastig aufs Schiff. Die Galeere war nun zwar völlig von Wasser umgeben, lag jedoch immer noch auf Grund. Dennoch flohen die Männer lieber vor den heranbrausenden Reitern. Seran hob den Speer zum Wurf. Noch hielt er direkt auf die Bordwand hinter dem Bug zu, als wollte er das Schiff rammen. Hinter der Reling hoben sich Arme mit Schleudern und schossen ihnen Steine entgegen. Wie Hagel trommelten die Kiesel auf Serans Schild, trafen ihn schmerzhaft an Bein und Fuß. Skiron stieß ein Grunzen aus, raste aber weiter. Die auslaufenden Wellen umspülten bereits seine Hufe.

»Ich links, du rechts!«, rief Seran Kromer zu, dann schleuderte er den Speer und warf sich zur Seite, was den Hengst in eine scharfe Wendung zwang, bevor sie gegen die Galeere prallen konnten. »Auffächern!«, brüllte Seran, während er Skiron um den Rammsporn lenkte. Der Hengst stob um die Spitze, dass mannshoch Sand aufgewirbelt wurde. Schon zog Seran den zweiten Speer hervor, wählte den Bogen weit genug, um über die Reling auf den Dreckskerl am Geschütz zielen zu können. Mit einem Warnruf stürmte ihm ein anderer mitten in den Wurf. *Sei's drum!* Getroffen verschwand der Pirat hinter den Schilden und würde sich nicht mehr erheben.

Skiron sprang in die Wogen, dass es bis zu Serans Oberschenkeln spritzte. Mit jedem Galoppsprung geriet er in tieferes Wasser, während Seran nach dem letzten Wurfspieß griff. Kaltes Wasser umspülte seine Füße. Die Wogen bremsten das Pferd, doch Seran trieb es weiter, den Blick auf die Gegner gerichtet, von denen sich einige zu ihm umgedreht hatten. Speere und Schleudern wurden gehoben. Hastig warf Seran seine Waffe nach einem Mann am Heck, der gerade einen Anker einholte. Am Arm getroffen, schrie der Pirat auf. Seran sah schon nicht mehr hin, denn er wendete eilig sein Pferd, wollte den Schild zwischen sich und die Schleuderer bekommen, aber es war zu spät. Wie eine Ohrfeige drückte ein Schlag seinen Kopf zur Seite. Der Stein prallte am Helm ab und platschte mit den anderen ins Wasser. Benommen duckte sich Seran hinter den Schild. Da er kein gutes Ziel mehr abgab, nahmen die Piraten nun die Männer unter Beschuss, die ihm um das Schiff herum gefolgt waren.

Wie die Stacheln eines Igels hielten die Ruder die Reiter vom Schiffsrumpf ab. Nur an Bug und Heck gelangten sie nahe genug, um die brennenden Kienspäne und Fackeln an Bord zu werfen. Je mehr sie wurden, desto einfacher kamen sie heran, weil sich die Gegenwehr der dezimierten Feinde auf immer mehr Angreifer verteilte. Reiter und Piraten brüllten. Öllampen zerbarsten, ergossen ihren Inhalt über Bordwand und Deck. Fauchend loderten Flammen auf. Etliche Seemänner holten nun Eimer und Decken herbei, um die Feuer zu bekämpfen.

Als Seran den Strand erreichte, kamen die ersten Piraten vom Dorf zurückgerannt, aus dem mehrere Rauchsäulen aufstiegen. Wenn er verhindern wollte, dass seine Reiter zwischen zwei Fronten gerieten, musste er sich beeilen. Gerade kam ein weiterer seiner Männer um den Rammsporn galoppiert. Er hielt eine Öllampe, deren kleine Flamme im Wind zu erlöschen drohte.

»Gib sie mir!«, forderte Seran und hielt auf die Lücke zwischen dem Reiter und der gefährlichen Spitze des Schiffs zu. Überrascht reichte ihm der Mann im Vorüberreiten die Lampe. Es ging so schnell, dass keine Zeit für weitere Befehle blieb. Seran trieb Skiron auf die andere Seite der Galeere zurück und stieß dabei fast mit dem nächsten Reiter zusammen. Aus dem Augenwinkel entdeckte er Garud, der sich mit Aleator hinter dem Bannerträger bereithielt und nervös nach den Rückkehrern aus dem Dorf umsah. Mit Serans Lanze in der Hand würde er sich hoffentlich zu wehren wissen.

»In die Ruderpforten!«, rief Seran seinen Leuten entgegen und hob vielsagend die Lampe. Dieses Mal hatte er den Bogen um den Bug so eng gewählt, dass er sich jetzt direkt an der Bordwand befand. Hastig hob er seinen Schild über den Kopf und trieb Skiron ins Wasser. Ein heftiger Aufprall ließ den Schild samt seinem Arm erzittern. Als Seran hinaufschielte, ragte die Spitze eines Speers einen Fingerbreit aus dem Holz, doch ihm blieb keine Zeit, darüber nachzudenken, denn er hatte die vorderste Ruderöffnung erreicht. *Siberos sei Dank!* Die Lampe brannte noch. Mit ganzer Kraft schleuderte Seran sie durch das Loch und hörte, wie sie zerbrach.

»Vorsicht, Bizen!« Ein junger Desmanaer tauchte im gleichen Augenblick neben ihm auf, als von oben etwas Schweres auf seinen Schild prallte. Seran war es, als müsse der Arm brechen. Mit einem Wutschrei stürzte sich ein halb nackter Kerl von Serans Schild auf den jungen Reiter, der abwehrend den eigenen Schild hob. Doch der Pirat, in dessen Faust ein Entermesser steckte, umklammerte im Fallen den Schild und riss den Reiter mit sich ins Wasser. Zischend erlosch der Kienspan, den der junge Mann in der Rechten hielt. Seran zog das Schwert, wollte nach dem Gegner stechen, aber für den Moment befand sich der Pirat unter seinem vermeintlichen Opfer und wand sich, um sich zu befreien.

»Bizen!« Ein weiterer Reiter drängte heran, um ihm eine Öllampe zu reichen. Rasch gab Seran dem Pferd des Gestürzten einen Klapps mit der flachen Klinge. Erschreckt sprang es zur Seite und gab den Weg frei, doch der Pirat und der junge Desmanaer rangen noch immer und versuchten, sich gegenseitig unter Wasser zu drücken. Polternde Schritte warnten Seran, dass sich Ruderer näherten. »Schnell!« Hastig nahm er seine Klinge zwischen die Zähne und biss zu, dass es knirschte, weil das Schwert so schwer war. Doch nur so konnte er sich die Lampe schnappen, die der Reiter ihm über die Kämpfenden hinweg reichte. Mit Wucht warf er sie durch die Ruderpforte, hinter der er Flackern sehen konnte. Zornige Stimmen verrieten, dass nun auch die Gegner zur Stelle waren. Das Ruder, das sich zuvor nur im Rhythmus der Wellen gewiegt hatte, bewegte sich plötzlich mit einem Ruck auf Serans Gesicht zu. Durch die Klinge zwischen seinen Zähnen blieb sein Aufschrei ein schrilles Ächzen. Dass er sich im Sattel zurückwarf, bewog Skiron zu steigen. Dabei stieß der Hengst mit dem Mähnenkamm gegen das Ruder, worauf aus dem Schiffsinnern ein Fluch ertönte.

Ich muss hier weg! Seran warf sich nach vorn und zugleich zur Seite, um Skiron von der Bordwand abzuwenden. Der Hengst gehorchte, trampelte über die beiden im Wasser ringenden Männer und sprang mit weiten Sätzen zum Strand. Beschämt blickte Seran über die Schulter, doch andere Reiter waren nachgedrängt, attackierten das Schiff und die Piraten mit Feuer und Speeren und versperrten ihm die Sicht auf den, den er niedergeritten hatte. Er merkte kaum, wie sein vor Anstrengung zitternder Schildarm herabsank. Was hatte er nur getan?

»Das sieht gut aus«, ertönte Kromers Stimme ganz in der Nähe. Mit tropfendem Bart deutete der Zwerg auf die Galeere. Triefend stakste sein gelber Hengst aus den Wellen und schüttelte sich so kräftig, dass sein Reiter samt Ausrüstung klirrend durchgerüttelt wurde. »Willst du das Schwert nicht mal aus dem Mund nehmen? Dann könntest du befehlen, das Dorf zu befreien.«

Seran war, als ob er aus einem Albtraum erwachte, ohne dass sich dadurch viel geändert hätte. Aber immerhin konnte er sich wieder bewegen und die Kiefer lösen, die sich um die Klinge gekrampft hatten. Das kleine Segel über dem Bug hatte Feuer gefangen. Auch in Bug und Heck loderten vereinzelte Flammen, Teile der Takelage brannten und das Feuer züngelte unaufhaltsam zum Großsegel empor. Immer mehr Piraten warfen sich mit Schwertern und Entermessern auf ihre Gegner, die Speere schleuderten oder mit Lanzen nach ihnen stachen. Blut färbte die Wogen um das Schiff herum rot.

»Du hast recht«, krächzte Seran. Sie mussten jetzt weiter. Die Verstärkung würde bald eintreffen und den Kampf hier beenden. »Zum Dorf!«, brüllte er heiser und trieb Skiron den Strand hinauf. Dort hatte Truppführer Degero seine Leute um den Bannerträger gesammelt und verteidigte das Feldzeichen gegen herangeeilte Piraten. Diese Männer waren besser ausgerüstet als ihre Kumpane auf dem Schiff. Sie trugen Schuppenpanzer, spitze Helme und runde, mit Silber beschlagene Schilde. Plötzlich fiel es Seran weniger schwer zu glauben, dass sie in ihrer Heimat als geachtete Krieger galten, Söhne von Adligen, die den Reichtum ihrer Familien mehrten. Geschickt schwangen sie ihre Schwerter und wichen Lanzenstößen aus. Drei von ihnen lagen tot oder sterbend im Sand, doch gerade machten sie einen von Degeros Reitern nieder. Mit durchtrennten Sehnen strampelte dessen Pferd hilflos am Boden.

»Garud!« Seran hielt bei dem Sklaven, der hinter Degeros Männern Deckung gesucht hatte. »Nimm Skiron!« Hastig steckte Seran das Schwert weg und sprang aus dem Sattel. Der Hengst blutete aus mehreren Wunden, die Seran erst jetzt bemerkte, und seine Bewegungen waren längst nicht mehr so kraftvoll wie gewohnt. Sand und Wasser hatten ihn ausgelaugt, doch auch Serans Beine waren schwerer, als er erwartet hatte. Sein Sprung in Aleators Sattel geriet etwas ungelenk, aber das Kampfgeschrei peitschte ihn vorwärts. Die Lanze riss er Garud förmlich aus der Hand und gab Aleator die Sporen, sodass der Rappe wie eine Axt zwischen die Piraten drang. Mit wütendem Schrei stieß Seran die Lanze nach dem erstbesten Gegner. Der Mann griff gerade Degero an und bemerkte zu spät, wie die Spitze über seinen Schildrand stach. Der Aufprall riss ihn um. Aus seinem Hals spritzte Blut. Seran zog die Waffe zurück, doch der Sterbende bannte seinen Blick. Das hier war anders als die zahllosen Übungskämpfe. Sandsäcke und Strohpuppen wanden sich nicht blutend am Boden.

»*In Bewegung bleiben!*«, brüllte Serans Lehrer für berittenen Kampf in seinem Kopf. Ein stehendes Pferd war so gut wie tot. Ein Pferd, das sich bewegte, war eine Waffe. Hastig ließ Seran das Tier um die eigene Achse wirbeln. Schon die Wucht einer kleinen Berührung stieß einen Piraten zu Boden und Aleators Hufe trampelten den Mann in den Sand. Mit ganzer Kraft jagte Seran die Lanze auf ihn hinab und durchbohrte die Rüstung. Die Waffe wieder frei zu bekommen renkte Seran fast die Schulter aus. Zwei Galoppsprünge schleifte er den Toten mit, bis sich die Lanze endlich löste.

Kromers Kriegshammer krachte auf den Helm eines Piraten, der gerade von hinten auf die Beine eines Pferds einhackte. Der Kerl ging in die Knie und sank zu Boden wie ein Mehlsack. Doch für sein Opfer kam Kromers Hilfe zu spät. Das Tier brach so unerwartet unter seinem Reiter zusammen, dass er dem Gegner förmlich ins Schwert taumelte. Wenigstens war es der vorerst letzte Feind und Degero stieß ihm die Lanze in den Oberschenkel. Mit einem Aufschrei fiel er in den Sand. Seran überließ es dem Truppführer, das Leben des Mistkerls zu beenden. Vom Dorf her rannten bereits weitere Krieger heran. »Zu mir!«, schrie Seran. »Zehnerreihe!«

Degeros verbliebene Männer und weitere Reiter, die sich aus dem Kampf um die Galeere gelöst hatten, formierten sich um ihn. Kromer war der Erste und lenkte seinen Hengst neben Aleator, den Kriegshammer in der Faust. Zu beiden Seiten schlossen sich andere an. Verunsichert hielten die Piraten inne.

»Angriff!«, brüllte Seran und trieb sein Pferd zum Galopp. Mit zum Stoß erhobenen Lanzen jagten sie den Feinden entgegen. Einige Plünderer hatten sich Beute unter den Schildarm geklemmt, gefesselte Kinder, Säcke, Amphoren. Doch bei diesem Anblick ließen sie alles fallen und rannten, versuchten, in den Dünen irgendeine Deckung zu finden.

»Erste Reihe ausschwärmen und verfolgen! Zweite Reihe aufschließen!«, rief Seran, ohne zu wissen, ob es eine zweite Reihe gab. Degeros Männer stoben hinter den fliehenden Piraten her. »Aufpassen!«, schrie Seran. Schräg vor ihm lag ein Kind halb verborgen im Strandhafer, der die Dünen bedeckte. Mit furchtsam aufgerissenen Augen zappelte es gegen die Stricke um Knöchel und Handgelenke an. Aleators Hufe donnerten so knapp vorüber, dass Seran fast das Herz stehen blieb. Doch schon im nächsten Moment empfand er Wut. Wut auf die Fremden, die ihm das Kind in den Weg geworfen hatten. Sie waren schuld an allem Schrecklichen, das hier geschah. Dafür mussten sie sterben. Alle.

Erneut bildeten seine Reiter eine geschlossene Front. Eine mit Lanzen gespickte Woge, die auf das brennende Dorf zurollte, aber es gab keine feindliche Linie, nur einzelne Piraten, die plündernd und mordend zwischen den Häusern umherliefen. Sobald sie die Reiter bemerkten, würden sie versuchen, die Angreifer im Schutz der Gebäude zu umgehen und zu ihrem Schiff zu gelangen. Schon hatte sie einer der Kerle entdeckt und brüllte seinen Kumpanen eine Warnung zu.

»Ausschwärmen!«, rief Seran. »Kreist das Dorf ein! Keiner darf entkommen!«

Hinter ihm wiederholten Truppführer den Befehl. Reiter jagten zu beiden Seiten davon. Nur Seran und Kromer blieben auf dem Strandpfad, sprengten zwischen Gartenzäunen und zum Trocknen aufgehängten Fischernetzen hindurch. Noch standen nicht alle Häuser in Flammen, aber der Rauch quoll so dick aus Türen, Dächern und Fenstern, dass er in Serans Lungen brannte. Frauen und Kinder schrien, manche gefesselt, andere verwundet. Piraten schleiften sie an den Haaren über erschlagene Männer und Hunde, die in Blutlachen am Boden lagen. Noch immer hatten nicht alle die Reiter bemerkt. Seran spießte einen der Gegner förmlich an eine Hauswand, doch das kostete ihn die Lanze. Während er das Schwert zog, sah er, wie Kromer einen fliehenden Gegner jagte und von hinten mit dem Kriegshammer von den Füßen fegte.

Rasch wendete Seran sein Pferd, sah sich nach weiteren Piraten um. Ein Kerl in mit Gold verziertem Schuppenpanzer wich vor ihm zurück. Wie einen lebenden Schild hielt er eine gefesselte Frau vor sich. Vielleicht war er der Anführer des verfluchten Haufens. Selbst an Helm und Schwertknauf schimmerte Gold.

»Komm nicht näher! Ich töte sie!«, drohte der Kerl auf Thebanisch. Hektisch zuckte seine Klinge zwischen der Kehle der Frau und Seran hin und her. Kurz schweifte sein Blick zur Seite, und für einen Moment glaubte Seran, der Pirat hätte nach Kromer gespäht, doch dann sah er, wie die Augen der Gefangenen vor Entsetzen größer wurden. Noch bevor ihr Warnschrei gellte, warf Seran den Hengst auf der Hinterhand herum. Pferd und Schild prallten gegen einen Piraten mit erhobenem Schwert. Während der Mann zu Boden ging, gab Seran Aleator die Sporen, ließ ihn außer Reichweite der Klinge springen, die nach den Beinen des Rappen hackte. Schnell wendete er erneut, um wieder den Anführer im Blick zu haben. Das Schwein hatte die Frau mit durchtrennter Kehle zur Seite gestoßen und stürmte auf Seran zu. Dabei hielt er die Klinge verdächtig tief. Seran ahnte, dass er vorhatte, Aleators Hals aufzuschlitzen. Blitzschnell warf er sich und das Pferd nach rechts, stieß den Schild zwischen Hengst und Gegner und verpasste dem Kerl damit einen Schlag ins Gesicht.

Mit blutiger Nase taumelte der Anführer rückwärts, fuhr herum, weil hinter ihm Hufschlag ertönte. Kromer donnerte heran, aber Seran stieß dem Mörder bereits das Schwert in den Nacken. Aus solcher Nähe nützte selbst das Kettengeflecht nichts, das vom Helm herabhing. Die Klinge sprengte die kleinen Eisenringe und bohrte sich in Haut und Fleisch.

»Verfluchtes Schwein!« Im Vorüberreiten drosch Kromer dem Piraten den Hammer in den Bauch, dass es den Sterbenden umriss. Im Fallen glitt er von Serans Klinge, die blutig zurückblieb.

Hastig sah sich Seran nach weiteren Gegnern um. Kampfgebrüll verriet, dass die fliehenden Piraten auf seine Männer trafen, doch um sich herum sah er nur noch Leichen und Frauen, die sich über Verwundete beugten, Mütter mit weinenden Kindern und gehetztem Blick. In den brennenden Häusern fauchte und prasselte das Feuer.

»Herr!«, krächzte es hinter ihm.

Alarmiert wandte sich Seran der Stimme zu. Eine alte Frau lehnte mit blutüberströmtem Gesicht am Fuß einer Hauswand.

Ihre zitternde Hand deutete zur offenen Tür. In den Schatten dahinter war nichts zu sehen, doch Seran begriff, dass sich dort noch ein Feind befinden musste. Er sprang aus dem Sattel, näherte sich rasch, aber wachsam der Tür. Als er sich der Schwelle näherte, hörte er das Kreischen einer Frau.

Noch mehr feige Hunde! Wütend sprang er ins Haus, den Schild schützend vor sich, das Schwert bereit zum Hieb. Jenseits der Schwelle herrschte Zwielicht, aber es genügte, um den Rücken des Kerls zu sehen, der eine Frau auf den Tisch vor der Herdstelle niederdrückte. Dass er zwischen ihren gewaltsam gespreizten Schenkeln stand, ließ keinen Zweifel an seinem Treiben. Rasch drehte er sich um, wobei ihm die Tunika wieder über die Hüfte rutschte, doch darunter reckte sich sein Schwanz wie der verdammte Mast der Galeere.

Seran ließ ihm keine Zeit, die Rüstung zurechtzuzerren oder nach dem Schild am Boden zu greifen. Nur das Schwert hatte der Dreckskerl in der Faust behalten und parierte damit Serans Hieb. Sobald sie freikam, rollte sich die Frau zur Seite und kroch unter den Tisch. Ihr Vergewaltiger sprang zur Seite, versuchte, an Seran vorbei zur Tür zu entkommen, doch Seran war schneller, verstellte ihm den Weg und stieß zugleich mit dem Schild nach ihm. Aus Gewohnheit riss der Mann abwehrend den Schildarm vor sich, aber der prallte ungeschützt gegen Serans Wehr und entblößte dabei die linke Seite des Piraten. Seran stach zu. Die Klingenspitze glitt von unten zwischen die Schuppen der Rüstung und verschwand eine Handbreit tief im Leib des Gegners.

Wütend holte der Mann aus, wollte um Serans Schild herumstechen, doch ein Ruck mit dem Schwert in der Wunde genügte, um ihn vor Schmerz aufbrüllen zu lassen. Die Waffe entglitt ihm und fiel zu Boden. Seran starrte ihn an, stand da mit dem Schwert im Körper des Feinds. »Na?«, schrie er ihn an. »Was ist nun? Was? Immer noch Lust auf unsere Frauen?« Zornig stieß er die Klinge tiefer hinein. Der Kerl sollte weiterbrüllen. Je mehr er rückwärtsstolperte, je mehr sich sein Gesicht vor Schmerz verzerrte, desto lauter herrschte Seran ihn an. »Verfluchter Hurensohn, dreckiger! Jetzt vergeht's dir, was?«

In einem Winkel seines Verstands merkte Seran, dass er nicht mehr er selbst war. Warum stand er immer noch hier und brüllte, statt der Sache ein Ende zu machen? In seiner Wut würde er nicht einmal merken, wenn sich von hinten ein anderer Gegner anschlich. Er schnappte nach Luft, als hätte er zuvor den Atem angehalten, zerrte die Klinge aus dem Fremden, der ohnmächtig zusammenbrach, und warf einen Blick über die Schulter. Niemand da – bis auf die leise schluchzende Frau unter dem Tisch.

Das hier ist auch nicht anders, als einem erlegten Hirsch den Gnadenstoß zu geben, versuchte sich Seran einzureden, doch das Weinen bewies, dass hier nichts war wie bei der Jagd. Er wollte diesen Kerl nicht essen und es war kein unschuldiges Tier, sondern ein Mensch, der dieses Dorf überfallen hatte. Saronn verlangte sein Blut, sein Leben als Opfer für den Sieg. Stumm trat Seran neben den Mann und schob die Klinge etwas weiter oben unter die Schuppen, dort, wo sich das Herz befinden musste. Die Lider flatterten, als würde der Pirat schon wieder zu sich kommen. *Tu es!*, fuhr er sich im Stillen selbst an und lehnte sich mit einem Ruck vor. Im gleichen Augenblick öffnete der Mann die Augen. Sie waren dunkel, in diesem Licht schwarz, und doch leuchtete etwas darin, das plötzlich erlosch. Seran glaubte, durch das Schwert hindurch zu spüren, wie das Leben aus dem sterbenden Körper wich. *Er hat es verdient. Es ist meine Aufgabe, dieses Land vor Mördern wie ihm zu beschützen.*

»Seran?« Mit besorgter Miene stürmte Kromer herein. Als er ihn entdeckte, ließ er erleichtert den Kriegshammer sinken. »Alles in Ordnung, Großer?«

Die Gegenwart des alten Freunds half Seran, sich zu fassen, aber noch konnte er nur nicken. Stumm zog er das Schwert aus dem Toten und schüttelte die Beklommenheit ab. Da draußen tobte ein Kampf und er musste zu seinen Männern zurück. Bevor er hinausging, beugte er sich zu der Frau unter dem Tisch hinunter. Durch einen Schleier wirren schwarzen Haars blickte sie mit geröteten Augen zu ihm auf.

»Er kann dir nichts mehr tun. Und die anderen erwischen wir auch noch«, versprach er, aber sie sah ihn nur verschreckt an, also richtete er sich wieder auf und folgte Kromer nach draußen. Umgeben von Rauch und umherwirbelnden Funken warteten der Bannerträger, die beiden Hornbläser und sogar Garud mit den Pferden auf ihn. Kein Pirat war mehr zu sehen, doch Seran hörte Geschrei in den Gärten und Feldern jenseits der Häuser.

»Schnappen wir sie uns!«, beschloss er und sprang in den Sattel.

*

Als Seran und Kromer das Lazarett betraten, war es längst Abend geworden. Kienspäne und blakende Öllampen tauchten die Scheune in sanftes Licht. Es erreichte nicht alle Winkel des größten Gebäudes im Dorf, aber es genügte, um die Verwundeten für die Nacht zu versorgen. Etwa zwei Dutzend Männer lagen hier auf Stroh und Laken gebettet. Die eine Hälfte bestand aus Reitern, die zu schwer verletzt waren, um mit ihren Kameraden am Lagerfeuer zu sitzen, die andere aus überlebenden Dorfbewohnern.

»Wie schlimm ist es?«, erkundigte sich Seran beim Feldarzt seiner Einheit. Der gebildete Sklave aus Tiranziana und seine Helfer waren mit der Verstärkung eingetroffen, und Seran hatte ihm befohlen, nicht nur die Soldaten zu versorgen. Aus Dankbarkeit kümmerten sich die Frauen des Dorfs auch um seine Männer, flößten ihnen Wasser ein, brachten Suppe und sauberes Leinen für ihre Lager.

»Den meisten wird es bald besser gehen«, schätzte der Arzt, ohne von der Wunde aufzublicken, die er gerade zunähte. »Aber bei manchen … Ob sie die Nacht überstehen, liegt in den Händen der Götter.«

Kromer brummte nur zustimmend und Seran nickte schweigend. Jede Nacht, wenn Eseo mit dem verhangenen Sonnenwagen durch die Totenwelt zurück nach Osten fuhr, stritt sie mit ihrer Schwester Sephanee um die Kranken und Verletzten. Darüber, wen sie heilen und wen Sephanees Hunde holen würden. Egal, was Menschen taten, um Einfluss auf diesen Handel zu nehmen, am Ende entschieden die Götter, wer lebte oder starb.

Seran schritt die Reihe der Verwundeten ab, nickte jenen zu, die nicht bewusstlos waren, und lobte sie für ihren Einsatz, ihre Tapferkeit im Kampf. Er fand seine Worte lahm und beliebig, doch die Männer hatten eine Geste des Respekts verdient, also machte er weiter. Insgeheim hielt er nach einem bestimmten Gesicht Ausschau, nach dem jungen Desmanaer, den er im Wasser niedergeritten hatte. Dass der Mann nicht unter den Gefallenen war, erleichterte Serans Gewissen, aber solange er im Lazarett lag, konnte sich das noch ändern.

Als Seran ihn fand, glänzte Schweiß auf der rotfleckigen Haut und die dunklen Augen wirkten glasig.

»Wundfieber«, murmelte Kromer. Er deutete auf den Oberarm, der in einem Verband steckte, durch den sich Blut gedrückt hatte. Der Farbe nach war es bereits getrocknet, doch es genügte, um die Größe der Wunde zu ahnen. Sicher ein Andenken an das Entermesser des Piraten.

»Ich habe dir deine Warnung schlecht gedankt«, gestand Seran. »Was geschehen ist, tut mir leid. Ich werde Eseo für deine baldige Genesung opfern.«

Ohne eine Antwort abzuwarten, ging Seran weiter. Die überraschte Miene des Verwundeten beschämte ihn genug. Er wollte keinen unverdienten Dank hören, den der Mann nur sagte, um es sich nicht mit seinem Befehlshaber zu verscherzen.

Vor der Scheune klopfte Kromer ihm den Rücken, was er tat, seit er sich strecken musste, um die Schulter zu erreichen. »Nimm's dir nicht so zu Herzen, Großer. Das passiert uns allen in der Schlacht. Es geht eng zu, und manchmal heißt es eben: er oder ich.«

»Er hätte sterben können!«, protestierte Seran.

»Das hättest du auch«, hielt Kromer dagegen. »Ist sein Leben mehr wert als deins?«

»Ich will keiner von diesen Offizieren werden, denen ihre Männer nichts bedeuten.«

»Hm. Wenn du sie zu lieb hast, um sie in den Kampf zu schicken, solltest du Olivenhändler werden. Oder vielleicht Fischer.«

»Fischer?« Empört lachte Seran auf. »Ich zeig dir gleich, wie sich ein Köder am Haken fühlt!«

Geschickt wich Kromer dem Arm aus, in dessen Ellbeuge Seran ihn einklemmen wollte. »Pah! Ich bin dein Lehrmeister, ich kenne deine Tricks.«

»Das ist schon eine Weile her. Seitdem gab es andere Lehrer.«

»Keinen wie mich«, befand Kromer und schlug sich stolz auf die Brust.

»Ohne jeden Zweifel«, lachte Seran. Schmunzelnd folgte er weiter dem Weg zu dem kleinen Haus, dessen Bewohner ihn und Kromer eingeladen hatten, bei ihnen zu übernachten. Die ersten Sterne funkelten am Himmel. Vom Strand her rauschte der Ozean. Es war fast, als hätte die Welt diesen Tag bereits vergessen, aber noch hing der Geruch der gelöschten Brände in der Luft. Aus vereinzelten Glutnestern wanden sich Rauchfahnen wie Schlangen empor und erinnerten an die Gefahr. Erschöpft versank Seran in Schweigen, schlief beinahe im Gehen ein, während ein fernes Geräusch durch seine trägen Gedanken irrte. In rascher Folge schwoll es an und wieder ab, wurde ganz allmählich lauter, vertrauter. Seran schreckte auf und fuhr herum. Er verstand nicht, warum es ihn einen Moment lang in Furcht versetzt hatte.

»Drakonen«, stellte Kromer fest. Das rhythmische Stampfen der Kolonne war unverwechselbar.

»Das muss Vater sein.« Durch eine Lücke zwischen den Häusern erspähte Seran den Schein mehrerer Fackeln. In ihrem Licht näherten sich Reiter und dahinter Reihe um Reihe schwer gerüsteter Männer zu Fuß. Wie weit die Kolonne reichte, vermochte Seran nicht zu schätzen, und doch glaubte er nicht, dass sein Ziehvater mit dem vollständigen Drachen Desmanas anrückte. Niemand setzte für ein einzelnes Piratenschiff viertausend Männer in Marsch.

Zwei Fackelträger ritten dem Statthalter der Provinz voran. Zwei weitere beleuchteten das Feldzeichen seines Drachens, eine Stange, deren Spitze ein goldenes Drachenhaupt zierte. Mit aufgerissenem Rachen fauchte es dem Feind entgegen und darunter hing zwischen goldenen Bändern ein rotes Banner, das ebenfalls die aus Goldfäden gestickte Bestie zeigte. Wogen zu ihren

Füßen deuteten den Ozean an und darunter stand in goldenen Buchstaben *Drako Desmana*.

Auch an den Rüstungen der Reiter hinter dem Heerführer glänzte Gold und noch mehr Silber. Zwischen den niedrigen, plötzlich schäbig wirkenden Fischerkaten kamen sie Seran wie Fremde vor, obwohl er jeden von ihnen kannte. In Asturs Residenz fiel der Prunk der Offiziere kaum auf. Umgeben von Mosaiken, Marmorsäulen und goldenen Ornamenten hatte Seran sie geradezu als bescheiden empfunden, doch hier ... Er wusste, dass es übertrieben war, und doch schien ihm sein Ziehvater in diesem Augenblick dem Kaiser zu gleichen. Astur trug einen Harnisch, der seinem Körper nachgebildet war und sämtliche Brust- und Bauchmuskeln zeigte, die Tunika und Rüstung verbargen. Von goldenen Spangen gehalten, fiel ein roter Umhang von seinen Schultern bis über die Kruppe seines Pferds. Gold und Silber blitzten auch an Zaum und Vorderzeug des stahlgrauen Hengsts. Selbst Asturs strenges Gesicht erinnerte Seran vage an die Büste des Kaisers, obwohl die beiden seines Wissens nach nur sehr weitläufig verwandt waren.

Gelassen und doch bestimmt hob der Statthalter eine Hand. Selbst die Fackelträger vor ihm nahmen es auf geheimnisvolle Weise wahr und zügelten sogleich die Pferde. Hinter den Offizieren schmetterten die Hornbläser das Signal zum Halt. Seran und Kromer gingen Astur die letzten Schritte entgegen. Respektvoll neigte der Zwerg das Haupt, während Seran nur nickte.

»Vater.«

Asturs kantige Miene sah im Fackelschein hager aus. Vielleicht lag es an den Schatten, die seine Falten betonten. Auch wenn sein kurz geschnittenes graues Haar immer lichter wurde, schwang er sich noch kraftvoll aus dem Sattel.

»Soll ich Euch die Würdenträger des Dorfs rufen lassen?«, bot Seran an. Nach seinem Sieg hatte er Astur einen Boten geschickt und nicht damit gerechnet, dass sein Ziehvater dennoch herkommen würde.

Astur winkte ab. »Das hat Zeit. Die Männer sollen ein Lager aufschlagen!«, rief er den Offizieren zu. »Etwas Übung tut ihnen gut«, wandte er sich wieder an Seran. »Sie sitzen schon zu lange faul herum.« Sein Ton bewies, dass er das keineswegs scherzhaft meinte. »Dein Bote behauptet, du hättest eine Galeere versenkt.« Missbilligend zog er die Brauen zusammen. »Ich bin hergekommen, um mir selbst ein Bild der Lage zu machen. Zeig mir dieses Schiff!«

Seran ahnte nichts Gutes. Wollte sein Ziehvater ihn dafür rügen, dass er von der üblichen Taktik abgewichen war? Er spürte Trotz in sich aufsteigen und stapfte schweigend voran. Die herbeigelaufenen Dorfbewohner gaben ihnen ehrfürchtig den Weg frei. Niemand wagte, den Heerführer auch nur anzusprechen.

»Wie viele Gegner waren es?«, erkundigte sich Astur, während sie das Dorf durchquerten.

»Meine Männer haben 168 gefallene Feinde gezählt.«

»Davon sind acht von der Hand Eures Ziehsohns gestorben«, ergänzte Kromer stolz. »Acht! Das ist ein Zeichen!«

»Ich erinnere mich, dass diese Zahl deinem Volk heilig ist, mein Freund«, sagte Astur unbeeindruckt. »Für uns Thebaner ist sie dagegen … nur eine Zahl von vielen.«

Seran zwang sich, nicht missmutig nach einem Stein zu treten. Bedeutete sein Erfolg seinem Ziehvater denn gar nichts?

»Sind Piraten entkommen?«, fragte Astur.

»Ich glaube, dass wir alle fangen konnten. Die meisten sind vom brennenden Schiff ins Wasser gesprungen, wo sie von uns niedergemacht wurden«, berichtete Seran möglichst nüchtern. Astur und Kromer sollten nicht wissen, wie sehr ihn dieses Blutbad aufgewühlt hatte. Sand und Wasser hatten sich tiefrot gefärbt und am Ende waren die vielen Leichen darin geschwommen, die eingesammelt und morgen verbrannt werden mussten.

»Und wie viele Verluste hat dein Sieg gekostet?«, wollte sein Ziehvater wissen.

»Fünf Mann und elf Pferde.« Bedauernd blickte Seran zu den Feuern hinüber, um die sich seine Männer in den Dünen versammelt hatten. Auch wenn sie zu weit weg waren, um ihre Gesichter deutlich zu erkennen, wusste er, dass sie mit Blut und Ruß verschmiert waren.

»Fünf?«, wiederholte Astur. In Serans Ohren klang es wie ein Vorwurf.

»Vielleicht werden es mehr«, gab er zu. »Wir haben ein paar Verwundete, die in Eseos Hand sind.«

Sein Ziehvater schwieg, was die Sache noch schlimmer machte, und nicht einmal Kromer wusste etwas zu sagen. Stumm gingen sie über den Strand zum Wrack hinunter. Durch die nahende Ebbe lag es teilweise auf dem Trockenen und war zur Seite gekippt. Das Licht der Fackeln spiegelte sich auf dem bronzenen Rammsporn. Der Rest war schwarz verkohlt bis hinunter zum mit Kupfer verkleideten Rumpf.

Astur musterte die ausgebrannte Galeere eine Weile, dann trat er vor und tätschelte die wuchtige Bronzespitze. »Ein ausgezeichnetes Geschenk für den Kaiser. Wir werden es ihm mit meinem Bericht nach Theban schicken.«

Dem Kaiser? Überrascht sah Seran seinen Ziehvater an.

»Meine Leute werden sich darum kümmern«, bestimmte Astur und wandte sich Seran zu. »Aber was soll mit den übrigen Trophäen geschehen? Du bist der siegreiche Befehlshaber. Diese Entscheidung steht dir zu.«

Seran stutzte. Bildete er es sich nur ein oder sah Astur sehr zufrieden aus? »Ich …« Ihm fehlten die Worte, als er an die ruhmreichen Heerführer Thebans dachte, in deren Fußstapfen er trat, indem er über die Trophäen verfügte. Er war doch nur ein Mataver, ein Niemand, den Astur unter seine Fittiche genommen hatte. Aber Kromer grinste. Zweifellos hatten sie heute einen großen Sieg errungen.

»Ich glaube, dass wir diesen Sieg Siberos, dem Herrn des Feuers, verdanken. Ohne seine Gunst hätten wir die Galeere nicht in Brand stecken können. Deshalb werden wir ihm zu Ehren alle Trophäen verbrennen. Nur die Ausrüstung ihres Anführers soll in den Schrein unseres Lagers gebracht werden. Ich weihe sie dem Kaiser«, entschied Seran und bewahrte sie damit zugleich als Andenken für seine Einheit.

»Eine weise Wahl«, lobte Astur.

Seran konnte es kaum glauben. Vor Stolz und Staunen fehlten ihm die Worte. Er konnte sich nicht mehr erinnern, wann sich sein Ziehvater zuletzt so zufrieden gezeigt hatte.

»Und jetzt lass uns mit den Überlebenden reden«, beschloss

Astur und ging voran, zum Dorf zurück. »Ich will für dich hoffen, dass es noch Männer gibt, die hier wiederaufbauen können.«

Sonst bist du zu spät gekommen und hast zu viel Zeit am Strand verschwendet?, ergänzte Seran im Stillen. »Es sind noch …« Beim Klang schnellen Hufschlags brach er ab und wechselte einen Blick mit Kromer. Der Zwerg zuckte ahnungslos mit den Schultern. Auch Astur war stehen geblieben und sah dem Reiter entgegen, der gerade die Dünen erreichte. Als der Mann sie entdeckte, hielt er an und sprang aus dem Sattel. Während er auf sie zueilte, kramte er ein Schriftstück aus der umgehängten Tasche. »Eine wichtige Nachricht, Herr«, keuchte er und reichte es Astur. »Der Kaiser hat Euch als Statthalter abgesetzt. Euer Nachfolger ist heute eingetroffen.«

3

Theban, 24. Jahr d. H. E.

Als Kayo am nächsten Morgen erwachte, fiel nur spärliches Licht in das fensterlose Zimmer. Er musste es sich mit den meisten männlichen Sklaven seines Herrn Daimean teilen. Nur der gebildete Tiranzianer, der den Kindern als Hauslehrer diente, besaß eine eigene Kammer, doch vielleicht hatte er sie auch nur deshalb bekommen, weil die Herrin ihn manchmal nachts besuchte. Kayo hörte sie dann leise stöhnen, obwohl sich die Kammer jenseits des Hofs mit dem flachen Wasserbecken befand, um den alle Zimmer dieses ältesten Teils des Hauses angeordnet waren. Anfangs hatte er nicht verstanden, weshalb sich die älteren Sklaven dann gegenseitig angestoßen und hinter vorgehaltener Hand geprustet hatten, aber im Lauf der Zeit war er dahintergekommen. In einem Haus, in dem es fast ausschließlich Vorhänge anstelle von Türen gab und so viele Menschen zusammenlebten, musste ein linkischer Sklavenjunge wie er früher oder später über ineinander verschlungene Körper stolpern. Fasziniert hatte er durch Ritzen zwischen Vorhängen gespäht und gelernt, woher die seltsamen nächtlichen Geräusche stammten.

Jetzt war jedoch nur das Atmen der schlafenden Männer zu hören. Die Dämmerung konnte gerade erst begonnen haben, aber Kayo spürte einen so starken Drang, sich zu erleichtern, dass er davon aufgewacht war. Schwungvoll setzte er an aufzustehen, doch sofort fuhr ihm Schmerz wie eine Klinge durch den Leib. Mit einem unterdrückten Aufschrei fiel er auf den Strohsack zurück. *Herr der Himmel!* Die verfluchten Säufer hatte er ganz vergessen. Nun erinnerten ihn die Stiche in Nieren und Rippen umso vehementer an sie. Aber er konnte hier nicht bleiben, er musste zur Latrine. Er biss die Zähne zusammen und stemmte sich auf die steifen Beine. Obwohl er keine schwere Last zu schleppen hatte, trat ihm kalter Schweiß auf die Haut. War es nicht auch ungewöhnlich kühl heute Morgen? Doch im nächsten Augenblick kam es ihm eher zu warm vor. So warm, dass ihm schwindlig wurde und das Atmen schwerfiel. *Steh hier nicht rum! Willst du dich einnässen wie ein Säugling?* Er riss sich zusammen und ging vorsichtig zwischen den Schlafenden hindurch. Bei jeder falschen Bewegung durchzuckte Schmerz seinen Unterleib, den bis zur Taille hinauf ein dumpfer Druck erfüllte.

Lautlos trat er auf den Hof hinaus, der weitgehend überdacht war. Nur über dem großen flachen Becken, in das sich bei Regen von allen Seiten Wasser ergoss, zeigte sich der graublaue Himmel. Die Sterne waren bereits verblasst und in der Ferne krähte ein Hahn, aber noch spendete nur die Öllampe vor dem Hausaltar etwas Licht. Auf nackten Sohlen schlug Kayo den Weg zur Küche ein. In ihr befand sich auch die Latrine, weil dort die Wasserleitung verlief. Für gewöhnlich spülte das Wasser allen Unrat davon, doch wenn sich der Dreck aufstaute, war es Kayo, der den Abfluss wieder freischaufeln musste. Neuerdings machte ihm das gar nicht mehr so viel aus – seit der alten Köchin ein neues Küchenmädchen zur Hand ging.

Nioba stand bereits vor dem Herdfeuer und knetete Brotteig. Als Kayo hereinkam, blickte sie von ihrer Arbeit auf. Sie hatte schwarzes Haar und sehr große, fast ebenso dunkle Augen. »*Wie eine Kuh*«, spotteten die anderen, aber Kayo fand sie schön. »So früh schon auf?«, fragte sie verwundert.

Kayo nickte nur und eilte zu dem Vorhang, hinter dem sich die Latrine verbarg. Das war Antwort genug, zumal ihm nichts Geistreicheres einfiel. Zum Glück übertönte das Plätschern des Wassers, das ständig aus der Leitung in die Spüle und von dort in den Kanal floss, jedes peinliche Geräusch. Er verstand nicht einmal, weshalb Nioba nichts hören sollte. Bei den anderen war es ihm schließlich auch egal. Aber er errötete bereits, wenn er nur an sie dachte. Für sie wollte er bewundernswert und makellos sein. Stattdessen krümmte er sich vor Schmerz, während der Druck in der Blase nachließ. War das Blut? Das wenige Licht, das vom Herdfeuer über die gemauerte Abtrennung herüberdrang, genügte nicht, um Farben zu erkennen. An die Wand gelehnt wartete er, bis das Wüten in seinem Unterleib nachließ. War das Mauerwerk so kalt, dass er davon eine Gänsehaut bekam? Er fror immer stärker. Am besten legte er sich wieder hin und sagte den anderen, dass er krank war.

Als er hinter dem Vorhang hervorkam, drehte er sich nicht zu Nioba um. Sie sollte ihn nicht so sehen.

»Geht's dir gut?«

Mit einem Nicken wollte er weitergehen, doch sie kam bereits herüber und reichte ihm einen Becher Wasser.

»Du bist aber ganz blass«, stellte sie fest und musterte besorgt sein Gesicht. Ihr Blick streifte seine geschwollene, aufgeplatzte Lippe. »Hat dich jemand geschlagen?« Bei der Vorstellung weiteten sich ihre Augen. Vielleicht fürchtete sie, für eine Nachlässigkeit gezüchtigt zu werden.

»Sie waren zu fünft«, versuchte er, seine Niederlage zu rechtfertigen.

»Fünf!«, wiederholte sie entsetzt, während er einen Schluck von dem kühlen Wasser nahm. Er hatte Durst, aber bei dem Gedanken an das Blut zögerte er, viel zu trinken.

»Komm, ich helfe dir zurück zu deinem Lager«, bot Nioba leise an und ergriff seinen Arm, um ihn zu stützen. Ihre Hand war rau, wo der Brotteig bereits getrocknet war, ansonsten aber weich und warm. Kayo widerstand der Versuchung, sich schwächer zu geben, als er war, auch wenn er ihr dann noch näher gekommen wäre. Lieber wollte er sich tapfer geben und ging so aufrecht, wie es sein geschundener Körper zuließ.

Vor dem Eingang des Quartiers der männlichen Sklaven zögerte Nioba. Frauen war dieses Zimmer ebenso verboten wie den Männern die Schlafkammer der Sklavinnen. Niemand verstieß dagegen, denn warum sollte man Schläge riskieren, wenn man sich ebenso gut in ein anderes Zimmer schleichen konnte, um sich heimlich zu treffen?

»Schon gut«, wehrte er ab. »Ich schaffe es auch allein.«

Als Nioba ihre Hand von seinem Arm löste, empfand er Bedauern, aber schon ertönte Rados' Stimme aus dem Halbdunkel vor ihnen: »Was ist los, Kayo? War sie so anstrengend, dass du dich wieder hinlegen musst?«

Gelächter verriet, dass mittlerweile fast alle Sklaven wach waren. Abrupt wandte sich Nioba ab und eilte davon. Bestimmt schämte sie sich. Sie hatte im Haushalt einer strengen alten Witwe gedient und womöglich noch nie solche Scherze gehört.

»Lass sie in Ruhe!«, fuhr Kayo Rados an, der sich anschickte, ihr zu folgen, weil auch er zur Latrine musste. »Sie wollte mir nur helfen.«

»Wobei?«, fragte Rados. »Deinen Schwanz zu halten?« Wieder lachten die anderen, aber Rados verging das anzügliche Grinsen, als er in Kayos Gesicht sah. »Mann, du siehst wirklich übel aus. Leg dich hin! Ich werde der Herrin sagen, dass du krank bist, sobald sie aufgestanden ist.«

Das dauerte jedoch, denn Lizina schlief stets lang. Und nach dem Aufwachen pflegte sie, im Bett zu frühstücken und sich dann schminken und ankleiden zu lassen, bevor sie auch nur einen Fuß vor ihr Zimmer setzte. Als Rados ihr schließlich von Kayo hätte erzählen können, war er längst fort. Er gehörte zu Daimeans Sänftenträgern und musste seinen Herrn zum Rat der Noblen bringen. Seine Entschuldigung hörte Kayo nur undeutlich durch den Nebel, der seine Sinne umfing. Immer wieder fielen ihm die Augen zu. Obwohl ihn bei jeder Regung ein Knistern an den Strohsack erinnerte, auf dem er in Wahrheit lag, war ihm, als ob er in rötlichen Wolken schwebte. Seine Gedanken trieben darin herum, tauchten gelegentlich auf, wenn ihm ein nasses Tuch auf die Stirn geklatscht oder ein bitteres Gebräu eingeflösst wurde, nur um dann umso tiefer in diesem Nebel zu versinken. Manchmal erwachte er vor Kälte, schlang mit klappernden Zähnen das durchgeschwitzte Laken um sich und strampelte sich ein andermal wieder frei, weil er glaubte, zu nah bei einem Feuer zu liegen. Doch es gab keine Flammen – nur die Hitze in seinem Körper.

Er hörte Lizina Anweisungen erteilen. Tag und Nacht sollte Tord ihm kalte Wickel um die Waden schlingen. Tord? Der wortkarge Bauer aus dem Norden Serikas? Wehrlos ließ Kayo es über sich ergehen. Es war Tord, der ihm die feuchten Lappen eher auf die Stirn warf, als ihm damit den Schweiß abzuwischen. Mit derselben ruppigen Fürsorge hätte er sich wohl auch um einen kranken Ochsen gekümmert.

Als das Fieber sank, brachte Rados ihm verdünnten Wein und Gemüsebrühe. Tord wachte nicht mehr unablässig an seiner Seite. Der feuchte Strohsack wurde durch einen neuen ersetzt, der noch nach Getreide im Sonnenschein roch, und wenn Kayo versuchte, sich aufzusetzen, brach ihm nicht mehr sofort der Schweiß aus. Wann die Schmerzen verschwunden waren, wusste er nicht zu sagen, aber nun waren sie fort. Die Herrin Lizina pries das Kräuterwissen ihrer Ahnen. Zur Sicherheit hatte sie aber auch im Tempel Eseos für seine Genesung geopfert. »Das ziehe ich dir natürlich von deinen Ersparnissen ab«, beschied sie ihm, als sie sah, dass es ihm besser ging.

Natürlich, dachte Kayo bitter. Dabei hatte sie nur gefürchtet, einen Sklaven zu verlieren. Ein gesunder, gut erzogener Neunzehnjähriger von seiner Statur war nicht billig. So viel hatte er auf den Märkten schon gelernt, wenn sie Lizina dort hingetragen hatten.

Am gleichen Abend wurde der Vorhang zum Hof zugezogen, sodass er allein im dunklen Zimmer lag. Von draußen hörte er eilige Schritte und Lizinas Befehle, die das geschäftige Hin und Her dirigierten. Dann ertönte das Pochen des bronzenen Türklopfers an der Haustür, dicht gefolgt von aufgekratztem Stimmengewirr, das sich bald in Richtung Garten entfernte.

Obwohl er froh war, noch nicht wieder bedienen zu müssen, fühlte er sich auch ausgeschlossen. Während eines ganzen endlos scheinenden Abendessens eine Schale mit Wasser zum Händewaschen bereithalten zu müssen war zwar anstrengend, aber er konnte dabei Gesprächen lauschen, die sich ausnahmsweise um Belange jenseits des Haushalts und der Befindlichkeiten seiner Herrschaften drehten. Er hatte daraus viel über die Welt gelernt, und manchmal war es sogar amüsant. Und nun lag er hier und langweilte sich schon seit zwei Tagen. Vielleicht sollte er wirklich Swarann in dieser Gladiatorenschule besuchen. Er konnte sich nicht mehr erinnern, wann ihm zuletzt jemand einen Weg aufgezeigt hatte, seinem tristen Dasein zu entfliehen. Hatte er das Zeug dazu? Unwillkürlich sah er die blutigsten Kämpfe vor sich, deren Zeuge er über die Jahre in der Arena geworden war. Abgetrennte Arme, die in den Sand fielen. Aufgeschlitzte Leiber, aus denen Gedärm hervorquoll. Nur die besten – von Göttern und Menschen geliebten – Kämpfer entgingen diesem Schicksal.

Ertappt schreckte er aus seinen Gedanken auf, weil sich der Vorhang bewegte. Im ersten Moment blendete ihn das Licht einer Öllampe, dann entdeckte er Nioba, die den Vorhang hinter sich zufallen ließ. Hastig setzte er sich auf, um weniger schwach zu wirken. In einer Hand hielt sie die Lampe, während sie auf der anderen etwas Kleines trug, das er erst erkannte, als sie sich neben sein Lager kniete. Es war ein Stück Gebäck, eine Schale aus Teig mit gelblicher Füllung, auf der einige Raspel Zitronenschale lagen. Staunend wanderte Kayos Blick von der kostbaren Gabe zu ihrem Gesicht.

»Ich hab es weggenommen, als niemand hingesehen hat«, gestand sie errötend. »Bei so vielen Gästen fällt es bestimmt nicht auf. Willst du es nicht?«, fragte sie bang.

Kayo merkte, dass er sie immer noch anstarrte. »Doch, natürlich!« Rasch griff er zu und nahm einen Bissen. Eine solche Leckerei hatte er seit Ewigkeiten nicht bekommen. Er schmeckte Honig, Zitrone und etwas Sahniges, aber er konnte nur an Nioba denken. Wo nahm sie den Mut her, ihn hier zu besuchen und auch noch aus der Küche zu stehlen? »Danke«, brachte er kauend heraus.

Sie lächelte, bevor sie sich ängstlich nach dem Vorhang umsah. »Ich würde gern länger bleiben, aber sie werden mich in der Küche vermissen.«

Sie wollte mehr Zeit mit ihm allein verbringen? Schon der Gedanke an ein heimliches Treffen ließ sein Glied anschwellen. Rasch winkelte er die Beine etwas mehr an, um es zu verbergen. Sie sollte nicht glauben, dass er wie Rados war, der jeder Frau nachstellte, die ihm willig vorkam. »Wenn … also … ich würde auch gern …« *Was für ein Gestammel!* Hatte Rovena, die Göttin der Liebe, denn kein Mitleid mit ihm? »Heute ist es zu gefährlich, aber … wir könnten uns in einer ruhigeren Nacht treffen. Am anderen Ende des Gartens.«

Jetzt war es heraus und innerlich bebte er vor Spannung – oder Angst? Er wusste nur, dass er gebannt in ihre Augen sah, als könnte er dort die Antwort finden.

Schüchtern lächelte Nioba und nickte. »Morgen. Unter den Säulen bei der großen Zypresse.«

*

Breitbeinig stand Seran auf dem schwankenden Deck und sah den Spielern zu, die in kleiner Runde auf den Planken hockten. Wieder einmal erleichterte Kromer die Seeleute um ihr Kupfer. Da widrige Winde sie einige Tage in der Provinz Solvares festgehalten hatten, währte die Reise nun schon fast einen halben Mond, und es grenzte an ein Wunder, dass die Mannschaft überhaupt noch Münzen hatte.

»Seran!«, rief sein nur ein Jahr jüngerer Ziehbruder begeistert. »K-k-komm her! Man k-k-kann den Vulkan schon sehen.« Adurin stand mit seinem älteren Bruder Baleos an der Reling und deutete zum Horizont. Mit geblähten Segeln näherte sich das Handelsschiff der Meerenge von Bassa. Es gehörte zu einem Konvoi, dem zwei Kriegsgaleeren Geleitschutz gaben, denn in DaSalva, der Unberechenbaren See, mussten Händler stets mit Überfällen rechnen.

Neugierig ging Seran zu seinen Ziehbrüdern hinüber. Elf Jahre lang hatten sie in Desmana gelebt und ihr letzter Besuch in Theban lag bereits Jahre zurück. Es war eine weite Reise, aber mit der Meerenge begann die letzte Etappe. In einem oder zwei Tagen würden sie die Hauptstadt erreichen.

»D-d-da, siehst du?« Adurin wies auf den Gipfel, der sich aus dunstigem Blau erhob. »Rauch steigt aus der Schmiede, die kein Mensch je betrat.«

Warum stottert er nie, wenn er Verse zitiert? Darüber hatte Seran schon oft gegrübelt. Vielleicht lag es an Adurins Leidenschaft für alte Epen und Lieder. Mit seinen schwarzen Locken und dem schwärmerischen Blick sah er sogar aus wie ein Dichter.

»Siberos hat die ersten Menschen erschaffen, also waren sie auch in seiner Schmiede«, befand Baleos barsch. Er wirkte wie ein gröberes Abbild ihres Vaters und war größer und kräftiger gebaut als Adurin.

»Als er die M-menschen aus Ton f-f-formte, war Siberos noch ein Kind«, hielt Adurin dagegen. »Warum sollte ein K-kind b-bereits eine Schmiede besitzen?«

»Weil er ein Gott ist«, beharrte Baleos und blickte verbissen zum Horizont. Die kurz geschorenen, dunkelbraunen Haare betonten die kantige Form seines Schädels.

»Die Legende besagt nur, dass sich seine Schmiede in diesem Vulkan befindet«, mischte sich Seran ein. »Warum sollte Rovena ihren Sohn an einem solchen Ort aufziehen? Sie liebt Rosengärten und Wein.«

»Glaubst du, nur weil du deinen kleinen Triumph Siberos zuschreibst, stehst du ihm jetzt besonders nah?« Brüsk wandte sich Baleos ab und ging auf die andere Seite des Schiffs. In der Ferne ragten dort die Berge von Bassa auf, der äußersten Spitze der riesigen Halbinsel Koruna.

Zu überrascht, um etwas zu erwidern, sah Seran ihm nach. Was hatte er Baleos denn getan?

»L-lass ihn!«, riet Adurin. »So ist er sch-schon, seit die Nachricht von V-v-vaters Abberufung kam. Seine Stellung als Dezen zu v-verlieren hat ihn wohl ziemlich getroffen.«

»Damit ist er nicht allein«, erwiderte Seran. Auch er hatte seinen Posten bei der Reiterei aufgegeben. Er war zwar nicht entlassen worden, aber er hatte sich dazu gezwungen gefühlt, denn ohne seine Ziehfamilie hielt ihn nichts in Desmana. Seine Brüder und vor allem Kromer waren seine besten Freunde.

»Der k-kriegt sich auch wieder ein«, meinte Adurin. »G-g-genießen wir lieber d-diesen Anblick. W-wann bekommt man schon die Heimstatt einer G-gottheit zu sehen?«

Widerstrebend wandte sich Seran wieder den Inseln zu, die schroff und teils steil aus dem Meer aufragten. Als sei dort ein Gebirge versunken, von dem nur noch Gipfel zu sehen waren. Am kühnsten reckte sich der Siberos in den Himmel, der Vulkan, der dem Herrn des Feuers seinen Namen verdankte. Aus seinen Schloten stieg Rauch auf, um die Menschen stets an den Gott zu erinnern, der sie geformt und die Kunst des Schmiedens gelehrt hatte. Doch heute verfehlte der Berg seine erhebende Wirkung auf Seran.

Baleos ist bloß neidisch. Dennoch ärgerte sich Seran. »Warum kann er mir den kleinen Erfolg nicht einfach gönnen? Ich bin immer noch nur der Barbar, der keine Thebaner befehligen darf, während er Vaters Erbe antreten und im Rat sitzen wird.«

»D-das ist wahr«, gab Adurin zu. Einen Moment lang schien er nicht mehr sagen zu wollen, doch dann löste er sich vom Anblick des Vulkans und sah Seran ernst an. »Aber w-wie viel ist das noch w-wert? Der Kaiser hat V-v-vater abgesetzt und nach Theban zurückgerufen. Und niemand k-kennt die Gründe. Selbst der neue Statthalter angeblich n-nicht. Bereitet dir das keine Sorgen?«

»Schon«, gab Seran zu. Seit die Nachricht eingetroffen war, fragten sie sich, ob Astur in Ungnade gefallen war, und es gab keine Möglichkeit, es vor ihrer Ankunft herauszufinden. Vielleicht war Baleos tatsächlich aus Angst so reizbar. Sein ganzes Leben lang hatte er sich darauf vorbereitet, in die Fußstapfen seines Vaters zu treten und das geachtete Oberhaupt des alten Hauses Aurel zu werden.

»W-wenn eine Familie in Ungnade f-fällt, kann es ihre V-vernichtung bedeuten«, warnte Adurin leise.

So weit hatte Seran zuvor nicht gedacht. Auch ihm stand dann eine ungewisse Zukunft bevor.

»Was ist los?«, fragte Kromer. Er war zu ihnen an die Reling getreten und sah Seran forschend an. »Machst du dir Sorgen, dass der Vulkan ausbrechen könnte? Baleos hat nur dich beleidigt, nicht euren Gott«, befand er zwinkernd.

Adurin lächelte halbherzig und blickte wieder zu den Inseln.

»Wir haben uns nur gefragt, was uns in Theban erwarten wird«, sagte Seran. »Schließlich haben wir alle unsere Aufgaben verloren. Vater, Baleos, ich selbst, sogar du. Erwägst du, in die Zwergengarde des Kaisers einzutreten?« Vermutlich war das die höchste Ehre, die ein Zwerg in Theban erringen konnte – abgesehen von den Baumeistern, die für die Kaiser vergangener Zeiten Tempel und Paläste errichtet hatten.

Kromer lachte in seinen Bart. »Aus dem Alter bin ich raus.«

»Aber S-seran hat recht«, befand Adurin. »V-vater ist kein Heerführer m-mehr. Wofür sollte er noch einen W-waffenschmied b-brauchen?«

»Warten wir mal ab«, brummte Kromer. »Einer wie Astur hält nicht lange still. Und solange er mich nicht rausschmeißt, werde ich bei euch auf der faulen Haut herumliegen.«

*

Mit gemischten Gefühlen näherte sich Kayo der Gladiatorenschule. Eigentlich hatte er nur beim Weinhändler eine Bestellung ausrichten sollen, aber er war den ganzen Weg gerannt, um den Auftrag möglichst schnell hinter sich zu bringen, und dann zu dem Anwesen weitergeeilt, dessen Lage ihm Swarann damals in der Schlange vor der Wäscherei beschrieben hatte. Nun ging er langsam, um wieder zu Atem zu kommen. Wenn er schon seinen ganzen Mut zusammennahm, wollte er auch einen guten Eindruck machen. Er war sogar am Morgen erst im Badehaus gewesen, was Lizina ihren Sklaven vorschrieb, weil sie keine ungewaschenen Leiber um sich herum ertragen konnte, wie sie bei jeder passenden und unpassenden Gelegenheit betonte.

Von außen wirkte die Schule wie das Haus eines alten Adelsgeschlechts. Es besaß zwei Stockwerke und ein von Säulen flankiertes Portal, doch über der Tür war ein Teil der kunstvoll aus Sandstein gehauenen Reliefs, die Waffen, Schilde und Rüstungen zeigten, einer nüchternen Platte mit großen, bronzenen Buchstaben gewichen: *Procaros' Gladiatoren.* Übermäßig reich schien Procaros jedoch nicht zu sein oder er konnte den Hals nicht voll genug bekommen, denn er hatte die Ladengeschäfte zu beiden Seiten des Eingangs vermietet, was dem Gebäude einiges an vornehmer Ausstrahlung raubte.

»Schwerter! Hier gibt's die besten Schwerter, die in ganz Theban zu haben sind!«, prahlte einer der Händler und deutete auf die vor ihm ausliegenden Waffen. Ein Zwerg war stehen geblieben und hob eine der Klingen vor sein Gesicht, um mit skeptischer Miene die Verarbeitung zu prüfen.

Auch Kayo ließ im Vorübergehen den Blick über die Ware schweifen. Er verstand nichts von Waffen, aber die Klingen sahen schwer und stabil aus. Keine Spur von Prunk oder Eleganz. Mit solchen Schwertern wurde getötet, das spürte er plötzlich so eindringlich, dass es ihm kalt den Rücken hinablief. Seine Handflächen wurden feucht, und er fragte sich, warum er hergekommen war. Er konnte die Klinge beinahe schon in seinem Brustkorb … *Das sind nur die gebrochenen Rippen, die vom Laufen stechen!*, ermahnte er sich. Das Nierenfieber mochte er überwunden haben, aber die Knochen waren wohl noch nicht wieder zusammengewachsen.

Vor dem Eingang blieb Kayo unsicher stehen. Die Torflügel standen einladend offen, was vollkommen unüblich war. Nicht einmal tagsüber hätte ein Mann von Verstand riskiert, dass irgendwelches Gesindel in sein Haus spazierte, aber Procaros verließ sich offenbar auf den abschreckenden Ruf seiner Kämpfer. Welcher Dieb wollte sich schon mit einem Gladiator anlegen?

Ganz so leicht, wie es zunächst aussah, war es jedoch nicht, das Anwesen zu betreten. Sobald Kayo durch das Tor ging, erhob sich in den Schatten dahinter ein beeindruckend grobschlächtiger Kerl. Noch nie hatte Kayo einen so stämmigen Mann gesehen. Sicher wog der Koloss doppelt so viel wie er, obwohl er nicht größer, nur deutlich breiter war.

»Und zu wem willst du?« Die Stimme des Hünen war rau, aber heller, als Kayo erwartet hatte.

Einen Augenblick lang erwog er zu schwindeln und etwas von einer Nachricht für Procaros zu erfinden, aber damit hätte er sich den Türhüter zum Feind gemacht, und seine Rippen schmerzten noch von den letzten Prügeln, die er eingesteckt hatte. »Ich suche Swarann. Er hat mich eingeladen.«

Der Koloss gab ein Grunzen von sich, das entfernt nach Zustimmung klang. Mittlerweile hatten sich Kayos Augen an das schwächere Licht gewöhnt. Erst jetzt erkannte er, dass der Türhüter nicht blond, sondern bereits ergraut war. Das Leben hatte sein Gesicht mit tiefen Furchen und einigen Narben gezeichnet. Doch auch wenn sein Körper schon erschlaffte, strahlte er immer noch beunruhigend viel Kraft aus. Mit einer Hand von der Größe einer Schaufel bedeutete er Kayo, in den Innenhof weiterzugehen.

Von dort hatte Kayo bereits Stimmen gehört und aus dem Augenwinkel weitere Gestalten bemerkt, den Blick aber lieber nicht von seinem Gegenüber gelöst, bis geklärt war, ob er Procaros' Haus betreten durfte. Der Innenhof war auf allen Seiten von einem zweistöckigen Säulengang umgeben, wie es Kayo nur von den reichsten Freunden seiner Besitzer kannte. Aber die Wandgemälde waren verblasst und einige der Steinplatten, mit denen der Boden zweifarbig ausgelegt war, wiesen Sprünge auf, in denen sich Schmutz sammelte. Um das Wasserbecken herum hatte man die Fliesen sogar entfernt und stattdessen knöcheltief Sand aufgeschüttet. In dieser kleinen Arena kämpften vier Männer gegeneinander. Zwei von ihnen waren unbewaffnet und versuchten, sich gegenseitig niederzuringen. Die beiden anderen umkreisten sich mit Schwert und Schild, schnellten plötzlich vor, attackierten und zogen sich sofort wieder zurück. Offenbar spielten sie dieses Spiel schon eine ganze Weile, denn sie schnauften und ihre halb nackten Körper glänzten vom Schweiß. Von Kayos Auftauchen ließen sie sich nicht ablenken. Nicht einen Moment wich ihr Blick vom Gegner.

Kayo verharrte zwischen den Säulen und sah sich nach Swarann um. Auf Bänken neben den Türen abzweigender Räume saßen zwei weitere Gladiatoren und warteten darauf, an die Reihe zu kommen. Oben auf der Galerie entdeckte er einige Zuschauer, die das Geschehen leise kommentierten. Vornehme Männer und Frauen, die sicher gut dafür bezahlten, ihren Favoriten beim Üben zusehen zu dürfen. Er begriff, dass dieser vordere Bereich den Fortgeschrittenen vorbehalten war. Jenen, die bereits Geld einbrachten und mit Erfolgen in der Arena das Publikum anlockten. Hier würde er Swarann höchstens als Diener finden, der seinen Vorbildern Wasser und Handtücher reichte.

Kayo riss sich vom Anblick der Kämpfenden los und folgte dem Säulengang zur anderen Seite des Hofs. Obwohl Swarann von seinen Kameraden gesprochen hatte, als stammten sie alle aus dem Norden, maßen sich hier Männer aus sämtlichen Teilen des Reichs miteinander. Der rothaarige Ringer war bestimmt Greverer und die drahtigen Schwertkämpfer mit der dunklen Haut kamen aus Alandura, jenseits des Meers.

Wie er es erwartet hatte, entdeckte er auf der Rückseite des Hofs mehrere Durchgänge in den hinteren Teil des Hauses. Er entschied sich, einfach durch den erstbesten zu gehen, an dessen Ende er Tageslicht und weitere Säulen erkannte. Einer der beiden Gladiatoren, die ihm aus diesem Gang entgegenkamen, war mit Sicherheit Mataver, *Erdwohner*, wie die Thebaner die Stämme des Nordens nannten, weil diese Barbaren angeblich in Erdlöchern hausten. Kayo wusste nicht, ob es der Wahrheit entsprach. Er erinnerte sich weder an seine Eltern noch an die Zeit, bevor er Sklave gewesen war. Als er den Mataver ansah, ging ihm durch den Kopf, dass dieser Fremde sein Vater sein konnte. Alt genug war der von Narben gezeichnete Gladiator. Da er noch lebte, musste er einer der besten sein, ein Liebling der Götter. Und nun blickte ihm der Mann auch noch direkt in die Augen und runzelte die Stirn.

Hastig ging Kayo weiter. *Reginn! Das war Reginn!* Er hatte ihn schon bei den Spielen gesehen und im Chor mit der tobenden Menge seinen Namen gebrüllt. Nie hätte er geglaubt, ihm jemals so nah zu kommen.

Jenseits des Durchgangs lag ein zweiter, jedoch viel weitläufigerer Hof. Einst war es wohl der Garten einer sehr reichen Familie gewesen, doch aus jener Zeit hatten nur ein paar Bäume überlebt. Wo sich Blumenbeete und Zierhecken befunden hatten, war nur noch staubige, festgetrampelte Erde zu sehen, in der steinerne Abgrenzungen alte Wege markierten. Männer in Kayos Alter trabten in schweren Rüstungen um den Platz, um ihre Ausdauer zu steigern, während jüngere Schüler in der sengenden Sonne standen und wie eine kleine Armee mit Holzschwertern die Bewegungen eines Lehrers nachahmten. Er zeigte ihnen eine flüssige Abfolge von Schwüngen und Hieben, die bei den Jungen noch deutlich ungelenker und abgehackter wirkten.

»Kayo!« Mit einem schweren Bündel Wurfspieße auf den Armen kam Swarann auf ihn zu. »Warte hier! Ich bring nur rasch das Zeug weg.« Schon verschwand er durch eine offene Tür und kehrte einen Augenblick später ohne die Waffen zurück. »Entweder ist Meratur heute auf meiner Seite oder ich hab den Bogen endlich raus«, freute er sich. »Ich hab kein einziges Mal danebengeworfen.«

»Gratuliere«, erwiderte Kayo anerkennend.

»Komm, du hast Glück«, behauptete Swarann und ging voran zu einer Treppe, die gleich neben dem Durchgang in den ersten Stock hinaufführte. »Procaros ist hier und hat vielleicht Zeit für dich.«

Erneut spürte Kayo, dass er feuchte Handflächen bekam. Musste sein Freund so schnell Ernst machen? *Na ja, was soll er denken, warum ich sonst hergekommen bin?*

Die Stufen mündeten auf eine Galerie, die Blick auf den Übungsplatz bot, doch sie erstreckte sich nur auf dieser Seite des Gartens. Die anderen Seiten waren von niedrigeren Gebäuden gesäumt. Swarann blieb vor einer offenen Tür aus rötlichem, mit geschnitzten Weinranken geschmücktem Holz stehen und klopfte.

»Ja«, ertönte es gereizt von drinnen.

Ungerührt trat Swarann über die Schwelle. »Darf ich Euch kurz stören, Herr? Es geht um …« Energisch bedeutete er Kayo, endlich einzutreten. »… diesen jungen Sklaven.«

Zögernd folgte Kayo ihm in das beinahe leere Zimmer. Es standen nur eine Truhe und ein Schreibtisch darin, an dem ein bärtiger älterer Mann saß und von den Schriftstücken abließ, in denen er gerade herumgeblättert hatte.

»Ich habe ihn vor der Wäscherei getroffen und fand, dass er für Euch von Interesse sein könnte«, fuhr Swarann fort.

Procaros bedachte seinen Sklaven mit einem undeutbaren Blick. »Du glaubst also, du könntest das beurteilen, ja?«

Kayo schluckte. Anscheinend hatte sich sein Freund zu viel angemaßt.

»Ich wollte Euch nur nützlich sein, Herr«, versicherte Swarann. »Falls ich Euch verärgert haben sollte, wird es nicht wieder vorkommen.«

Procaros erhob sich und kam hinter seinem Schreibtisch hervor. Unter seiner Tunika wölbte sich ein stattlicher Bauch, den der breite Gürtel noch betonte. »Jetzt werde ich mir deinen Fund erst einmal ansehen, wenn er schon hier ist.« Sein forschender Blick richtete sich auf Kayo und musterte ihn von oben bis unten.

Vergeblich versuchte Kayo, selbstsicher zu wirken. Stattdessen stand er da, als hätte er einen Stock verschluckt, und vergaß zu atmen. War Procaros womöglich mit seinem Herrn bekannt? Würde er ihm erzählen, dass einer seiner Sklaven bei ihm vorgesprochen hatte, um gekauft zu werden?

»Warum genau hast du geglaubt, dass ich ihn mir ansehen sollte?«, hakte Procaros nach.

War das nun ein gutes oder schlechtes Zeichen?

»Na ja, er macht was her, sogar wenn er gerade einstecken musste.«

Procaros grinste. »Die Frauen würden ihn lieben, keine Frage. Aber er ist ein bisschen mager. Bekommst du nicht genug zu essen?«

Kayo stutzte. Seit wann war er … »Nein, ich war krank«, wehrte er ab. Das Fieber musste ihn ausgezehrt haben.

Skeptisch verzog Procaros die Lippen. »Hm.«

Mist! Wie hatte er so etwas Dämliches sagen können?

»An welchen Waffen wurdest du ausgebildet?«, erkundigte sich Procaros.

Verdammt. Sollte er jetzt lügen? Dann würde Procaros sicher eine Kostprobe sehen wollen. Einer wie er kaufte bestimmt nicht die Katze im Sack. Trotzig reckte Kayo das Kinn. »An keiner.«

Procaros griff sich an die Stirn und schüttelte den Kopf.

»Ich bin Sklave!«, rief Kayo. »Man hat mich gelehrt, Schläge einzustecken, nicht auszuteilen!«

Neben ihm erstarrte Swarann in der Erwartung des Zorns seines Besitzers.

»Mach dich wieder an die Arbeit, Swarann!«, befahl Procaros barsch. »Über deine Ambitionen als Einkäufer reden wir später. Du …« Er wandte sich Kayo zu, während Swarann rasch das Zimmer verließ. »… bleibst hier!«

Widerstrebend gehorchte Kayo, obwohl er lieber hinausgerannt wäre. Wenn ihn Procaros jetzt nach dem Namen seines Herrn fragte, würde er genau das tun.

»Du bist erfrischend ehrlich, Junge, deshalb will ich es auch sein«, sagte Procaros unerwartet ruhig. »Es gehört Schneid dazu, als Sklave einfach so zu mir zu kommen. Vielleicht hättest du tatsächlich genug Kampfgeist für die Arena, aber du bist zu alt. Es würde Jahre dauern, dir die Grundlagen beizubringen, und die anderen wären dir immer an Erfahrung voraus.«

Dann war er dazu verdammt, Lizina in ihrer Sänfte herumzutragen, bis er zu alt und schwach dafür wurde? »Aber Swarann sagte, er sei auch erst …«

»Er mag hier neu sein«, fiel ihm Procaros ins Wort, »aber er wurde zum Leibwächter ausgebildet und machte sich dabei so gut, dass sein Herr es für lukrativ hielt, ihn mir anzubieten. Dein Fall liegt anders. Es wäre aussichtslos. Finde dich damit ab! Und jetzt geh nach Hause und versuch nicht noch einmal, deinen Herrn zu hintergehen! Er könnte es übel aufnehmen.«

Wie betäubt taumelte Kayo aus dem Zimmer. Er hatte so viel riskiert, um herzukommen, so viele uneingestandene Hoffnungen in einen Fremden gesetzt. *Und jetzt?* Sein Los war entschieden. Bis an sein Lebensende würde er den Abfluss der Latrine freischaufeln …

Wenigstens hab ich Nioba. Der Gedanke half ihm, die Benommenheit abzuschütteln. Ihm wurde bewusst, dass er noch immer auf der Galerie herumstand und auf den Übungsplatz starrte, ohne etwas zu sehen. Für einen kurzen Moment hatte er hier durch einen Spalt in eine andere Zukunft geblickt, doch nun war die Tür wieder verschlossen. Enttäuscht wandte er sich ab und schlurfte die Stufen hinunter. Nioba würde ihn trösten. Obwohl er sie bislang nur küssen und im Arm halten durfte, war es schöner und aufregender, als mit Rados in die Unterstadt zu den Sklavinnen zu gehen, die von ihren Besitzern gezwungen wurden, es für ein paar Kupfermünzen mit jedem zu treiben. Dieses nach altem Schweiß und Samen stinkende Elend in den engen Kammern wollte er nie wieder sehen.

Am Fuß der Treppe zögerte er und sah sich nach Swarann um. Sollte er sich von seinem Freund verabschieden oder verachtete Swarann ihn jetzt, weil er nicht zum Schüler taugte? Als er ihn nicht auf Anhieb entdeckte, zuckte er mit den Schultern und stapfte durch den Gang zum vorderen Hof. Überrascht blieb er dort stehen, denn Swarann unterhielt sich gerade mit Reginn, dem berühmten Gladiator. Nun gut, eigentlich sah es eher nach einem Verhör aus, bei dem Reginn barsche Fragen stellte, aber da die beiden Matavisch sprachen, verstand Kayo kein Wort.

Plötzlich deutete Swarann auf ihn, und Kayo wünschte, er hätte sich längst davongeschlichen. Warum musste diese Berühmtheit von seiner Schande erfahren? Wollten ihn die Götter für seine Untreue gegenüber seinem Herrn bestrafen?

»Du!«, rief Reginn ernst und bedeutete Kayo, zu ihm zu kommen.

Nun wurden sie nicht nur von den anderen Gladiatoren beobachtet, sondern auch von den Zuschauern im ersten Stock. Neugierig beugten sie sich vor, um einen besseren Blick auf das Geschehen zu erhaschen.

»Swarann sagt, dass du dich nicht an deinen Namen erinnern kannst, stimmt das?«, fragte Reginn streng. Er sprach fließend Thebanisch, aber das R kam tief aus der Kehle wie bei einem knurrenden Hund.

Kayo nickte nur. Wollten sie ihn noch weiter beschämen?

»Weißt du, wie alt du bist?«

»Mein Herr sagt, ich bin neunzehn. So ungefähr jedenfalls.«

Reginn nickte und seine blauen Augen verloren ein wenig von der Härte, mit der er wohl seine Gegner einschätzte. »Komm mit!« Er drehte sich um und ging, als stünde außer Frage, dass Kayo ihm gehorchte, obwohl er doch selbst nur ein Sklave war, wenn auch geachtet und vermutlich sogar reich genug, um sich bald freizukaufen, obgleich sein Wert in schwindelerregende Höhen gestiegen war.

Sollte er ihm wirklich folgen? Was wollte der Mann von ihm? Auch Swarann hob auf seinen fragenden Blick hin nur die Schultern und schien nicht mehr zu wissen. *Was soll's?* Kayo gab sich einen Ruck und ging hinter Reginn her. Wann bekam er schon Gelegenheit, mit einer lebenden Legende zu sprechen? Bestimmt beneideten ihn die feinen Herrschaften oben auf der Galerie, die für ein solches Privileg vermutlich tief in den Geldbeutel greifen mussten.

Reginn führte ihn nicht weit, nur in eine Rüstkammer, in der es nach Leder und Waffenöl roch. Wie alle Räume um den Hof herum besaß sie kein Fenster. Vielleicht schloss Reginn deshalb nicht die Tür hinter ihnen, denn es wäre stockfinster geworden, aber er sprach so leise, dass ihn draußen sicher niemand verstehen konnte. Prompt wandten sich die anderen Gladiatoren wieder ihren Übungen zu, und Swarann eilte davon, um dasselbe zu tun, bevor Procaros seine Abwesenheit bemerkte.

»Du hast das richtige Alter, und du siehst ihm ähnlich. Zeig mir deine linke Hand!«, befahl Reginn und griff bereits danach.

»Wem sehe ich ähnlich?« Befremdet ließ Kayo zu, dass der Ältere seinen Handrücken ins Licht drehte und betrachtete, ohne eine Antwort zu geben.

»Da sind sie«, murmelte Reginn. Sein Grinsen entblößte große, makellose Zähne. »Weißt du, woher du die hast?« Mit einem Finger deutete er auf die alten Narben, kleine, blasse Flecken, die Kayo immer schon Rätsel aufgegeben hatten.

»Wahrscheinlich hab ich mich an Funken vom Herdfeuer verbrannt.«

»Unsinn.« Kopfschüttelnd ließ Reginn Kayos Hand los. »Dein Vater hatte den größten Hecht gefangen, den ich je gesehen habe. Das ganze Dorf stand staunend um das Biest herum. Du kannst nur drei, höchstens vier Winter alt gewesen sein. Keine Ahnung, was du getrieben hast. Vielleicht wolltest du seine Zähne berühren, um herauszufinden, wie spitz sie sind. Ist dir gelungen. Tote Fische zucken manchmal noch. Plötzlich steckte deine Hand in seinem Maul. Du hast gequiekt wie ein Ferkel, das man am Hinterbein packt«, erinnerte er sich lachend.

Mein Vater? »Du hast meinen Vater gekannt?«

»Das habe ich. Wir stammen aus demselben Dorf.« Seine Miene verdüsterte sich, als hätte sich eine Wolke vor die Sonne geschoben. »Dein Vater war Hlewar, der letzte Kriegshäuptling der Andanen.«

4

Obwohl er innerlich zappelte, lag Kayo halbwegs ruhig auf seinem Strohsack. Er konnte es kaum erwarten, Nioba seine Neuigkeiten zu erzählen, doch das durfte er erst wagen, wenn sich Daimean und Lizina zu Bett begeben hatten. Was sie wohl dazu sagen würde, dass er nicht nur mit einem berühmten Gladiator gesprochen, sondern auch erfahren hatte, dass er der Sohn eines Häuptlings war? In Gedanken sah er bereits vor sich, wie sie bewundernd zu ihm aufsah. Musste er mit einer solchen Abstammung nicht zu Höherem berufen sein? Was wusste Procaros schon? Der alte Sklaventreiber hatte nie selbst in einer Arena gestanden. Es war zwar ein bisschen seltsam, dass er nie zuvor darüber nachgedacht hatte, Gladiator zu werden, und es ihm jetzt vorkam, als gäbe es nichts Lohnenderes im Leben, aber war das wirklich so erstaunlich? Wenn er wie alle kleinen Jungen einen Stock als Schwert geschwungen und Daimeans Söhne herausgefordert hatte, war er geschlagen und zur Strafe in eine dunkle Kammer gesperrt worden. Den Mund halten, gehorchen, Ungerechtigkeit erdulden. Das waren die Regeln, die sie ihm eingebläut hatten.

Bei der Erinnerung entfuhr Kayos Kehle ein Brummen. Unwirsch wälzte er sich zur anderen Seite. Reginn hatte versprochen, mit Procaros zu reden. Einen besseren Fürsprecher konnte man nicht haben. Jetzt würde alles gut werden.

Stumm setzte er an, Meratur, den Herrn des Glücks, um Hilfe zu bitten, doch plötzlich stand ihm das Bild eines bewaffneten Kriegers vor Augen. Der Fremde hatte ebenso langes, dunkelblondes Haar wie er, aber Kinn und Wangen verbargen sich unter einem dichten Bart. *Vater?* Das Abbild zeigte keine Regung und begann bereits wieder zu verblassen. *Leg bei unseren Göttern ein gutes Wort für mich ein*, bat Kayo ergriffen. Hatte er sich erinnert oder war ihm der Geist seines Vaters erschienen? Er wusste es nicht, aber sein Herz schlug schneller und er spürte eine Wärme darin, die ihn sonst nur bei Niobas Anblick überkam.

Nioba! Hastig setzte er sich auf und lauschte. Das Quartier der Sklavinnen befand sich näher am Garten. Womöglich wartete sie schon auf ihn. Während er in Träumen von seinem Vater und einer ruhmreichen Zukunft geschwelgt hatte, war Daimeans Leibdiener ins Zimmer gekommen und hatte sich schlafen gelegt. Demnach hatte ihn Daimean für die Nacht entlassen, was er erst tat, wenn er im Bett lag.

Endlich! Leise stand Kayo auf und schlich in den Hof hinüber. Er war nicht sicher, ob die anderen schliefen, doch daran störte er sich nicht. Sie alle führten hin und wieder ein geheimes nächtliches Leben, stahlen sich in den Garten oder gar aus dem Haus, um jemanden zu treffen oder verbotenen Wünschen nachzugeben. Solange er sich keine Feinde machte, würden sie ihn nicht verraten.

Auf dem Hof war alles still. Der Mond spiegelte sich im Wasserbecken und spendete zusätzliches Licht. Wenn sein Vater ihm nahe war, ihn beobachtete, sahen ihn dann auch die Ahnen seines Herrn, deren verkleinerte Abbilder auf dem Hausaltar standen? Er glaubte, ihre missbilligenden Blicke zu spüren. »*Treuloser Hund!*«, zischten sie. »*Deinen von den Göttern bestimmten Herrn zu hintergehen …*«

Mit einem Mal merkte er, dass er sich die kaum hörbaren Stimmen nicht nur eingebildet hatte, denn sie wurden mit jedem Schritt lauter. Er näherte sich ihnen, obwohl er sich vom Hausaltar entfernte. *Mist!* Das kam aus dem altehrwürdigen Schlafgemach, das Daimean und Lizina nur benutzten, wenn sie die Nacht gemeinsam verbringen wollten. Um in den Garten zu gelangen, musste er daran vorbei, und die beiden waren unüberhörbar noch wach. Sollte er umkehren? Wenn Nioba dort drüben in der Dunkelheit schon auf ihn wartete, stand er wie ein Feigling da. War es nicht ein kleines Risiko wert, erneut ihre weichen Lippen zu schmecken und die Hände um ihre festen kleinen Brüste zu legen? Vielleicht würde sie ihm dieses Mal sogar erlauben, sie zwischen den Beinen zu berühren, und dann konnte alles passieren, wovon er seit Tagen träumte.

Entschlossen tappte er auf nackten Sohlen weiter. Falls sein Herr oder Lizina aus dem Schlafzimmer kamen, würde er einfach behaupten, dass er zur Latrine musste. Dennoch äugte er argwöhnisch zur Tür hinüber, die nur mit einem Vorhang verschlossen war.

»Woher willst du das überhaupt wissen?«, fragte Daimean gerade.

»Die Sklavinnen tuscheln über nichts anderes mehr«, erwiderte Lizina.

»Das ist doch nur Tratsch«, wehrte ihr Mann müde ab.

»Daimean!«, mahnte sie streng. »Ich habe das Mädchen nicht gekauft, damit Kayo es schwängert.«

Kayo erstarrte direkt vor der Tür.

»Mit dickem Bauch wird sie immer weniger arbeiten können und dann stirbt sie womöglich im Kindbett. Du weißt, wie leicht das passiert. Du musst etwas unternehmen!«

»Ich werde es ihm verbieten«, versprach Daimean.

»Ha!«, rief Lizina. »Etwa so wie damals bei Lera und Mano?«

Obwohl er damals noch ein Junge gewesen war, erinnerte sich Kayo an das Paar, das drei Kinder bekommen hatte. Sobald der Erstgeborene alt genug geworden war, hatte Daimean ihn verkauft und Lera war vor Kummer krank geworden, während Mano die Wut über seine Ohnmacht an den anderen Sklaven ausgelassen hatte.

»Am Ende musstest du sie alle freilassen, nur weil dein weiches Herz es nicht ertragen konnte, sie getrennt zu verkaufen«, empörte sich Lizina. »Sie zu ersetzen hat uns beinahe in den Ruin gestürzt!«

»Sie mögen keine Rechte haben, aber sie empfinden für ihre Kinder dasselbe wie wir«, verteidigte sich Daimean.

»Und deshalb müssen wir den Anfängen wehren!«, beschwor ihn Lizina. »Ich werde nicht hinnehmen, dass du uns mit deiner Nachgiebigkeit wieder in Schwierigkeiten bringst. Also lass ihn kastrieren oder verkauf ihn! Vorher werde ich keine Ruhe mehr geben.«

*

Einen Tag. Länger hatte es Kayo nicht ausgehalten, darauf zu warten, dass eine Nachricht von Procaros eintraf. Nun stolperte er atemlos über die Schwelle der Gladiatorenschule. Seine Lunge brannte, als hätte er Feuer eingesogen. Daimeans Leibsklave hatte ihn zwar zur Wäscherei geschickt, doch die Zeit für diesen Auftrag war knapp bemessen. Nun würde er zu spät kommen, um Lizina zum Theater zu tragen.

»Wohin so eilig?«, fragte der Koloss hinter der Tür.

»Ich muss zu Reginn. Bitte! Es ist dringend!«

»In seinem Zimmer. Erster Stock«, brummte der Alte.

»Danke!« Erleichtert eilte Kayo weiter.

»Was?«, entrüstete sich eine vornehme Frau, die auf einer Bank im Säulengang saß. »Ich muss hier warten und diesen dahergelaufenen Sklaven lässt du vor?«

Die Antwort des Türhüters hörte Kayo nicht mehr. Er hastete schon die Stufen zur Galerie empor, die den großen Innenhof umgab. Dieses Mal standen keine Zuschauer herum. Sämtliche Gladiatoren schienen sich in ihre Kammern zurückgezogen zu haben. Von irgendwoher wehte Küchendunst heran. Es gab wohl bald Abendessen, und die empörte Frau hatte dafür bezahlt, mit Reginn zu speisen. Kayo konnte sich vorstellen, wie das Mahl enden würde, wenn sie dem Gladiator gefiel. Störungen waren dann nicht mehr erwünscht. Im Vorübereilen spähte er in jeden Raum und entdeckte Reginn in einem der noblen Zimmer an der Stirnseite des Hauses. Es besaß sogar ein Fenster, sodass es darin selbst bei geschlossener Tür hell blieb.

»Reginn?« Beeindruckt spähte Kayo hinein und bewunderte die Malereien an den Wänden. Sie zeigten Gladiatoren im Kampf gegen andere Männer und wilde Bestien. Auch wenn die Stuckornamente an der Decke bereits bröckelten, war selbst Daimeans Schlafgemach kaum prächtiger geschmückt.

Reginn saß auf dem Ledersitz eines Klapphockers und ließ sich von einem Sklaven die breiten Schultern massieren. »Komm rein!«, gestattete er Kayo. »Was ist passiert? Du siehst aus, als wäre eine Horde Dämonen hinter dir her.«

»Ich … hattest du schon Gelegenheit, mit Procaros über mich zu sprechen?«

»Gestern.« Das Gesicht des Gladiators verhieß nichts Gutes. »Er ist ein sturer Bock, aber … vielleicht hat er auch einfach recht.«

Kayo fröstelte, als ob das Fieber zurückkehrte. *Nein …*

»Du bist fast zwanzig und hattest noch nie eine Waffe in der Hand.«

Nein, nein, nein!

»Mut allein genügt nicht, um in der Arena zu überleben.«

»Aber meine Herrin will mich kastrieren lassen, weil ich Nioba liebe!«

Der Masseur zog eine Grimasse, als ob er sich das Lachen kaum verkneifen konnte, doch Reginn sprang auf. »Ist das wahr?«

»Ich schwöre es!«, versicherte Kayo.

Reginn stieß irgendeinen matavischen Fluch aus. »Raus!«, fuhr er den Masseur an. »Und mach die Tür hinter dir zu!«

Nun sah der Kerl nicht mehr so belustigt aus. Stumm klatschte er sich ein Handtuch über die Schulter und stolzierte aus dem Zimmer. Erst als er die Tür zugezogen hatte, wandte sich Reginn wieder an Kayo: »Wie lange bleibt dir noch?«

»Darüber haben sie nicht gesprochen, aber Lizina klang, als hätte sie's eilig. Sie will nicht, dass Nioba ein Kind von mir bekommt.«

»Versteh einer diese verfluchten Thebaner«, grollte Reginn. »Warum wären sie nicht froh, wenn du ihnen einen weiteren Sklaven schenkst?« Er schüttelte den Kopf. »Aber deine Kinder sollten ohnehin nicht so aufwachsen müssen. Du bist Adagis, der Sohn eines Häuptlings!«

»Was kann ich tun, um Procaros umzustimmen?« Erwartungsvoll sah Kayo den Gladiator an, doch dessen Blick schweifte in eine Ferne jenseits des Zimmers.

»Einst erging es mir wie dir«, behauptete Reginn. »Die Götter hatten mich verlassen. Es war in der Schlacht, in der dein Vater den Tod gefunden hat, aber mir wurde der Weg in Harass' Halle verwehrt. Obwohl ich mit Hodreks Rudel mitten unter die Feinde gestürmt war! Irgendein Drakone traf mich von hinten am Kopf. Ich verlor das Bewusstsein, und sie haben wohl gedacht, ich sei tot. Aber als ihre Sklaven kamen, um die Gefallenen zu plündern, wachte ich wieder auf. Der Kerl, der es bemerkt hat, machte ein gutes Geschäft. Inmitten der Beute karrte er mich zum Sklavenhändler und verkaufte mich unter der Hand. So viel Glück hatten die anderen Verwundeten nicht. Wer nicht laufen konnte, wurde auf der Stelle erschlagen. Den Rest haben sie weggebracht, um sie ihrem Kriegsgott zu opfern. Sie lassen nur Frauen und Kinder leben, die als Sklaven weniger Ärger machen.«

Reginn trat an den niedrigen Tisch zwischen den beiden Liegen in einer Ecke des Zimmers und schenkte sich Wein ein, um einen tiefen Schluck zu nehmen. Sicher dachte er an Freunde und Kameraden, die damals gestorben waren. Vielleicht hatte er sogar eine Frau und Kinder gehabt, die als Sklaven verschleppt worden waren, aber Kayo wagte nicht zu fragen.

»Der Sklavenhändler ist ein gerissener Hund gewesen«, fuhr Reginn fort. »Er hat mich in seinem Wagen vor den Drakonen versteckt und nach Theban geschafft. Tag und Nacht war ich gefesselt, weil er geglaubt hat, ich würde fliehen. Dabei war ich ein gebrochener Mann. Harass hatte mich abgewiesen, mich! Dabei gehörte ich einem Rudel an, das mein älterer Bruder anführte.« Erneut schüttelte er den Kopf, als könne er es noch immer nicht begreifen.

Was meinte er mit diesem Gerede von Harass und seinen Wölfen? War Harass ein Gott der Andanen? Kayo kam sich dumm und entwurzelt vor. Er wusste nichts über seine Ahnen, ihre Sitten oder gar ihren Glauben.

»Du fragst dich wohl, warum ich dir das alles erzähle«, vermutete Reginn, ohne eine Antwort abzuwarten. »Ich will damit sagen, dass es mir einige Jahre lang so ergangen ist wie dir. Die Götter hatten mir mein Glück genommen, und ich habe mein Schicksal ertragen, denn es ist sinnlos, gegen den Götterwillen aufzubegehren. Ich schuftete auf den Äckern eines großen Landguts, mehrere Tagesreisen von hier entfernt. Wenn mein Herr im Sommer dort war, hat er den kräftigsten Männern befohlen, sich zur Unterhaltung seiner Gäste mit Knüppeln und Fäusten zu prügeln. Bei einem dieser Kämpfe wurde Procaros auf mich aufmerksam. Er kaufte mich und machte einen Gladiator aus mir. Da wusste ich, dass sich mein Schicksal gewandelt hatte. Die Götter haben mir erlaubt, wieder ein Krieger zu sein, und wenn ich in der Arena sterbe, erwartet mich ein Tisch in Harass' Halle.«

»Ja, aber …« Kayo wollte widersprechen, doch Reginn schnitt ihm mit herrischer Geste das Wort ab.

»Procaros will dich nicht, also ist dir ein anderer Weg bestimmt. Glaubst du nicht, dass sich dein Schicksal bereits gewandelt hat? Die Götter haben dich zu mir geschickt, damit du von deiner Herkunft erfährst. Sie wollen, dass du dein Los von nun an selbst bestimmst, wie es einem freien Mann zukommt.«

»Aber ich bin nicht frei!«, erwiderte Kayo verzweifelt.

»Das liegt bei dir. Hör auf, dich von Procaros oder mir oder deinem Herrn abhängig zu machen! Triff deine eigene Entscheidung! Oder willst du dich einfach so entmannen lassen?«

Ungläubig starrte Kayo ihn an. »Du meinst, ich soll fliehen?«

»Das wäre besser, als Procaros anzubetteln oder deinen Herrn um Gnade anzuflehen, oder?«

Kayo war zu überrascht, um Worte zu finden, und nickte stumm.

»Du kannst das schaffen«, befand Reginn. »Du bist nicht dumm und hast Mut.« Er klaubte einen kleinen Lederbeutel vom Tisch und reichte ihn Kayo. »Nimm diese Silbermünzen! Mehr kann ich nicht für dich tun. Wenn du aus Theban herauskommst, schlag dich nach Sevena durch und überquere den Wagar! Dort wirst du noch freie Andanen finden.«

*

Seran stand da, die Klinge im Brustkorb des Frauenschänders, doch der Kerl zuckte nicht hilflos, schrie nicht vor Schmerz, sondern starrte ihn mit leeren Augen an. Plötzlich schnellte die Hand des Toten vor und packte Serans Kehle. Sie schloss sich wie eine eiserne Zange, um ihm den Atem abzuschnüren. Wie aus dem Nichts umringten ihn die erschlagenen Kumpane seines Gegners und griffen ebenfalls nach ihm. Seran wollte sich wehren, sich befreien, doch seine Arme rührten sich nicht. Sein ganzer Körper war gelähmt, nur seine Lunge drohte zu platzen, und sein Mund schnappte nach Luft, aber da war nichts. Die würgende Hand schnürte seine Kehle zu.

Keuchend schreckte Seran auf, sog die warme Luft in sich hinein. Er saß im Bett, es war heller Tag und die Morgenkühle bereits verflogen. *Nur ein götterverdammter Albtraum!* Schon der dritte seit seinem Sieg über die Piraten. Verärgert sah er zu seiner Rüstung hinüber, die auf einem Gestell in der Ecke seines Zimmers hing. Warum mussten ihn seine Träume so quälen? Es war nichts Falsches daran, seine Feinde zu töten, sonst mordeten sie weiter, griffen wieder und wieder an. Er hatte das Reich und seine Bewohner im Namen des Kaisers verteidigt. Eine ehrenvollere Aufgabe gab es nicht für einen Mann.

Vielleicht hatte er einfach zu viel von diesem seltsamen Zwergengebräu getrunken, das nicht einmal gut schmeckte. Mürrisch rieb er sich die Schläfen. Die Zunge lag ihm trocken und pelzig wie ein Stück Zunderschwamm im Mund. Beim nächsten Mal würde er verdünnten Wein bestellen. Falls sie in Zwergenschänken überhaupt Wein hatten …

»Guten Morgen, Herr«, ertönte Milos' Stimme von der offenen Tür her. Da bereits Sonnenstrahlen durch das einzige Fenster fielen, musste er schon lange auf der Schwelle gewartet haben. »Darf ich Euch das Frühstück bringen oder …?«

»Ja, ja«, murmelte Seran und scheuchte ihn mit einer Geste davon. Er zog es schon lange vor, sich selbst anzukleiden. Dafür brauchte er nun wirklich keinen Sklaven. Es genügte, dass Milos eine frische Tunika bereitgelegt hatte. Von der verschwitzten, nach Tavernendunst stinkenden Kleidung, die Seran in der Nacht von sich geworfen hatte, war dagegen nichts mehr zu sehen. Um den schlechten Nachgeschmack der Zecherei zu vertreiben, trank er einen Becher Wasser, dann zog er sich an und überprüfte, wie viel Geld er noch besaß. Er hätte ahnen sollen, dass alle Zwerge gewiefte Spieler waren.

»Soll Garud ein Pferd für Euch satteln?«, fragte Milos, als er das Tablett mit den Speisen abstellte. Es gab Fladenbrot mit Käse und Eiern, dazu Feigen und Quark.

»Nein, dafür ist es zu spät.« Kein vernünftiger Mann würde zu seinem Vergnügen in der Mittagshitze reiten. Obwohl auch Theban nicht weit von der Küste entfernt lag, fehlten die kühlen Winde des Ozeans, die den Sommer in Desmana erträglicher machten. In dieser großen Stadt fühlte sich Seran wie in einem stickigen Gefängnis. Alles war aus Stein und heizte sich in der Sonne auf, bis die vom Gestank der Latrinen und Kloaken erfüllte Luft zu zäh schien, um sie zu atmen. Deshalb zog er es vor, in den Morgenstunden mit seinen Brüdern auszureiten oder sich an den Waffen zu üben und dann den Tag zu vertrödeln, bevor das Nachtleben sie wieder auf die Straßen lockte. »Ich werde die anstrengenden Sachen auslassen und direkt ins Bad gehen. Lass anheizen, falls es noch nicht geschehen ist!«

Milos verneigte sich und ging. Während Seran frühstückte, fragte er sich, wie lange sie wohl noch dazu verurteilt waren, in den Tag hineinzuleben. Adurin störte sich natürlich nicht daran. Endlich fand er Zeit, sich alten Schriften und seiner Musik zu widmen, und erlangte Einlass in die Kreise der Künstler und Gelehrten. Doch Baleos und Seran strichen durch Asturs Anwesen wie zwei Löwen im Käfig. Das Bild gefiel Seran, auch wenn es ein wenig schmeichelhaft war. Sich jeden Abend zu betrinken vertrieb die Langeweile, aber am nächsten Morgen war sie wieder da und er streifte an den unsichtbaren Gitterstäben auf und ab, die ihn in Theban festhielten. Fast bedauerte er, Desmana verlassen zu haben – bis er auf dem Weg zu den Baderäumen eine erheiternde Gestalt traf. Das Klappern der Holzsohlen, die seine Füße vor den heißen Fliesen schützen sollten, kündigte Kromer an, bevor er auf dem Säulengang zum Bad auftauchte. Er hatte sich bereits entkleidet und seinen stämmigen Körper in ein Handtuch gewickelt, über das der schwarze Bart und die strähnige Haarpracht hingen, und doch trug er noch immer die speckige Lederkappe. Auf seinen nackten Schultern kräuselten sich dunkle Haare wie wollige Schulterklappen einer Rüstung, und auch das, was unterhalb des Handtuchs von seinen kurzen Beinen noch zu sehen war, wurde bis zu den Zehen von diesem schütteren Fell bedeckt. Jede vornehme Thebanerin hätte es bei diesem Anblick vor Entsetzen geschüttelt. Serans Ziehmutter hielt sich vormittags aus gutem Grund von den Baderäumen fern.

»Es sind also schon wieder acht Tage vergangen«, stellte Seran belustigt fest.

»So ist es«, bestätigte Kromer. »Und wie sollte ein Zwerg Rauwonns heiligen Tag angemessen ehren, wenn er sein Gesicht unter einer Schicht aus Ruß und Staub versteckt?«

Da Kromers Miene zum größten Teil von seinem Bart verborgen wurde, hatte Seran dieses Argument noch nie so ganz verstanden. Aber solange es den Zwerg dazu brachte, sich wenigstens hin und wieder zu waschen, würde er nicht widersprechen.

Im Vorraum wartete Milos mit einem Handtuch und Holzschuhen auf Seran. Schon hier schlug ihnen eine Ahnung des heißen Dampfs aus dem Schwitzraum entgegen, den eine Fußbodenheizung befeuerte. Seran zog sich bis auf das eiserne Amulett aus, das er nicht ablegen durfte. Solange er zurückdenken konnte, war ihm von allen eingeschärft worden, es niemals, unter keinen Umständen abzulegen, denn es wies ihn als Angehörigen eines vornehmen thebanischen Hauses aus. Obwohl er es regelmäßig mit Öl einrieb, hinterließen Schweiß und Bäder kleine Roststellen. Astur hatte ihm versichert, dass es ihn dennoch bis in den Tod begleiten würde, und ihm sein eigenes Amulett gezeigt, das im Lauf der Jahrzehnte schon mehr gelitten hatte. Trotzdem juckte es manchmal so sehr auf Serans Haut, dass er sich beherrschen musste, um sich nicht blutig zu kratzen. Dann ölte er es neu ein, was meistens eine Weile half.

Nackt bis auf die Holzschuhe – und die Lederkappe – gingen sie nach nebenan, wo Adurin bereits mit vor Schmerz verzogener Miene auf einer der Bänke saß und sich die Haare unter den Achseln ausreißen ließ. »Mach es g-gefälligst gründlich, dann w-w-wachsen sie auch nicht so sch-schnell wieder nach!«, zeterte er.

»Ja, Herr«, erwiderte der Sklave ergeben.

»Oh, d-du hast den Ausflug in die Höhlen der Z-zwerge überlebt«, scherzte Adurin bei Serans Anblick. Auch er trug nichts als sein Amulett und die Holzpantoffeln am Leib. »Von w-welchen absonderlichen Gewohnheiten k-k-kannst du berichten, tapferer Entdecker?«

»Ich wüsste nicht, was absonderlicher ist, als sich freiwillig foltern zu lassen«, grummelte Kromer und ließ sich auf einer anderen Bank nieder.

Adurin ignorierte die Spitze, was vermutlich souveräner gewirkt hätte, wäre er nicht gerade vor Schmerz zusammengezuckt. »Au!«

»Verzeihung, Herr.«

Seran war froh, dass er die Prozedur schon vor Tagen hinter sich gebracht und nun eine Weile Ruhe davor hatte. Kaum setzte er sich, gab Milos anderen Sklaven einen Wink, woraufhin sie mit Bronzekannen herbeikamen. Gefäß um Gefäß gossen sie warmes Wasser über Seran und Kromer aus, der nun endlich auch die Kappe abnahm, damit sie ihm die Haare waschen konnten.

»Eigentlich tun die Zwerge in ihren Schänken nichts anderes als wir«, befand Seran. »Nur dass sie statt Wein dieses schaumige Gebräu trinken.«

»Man nennt es Bier, verdammt!«, prustete Kromer zwischen zwei Güssen.

»Ernsthaft?«, fragte Adurin. »Sie f-frönen dem Glücksspiel?« Offenbar fiel ihm gerade noch ein, dass Kromer selten etwas anderes tat, denn er sprach rasch weiter. »Und H-huren?«

»Natürlich«, versicherte Seran, obwohl ihm diese Erinnerung nicht gefiel. Eine Hure musste wirklich verzweifelt sein, um sich an diese haarigen Kerle zu verkaufen, die nur alle acht Tage in die Badehäuser gingen.

»Du h-hast Zwerginnen gesehen?«, staunte Adurin.

»Nein.«

»Keine Zwergenfrau der Welt würde sich dermaßen erniedrigen!«, empörte sich Kromer. »Sie müssen sich nicht an Fremde verhökern, um zu überleben.«

»Dann rätseln wir w-weiter, ob es überhaupt Z-zwergenfrauen gibt«, lachte Adurin.

»Außerdem singen sie sehr viel«, warf Seran ein, bevor Kromer noch wütender werden konnte.

»Wer singt?«, erkundigte sich Baleos, der verschwitzt von seinem Ausritt hereinkam.

»Die Zwerge in der Schänke, in die Kromer mich mitgenommen hat. Unsereiner darf sie nur in Begleitung eines Zwergs betreten. Und trotzdem wurden wir in die erste nicht eingelassen.«

»Das lag an mir«, behauptete Kromer.

»Singende Zwerge«, höhnte Baleos. »Du meinst wohl, sie brummen.«

»Sie singen und brummen«, gab Seran grinsend zu.

»Ich h-habe dich noch nie singen hören, K-kromer«, beschwerte sich Adurin.

»Allein zu singen ist ja auch so sinnvoll wie mit sich selbst zu reden«, meinte Kromer und setzte die Kappe wieder auf.

»Also ich danke den Göttern, wenn ich's nie hören muss«, erklärte Baleos, doch dann hellte sich seine Miene auf. »Ratet mal, wen ich getroffen habe: Vetter Vareas aus dem Haus Talas. Er freut sich, dass wir wieder hier sind, und lädt uns am nächsten Rovenatag zum Gelage ein.«

»W-vareas?«, wiederholte Adurin. »Ist das …«

»Genau«, fiel Baleos ihm ins Wort. »Seine Mutter ist eine Verwandte der Kaiserin. Heute Morgen wollte ich nicht vor aller Ohren darüber sprechen, aber wenn einer mehr darüber weiß, warum Vater hergerufen wurde, dann er.«

*

»Kayo! He, warte mal!«

Verblüfft blieb Kayo mitten auf der Straße stehen und drehte sich um. »Swarann, was machst du denn hier?« Sie befanden sich nur einen Abzweig von Daimeans Haus entfernt. Würde jemand Verdacht schöpfen, wenn er hier mit einem angehenden Gladiator gesehen wurde?

»Mir graue Haare wachsen lassen, bis ich dich endlich mal erwische«, beschwerte sich Swarann. Er roch nach fettigem Dunst und Wein.

»Hast du etwa in der Taverne herumgelungert, um auf mich zu warten?« Ungläubig blickte Kayo von seinem Freund zum verrußten Eingang des *Fröhlichen Greverers* und zurück. »Musst du nicht üben?«

»Hab ein Humpeln vorgetäuscht, um einen Tag frei zu bekommen«, gestand Swarann und grinste, aber es sah halbherzig aus. Irgendetwas bedrückte ihn.

Kayo wünschte, er hätte sich ebenfalls Zeit ergaunern können. Stattdessen stand er mit einer Steige Meeresfrüchte herum, die dringend in der Küche erwartet wurden. »Was gibt's denn? Hat Procaros es sich anders überlegt?«

»In Bezug auf dich? Nicht, dass ich wüsste, aber …« Swarann beugte sich verschwörerisch zu ihm und senkte die Stimme. »… Reginn hat mir erzählt, was du vorhast.« Sein Blick huschte hin und her, um sich zu vergewissern, dass ihn keiner der Passanten hörte. »Nimm mich mit!«

Überrascht wich Kayo einen Schritt zurück und sah sich hastig nach Daimeans anderen Sklaven um. Immerhin sollte Tord einen frisch geschlachteten Hammel kaufen und auch Rados war mit einem großen Korb zum Markt geschickt worden. Meratur sei Dank konnte er keinen der beiden entdecken.

Erneut rückte Swarann näher. »Ich mein's ernst! Lass uns zusammen abhauen! Oder …« Unsicherheit stahl sich in seinen Blick. »… hast du's dir anders überlegt?«

Kayo zögerte. Wenn er es jetzt aussprach, stand es fest, und Swarann schien entschlossen, sich dann mit in diesen Wahnsinn zu stürzen. Zur Strafe, weil sie seinetwegen zu spät ins Theater gekommen war, hatte Lizina ihn gestern den halben Garten umgraben lassen. Mit jedem Spatenstich hatte er sie mehr gehasst. Für sie war er nicht mehr als ein Blumenbeet, das sie umgestalten konnte, wann und wie es ihr gefiel. Nun passte es ihr nicht mehr, dass er ein Mann war, also sollte jemand die Schere anlegen. Er spürte, wie sich seine Finger fester um das raue Holz der Steige schlossen, als wäre es Lizinas Hals. »Ich werde gehen.« Daran gab es keinen Zweifel mehr. »Aber warum willst du weg? Ich dachte, du bist gern bei Pro…« Als Swarann heftig den Kopf schüttelte, brach er ab.

»Das ist vorbei.«

»Weil du mich zu ihm gebracht hast?«, fragte Kayo und fühlte sich schuldig.

»Nein«, wehrte sein Freund ab. »Es liegt an mir. Erst wollte ich es nicht wahrhaben, aber … ich verliere zu oft. Ich übe und übe, aber es ändert nichts. Ich werde immer den entscheidenden Lidschlag zu langsam sein. Trotzdem soll ich bei den nächsten Spielen in die Arena.«

»Heißt das nicht, dass er dich anders beurteilt? Vielleicht bist du besser, als du glaubst.«

Mit düsterer Miene senkte Swarann den Kopf. »Er hat mich aufgegeben. Die Schüler, an die er glaubt, schickt er erst raus, wenn sie ihre Übungskämpfe gewinnen.«

»Das bildest du dir nur ein. Seine Schule lebt doch von ihrem guten Ruf«, hielt Kayo dagegen. »Einen mäßigen Gladiator in die Arena zu schicken wäre schlecht fürs Geschäft.«

»Bei allen Göttern, Kayo, du hast überhaupt keine Ahnung! Die Besitzer der Schulen sprechen sich ab! Sie verheizen Leute wie mich, um die wirklich guten Kämpfer aufzubauen.«

Einen Moment lang wusste Kayo nichts zu erwidern. Schickte Procaros Swarann wirklich bewusst in den Tod? Warum nicht? Im Grunde unterschied sich dieser Verrat nicht von Lizinas Einfall, ihn zu kastrieren. Für ihre Besitzer waren sie nur Mittel, um bestimmte Zwecke zu erfüllen. »Gut«, sagte er leise. »Verschwinden wir gemeinsam.«

Swarann atmete auf. »Danke. Du bist ein echter Freund. Wie kommen wir hier raus?«

»Das weiß ich noch nicht«, gab Kayo zu. Es war Sklaven bei Todesstrafe verboten, Theban ohne Erlaubnis zu verlassen. Da die riesige Stadt seit über hundert Jahren nicht mehr angegriffen worden war, standen die Tore zwar Tag und Nacht offen, doch die Wächter kontrollierten streng, dass niemand, der aus der Stadt wollte, den Sklavenring trug. Vergeblich hatte Kayo die ganze Nacht darüber gegrübelt, wie er sie überlisten könnte. Das Lesen beherrschte er einigermaßen, aber er konnte nicht schreiben, und für einen Passierschein genügte es nicht, das Siegel seines Herrn zu stehlen. Jemand musste das Schriftstück aufsetzen und Daimeans Unterschrift fälschen. Somit fielen die Tore als Fluchtweg für ihn aus. »Außerdem muss ich noch mit Nioba sprechen, aber heute wird es nicht gehen.« Bedeutungsvoll hob er die Kiste mit den Meeresfrüchten. »Mein Herr bekommt Gäste.«

»Nioba?«, wiederholte Swarann.

»Meine Freundin. Sie soll mitkommen.«

»Das ist nichts für Frauen«, befand Swarann.

Kayo konnte es ihm nicht verdenken, aber … »Ich werde sie nicht zurücklassen.«

»Wie du meinst.«

»Also abgemacht. Übermorgen muss ich wieder zur Wäscherei. Können wir uns dort treffen?«

Swarann nickte. »Abgemacht. Ich werd mich mal umhören. Irgendjemand muss wissen, wie man hier lebend rauskommt.«

*

»Heilige Mutter! Wie soll ich mit so wenigen Sklaven jemals eine angemessene Feier ausrichten?« Je weiter sich die Sonne dem Horizont entgegenneigte, desto schriller klangen Lizinas Klagen. »Komm jetzt aus der Küche, Nioba! Du musst dich umziehen. Und steck dein garstiges Haar auf! So kannst du den Leuten nicht unter die Augen treten.«

Als Nioba an Kayo vorbeieilte, verdrehte sie spöttisch die Augen. Er konnte sich das Grinsen, das seine Herrin zweifellos bemerkt hätte, nur mit Mühe verkneifen. Jedes Mal, wenn sie Gäste erwartete, führte sie dieses Schauspiel auf. Vielleicht aus echter Verzweiflung, vielleicht aber auch nur, um Daimean dafür zu bestrafen, dass er es nicht zu mehr Sklaven brachte. An solchen Abenden musste sogar der grobe Tord in der Küche helfen, weil alle vorzeigbaren Sklaven zur standesgemäßen Bewirtung der Gäste gebraucht wurden. Auch Kayo trug eine makellos weiße Tunika und einen dunkelrot gefärbten Strick als Gürtel. Er hatte sich im Badehaus gewaschen, war parfümiert, rasiert und besonders sorgfältig gekämmt worden, denn in seinem Haar durften sich auf keinen Fall Läuse befinden. Eine solche Peinlichkeit hätte Lizina in eine Ohnmacht getrieben. Nach der Behandlung war er als Erstes zurück zu seinem Lager geeilt und hatte sich vergewissert, dass Reginns Beutel mit dem Silber noch unter seinem Strohsack lag. Jetzt hütete er ihn wieder im einzigen Versteck, dem er vertraute: in einem Lendenschurz unter seiner Tunika. Etwas Sand hinderte die Münzen daran, bei jedem Schritt zu klimpern. So konnte er sie unbemerkt überall mit hinnehmen, nur nicht ins Bad.

»Was stehst du da herum?«, scheuchte Lizina ihn auf. »Holt

die Schalen und füllt sie! Gerechter Deiuthar, wann bekomme ich endlich einen fähigen Aufseher, der mir abnimmt, diese Esel selbst anzutreiben?«

Kayo eilte davon, bevor ihn sein wütender Blick verraten konnte. Wie sehr er sie verabscheute, obwohl er bei ihr aufgewachsen war. Sein Leben lang hatte sie an ihm herumgenörgelt, ganz gleich, wie sehr er sich bemüht hatte, ihre Befehle zu befolgen. Und nun wollte sie ihn verstümmeln oder von Nioba trennen. Das Maß war voll. Vielleicht sollte er sie töten, bevor er aus der Stadt floh. Dann würde sie nie wieder einen Sklaven wie ein Tier behandeln.

»Mann, du siehst aus, als wolltest du jemanden fressen«, warnte Rados, als sie mit den schweren silbernen Schüsseln zurück zur Küche gingen. »Wenn du die Gäste so anstarrst, wird dich Lizina morgen auspeitschen lassen.«

»Soll sie doch«, knurrte Kayo.

Rados warf ihm einen entsetzten Blick zu. »Bist du wahnsinnig geworden? Was ist denn los?«

»Nichts«, log Kayo und bemühte sich, seine Gefühle wieder zu verbergen.

»Lässt Nioba dich nicht ran, oder was?«, versuchte Rados zu scherzen, doch Kayo lächelte nur flüchtig.

»So was in der Art.«

»Nimm's nicht so tragisch«, riet Rados, während sie die Schüsseln, die sie am Morgen poliert hatten, an der Spüle mit frischem Wasser füllten. »Sobald uns Daimean einen freien Abend gewährt, ziehen wir in die Unterstadt und verprassen unser Geld bei den Huren.«

Kayo schüttelte nur den Kopf. Er wollte weder von den Brosamen hören, die ihnen Daimean gelegentlich gewährte, noch von den armen durchgevögelten Mädchen, die Freude heucheln mussten. Die ganze verkommene, nach Fäulnis und Latrinen stinkende Stadt widerte ihn nur noch an. *Weg, bloß weg!* Irgendwie musste es ihm gelingen.

Nioba sah an diesem Abend wunderschön, aber auch fremd aus. Mit aufgestecktem Haar wirkte sie eleganter, ihr Hals länger, und das enge Kleid, das sie anstelle ihres üblichen Kittels trug, betonte ihren schlanken Körper. Künstliches Rot schimmerte auf ihren Lippen, als hätte sie Blut getrunken. Obwohl der verschleierte Blick nur der schwarzen Schminke um die Augen geschuldet war, kam sie Kayo vor wie eine Priesterin, entrückt in ihrem Kult. Dabei trug sie nur Speisen und Getränke für Daimean, Lizina und die Gäste auf. Eigentlich gab es für diese Aufgabe ein kleines Mädchen und einen Jungen, der sie mit feierlichem Ernst erfüllte, – wie Kayo, bevor er für zu alt und ungelenk erklärt worden war. Doch wenn Daimean zu Festmählern lud, genügten die beiden nicht, weshalb Nioba und eine weitere junge Sklavin aushelfen mussten.

Rados und Kayo standen mit den Wasserschüsseln bereit und beobachteten – so unauffällig, wie sie es gelernt hatten – die vornehmen Herrschaften auf den gepolsterten Liegen. Es kam darauf an, die meiste Zeit mit der Wand oder dem Durchbruch zum Garten zu verschmelzen, aber im richtigen Moment zur Stelle zu sein, damit die Speisenden ihre klebrigen Hände reinigen konnten. Anfangs hatte Kayo diese Aufgabe gehasst, dann gemocht, weil sie ihm ermöglichte, den Gesprächen zu lauschen. Auch wenn die silberne Schale im Lauf des Abends immer schwerer wurde und er achtgeben musste, über dem Zuhören nicht seine Einsätze zu verpassen, hatte er die Scherze und Anekdoten förmlich aufgesogen. Doch heute war es anders. Er sah die lachenden Gesichter und hasste sie. Sie alle besaßen Sklaven und behandelten sie nach Lust und Laune mal wie Menschen, mal wie Vieh. Was sie sich erzählten, klang in seinen Ohren nur noch eitel und hohl. So belanglos, dass er nicht einmal mehr zuhörte, bis sein Name fiel.

Lizina warf ihm einen bösen Blick zu. Offenbar war ihm der Wink eines Gasts entgangen. Rasch sah er sich um und bemerkte, wie Donisia rastlos die Finger bewegte.

»Das ist er?«, fragte sie, als er an ihre Liege trat. Sie war noch älter als Lizina und die dicke Schminke verbarg ihre verlebte Haut nur aus der Ferne. Goldene Ringe an jedem Finger verrieten, dass sie sehr viel reicher geheiratet hatte als ihre Schwester, doch ihr Mann war bereits tot. Nun gehörte sein Vermögen ihrem ältesten Sohn, der ihr ein Leben im Luxus gewährte.

Kayo beugte sich mit der Schüssel zu ihr hinab, damit sie die Hände waschen konnte. Die Bewegung ließ sein langes Haar nach vorn fallen und brachte ihn so nah an ihr Gesicht, dass er ihren weinsauren Atem riechen konnte.

»Den willst du kastrieren lassen?«, fragte sie, während sie die Finger ins Wasser tauchte. »Welche Verschwendung! So ein stattlicher Bursche.« Ihr Blick richtete sich so lüstern auf seinen Unterleib, dass es ihm vorkam, als hätte sie unter seine Tunika gegriffen. Es kostete ihn seine ganze Beherrschung, vor ihr stehen zu bleiben, bis sie ihre Hände an seinen Haaren abgewischt hatte.

»Na ja, vielleicht verkaufen wir ihn auch«, erwiderte Lizina mit gespielter Gleichgültigkeit. »Wenn der Preis stimmt …«

Fast wäre Kayo gestrauchelt, als er an seinen Platz zurückwich. Von Donisias Sänftenträgern wusste er, dass sie jeden männlichen Sklaven im Grunde für ihr Schlafzimmer kaufte. Stand ihm das nun bevor? Die Dellen in der welken Haut ihrer Oberarme verschafften ihm einen Vorgeschmack auf das, was sich unter dem Kleid verbarg. Schon beim Gedanken daran wurde ihm übel.

»Ich werde dir ein Angebot machen«, sagte sie und musterte Kayo noch einmal.

»Also, ich weiß nicht, ob wir ihn nicht doch lieber behalten sollten«, erwiderte Lizina. »Auch wenn wir einen riskanten Eingriff in Kauf nehmen müssten. Er ist sehr zuverlässig und hat Kraft für zwei.«

Ach? War er nicht vor zwei Tagen erst zu spät gekommen? Er sah die schmunzelnden Gesichter der anderen Gäste und begriff, dass seine Herrin nur den Preis in die Höhe treiben wollte.

»Wir warten das Angebot deiner Schwester erst einmal ab«, mischte sich Daimean ein. »Ich bin sicher, Donisia wird sich gewohnt großzügig zeigen.« Er schenkte seiner Schwägerin ein wohlwollendes Lächeln und hob seinen gläsernen Kelch. »Auf die Familie!«

»Auf die Familie!«, stimmten die anderen ein. Für Daimean schien das Thema damit abgeschlossen, denn er lenkte das Gespräch auf amüsante Begebenheiten, die sich in seiner Jugend unter Verwandten abgespielt hatten.

Kayo hörte schon bald nicht mehr zu. Um den Anschein zu wahren, bemühte er sich, seine Aufgabe zu erfüllen, doch in seinem Innern kämpfte er gegen Ekel und Wut. Ihn an Donisia zu verschachern wäre für seinen Herrn die ersehnte Lösung. Dann war er ihn los und konnte sich noch selbst dafür loben, das Schlimmste abgewendet zu haben. Wen scherte es schon, was der Sklave darüber dachte?

Steht mir bei!, beschwor er seine matavischen Ahnen. Sie waren freie Menschen, sogar Krieger und Häuptlinge gewesen. Womöglich blickten sie sogar mit Verachtung auf ihn herab, weil er nicht schon längst versucht hatte, diesem Elend zu entfliehen, aber nun würde er sie stolz machen. Er würde sich nicht mehr gefallen lassen, dass andere über sein Leben entschieden. Würdevoll trug er die Silberschüssel am Ende des Abends zum Ausguss. Er war müde und seine Schultern schmerzten vom langen Halten, doch der Gedanke an die baldige Freiheit hielt ihn aufrecht, bis er außer Sicht seiner Unterdrücker war. Rados schwätzte obszönes Zeug über Donisias Sklaven, doch Kayo nahm es kaum wahr. Erleichtert, dass die Qual für heute vorüber war, kippte er das Wasser aus, das von der Spüle in den Kanal und dann davonrann. Wie angewurzelt blieb Kayo stehen und sah ihm nach.

»He, andere wollen auch was loswerden«, beschwerte sich Rados und schob ihn zur Seite.

Das ist es. Kayo wich zurück, ohne den Blick von der Spüle zu nehmen. *Es fließt aus dem Haus in die Kanäle unter der Straße – und von dort …* Irgendwo musste es die Stadt verlassen. Er würde ihm einfach folgen, dann führte es ihn direkt in die Freiheit.

5

»Du willst *was?*«, entfuhr es Nioba entsetzt. Vor Schreck richtete sie sich auf der gepolsterten Liege auf und starrte Kayo an.

Hastig hob er eine Hand. »Schhh! Sie werden uns noch hören!«

Ängstlich blickte Nioba in die Nacht hinaus. Das Gästezimmer, in dem sie sich heimlich trafen, befand sich zwar auf der Rückseite des Gartens, doch das Anwesen war nicht so groß, dass sie sich hier sicher fühlen konnten. Wenn sie nicht flüsterten, bestand die Gefahr, dass sie in der nächtlichen Stille jemand hörte. Angespannt lauschte Kayo auf Schritte oder Stimmen, aber vom Trällern der Nachtigall in den Büschen abgesehen blieb alles ruhig.

Nioba wandte sich ihm wieder zu. Im Mondlicht glänzten ihre Augen wie Lizinas kostbare schwarze Perlen. »Tu das nicht!«, wisperte sie. »Deine …« Ihre Hand strich über den müden Krieger zwischen seinen Beinen, dem die Berührung erstaunlich schnell neue Kräfte verlieh. »… Männlichkeit ist nicht mehr in Gefahr. Donisia hat schon ein Angebot geschickt. Lizina will noch handeln, aber …«

Kayo versuchte, sich nicht von dem Verlangen ablenken zu lassen, das ihre Hand geweckt hatte. An die lüsterne Alte zu denken half angesichts von Niobas nackten Brüsten nicht allzu viel weiter. »Wenn sie mich an sie verkaufen, können wir uns nie wieder hier treffen.«

Überrascht zog sich Nioba ein wenig von ihm zurück. »Warum? Vor ein paar Tagen hast du doch noch gesagt, dass wir uns weiterhin sehen werden, wenn Daimean dich verkauft.«

»Weil es damals noch um Procaros ging«, erklärte Kayo. »Die Gladiatorenschule ist nicht weit von hier, aber Donisia … Ihr Anwesen liegt am anderen Ende der Stadt!« Als er Niobas verletzten Blick bemerkte, setzte auch er sich auf und strich ihr durchs Haar. »Außerdem will ich nicht an sie verkauft werden. Ich will mit dir ein neues Leben in Freiheit beginnen.«

»Kayo, das sind Träume! Vielleicht werden sie sich in zwanzig Jahren erfüllen, wenn Donisia mit dir zufrieden ist und dich freilässt. Viele Besitzer tun das mit ihren älteren Sklaven.«

»Weil wir dann krank und hässlich und nutzlos werden!«, empörte sich Kayo. »Ich will nicht darauf warten, dass sie mich irgendwann satthat. Womöglich stirbt sie vorher, und wer weiß, welche Verwendung ihr Sohn dann für mich hat.« Vor Wut sprang er auf und lief in dem kleinen Raum auf und ab. Er musste sich beruhigen, leiser reden, sonst war alles vorbei. »Mein Entschluss steht fest. Ich werde abhauen, schon bald.«

»Auch wenn ich dich nicht begleite?«, fragte Nioba bedrückt.

Kayo blieb stehen und sah sie an. Diese Möglichkeit war ihm bislang nicht in den Sinn gekommen. In seiner Vorstellung hatte sie sich ihm stets angeschlossen, erfüllt von Vorfreude auf ihr gemeinsames Leben. Sehnte sie sich denn nicht ebenso danach wie er, über sich selbst zu bestimmen? Verwirrt setzte er sich wieder zu ihr und nahm ihre Hände. »Ich will nicht ohne dich gehen. Komm mit mir!«

Nioba schüttelte den Kopf. In ihren Augen schimmerten Tränen. »Es ist zu gefährlich. Die Stadtwache … Sie würden uns töten.«

Kayo spürte ihre Furcht auf sich übergreifen. Schon als Kind hatte ihn Daimean mit zum Richtplatz genommen, damit er wusste, was mit geflohenen Sklaven passierte, wenn die Stadtwächter sie erwischten. Noch immer konnte er die Blutlache auf der festgestampften Erde riechen und in die gebrochenen Augen des abgetrennten Schädels blicken. Bei der Erinnerung zog sich sein Magen zu einem festen Klumpen zusammen. So wollte er nicht enden. Niemand wollte das. Aber genau deshalb hatte ihm Daimean die Hinrichtung gezeigt. Um ihm den Mut zu nehmen und die Hoffnung, dass er jemals aus seiner Lage entkommen würde – es sei denn durch einen Gnadenakt seines Herrn, den er sich verdienen musste. »Ich weiß, dass es gefährlich ist, aber ich habe einen Plan.«

»Alle, die auf dem Richtplatz enden, hatten einen Plan. Kayo, bitte, geh nicht!«

»Ich muss gehen. Ich werde mich nicht benutzen lassen wie ein Spielzeug.«

Nioba liefen Tränen über die Wangen. »Aber dann wirst du sterben!«

»Das werde ich nicht!«, fuhr Kayo auf. »Kommst du nun mit mir oder willst du Sklavin bleiben?«

Schluchzend schüttelte sie den Kopf. »Du bringst dich um!«

Enttäuscht und wütend ließ Kayo ihre Hände los. Dann würde er eben ohne sie gehen. Ob er sie nun nicht mehr wiedersah, weil er sich aus dem Staub machte oder weil er verkauft wurde, spielte keine Rolle. Die Wahl lag bei ihr, nicht bei ihm. »Solange ich noch hier bin, kannst du es dir anders überlegen, aber viel Zeit bleibt dir nicht mehr«, warnte er, schnappte sich seine Sachen und stürmte hinaus in den Garten.

*

»Auf eure Rückkehr!«, verkündete Vareas und hob den Becher aus beunruhigend dünnem Glas.

Seran hielt seinen in die Höhe wie ein rohes Ei. Womöglich zersprang der Becher, wenn er zu fest zugriff. Wie alles in diesem Raum zeugte das Glas vom Reichtum des Hauses Talas. An den Wänden täuschten aus Gips geformte Reliefe vor, dass die Gäste in einem Säulengang lagen, durch dessen Lücken sie eine idyllische Landschaft erblickten. Götter und Fabelwesen bevölkerten diese Wandgemälde und frönten ihrerseits dem Wein und erlesenen Speisen. Nymphen in Gewändern, die ihre Brüste mehr enthüllten als verbargen, tanzten berauscht auf den Wiesen oder lagen einem Gott in den Armen. Das dezente Spiel eines Sklaven auf der Leier erweckte die Szenen mit Musik zum Leben.

»Auf unseren Gastgeber!«, erwiderte Baleos, der Seran und Adurin gegenüberlag. Wie selbstverständlich beanspruchte er eine der Liegen für sich allein, und da Vareas als Gastgeber die mittlere zustand, teilten sich Adurin und Seran die dritte. Sie bot genügend Platz, aber es ärgerte Seran dennoch, dass sich Baleos als ihr Oberhaupt aufspielte.

Was soll's? Er würde seinen Ziehbruder nicht mehr ändern, also spülte er seinen Unmut mit verdünntem Wein hinunter.

»Um e-ehrlich zu sein, k-k-könnten wir unsere Rückkehr ausgelassener feiern, wenn wir ihren G-g-grund kennen würden«, gab Adurin zu. Prompt erntete er einen strafenden Blick von

Baleos. Wie konnte er so unumwunden mit ihren Sorgen herausplatzen? Ein Nobler musste Gelassenheit zeigen, auf seinen ererbten Rang vertrauen.

»Liegt der nicht auf der Hand?«, stichelte Vareas prompt. Seine gebogene Nase war noch größer, als Seran sie in Erinnerung hatte, und stach durch das fliehende Kinn umso mehr hervor. Dunkle Schatten um die Augen verrieten, dass er sich in den Nächten ausgiebig vergnügte. »Der Kaiser hat euren Vater zurück nach Theban gerufen.«

»Ja«, sagte Baleos so gereizt, dass es an Unhöflichkeit grenzte, »aber warum?«

»Oh, ich verstehe.« Vareas genoss seine Rolle so offensichtlich, dass er sich wohl schon darauf gefreut hatte, sie auf die Folter zu spannen. »Ihr fragt euch, ob der Kaiser Groll gegen euren Vater hegt. Ich gestehe, das ist berechtigt. In letzter Zeit soll Erman launischer sein als früher. Hinter vorgehaltener Hand sprechen manche von böswilligem Argwohn. Von Misstrauen gegenüber Männern, die sich stets loyal gezeigt haben.«

Baleos' Miene gefror und Seran fiel das Atmen plötzlich schwerer. Er nahm kaum wahr, dass ein Sklave ihm Wein nachschenkte. Selbst Adurin schwieg und blickte Vareas gebannt an.

»Aber ihr müsst euch keine Sorgen machen«, behauptete Vareas lächelnd. »Ich habe auch anderes gehört. Man munkelt, dass der Kaiser eine große Aufgabe für euren Vater hat.«

Eine so große Aufgabe, dass sie sonst niemand haben wollte? Irgendetwas an Vareas' Worten weckte Serans Misstrauen.

»Das wäre seinen Fähigkeiten ja auch angemessen«, befand Baleos.

»Zweifellos«, erwiderte Vareas. »Große Aufgaben für große Männer und mehr Wein für uns!« Vergnügt hob er erneut sein Glas.

Alle folgten seinem Beispiel, doch Baleos Lächeln wirkte verkniffen. Unwillkürlich musste Seran lachen. Sein Ziehbruder betrachtete sich also als großen Mann, ohne bislang Bemerkenswertes geleistet zu haben. Vielleicht war Vareas doch der Angenehmere von beiden. Sein Wein schmeckte jedenfalls ausgezeichnet.

»W-weißt du auch, worum es bei d-d-dieser Aufgabe geht?«, wollte Adurin wissen.

»Leider nicht. Zurzeit ist es etwas schwierig, an Neuigkeiten zu kommen. Der Kaiser weilt auf seinem Landsitz an der alvarischen Küste, aber spätestens zur Gedenkfeier an den Sieg über Alandura wird er zurückkehren. Dann erfahren wir bestimmt bald mehr.«

»Darauf trinke ich«, erklärte Baleos und leerte sein Glas.

»Jetzt ist m-mir auch nach Feiern zumute«, stimmte Adurin zu und griff nach seiner Leier, die er stets zu solchen Einladungen mitnahm. »Ich k-könnte das Lied über Saronns Eroberung R-r-rovenas singen.«

»Nur zu!«, ermunterte ihn Seran. Er wusste in geselliger Runde nie viel zu sagen und hatte noch nicht genug getrunken, um seine Zunge zu lockern. Nach Adurins Vortrag würde es vielleicht schon besser aussehen.

»Warte noch einen Moment!«, bat Vareas und blickte zu einem Sklaven, der gerade eingetreten war.

Ergeben wartete der Mann, bis ihm Vareas zu sprechen bedeutete. »Ich bitte um Vergebung für die Störung, Herr, aber die … Frauen, die Ihr eingeladen habt, sind eingetroffen.«

»Wunderbar! Bring sie her!«, rief Vareas und rutschte vor Aufregung auf seiner Liege herum.

Hat er etwa … Wie seine Ziehbrüder wandte sich Seran dem Eingang zu. Keine junge Noble durfte ohne ihre Eltern an einer Abendgesellschaft teilnehmen, und dennoch sahen die vier Frauen, die hereinschritten, vornehm aus. Sorgfältig hatten sie sich das Haar mit Schmuckkämmen und -nadeln aufgesteckt und ihre Gesichter nach alandurischer Art geschminkt, wie es in Theban gerade beliebt war. Doch keine Noble hätte sich in einem Kleid aus so dünnem Stoff gezeigt, das jedes Detail ihres Körpers lüsternen Blicken preisgab. Die durchsichtigen Gewänder verrieten auch auf andere Weise, dass die Fremden keiner noblen Familie entstammten: Keine von ihnen trug das Amulett, das wie eine Drachenschuppe geformt war. Über ihren Brüsten zeichnete sich nur die eiserne Sonnenscheibe ab, die einfachen Thebanern gleich nach der Geburt um den Hals gehängt wurde.

»Willkommen im Heim der Talas!« In Vareas' Stimme

schwang ein so breites Grinsen mit, dass sich Seran nicht nach ihm umblicken musste, um es vor sich zu sehen.

»In Rovenas verborgenen Gärten erblühen die schönsten Rosen«, zitierte Adurin.

»In der Tat«, murmelte Seran. Alle vier besaßen ein makelloses Äußeres und ein betörendes Lächeln. Ohne zu zögern oder sich für ihn erkennbar abzusprechen, wandte sich jede von ihnen einem der jungen Männer zu. Ihr Alter war schwierig zu schätzen, aber die Schwelle vom Mädchen zur Frau hatten sie eindeutig überschritten. Eine schwarzhaarige Schönheit mit überraschend grünen Augen kam auf Seran zu und kniete sich mit solcher Eleganz neben seine Liege, dass es vollkommen selbstverständlich wirkte. Nun befand sich ihr Gesicht mit einem Mal auf Augenhöhe mit seinem. Sie musste sogar ein wenig aufblicken, was die Wirkung ihres Lächelns noch erhöhte.

»Ihr seht aus wie ein Mann der Tat, nicht der Worte«, befand sie in so unbefangenem Ton, dass sich Seran noch tölpelhafter vorkam. Er hörte seine Ziehbrüder plaudern und suchte nach einer Antwort. Huren verwirrten ihn einfach. Erst gaben sie sich fröhlich, manchmal sogar verliebt, nur um plötzlich mit kaltem Blick ihr Geld zu verlangen. Wenn er sie daraufhin ebenso kühl behandelte, schimpften sie ihn einen Grobian, der ihre Gefühle verletzte. Deshalb empfand er ihre Besuche in Freudenhäusern stets als zwiespältiges Vergnügen, aber er konnte nicht leugnen, dass ihn die kaum verhüllten Körper erregten. »Wie heißt du?«, rang er sich schließlich ab. Das war immer eine gute Frage, wenn man einander nicht vorgestellt wurde.

»Mein Name ist Sura«, antwortete sie.

Die Schöne? »Passender könnte er nicht sein«, befand Seran lächelnd. *Und ganz sicher frei erfunden.* »Ich heiße Seran. Lass uns auf weitere Förmlichkeiten einfach verzichten.«

»Ich danke dir«, erwiderte sie lächelnd und vielleicht war es sogar echt.

Auf einen Wink Vareas' schenkten die Sklaven nach und reichten auch den Huren gefüllte Gläser.

»Auf unseren Vetter Vareas!«, rief Baleos. »Du verstehst es wahrlich, deine Gäste zu verwöhnen.«

Alle hoben die Becher, um auf ihren Gastgeber zu trinken.

»Nicht doch«, wehrte Vareas ab. »Was ich euch biete, ist so bescheiden, dass ich mich fast dafür schäme.«

Die offenichtliche Lüge entlockte Seran ein Schmunzeln.

»Die wirklich prunkvollen Gelage veranstaltet einzig Malasar«, behauptete Vareas. Es schien zu stimmen, denn in Suras Augen blitzte etwas auf, bevor sie beifällig nickte. »Die ganze Stadt spricht von nichts anderem als von seinen rauschenden Festen.«

»Bist du schon dort gewesen?«, erkundigte sich Baleos.

»Deiuthar bewahre! Nein!«, empörte sich Vareas. »Alle Welt möchte eingeladen werden und rümpft zugleich die Nase über ihn. Er gehört keinem der alten Häuser an.«

Adurin und Baleos nickten verstehend.

»Wie konnte er dann so reich werden?«, wollte Seran wissen.

»Es heißt, dass er sein Vermögen mit Holzhandel gemacht hat. Bäume!«, rief Vareas verächtlich. »Stellt euch das vor! Man braucht nicht einmal eigene Ländereien und Sklaven, um damit gute Geschäfte zu machen. In den Provinzen wachsen sie überall, und es findet sich immer jemand, der sie für ein paar Kupfermünzen fällt.«

»Du weißt erstaunlich viel darüber«, stichelte Baleos und die Huren kicherten über den Scherz.

Vareas winkte ab. »Nur was man sich so erzählt, seit Malasars Gelage alle anderen ausstechen. Er lässt Tänzerinnen und Gaukler aus dem ganzen Reich und darüber hinaus auftreten. Über die Speisen wird gemunkelt, dass selbst der Kaiser nichts Erleseneres auftragen lässt. Aber das Unglaublichste ist …« Verschwörerisch senkte Vareas die Stimme. »Im vertraulichen Kreis soll sogar echte Magie gezeigt werden.«

»Unfug!«, urteilte Baleos. »Das würde doch niemand wagen.«

»Ich schwöre bei den Göttern, dass es mir aus verlässlicher Quelle zugetragen wurde! Keine Seher, die aus irgendwelchen Eingeweiden die Zukunft deuten, sondern echte Zauberer, die eine andere Gestalt annehmen können!«

Seran wechselte einen Blick mit Baleos, doch der schüttelte

den Kopf. Auch Adurin sah Vareas nur schweigend an. Echte Magie war undenkbar. Im ganzen Reich stand auf Zauberei die Todesstrafe. Kein Verbot wurde so schnell und rücksichtslos durchgesetzt. Selbst die Huren senkten verlegen die Blicke, um das heikle Thema zu vermeiden.

»Und w-wenn dieser M-malasar wirklich größenwahnsinnig ist?«, fragte Adurin schließlich. »Wenn er g-glaubt, dass sein Vermögen ihn selbst für den K-k-kaiser unangreifbar macht?«

»Niemand ist unantastbar«, gab Baleos barsch zurück.

»D-das weiß ich doch. Aber er vielleicht nicht.«

»Es wäre möglich«, stimmte Vareas ihm zu. »Seit Erman mehr Schiffe bauen lässt, ist Holz teuer geworden. Die Händler beschaffen es aus fernen Provinzen, damit die Herdfeuer der Stadt nicht erlöschen. Warum sollte sich ein Emporkömmling wie Malasar dabei nicht für unersetzlich halten?«

Allmählich sah auch Baleos nicht mehr so abweisend aus. »Wenn ihr recht habt ...«

»... d-dann gibt es mitten in Theban echte M-magie zu sehen.« Gebannt setzte sich Adurin auf.

Auch Seran spürte die Verlockung des Verbotenen. Mit einem Mal waren Sura und die Freuden, die ihr Körper verhieß, vergessen.

»Aber wer weiß, wie lange noch«, gab Baleos zu bedenken.

»Vielleicht hat er die Stadtwache bestochen«, vermutete Seran.

»Das wird ihn nur so lange schützen, bis der Kaiser davon erfährt«, prophezeite Vareas.

»Und der wird b-b-bald zurückkehren«, fügte Adurin enttäuscht hinzu.

Vareas nickte. »Ja, zu schade.« Obwohl es bedauernd klang, sah er aus, als würde er auf etwas lauern.

Seran wechselte einen Blick mit Baleos. Eine solche Gelegenheit durften sie sich nicht entgehen lassen.

»Du kennst nicht zufällig einen Weg, um an eine Einladung zu kommen?«, wandte sich Baleos an seinen Vetter.

Vareas grinste verschlagen. »Wenn es so wäre, würdet ihr mich zu Malasar begleiten?«

Argwöhnisch musterte ihn Seran. War das eine Falle? Ein Versuch, sie in Schwierigkeiten zu bringen? »Das wäre sehr gefährlich«, gab er zu bedenken.

»Nur w-wenn wir erwischt werden«, schränkte Adurin ein.

Seran wollte erwidern, dass es bereits genügte, dort gesehen zu werden, doch wer hätte sie verraten sollen? Wer sie anschwärzte, gab zu, ebenfalls dort gewesen zu sein.

»Seran will nur den braven Sohn geben«, spottete Baleos. »Wenn du dich fürchtest, kannst du ja bei deinem bärtigen Kindermädchen bleiben.«

»Keine Sorge, so leicht wirst du mich nicht los. Aber Kromer lassen wir da raus.« Womöglich würde der Zwerg versuchen, es ihnen auszureden.

*

Nervös sah sich Kayo auf dem Platz vor der Wäscherei um. Wenn Swarann nicht bald auftauchte, würde ihm Lizina nicht mehr abnehmen, dass ihn die Warteschlange so lange aufgehalten hatte. Um weniger aufzufallen, versuchte er, mit flüchtigen Bekannten zu plaudern, doch er hatte die Schmutzwäsche längst abgegeben, und allmählich kam es bestimmt irgendjemandem seltsam vor, dass er sich immer noch hier herumtrieb. Vielleicht nicht den Kunden, aber den Leuten in der Wäscherei.

Ruhig bleiben, Kayo! Das kommt eben davon, wenn man nicht einmal eine Tageszeit vereinbart. Sicher bildete er sich die neugierigen Blicke nur ein.

Wie zufällig schlenderte er an eine Stelle, die von der Wäscheannahme aus nicht einsehbar war, und lehnte sich an eine von der Sonne aufgeheizte Hauswand. Es war Sommer, also würden Swarann und er auf dem Weg nach Norden wenigstens nicht frieren. So weit Kayos Erinnerungen zurückreichten, hatte er Theban nie weiter als bis zu den Grabstätten draußen vor den Toren verlassen. Wie sah es jenseits der Totenhäuser aus? Was erwartete sie dort? *Auf jeden Fall wird die Luft besser sein.* Hier auf dem Platz vermengten sich die beißenden Dämpfe aus den Bottichen mit den Dünsten einer Garküche und dem Gestank, der aus der Kanalisation emporstieg. In diese Kloake würde er hinabsteigen müssen, um der Stadt zu entfliehen. Er konnte sich schon Swaranns angewidertes Gesicht vorstellen. Wo blieb der bloß? Hatte er sich falschen Freunden anvertraut und war verraten worden? Ließ ihn Procaros gerade verprügeln, um alles über ihre Fluchtpläne zu erfahren?

Rastlos stieß sich Kayo von der Mauer ab und drehte eine Runde um den Platz. Spätestens jetzt hatten auch die Wirtin der Garküche und der Besitzer des Obstladens gemerkt, dass er schon mehrfach an ihnen vorübergelaufen war. Zeugen, die ihm zum Verhängnis werden konnten. Er durfte nicht länger hier warten. Zweifelnd schlug er den Weg zur Gladiatorenschule ein, nur um vor der nächsten Kreuzung wieder stehen zu bleiben. Falls Swarann erwischt worden war, durfte er sich dort nicht blicken lassen. Procaros würde sofort Verdacht schöpfen, selbst wenn Swarann dichtgehalten hatte.

Ihm fiel nichts Besseres ein, als sich in einen schattigen Hauseingang zurückzuziehen und von dort aus zu beobachten, wer vorbeikam. Vielleicht konnte er die Trunkenbolde, die ihn vor einer Weile überfallen hatten, als Ausrede für seine Verspätung benutzen. Er würde Lizina einfach sagen, dass er ihnen wiederbegegnet war und deshalb einen großen Umweg machen musste. *Dann schimpft sie wieder auf die unfähigen Stadtwächter …*

»Swarann!«

Überrascht spähte der Gladiator hinter dem Stapel verdreckter Tuniken auf seinen Armen hervor und eilte zu Kayo in die Abgeschiedenheit der Schatten. Gerade noch rechtzeitig fiel Kayo ein, dass hinter der Tür ein Türhüter saß, der jedes Wort hören würde, das sie sprachen. »Komm, lass uns weitergehen!« Er bedeutete seinem Freund, ihm zu folgen. Neben der Wäscherei gab es eine Gasse, kaum breiter als ein Mann. Dort würden sie halbwegs ungestört reden können. »Ist alles in Ordnung? Ich dachte schon, du würdest nicht kommen.«

Swarann schnaufte belustigt. »Es ist erst Mittag.«

»Na ja, aber …« Kayo verstummte, weil es kein sinnvolles »Aber …« gab. Woher hätte Swarann wissen sollen, dass er schon auf ihn wartete? »Vergiss es, ich hab bloß Schiss, dass irgendwas schiefgeht.«

»Zu Recht«, brummte Swarann. In der schmalen Gasse ließ

er die Wäsche achtlos fallen, und sie stellten sich so, dass jeder von ihnen im Blick hatte, was hinter dem anderen vorging. Auf diese Art würde sich niemand unbemerkt nähern und sie belauschen können.

»Dann hast du wohl keine guten Neuigkeiten«, vermutete Kayo.

Bedrückt schüttelte Swarann den Kopf. »Alle sagen, dass es noch nie jemand unbemerkt über die Mauer geschafft hat. Und wen sie bemerken, den kriegen sie auch.«

»Es gibt keine einzige Geschichte von einer gelungenen Flucht?« Kayo weigerte sich, das zu glauben. Gladiatoren besaßen Geld, und wer Geld hatte, dem stand in dieser Stadt alles offen.

»Nur Gerüchte«, erwiderte Swarann. »Jeder hat mal von bestechlichen Stadtwächtern oder von Menschenschmugglern gehört, aber niemand weiß, was mit denen passiert ist, die sich darauf eingelassen haben. Diese Schmuggler sollen Betrüger sein, die dich nur aus der Stadt bringen, um dich auf die nächstbeste Galeere zu verkaufen. Erfährt doch keiner, wenn sie dich irgendwo verschachern.«

»Was müssen das nur für miese ...« Hastig schloss Kayo den Mund, als ein Fremder hinter Swarann um die Ecke bog. Der Mann trug keinen Eisenring, war also frei, und runzelte angesichts der beiden großen Mataver in der engen Gasse die Stirn. Doch sie waren Sklaven, weshalb er wohl nicht einsah, einen anderen Weg zu nehmen.

Kayo riss den Blick von den misstrauischen dunklen Augen des Thebaners los und bemühte sich, gelassen zu wirken. »Mein Herr ist völlig überzeugt von dieser Wäscherei. Ich kann sie dir wärmstens empfehlen«, sagte er zu Swarann, der ihn ansah, als hätte er den Verstand verloren.

Erst dann hörte sein Freund die Schritte des Fremden und wich zur Seite, um dem Mann den Weg freizugeben. »Machen sie denn auch gute Preise?«

»Das kommt natürlich darauf an, was du unter einem guten Preis verstehst«, antwortete Kayo und warf einen Blick über die Schulter. War der Kerl noch in Hörweite? »Aber denk darüber nach«, plapperte er weiter. »So sauber waren die Laken noch nie.«

Kaum hatte der Fremde die Gasse verlassen, prustete Swarann in sich hinein. »Ich kann sie dir wärmstens empfehlen …« Der Hüne wimmerte förmlich vor unterdrücktem Lachen.

»Kannst du dich mal wieder einkriegen?«, forderte Kayo grinsend.

»So sauber waren die Laken noch nie«, johlte Swarann und klopfte ihm auf die Schulter. Eine mit Wäsche beladene Frau warf im Vorübergehen einen neugierigen Blick in die Gasse.

»Swarann, wir fallen auf!«

»Schon gut.« Sein Freund wischte sich Lachtränen aus den Augen und versuchte, sich wieder zu fassen. »Du bist ein ganz schön gerissener Hund, Kayo. Weißt du das?«

»Ich tu mein Bestes«, antwortete er schmunzelnd, aber das Lob tat ihm gut. Vielleicht konnte er sie gerade deshalb aus der Stadt bringen. Aber er war doch sicher nicht der Erste, dem dafür die Kanäle in den Sinn gekommen waren. »Hat noch nie jemand versucht, durch die Kanalisation zu entwischen?«

Swaranns Blick folgte dem Wasser im Rinnstein zum nächsten Abfluss, der nur ein armdickes Loch war. »Da durch?«

»Natürlich nicht. Aber ich hab genug Kanäle freigeräumt, um zu wissen, dass sie ständig verstopft sind. Wenn sie so eng wären, dass niemand hineinsteigen könnte, hätten wir schon lange einen Sumpf anstelle von Straßen.«

»Du meinst, es sind so große Tunnel, dass man darin herumlaufen kann?« Swarann sah ungläubig auf das Pflaster, unter dem sich eine solche Röhre befinden musste.

»Oder zumindest kriechen.« Die Vorstellung war noch widerlicher, aber Kayo wollte Swarann nichts vormachen. Wenn sie nicht beide fest entschlossen waren, es auf diesem Weg zu versuchen, hatte die Flucht keinen Zweck.

»Du könntest recht haben«, gab Swarann zu. »Ich hab schon arme Schweine gesehen, die Schaufeln geschultert hatten. Die stanken, als wären sie in eine Latrinengrube gefallen.«

Kayo nickte. »Schlimmer kann man es als Sklave wohl nicht treffen.«

»Was sagt deine Freundin dazu?«

»Sie wird nicht mitkommen.«

Obwohl er es prophezeit hatte, sah Swarann enttäuscht aus. »Das muss hart sein. Du willst es trotzdem durchziehen?«

Gespielt gleichgültig zuckte Kayo mit den Schultern. »Was hab ich von ihr, wenn ich Eunuch bin?«

»Auch wahr«, befand Swarann.

»Dann bist du dabei?«

»Sag, wann und wo es losgeht, und ich werde dort sein.«

Swaranns erwartungsvoller Blick flößte Kayo neue Zuversicht ein. »In ein paar Tagen finden die Spiele zum Gedenken an die Eroberung Alanduras statt. Dann feiern alle und niemand wird uns beachten.«

*

Als sich Nioba schluchzend ein letztes Mal in seine Arme warf, glaubten alle, dass sie weinte, weil die Übergabe an seine neue Besitzerin anstand. Kayo sollte helfen, Lizina zur Arena und nach den Spielen zu einer Feier bei Donisia zu tragen, um dann für immer dortzubleiben. Für den Rückweg wollte Donisia ihrer Schwester einen anderen Sklaven leihen, damit sie Kayo gleich für sich behalten konnte. So deutlich hatte sie das in ihrem Brief zwar sicher nicht formuliert, aber jeder wusste es, und Rados zog Kayo seit Tagen damit auf.

Nun war der Abschied gekommen und Nioba klammerte sich an ihn. Er schloss die Arme um sie, atmete ein letztes Mal den Duft ihres Haars, dann zogen die anderen Sklavinnen sie fort und sprachen tröstend auf sie ein. Dass sie seine Pläne nicht verraten hatte, rechnete er ihr hoch an, aber der unerträgliche Schmerz, mit dem er gerechnet hatte, stellte sich nicht ein. Er spürte Bedauern, mehr nicht. Das Band zwischen ihnen war zerrissen, als sie sich geweigert hatte, ihn zu begleiten.

Möge Demeres dich beschützen, wünschte er ihr im Stillen, dann wandte er sich ab, um mit den anderen die Sänfte hinauszutragen.

»Schließt die Vorhänge!«, blaffte Lizina. Ob sie sich nur über den verzögerten Aufbruch ärgerte oder auch ein schlechtes Gewissen hatte, verriet ihre Miene nicht.

Draußen auf der Straße warteten bereits die beiden Leibwächter, die ihnen vorangehen und den Weg bahnen sollten, und Daimean in seiner Sänfte. Auch er sah gereizt aus, ließ die Vorhänge jedoch offen, damit das Volk ihn erkannte und dem Haus Darion Respekt erweisen konnte.

Wie Kayo es gelernt hatte, blickte er stur geradeaus, schenkte der Straße gerade so viel Beachtung wie nötig, um auf dem unebenen Pflaster nicht zu stolpern. In Gedanken eilte er dagegen voraus. Erst nach dem Gespräch mit Swarann war ihm eingefallen, dass sein Freund heute in der Arena auftreten und sterben sollte. War es unter diesen Umständen überhaupt möglich, kurz vorher unbemerkt zu verschwinden? Kayo konnte es sich nicht vorstellen, aber warum hatte Swarann dann nichts gesagt? Würde ihr Plan daran scheitern? Er musste darauf vertrauen, dass sein Freund eine Lösung gefunden hatte, doch es gelang ihm einfach nicht. Den ganzen langen Weg grübelte er darüber, wie es Swarann erging und was er tun sollte, wenn Swarann nicht bei ihrem Treffpunkt erschien.

Je näher sie der Arena kamen, desto langsamer ging es voran. Irgendwann nützten auch die barschen Rufe der Leibwächter nichts mehr. Das Gedränge war einfach zu groß, und sie mussten sich wie jedermann durch die Menge schieben. Obwohl das gewaltige Bauwerk alle anderen in der Stadt überragte, fanden auf seinen Rängen längst nicht sämtliche Einwohner Platz, weshalb die Massen schon seit Sonnenaufgang anstanden, um die letzten Eintrittskarten zu ergattern. Für die Noblen und ihr Gefolge waren dagegen Plätze reserviert, sodass sie die Sänften direkt zu den Aufgängen tragen konnten, die zu den Ehrenlogen führten.

»Pass doch auf!«, schnauzte Kayo einen Kerl an, der ihm im Gedränge erst auf den Fuß stieg und ihn dann noch anrempelte. Der dunkelhaarige Fremde funkelte ihn nur böse an, bevor das Geschiebe sie wieder trennte. Niemand konnte etwas für die Enge, doch das änderte nichts daran, dass Kayo am liebsten um sich geschlagen hätte. Er hasste es, eingekeilt zu sein, und heute hasste er es noch mehr. Es kam ihm vor, als ob die Stadt selbst ihn festhalten und an der Flucht hindern wollte, bis der günstige Augenblick vorüber war.

Endlich erreichten sie den Eingang im Schatten der hohen, mit zahlreichen Reliefen und Statuen geschmückten Mauern. Auf Rados' Kommando setzten sie die Sänften ab, und er zog einen Vorhang zur Seite, um ihrer Herrin das Aussteigen zu erleichtern. Ungeduldig sah Kayo zu, wie Lizina aufstand und die Falten ihres Kleids sortierte. Erst nachdem sie Daimeans Arm ergriffen hatte und von ihm zum Eingang geführt wurde, durften sie die Sänfte wieder aufheben, um sie wegzutragen. Von Neuem begann der mühsame Weg durch die Menge. Es war zwar nicht weit zu dem Platz, an dem die Sänften abgestellt wurden, doch im Gedränge zog sich selbst dieser kurze Marsch in die Länge. Kayos Unruhe wuchs mit jedem Augenblick. Der entscheidende Moment rückte näher. Dass er Daimean und Lizina gerade zum letzten Mal gesehen haben sollte, konnte er kaum glauben, doch es lag nur noch bei ihm, ob es wahr werden würde.

Als er die Sänfte abstellte, waren seine Handflächen nicht nur vor Anstrengung feucht. *Benimm dich einfach wie immer!* Aber vielleicht schrieben die anderen seine Miene auch dem nahen Abschied zu. Immerhin würde er sie alle eine Weile nicht wiedersehen, und jeder von ihnen hätte sich an seiner Stelle ebenso gesorgt, was ihn in Donisias Haushalt erwartete.

»Viel Vergnügen!«, wünschte ihnen Daimeans Leibwächter mit hörbarem Neid in der Stimme, denn die beiden Bewaffneten mussten bei den Sänften bleiben, damit sich die Prunkstücke aus kostbaren Hölzern und Seide nach den Spielen noch an Ort und Stelle befanden.

Kayo nickte ihnen geistesabwesend zu und folgte den anderen zurück in die Menge. Im Gedränge roch es nach Schweiß und Duftölen, faulenden Zähnen und gebratenem Fleisch. Händler mit Bauchläden priesen lautstark ihre Erfrischungen an, Obst, verdünnten Wein und pikant gewürzte Kleinigkeiten, während andere zu horrenden Preisen noch Eintrittskarten verkauften, von denen einige ganz gewiss Fälschungen waren. Wann immer jemand gegen Kayo stieß oder er eine fremde Hand an sich spürte, war er froh, Reginns Geld gut versteckt zu haben. Zwei Jahre zuvor hatte ihm ein Taschendieb im Gedränge der Spiele die Kupfermünzen gestohlen. Das durfte heute auf keinen Fall wieder passieren.

»Nun mach nicht so ein Gesicht!«, versuchte Rados, ihn aufzumuntern. »Mit genügend Wein lässt sich jede Frau schönsaufen. Am besten fangen wir gleich damit an, wenn wir auf unseren Plätzen sitzen. Ich geb dir auch einen aus.«

Kayo lächelte, so gut er konnte. Sie näherten sich dem Tor zum Aufgang, der zu ihrem Abschnitt der billigen Ränge führte. Wenn er mit hineinging, würde ihn der Strom der Zuschauer festhalten, bis die Spiele begonnen hatten. Der Moment zur Flucht war gekommen. Wie zufällig ließ er zu, dass sich jemand zwischen ihn und Rados zwängte. »Geht vor und haltet meinen Platz frei! Ich will noch auf Reginn wetten.«

»Du setzt auf den Favoriten?«, fragte Rados spöttisch.

»Ich will doch gewinnen«, gab Kayo grinsend zurück. Es war ein altes Spiel zwischen ihnen, dass er ein Feigling und Rados der Draufgänger war, der sein Geld lieber verzockte, als einen mickrigen Gewinn einzustreichen. Einen Augenblick lang war er versucht, Rados einzuweihen. Ihm noch schnell anzubieten, alles zu riskieren und mit ihm zu kommen. Doch er schwieg und ließ den wehmütigen Moment verstreichen. Rados war zufrieden mit seinem Leben. Womöglich verriet er ihn, um in Daimeans Gunst aufzusteigen.

»Dann setz für mich ein paar Münzen dagegen!«, rief Rados, denn mittlerweile trennten sie bereits ein Dutzend Menschen.

Kayo hob die Hand und nickte. Es war sein Abschied, aber Rados würde es als Zustimmung deuten. Die anderen schenkten ihm kaum Beachtung. Für sie war er wohl schon Donisias Besitz und nicht länger einer von ihnen. Er wandte sich ab und fühlte sich plötzlich einsam, obwohl ihn Zehntausende umgaben. Je schneller er hier wegkam und Swarann fand, desto besser.

Während er sich durch die Menge schob, fragte er sich, ob sein Freund entkommen war. Er konnte sich nicht entfernt haben, ohne dass es jemand bemerkte. Wurde er schon gesucht? Hatten sie ihn womöglich bereits geschnappt? Unwillkürlich ging Kayo schneller, drängelte sich rücksichtsloser voran. Sogleich erntete er Beschimpfungen und böse Blicke. Mühsam beherrschte er sich und verkürzte seine Schritte. Wenn er auffiel, würden auch die Stadtwächter auf ihn aufmerksam werden. Schon entdeckte er zwei der Bewaffneten in ihren Kettenpanzern und blauen Umhängen. Die Menge teilte sich um sie wie Wasser, das ein Hindernis umfloss. Plötzlich sah einer der beiden in Kayos Richtung, als hätte er dessen Blick gespürt.

Verdammt! Mit seiner Größe und dem hellen Haar stach er hervor wie ein Löwe aus einem Rudel schwarzer Totenhunde. Rasch senkte er den Blick, tat, als müsse er darauf achten, niemanden anzurempeln. *Gleichmütig aussehen, langsam bewegen!* Er war nicht der einzige matavische Sklave auf dem weitläufigen Platz. Noch hatten sie keinen Grund, ausgerechnet ihn zu verdächtigen. *Oder doch?* Aus dem Augenwinkel sah er, wie ihn der Stadtwächter beobachtete. Suchten sie bereits nach ihm? *Bleib ruhig!* Wenn ihn weder Nioba noch Swarann verraten hatten, konnte niemand von seinem Vorhaben wissen.

Ohne Eile schob er sich weiter und verkniff sich, noch einmal zu den Wächtern zu sehen. Stattdessen lauschte er, ob in ihrer Richtung Unruhe entstand, sie seinen Namen oder nach Verstärkung riefen. Quälend langsam entfernte er sich von der Arena, hielt auf die breite Straße zu, die zum Kaiserpalast führte. Eigentlich wollte er dort nicht hin, aber für den Fall, dass ihn der Stadtwächter im Auge behalten hatte, wollte er ihn auf eine falsche Fährte locken.

Dröhnende Trommelschläge kündeten aus der Ferne den Herrscher und sein Gefolge an. Viele blieben stehen, um – wenn sie schon keinen Platz in die Arena mehr fanden – wenigstens das Schauspiel des vorüberziehenden Hofstaats zu bestaunen. Unter gemurmelten Entschuldigungen schlängelte sich Kayo zwischen den Schaulustigen hindurch. Je näher er dem Kaiserpalast kam, desto deutlicher hörte er die Menschen jubeln und die Flötenklänge und das Klirren der Zimbeln, zu dem sich alandurische Tänzerinnen wiegten. Sicher schritten auch Kamele mit juwelenbesetztem Zaumzeug und goldverzierten Sätteln in diesem Triumphzug, der die Eroberung des einstigen Rivalen ins Gedächtnis rufen sollte. Bewacht von der Kaisergarde trugen Sklaven auf Seidenkissen kostbare Beutestücke zur

Schau, und Kayo glaubte, bereits den Baldachin aus blauer Seide zu erspähen, der den Kaiser und seine Gemahlin vor der Mittagssonne schützte.

Kurz bevor er die voranmarschierenden Palastwächter erreichte, bog er in eine überfüllte Seitenstraße ab. Selbst hier zog er noch Blicke und Unmut auf sich, weil ihm alle anderen entgegendrängten, um den Kaiser zu sehen. Wie viele würden sich später daran erinnern, wenn die Stadtwache nach einem entlaufenen Sklaven fragte?

Endlich entkam er der Enge der Massen und atmete freier. Die Straßen wurden leerer, kamen ihm schließlich sogar wie ausgestorben vor. Dennoch schlug er erneut einen Umweg ein, um die Verfolger zu verwirren, die sich am Abend auf die Suche machen würden. In einer einsamen Seitengasse angelte er einige Münzen aus Reginns Beutel und sah sich in den Straßen nach einem Händler um, der Fackeln verkaufte. Mittlerweile befand er sich so weit von Palast und Arena entfernt, dass das Leben der Leute hier fast den üblichen Gang nahm. Es sammelten sich weniger Kunden vor den Garküchen, Tavernen und Läden, doch das würde sich ändern, sobald die Menschen zurück in ihre Viertel strömten, um mit reichlich Wein den größten Sieg vergangener Zeiten zu feiern.

»Mein Herr wünscht mehr Fackeln für das Gelage heute Abend«, belog Kayo den Händler, der diesen Satz heute sicher schon einige Male gehört hatte. Erfreut über das gute Festtagsgeschäft verlangte er den doppelten Preis, und Kayo musste sich zwingen, ihn geduldig herunterzuhandeln, statt hastig die Münzen auf den Tresen zu werfen und davonzurennen. Hier fiel er endlich nicht mehr auf und durfte diesen Vorteil nicht durch verdächtiges Benehmen verspielen. Mit dem in Tuch eingeschlagenen Bündel unter dem Arm sah er wieder aus wie jeder andere Sklave, der Besorgungen für seinen Herrn erledigte.

Die Mittagszeit war längst vorüber, als Kayo den vereinbarten Ort erreichte. Inmitten alter, aber noch hoch aufragender Gebäude lag hier eine eingestürzte Mietskaserne in Trümmern. Verkohlte Balken und rußgeschwärzte Steine verrieten, dass ein Brand die Ursache gewesen war, doch nur ein Teil des maroden

Bauwerks hatte in Flammen gestanden. Der Rest war zusammengebrochen und hatte das Feuer unter sich begraben, weshalb es gelöscht werden konnte, bevor es auf die Umgebung übergriff. Vor einer Weile schon hatte Kayo auf dem Markt von diesem Unglück gehört und sich nun daran erinnert. Die angrenzenden Straßen waren längst geräumt, aber auf dem Grundstück türmten sich noch immer die Trümmer. So würde es auch bleiben, bis sich jemand mit genügend Geld fand, der den Wunsch hatte, ein neues Gebäude zu errichten.

Kayo drehte eine Runde um die Ruine, die sich bis zur nächsten Querstraße erstreckte, und musterte sie im Vorbeigehen. Dort, wo die Flammen am schlimmsten gewütet hatten, stand kaum noch ein Stein auf dem anderen. Teile des Dachgebälks ragten aus Bergen zerbrochener Ziegel. Nur die Grundmauer des untersten Stockwerks stand noch in Teilen, aber ein Versteck für zwei flüchtige Sklaven fand sich hier wahrscheinlich nicht. An anderen Stellen ragten die Wände höher auf. Kayo entdeckte Treppenstufen, die ins Leere führten, und aufgerissene Zimmer, denen zwar Mauerstücke fehlten, die aber teilweise noch eine Decke besaßen. An solchen Orten fanden Bettler und andere Ausgestoßene Schutz vor Regen und Stürmen. *Wenn es in dieser Stadt überhaupt eine Zuflucht gibt, dann hier.*

Verstohlen sah sich Kayo um, ob ihn jemand beobachtete, und schlenderte weiter, bis er einen halb verschütteten Eingang erreichte. Mit einem raschen Schritt zur Seite tauchte er in die Schatten der Ruine. Im ersten Augenblick schien es in dem Loch stockfinster zu sein und Kayo strauchelte in der Dunkelheit über Steine am Boden. Der Gestank verriet ihm, dass Zecher den einstigen Hausflur als Latrine missbrauchten. Sobald er wieder mehr sah, entdeckte er einen früheren Durchgang zum Innenhof, der jetzt verschüttet war. Doch über die Reste einer Treppe gelangte er dennoch ins Freie und fand sich im Gewirr der Trümmer der oberen Stockwerke wieder.

Ein abgemagerter Alter, der nur noch Lumpen am Leib trug, saß unter einem Stück Holzdecke und sah ihn misstrauisch an. Kayo wurde sich seiner strahlend weißen, festlich mit einer safrangelben Kordel gegürteten Tunika bewusst. Selbst hier wirkte er fremd und würde jedem im Gedächtnis bleiben. Ganz abgesehen davon, dass der weiße Stoff womöglich bis hinunter zur Straße leuchtete. »Darf ich?«, fragte er und deutete auf die Reste des erloschenen Feuers, hinter dem der Alte hockte. Der Fremde blickte ihn nur fragend und immer noch skeptisch an, also ließ sich Kayo einfach vor ihm nieder und griff in die Asche, die mit kleinen Kohlestücken vermengt war. Während er sich zunächst die Tunika und dann Gesicht sowie Arme und Beine damit einrieb, begann der zahnlose Alte zu grinsen. Hilfsbereit deutete er auf Kayos Haar und zerzauste die eigenen schütteren Strähnen.

»Danke.« Rasch fuhr sich Kayo durchs Haar, auch wenn es nicht allzu viel nützte. »Hast du zufällig einen anderen Kerl wie mich gesehen? Einen Mataver, ziemlich groß und kräftig.«

Mit ratlosem Blick hob der Fremde eine Hand an ein Ohr, beugte sich vor, als versuche er zu lauschen, und schüttelte dann den Kopf.

»Oh, du bist taub«, sagte Kayo, bevor ihm einfiel, dass der Alte auch das nicht hören konnte. *Umso besser.* Dann würde er ihn auch nicht verraten, weil er nicht verstand, was die Stadtwächter von ihm wollten.

»Danke«, wiederholte Kayo lächelnd und ging weiter. Mit anderen Bewohnern der Ruine würde er vermutlich weniger Glück haben, aber das ließ sich nicht ändern. Er musste Swarann finden und sich hier bis zur Abenddämmerung verbergen. Sie durften auf keinen Fall bei Tageslicht aus den Kanälen auftauchen, sonst würden die Wachposten sie von der Stadtmauer aus entdecken.

Teils aufrecht, teils auf allen vieren stieg Kayo durch die Trümmer. Es erstaunte ihn, wie viele Menschen sich hier verkrochen. Argwöhnisch beäugten sie ihn, bis er an ihnen vorüber war. Zwei Kinder mit aufgeblähten Bäuchen bettelten ihn um Brot an, das er nicht hatte, und vor den elenden Gestalten, die ihnen zusahen, wollte er keine Münzen hervorkramen. Am Ende hätte jemand ein Messer gezückt und ihm alles genommen. Er fragte auch nicht mehr nach Swarann, um kein unnötiges Aufsehen zu erregen.

Auf den Resten des eingestürzten Dachs fand er einen Sterbenden, der dort ohne jeden Schutz in der Sonne lag und leise vor sich hin stöhnte. Sein Körper war mit zahllosen kleinen Wunden bedeckt, aus denen es schon nach Verwesung stank. Wie Schorf drängten sich die Fliegen auf diesen schwärenden Stellen, doch er war zu schwach, um sie zu verscheuchen. Obwohl Kayo Mitleid verspürte, eilte er weiter. Der Mann schien eine schreckliche Krankheit zu haben, die womöglich ansteckend war. Sicher hatten ihn die anderen deshalb aus ihren Verstecken vertrieben.

Allmählich bemerkte Kayo, wie schlecht er sich vorbereitet hatte. Er bekam Hunger und Durst und trug nichts bei sich außer seinen Fackeln. Natürlich wäre es dumm gewesen, Brot mit in die Kanäle zu nehmen. Wer hätte es nach einem Bad in den Abwässern noch essen mögen? Aber wenn er nicht so ängstlich gewesen wäre, hätte er sich noch eine Mahlzeit kaufen können, bevor er diese Ruine betreten hatte. Nun war es zu spät. Er würde nicht riskieren, sie noch einmal zu verlassen.

Auf einem Hang aus zerbrochenen Dachziegeln schlitterte er in den einstigen Innenhof hinab. Auch hier lagen Gebilde aus noch zusammenhängenden Balken und Brettern, zersplitterte Latten und große und kleine Bruchstücke der Mauern kreuz und quer. In diesem Irrgarten kletterte Kayo herum und hielt grob auf den abgebrannten Gebäudeteil zu, den er bislang gemieden hatte. Hier gab es weniger große, halbwegs bequeme Verstecke, doch die Armen und Ausgestoßenen durften nicht wählerisch sein. Unter einem schiefen Dach aus ein paar Bodendielen, die aus dem Schutt hervorragten, saß eine weitere Elendsgestalt, die Kayos Blick nur noch streifte. Vor dem Buckligen lagen Krücken auf dem Boden, mehr musste er nicht sehen, um weiterzusuchen.

»He!«, zischte der Fremde und Kayo ging unwillkürlich schneller. »Kayo!«

Erstaunt fuhr Kayo herum. Woher kannte der Mann seinen Namen? Der Kerl verbarg sein Gesicht unter der Kapuze eines verdreckten, einst wohl dunkelroten Umhangs. Hektisch bedeutete er Kayo, zu ihm zu kommen. Widerstrebend gehorchte Kayo und beugte sich zu dem Bettler unter die Bretter.

Leise fluchte der Mann auf Matavisch, bevor er ins Thebanische wechselte. »Hast du mich wirklich nicht erkannt? Dann sind hoffentlich alle Menschen so leicht zu täuschen wie du.«

Erleichtert ließ sich Kayo bei Swarann nieder. »Den Göttern sei Dank! Ich war schon in Sorge, ob …«

»Ob du meinen Tod in der Arena verpasst hast?« Swarann zog die Kapuze so weit zurück, dass Kayo sein Grinsen sehen konnte.

»Eigentlich hab ich mich eher schlecht gefühlt, weil ich das bei meinem dann wohl doch nicht so durchdachten Plan vergessen hatte«, gestand Kayo. »Wie bist du entkommen?«

»Ich hab mich schon gestern Abend weggeschlichen und hier versteckt.«

»Heilige Himmel!« Rasch dämpfte Kayo seine Stimme. »Deshalb hat mich dieser Stadtwächter so angestarrt. Er hat sich gefragt, ob ich der entlaufene Gladiator bin!«

»Glaub ich nicht«, brummte Swarann. »Na gut, ich kann's nicht wissen, aber Procaros hängt es nicht an die große Glocke, wenn einer von uns abhaut. Ein Gladiator, der sich aus dem Staub macht, wenn's ernst wird, ist schlecht für's Geschäft.«

»Aber er muss doch irgendwas dazu sagen, dass du nicht antrittst.«

»Er wird behaupten, ich sei krank. Und bevor es zum nächsten Kampf kommt, wird er verbreiten lassen, dass er mich verkauft hat. Oder dass ich an meiner Verletzung gestorben bin oder so. Das passiert nicht zum ersten Mal, weißt du?«

Kayo schüttelte den Kopf. Er hatte noch nie davon gehört, aber das bewies nur, wie geschickt die Schulen den Mythos aufrechterhielten. »So leicht werden Daimean und Donisia mich nicht davonkommen lassen.« Mit flauem Magen spähte er unter den Brettern hervor. Die Sonne stand tiefer, aber die schützende Dunkelheit war noch fern.

»Mach dir keine Sorgen! Dein Herr wird dein Fehlen erst bemerken, wenn die Spiele vorbei sind. Bis er sich an die Stadtwächter wendet, sind wir unten bei den Ratten.« Swarann grinste zuversichtlich. »Morgen werden wir freie Männer sein!«

6

Der Beifall der Zuschauer brandete durch die Arena. Angesichts der von den Panthern zerfleischten Piraten klatschten und trampelten sie vor Begeisterung. Seran schüttelte nur den Kopf. Warum fand die Darbietung solchen Anklang? Selbst die Schaukämpfe der Gaukler waren spannender gewesen. »Sie sollten den Gefangenen wenigstens Dolche oder Stäbe geben, dann stünde der Ausgang nicht von Anfang an fest.«

»Das ist eine Hinrichtung, Seran. Der Ausgang *soll* dabei feststehen«, erklärte Baleos. Wie Vareas schien er den Blick kaum davon lösen zu können, wie die wütenden Bestien Krallen und Zähne in Menschenhaut schlugen.

»Das V-volk soll sehen, dass Verbrecher ihrer g-gerechten Strafe zugeführt werden«, fügte Adurin hinzu.

»Diese Kerle sind doch nicht wert, unsere kostbaren Panther abzustechen!«, empörte sich Vareas.

Baleos nickte. »Der Triumph des Kaisers muss umfassend sein und seine ganze Härte zeigen.«

»Ich weiß, wie man Piraten Härte zeigt«, gab Seran gereizt zurück. »Und verglichen damit ist das hier eben nur ein langweiliges Schauspiel.« Zufrieden bemerkte er, wie Baleos' Miene versteinerte. Manchmal tat es gut, ihm den Erfolg in Desmana unter die Nase reiben zu können.

»N-nicht so laut!«, mahnte Adurin und sah sich besorgt um. »Soll jeder hören, dass du die Spiele des K-k-kaisers ermüdend findest?«

Seran warf ihm einen spöttischen Blick zu. Seit wann war Adurin so ein Hasenfuß? Verglichen mit dem, was sie heute Abend vorhatten, war ein falscher Satz in der Arena harmlos. Vielleicht machte gerade das Adurin nervös. Sie saßen auf den großzügiger bemessenen Rängen der Noblen, aber weit genug von der kaiserlichen Loge entfernt, um dort in diesem Lärm nicht gehört zu werden. Mit Kissen hatten ihre Sklaven die Plätze für sie gepolstert und hielten Wein, kandierte Früchte und kleine Fleischspieße bereit. Seran hob seinen Becher in Ermans Richtung. »Auf den Kaiser und den Sieg über alle Piraten Achenas!«

»Auf den Kaiser!«, stimmten seine Ziehbrüder und Vareas mit ein.

Unten im Sand wurde das Festmahl der Panther unterbrochen. Tierbändiger trieben die Bestien mit Peitschen und spitzen Stöcken zurück in ihre Verschläge. Andere Sklaven eilten herbei, um die Leichen wegzuschaffen. Schon tauchten auch die Gaukler wieder auf und trieben ihre derben Scherze, machten sich lustig über das Sterben in den Fängen eines Panthers. Was von der Würde der Gefangenen noch geblieben war, raubten die obszönen Gesten und Grimassen. Obwohl es ihm falsch vorkam, die Toten zu verspotten, ertappte sich Seran dabei, über die Possen zu schmunzeln. *Ich sollte einfach mehr trinken,* beschloss er und leerte seinen Becher.

Weitere Sklaven eilten in die Mitte der Arena, wo hohe Gitter ein großes, rechteckiges Wasserbecken umgaben. Die Absperrung hatte die Gefangenen davon abgehalten, sich vor den Bestien ins Wasser zu retten, doch nun stand sie dem Höhepunkt der Spiele im Weg. Mit raschen Handgriffen lösten die Sklaven die Teile des Gitters voneinander und trugen sie hinaus, während die Gaukler ihre Späße mit ihnen trieben oder sich unter dem Gelächter der Menge gegenseitig ins Wasser stießen. Zwischen ihren Scherzen bauten sie akrobatische Kunststücke ein, gingen auf den Händen oder vollführten die unglaublichsten Sprünge. Seran ahnte, wie lange sie dafür geübt haben mussten. In seiner Einheit hatten manche Neulinge Monde gebraucht, bis sie mühelos in voller Rüstung aufs Pferd springen konnten.

Wie auf einen geheimen Befehl hin waren plötzlich alle aus der Arena verschwunden. Auf den Rängen breitete sich erwartungsvolle Stille aus. Umso lauter schmetterten jäh etliche Kriegshörner ihr Signal. Die großen Tore zu beiden Seiten der Arena schwangen auf, und je ein Pulk stattlicher Sklaven, die nichts als Lendenschurze und breite, mit Bronze beschlagene Gürtel trugen, stemmten sich in den Sand, um etwas sehr Schweres hereinzuziehen. Trommelschläge gaben einen Takt vor, als seien die Männer Ruderer auf zwei Galeeren, die aufeinander zusteuerten. Um sie herum erzeugten weitere Sklaven mit blauen Stoffbahnen Wellen, die ans Meer denken ließen. Adurin lachte verzückt auf. »W-welch gelungener Einfall!«

»Hat er wirklich …« Weiter kam Seran nicht, denn die Menge jubelte zu laut auf. In jedem der Tore kam der Bug eines Schiffs zum Vorschein, mit kleinem Vorsegel und blitzendem Rammsporn. Staunend blickte Seran von einer Seite zur anderen. Die beiden Galeeren waren kleiner als jene, die das echte Meer befuhren, und sie lagen auf Schlitten, damit sie nicht zur Seite kippten. Aber sie sahen zweifellos wie seetüchtige Schiffe aus, und sobald sie die Tore passiert hatten, wurden ihre Masten aufgerichtet. Auf jeder Seite der Galeeren saß eine Reihe Ruderer und begann, im Takt der Trommeln die Ruder zu bewegen. Am roten Segel war die linke Mannschaft als Piraten zu erkennen, während die rechte unter dem blauen Banner der Flotte Thebans fuhr. Auch Waffen und Rüstungen der Kämpfer, die zwischen den Ruderern zum Gefecht bereitstanden, entsprachen den Vorbildern von einst. Alandurische Piraten in Schuppenpanzern und spitzen Helmen sahen sich thebanischen Drakonen in Kettenhemden und Rundhelmen gegenüber. Seran war beeindruckt. So gedachte der Kaiser also des Triumphs seines Vorfahren: indem er die entscheidende Seeschlacht im Kleinen nachstellte. Auf allen Rängen jubelten die Zuschauer Erman dafür zu.

»Ruhm dem Kaiser! Ruhm der Stadt Theban!«, stimmte Seran in den Chor unzähliger Stimmen ein.

Erman stand auf und genoss den Beifall mit zum Gruß erhobener Hand, bevor er wieder Platz nahm. Neugierig spähte Seran hinüber. Soweit es sich auf die Entfernung sagen ließ, sah der Kaiser den Büsten in seinen Tempeln sehr ähnlich. Er hatte eine ausgeprägte, gerade Nase und ein energisches Kinn, das er trotz seines fortgeschrittenen Alters nicht wie so viele ältere Noble unter einem Bart versteckte. Entfernt erinnerte er Seran damit an seinen Ziehvater Astur. Offenbar wollten beide zeigen, dass noch die Tatkraft des Offiziers in ihnen steckte.

»Ich glaube, K-kromer wird doch bedauern, dass er d-das hier verpasst!«, rief Adurin in Serans Ohr, um die Menge zu übertönen.

Unschlüssig zuckte Seran mit den Schultern. »Ich weiß nicht.« Der Aufwand, den Erman betreiben ließ, war wirklich beachtlich, aber Kromer schien die Spiele aufrichtig zu verabscheuen. Geschmacklos und barbarisch hatte er es genannt, dass sich Menschen zum Vergnügen der Zuschauer gegenseitig umbringen sollten. Und das Ganze auch noch zum Andenken an einen wahren Krieg, in dem Männer aus ernsthaften Gründen ums Überleben gekämpft hatten. Ansatzweise verstand Seran, was seinen Freund so sehr abstieß, doch niemand außer den Zwergen schien sich daran zu stören. Für alle anderen waren Gladiatoren wie Soldaten. Sie stürzten sich in die Schlacht, wenn sie den Befehl dazu erhielten.

Einen Augenblick lang fragte er sich, ob das auch für ihn selbst galt. Würde er sich in jeden beliebigen Kampf stürzen, den Astur oder der Kaiser anordnen mochten? Aber warum sollten sie ihn in eine Schlacht schicken, die es nicht wert war, darin zu sterben? *Ist der Beifall der Menge das Leben eines Gladiators wert?* Und wenn nicht, gab es dann auch andere Ziele, für die er nicht sterben wollte? *Weder Erman noch Astur würden so etwas Sinnloses von mir verlangen.* Sie dachten stets nur an das Wohl des Reichs und die Sicherheit seiner Bewohner.

Das Geschehen in der Arena machte diesen Gedanken ein Ende. Sobald ein Sklave das Wasser erreichte, ließ er das Tau fallen, an dem er gezogen hatte, und eilte hinter das Schiff, um es weiterzuschieben. Langsam näherten sich die beiden Schlitten dem Becken. Als keine Sklaven mehr zwischen ihnen waren, ertönten erneut die Hörner und riefen zum Angriff. Auf beiden Galeeren griffen die Kämpfer nach Schleudern und beschossen den Gegner mit Steinen. Im Lärmen der Zuschauer gingen die Einschläge fast unter. Seran hörte sie wie aus dem Takt geratene Trommelschläge, doch die meisten Geschosse fielen noch ins Wasser. Während die Schützen neue Steine in ihre Schlingen legten, kamen die Schiffe am Rand des Beckens an. Hastig, aber mit Präzision veränderten die Sklaven ihre Positionen, begannen, die Enden der Schlitten mithilfe von Hebeln anzuheben. Langsam neigten sich die Gestelle vornüber und mit ihnen die Galeeren. Vor Spannung hielt Seran den Atem an. Noch einmal schleuderten die Mannschaften ihre Geschosse, dann gerieten die Schiffe allmählich ins Rutschen, wurden schneller, sausten über die Schlitten hinaus und tauchten mit dem Bug ins Becken, dass haushoch Wasser aufspritzte. Das laute Klatschen und Prasseln übertönte selbst den Beifall. Auch wenn die Männer an Bord für den Moment nur um ihr Gleichgewicht kämpften, jagten die Galeeren bereits aufeinander zu. Wäre das Schauspiel nicht so sorgsam vorbereitet worden, wären die Rammsporne nun aufeinandergeprallt. Doch stattdessen glitten sie – angetrieben vom ersten und letzten Ruderschlag auf dem Wasser – aneinander vorbei.

Rasch holten die Mannschaften ihre Ruder ein. Enterhaken der Piraten und Speere der vermeintlichen Drakonen kreuzten sich in der Luft. Getroffen stürzten die ersten Alandurer auf die Planken, vor allem Ruderer und jene, die die Haken geworfen hatten. Anfeuernde Rufe und Jubel ertönten auf den Rängen. Hastig zogen sich die Überlebenden hinter die Kämpfer mit Schilden zurück und zerrten an den Seilen, um die feindliche Galeere Bordwand an Bordwand zu ziehen. Nun warfen auch die Piraten ihre Speere, doch die meisten prallten an den Schilden der Drakonen ab. Mit Kampfgebrüll stürmten die angeblichen Alandurer vor, sprangen von Reling zu Reling, noch bevor sich die Schiffe berührten. Diszipliniert warfen ihnen die Drakonen ihre letzten Speere entgegen, bevor sie wie ein Mann ihre Kurzschwerter zogen. Wieder fielen zwei Piraten, stürzten blutend auf die leeren Ruderbänke.

Schon entspann sich ein Gemetzel zwischen den Mannschaften, die lauthals schrien und fluchten – und mit ihnen Tausende Thebaner auf den Rängen. Ruderer drangen mit Entermessern und bloßen Fäusten aufeinander ein, Drakonen und alandurische Krieger lieferten sich wilde Gefechte mit Schwertern und Schilden. Blut färbte Wasser und Schiffsplanken rot. Der Anblick erinnerte Seran an seinen Kampf gegen die Piraten. Unwillkürlich krümmte er die Finger um Schildgriff und Schwert, obwohl er nichts in der Hand hielt.

War es abgesprochen oder den Fähigkeiten der Gladiatoren geschuldet, dass er unter den verbliebenen Kämpfern die beiden

Anführer entdeckte? Der eine trug einen spitzen Helm mit goldenen Verzierungen auf den langen, dunklen Locken und einen Schuppenpanzer aus kostbaren Elfenbeinplättchen. Sein mit silbernen Nägeln beschlagener Schild wies ihn als Edelmann der Alanduren aus, während sein offensichtlich vorbestimmter Gegenspieler die Rüstung eines thebanischen Heerführers trug. Respektvoll wichen die letzten drei Drakonen zurück, um den beiden Auserwählten das Deck für einen Zweikampf zu überlassen.

»Zeig's ihm!«, feuerten die Zuschauer den Favoriten an, der den siegreichen Heerführer und späteren Kaiser Saskallas darstellte. »Tod den Piraten!«

Geschickt tänzelten die beiden Gegner sich aus, trieben sich gegenseitig auf die Ruderbänke und wieder hinunter. Saskallas gelang ein Treffer am Helm, der seinen Widersacher taumeln ließ.

»Setz nach!«, schrien Seran und Baleos wie aus einem Mund. Doch schon hatte sich der Alandurenprinz gefangen, fing den nächsten Hieb mit dem Schild ab und stach seinerseits blitzschnell um die Wehr des Gegners herum.

Saskallas brüllte zornig. Von seiner Schulter lief Blut. Die gesamte Arena schien den Atem anzuhalten. Ihr Held durfte nicht verlieren. Er stand für den Kaiser und die strahlende Macht Thebans.

»Los, Reginn! Mach ihn fertig!«, schrie jemand so laut, dass es das ganze Publikum hörte und den Ruf wütend aufnahm. Angestachelt sprangen die beiden Gladiatoren aufeinander zu. Offenbar hatte der Alandurenprinz vor, seine Haut so teuer wie möglich zu verkaufen. Wie erniedrigend musste es sein, vorab zum Verlierer bestimmt zu werden? Kein Wunder, dass der Mann mit aller Macht auf diesen Reginn eindrosch, der Saskallas darstellte. Doch in seinem zornigen Ansturm wich er nicht schnell genug aus, als sich Saskallas unter einer Attacke wegduckte und im Vorüberwirbeln nach ihm stach. Die Klinge glitt von unten zwischen die Plättchen des Panzers. Saskallas zog sie sofort wieder heraus und tänzelte rückwärts. Von seinem Schwert tropfte Blut, und der Alandure fuhr fluchend herum. Seran bewunderte, wie die Wut den Gladiator weitertrieb. Einen Moment lang schien es, als würde ihn die Wunde nicht behindern. Der Alandure stach nach Saskallas Gesicht. Durch die Arena ging ein Raunen, als sich Reginn fluchend Blut vom Kinn wischte.

Noch einmal wogte der Zweikampf hin und her. Doch der Alandure wurde langsamer, geriet ins Straucheln und zog sein Bein zu spät weg. Saskallas' Klinge durchtrennte Haut und Sehnen. Mit einem Aufschrei stürzte der Piratenprinz auf die blutigen Planken.

»Theban! Theban! Theban!«, tobten die Zuschauer. Der Kampf war entschieden und Saronn forderte sein Opfer. Auf einen Wink Reginns eilten zwei der verbliebenen Gladiatoren zu ihrem verwundeten Kameraden. Bevor er sich wehren konnte, entrissen sie ihm Waffe und Schild, zogen ihn hoch auf die Knie und zerrten ihm den goldverzierten Helm vom Kopf.

Sichtlich keuchend vom langen Kampf trat Reginn vor. Groß und stattlich, wie der Held einer Schlacht aussehen musste. Hastig wichen die anderen Gladiatoren zurück, denn er hob das breite Kurzschwert mit beiden Händen und holte zum Hieb aus. Trotz des tosenden Beifalls glaubte Seran zu hören, wie der abgetrennte Schädel des Piraten auf die Planken knallte. Reginn klaubte die bluttriefende Trophäe auf und hielt sie am dunklen Haar in die Höhe. »Für Saronn!«, rief er und die Menge brüllte es im Chor.

Erneut erhob sich der Kaiser, um seinen Sieger zu grüßen und den Jubel der Zuschauer entgegenzunehmen.

»Ruhm dem Kaiser! Ruhm der Stadt Theban!«, rief Seran mit der Menge.

Erst jetzt bemerkte er, dass Teile des Schiffs bereits im Schatten lagen. Die Sonne war hinter die Mauern der Arena gesunken. Noch konnte er sich nicht vom Anblick des Schlachtfelds lösen, doch allmählich fiel der Bann des Kampfs von ihm ab.

»Das war g-g-großartig!«, schwärmte Adurin und klatschte noch immer Beifall.

»Ein würdiges Gedenken an einen großen Tag«, lobte Baleos.

»Da wird es Malasar schwer haben, den Kaiser zu überflügeln«, spottete Vareas.

Seran streckte die verkrampften Finger und nickte schweigend. Nichts war so fesselnd wie ein echter Kampf auf Leben und Tod, doch Vareas hatte ihnen wahre Magie versprochen. Ein Verbrechen, über das die meisten nicht einmal zu sprechen wagten. Er spürte Neugier, aber auch leise Furcht. Was erwartete sie heute Abend in Malasars Haus?

*

Der Gestank, der Kayo aus der Tiefe entgegenschlug, übertraf alles, was er kannte. Einen Moment lang schnürte ihm die Mischung aus Verwesung, Fäulnis und Urin die Brust so fest zusammen, dass er zu ersticken glaubte. Benommen stützte er sich an der Wand der engen Wendeltreppe ab und schnappte nach der Luft, die er eigentlich lieber nicht geatmet hätte.

Hinter ihm stieß Swarann einen angewiderten Laut aus. »Das ist ja schlimmer als der Gifthauch der Urschlange Sutharm!«

Von diesem Übel hatte Kayo zwar noch nie gehört, aber er zweifelte nicht daran, dass nichts auf der Welt an diesen Gestank herankam. »Was hilft's?«, brachte er heraus und stieg weiter hinunter. In der linken hielt er eine der Fackeln, in der rechten Hand ein schlichtes, kurzes Schwert, das Swarann in seinem Buckel aus Lumpen versteckt hatte. Auch sein Freund trug eine dieser breiten Klingen, die aus Procaros' Waffenkammern stammten. Der mit Leder umwickelte Griff lag fremd in Kayos Hand. Nur ein- oder zweimal hatte er gewagt, ein Schwert der Leibwächter zu berühren, und jedes Mal war er dafür geschlagen worden. »Sag mir lieber, dass solche Dämpfe nicht giftig sind, sonst treiben nur unsere Leichen in die Freiheit.«

»Dann könnten sie die Kanäle nicht reinigen«, wandte Swarann ein.

»Auch wahr«, gab Kayo zu. Der Gestank musste zumindest seinen Verstand betäuben, dass er nicht selbst darauf gekommen war.

Hinter ihm ächzte Swarann noch einmal vor Ekel, dann ergab auch er sich ihrem Schicksal und atmete durch den Mund.

Unten mündete die Treppe in einen Durchlass ohne Tür. Im Licht der Fackel glänzte vor Kayo ein trübes Rinnsal auf. Der

Boden des schmalen Gangs, der vor der untersten Stufe vorüberführte, war zur Mitte hin leicht geneigt, sodass sich das Wasser dort sammelte. Bei Regen würde es vermutlich die gesamte Breite einnehmen, doch nun gab es links und rechts einen mit Schlamm und angeschwemmtem Unrat bedeckten Streifen. Insgesamt war der Gang jedoch nur so breit, dass ein Mann darin gehen konnte, ohne mit den Schultern an die Wände zu stoßen. Auf Dauer wäre es mühsam gewesen, dabei nicht ins Wasser zu treten, also stieg Kayo in den Dreck. Unter seinen Sandalen quatschte bräunlicher Schlick hervor und quoll zwischen seine Zehen. Er versuchte, nicht daran zu denken, woraus das glitschige Zeug bestand. Das Wasser floss jedenfalls zu träge, um es davonzuspülen.

»Dort entlang!«, entschied er und folgte der Brühe, in der allerlei schwamm, über das er ebenso wenig nachdenken wollte wie über den Schlamm.

Mit einem angewiderten Grunzen betrat auch Swarann den Tunnel. Die Decke bestand aus rechteckigen Steinplatten und war gerade so hoch, dass ein gewöhnlicher Mann darin stehen konnte. Schon Kayo musste den Kopf einziehen, um nicht mit dem Scheitel daran entlangzustreifen. Fluchend verbog sich Swarann, der noch größer war als er. Kayo hatte hier unten Stille erwartet, doch der Tunnel war von leisem Rauschen und Plätschern erfüllt. Es stammte von den zahllosen Ausgüssen in den Rinnsteinen, durch die ständig Wasser in den Gang fiel. In regelmäßigen Abständen mussten sie ihnen ausweichen, und doch spritzte es oft so sehr, dass Kayos Tunika bald nass und noch fleckiger war. Manchmal handelte es sich um sauberes Brunnenwasser, aber meistens war es mit Abfällen und Schlimmerem durchsetzt. Immer wieder knirschten Scherben oder kleine Knochen unter Kayos Sohlen. Größere Brocken drückten sich hart in seinen Fuß. In der Dunkelheit vor ihnen quiekten Ratten, deren Augen gespenstisch aufleuchteten. Obwohl sie davonhuschten, bevor er sie deutlich sehen konnte, bereiteten sie ihm ein leises Unbehagen, das sich in seinem Nacken festsetzte. Als ob sich jeden Augenblick eine mit den Abwässern auf ihn herabstürzen würde. Von Zeit zu Zeit fiel der Schein der

Fackel auf einen Rattenkadaver, weshalb Kayo stets misstrauisch hinabblickte, wenn etwas an seinen Sandalen hängen blieb.

Bislang hatte der Kanal geradeaus geführt, aber nun stieß er auf einen Quergang und endete hier. Irgendjemand hatte gegenüber eine Vier in die Wand gemeißelt.

»Was hat das zu bedeuten?«, fragte Swarann, der nicht lesen konnte.

»Wahrscheinlich sind die Gänge nummeriert«, vermutete Kayo und bog nach links ab. »Ist doch egal, wir müssen einfach nur dem Fluss des Wassers folgen.«

Swarann brummte zustimmend und patschte hinter ihm her in den neuen Kanal. Das Wasser reichte ihnen bis über die Knöchel. Hektisch schwammen die Ratten vor ihnen davon und flüchteten in die Gänge, die immer wieder zu beiden Seiten abzweigten. Jedes Mal vergewisserte sich Kayo, dass ihnen die Strömung aus diesen Kanälen entgegenkam. Nach einer Weile wateten sie bereits bis zu den Waden in der abscheulichen Brühe und erreichten eine Kreuzung. Größere Steine bildeten eine Art Portal, hinter dem der Gang schräg nach rechts weiterverlief.

»Könnte früher mal ein Ausgang gewesen sein.« Kayo schritt in den etwas höheren und breiteren Tunnel, in den zur Linken und gegenüber jeweils ein weiterer Gang mündete. »Als Theban noch kleiner war.«

»Ist das ein Zeichen, dass wir richtig sind?«, fragte Swarann.

»Ich glaube schon.« Die Vorstellung beflügelte Kayos Schritte, obwohl ihm das Abwasser nun bis fast zu den Knien reichte.

Swarann raffte mit der freien Hand seinen Umhang, damit sich der Stoff nicht vollsaugte und durch das Gewicht an ihm zerrte. »Vielleicht hatten sie seit dem matavische Sklaven«, grollte er. »Jedenfalls kann ich endlich wieder aufrecht stehen.«

»Schscht!« Alarmiert hielt Kayo inne. Sofort schloss Swarann auf, um über seine Schulter zu spähen.

»Eine Treppe«, flüsterte Kayo und deutete auf den dunklen Durchgang, den er vor ihnen entdeckt hatte. Flüchtig betrachtet unterschied ihn aus dieser Entfernung nichts von den abzweigenden Kanälen, doch Kayo war aufgefallen, dass kein Wasser aus ihm floss.

»Lass mich vorangehen!«, forderte Swarann und drängelte sich vorbei.

Kayo hatte nichts dagegen. Schließlich wusste Swarann mit seiner Waffe etwas anzufangen. So langsam, dass das Wasser nicht einmal leise plätscherte, näherten sie sich der dunklen Öffnung. An einem Festabend wie diesem würden zwar keine Sklaven herunterkommen, um den Kanal freizuschaufeln, doch jeder wusste, dass Verbrecher die Gänge für ihre krummen Geschäfte nutzten. Mörder, die etwas gegen lebendige Zeugen hatten. Oder Menschenschmuggler, die ihn fangen und weiterverkaufen würden. Unwillkürlich krampften sich Kayos Finger um den Schwertgriff. Er war nicht hergekommen, um sich von irgendjemandem aufhalten zu lassen.

Mit dem Rücken zur Wand schob sich Swarann das letzte Stück zum Durchgang und lauschte. Auch Kayo horchte, aber außer dem Plätschern der Zuflüsse drang nichts an seine Ohren. Plötzlich stieß sich Swarann von der Wand ab, drehte sich dabei und sprang durch die Öffnung. Das Wasser hatte ihn behindert, die Bewegung verlangsamt, doch er landete mit klatschenden Sandalen auf dem Trockenen und schwang das Schwert ins Dunkel. Kayo erwartete einen Aufschrei, ein Anzeichen eines Gegners, aber es blieb still. Schnell trat er vor, um nach nebenan zu leuchten. Das Licht der Fackel enthüllte nur eine Ratte, die die Treppe emporraste. Von oben glaubte Kayo, Gesang und Flötenspiel zu hören. Vielleicht führten die Stufen direkt vor eine Taverne. Die leise Musik rief ihm in Erinnerung, was ihn erwartet hätte, wäre er nicht davongelaufen. Sicher hätte Donisia darauf bestanden, während des Gelages von ihm bedient zu werden. Was später gefolgt wäre, schüttelte er rasch ab. »Gehen wir weiter«, blaffte er und übernahm wieder die Führung.

Eine Weile folgte sein Freund ihm wortlos durch den Gestank und das Rauschen des Wassers. Kayo schritt aus, als sei ihnen die Stadtwache auf den Fersen, doch es war Zorn, der ihn vorantrieb. Zorn auf jene, die ihn einst zum Sklaven gemacht hatten, und auf die, die ihn in der Knechtschaft festhalten wollten.

»Was wirst du mit deiner Freiheit anfangen?«, fragte Swarann schließlich in das wütende Schweigen.

»Reginn sagt, dass ich nach Sevena gehen und einen Fluss namens Wagar überqueren soll. Er glaubt, ich werde dort seinen – unseren – Stamm wiederfinden.«

»Das klingt gut«, befand Swarann. »Aber ich meinte eher, was du machen willst, wenn du dort angekommen bist. Von welchem Leben träumst du?«

Überrascht bemerkte Kayo, dass er darüber noch nicht nachgedacht hatte. Im Grunde wusste er nur, was er nie wieder wollte. »Ich will ein Leben ohne diesen verfluchten Ring.« Nur die Fackel und das Schwert in seinen Händen hinderten ihn daran, an dem eisernen Halsband zu zerren. »Ich will mich endlich wehren dürfen, wenn ich geschlagen werde. Und – ich will nie wieder, dass jemand seine fettigen Finger an meinen Haaren abwischt!«

Swarann brummte zustimmend.

»Dem werde ich eine reinhauen, dass die Zähne fliegen.« Einen Moment lang schwelgte Kayo in seinen Rachegelüsten, bis ihm einfiel, dass niemand bei einem Freien so etwas wagen würde. Aber Swaranns Frage war berechtigt. Ohne die Ketten der Sklaverei standen ihm so viele Möglichkeiten offen. Als Erstes würde er die Sprache seines Volks erlernen müssen. Wenn Swarann ihn begleitete, könnte sein Freund sie ihn lehren. »Was hast du denn vor? Gibt es in Matavien Gladiatoren?«

»Nee«, prustete Swarann. »In unsern Dörfern gibt's nicht mal eine Arena.«

»Du kannst dich noch an deine Heimat erinnern?«, staunte Kayo.

Swaranns Miene verdüsterte sich schlagartig. »Ich war acht, als sie unser Dorf niedergebrannt haben. Das vergisst man nicht.«

»Ich war erst vier, als sie meinen Vater getötet haben. Ich weiß nichts mehr darüber. Reginn hat's mir erzählt. Bist du auch Andane?«

»Nein, ich bin Rutaver. Wir leben weiter im Norden, wo das Land flach ist. Von diesem Fluss, dem Wagar, hab ich erst von Reginn hört. Er hat mir erklärt, dass meine Heimat weiter nördlich ist, jenseits der Berge, in denen die Zwerge leben.«

Kayo begann zu ahnen, dass die Welt seiner Ahnen größer und vielfältiger war, als die Beschimpfungen der Thebaner ihn glauben gemacht hatten. »Wohnen unsere Stämme wirklich in Erdlöchern?«, wagte er zu fragen.

»Natürlich nicht!«, empörte sich Swarann. »Wir bauen Häuser – wie alle! Sie sind aus Holz und mit Schilf gedeckt, aber es sind Häuser, verdammt!« Stumm stapfte er ein Stück weiter, bevor die Wut erneut aus ihm hervorbrach. »Wenn ich zu Hause bin, werde ich auch eins bauen. Weit weg von den Drakonen. Dann such ich mir eine Frau und werde mit ihr darin wohnen. Und jeden Thebaner, der sich auch nur nähert, werde ich umbringen, das schwör ich bei Harass, Hraudur und Gambeda!«

»Ein guter Plan«, befand Kayo. »So werde ich es auch halten.« *Auch ohne Nioba*, fügte er im Stillen hinzu, obwohl er Bedauern empfand, dass er sie nie wiedersehen würde.

»Wir Rutaver sind Pferdezüchter. Ich hatte eine eigene Stute«, prahlte Swarann. »Die Drakonen fürchten sich vor unseren Kriegern, deshalb ist mein Volk immer noch frei.«

»Haben die Andanen auch Pferde?«, fragte Kayo. Von einem eigenen Pferd hätte er niemals zu träumen gewagt. Sie waren den Noblen und wilden Kriegern vorbehalten. Würde er das jemals sein? Ein wilder Krieger? Sein Blick fiel auf die Klinge, die im Licht der Fackel glänzte.

»Ich glaube, die Andanen sind eher Fischer«, antwortete Swarann. »Dann bekommst du ein Boot. Das ist auch nicht schlecht.«

Wie von selbst sah Kayo nach unten. Das Abwasser war zu einem knietiefen Bach angeschwollen. »Ein Boot könnten wir jetzt brauchen.«

Swarann lachte, aber danach verfiel er in Schweigen. Sicher war er in Gedanken auf den Wiesen seiner Heimat, malte sich sein Haus, seine Familie und die Pferde aus, die er besitzen würde. Als sich Kayo sein zukünftiges Zuhause vorstellte, sah er ein kleines, aber eindeutig thebanisches Haus. Es ärgerte ihn so sehr, dass er es nicht noch einmal versuchte. Lieber dachte er an Männer wie Reginn und Frauen wie Meta, die blonde Sklavin, die im *Fröhlichen Greverer* bediente. Jenseits des Wagar erwarteten ihn Menschen wie sie, die ihn als Verwandten bei sich willkommen heißen würden. Er sah sich mit ihnen bei Wein und Speisen sitzen, lachen und Zukunftspläne schmieden. Das Bild stand ihm so lebhaft vor Augen, dass es die Bitterkeit vertrieb. Hoffnungsvoll pflügte er durch die braunen Fluten, folgte der Strömung durch die Gänge. Ablagerungen an den Wänden verrieten, wie hoch das Wasser im Winter steigen konnte. Dann hätten sie längst schwimmen und die widerliche Brühe schlucken müssen.

»Uuargh!« Auf Swaranns Ekellaut folgte ein matavischer Fluch.

Rasch blickte sich Kayo nach ihm um. Sein Freund war zur Wand zurückgewichen, um etwas Großes an sich vorbeitreiben zu lassen. Kayo sah gerade noch die erschrockenen Ratten von ihrem angefressenen Floß springen. Wie von selbst trat auch er eilig zur Seite und schwenkte zugleich die Fackel nach den Biestern, die schrill quiekten und hektisch vorüberschwammen, weil sich kein besserer Fluchtweg bot. Ihr Floß war jedoch eine aufgedunsene Leiche, die sich im durch Kayo und Swarann verengten Gang zu verkanten drohte. Hastig gab Swarann ihr mit dem Schwert einen Stoß, der sie in die richtige Richtung drehte. Selbst in ihrem Gesicht klafften Krater, die die Ratten ins bleiche Fleisch genagt hatten.

Obwohl der Mann schon seit Tagen tot sein musste, spähte Kayo in die Dunkelheit, aus der nicht nur die Leiche, sondern auch sie gerade erst gekommen waren. Was sich die Leute über die dunklen Machenschaften in den Kanälen erzählten, entsprach also der Wahrheit. »Wir tun gut daran, bei den Treppen aufzupassen.«

»Der kann ein Lied davon singen«, brummte Swarann und schickte sich an, dem Leichnam zu folgen. Die Strömung war so stark, dass der Tote bereits aus dem Fackelschein trieb. Irgendwo in der Dunkelheit würden die Ratten schon auf ihn warten.

Kayo überwand die Lähmung, die ihn beim Gedanken an die Mörder überkommen hatte, und stapfte wieder voran. Erneut kamen sie an zwei seitlichen Zuflüssen vorbei. Nahm diese Stadt denn niemals ein Ende?

Er hatte gerade eine neue Fackel angezündet, als im Zwielicht vor ihm ein halber Fuß aus dem Wasser ragte. Die Leiche. Sie bewegte sich in der Strömung hin und her. Angewidert ging er weiter, stellte sich darauf ein, sie wieder wegschieben zu müssen, als sich das Hindernis, an dem sie hängen geblieben war, aus der Schwärze schälte. »Ein Gitter!«, keuchte Kayo. Er eilte so schnell darauf zu, dass die wogenden Fluten seinen Gefühlen glichen. *Der Ausgang!* Sie hatten ihn gefunden, aber …

Kayo hatte keinen Blick mehr für die Leiche, stieß sie blindlings beiseite und presste das Gesicht zwischen zwei raue Eisenstäbe. Die Luft der lauen Sommernacht strömte in seine Lunge. Am dunklen Himmel leuchtete der Mond wie weißer Marmor in der Sonne.

»Weg mit der Fackel!«, fauchte Swarann und riss sie Kayo aus der Hand. »Uns wird noch jemand sehen!«

Mit einem Zischen erloschen die Flammen und ließen sie im Mondlicht zurück. Swarann hatte die Fackel einfach fallen lassen, aber Kayo war zu aufgewühlt, um ihm deshalb zu zürnen. Sie hatten den Ausgang gefunden. Dort draußen mündete der Kanal in einen Bach, und doch waren sie immer noch nicht frei.

»Verdammt!« Mit der freien Hand versuchte Kayo, an einem Gitterstab zu rütteln, und schüttelte nur sich selbst.

»Lass mich mal!«, forderte Swarann. Er steckte sein Schwert in die schmucklose Scheide am Gürtel und Kayo tat es ihm nach. Wütend und verzweifelt sah er zu, wie sein Freund zwei Stäbe umfasste und in unterschiedliche Richtungen zog. Die Muskeln an Schultern und Armen schwollen an. Swarann ächzte vor Anstrengung, doch das Gitter gab nicht nach. Grummelnd packte er einen einzelnen Stab mit beiden Händen und zerrte daran. Er setzte sein Gewicht ein, stemmte sich mit einem Bein an der Wand ab, knurrte und fluchte. Nichts.

»Das gibt's nicht! Das Ding ist doch vom Rost zerfressen!« Vor Zorn trat er gegen das Gitter, zweimal, dreimal, viermal. Ebenso gut hätte er die Mauer treten können. Keuchend wich er zurück. Verzweifelt trat Kayo erneut vor und tastete entlang der Stäbe nach unten, in die dunkle Brühe hinein. Vielleicht reichten sie nicht bis zum Boden. Irgendwie mussten Schmuggler und andere Verbrecher doch ihren Weg hindurch finden. Doch sein Arm verschwand zur Gänze im Wasser, seine Finger stießen auf Schlick. Die Stäbe waren im Untergrund verankert, daher hielten sie Swarann stand. Zornig richtete sich Kayo wieder auf, warf sich mit der Schulter gegen das Gitter und erreichte nur, dass seine Schulter schmerzte. »Verdammt, verdammt, verdammt!«

Das war's. Niedergeschmettert sank er gegen die Wand. *Jetzt darf ich vor der Alten auf die Knie fallen und sie anflehen, mich nicht der Stadtwache zu übergeben.*

7

Thebans Pracht versetzte Seran noch immer in Erstaunen. In Desmana war die Residenz des Statthalters neben dem Demeres-Tempel das prunkvollste Gebäude gewesen. Zwischen Thebans monumentalen Siegestoren und Kaiserpalästen hätte sie jedoch bescheiden gewirkt. Auch Asturs Anwesen, der Stammsitz des Hauses Aurel in einem der nobleren Viertel der Stadt, gehörte längst nicht zu den größten. Umso überraschter sah sich Seran in Malasars Eingangshalle um. Die Säulen aus blau geädertem Marmor waren mindestens so hoch wie der Wachturm seines Reiterlagers in Desmana. Darüber verlor sich die Decke in den Schatten, denn das Licht der Öllampen reichte nicht weit genug hinauf. Die Fundamente der Säulen waren kunstvoll behauen und mit goldenen Bändern gefasst. Zu beiden Seiten erstreckte sich die Halle weit genug, um etlichen Sänften und den auf ihre Herren wartenden Trägern Platz zu bieten.

»Die Gerüchte über seinen Reichtum scheinen nicht übertrieben«, raunte Seran seinen Begleitern zu.

»Hat *er* dieses Anwesen erbauen lassen?«, fragte Baleos skeptisch.

»Natürlich nicht«, antwortete Vareas. »Das hätte Jahrzehnte gedauert. Es stand eine Weile leer, nachdem Haus Varall erloschen war, aber ursprünglich gehörte der Palast Kaiser Tharian dem Ersten. Sein Nachfolger errichtete sich nach dem Sieg über die Greverer eine größere Residenz.«

»Ein Holzhändler, der in einem Kaiserpalast lebt.« Missbilligend schüttelte Baleos den Kopf.

»Willkommen im Haus Malasars, noble Herren.« Ein vornehm gekleideter Sklave kam auf sie zu. »Wen darf ich meinem Herrn melden?«

»Vareas aus dem Haus Talas und die Söhne Asturs aus dem Haus Aurel«, verkündete Vareas' Fackelträger. Ihre anderen Sklaven hatten sie nach Hause geschickt. Je weniger Zeugen es gab, desto besser, falls jemand Fragen stellte. Kromer hatten sie in dem Glauben gelassen, dass sie nach den Spielen durch die

Schänken ziehen wollten, in denen die ganze Nacht hindurch gefeiert werden würde.

Während Malasars Sklave zu seinem Herrn ging, wies Vareas den Fackelträger an, bei den Sänften der anderen Gäste zu warten. Schon die Zahl der Träger verriet, dass es sich um eine außerordentlich große Abendgesellschaft handelte. Für gewöhnlich luden noble Familien nicht mehr vornehme Gäste ein, als auf den Liegen ihres Speisezimmers Platz fanden, denn der Rest musste sich dann mit Stühlen begnügen oder gar stehen, was sich nur für einfache Bürger und Sklaven schickte. Doch Malasar war kein Nobler. Vielleicht verstieß er aus Unwissenheit gegen die Sitten, und man sah es ihm nach, wie man einem Narren seine Scherze verzieh.

»Mein Herr wird Euch zu gegebener Zeit begrüßen«, verkündete Malasars Sklave. »Er bittet Euch, bis dahin seine Gastfreundschaft zu genießen und Euch frei in seinem Haus zu bewegen, als sei es das Eure.«

Die vier jungen Männer wechselten erstaunte Blicke. So waren sie noch nie empfangen worden, schon gar nicht bei einem Fremden. Vareas fasste sich zuerst und ging achselzuckend voran. Erneut empfand Seran leises Unbehagen. War Malasar wirklich so seltsam, oder ging hier etwas vor, von dem sie nichts ahnten?

Schweigend traten sie durch eine große, offene Tür und folgten dem dahinterliegenden Gang, von dem auf einer Seite weitere Türen in prunkvolle Gemächer abzweigten. Auf der anderen wies die Wand eine Reihe großer Fenster auf, die aus vielen kleinen Glasscheiben in geometrischen Mustern zusammengefügt waren. Ein Luxus, den sich nur ein Kaiser für einen simplen Hausflur gönnte. An manchen Decken und Wänden zeugten bröckelnder Gips und verblasste Wandgemälde vom wahren Alter des Palasts, aber andere Zimmer erstrahlten bereits im Glanz frischer Farben. Im Vorbeischlendern entdeckte Seran alte tiranzianische Vasen, Möbel aus kostbaren Hölzern und einen silbernen Kessel, den der Künstler vollständig mit fremdartigen Götterbildern und Symbolen überzogen hatte. Jedes dieser Stücke hätte ihn mindestens seinen Jahressold gekostet. Baleos tat unbeeindruckt, doch Adurin sog den Anblick förmlich auf.

»Stell d-dir nur vor, wie ein K-k-kaiser zu leben«, flüsterte er. »Niemand macht dir V-vorschriften oder zwingt dich, etwas g-gegen deinen Willen zu tun.« Sicher dachte er dabei an Astur, der darauf bestand, dass seine Söhne zu Offizieren geboren waren, weil es für einen Noblen keine vornehmere Aufgabe gab.

Seran lag auf der Zunge, dass ihr Vater nicht ewig leben würde, doch es hätte zu undankbar und respektlos geklungen. Für die Güte, ihn als Ziehsohn aufgenommen zu haben, verdiente Astur ein langes, ruhmreiches Leben.

»Unser Gastgeber scheint jedenfalls wirklich zu tun und zu lassen, was ihm gefällt«, sagte Vareas halb amüsiert, halb beeindruckt.

Musik und Stimmengewirr verrieten, dass sie sich Malasars Fest näherten. Vom Ausgang vor ihnen wehte klare Nachtluft herein. Als sie hinaustraten, stellten sie jedoch verwundert fest, dass sie sich auf der oberen Etage eines zweistöckigen Säulengangs befanden, der einen von Fackeln erleuchteten Garten umgab. Die Flammen spiegelten sich auf plätschernden Wasserspielen, wie Seran sie nie zuvor gesehen hatte. Der Wasserstrahl sprudelte senkrecht empor, bevor er über mehrere Kaskaden ins unterste Becken zurückfiel. War das bereits Magie?

»Da wir uns am Hang des Vesetiahügels befinden, müssten wir von dort drüben Aussicht über die halbe Stadt haben.« Baleos deutete auf die andere Seite des Gartens, wo der obere Säulengang keine Wände mehr besaß.

Neugierig gingen sie hinüber. Von unten drangen der Duft gebratener Speisen, Gelächter und Flötenklänge herauf. Zu seiner Überraschung entdeckte Seran zwei zum Garten hin geöffnete Räume, in denen jeweils Gäste zu Tisch lagen und von Sklaven bedient wurden. In welcher Runde befand sich Malasar, und waren die anderen Gäste nicht beleidigt, so vernachlässigt zu werden?

»Er macht w-wirklich, was er w-will«, sagte Adurin bewundernd.

»Nicht zu fassen«, rief Baleos, der mit Vareas vorausgegangen war. »Seht euch das an!«

Seran und Adurin eilten an seine Seite.

»Bei allen Göttern!«, staunte Vareas. »Gehört das alles noch ihm?« Vom Rand des Säulengangs bot sich nicht nur weite Aussicht über die spärlich beleuchtete Stadt, sondern auch der Blick in weitere Gärten, die den Hang wie Stufen hinabführten. In jedem von ihnen brannten zahlreiche Fackeln, und da von der nächstunteren Terrasse Stimmen herauftönten, lag der Schluss nahe, dass sich Malasars Fest über alle Gärten erstreckte.

»Wenn das Anwesen leer stand, muss er es zu einem Spottpreis erworben haben«, befand Baleos mürrisch.

»Nur kein Neid«, stichelte Vareas. »Den Varalls hat es kein Glück gebracht, im Palast einer Gottheit zu leben. Die Götter geben, die Götter nehmen.«

»Können wir runtergehen, damit wir auch etwas zwischen die Zähne bekommen?« Nach dem langen Marsch von der Arena den Hügel herauf knurrte Seran der Magen plötzlich so laut, dass seine Begleiter grinsten.

»Dem sollten wir nachgeben, bevor er sich in einen Bären verwandelt«, riet Vareas und ging erneut voran. Die Anspielung auf seine Herkunft aus der Wildnis gefiel Seran nicht, doch es verging kein Abend unter Thebanern, an dem sie ihn nicht daran erinnerten. Sie vergaßen nie, dass er eigentlich nicht zu ihnen gehörte. Zu offensichtlich waren das helle Haar und die grünen Augen.

Obwohl sie keinen freien Platz fanden und langsam durch Malasars Gärten den Hügel hinabzogen, reichten Sklaven ihnen bereits Wein und boten vielfältige Speisen an. Süße Datteln und getrocknete Pflaumen aus Alandura, mit Mandeln und Knoblauch gefüllte Oliven aus Solvares, ofenwarmes Brot und gebratene Meeresfrüchte. Während Seran alles probierte, um mit den Happen seinen Hunger zu stillen, hielten sich seine Ziehbrüder vornehm zurück und grüßten hier und dort Bekannte aus anderen Häusern. Sie waren so lange in Desmana gewesen, dass sie kaum jemand erkannte. Dagegen schien fast jeder mit Vareas verwandt oder bekannt zu sein, und er musste seinen Vettern ständig erklären, an wem sie gerade vorübergekommen waren. Bald schwirrte Seran der Kopf von den vielen Namen, und er gab es auf, sie sich zu merken. Lieber lauschte er den Sängern und Flötenspielern, die einzeln oder in Gruppen die Gäste unterhielten.

»Wo finden wir denn nun den Mann, der uns so großzügig bewirtet?«, erkundigte er sich bei einem Sklaven, der ihm Wein nachschenkte.

»Das weiß ich nicht, Herr. Er mischt sich mal hier, mal dort unter die Gäste.«

Malasar stand während des Mahls einfach auf und zog weiter? Für so viel Unhöflichkeit wäre jeder andere gemieden worden – außer dem Kaiser, dessen Einladungen man nicht ausschlagen durfte. Kopfschüttelnd musterte Seran die Noblen, die sich diese Behandlung aus einer Laune heraus gefallen ließen. Das abendliche Festmahl war vorüber und ging allmählich zum Trinkgelage über. Paare verabschiedeten sich, bevor die Würde der vornehmen Frauen in Gefahr geraten konnte, neue, ausschließlich männliche Gäste trafen ein, und noch immer wusste Seran nicht, wer von den Anwesenden Malasar war.

»V-vielleicht gibt es ihn gar nicht«, scherzte Adurin.

»Oder der Kaiser selbst hält uns alle mit einer Maskerade zum Narren«, spann Vareas den Faden weiter.

»Zauberer sind das jedenfalls nicht«, befand Baleos beim Anblick zweier Gaukler, die mit Fackeln jonglierten.

»Jetzt werden Plätze frei«, mahnte Vareas. »Wenn wir einen ergattern wollen, sollten wir nicht zu lange warten.«

»Mir ist nicht danach, mich wie an einem gewöhnlichen Abend zu betrinken. Schon gar nicht ohne den Gastgeber«, murrte Baleos.

»Bereust du, dass wir hergekommen sind?«, fragte Seran.

»Allerdings. Diesem Kerl wird viel zu viel Ehre erwiesen.« Dennoch stapfte Baleos auf die Treppe zu, die in den nächsten Garten hinabführte. Offenbar hatte er die Hoffnung auf das versprochene Abenteuer noch nicht ganz aufgegeben.

Je weiter der Abend voranschritt, desto temperamentvoller wurden die Darbietungen. Alandurische Gauklerinnen tanzten mit lebenden Schlangen, die sich um ihre Arme wanden. Tibeliker in reich bestickten Jacken wirbelten an Ketten kleine Feuerkörbe umher, und ein Hirte aus Lagalta führte einen zahmen Bären vor, der auf zwei Beinen ging und dabei brummelte wie Kromer, wenn er beim Würfeln verlor.

»Willkommen, jungen Herren!«

Die Stimme ertönte so unerwartet nah hinter ihnen, dass Seran zusammenzuckte. Alle vier wandten sie sich dem stämmigen Mann zu, der seine Arme ausgebreitet hatte, als ob er sie alle gleichzeitig an die Brust drücken wollte. Was ihm jedoch kaum möglich gewesen wäre, da sein Bauch für Abstand sorgte. Ein zu breiter, mit Gold beschlagener Gürtel, den kein Nobler jemals getragen hätte, betonte noch Malasars beträchtlichen Umfang. »Amüsiert Ihr Euch gut?«

»Auf jeden Fall schenken deine Sklaven einen vorzüglichen Wein aus«, lobte Baleos halbherzig.

»Die Speisen sind köstlich!«, betonte Vareas rasch.

»Dein F-fest ist dem Anwesen eines K-k-kaisers würdig«, befand Adurin in aufrichtigem Ton.

Betreten stellte Seran fest, dass die Reihe an ihm war, sich mit einem Kompliment zu bedanken. Warum fiel ihm in solchen Momenten nie etwas ein? »Ich mochte den Bären«, platzte es aus ihm heraus. »Er soll Ähnlichkeit mit mir haben«, fügte er mit einem süßlichen Lächeln in Vareas' Richtung hinzu.

Malasar lachte auf. »Gleiches sagt man mir nach. Was bedeutet das nur?« Obwohl er die Sprache fließend sprach, klang er nicht wie ein gebürtiger Thebaner, aber er musste das Bürgerrecht besitzen, um in der Stadt ein Grundstück zu erwerben. Vielleicht war seine Familie in eine der fernen Provinzen ausgewandert. Mit undeutbarem Blick sah er Seran an. Sein rundliches Gesicht wirkte alterslos, und auch der kahl rasierte Schädel verriet nicht, ob sein Haar bereits ergraut war.

»Wird es noch … außergewöhnlichere Darbietungen geben?«, erkundigte sich Baleos ungeduldig.

»Bitte verzeiht meinem Vetter«, sprang Vareas erneut ein. »Er hat die wildesten Gerüchte gehört und kam mit falschen Erwartungen her.«

»Manchmal soll Bescheidenheit helfen, um ans Ziel zu gelangen«, meinte Seran bissig. Mit seinen Beleidigungen würde Baleos noch dafür sorgen, dass sie gebeten wurden zu gehen.

Erneut sah Malasar ihn an, als würde er etwas in ihm sehen, das für andere unsichtbar war. »Der wahrhaft Suchende wird am Ende stets finden, wonach ihn verlangt.«

Zu verblüfft, um etwas zu erwidern, blickten sie ihrem Gastgeber nach, der einfach weiterging, als wäre damit alles gesagt.

»Selbstverliebter Emporkömmling«, murmelte Baleos.

Adurin und Vareas wandten sich dagegen an Seran.

»W-war das eine v-v-versteckte Botschaft?«, fragte Adurin mit großen Augen.

»Hat er dir zugezwinkert oder so?«, wollte Vareas wissen.

»Nein, aber … ich bin sicher, dass er mir irgendetwas sagen wollte.«

»Er ist Händler«, stellte Baleos geringschätzig fest. »Es ist sein Geschäft, die Leute mit schönen Worten einzuwickeln.«

»G-geh doch nach Hause, wenn das hier unter deiner W-würde ist! Seran und ich f-finden den Weg auch allein.«

Adurins Ausbruch überraschte seinen Bruder so sehr, dass er den Mund hielt. Erleichtert dachte Seran über Malasars Worte nach. »Wenn es eine Botschaft war, sollten wir entweder bis zum Ende der Feier bleiben …«

»… oder in den letzten der Gärten hinuntergehen«, ergänzte Vareas.

Seran nickte. Wie hatten sie auch glauben können, dass Malasar seine Zauberer jedermann zeigte? Wer zufrieden damit war, sich zu betrinken und von Sklavinnen verwöhnen zu lassen, würde auch nichts anderes bekommen. Nur den *wahrhaft Suchenden* trieb es so lange weiter, bis er den richtigen Garten fand. Als hätte Malasar seine Gedanken gelesen, tauchten leicht bekleidete Tänzerinnen auf, um die Gäste zu umgarnen.

»Gehen wir«, beschloss er und ging zielstrebig voran.

*

Swarann kratzte sich am Kopf und sah auf die Wasserleiche hinab, der das Gitter ebenso den Weg versperrte wie ihnen. »Dann hatte der alte Suffkopp wohl recht.«

»Du hast ihn gekannt?«, wunderte sich Kayo.

»Was?« Verwirrt blickte Swarann ihn an und schüttelte dann den Kopf. »Nein, der hier doch nicht. So ein älterer Kerl in einer Taverne. Eine, wo die richtig üblen Hurensöhne ein und aus gehen. Ich wollte mich doch umhören, wie wir aus der Stadt rauskommen, und das wissen nur die, die sich einen Dreck um die Gesetze scheren.«

»Und?«

»Angeblich war er ein Freigelassener. Nicht aus Dankbarkeit oder so, sondern weil er nicht mehr zum Arbeiten taugt. Deshalb hab ich gewagt, ihn zu fragen, ob er was weiß, und dann behauptete er, alles über die Kanäle zu wissen, weil er sie dreißig Jahre lang sauber gehalten hat.«

Ist das zu fassen? »Und das sagst du mir erst jetzt?«

»Na ja, er war sturzbetrunken und hat das hier …« Swarann deutete vielsagend um sich, obwohl im Mondlicht wenig zu sehen war. »… *sauber* genannt.«

»Aber …«

»Du sagtest, dass du einen Plan hast«, verteidigte sich Swarann. »Und dann bist du so entschlossen vorangegangen, als wüsstest du, wo's langgeht.«

»Herr der Himmel! Ich sagte doch, ich lauf einfach dem Wasser nach.«

»Woher sollte ich wissen, dass das falsch ist?«

»Weil …« Kayo gab auf. Viel wichtiger war, ob sie wirklich Grund zur Hoffnung hatten. »Keine Ahnung. Was hat der Säufer gesagt?«

»Er meinte, dass es nur einen Weg nach draußen gebe. Aber mal ehrlich: Wenn er den kennt, warum ist er dann nicht selbst abgehauen, anstatt sich in schwimmender Scheiße krumm und bucklig zu schuften?«

»Das ist wahr«, musste Kayo zugeben. Doch wenn er sich nicht Donisias Gnade ausliefern wollte, blieb ihnen keine Wahl. »Wir müssen es trotzdem versuchen. Vielleicht hatte er Gründe zu bleiben. Eine Frau und Kinder, die er nicht zurücklassen wollte. Oder er war schon zu alt, als er davon erfuhr, und …«

»Schon gut«, fiel ihm Swarann ins Wort. »Gehen wir, bevor uns die Ratten annagen.«

»Einverstanden.« Kayo zog eine der Fackeln hervor, die er sich in den Gürtel gesteckt hatte. »Aber ich fürchte, du wirst deinen Umhang ausziehen und auf die Leiche legen müssen.«

»Ist das dein Ernst?«

»Siehst du einen anderen trockenen Fleck, auf dem ich Feuer schlagen könnte?«

Resigniert schüttelte Swarann den Kopf, faltete seinen Umhang zusammen und bettete das Bündel vorsichtig auf den Leichnam. »Hält.«

Erleichtert, dass der Tote unter dem zusätzlichen Gewicht nicht versank, reichte Kayo Swarann hastig die Fackel, um Feuerstein, Stahl und Zunder aus dem Beutel an seinem Gürtel zu fingern. Dass der Stoff bereits begann, sich vollzusaugen, machte Kayo so nervös, dass er drei Schläge brauchte, bis Funken flogen. Der Zunder glühte auf. Kayo blies hinein und der Umhang fing beinahe zaghaft Feuer. Rasch hielt Swarann die Fackel an die kleinen Flammen. Sobald sie übergesprungen waren, schnappte er mit der anderen Hand den Umhang und löschte ihn im Wasser. Nun hatten sie einen stinkenden, löchrigen Mantel, aber auch Licht.

Swarann knurrte etwas und marschierte davon. Sicher hatte er immer noch Angst, dass draußen jemand die Fackel sehen könnte. Kayo stopfte das Feuerzeug zurück in den Beutel und folgte ihm hastig. »Wohin gehen wir jetzt?«

»Wir suchen den Hauptkanal, den größten der Stadt.« Swarann warf Kayo den Umhang zu, um die Hand wieder für sein Schwert frei zu haben.

»Dann gibt es dort kein Gitter?« *Ausgerechnet an der größten Öffnung?* Zweifelnd legte sich Kayo den Mantel um.

»Das weiß ich nicht«, gab Swarann zu. »Er sagte nur, dass alle zwielichtigen Geschäfte durch diesen Ausgang laufen. Der zuständige Verwalter wird bestochen, damit sich nichts daran ändert. Vielleicht ist das Gitter beschädigt und er lässt's nicht reparieren.«

Kayo nickte, obwohl sein Freund es nicht sehen konnte. Wer genügend Geld in die Hand nahm, erreichte in Theban alles. Mit welchen Verbrechen wurde man so reich, dass man einen der

Noblen kaufen konnte, die für den Kaiser die Stadt regierten? Wie viele Halsabschneider trieben sich nachts dafür in den Kanälen herum? Erneut sah Kayo die Leiche vor sich. Solchen Leuten durfte man nicht in die Quere kommen. »Wir müssen aufpassen«, warnte er und zog ebenfalls das Schwert.

*

Als sie den nach Serans Schätzung untersten Garten erreichten, fanden sie sich in einem spärlich beleuchteten Labyrinth aus mannshohen Hecken wieder.

»Nur wer den Weg durch den Irrgarten findet, wird mit Magie belohnt? So etwas denkt sich doch nur ein Schwachsinniger aus«, höhnte Baleos. Trotzdem fühlte er sich offenbar herausgefordert, denn er überholte Seran und stürmte voran ins Zwielicht.

Bald waren die Gänge so schmal, dass Seran mit den Schultern die Zweige streifte. In Nischen standen Statuen der Götter und früherer Kaiser Thebans, und auch sie hätten längst wieder freigeschnitten werden müssen, aber Seran bezweifelte, dass ausgerechnet hier Nachlässigkeit herrschte. Sollte das verwilderte Labyrinth unentschlossene Besucher abschrecken?

»Auf dunklen Pfaden schreitet die Seele der Unterwelt entgegen«, zitierte Adurin aus einem Epos über Arons Reise ins Totenreich.

»Das wollen wir nun nicht hoffen«, sagte Vareas mit verdächtig dünner Stimme. Von irgendwoher wehten Leierklänge heran, und Seran glaubte, leise Stimmen zu hören, doch er war nicht sicher, da ihre Schritte auf dem feinen Kies zu laut knirschten.

Dreimal kam Baleos ihm wutschnaubend wieder entgegen, weil er in eine Sackgasse geraten war. »Lächerlich«, schimpfte er nur und stürmte dennoch weiter. Seran folgte ihm schmunzelnd. Selbst wenn sie am Ende nur Malasars verdammte Gartenmauer fanden, war Baleos' Theater die ganze Sache wert.

Unvermittelt wurde es vor ihnen heller. Die Leier spielte ein wenig lauter und hinter der nächsten Ecke mündete der Gang auf einen kleinen, runden Platz. In alten Maulbeerbäumen hingen Laternen und tauchten ihn in sanftes Licht. Zwischen den

Bäumen und blühenden Sträuchern standen aus Stein gehauene Bänke, auf denen bereits drei weitere Gäste Platz genommen hatten. Die Laternen waren so verteilt, dass Schatten die Gesichter verbargen. Seran beeilte sich, in eine der dunklen Nischen zu gelangen, und erkannte niemanden außer Malasars fülliger Gestalt.

Als sie sich setzten, sah Baleos auf grimmige Art zufrieden aus. Nun würde er also seinen Lohn dafür erhalten, dass er sich zu diesem Besuch herabgelassen hatte. Adurin wisperte mit Vareas, der einsilbig antwortete. Nervös spähte ihr Vetter in die Schatten. Fürchtete er nun doch, von den falschen Leuten gesehen zu werden, oder war es die bevorstehende Erfahrung, die ihm Angst einjagte?

Der freie Platz war an den Rändern mit Steinfliesen gepflastert, während ein großes Mosaik die gesamte Mitte einnahm. Es bestand aus hellen und dunklen Plättchen, die sich zu einem spiralförmigen Irrgarten zusammensetzten. In seinem Zentrum befand sich ein weißer Kreis, der leer zu sein schien, aber als Seran genauer hinsah, traute er seinen Augen nicht. Blinzelnd starrte er auf die Stelle. »Siehst du das auch?«

»Was?«, fragte Baleos barsch.

Warum musste er ausgerechnet neben ihm sitzen? »Die durchsichtige Gestalt dort im Kreis«, flüsterte Seran. Sie *war* da. Wie ein Stück Nebelschleier, das sich in die laue Sommernacht verirrt hatte. Auch Adurin zeigte darauf und sprach leise mit Vareas, aber ihre Gesichter blieben Seran nun in der Dunkelheit verborgen.

»Das ist ein Trick«, befand Baleos. »Irgendeine Spiegelung, die die Laternen erzeugen.«

War das möglich? Skeptisch musterte Seran die verschwommene Erscheinung. Mit jedem Augenblick schienen ihre Konturen schärfer, ihr Körper stofflicher zu werden. Nun erkannte er deutlich die Umrisse einer Frau. Sie trug ein in der Taille gegürtetes Kleid, das in Falten die Beine umspielte, und ihr helles Haar fiel in zahllosen Wellen bis zur Hüfte hinab.

»Sephanee steh uns bei!«, hauchte Baleos. »Ist sie ein Geist?«

Seran wusste keine Antwort. Je unübersehbarer sie vor ihnen stand, desto mehr Farbe bekam sie. Ihr Mund verwandelte sich von einem grauen Strich in rötliche Lippen, ihre Haut schimmerte im Licht der Laternen beinahe golden und das Haar bekam einen Glanz wie poliertes Kupfer. Nur die Augen blieben geschlossen, was ihr nach wie vor etwas Geisterhaftes verlieh. Gerade und aufrecht stand sie in ihrem hellgrünen, an den Schultern mit bronzenen Fibeln geschlossenen Kleid und wirkte doch in sich gekehrt, konzentriert auf etwas, das niemand außer ihr wahrnahm. Seran glaubte zu sehen, wie sich beim Atmen ihre Brust ein wenig hob und wieder senkte. Wäre er gerade erst auf die Lichtung gekommen, hätte er sie für eine gewöhnliche, wenn auch auffallend schöne Frau gehalten.

Als sie die Augen öffnete, spürte er Baleos erschrecken. Sie sah seinen Ziehbruder so direkt an, dass ihn der Blick wie ein Speer treffen musste. Irgendetwas sagte sie in einer fremden Sprache, die Serans Herz berührte, während Baleos abwehrend die Hände hob. Mit den Fingern formte er die Sonnenstrahlen zur Abwehr des Bösen.

»Hör auf damit, sonst wird sie dich wirklich noch verfluchen«, flüsterte Seran. Obwohl er sie nicht verstanden hatte, waren ihre Worte wie ein geheimes Zeichen gewesen. Er wusste, dass sie ihn an etwas erinnern wollten, doch ihn hatte nur Unruhe ergriffen.

Die Fremde lächelte und begann, sich um sich selbst zu drehen. Ganz langsam, als sollte jeder sie von allen Seiten sehen können. Gespannt lehnte sich Seran vor. Würde sie nun wieder verschwinden? Doch stattdessen breitete sie die Arme aus und drehte sich weiter. Sie schloss die Augen und versenkte sich wieder in ihr Inneres.

»S-sieh nur, ihr Haar!«, wisperte Adurin, aber es war so still, dass Seran ihn deutlich hörte. Ganz allmählich wurde die Haarpracht der Zauberin dunkler. Eben noch hatte es wie rötliche Flammen geglänzt, jetzt nahm es die Farbe reifer Kirschen an, verdunkelte sich weiter und wurde schwarz wie Rabenfedern. Es konnte kein Spiel der Schatten sein, denn ihr Gesicht blieb ebenso hell wie ihr Kleid. Woher kam sie? Aus Grevera? Tibachas? Matavien? Wie war sie nach Theban und in Malasars Haus gekommen? Sie trug keinen Sklavenring um den Hals.

Erneut veränderte sich ihr Haar, wurde heller und glatter. Im ersten Moment glaubte Seran, sie färbte es blond, doch dann merkte er, dass es grau war, ohne jeden gelben Schimmer. Als sein Blick auf ihr Gesicht fiel, runzelte er ungläubig die Stirn. *Das ist unmöglich!* Angespannt wartete er, bis sie sich wieder ihm zudrehte. Kein Zweifel, um Augen und Mund hatten sich Falten gebildet. Ihre Wangen sahen hohler, ihre Lippen dünner aus. Sie alterte vor seinen Augen. Aus dem silbrigen Grau wurde Weiß, an eben noch glatten Schultern stachen die Knochen durch die Haut. Erschlaffte Lider verliehen ihren Augen einen müden und zugleich gütigeren Ausdruck. Schon sah sie aus wie eine Greisin, verwelkt und gebeugt. *Wahre Magie!* Seran wollte es flüstern, doch er brachte kein Wort heraus. Immer weiter drehte sich die Fremde, verjüngte sich langsam wieder.

Plötzlich hielt sie abrupt inne und blickte in Richtung der oberen Gärten. Im gleichen Moment hörte auch Seran die lauten Stimmen. Der Leierspieler, der irgendwo hinter den Büschen saß, brach mitten in der Melodie ab. Vom Palast her drangen aufgebrachte Rufe herab.

»Kann es denn kein Fest geben, ohne dass jemand eine Prügelei anfangen muss?« Murrend erhob sich Malasar von seinem Platz. Die Zauberin suchte seinen Blick, schüttelte den Kopf und wich aus dem Kreis zurück. Alarmiert sah Malasar über die Hecken hinweg.

»Was geht da vor?«, verlangte einer der beiden anderen Gäste zu wissen. Er klang so befehlsgewohnt, dass er ein hochrangiger Nobler sein musste.

Alle blickten nach oben, auch Seran, dessen Körper sich spannte, als erwarte er einen Kampf.

»Im Namen des Kaisers«, tönte es vom Palast her, »niemand verlässt …«

Mehr verstand Seran nicht, denn er sprang bereits auf.

»Stadtwächter!«, rief Vareas entsetzt.

»Los, über die Mauer!«, blaffte Baleos und wollte sich durch die Büsche zwischen den Maulbeerbäumen drängen.

»Nein!«, warnte Malasar. »Dort warten sie sicher schon.«

»Wohin dann?«, fragte Seran und sah sich verwirrt um, denn die Zauberin war verschwunden.

»Hier entlang!« Malasar bedeutete ihnen, ihm zu folgen. »Laternen!«, befahl er, woraufhin Sklaven mit hakenbewehrten Stangen aus den Schatten traten. Mithilfe der Stangen fischten sie geschickt die Laternen aus dem Geäst.

»Kommt!«, drängte Malasar, als sich die beiden anderen Gäste nicht von der Stelle rührten.

»Ich bin oberster Priester im höchsten Tempel Carmenes«, erklärte der ältere Noble. »Sie werden nicht wagen, mich zu verhaften.«

»Möge Eure Weisheit auch Wahrheit sein«, wünschte Malasar und eilte auf einem schmalen Weg voran durch die Büsche. Der Pfad führte zu einem alten Schrein, der ausgerechnet Carmene, der Göttin des Wissens, geweiht war. Aus einem Füllhorn, das die Göttin im Arm hielt, plätscherte Wasser in ein Becken, um von dort durch ein Gitter im Boden zu verschwinden. Malasar hob den Rost an und deutete in die Dunkelheit darunter. »Folgt dem Wasser! Der Gang führt Euch bis zum Hauptkanal unter der Stadtmitte hinab. Wenn Ihr es bis dort schafft, wird niemand mehr wissen, wo Ihr hergekommen seid.«

Während Baleos bereits einem Sklaven die Laterne entriss, nickte Seran Malasar dankbar zu. »Kommst du nicht mit uns?«

»Ich habe doch Gäste, um die ich mich kümmern muss«, erwiderte Malasar lächelnd und entfernte sich.

*

Auf ihrem Weg durch die Kanäle waren Kayo und Swarann bei der vierten Fackel angelangt. Noch zwei, dann würden sie im Dunkeln stehen. Doch Kayo gab die Hoffnung nicht auf. Mittlerweile hatte er wieder die Führung übernommen, da Swarann an den vielen, vollkommen gleich aussehenden Abzweigungen verzweifelt war. Immer wieder entdeckten sie eingemeißelte Ziffern, aber nach welchem System die Kanäle nummeriert waren, blieb Kayo ein Rätsel. Er hatte begonnen, sich nach anderen Anhaltspunkten zu richten. Sicher befand sich der Hauptkanal unter dem ältesten Teil der Stadt, wo ihre ruhmreiche Geschichte begonnen hatte, also mussten sie das Viertel um die altehrwürdigen Tempel finden. Hier unten fiel es ihm schwer, die Richtung zu bestimmen, doch manchmal gab es Hinweise wie den beißenden Gestank der Abwässer aus dem Gerberviertel oder einen Kanal, in dem besonders viele Scherben teurer Keramik lagen, die aus den vornehmsten Haushalten stammen mussten. Einmal hörten sie vor sich laute Stimmen und nahmen lieber einen anderen Weg. Sie wollten nicht enden wie das abgenagte Skelett, das sie in einem der trockeneren Gänge gefunden hatten.

»Ich glaube, hier sind wir richtig.« Kayo deutete auf den Stumpf einer abgebrannten Fackel, der am Rand des Rinnsals lag, dem sie folgten. »Das ist schon die dritte.«

Und sie sah noch so frisch aus, dass Swarann argwöhnisch in die Schwärze vor ihnen spähte. Vorsichtig berührte Kayo sie mit seinen schlammverschmierten Zehen. Sie war kalt. »Könnte auch von gestern sein.« Aber offensichtlich wurde der Gang häufig genutzt, also kamen sie dem Hauptkanal wohl näher.

Eine Abzweigung weiter blieb Kayo alarmiert stehen. »Was war das?« Er lauschte, doch das dunkle Tuten wiederholte sich nicht.

»Klang wie ein Horn«, befand Swarann grimmig.

Entsetzt sah Kayo ihn an. *Wächter?* Das Geräusch hatte sich leise angehört, wie aus großer Entfernung. Wie weit hallte ein Hornsignal hier unten? Sie hatten sich gerade erst an einer Treppe vorübergepirscht. »Sollen wir umdrehen? Nach oben verschwinden?«

»So wie wir aussehen und stinken?« Swarann schüttelte den Kopf. Wenn sie so auf einer Straße landeten, in der sich feiernde Menschen drängten, würden sie unweigerlich auffallen und Spott, wenn nicht gar Empörung auslösen, was wiederum die Stadtwache herbeirufen konnte. Und wohin sollten sie dort oben auch fliehen?

Kayo ging weiter, stieg in den neuen, knietiefen Kanal und folgte der Strömung. Weitere Zuflüsse mündeten auf beiden Seiten. Durch Öffnungen in der Decke hörte Kayo gedämpftes Gelächter und Trommeln. Der Festlärm auf einem der großen Plätze der Stadt. Dort oben betranken sie sich, sahen Gauklern und Tänzerinnen zu, nichts von dieser Welt tief unter ihnen ahnend.

Jäh merkte Kayo auf. Vor ihm zeichnete sich etwas Großes, Kantiges in der Dunkelheit ab. Es ragte aus dem Wasser. Schon nach zwei weiteren Schritten erkannte Kayo, dass sich der Gang hinter dem Ding so sehr weitete, dass er keine Wand mehr sah. *Was …* »Das ist ein Trittstein!«, entfuhr es ihm.

Vor ihnen kreuzte also eine Art Weg das Wasser, in dem sie wateten, und wenn der Weg so hoch war, dass man auf diesem Stein stehen konnte, dann musste der Kanal dort wesentlich größer sein. »Wir haben ihn gefunden! Den Hauptkanal!«, bekräftigte er, als Swarann ihn skeptisch ansah.

Die Miene seines Freunds hellte sich erst auf, als ihr Gang in einen Tunnel mündete, der in der Mitte seiner gewölbten Decke etwa zwei Mann hoch war. *Zwei Thebaner hoch allemal*, schätzte Kayo und kletterte aus ihrem Zufluss auf den Trittstein. Von dort aus konnte er sehen, dass der Tunnel zweigeteilt war. Die eine Hälfte nahm der Kanal ein, die andere der höher gelegene steinerne Weg, auf dem zwei Männer aneinander vorbeigehen konnten. Kayo räumte den Stein, damit Swarann nachrücken konnte, und betrachtete das Wasser. Obwohl er nicht genau sagen konnte, woran es lag, sah es tief aus, tief wie ein Fluss, doch es war ebenso trüb und verdreckt wie in den anderen Gängen. Dort, wo die Strömung herkam, zeichnete sich in nur wenigen Schritten Entfernung der Eingang zu einer Treppe ab. Kayo war nicht wohl dabei, weiterzugehen, ohne zu nachzusehen, ob gerade jemand die Stufen herabkam, aber Swarann scheuchte ihn voran.

»Wir sollten hier endlich verschwinden, bevor die Nacht vorbei ist!«

Eilig folgten sie dem Weg, und hinter ihnen ertönten weder Rufe noch Schritte. Beruhigt richtete Kayo seine Aufmerksamkeit nach vorn. Endlich kamen sie schneller voran, weil sie nicht mehr durch Schlick und Wasser stapfen mussten. Ihm war, als ob auch ein Gewicht von seinen Schultern fiel. Sie hatten den Weg durch das Labyrinth gefunden. Die Freiheit war zum Greifen nah.

Es erstaunte ihn, dass der Hauptkanal nicht gerade, sondern in weiten Bögen verlief, als ob er einem alten Bachlauf folgte. Nachdem sie drei Zuflüsse überquert hatten, entdeckte er vor ihnen den Durchgang zur nächsten Treppe. Sogleich ging er langsamer, damit seine Schritte nicht hallten, und machte Swarann auf die Stelle aufmerksam. Im gleichen Augenblick runzelte sein Freund die Stirn.

»Was ist?«, flüsterte Kayo und sah hastig wieder nach vorn.

»Da war irgendwas in der Tür«, raunte Swarann. »Jetzt ist es weg.«

Erschrocken blieb Kayo stehen, spannte sich unwillkürlich zur Flucht. Falls sie jemand entdeckt hatte, würde derjenige sie entweder abfangen oder selbst fliehen. Mit klopfendem Herzen lauschte er, ob Schritte die Stufen emporeilten. Er hörte nichts und niemand sprang aus der Dunkelheit hervor. Aber was hatte Swarann dann gesehen?

»Vielleicht nur ein Schatten?« Das flackernde Licht der Flammen schuf Bewegung, wo nichts Lebendiges war.

Swarann grunzte unwillig. »Ich könnte schwören, dass etwas geglänzt hat. Ein Auge oder so.« Es half nichts, entweder kehrten sie um, obwohl alles ruhig blieb, oder sie liefen endlich weiter. »Sehen wir nach!«, beschloss er und schlich auf den Durchgang zu.

Kayo folgte ihm ebenso leise, horchte mit angehaltenem Atem. Dieses Mal sprang Swarann nicht einfach drauflos, sondern schob sich langsam um die Ecke. Als nichts geschah, trat Kayo an seine Seite und leuchtete die Stufen empor, bis sie um die erste Windung verschwanden. Nichts war zu sehen, und er wagte, die Augen zu schließen, um nach oben zu lauschen. Totenstille. Er hörte nur seinen eigenen Atem und das Knistern der Fackel. Die Stille kam ihm schwer, geradezu bedrückend vor. Irgendetwas stimmte nicht, da war er sicher. Als er Swarann ansah, las er in dessen Miene das gleiche Misstrauen. Beinahe lautlos zogen sie sich aus dem Durchgang zurück.

»Weg hier!«, raunte Swarann. Im selben Augenblick ertönten Schritte und Klirren auf der Treppe. Kayo rannte los, dass die Fackel rußte und zischte. Hinter sich hörte er Sandalen hektisch auf Steine niederklatschen. Zuerst nur Swaranns, dann mit deutlichem Abstand mehr.

»Stehen bleiben!«, rief jemand. »Im Namen des Kaisers!«

Stadtwächter! Kayo hetzte noch schneller, flog förmlich über den Trittstein des nächsten Zustroms. Gebrüllte Befehle und eilige Schritte verfolgten ihn, hallten von den Wänden wider.

Plötzlich leuchtete vor ihm eine Laterne auf. In ihrem Licht glänzten Spieße, die ihm von Stadtwächtern entgegengereckt wurden.

»Zurück!«, schrie er, wollte umdrehen, zur letzten Abzweigung laufen, doch es war zu spät. Keuchend stand er neben Swarann, der ebenso nach Luft schnappte wie er, und sah zwischen den beiden Trupps der Stadtwache hin und her. Jeweils vier Mann, von denen drei ihre Spieße mit beiden Händen auf Kayo und Swarann richteten, rückten langsam vor.

»Was machen wir jetzt?«, wisperte Kayo, doch sein Freund antwortete nicht.

»Es ist doch jeden Festtag dasselbe«, höhnte einer aus der zweiten Reihe. Seine goldene Mantelschließe wies ihn als Hauptmann aus. »Irgendeiner glaubt immer, dass wir dann in der Taverne sitzen und nichts mitbekommen.«

Die Gegner waren nun so nah, dass Kayo in ihre Gesichter blicken konnte. Er fand nur Feindseligkeit darin. Auf etwa drei Schritte Entfernung blieben sie stehen. Swarann hielt das Schwert bereit und musterte sie grimmig, aber Kayo entdeckte keine Hoffnung in seinem Blick. Was sollten sie gegen eine solche Übermacht ausrichten? Die Spieße waren lang und frisch geschliffen.

»Legt die Waffen ab und ergebt euch!«, forderte der Hauptmann.

Kayo spürte, wie sein Arm zu zittern begann, und doch zögerte er, sah zweifelnd Swarann an, der sich ebenfalls nicht rührte. Wenn sie sich ergaben, war es vorbei. Die Stadtwache würde sie abführen und morgen auf dem Richtplatz enthaupten.

»Das muss der entlaufene Gladiator sein«, raunte einer dem Hauptmann zu. »Procaros zahlt fünfzig Goldstücke, wenn wir ihn ohne Aufsehen beseitigen.«

In den Augen des Anführers leuchtete Gier auf. »Dann ist uns Meratur heute wohl besonders gewogen«, erwiderte er mit bösem Lächeln. »Machen wir die Kerle nieder. Zum Angriff!«

Alle brüllten durcheinander und stürmten auf sie zu. Panisch schleuderte Kayo dem Erstbesten die Fackel entgegen. Mit einem Aufschrei wich der Mann zurück, sodass sein Hintermann gegen ihn prallte. Neben Kayo schlug Swarann einen Spieß mit dem Schwert beiseite, packte mit der freien Hand den Schaft und hebelte den Wächter über die Kante, sodass er klatschend in den Kanal fiel. In derselben Drehung wirbelte Swarann weiter, um sich den Angreifern zu stellen, die von hinten kamen. Hastig ahmte es Kayo nach. Im gleichen Augenblick bohrte sich bereits ein Spieß in Swaranns Leib. Er stach mit der Klinge nach dem Gegner, nutzte die Reichweite seines langen Arms, traf den Kerl im Gesicht, während Kayo einen Spieß zur Seite fegte und nach Swaranns Vorbild packte. Doch auf seiner Seite befand sich die Wand, die ihm keinen Spielraum ließ. Die Waffe stieß gegen die Mauer, bevor ihr Besitzer ins Wanken geraten konnte.

Plötzlich spürte Kayo einen Stoß im Rücken. Im ersten Moment nur ein leichtes Ziehen, dann einen Ruck und jähen Schmerz. Entsetzt starrte er auf die blutige Spitze hinab, die aus seiner Brust ragte. Seine Beine gaben nach. Benommen nahm er wahr, dass er mit den Knien auf die Pflastersteine schlug. Jemand trat ihm in den Rücken und in einem Wirbel aus Schwindel und Schmerz verschwand die Spitze aus seinem Blick. Kippte er nach vorn oder kam der Boden auf ihn zu? Blut ergoss sich auf die Steine, dann prallte er mit der Stirn auf etwas Hartes und die Welt erlosch. Das Letzte, was Kayo hörte, war der ferne Klang eines Horns.

8

Als Seran das Hornsignal hörte, wusste er, dass ihr Fluchtweg entdeckt war. »Lauft schneller!«, rief er und meinte vor allem Vareas, der schon nach Luft schnappte, als würde er gleich zusammenbrechen. Seran hatte ihm ihre zweite Laterne abgenommen, damit er es leichter haben sollte, doch das half nicht viel. Ein zweites Horn ertönte lauter, also näher, und zu Serans Entsetzen liefen sie darauf zu.

»Götterverflucht!«, entfuhr es Baleos, der noch immer vorauslief.

»W-was machen wir jetzt?«, keuchte Adurin.

»Weiterrennen!«, blaffte sein Bruder.

»A-a-aber …«

»Halt die Schnauze und lauf!«, brüllte Baleos.

Was blieb ihnen auch anderes übrig? Aber die stinkende Brühe stieg immer höher und erschwerte das Vorankommen. Seran spürte, dass seine Beine bereits schwächer wurden. Bei jedem Schritt schaufelte er mit seinen Stiefeln Wasser empor, dem nicht einmal Zeit blieb hinauszurinnen, bevor der Fuß erneut eintauchte. Auch seine einstmals weiße Tunika und der safrangelbe, um Schulter und Taille drapierte Umhang wurden immer nasser und schwerer. Das Dreckwasser spritzte nicht nur von unten herauf, sondern ergoss sich auch immer wieder von oben über ihn, rann in Augen und Mund, was so widerlich war, dass er gewürgt hätte, wäre ihm dafür Atem geblieben.

Plötzlich bog Baleos in einen der engeren Zuläufe ab.

»Was machst du?«, rief Seran, folgte ihm jedoch ohne Zögern.

»Ausweichen, du Stratege«, spottete Baleos.

»Aber … er sagte … folgt dem Wasser«, keuchte Vareas.

»Willst du in die Arme eines Stadtwächters sinken?«, höhnte ihr Anführer. »Dann dreh um!«

Seran gab ihm im Stillen recht, aber hoffentlich verirrten sie sich nicht. Einmal hatten sie eine Treppe nach oben genommen, nur um sich unter einer schweren Steinplatte wiederzufinden, die sie nicht einmal zu zweit in die Höhe stemmen konnten. Es musste weitere Ausgänge geben, doch sie brauchten Zeit, um sie zu finden.

Das Wasser war hier flacher. Obwohl sie gegen die Strömung rannten, kamen sie schneller voran. Irgendwann erreichten sie offenbar den höchsten Punkt des Kanals, denn hier schied sich das Gefälle und das wenige Wasser rann wieder in ihre Richtung. Ein fernes Hornsignal trieb selbst Vareas weiter, der vor Schwäche auf dem glitschigen Boden strauchelte und immer weiter zurückfiel.

»Wartet!«, röchelte er.

Seran warf einen Blick über die Schulter und wurde langsamer. Der verdammte Gang war so eng, dass Adurin vergeblich versuchte, sich neben Vareas zu drängen, um ihn zu stützen. »Das hat keinen Sinn.« Gehetzt schlängelte sich Seran an Adurin vorbei und stieß ihn weiter. »Lauf, sonst verlieren wir Baleos! Komm schon, Vareas!« Seran packte das Handgelenk des jungen Noblen und zerrte ihn weiter. Warum musste der dämliche Kerl auch lieber herumhuren und saufen, statt sich standesgemäß auf den Kriegsdienst vorzubereiten? »Die Ehre deines Hauses steht auf dem Spiel!«

Vareas ächzte, lief aber dennoch schneller. Offenbar sorgte er sich tatsächlich mehr um die Schande, die eine Anklage wegen Zauberei seiner Familie bereiten würde, als um sein Leben. Seran war es gleich, solange sie nur den Wächtern entkamen.

Seitliche Zuläufe ließen das Rinnsal anschwellen, bis sie einen breiteren, tieferen Querkanal erreichten. Baleos bog ab, folgte wieder der Strömung, wie Seran erleichtert bemerkte. Sie waren schon so weit gerannt, sie mussten sich längst unter einem der tiefer gelegenen Stadtviertel befinden.

Plötzlich schrie Baleos vor ihnen auf, und im nächsten Augenblick klatschte er ins Wasser, das hoch aufspritzte und ihn samt seiner Laterne verschlang. Adurin hielt so abrupt an, dass Seran gegen seinen Rücken prallte. Instinktiv ließ er Vareas los und hob die verbliebene Laterne höher. »Was bei allen …«

Direkt vor ihnen mündete der Gang in einen noch größeren Tunnel, in dem das Abwasser an ihnen vorüberströmte. Es musste so tief sein, dass Baleos darin untergegangen war, als er die Kante überschritten hatte. Prustend kam er gerade wieder an die Oberfläche, ohne Laterne und ein Stück abgetrieben.

»S-sieht aus, als hätte er den H-hauptkanal gefunden«, befand Adurin grinsend.

»Kommst du da auch wieder raus?«, rief Seran.

Fluchend zog sich Baleos auf den breiten Sims auf der anderen Seite des Tunnels. Triefend und schlammverschmiert sah er sich um. »Hier finden wir bestimmt einen Weg nach oben, aber erst mal müsst ihr zu mir kommen.«

»Da rein?« Schaudernd blickte Vareas auf die dunklen Fluten, in denen alles trieb, was Menschen niemals wiedersehen wollten.

»Siehst du hier irgendwo eine Brücke?«, spottete Seran. Die Vorstellung, in diesen Fluss zu steigen, war widerlich, aber hatten sie eine Wahl?

»Es ist verdammt tief«, warnte Baleos. »Aber du bist groß, du solltest die Laterne hoch genug halten können.«

»Also los!« Seran beschloss voranzugehen, dann würden Adurin und Vareas schon nachkommen. Angeekelt ließ er sich ins kühle Wasser gleiten. Am Grund versanken seine Füße in Schlick, der mit Scherben und größeren Brocken durchsetzt war. Sorgsam reckte er ihre einzige verbliebene Lichtquelle übers Wasser. Es umschloss ihn bis zur Brust und die Strömung zerrte stärker an ihm als gedacht, doch er stemmte sich dagegen und stakste mühsam durch den Schlamm.

Baleos nahm ihm die Laterne ab, damit er aufs Trockene klettern konnte. Hinter sich hörte er Adurin vor Abscheu oder Anstrengung schnaufen. Das Wasser musste seinem Ziehbruder bis zum Hals reichen. Seran stemmte sich hoch, schwang ein Bein über die Kante und zog sich auf den gemauerten Weg, der den Kanal säumte. Hier würden sie viel schneller vorankommen, doch in welche Richtung sollten sie gehen? Während er Adurin und Vareas aus dem Wasser half, lauschte er in die Dunkelheit jenseits der Laterne. Auch Baleos horchte und spähte in die Finsternis.

»Keine Zauberei der Welt ist dieses Bad wert«, schimpfte Vareas leise.

»Hör auf zu wimmern!«, fuhr ihn Baleos an. »Ich will hören, ob wir allein sind.«

Beleidigt presste Vareas die Lippen aufeinander und suchte die Falten seiner Kleidung nach unerwünschten Andenken ab. Endlich herrschte Stille. Nur das Wasser, das von ihnen herabtropfte, platschte auf die Steine.

»Stimmen«, flüsterte Seran. Sie klangen sehr weit entfernt, aber in diesen Gängen konnte der Eindruck vielleicht täuschen.

Baleos nickte. »Von dort.« Er deutete in die Richtung, aus der das Abwasser kam.

Ohne sich absprechen zu müssen, liefen sie weiter und folgten der Strömung. Schon bald erreichten sie den Fuß einer Treppe. Baleos wollte hinaufeilen, doch Serans Blick fiel auf seltsame Flecken am Boden. Rasch hielt er Baleos an der Tunika fest und deutete auf die Spur.

»Was ist das?«, fragte Adurin, als sie sich mit der Laterne über die dunklen Stellen beugten.

»Blut«, antwortete Baleos. Es war bereits angetrocknet, aber noch frisch genug, um es zu erkennen.

»Wer auch immer es an den Schuhen hatte, kam von dort.« Seran musste den Flecken nicht weit folgen, bis sie größer wurden. Was war hier geschehen? Plötzlich wünschte er, sie hätten das Haus nicht ohne Waffen verlassen.

»U-und ging dort hinauf?« Sogleich wich Adurin von der Treppe zurück.

»Dann nehmen wir wohl besser den nächsten Ausgang«, befand Vareas und überholte sogar Seran. Nur ein kurzes Stück weiter wurden die Flecken so groß, dass Seran Sohlenabdrücke erkannte. Mehrere Männer mussten durch eine Blutlache gelaufen sein.

»Da vorne liegt jemand«, entfuhr es Vareas lauter, als ihnen lieb sein konnte.

»Leise!«, zischte Seran. Falls ihnen die Besitzer der Stimmen gefolgt waren, würde der Dummkopf sie auf sich aufmerksam machen. Baleos drängelte sich wieder vor und erreichte die Stelle zuerst.

»L-leben sie n-noch?«, wollte Adurin wissen.

Seran trat neben Baleos und hob die Laterne über die beiden Fremden. Mitten auf dem Weg lagen sie in ihrem eigenen Blut. Beide waren ungewöhnlich groß, aber der eine musste ein wahrer Hüne gewesen sein, denn er wirkte immer noch riesig, obwohl sich nur noch ein blutiger Stumpf zwischen den massigen Schultern befand. Den Kopf hatten die Mörder abgetrennt und mitgenommen oder ins Wasser geworfen. Würgend presste sich Adurin eine Hand auf den Mund.

»Der wohl nicht«, schätzte Baleos und wandte sich dem anderen zu, der reglos auf dem Bauch lag. Auch dieser Mann war an mehreren Stellen verwundet. Baleos drehte ihn um und rüttelte an ihm. Nur der eiserne Ring um den Hals bewegte sich.

»Sie waren Sklaven«, erkannte Seran. Auch bei dem Enthaupteten entdeckte er nun den Eisenring in der Blutlache neben den Schultern. Im gleichen Moment wich Baleos vor der zweiten Leiche zurück, als hätte er sich verbrannt.

»Dann sind sie sicher entlaufen«, sagte Vareas verächtlich. »Mit solchen Kerlen macht die Stadtwache kurzen Prozess.«

»Und l-lassen sie d-dann für die Ratten liegen?«

»Vielleicht mussten sie weiter, weil unsere Verfolger Alarm gegeben haben.« Gehetzt sah sich Seran um, obwohl jenseits des Laternenscheins nur Finsternis herrschte. »Komm, Baleos! Wir können ihnen nicht mehr helfen.« Warum hockte Baleos überhaupt noch da und starrte den Toten an?

»Demeres bewahre uns!«, flüsterte der Ältere. »Er sieht aus wie du.« Mit geweiteten Augen blickte er zu Seran auf.

Was faselte er denn da? Seran trat neben Baleos und drehte sich, um der Leiche ins Gesicht blicken zu können. Die Ähnlichkeit verschlug ihm die Sprache. Es war fast, als würde er in einen Spiegel blicken. Vielleicht war die Nase des Toten etwas schmaler, sein Kinn weniger markant, aber das konnte ebenso gut daran liegen, dass er leblos vor ihnen lag, oder nicht?

»E-e-entweder ist das ein g-ganz schlechtes Omen«, unkte Adurin, »oder du h-hattest …«

»Ein Mataver sieht doch aus wie der andere«, fiel Vareas ihm ins Wort. »Lasst uns endlich hier verschwinden!«

Ich hatte einen Bruder. Mit plötzlicher Gewissheit sah Seran auf den Toten hinab. Verschwommen schob sich ein Kindergesicht mit leuchtend blauen Augen vor die bleiche Miene. *Ich hatte einen Bruder.*

»Da vorne ist Licht!« Die ferne Stimme fegte die Erinnerung beiseite. Der Klang eines Horns hallte durch den Tunnel, und Seran rannte, hetzte vor den Mördern davon, die seinen Bruder getötet hatten.

*

»Heute Morgen gar nicht im Bad?«, wunderte sich Kromer, als Seran den von Säulengängen umgebenen Garten betrat. Der Zwerg saß auf einer Bank im Schatten einiger Zypressen, hatte seine Lederkappe unter den Gürtel gesteckt und knabberte Pistazien, die Asturs Sklaven geschält und gesalzen hatten.

Seran winkte ab und ließ sich neben seinem Freund auf der kühlen Steinbank nieder. Sofort eilte Milos davon, vermutlich, um ein Kissen zu holen, doch Seran nahm es nur am Rande wahr. Seine Gedanken waren bei den Erlebnissen der vergangenen Nacht. »Wir haben uns schon bis Sonnenaufgang die halbe Haut abschrubben lassen.«

Kromer hob eine seiner buschigen Brauen. »Gab's Ärger?« Nachts trieben sich eine Menge streitlustiger Betrunkener in Thebans Straßen herum.

»Ich glaube …« Seran zögerte noch immer, seinen Freund einzuweihen, aber er musste mit ihm über den Toten reden. »Meine Brüder und ich haben eine Dummheit begangen.«

»Seid ihr aus dem Alter nicht allmählich raus?«, fragte Kromer grinsend.

»Na ja, du weißt, wie das ist. Ein Wort ergibt das andere, und es war wirklich unglaublich!« Mit einem Mal stand ihm die Zauberin wieder deutlich vor Augen. »Wir haben wahre Magie gesehen.« Rasch dämpfte er die Stimme, weil Milos zurückkam und ihm ein mit Wolle gefülltes Polster reichte. »Lass uns allein!«, bat er, woraufhin sich der Sklave zurückzog.

»Wahre Magie, hm?« Kromer wirkte nicht beeindruckt.

»Ja, sie konnte sich unsichtbar machen. Auftauchen und verschwinden wie ein Geist. Und sie ist vor unseren Augen zur Greisin geworden, mit Falten, weißem Haar und allem.«

»Junge Männer riskieren ihr Leben, um eine alte Frau zu sehen?«, lachte Kromer.

»Mach dich nur lustig. Es war echt! Ich bereue nicht, dass wir uns das getraut haben.«

»Aber irgendwas ging schief«, vermutete Kromer. »Du siehst nicht aus wie jemand, der nichts bereut.«

»Die Stadtwache platzte herein und wir mussten durch die Kanäle unter der Stadt fliehen.«

»Durch die Abwässer?« Kromer lachte noch lauter. »Unser Adurin? Wo steckt er? Ich muss ihm zu seinem neuen Duftöl gratulieren. Dieser Hauch von Latrine … Köstlich!« Japsend wischte er sich eine Lachträne aus dem Auge.

»Er sitzt noch beim Frühstück«, erwiderte Seran ernst. Ihm war nicht nach Scherzen zumute. Obwohl fast Mittag war, hatte er zu wenig geschlafen und war mit einem Namen auf den Lippen erwacht, den er vergessen geglaubt hatte: *Adagis.*

»Was ist dort unten passiert?«, fragte Kromer, als er Serans Stimmung bemerkte.

»Wir haben zwei tote Sklaven gefunden.« Erneut zögerte Seran und blickte zum Himmel. Die Schatten der Zypressen schrumpften, bald würde er in der Sonne sitzen. Hier im hellen Tageslicht kam ihm auf einmal alles unwirklich vor. Hatten sie sich die Ähnlichkeit zwischen ihm und dem Ermordeten nur eingebildet?

Kromer wartete schweigend, bis Seran weitersprach.

»Vareas meinte, sie seien Entlaufene. Von der Stadtwache erschlagen. Vielleicht stimmt das.« *Mein Bruder war ein Sklave und wollte frei sein.* Bei dem Gedanken wurde Serans Kehle rau.

»Entlaufene Sklaven werden getötet. Das wusstest du. Warum berührt es dich plötzlich?«

Seran nickte. Es hatte sogar zu den Aufgaben seiner Patrouillen gehört, nach Entflohenen Ausschau zu halten. Hätten sie einen erwischt, wäre er an Astur überstellt und hingerichtet worden. *Überstellt und hingerichtet.* Seran stutzte. »An der Sache ist etwas faul. Sklaven werden vor möglichst vielen Zeugen enthauptet. Zur Abschreckung.«

»Waren sie bewaffnet? Dann könnten sie die Wächter angegriffen haben«, wandte Kromer ein.

»Möglich«, gab Seran zu. Er hatte zwar keine Waffe gesehen, aber die Stadtwächter konnten sie mitgenommen oder in den Kanal geworfen haben.

»Mach dir keine Gedanken darüber«, riet Kromer. »Für die armen Hunde spielt es keine Rolle mehr. Sie haben es nicht geschafft.«

»Aber das ist es doch gerade!«, fuhr Seran auf und erntete einen verständnislosen Blick. »Einer von ihnen war vielleicht mein Bruder, und jetzt ist er tot!«

Argwöhnisch musterte ihn Kromer. »Bist du sicher, dass dich diese Alte nicht verhext hat? Du redest wirres Zeug.«

»Weißt du denn sicher, dass ich keinen Bruder hatte? Bevor Astur mich aufgenommen hat, meine ich.« *Wer ist dann Adagis? Egal.* Wenn Kromer beschwören konnte, dass …

»Tut mir leid«, bedauerte Kromer. »Astur hat mich erst angeworben, als du schon bei ihm warst. Von deiner Familie war nie die Rede.«

»Ich habe nie über sie gesprochen?«

»Du hast eigentlich gar nichts gesagt«, behauptete Kromer. »Bis du irgendwann Thebanisch konntest. Danach wurde es besser.«

»Du meinst, vorher hat mich ohnehin niemand verstanden«, vermutete Seran.

»Oh, ich *hätte* dich verstanden. So schlecht war mein Matavisch nun auch wieder nicht. Aber ich durfte nur Thebanisch mit dir reden und Baleos war eine elende kleine Petze. Ich konnte ihn nicht ausstehen. Na ja, eigentlich kann ich's immer noch nicht«, brummte Kromer und zuckte mit den Schultern.

Seran wischte das Geständnis mit einer Geste beiseite. Dass Baleos auf Kromer herabsah wie auf jeden anderen, der keinem noblen Haus entstammte, war kein Geheimnis und würde stets zwischen den beiden stehen. »Also könnte er tatsächlich mein Bruder gewesen sein. Ich glaube mich zu erinnern, dass ich einen hatte. Er hieß Adagis oder so ähnlich.«

»Und wie kommst du darauf, dass ausgerechnet dieser …« Kromer verstummte und auch Seran hörte die raschen Schritte, die sich näherten.

»Entschuldigt die Störung, Herr«, bat Milos. »Da ist ein Hauptmann der Stadtwache, der mit Euch und Euren Brüdern sprechen möchte.«

Erschreckt sprang Seran auf. »Ist er allein?«

»Nein, Herr. Vor dem Haus warten vier seiner Männer, aber er hat nicht darauf bestanden, sie mit hereinzubringen.«

Schon tauchte Baleos zwischen den Säulen auf und kam zu ihnen herüber.

»Warte, bis auch Adurin hier ist«, befahl Seran, »dann bring den Hauptmann zu uns!«

»In die sengende Sonne?«, wunderte sich Baleos.

»Kein schlechter Einfall«, befand Kromer. »Der Mann wird das Gespräch kurz halten, und es wird kaum auffallen, wenn ihr bei seinen Fragen ins Schwitzen geratet.«

Seran grinste nervös. »Ich hatte einen guten Lehrer.«

»Gut, da kommt Adurin«, stellte Baleos fest.

Ihr jüngerer Bruder blinzelte gegen das grelle Licht und zog seine Tunika zurecht. »W-w-was machen w-wir jetzt?«, wollte er aufgeregt wissen.

»Wir bleiben genau bei der Geschichte, die wir mit Vareas abgesprochen haben«, entschied Baleos.

»Und hoffen, dass er sich daran hält«, fügte Seran hinzu.

Es dauerte nicht lange, bis Milos mit dem Hauptmann den Garten betrat. Der Stadtwächter trug seinen Helm unterm Arm, um trotz Kettenhemd und Schwert seine friedlichen Absichten zu zeigen, und kniff die Augen geblendet zusammen. Zweifellos wünschte er sich die Krempe seines Helms zurück, doch an eine solche Geste war auf dem Anwesen eines unbescholtenen Noblen nicht zu denken. Gereizt reckte er die etwas kurz geratene Nase und straffte die Schultern. »Den Segen der Götter, junge Herren«, grüßte er mit einer angedeuteten Verneigung. Er war mindestens zehn Jahre älter als sie, aber kein Nobler, weshalb er die Form wahren musste.

»Mögen die Götter auch mit dir sein«, antwortete Baleos. »Was führt dich ins Haus der Nachkommen Aurels?« Offenbar gefiel er sich mal wieder in der Rolle des künftigen Familienoberhaupts.

»Meine mir vom Kaiser übertragene Pflicht gebietet mir, Euch einige Fragen zu stellen«, erklärte der Hauptmann entschlossen. »Seid Ihr die Herren Baleos, Adurin und Seran?« Kromer streifte er nur mit einem undeutbaren Blick.

»Das sind wir«, bestätigte Baleos.

Seran ertappte sich dabei, zwischen Fußspitzen und Ferse hin und her zu wippen, und zwang sich aufzuhören.

»Uns wurde berichtet, dass Ihr gestern Abend in Begleitung des Herrn Vareas aus dem Hause Talas bei einem Mann namens Malasar zu Gast wart.« Der Stadtwächter machte eine Pause, als hätte er eine Frage gestellt.

»So ist es«, gab Baleos zu.

Die Antwort verlieh dem Hauptmann spürbar Zuversicht. »Dann muss ich Euch fragen, wann Ihr die Abendgesellschaft verlassen habt.«

»Hm«, brummte Baleos.

»Das dürfte gegen Mitternacht gewesen sein«, behauptete Seran, sah jedoch Adurin an, der den Kopf schüttelte.

»N-n-nein, ich glaube, es w-war etwas f-früher.«

»Also Mitternacht war es jedenfalls noch nicht«, behauptete Baleos. »So lange hätte ich es bei diesem unverschämten Kerl nicht ausgehalten.«

Erstaunt sah ihn der Hauptmann an. »Wollt Ihr Euch etwa über ihn beschweren?«

»Darüber, dass er ein unhöflicher Gastgeber ist?«, fragte Baleos zurück. »Das dürfte wohl kaum in die Zuständigkeit der Stadtwache fallen.«

»Das nicht.« Der Fremde gewann seine Entschiedenheit zurück. »Aber uns wurde zugetragen, dass der Händler Malasar bei seinen Festen Zauberei betreiben lässt. Vielleicht wollt Ihr ihn anzeigen?«

»Magie?«, ließ sich Kromer vernehmen. »Mitten in Theban?«

»D-d-davon wissen wir n-nichts«, wehrte Adurin ab.

»Es gab eine Menge Gaukler und anderes Volk, das Kunststücke vorführte«, berichtete Baleos. »Aber nichts davon war so unglaublich, dass ich es für Zauberei halten würde.«

»Es ist viel Wein geflossen«, fügte Seran hinzu, als wäre das eine Erklärung. Prompt sah ihn der Hauptmann schief an. Sie wussten beide, dass bei jedem Gelage zu viel getrunken wurde. Dennoch gab es hinterher keine Gerüchte über Magie. *Vielleicht sollte ich einfach den Mund halten.*

»Wohin habt Ihr Euch begeben, nachdem Ihr Malasars Haus verlassen hattet?«, erkundigte sich der Hauptmann.

»Wir sind noch etwas unentschlossen durch die Straßen gezogen«, behauptete Baleos für den Fall, dass sie jemand gesehen hatte. »Aber die rechte Feierlaune war uns vergangen, also gingen wir bald nach Hause.«

»Und Ihr habt das Anwesen durch die Vordertür verlassen?«, hakte der Stadtwächter nach.

Seran spürte, dass ihm Schweiß auf die Stirn trat. Hatten Spitzel die ganze Zeit über Malasars Portal überwacht? War ihnen Vareas' Fackelträger auf der Suche nach seinem Herrn in die Arme gelaufen?

»Natürlich«, erwiderte Baleos. Dass sein Ziehbruder so überzeugend lügen konnte, verblüffte selbst Seran.

Eine Bewegung hinter dem Hauptmann lenkte Seran ab. Gefolgt von seinem Schreiber und seinem Leibsklaven wie von einer Eskorte schritt Astur auf sie zu. Der Stadtwächter hörte die Schritte und warf einen Blick über die Schulter. Als er Astur an der blau gesäumten Tunika und dem dunkelblauen Umhang als Mitglied des Rats der Noblen erkannte, drehte er sich zu ihm um und verneigte sich knapp. »Den Segen der Götter, Herr.«

»Mögen sie den Kaiser und die Stadt Theban segnen«, entgegnete Astur gereizt. »Warum belagern deine Männer mein Haus?«

»Im Namen des Kaisers führe ich hier lediglich Ermittlungen durch«, verteidigte sich der Hauptmann. »Heute Nacht ist eine Gruppe junger Männer aus einem Anwesen am Vesetiahügel in die Kanalisation entkommen. Wir verdächtigen sie des Zulassens von Zauberei, der Unterstützung von Magiern und womöglich der Zauberei selbst.«

»Du verdächtigst *meine* Söhne, die dem Kaiser bereits als Offiziere gedient haben, der Zauberei?«, rief Astur entrüstet. »Das ist das Lächerlichste, was ich jemals gehört habe. Wenn du keinen Zeugen hast, der einen meiner Söhne zweifelsfrei erkannt hat, verlässt du auf der Stelle mein Haus und belästigst mich nicht noch einmal mit diesem Unfug!«

»Ja, Herr«, versicherte der Stadtwächter und verneigte sich mit säuerlicher Miene noch einmal. Ohne ein weiteres Wort marschierte er davon, und Milos beeilte sich, ihn einzuholen, um ihm den Weg zu weisen.

»Hattet ihr irgendetwas damit zu tun?«, verlangte Astur von seinen Söhnen zu wissen.

Wie auf Befehl schüttelten alle drei die Köpfe, und Seran kam sich vor wie mit fünfzehn, als sie sich gemeinsam zum ersten Mal in eine Schänke gewagt und dort betrunken hatten.

»Ich will für euch hoffen, dass das stimmt. Ihr seht furchtbar aus«, befand ihr Vater. »Übernächtigt und schlapp. Heute Abend geht niemand aus, verstanden? Ich will euch morgen in vorzeigbarem Zustand sehen. Der Kaiser erwartet uns.«

9

Obwohl er wie befohlen früh ins Bett gegangen war, hatte Seran schlecht geschlafen. Immer wieder hatte er sich von einer Seite zur anderen gewälzt und an den toten Sklaven gedacht. Er schreckte aus Träumen hoch, in denen Männer herumbrüllten und die Kriegshörner der Drakonen ertönten, und aus anderen, in denen ein Kind schrie – vor Schmerz oder Angst oder beidem, das wusste er nicht. Einmal wachte er auf, weil er zunächst den Toten vor sich gesehen hatte, doch dann war es plötzlich ein älteres, bärtiges Gesicht gewesen, sehr ähnlich und ebenfalls tot. Als er dem Verstorbenen in die Augen geblickt hatte, war er in so finstere, tiefe Verzweiflung gestürzt, dass er sich im nächsten Moment im Bett sitzend wiederfand und mit einem Schluchzen nach Atem rang. *Vater!*

Während er darauf wartete, dass sich sein Herzschlag beruhigte, rasten seine Gedanken weiter. Konnte er eine Erinnerung an die Leiche seines Vaters haben? Hatte er dessen Tod etwa mitangesehen? Bislang war er stets davon ausgegangen, dass sein Vater auf einem Schlachtfeld gefallen war, getrennt von der wartenden Familie, die man deshalb gefangen und in die Sklaverei verkauft hatte.

Und ich hatte das Glück, an Astur zu geraten, während mein Bruder als Sklave leben musste. Wie ein Stachel bohrte sich Schuld in sein Herz. Jahrelang hatte er so viele Freiheiten und jeglichen Luxus genossen, den ein nobles Haus seinen Mitgliedern bot, und in der ganzen Zeit hatte er nicht ein einziges Mal an seinen kleinen Bruder gedacht. *Adagis.* War es ihm so schrecklich ergangen, dass er keinen anderen Ausweg gesehen hatte als die gefährliche Flucht? *Was hätte ich an seiner Stelle getan? Hätte ich mich gehorsam in das Dasein eines Dieners gefügt? Nachttöpfe geleert oder Ställe ausgemistet, statt Unterricht im Lesen und Kämpfen zu bekommen?*

Die Gedanken quälten ihn so sehr, dass er sich erneut fragte, ob der Tote wirklich sein Bruder war. Wie konnte er mehr über ihn herausfinden? Außer dem Besitzer, dem er davongelaufen war, würde kaum jemand etwas über seine Herkunft wissen. Aber wie sollte er diesen Herrn finden? Wenn ausgerechnet er sich bei der Stadtwache erkundigte, ob jemand einen entflohenen Sklaven gemeldet hatte, würden sie ihm gefährliche Rückfragen stellen. Auch seine Brüder und Vareas standen unter Verdacht und durften keinen Hinweis darauf geben, dass sie von dem Vorfall in den Kanälen wussten. Er konnte sich nur auf den Märkten und in den Schänken umhören. In dieser riesigen Stadt war das vielleicht vergeblich, oder es würde Monde dauern, bis er etwas herausfand, aber er musste es versuchen. Das war er Adagis schuldig.

Für heute stand jedoch die Audienz bei Kaiser Erman an. Als es ihm wieder einfiel, hielt es ihn nicht länger im Bett. Es musste Asturs erste Audienz seit vielen Jahren sein, und noch nie hatte ihn Seran in den Palast begleiten dürfen. War der Kaiser ebenso streng wie Astur? Unnahbar wie die Götter, die zu seinen Vorfahren zählten? Seran war gespannt, ob Erman seine Anwesenheit überhaupt zur Kenntnis nehmen würde. Vorsorglich wählte er die beste Tunika aus besonders dicht gewebtem Stoff. Da er kein gebürtiger Thebaner war, stand ihm der blaue Saum der Noblen nicht zu, den seine Ziehbrüder trugen, aber ein grüner Streifen wies ihn als Schützling eines vornehmen Hauses aus. Auch der Umhang, den Milos an diesem Morgen besonders sorgfältig über Serans linke Schulter und um die Taille drapierte, war von grüner Farbe, und Seran prüfte mehrmals, ob die gleichmäßigen Falten ihre Form behielten, wenn er sich bewegte.

»Ihr seht sehr vornehm aus, Herr«, versicherte ihm Milos und wirkte stolz wie ein Vater.

»Nur dank dir.« Seran lächelte ihm zu und dachte dabei an seinen Bruder. Hatte dessen Herr ihm jemals Freundlichkeit entgegengebracht? Wie oft schon hatte er Wut und Ungeduld an Milos ausgelassen, ihn respektlos behandelt, weil ein Sklave keine Widerworte gab. Wäre er umgekehrt ebenso duldsam gewesen? Nur weil eine Laune des Schicksals oder der Götter ihm diesen Platz zugewiesen hätte? Er konnte es sich nicht einmal vorstellen.

Gemeinsam mit Baleos und Adurin, die hellblaue Umhänge

trugen, folgte er Asturs Sänfte durch die Straßen der Stadt. Leibwächter und Ausrufer schritten voran, um ihrem Herrn den Weg zu bahnen, und die Sklaven der jungen Herren gingen am Ende des Zugs, um sich für unerwartete Aufgaben bereitzuhalten. Schon jetzt heizte die Sonne Theban erneut auf. Die Gerüche aus den Garküchen vermischten sich mit dem Gestank der Latrinen und des faulenden Unrats in den Ecken. Die Zugtiere zahlreicher Fuhrwerke hatten über Nacht Dung hinterlassen, den das Abwasser nicht überall fortspülte. So musste Seran darauf achten, nicht hineinzutreten, wenn er vor dem Kaiser nicht wie ein Stallsklave riechen wollte.

Ermans Palast war noch größer und prächtiger als die einstige Residenz Tharians des Ersten, die nun Malasar gehörte. Ermans Vater, Tharian der Dritte, hatte ihn erbauen lassen – ein Recht, das jedem Kaiser zustand, der dem Reich eine neue Provinz verschaffte, und Tharian der Dritte hatte das matavische Sevena erobert. Eine breite Freitreppe führte zu dem Portal hinauf, das so hoch war, dass Seran den Kopf in den Nacken legen musste, um die Statue Deiuthars auf dem Dach zu erahnen. In Stein gemeißelte Darstellungen des Feldzugs gegen die Barbaren des Nordens schmückten den von mächtigen Säulen getragenen Giebel. Astur befahl den Sklaven, draußen bei der Sänfte zu warten, dann stieg er, gefolgt von seinen Söhnen, die Stufen hinauf.

Angehörige der Leibgarde des Kaisers, allesamt selbst Söhne vornehmer Häuser, bewachten die drei mit Bronze und Eisen beschlagenen Tore, von denen das mittlere das höchste war. Einer der großen Torflügel stand offen, und Ratsmitglieder, Offiziere und vornehm gekleidete Sklaven gingen ein und aus. In der Empfangshalle schimmerte Gold in den Fugen zwischen glatt polierten, schwarzen Marmorfliesen und zierte auch die mit steinernen Weinranken umkränzten Abschlüsse der Säulen. An den Wänden prangten Fresken, die bis unter die hohe Decke reichten und Szenen aus Thebans ruhmreicher Vergangenheit zeigten. Mannshohe Ständer aus Bronze boten jeder mindestens fünfzig Talglichtern Platz, um den Raum bei Nacht zu beleuchten.

Ein Sklave erwartete Astur bereits und führte sie eine weitere, weniger breite Treppe hinauf, die auf einen mit Statuen legendärer Helden gesäumten Gang mündete. Dort öffnete der Sklave eine der vielen Türen, hinter der sich überraschenderweise kein Raum, sondern eine mit Sonnensegeln überspannte Terrasse befand. Während sich zwischen den hohen Gebäuden entlang der Straßen kein Lufthauch regte, wehte hier oben eine leichte Brise. Raschelnd blätterte sie in den Papieren auf dem Tisch, die faustgroße Halbedelsteine daran hinderten davonzufliegen. Der Kaiser stand – umgeben von einem Schreiber und mehreren Ratgebern in der Tracht der Noblen – an der Balustrade und schien ins Gespräch vertieft. Im Hintergrund hielten sich zwei Krieger der kaiserlichen Zwergengarde bereit und blickten den Neuankömmlingen misstrauisch entgegen.

Als Erman die Eintretenden bemerkte, wandte er sich von seinem Gegenüber ab und kam ihnen drei Schritte entgegen. Er trug die hellblaue Tunika mit dem dunkleren Streifen, die seinem Rang vorbehalten war, und einen Umhang vom leuchtenden Blau des Meeres bei Sonnenschein. Breite goldene Reife um seine Handgelenke waren die einzigen Zeichen seines unermesslichen Reichtums. »Astur, alter Freund!«, rief er und musterte den Begrüßten, als könnte er an dessen Gesicht ablesen, ob sie tatsächlich noch Freunde waren.

»Den Segen Eurer göttlichen Vorfahren über Euch und die Stadt, hoher Kaiser«, wünschte Astur und deutete eine Verneigung an. Seran und seine Brüder schwiegen, da Erman sie nicht angesprochen hatte, und verbeugten sich tiefer als ihr Vater.

»Stolz und sittenstreng wie eh und je«, lobte der Kaiser. »Ich bin erfreut, Euch wiederzusehen, Astur.«

»Die Freude ist meinerseits«, erwiderte Astur ohne jede Spur von Schmeichelei. »Ich habe keinen Tag gezögert, Eurem Ruf zu folgen.«

»Und ich bedauere, dass ich Euch von Eurem zweifellos ruhigen Posten als Statthalter Desmanas abberufen musste«, behauptete Erman. Aus der Nähe sah Seran ihm die beinahe sechzig Lebensjahre nicht nur am stahlgrauen Haar, sondern auch an der von Falten gefurchten Stirn an. »Ihr habt Eure Pflichten dort zu meiner größten Zufriedenheit erfüllt, aber das Reich braucht Eure Fähigkeiten jetzt an anderer Stelle. Lasst uns allein!« Mit einer herrischen Geste gebot er den Anwesenden zu gehen. »Eure Söhne können bleiben«, fügte er an Astur gewandt hinzu. »Sie werden Theban bei den anstehenden Aufgaben zu Diensten sein können.«

Gespannt wechselte Seran einen Blick mit Adurin, doch der lächelte gequält. Sicher sollte er dem Reich nicht mit der Leier in der Hand dienen. Bis auf die Zwergenkrieger, einen Sklaven und einen der Ratgeber verließen alle die Terrasse.

»Kennt Ihr Syrakon noch?« Erman deutete auf den Mann an seiner Seite. Obwohl er jünger als der Kaiser war, mischte sich auch in sein Haar bereits Grau. Er trug die blau gesäumte Tunika der Noblen und einen hellblauen Umhang, besaß also keinen Sitz im Rat.

Astur nickte Syrakon zu. »Wie könnte ich den Sohn Eures Onkels vergessen? Als Vetter des Kaisers war er stets zu Großem bestimmt.«

War das versteckter Spott?, staunte Seran. *Von Astur?* Der Tonfall seines Ziehvaters hatte genug Raum für Zweifel gelassen, um keinen Anstoß zu erregen, doch selbst der Kaiser schien ein wenig den Mund zu verziehen. Erman sagte jedoch nichts, während sein Vetter grüßend nickte. Syrakons Lippen waren dabei gekräuselt, was sie jedoch stets zu sein schienen, sodass Seran nie wusste, ob der Mann gleich schmunzeln oder Unmut zeigen würde. »Ihr besitzt die Fähigkeit, den Menschen in die Seele zu blicken«, erwiderte Syrakon anerkennend.

»Vor allem ist Astur ein fähiger Heerführer«, befand Erman. »Deshalb habe ich Euch nach Theban gerufen.«

»Soll ich für Euch die Achener bekämpfen?«, erkundigte sich Astur. »Im Rat berichtete man mir, dass Piratenüberfälle neuerdings wieder zur Plage geworden sind.«

»Wenn es nur das wäre«, seufzte der Kaiser und ging zu dem Tisch hinüber, auf dem als Oberstes eine Karte des Reichs ausgebreitet lag. Wie selbstverständlich folgten sie ihm alle und scharten sich um den Tisch.

»Aber es ist wahr«, betonte Erman. »Überall an der Unberechenbaren See schlagen sie zu.« Er deutete die gesamte südliche Küste Tiranas entlang. »Dörfer, Handelsschiffe, selbst Fischer haben sie schon angegriffen, um ihnen den Fang abzunehmen. Offenbar fehlt ihnen Proviant, aber das hält sie nicht ab.«

»Mit der Eroberung Alanduras hat Saskallas ihnen einen schweren Schlag versetzt«, erklärte Astur, »aber Achena besteht aus vielen Piratenstädten. Es war wohl nur eine Frage der Zeit, bis sie neue Kräfte gesammelt haben würden.«

»Und sie haben dazugelernt«, gab der Kaiser widerwillig zu. »Anstatt mit ganzen Flotten unsere Städte zu überfallen, kommen nur ein oder zwei Schiffe. So entgehen sie unserer Aufmerksamkeit und setzen einen Nadelstich nach dem anderen. Wir können es nicht mehr ignorieren. Die Kauffahrer weigern sich, ohne Geleitschutz zu segeln, aber wir haben nicht genügend Schiffe. Ihr wisst, was das bedeutet.«

Astur nickte. »Das Getreide aus den Provinzen bleibt aus.«

»So ist es«, bestätigte Erman. »Aber dazu darf es nicht kommen! Diese Stadt kann sich schon seit den Tagen Tharians des Ersten nicht mehr selbst ernähren.«

Die drei Älteren schwiegen, und Seran begriff, was sie nicht aussprechen wollten: Wenn sie nichts unternahmen, würde das Volk hungern und sich gegen den Kaiser erheben.

»Gebt mir eine Flotte und ich versenke diesen Abschaum für Euch«, versprach Astur entschlossen.

»Wie der Kaiser bereits sagte, fehlt es uns an Schiffen«, mischte sich Syrakon ein. »Seit Saskallas' Seeschlachten sind über hundert Jahre vergangen. Seine Galeeren von einst sind verrottet, und da wir die Achener besiegt glaubten, hat kein Kaiser die Flotte ernsthaft erneuert.«

»Wie kann ich Theban stattdessen dienen?«, wandte sich Astur an den Kaiser.

»Nun, Ihr habt vollkommen recht«, bestätigte Erman. »Wir brauchen so schnell wie möglich eine neue Flotte. Mehr Schiffe als je zuvor, um auch die Fischerdörfer von Tibelika bis Desmana zu schützen. Ich lasse bereits daran bauen, aber entlang der Küsten ist Holz rar.«

»Auf ganz Koruna gibt es nicht mehr genug Wald, um zwei

Galeeren zu bauen«, behauptete Syrakon. »Und in den anderen alten Provinzen sieht es kaum besser aus. Jeder Baum muss über die Flüsse aus dem Landesinnern geholt werden.« Er deutete auf den Chalonn in Solvares, die Larema an der Grenze zwischen Tibelika und Tiranziana, aber besonders vehement tippte er mit dem Finger auf den Elivar, den großen Strom, der zwischen den Provinzen Theban und Serika ins Meer mündete. Die Zuflüsse des Elivar entsprangen weit im Norden, in den Stammesgebieten der freien Mataver, doch Syrakons Finger folgte der geschwungenen Linie nur bis etwa zur Hälfte über die Karte. »Dort bekommen wir das meiste Holz her.« Erneut tippte er auf das Papier. »An der Grenze Serikas reichen die bewaldeten Hügel angeblich bis zum Horizont.«

»Das weiß Astur doch längst«, wehrte der Kaiser ungeduldig ab. »Er diente schon meinem Vater in Matavien.«

»Damals noch als junger, unerfahrener Dezen«, fügte Astur bescheiden hinzu.

»Verzeiht, wenn ich Euch mit meinen Ausführungen gelangweilt haben sollte«, bat Syrakon wenig überzeugend.

»Keineswegs«, antwortete Astur. »Ich kann jedoch noch nicht erkennen, welche Aufgabe Ihr mir in dieser Lage zugedacht habt«, wandte er sich erneut an den Kaiser.

»Ich will, dass Ihr wiederholt, was Ihr schon einmal für mich getan habt. Befriedet die Mataver!« Energisch deutete Erman auf die Karte, ohne sie zu berühren. »Ich habe die Spielchen satt, die sie seit jeher mit uns treiben. Immerzu versprechen sie Frieden und halten sich nicht daran! Und jetzt töten sie auch noch die Männer, die für uns Bäume am Elivar fällen. Unterwerft sie, Astur! Mit aller Härte, die Theban stets gegen Vertragsbrüchige gezeigt hat. Schafft eine neue Provinz, die uns das Holz für eine ganze Flotte liefert!«

Aufgeregt sah Seran seine Ziehbrüder an. Der Kaiser befahl ihnen, eine neue Provinz zu erobern. Baleos grinste vor Freude und stieß Adurin an, der verzagt lächelte.

»Was immer Ihr wünscht, hoher Kaiser«, versprach Astur und verneigte sich knapp. »Zum Wohle Thebans und zur Mehrung des Ruhms unserer Stadt.«

»Ich weiß, dass Ihr mich nicht enttäuschen werdet«, sagte Erman überzeugt. »Um diesen Auftrag schnell und gründlich ausführen zu können, ernenne ich Euch zum Heerführer über drei Drachen und gebe Euch zwei Flügel Reiterei, solvarische Schleuderer und ortelanische Schützen dazu.«

Seran stockte der Atem. *Zwölftausend Drakonen und mindestens fünftausend weitere Kämpfer!*

Doch Astur wirkte nicht beeindruckt. »Wo übernehme ich die Truppen?«, fragte er nüchtern.

Syrakon deutete erneut auf verschiedene Punkte der Karte. »Der *Greverische Drache* überschreitet bereits die Erzzinnen und wird Euch an der Nevaquelle erwarten. Mit ihm stoßen auch die solvarischen Schleuderer zu Euch. Den *Korunischen Drachen* hat der Kaiser aus Tibachas abberufen und nach Sevena beordert, wo Ihr die Männer abholen und Euch mit dem Statthalter Deriges beraten werdet. Er sollte wissen, was bei den benachbarten Stämmen vorgeht, wenn Ihr dort eintrefft.«

»Deriges?«, wiederholte Astur mit gerunzelten Brauen.

»Ich weiß, für einen Statthalter ist er jung«, gab Erman zu. »Aber mein Bruder bat mich kurz vor seinem Tod darum, seinem Sohn diesen Posten zu geben, und ehrlich gesagt, ist er dort besser aufgehoben als hier bei uns in Theban.«

»Mein Onkel Habal heiratete eine Mataverin, wie Ihr sicher wisst«, erklärte Syrakon. »Sein Sohn ist wohlgeraten und soll ein ausgezeichneter Offizier sein«, fügte er mit einem Seitenblick auf Erman rasch hinzu. »Aber aufgrund seiner Jugend haben wir entschieden, dass Deriges in Sevena bleiben soll. Einen Heerzug von solcher Bedeutung vertraut man besser einem erfahrenen Mann an.«

Astur nickte. »Und die dritte Einheit?«

»Livian wird Euch *Saskallas' Speer* mit einem Flügel tibelischer Reiterei und den ortelanischen Schützen aus Serika schicken«, fuhr Syrakon fort. »Bei Denuba sollen Euch die Männer am Elivar erwarten. Sobald Ihr die Drachen vereint habt, liegt das weitere Vorgehen ganz bei Euch.«

»Gestattet Ihr mir die Frage, weshalb sich Livian nicht selbst um den Ärger an seiner Grenze kümmert?«, erkundigte sich

Astur. »Immerhin hat er zwei Drachen, wenn sich auch *Saskallas' Speer* dort befindet.«

Erman lächelte. »Ihr wisst den Finger in die Wunde zu legen, alter Freund. Vielleicht macht Euch gerade das zu einem überlegenen Strategen.«

»Wer das Offensichtliche nicht sieht, kann keinen Krieg gewinnen«, meinte Astur. »Und es ist offensichtlich, dass der Statthalter Serikas das Problem nicht gelöst hat, obwohl es seine Aufgabe wäre.«

Bevor Syrakon antwortete, wechselte er einen Blick mit Erman, der kaum merklich nickte. »Die Lage des Reichs ist bedrohlicher, als der Rat bislang bemerkt hat, und wir wollen, dass er vorerst nichts davon erfährt. Angesichts der Piraten müssen wir jetzt besonnen handeln. Wenn ein aufgebrachter Rat die Maßnahmen des Kaisers infrage stellt, versetzt er das Volk in Aufruhr und bringt Theban in Gefahr. Deshalb erwarten wir von euch Schweigen über alles, was nicht die Achener betrifft. Habt ihr das verstanden?« Prüfend musterte er Asturs Söhne und Seran nickte hastig. »Gut. Theban hat viele Stürme überdauert. Der Kaiser und seine göttlichen Vorfahren werden das Reich auch aus dieser Notlage retten.«

»Davon bin ich überzeugt«, versicherte Astur und klang vollkommen ehrlich.

»Im Westen ist uns ein gefährlicher Feind erwachsen«, eröffnete ihnen der Kaiser. »Früher waren die dortigen Reitervölker zerstritten, sodass wir sie gegeneinander ausspielen und stets besiegen konnten. Die Götter wissen, es war lästig, aber wir waren die Herren der Lage. Jetzt haben sie einen neuen Anführer, dem sich immer mehr Stämme anschließen. Sein Heer wächst förmlich täglich und hat uns eine Grenzfestung gekostet.«

»Es heißt, er residiere dort wie ein König.« Herablassend schüttelte Syrakon den Kopf. »Nun ja, sie hausen in Zelten, da mag es ihm wie ein Palast vorkommen.«

»Barbar oder nicht, sein Heer bedroht uns von Lagalta über Ortelanas bis nach Serika«, stellte Erman fest. »Da er ausschließlich über Reiter verfügt, ist es schnell, und wir wissen nicht, wie viele sich ihm noch anschließen werden. Deshalb ist

Livian an Serikas Nordgrenze gebunden. Er bekommt Unterstützung von den beiden Drachen, die sich in Ortelanas befinden, aber je schneller Ihr unseren Holznachschub sichern und ihm *Saskallas' Speer* zurücksenden könnt, desto besser«, drängte der Kaiser.

»Diese Wilden werden sich bis zum Winter unterwerfen oder ausgelöscht werden«, entschied Astur.

»Wenn Ihr das sagt, weiß ich, dass es geschehen wird«, gab sich Erman zufrieden.

»Was ist mit dem zweiten Flügel Reiterei?«, wandte sich Astur an Syrakon. »Ihr habt nicht erwähnt, mit welchem Drachen er eintreffen soll.«

Der Vetter des Kaisers lächelte dünn. »Wie leicht man doch die unbequemeren Dinge vergisst. Diese Angelegenheit ist ein wenig heikel, denn es wäre vorteilhaft, wenn der Rat vorerst nichts davon erfährt. Wir haben bereits so viel Reiterei nach Westen verlegt, dass nur noch *Tharians Stolz* übrig ist. Der Flügel war in Alandura im Einsatz und sollte jetzt eigentlich den Schutzdrachen Thebans, den *Tempelhüter*, verstärken, um die ängstlichen Gemüter zu beruhigen, aber … Nun ja, Ihr braucht kampferprobte Reiter und alle anderen befinden sich in Alandura oder an der Westgrenze.«

»Habt Ihr etwas, um den Rat zu beruhigen, wenn er davon erfährt?«, erkundigte sich Astur. »Es wird sich kaum lange verheimlichen lassen, dass die Reiterei des *Tempelhüters* abzieht.«

»Wir rekrutieren junge Greverer für einen neuen Flügel. Das wird genügen müssen«, antwortete Syrakon.

»Dann wären alle Fragen geklärt«, befand Astur. Rasch warf Syrakon dem Kaiser einen eindringlichen Blick zu.

Erman zuckte, als sei ihm etwas Wichtiges eingefallen. »Ihr vergesst Eure Söhne, alter Freund. Das Haus Aurel war dem meinen stets eng verbunden, und so soll es auch bleiben. Auch ihnen werden deshalb ehrenvolle Aufgaben zukommen. Du bist sicher Baleos, der Erstgeborene«, wandte er sich an den Ältesten der Brüder.

»Hoher Kaiser«, antwortete Baleos nur und verneigte sich.

»Es ist mir ein besonderes Anliegen, dich besser kennenzulernen«, eröffnete ihm Erman. »Einst wird mein Sohn deine Dienste benötigen, so wie ich deinen Vater brauche, deshalb sollst du einige Jahre hierbleiben und mir in der Kaisergarde dienen.«

»Ich … äh, ich danke Euch, Herr.« Hastig rettete sich Baleos in eine weitere Verneigung, um seine Enttäuschung zu verbergen.

Der Kaiser sah bereits Adurin an, der sich ebenfalls verneigte. »Sicher entspricht es Eurem Herzenswunsch, Astur, wenn Euer Zweitgeborener Dezen auf Eurem Feldzug wird. Ich ernenne Adurin hiermit zum vierten Dezen des *Greverischen Drachen.*«

»Dank sei dem hohen Sohn der Götter«, zitierte Adurin eine Gedichtzeile, um nicht zu stottern. Die Miene seines Vaters blieb jedoch versteinert.

Mit abschätzendem Blick wandte sich der Kaiser an Seran. »Du musst also der junge Mann sein, der mir einen Rammsporn als Trophäe geschickt hat.«

»Das …«, begann Seran und brach sogleich wieder ab, um sich zuerst zu verneigen.

»Du sollst in deinem ersten Kampf gleich zehn Achener getötet haben«, fuhr Erman fort.

»Es waren nur acht, hoher Kaiser.« Seran spürte, wie ihm das Blut in die Wangen schoss, weil er Erman widersprochen hatte, doch der Kaiser lächelte wohlwollend.

»Astur hat dich gut erzogen. Für deinen Sieg und deine Tapferkeit verdoppele ich deinen Sold und ernenne dich zum stellvertretenden Reiterführer des *Tharians Stolz*. Lerne von Akero! Er hat in vielen Schlachten für mich gesiegt. Wenn er dich empfiehlt, könntest du in einigen Jahren sein Nachfolger werden.«

Syrakon räusperte sich und ergriff das Wort, bevor Seran einen Ton herausbrachte. »Asturs Ziehsohn hat zweifellos Anerkennung verdient, aber werden sich nicht ein paar erfahrenere Bizene übergangen fühlen?«

Gereizt winkte Erman ab. »Alle, die sich übergangen fühlen, erhalten den Befehl über eine der neuen Galeeren. Wenn sie reiten wollen, sollen sie Steckenpferde mit auf See nehmen!«

*

Nach der Audienz ließ sich Astur zum Sitz des Rats der Noblen tragen – wohl um allen Gerüchten über sein Ansehen beim Kaiser ein Ende zu setzen. Den ganzen Weg nach Hause hüllte sich Baleos in zorniges Schweigen. Dort angekommen, war er immer noch so wütend, dass er nach seinem Pferd verlangte, obwohl es zum Ausreiten viel zu heiß war. Adurin wirkte dagegen eher bedrückt als verärgert, und Seran wusste, dass es keinen Trost für seinen Ziehbruder gab. Einer kaiserlichen Ernennung konnte er sich nicht entziehen, ohne ihrem Vater Schande zu bereiten. »Die G-götter geben, die Götter n-nehmen«, wiederholte er Vareas' Spruch, und der Kaiser war ein Gott wie alle anderen. Sobald sie zu Hause waren, zog er sich in sein Zimmer zurück. Kurz darauf hörte Seran ihn auf der Leier spielen, eine traurige Weise nach der anderen.

Kromer war der Einzige, der sich mit Seran über dessen Aufstieg freute. »Stellvertretender Reiterführer!« Anerkennend hob er seinen Becher Wein und grinste so breit, dass seine Zähne hinter dem dunklen Bart aufblitzten. »Heiliger Dunar, mach langsam, Junge! Viel weiter kann es einer wie du bei ihnen nicht bringen.«

»Ich bin nur Stellvertreter«, wehrte Seran ab. »Wahrscheinlich wird er mich den Botenjungen spielen lassen und mir alle Aufgaben übertragen, die ihm lästig sind.«

»Du hast mein ganzes Mitgefühl, alter Pechvogel«, spottete Kromer. »So ein Schicksal kann man nur mit Bier ertragen. Lass uns heute Abend noch mal in diese Taverne gehen, in der …« Er unterbrach sich, als Seran den Kopf schüttelte. »Warum nicht?«

Es tat Seran fast leid, doch Kromers Spott hatte ihn an Adagis erinnert. Schon wieder beschenkten ihn die Götter mit einer glücklichen Fügung, während sein Bruder als Rattenfutter in den Kanälen lag. Er hätte den Ermordeten bergen und anständig begraben lassen müssen, aber wie sollte er das anstellen, ohne sich bei der Stadtwache zu verraten? »Ich … ich kann nicht feiern gehen, wenn meinen Brüdern so übel mitgespielt wurde. Außerdem muss ich noch einmal mit Vater über meine wahre Familie sprechen.«

»Wegen diesem toten Sklaven? Das wird nirgendwo hinführen, Großer.«

»Vielleicht«, gab Seran zu. »Aber vielleicht auch nicht.«

Kromer seufzte nur und leerte seinen Becher.

*

Am Abend suchte Seran seinen Ziehvater in dessen Arbeitszimmer auf. Wie schon in Desmana verbrachte Astur die meisten Abende damit, die Abrechnungen der Verwalter seiner Besitzungen zu prüfen und seinem Schreiber Briefe und Urkunden zu diktieren. Selbst jetzt – als frisch ernannter Heerführer eines Feldzugs – saß er beim Schein einer Öllampe an seinem Schreibtisch und studierte irgendwelche Papiere. Nur sein Leibsklave hielt sich bereit, falls sein Herr einen Wunsch äußern würde.

»Seran«, stellte Astur erstaunt fest, als sein Ziehsohn eintrat. »Ich hatte einen deiner Brüder erwartet, während du deine Beförderung feierst.«

»Mir stand nicht der Sinn danach«, gab Seran zu.

»Falls du wegen Milos kommst, ich habe bereits mit ihm gesprochen«, eröffnete ihm Astur. »Er sagt, er sei schon so lange Sklave, dass er sich kein anderes Leben mehr vorstellen kann. Wenn du mit ihm zufrieden bist, würde ich dir daher empfehlen, ihn zu behalten.«

»Äh, ja, ich bin zufrieden«, versicherte Seran überrascht. Wie konnte Milos die Freiheit ausschlagen, für die Adagis in den Tod gegangen war?

»Gut, denn uns steht eine lange, beschwerliche Reise bevor. Auf Milos kannst du dich verlassen«, lobte Astur und beugte sich wieder über das Schriftstück in seiner Hand.

»Ich danke Euch, dass Ihr das geklärt habt, Vater, aber deshalb bin ich nicht hier.«

Ein wenig ungeduldig sah Astur wieder auf.

»Könnt Ihr mir sagen, ob ich einen Bruder hatte? In Matavien, meine ich.«

»Befürchtest du, dass du ihm auf dem Schlachtfeld gegenüberstehen könntest?«

Da das nicht mehr geschehen konnte, schüttelte Seran den

Kopf. Im gleichen Augenblick verstand er, dass es die einzig richtige Antwort war, denn sonst hätten Astur und erst recht der Kaiser Zweifel an seiner Loyalität bekommen. »Nein, ich … Baleos hat einen Sklaven gesehen und sich über dessen Ähnlichkeit mit mir gewundert. Da dachten wir …«

»Nun, das ist möglich, Seran. Alle Kinder der aufständischen Krieger wurden verkauft. Die Sklavenhändler haben damals gute Geschäfte gemacht.«

»Ich wurde Euch nicht zusammen mit meiner Mutter oder meinen Geschwistern angeboten?«

»Seran, das hatten wir doch alles schon«, antwortete sein Ziehvater gereizt. »Vielleicht hast du jenes Gespräch wieder vergessen, du musst zwölf oder dreizehn gewesen sein. Jetzt ist jedenfalls nicht die Zeit, sich mit unnützen Fragen zur Vergangenheit zu befassen. Du solltest dich lieber um die Zukunft sorgen.«

Verwundert sah Seran ihn an. Befürchtete Astur, im Krieg zu fallen? Nein, das war es sicher nicht. Die Gefahr, im Dienst des Reichs zu sterben, gehörte für ihn zum Leben wie das Atmen. Aber worum ging es ihm dann? »Der Kaiser scheint das Haus Aurel sehr zu schätzen. Glaubt Ihr …« Seran wagte nicht auszusprechen, dass sein Ziehvater versagen könnte. Fürchtete er den Groll des Kaisers, wenn es ihm nicht gelang, seine Versprechen zu erfüllen?

»Lass dich nicht von schönen Worten blenden!«, warnte Astur. »Erman hat sich verändert. Früher hätte er niemals dem Rat etwas verheimlicht. Er ist ängstlich und misstrauisch geworden. Solchen Männern muss man mit großer Vorsicht begegnen – vor allem, wenn sie uns schaden können. Bestimmt ist es dieser Syrakon, der einen schlechten Einfluss auf ihn hat.«

Sofort erinnerte sich Seran an Asturs seltsame Bemerkung über Ermans Berater. »Haben wir Grund, ihm nicht zu vertrauen?«

»Syrakon ist ein Vetter des Kaisers, einer der letzten Männer des Hauses Themenor. Es wäre seine Pflicht gewesen, ein Vorbild zu sein, eine Verkörperung der Tugenden Thebans. Stattdessen hat er stets nur an sich und sein Vergnügen gedacht«, urteilte Astur verächtlich.

»Vielleicht hat er sich geändert«, hielt Seran dagegen. »Er wirkte sehr auf das Wohl des Reichs bedacht.«

»Traue ihm nicht!«, warnte Astur erneut. »Er weiß genau, dass er mit dem Kaiserhaus untergehen wird, wenn es ins Wanken gerät. Glaubst du wirklich, dass Erman deinen Bruder hierbehält, weil er ihn *kennenlernen* möchte?«

Jetzt, da sein Ziehvater es so betonte, klang es lächerlich. »Vielleicht soll er mit dem Sohn des Kaisers Freundschaft schließen, so wie …«

»Unsinn!«, fiel Astur ihm ins Wort. »Baleos ist seine Geisel. Erman will sichergehen, dass ich seine Truppen nicht gegen ihn verwende, wenn er den Rückhalt des Rats verliert.«

»Aber … so etwas würdet Ihr doch niemals tun«, empörte sich Seran.

»Vielleicht wird es Zeit, dass ich dir etwas zeige.« Astur erhob sich und ging zu einer Wandnische hinüber, in der die Büste eines seiner Vorfahren stand. Seran erkannte Aurel, den sagenumwobenen Stammvater der Familie aus den Tagen der Gründung Thebans. Mit gebührendem Respekt nahm sein Ziehvater das Bildnis und stellte es auf den Tisch. Wo es gestanden hatte, verbarg sich im Boden der Nische ein Fach, aus dem Astur ein flaches, dunkles Kästchen hob. Es war nicht länger als seine Hand und mit Einlegearbeiten aus hellerem Holz und Perlmutt verziert. Ehrfürchtig öffnete er den Deckel und legte im Innern etwas frei, das in feines Tuch eingeschlagen war. »Berühr sie nicht«, mahnte er, als er Seran das Kästchen reichte.

Obwohl er vor Neugier beinahe platzte, nahm Seran es behutsam entgegen. Auf einem Bett aus weichem Stoff lag ein flaches Gebilde, das ihn sofort an das Amulett um seinen Hals erinnerte. Es war größer und bestand aus glänzendem, braun melierten Horn, aber die Form stimmte überein. Auch wenn es Rillen aufwies, musste es glatt sein, sonst hätte sich das Licht nicht darauf gespiegelt. Die Versuchung, darüberzustreichen, um dem Gegensatz nachzuspüren, war groß, aber unter Asturs strengem Blick wagte Seran es nicht. »Ist das …« Ungläubig sah er auf.

»Eine Schuppe Drakons«, bestätigte Astur. »Des göttlichen

Drachen, der die heilige Stätte seiner Mutter Demeres bewachte.«

Staunend betrachtete Seran die unschätzbar wertvolle Reliquie. Auf ihre Art hatte er die Göttermythen zwar stets für wahr gehalten, sie aber nicht mit der wirklichen Welt um sich herum in Verbindung gebracht. In seiner Vorstellung gab es die Götter und sie lenkten den Lauf der Welt, doch es war Menschen nicht möglich, sie zu sehen oder gar zu berühren.

»Jeder Mann, der nach Drakons Tod mit Themenor gegen die Plünderer gekämpft hat, die Demeres' Heiligtum bedrohten, hat zum Zeichen ihres neuen Bunds eine Schuppe des Drachen erhalten. Aurel, Talas, Darion, alle Stammväter der noblen Häuser. Seit jenen Tagen bewahrt meine Familie sie hier in Theban auf, um uns für immer an das Bündnis unserer Vorväter zu erinnern.«

»Dann … gehört unsere Treue nicht dem Kaiser, sondern dem Rat?«, fragte Seran verwirrt.

»Unsere Treue gehört Theban, das zu verteidigen wir uns einst zusammengeschlossen haben«, erklärte Astur. »Das gilt für das Haus Themenor wie für alle anderen Häuser. Solange der Kaiser im Sinne Thebans handelt, dienen wir ihm. Wenn er Thebans Wohl jedoch vergisst und sich selbst über die Stadt stellt, dann ist es die heilige Pflicht des Rats, ihn in seine Schranken zu weisen.«

10

Matavisches Ufer des Elwe, Frühsommer, 24. Jahr d. H. E.
In Wárs heiligem Hain verschmolzen die Schatten zur Dämmerung. Längst war die Sonne hinter den westlichen Hügeln untergegangen und der Mond stieg gen Osten über den Baumwipfeln auf. Unter dem klaren Himmel würde es hier draußen bald kühl werden. Geitla schürte das Feuer und legte ein paar Äste nach.

»Gib dir keine Mühe«, riet Röskwe. »Über Nacht geht es ohnehin aus.« Vorsorglich zog die junge Frau ihren Umhang enger um die Schultern. Sie hatte ein breites, aber hübsches Gesicht und lächelte stets so freundlich, dass Geitla ihr nicht böse sein konnte, obwohl sie Röskwes Ratschläge nicht brauchte. Sie mochte die Jüngste sein und zum ersten Mal den Sommer im Hain verbringen, aber sie war nicht aus der Wiege gefallen, wie ihre Mutter sagen würde.

»Diese Männer, mit denen wir heute gesprochen haben«, sagte Alwila zu Wardrun. »Sie haben deine Worte nicht gehört.«

Wárs Zauberin nickte. Im Zwielicht fiel nicht auf, wie viel Grau sich bereits in ihre blonden Haare mischte. Sie zählte mehr als vierzig Winter und hatte das Leben einer Priesterin ohne eigene Familie gewählt. Dafür besaß sie Zauberkräfte und großes Wissen um die Heilkunst, das Geitla von ihr erlernen wollte. »Die Schreie der Bäume, die sie fällen, haben sie taub gemacht. Ein Mann muss die Ohren fest verschließen, um täglich so viel Tod zu ertragen.«

»Du meinst, sie werden deine Warnung missachten?«, hakte Röskwe besorgt nach.

Geitla horchte auf. Wollte sie etwa sagen, dass ihr Auftritt völlig vergeblich gewesen war? Sie hatten sich so viel Mühe mit ihren vielfarbigen Blumenkränzen gegeben. Wie es der Schönheit der Göttin entsprach, hatten sie sich gegenseitig das lange Haar gekämmt, bis es glänzte, und sich mit Blüten und Bastarmbändern herausgeputzt. Jedes ihrer Kleider war aus dem fein gewebten Stoff gefertigt, dem Alwila beim Färben mit ihrer Elfenmagie ein besonderes Strahlen verlieh. In ihrem moosgrünen Gewand mit den Bronzefibeln hatte sich Geitla wie eine Königin gefühlt. Aber Wardrun war mit dem breiten bronzenen Halsschmuck und ihrem Zauberstab noch viel beeindruckender gewesen. Wie konnte jemand nicht erkennen, dass sie die Worte der Göttin überbracht hatten?

»Es ist möglich«, antwortete Wardrun ernst. »Im Blick ihres Anführers lag nur Härte, selbst wenn er gelächelt hat.«

»Wenn sie noch näher kommen, wird es unseren Frieden stören«, befand Alwila. Dass in ihren Adern Elfenblut floss, war unübersehbar. Noch nie hatte Geitla eine schönere, zierlichere Frau gesehen, und doch war Alwila größer als sie. »Die Baumgeister im Talgrund wispern sich vom Tod ihrer Brüder und Schwestern zu. Sie fürchten sich.«

»Wo die Göttin wandelt, erblüht der Wald. Aber wo Angst herrscht, kann kein Leben gedeihen«, stimmte Wardrun zu. »Falls sich die Fremden uneinsichtig zeigen, müssen wir Umbrik um Hilfe bitten. Harass' Wolf wird den Hain verteidigen, wenn wir ihn rufen.«

Ein wenig beruhigt stocherte Geitla wieder im Feuer herum.

»Aber bis wir mehr wissen, sollten wir uns ihnen nicht mehr nähern«, entschied Wardrun. »Hast du gehört, Geitla? Halte dich beim Kräutersuchen nach Norden! Mir hat nicht gefallen, wie sie uns angesehen haben.«

»Am besten kommst du mit mir«, schlug Röskwe vor. »Ich könnte dir zeigen, wo die Wasserminze am Bach wächst.«

Seufzend nickte Geitla. Jedes Kind konnte Wasserminze an einem Bach finden, deshalb hatte sie diesen Namen bekommen.

»Ganz egal, wie diese Sache ausgeht«, wandte sich Wardrun wieder an Alwila, »du solltest wirklich zu Ulweig gehen, um von ihr zu lernen. Ich verstehe nichts von Elfenmagie und deine Zauber werden stärker.«

»Die berühmte Seherin der Jukaner?«, fragte Geitla. Beim letzten Mittsommerfest hatte jemand Geschichten über sie erzählt.

»Sie soll alles wissen, was auf der Welt – und sogar bei den Göttern – geschieht«, sagte Röskwe bewundernd. »Glaubst du, Alwila könnte auch so mächtig werden?« Der Gedanke, eine zukünftige Berühmtheit zu kennen, gefiel auch Geitla.

»Vielleicht liegen Alwilas Stärken auf anderem Gebiet«, wich Wardrun aus. »Aber in jedem Fall wäre es schade, wenn sie hier verkümmern, nur weil ich …«

»Schhh!«, fiel Alwila ihr ins Wort. Mahnend hob sie eine Hand und schloss die Augen.

Selbst Wardrun verstummte und sah sie fragend an. Alwila schien zu lauschen. Ob in die anbrechende Nacht oder auf die Stimmen der Geister, konnte Geitla nicht unterscheiden. Sie selbst hörte nur das Prasseln des Feuers und den fernen Ruf einer Eule.

»Es kommt jemand«, flüsterte Alwila.

»Vielleicht dein Liebster«, kicherte Röskwe. Alwilas Liebhaber besuchte sie von Zeit zu Zeit und brachte ihnen von seiner Jagdbeute mit. Auch Geitla grinste. Ein Ratsuchender aus den Weilern der Umgebung würde sicher nicht so spät durch den Wald irren.

»Sei still!«, zischte Alwila.

Wardrun schoss Röskwe einen strafenden Blick zu und legte einen Finger an die Lippen.

»Die Wurzeln der Bäume zittern untern schweren Schritten.« Geitla schien es, als ob Alwila mit ihnen erbebte.

»Im Laub raunen sich die Geister zu. Sie spüren nichts Gutes.« Aufgeschreckt öffnete Alwila die Augen. »Sie kommen hierher.«

»Die Fremden.« Auf ihren Zauberstab gestützt stemmte sich Wardrun rasch auf die Beine.

Geitla sprang auf und starrte in Richtung Fluss, wo sich das Lager der Männer befand, doch es war bereits so dunkel, dass sie nur wenige Bäume weit sehen konnte.

»Was tun wir jetzt?«, fragte Röskwe ängstlich. Auch sie und Alwila hatten sich erhoben und blickten Wardrun an, aber kein Bannfluch würde ihnen jetzt noch helfen.

»Geitla, versteck dich!«, befahl Wardrun.

»Auf die alte Linde!« Alwila zerrte Geitla zu dem weit ausladenden Baum hinüber. Sosehr sich Geitla auch streckte, sie konnte selbst die untersten Äste nicht erreichen. »Schnell!«, drängte Alwila und bot ihre verschränkten Hände als Trittstufe an. Als sie ihren Fuß daraufsetzte, flog Geitla förmlich den Ästen entgegen. Sie packte den erstbesten, umklammerte ihn mit beiden Armen und zog sich hinauf.

»Was ist mit dir?« Helfend wollte sie die Hand nach Alwila ausstrecken, doch die Zauberin wich zurück.

»Hoch mit dir!« Schon wandte Alwila den Blick ab und Geitla sah verwundert hinab. Alwila verblasste wie ein Traumbild. Eben noch hatte Geitla den schlanken Körper gespürt, jetzt schien er nur noch ein Gebilde aus Rauch zu sein, und selbst das verwehte, verband sich mit den Schatten des Hains.

Vor Staunen war Geitla wie gelähmt. Niemand hatte ihr verraten, dass Alwila mehr konnte, als strahlende Farben zu zaubern und dem Wispern der Geister zu lauschen. Doch jetzt war nicht die Zeit, um Geheimnisse übel zu nehmen. Von unten war sie immer noch leicht zu sehen. Hastig kletterte sie weiter nach oben. Das Priesterinnengewand behinderte sie, blieb an Zweigen hängen. Gehetzt zerrte sie sich frei und hörte den Stoff reißen. Wie hoch musste sie? Wo würde sie sicher sein? Rittlings setzte sie sich auf einen Ast und rückte vom Stamm weg, um mehr vom Laub umgeben zu sein. Aber wenn sie sich zu weit vorwagte, konnte der Ast brechen. Zaghaft lehnte sie sich vor und lauschte auf verdächtiges Knirschen. Abgesehen vom Rascheln der Zweige, die in ihre gewohnte Stellung zurückschnellten, blieb es im Baum jedoch still.

»Da sind sie!«, rief eine Männerstimme.

Geitla blieb fast das Herz stehen. Es war die Sprache der Seriker, die auf der anderen Flussseite lebten. Was wollten die Fremden so spät noch von ihnen? Vorsichtig verlagerte sie ihr Gewicht, um durch eine Lücke zwischen den herzförmigen Blättern zu spähen. Wardrun erwartete die Männer beim Feuer. Mit einer Hand hielt sie den Stab, der ihr bis zur Schulter reichte, und stand hinter den Flammen. Sie boten ihr Schutz und beleuchteten zugleich ihr Gesicht, während sie den Fremden entgegenblickte. Wie eine Wächterin, doch ohne Waffen stand Röskwe hinter Wardruns Schulter und knetete mit einer Hand die andere. Von Alwila war nichts zu sehen.

Zwei Männer in den groben Tuniken der Holzfäller traten so

weit vor, dass das Laub sie nur noch teilweise verdeckte. An ihren Gürteln hingen Dolche, aber ihre Beile hatten sie nicht mitgebracht. Dafür trug der Ältere eine Art spitz zulaufenden Krug mit zwei Henkeln, und Geitla erinnerte sich, dass die Thebaner Wein und Öl in solchen Gefäßen aufbewahrten. »Rovenas Segen, Priesterin!«, grüßte er eher herausfordernd als freundlich. »Wir haben gehört, dass ihr der Göttin der Liebe dient. Da könnten wir uns doch einen schönen Abend machen.« Vielsagend hob er den Krug, in dem sich wohl Wein befand.

»Es sind nur zwei«, beschwerte sich ein dritter Kerl, den Geitla nicht sehen konnte. »Wo sind die anderen?«

»Ihr müsst etwas falsch verstanden haben«, erwiderte Wardrun ruhig und bestimmt. »Dies ist ein Ort der Heilung und der Hilfe für jene, die verzweifeln.«

»Ich bin ziemlich verzweifelt, weil ich schon so lange keine Frau mehr hatte«, spottete der Jüngere und erntete Gelächter von seinen Kameraden.

»Ihr seid am falschen Ort«, beharrte Wardrun. »Dieser Hain steht unter dem Schutz der Götter. Geht!«

»Die wollen uns nicht«, murrte ein vierter Mann.

»Wenn's um Geld geht, zahlen wir auch.« Der Wortführer griff nach einem Beutel an seinem Gürtel.

»Verstehst du das unter Liebe?«, empörte sich Wardrun. »Du beleidigst die Göttin! Verlasst auf der Stelle ihren Hain!«

»Ich besorg's dir auch umsonst«, tönte einer der hinteren Kerle und trat drohend vor.

»Wir wollen nur, was andere auch bekommen«, verkündete der Jüngere und näherte sich Röskwe, die entsetzt zurückwich.

»Du wirst hier nicht finden, was du suchst.« Entschieden trat Wardrun zwischen ihn und Röskwe.

»Halt sie fest! Sie läuft weg!«, rief ein anderer und setzte sich gleich selbst in Bewegung.

»Lasst sie!«, befahl Wardrun, doch ihr Gegenüber stieß sie zur Seite, dass ihr Gewand beinahe ins Feuer geriet. Hastig raffte sie es mit der freien Hand und stolperte rückwärts. Zwei Männer rannten hinter Röskwe her und verschwanden aus Geitlas Sicht. Drei andere rückten in einem Halbkreis vor, schienen

Wardrun umzingeln zu wollen, die ihren Stab nun mit beiden Händen abwehrend vor sich hielt.

»Wenn ihr nett zu uns seid, legen wir vielleicht auch ein gutes Wort für eure Bäume ein«, schmeichelte einer der drei. Es klang so unaufrichtig, dass Geitla übel wurde.

Ein Aufschrei, der von Röskwe stammen musste, hallte durch den Hain. »Nein!«, kreischte sie. »Lass mich los!«

Plötzlich stieß jemand ein seltsames Ächzen aus und im nächsten Augenblick schrie einer von Röskwes Verfolgern. »Terent? Was … Heilige Scheiße! Er stirbt!«

Geitla lehnte sich weiter vor, beugte sich tiefer, doch es war zu dunkel und das Laub zu dicht, um etwas zu erkennen. Teils verwirrt, teils argwöhnisch blickten die Männer zu ihren Kumpanen.

»Das ist der Zorn der Göttin Wár, den ihr über euch bringt!«, rief Wardrun mit fester Stimme.

»Verfluchte Hexen!«, schrie einer.

»Schnappen wir sie uns!« Der Kerl mit dem Wein ließ den Krug fallen und stürzte sich auf Wardrun. Geschickt wich sie aus und stieß ihm das Ende des Zauberstabs in die Niere, doch es brachte sie einem anderen Mann zu nah, der sie von hinten packte.

»Wárs Fluch über euch alle!«, schrie Wardrun, aber Geitla wusste, dass es nichts nutzen würde, wenn die Zauberin dabei keine magischen Zeichen in ihren Stab ritzte. So leise wie möglich schob sich Geitla auf dem Ast zurück zum Stamm. Wie konnte sie Wardrun und Röskwe helfen? Sie musste etwas tun.

»Hilf ihm, verdammtes Dämonenweib! Er verblutet!«, brüllte der Mann, der Röskwe verfolgt hatte.

Geitla rutschte einen Ast tiefer und sah, dass er Röskwe anfuhr, die nur noch weiter zurückwich. Vor ihm lag einer der Fremden am Boden, doch mehr konnte Geitla nicht erkennen.

»Ort der Heilung, was?«, höhnte einer der drei Kerle, die sich um Wardrun drängten. »Vier schöne Weiber allein im Wald … Für wie dumm hältst du uns?«

»Selbst eine Blindschleiche hat mehr Verstand als ihr!«,

zischte Wardrun und wand sich im Griff des Manns, der ihr die Arme an den Körper presste.

Mit einem zornigen Laut rammte ihr der Höhnische die Faust ins Gesicht. »Ich prügel dir sämtliche Zähne aus dem Maul!«

Gehetzt sah sich Geitla nach einer Art Waffe um. Wenn sie sich einfach fallen ließ, konnte sie vielleicht den Knüppel dort erreichen, bevor die Männer sie bemerkten. Sie nahm allen Mut zusammen und sprang. Als der Aufprall sie in die Knie zwang, brüllte jemand auf. Es war so laut und schmerzerfüllt, dass sie innehielt und den Kerl anstarrte, der sich an den Rücken griff. Es war derselbe, der Wardrun geschlagen hatte. Rasch hob er die Hand vors Gesicht und betrachtete ungläubig die blutigen Finger, bevor er sich nach dem Feind umsah, der ihn verwundet hatte. Sein Blick fiel auf Geitla. »Verfluchtes Biest!« Mit wutverzerrtem Gesicht rannte er auf sie zu.

Geitla hastete zu dem alten Ast, den sie am Boden gesehen hatte, griff danach und richtete sich mit ihrem Knüppel wieder auf. Im gleichen Moment stürzte der Mann der Länge nach hin. Geitla glaubte, über ihm einen Schatten zu sehen. An seinem Hals blitzte Metall auf und sein Schrei verkam zu einem Röcheln.

Alwila! Fassungslos beobachtete Geitla, wie sich der Fremde aufrappelte, obwohl er die Hand auf einen tiefen Schnitt in seinem Hals presste, aus dem unaufhaltsam Blut quoll. Er wollte etwas sagen, doch aus seinem Mund spritzte nur roter Speichel. Als er einen Schritt auf Geitla zumachte, gaben die Beine unter ihm nach. Seine Augen brachen, noch während er zu Boden fiel.

»Flieht, bevor es euch alle trifft!«, gellte Wardruns Stimme durch die entsetzte Stille.

Stumm stieß der Kerl sie von sich, der sie festgehalten hatte. Ihr Anführer schien hin- und hergerissen, ob er zu dem Gestürzten eilen und ihm noch irgendwie helfen sollte.

»Kommt schon, weg hier!«, rief der Mann bei Röskwe und kam zum Feuer zurückgelaufen.

»Das werdet ihr büßen!«, drohte der ältere. Dann rannten alle drei in die Nacht, aus der sie gekommen waren.

Theban, Frühsommer, 24. Jahr d. H. E.
Auf dem großen Altar vor dem Saronntempel türmte sich die Asche der Opfer. Verbranntes Fett hatte sie zu einer festen Masse verbacken, aus der an manchen Stellen noch Knochen ragten. Bald würde erneut Rauch vor dem Tempel aufsteigen, denn der Kaiser hatte ein weißes Pferd gestiftet, um den Kriegsgott auf Asturs Heerzug einzustimmen. Gern hätte Seran gesehen, wie das Opfer unter dem Jubel der Menge in Ermans Anwesenheit dargebracht wurde, doch um den Rat nicht aufzuschrecken, zog es der Kaiser vor, nicht in Erscheinung zu treten. Das Pferd sollte Saronn in aller Stille innerhalb des Tempels geweiht und seine Teile anschließend draußen verbrannt werden, ohne Aufsehen zu erregen.

Andächtig schritt Seran die Freitreppe vom Altar zum Eingang hinauf. An seiner Seite ging Adurin, und sie folgten Astur, dessen roter Umhang sich im Wind bauschte. Die Brise vertrieb den üblichen Gestank der Stadt und kühlte Seran in seiner Paraderüstung. Oberhalb der Stiefel trug er aufwändig mit Götterfiguren verzierte Beinschienen, eine rote Tunika unter dem Kettenhemd und einen kurzen roten Umhang darüber. Er war mit einem neuen Langschwert gegürtet, das Kromer in Asturs Auftrag angefertigt hatte, und auf seinem Kopf saß der Helm, der ein Geschenk von Baleos war. Doch sein Ziehbruder konnte oder wollte sie nicht begleiten. Bereits am Tag zuvor war er feierlich in die Kaisergarde aufgenommen worden, und Seran wusste nicht, ob dieser Umstand Baleos tatsächlich daran hinderte, in den Tempel zu kommen, oder nur als Ausrede diente. Es war gut möglich, dass Baleos immer noch schmollte, weil er in Theban bleiben musste.

Auch Astur und Adurin hatten Prunkrüstungen angelegt, womit sie auf ihrem Marsch durch die Stadt zahlreiche Blicke auf sich gezogen hatten. Die Tradition erforderte, dass sie innerhalb Thebans so lange zu Fuß gingen, bis sie Saronn ihre Absicht kundgetan hatten, in den Krieg zu ziehen. Deshalb waren ihnen Garud und die anderen Pferdesklaven mit den ebenso prächtig aufgezäumten Tieren gefolgt. Kromer und ihre Leibsklaven hatten sich dagegen mit den Packpferden bereits zur

Kaserne des *Tharians Stolz* begeben, wo sie alle übernachten würden, damit der Flügel am Morgen frühzeitig aufbrechen konnte.

Schon als Seran zwischen den Säulen aus rotem Marmor hindurchschritt, die den Giebel mit dem goldenen Kriegsgott in einem von feurigen Pferden gezogenen Streitwagen trugen, spürte er die Macht der Stätte in seinen Gliedern. Auch die Wände waren aus demselben roten Gestein errichtet, weshalb es Seran vorkam, als ob sie das Innere eines lebenden Körpers betraten. Sogar der metallische Geruch erinnerte an Blut, aber er stammte von den schmucklosen, dunklen Säulen, die Saronns Halle stützten. Sie bestanden aus massivem Eisen – den eingeschmolzenen Waffen zahlloser Gegner, die von den ersten sieben Kaisern Thebans besiegt worden waren. Deren sieben Prunkschilde zierten die Wand über Saronns Statue, die so hoch wie drei Männer am Ende der Halle aufragte. Der Gott trug keine Rüstung, aber Helm, Schild und Speer, den er zum Stoß bereithielt.

Mit weichen Knien folgte Seran seinem Ziehvater, der festen Schritts voranging. Plötzlich verschwammen die vielen erbeuteten Waffen und Rüstungen an den Wänden, als sei er betrunken. Obwohl der Boden vollkommen eben war, musste Seran langsamer gehen, um nicht zu fallen.

»Die Beförderung wohl ein bisschen zu wild gefeiert«, ertönte eine fremde Stimme hinter ihm, und im nächsten Augenblick schlug ihm jemand auf die Schulter und packte ihn zugleich, sodass er nicht stürzen konnte. »Ich hab mich auch besoffen«, gestand der Mann freimütig. »Da denkt man, man steht auf dem Zenit, dann bekommt man einen Stellvertreter, der der eigene Sohn sein könnte, und schon weiß man, dass man zum alten Eisen gehört.«

Befremdet musterte Seran aus dem Augenwinkel den kleineren, aber kräftigen Offizier, der eine ebenso prächtige Rüstung trug wie er. Selbst im spärlichen Licht des Tempels erkannte Seran, dass Akeros Gesicht von der achenischen Sonne tief gebräunt war. Den mit einem Rossschweif geschmückten Helm hielt er unter dem Arm, weshalb die kurzen grauen Locken sein

Alter verrieten. Auch Adurin blickte sich nach dem Mann um, der keine Scheu besaß, in Saronns Tempel so laut zu sprechen.

»Akero aus dem Haus Alban, Reiterführer des *Tharians Stolz*«, stellte er sich vor und ließ Seran wieder los.

»A-adurin aus dem Haus Aurel«, erwiderte Adurin.

»Dachte ich mir.« Dennoch sah Akero ihn eine Spur länger an, als Seran passend fand.

Welch ein gelungener Einstand. Ein Dezen, der stottert, und ich schwanke wie besoffen. Ihr Vater musste fast platzen vor Zorn, doch er drehte sich nicht einmal um. Stattdessen blieb er in angemessenem Abstand vor der Statue stehen, wo sie ein Priester Saronns bereits erwartete. Wie alle Diener seines Gotts war er in eine rote Tunika und einen schwarzen Umhang gekleidet und trug ein prunkvolles Kurzschwert am Gürtel. Der silberne Pferdekopf, der den Schwertknauf bildete, unterschied ihn von dem Gehilfen, dem er einen Wink gab, woraufhin der junge Mann durch eine Tür in einen weiter hinten gelegenen Raum verschwand.

Seran war froh, stehen bleiben zu dürfen, und atmete tief durch. Obwohl seine Ziehbrüder und selbst Astur es als merkwürdige, aber nicht ehrenrührige Form der Verbundenheit mit den Göttern auslegten, schämte er sich für die Schwäche in seinen Beinen. Bei einem großen Kerl wie ihm musste es wirklich seltsam aussehen, aber wenigstens Saronn würde wissen, dass ihn seine Kraft im Kampf nicht im Stich ließ.

Dunkle Schläge erklangen aus den verborgenen Räumen hinter dem Tempel. Schweigend zog eine Reihe Priester in die Halle und offenbarte die Quelle des Dröhnens. Jeder von ihnen hielt einen Speer in der Hand und pochte im Takt mit dem Schaft auf einen Schild am anderen Arm. Hufschlag mischte sich in den Rhythmus, als der junge Gehilfe einen weißen Hengst hereinführte. Beunruhigt reckte das Tier den Hals, blähte die Nüstern und sah sich mit geweiteten Augen um. Es war ein auffallend schönes, kräftiges Pferd, eines Kaisers würdig, und Seran ertappte sich bei dem Gedanken, dass es Verschwendung war, ein solches Tier zu opfern. *Wir bringen es dem Herrn der Schlachten für unseren Sieg dar. Wie könnte es da verschwendet sein?*, schalt er sich rasch selbst. Sie hatten bereits in Deiuthars Tempel einen weißen Stier geopfert und dem Kaiser und seinen göttlichen Vorgängern ein weißes Kalb. Jetzt war es nur folgerichtig, auch dem Kriegsgott und Beschützer Thebans zu huldigen.

Saronns oberster Priester, den Seran am goldenen Pferdekopf als Schwertknauf erkannte, stellte sich zu dem Opfertier vor die Statue und hob beschwörend die Arme. Von einem Augenblick zum nächsten herrschte Stille im Tempel. »Mächtiger Schlachtenlenker, Ahnherr des göttlichen Themenor«, rief der Priester. »Wir treten heute vor dich, um deinen Zorn auf Thebans Feinde im Norden zu lenken. Nimm die Gabe deines Nachfahren, des göttlichen Kaisers, an! Gewähre seinen Kämpfern den Sieg!«

Noch bevor das Wort verhallt war, setzten die dröhnenden Schläge wieder ein. Erschreckt riss das Pferd den Kopf empor, doch der Gehilfe hielt es am mit Gold geschmückten, roten Halfter fest und sprach leise auf es ein. Zu Serans Überraschung brachte er es dazu, ein Vorderbein zu beugen und sich gleichsam zu verneigen. Ein zweiter Gehilfe trat mit einer eisernen Schale aus den Schatten. Mit unbewegter Miene zog Saronns oberster Priester sein Kurzschwert und schnitt dem Tier beinahe beiläufig die Halsader auf. Es zuckte zusammen, wollte sich aufbäumen, aber der junge Mann zog es am Halfter nach unten, während sein Helfer die Schale abstellte, um das Blut aufzufangen. Der Hengst zitterte, verharrte jedoch in der Haltung, in die er gezwungen wurde.

Der Hohepriester bedeutete Astur vorzutreten. Obwohl sein Ziehvater ihm die Zeremonie erklärt hatte, beobachtete Seran genau, was er tat, um es anschließend nachahmen zu können. Auch Astur zog sein Schwert und hielt es ins herabströmende Blut. »Mach diese Klinge zu deinem Werkzeug und sie wird dir zahlreiche Opfer darbringen!«

Der Hengst schnaufte heftig, weshalb es fast so aussah, als weiche Astur vor ihm zurück, doch er gab nur den Weg für seinen jüngsten Sohn frei, der dasselbe Ritual vollzog. Adurin murmelte die Worte so leise, dass niemand hörte, ob er stotterte oder nicht. Noch einmal versuchte das Pferd, sich emporzustemmen, spannte alle Muskeln an und rutschte mit den Hinterhufen auf dem glatt polierten Boden.

Rasch trat Seran vor, um die Spitze seines Schwerts in die Schale zu tauchen. Aus der Wunde des Schimmels rann Blut über die Klinge. »Mach diese Waffe zu deinem Werkzeug und sie wird dir zahlreiche Opfer bringen!«, versprach Seran. Vor Ergriffenheit war sogar seine Schwäche verflogen, doch als er mit dem tropfenden Schwert zurückwich, taumelte er erneut. Er biss die Zähne zusammen und straffte sich, um aufrecht stehen zu bleiben.

Aus der Brust des Opfertiers drang ein Stöhnen. Seine Hinterbeine gaben nach. Schwerfällig sackte es auf die Steinfliesen nieder. Wieder erbebte es, Atem und Blutstrom versiegten. Leblos sank der Hengst zur Seite, lag vor Saronns Statue, als hätte ihn der Speer des Gottes niedergestreckt. Mit seinem Herzschlag endete auch das Trommeln auf den Schilden.

»Ein sanfter Tod«, befand der Hohepriester. »Saronn hat das Opfer angenommen und es zu sich geholt.«

Astur nickte zufrieden. Auf ein gutes Omen für ihren Feldzug hatten sie alle gehofft. Wortlos verabschiedete er sich und Seran folgte ihm erleichtert. Je schneller sie den Tempel verließen, desto schneller würde der Schwindel verfliegen.

Hinter ihnen wartete Akero. »Heerführer«, grüßte er knapp und neigte das Haupt vor Astur. »Reiterführer Akero von *Tharians Stolz* meldet sich zum Dienst.«

»Ich hoffe, im Feld seid Ihr Euren Männern ein besseres Vorbild«, erwiderte Astur. »Ich dulde es nicht, dass sich meine Offiziere *vor* dem Sieg betrinken.« Damit marschierte er an Akero vorbei und Seran konnte sich ein Schmunzeln nicht verkneifen. Sein Ziehvater hatte wohl nie gelernt, sich Freunde zu machen. Doch der Reiterführer zuckte nur mit den Achseln und schloss sich Astur an.

Draußen am Fuß der Freitreppe schürten die Priester bereits das Feuer auf dem Altar, aber Astur hatte nicht vor zu warten, bis das Opfertier zerlegt und verbrannt war. Zielstrebig ging er auf die Pferdesklaven zu, die jenseits des Altars die gesattelten Tiere für sie bereithielten. Hinter Garud und den anderen hatten sich zehn Reiter in Paraderüstungen formiert, von denen einer das Feldzeichen des *Tharians Stolz* in den blassblauen Himmel reckte. Auf der Spitze der Stange prangte eine silberne Figur Kaiser Tharians zu Pferd, die auch auf das grüne Banner darunter gestickt war. Bei Asturs Erscheinen nahmen die Reiter Haltung an und legten die zur Faust geballte rechte Hand auf die Brust. Es musste Akeros Leibgarde sein, die er als Eskorte für den Heerführer mitgebracht hatte.

Schon auf den ersten Blick fiel Seran auf, dass sie alle Mataver waren. Ihre Gesichter waren zwar ebenso rasiert und sonnengebräunt wie das ihres Anführers, aber unter etlichen Helmen lugte langes helles Haar hervor, und im Vergleich zu ihren Pferden wirkten sie größer und schwerer als die Desmanaer, die Seran bislang befehligt hatte.

»Meine Männer sind müde vom Einsatz in Alandura«, gestand Akero, »und hätten etwas Ruhe hier in Theban mehr als verdient. Aber die Aussicht, in ihre Heimat zurückzukehren, hat ihnen neue Kräfte verliehen.«

Ich reite mit Matavern, um gegen Mataver zu kämpfen. Plötzlich fragte sich Seran, was der tote Sklave in den Kanälen dazu gesagt hätte.

*

Ihr Empfang bei *Tharians Stolz* hatte Seran beeindruckt. Auf dem Übungsplatz neben der Kaserne war der gesamte Flügel zu Pferd angetreten, um sich dem neuen Heerführer zu zeigen. Standarten, Helme und Speere hatten in der Sonne geblitzt. Die Tiere waren so lange gestriegelt worden, bis ihr Fell glänzte, und in den blank polierten Kriegshörnern hatten sich die Gesichter der Hornbläser gespiegelt.

Astur war die vorderste Reihe abgeritten und hatte am Ende genickt. Mehr Lob durften die in der Sonne schwitzenden Männer nicht von ihm fürs Herumstehen erwarten. Trotz der Hitze hatte Akero eine Kostprobe ihrer Fähigkeiten angeboten, aber Astur hatte abgelehnt. Sie sollten sich lieber auf die Abreise vorbereiten. Als Seran beim Abendessen daran zurückdachte, musste er seinem Ziehvater zustimmen. Bei Kampfübungen bestand immer die Gefahr, dass ein Reiter oder sein Pferd verletzt wurden. Ein unnötiges Risiko, wenn man am nächsten Morgen aufbrechen wollte.

Jetzt lag Seran in Akeros vorübergehendem Speisezimmer zu Tisch und unterdrückte ein Gähnen. Bislang hatte der Reiterführer das größte Haus der Kaserne bewohnt, doch nun stand es dem Heerführer zu, und Astur hatte wie üblich auf seinem Recht bestanden, statt diese eine Nacht in einer kleineren Unterkunft zu verbringen.

»Muss ziemlich anstrengend sein, Astur aus dem Haus Aurel zum Ziehvater zu haben«, meinte Akero belustigt. Offenbar war ihm Serans Müdigkeit nicht entgangen.

»Er ist … streng, aber stets gerecht«, erwiderte Seran. Falls sein neuer Vorgesetzter prüfte, ob er bereit war, über den Heerführer zu lästern, wollte er nichts Falsches sagen. »Ich wurde nie schlechter behandelt als seine eigenen Söhne.«

»Ein wahrer Ausbund an Tugend«, spottete Akero. »Ich wette, sein Vater war genauso. Aber nur so aus Neugier: Wie kam es eigentlich dazu, dass du sein Ziehsohn wurdest?«

Ich hätte mir denken können, dass dieses Abendessen ein Verhör wird. Doch Akero wirkte aufrichtig freundlich und Seran wollte ihr gemeinsames Mahl nicht mit gereizten Untertönen ausklingen lassen. »Ein Sklavenhändler bot ihm in Matavien einige Jungen an, die ihn bei Tisch bedienen sollten. Darunter auch ich. Er sagt, dass er in mir sofort die Anlagen zu Größerem erkannte. Na ja, ich kann mich an das alles nicht erinnern, und es fällt schwer, es sich bei ihm vorzustellen, aber … manchmal glaube ich, dass er nach dem Anblick der vielen Toten einfach nur Mitleid mit mir hatte.«

Akero gab ein Brummen von sich, das ebenso Zustimmung wie Skepsis bedeuten konnte. »Du wurdest deiner Familie entrissen. Das Schicksal aller Sklaven. Wenn ich so ein weiches Herz hätte, wäre ich wohl Ziehvater von Hunderten Söhnen.« Mit halbherzigem Lächeln nippte er an seinem Wein.

»Das ist wahr. In letzter Zeit muss ich öfter daran denken«, gab Seran zu. »Wie gut es mir geht, meine ich, verglichen mit anderen«, fuhr er rasch fort.

»Du musst mir nichts vormachen, Junge. Du bist Astur

dankbar, wie es sich gehört, aber jeder fragt sich irgendwann, wo er herkommt und wo ihn sein Weg hinführen soll.«

»Ich nicht«, antwortete Seran und merkte selbst, dass es überhastet klang. Schon wieder bekam Akero einen völlig falschen Eindruck. »Es ist nur … etwas vorgefallen, das mich an meine frühere Familie erinnert hat.«

»Du wurdest zum stellvertretenden Befehlshaber eines Flügels ernannt, der fast ausschließlich aus Matavern besteht«, stellte Akero amüsiert fest.

»Nein, ich … habe jemanden gesehen.«

»Einen Verwandten?«

»Ich bin nicht sicher.« Seran zögerte. Auch wenn Akero einen vertrauenswürdigen Eindruck machte, durfte er ihm nicht zu viel verraten, aber wie sollte er jemals mehr über den Vorfall erfahren, wenn er niemanden fragte? »Ist dem Haus Alban in letzter Zeit ein matavischer Sklave entlaufen?«

»Nicht dass ich wüsste, aber meine Familie ist weitverzweigt«, gab Akero zu bedenken. »Ich selbst wurde in Rethana geboren, der Provinzhauptstadt Tiranzianas.«

Enttäuscht starrte Seran zu Boden und merkte es erst, als sich Akero räusperte.

»Ich könnte Nachforschungen anstellen lassen«, bot er an. »An welchem Tag wurde er hingerichtet?«

»Nein, das … das kann ich nicht annehmen«, bedauerte Seran.

»Warum nicht? Ich schicke einen meiner Sklaven zur Stadtwache und …«

»Nein!«, brach es aus Seran heraus, bevor er nachdenken konnte.

Akero lächelte wissend. »Ärger mit der Stadtwache also.« Jetzt hielt er ihn sicher wieder für einen Trunkenbold, der sich nachts in üblen Schänken herumtrieb. Was immer noch besser war als die Wahrheit …

»Du machst mich wirklich neugierig. Ich werde so oder so Erkundigungen einholen. Willst du mir nicht doch mehr sagen?«

Verdammt! Seran erhob sich. »Nein. Ich muss jetzt gehen.«

»Na schön. Ich will nicht weiter in dich dringen. Obwohl …

ehrlich gesagt, würde ich das doch gern.« Seine dunklen Augen funkelten im Licht der Öllampen. »Du stehst nicht zufällig auf ältere Kerle?«

Was? Bei dieser Vorstellung wollte bei ihm überhaupt nichts stehen. »Bei allem gebührenden Respekt …«

»… musst du jetzt erst recht gehen. Schade«, seufzte Akero. »Das hätte der langen Reise etwas Würze gegeben.«

Halbinsel Koruna, Provinz Theban, 24. Jahr d. H. E.

Da der *Tharians Stolz* ein berittener Kampfverband war, kam er flott nach Norden voran. Selbst der Tross bestand ausschließlich aus von Maultieren gezogenen Wagen, die mit den Reitern mithalten konnten, und Sklaven zu Pferd, um die Packtiere zu führen. Entlang der Reichstraßen ging es zunächst durch abgeerntete Äcker, alte Olivenhaine und Wiesen, auf denen Schafe und Rinder grasten. Noch waren die Gräser halbwegs grün, doch der Sommer trocknete die felsige Landschaft bereits aus. Jeden Tag stach die Sonne auf die Reiter nieder, die es zu viel Zeit gekostet hätte, nur morgens und abends zu reisen. Übernachtet wurde in alten Marschlagern aus den Tagen der ersten Kaiser, die Koruna und die angrenzenden Gebiete erobert hatten. Manchmal quartierten sie sich auch in einem Gasthaus oder beim Verwalter einer kleinen Stadt ein – natürlich nur die Offiziere, während die Truppe draußen auf den Feldern ihre Zelte aufschlagen musste.

Da die Marschordnung strikt eingehalten wurde, ritt Seran stets mit Adurin bei Astur oder Akero an der Spitze. Obwohl Kromer sie als persönlicher Schmied des Heerführers begleitete, musste er mit dem Tross am Ende des langen Zugs reisen. Über solche Fragen konnte nicht einmal Seran mit Astur verhandeln, weshalb ihm nichts anderes übrig blieb, als Kromer abends zu besuchen, sobald das Lager errichtet war.

Nach fünf Tagen ordnete Astur einen Ruhetag an. Pferde und Maultiere brauchten eine Pause, um wieder zu Kräften zu kommen. Zum Schrecken der Bauern wurden sie auf die Wiesen um ein altes Lager verteilt, auf dessen Gelände nicht genügend

Futter für eintausendfünfhundert Tiere wuchs. Da die einstigen Gebäude ebenso verfallen waren wie die Palisaden auf den noch erkennbaren Wällen, mussten die Sklaven für Offiziere und Mannschaften Zelte aufschlagen. Astur lud seine Söhne und Akero zum Abendessen ein, sodass Seran keine Gelegenheit blieb, zu Kromer zu gehen.

Als er sich am nächsten Morgen auf die Suche nach seinem Freund machen wollte, fing ihn ein Bote Akeros ab. Der Reiterführer befahl ihm, den Kauf von drei Wagenladungen Gerste bei den umliegenden Anwesen zu überwachen. Wie sich herausstellte, war das nötig, denn die matavischen Truppführer neigten dazu, ihre Forderung bedrohlich vorzutragen. Nachdem die noblen Landbesitzer oder ihre Verwalter den ersten Schrecken überwunden hatten, besaßen sie jedoch keine Skrupel, horrende Preise zu verlangen, die Seran dann mit Verweis auf seine vom Kaiser übertragene Macht herunterhandeln musste. Dass die Pferde des Flügels die umliegenden Weiden abfraßen, machte die Verhandlungen nicht leichter. Bis zum Mittag hatte Seran verstanden, weshalb Akero ihm die lästige Aufgabe übertragen hatte. *Dafür hat man also Stellvertreter.*

Zurück im Lager floh Seran vor der Sonne in sein Zelt, aber obwohl es Schatten spendete, war es darin so heiß, dass er es nur bei offener Zeltklappe aushielt. Milos brachte ihm kühles Wasser und eine Mahlzeit, und Seran ruhte sich aus, bis ihm Kromer wieder einfiel. Auf seinem Weg durchs Lager stellte er fest, dass er begann, sich an einzelne Gesichter zu erinnern. Noch fiel es ihm schwer, diese Fremden als *seine* Männer zu betrachten, aber ein Anfang war gemacht. Überall saßen oder lagen sie vor oder in ihren geöffneten Zelten, um auch die kleinste Brise gegen die Hitze zu nutzen. Manche unterbrachen ihre Gespräche, um ihm zuzunicken, andere musterten ihn nur neugierig oder grimmig. In ihrer freien Zeit mussten sie nicht aufspringen, um ihn zu grüßen, solange er nicht bei ihnen stehen blieb oder sie ansprach. Dass manche grinsten, ging jedoch zu weit. Seran wusste nicht, was er davon halten sollte. Plötzlich kam es ihm vor, als ob einige sogar über ihn lachten, sobald er vorübergegangen war. *Das bilde ich mir ein.* Sie saßen bloß zusammen und machten Scherze. *Über mich.* War er nur misstrauisch, weil er nicht verstand, was sie sagten? Untereinander sprachen sie nun einmal Matavisch.

Verstimmt stapfte er durch das Trosslager und hielt nach Kromer Ausschau. Metallisches Hämmern ließ ihn aufmerken und wies ihm die Richtung. Als ob es nicht heiß genug gewesen wäre, hatte der Zwerg vor seiner Unterkunft die Feldesse angeheizt und arbeitete unter dem Vorzelt am Amboss. Einige Mataver sahen ihm dabei zu, hielten jedoch Abstand, um der schlimmsten Hitze zu entgehen.

»Dich hält Vater also auch auf Trab«, stellte Seran fest.

»Ach was«, wehrte Kromer ab und ließ den Hammer sinken. »Ich hab Sonnenbrand auf dem Scheitel, und mein Hintern ist zu wundgeritten zum Sitzen, also dachte ich mir, wenn ich schon stehen muss, kann ich mich auch nützlich machen. Aber das Würfelverbot nehm ich ihm wirklich übel!«

»Behalte doch draußen die Kappe auf, wenn die Sonne deine Haut verbrennt.«

»Obwohl einem draußen nichts auf den Kopf fallen kann? Ich mach mich doch nicht zum Gespött!«, empörte sich Kromer.

Seran verkniff sich, darauf hinzuweisen, dass es im ganzen Lager keinen anderen Zwerg gab, der dieser kruden Logik folgen konnte.

»Bist du fertig für heute?«, erkundigte sich Kromer.

»Wenn Akero nichts mehr einfällt, womit er mich beschäftigen könnte.«

»Dann hör ich auch auf«, beschloss Kromer und legte den abgekühlten Rohling, der in seiner Zange klemmte, auf einen Haufen anderer zurück. »Ende der Vorstellung!«, rief er den Matavern zu. »Jede Wette, dass sie alle Schmiede sind – oder waren«, raunte er Seran zu. »Haben noch nie einen echten Meister bei der Arbeit gesehen.«

Grinsend sah Seran, wie die Männer unbeteiligt taten und fortgingen, als hätten sie sich nie wirklich für Kromers Treiben interessiert. »Bescheidenheit war noch nie deine Stärke.«

»Menschliche Schmiede sind eben Stümper. Sie wurden nicht von Rauwonn unterwiesen, da kann das nichts werden.«

Dagegen wusste Seran nichts zu sagen, denn Kromers Werke sprachen für sich. Viel mehr beschäftigte ihn, wie sich die Reiter benommen hatten. »Deine Zuschauer haben nicht zufällig über mich geredet?«

»Mit mir?« Kromer schnaubte abfällig. »Mataver mögen keine Zwerge. Sie glauben, wir seien alle gierig und nur darauf aus, sie auszunehmen.«

»Und das wundert dich?«, prustete Seran. »Du hast dich gerade darüber beschwert, dass Vater dir verboten hat, sie um ihren Sold zu erleichtern.«

»Er hat *allen* verboten, um Geld zu würfeln. Aber wenn du es unbedingt wissen willst, ja, sie reden über dich. Ich höre so einiges, weil sie glauben, dass ich ihre Sprache nicht verstehe.«

»Wundern sie sich, dass ich so viel Zeit mit einem gierigen Zwerg verbringe?«, versuchte Seran zu scherzen.

»Wenn's nur das wäre«, brummte Kromer.

»Was können sie gegen mich haben? Sie kennen mich doch gar nicht.«

»Das ist das Problem. Weil sie nichts über dich wissen, verstehen sie nicht, wie ein so junger Kerl wie du Akeros Stellvertreter werden konnte. Aus ihrer Sicht hätte es da unter ihren Bizenen geeignetere Anwärter gegeben.«

»Matavische Bizene«, vermutete Seran bitter.

Kromer nickte. »Für sie bist du ein Niemand, der den Posten entweder bekommen hat, weil er der Schoßhund des Heerführers ist, oder es mit Akero treibt.«

Vor Wut fehlten Seran die Worte.

»Tut mir leid, Großer. Garud und ich erzählen ständig von deinem Sieg in Desmana, damit sich die Geschichte verbreitet, aber du weißt, wie die Leute sind. Es wird vielleicht nicht reichen.«

Seran ballte die Fäuste. Ganz sicher würde es nicht reichen, um die Gerüchte zum Verstummen zu bringen. Am liebsten hätte er einen der Kerle, die so über ihn redeten, grün und blau geprügelt. Doch er war ein hoher Offizier, er musste Vorbild sein, sonst würde Astur ihn entlassen, und dann blieb ihm nichts, keine Familie, kein Posten, kein Zuhause mehr. Nein, wenn er sie für ihr respektloses Verhalten bestrafen wollte, musste er sie auf frischer Tat ertappen, und dazu war es nötig, ihre spöttischen Bemerkungen zu verstehen. »Bring mir Matavisch bei! Es sollte leicht sein. Immerhin hab ich es schon einmal gekonnt.«

»Wäre wirklich besser, wenn die Mistkerle nicht mehr laut über dich herziehen könnten, aber …« Nachdenklich kratzte sich Kromer im Bart. »Man hört mir an, dass ich keiner von ihnen bin, und dir dann auch.«

Er hat recht. Damit würde ich nur noch mehr Häme ernten.

»Nimm dir einen von ihnen zum Lehrer! Du bist ihr Anführer. Du musst es nur befehlen.«

11

Seran berief Leubwin, den jüngsten der fünf Bizene, zu seinem Lehrer und setzte sich über die Marschordnung hinweg, um neben ihm reiten zu können. Wenn Akero etwas von ihm wollte, sollte er einen Boten schicken, und Astur hielt er entgegen, dass er immerhin nicht wie ein Sklave mit dem Tross zog. Was sollte falsch daran sein, neben einem Bizen und seinem Bannerträger zu reiten? Vor der frisch ernannten Leibgarde des Heerführers schien sich Astur nicht dazu äußern zu wollen und ließ ihn gewähren.

Ein paar Tage später lagen die felsigen Hügel Korunas hinter ihnen. Die Sonne stach auch hier, aber das Land war flacher und die Äcker und Wiesen waren weniger steinig. Gen Nordwesten lag die Mündung der Neva mit ihren Sümpfen, von denen sie sich fernhielten, um Stechmücken und Sommerfieber zu entgehen. Im Osten ragten dagegen die Erzzinnen auf, die die Provinz Theban vom Evoral und Grevera trennten.

Jeden Tag lernte Seran ein paar neue Wörter Matavisch. Die Aussprache fiel ihm leichter, als sich die ungewohnten Worte zu merken. Er war mit seinen Fortschritten zufrieden, und nach einer Weile sahen ihn Leubwins Männer nicht mehr belustigt oder argwöhnisch an, sondern anerkennend. Wie es Vorschrift war, erteilte er weiterhin thebanische Befehle, aber ansonsten übte er sein Matavisch – außer bei Kromer, der die Reiter lieber im Glauben lassen wollte, dass er sie nicht verstand.

Am nächsten Rasttag lud Seran Leubwin ein, mit ihm zu Abend zu essen. Unter seinem Vorzelt, wo sie jeder sehen konnte – um neuen Gerüchten über seine angeblichen Neigungen zuvorzukommen. Leubwin nahm die Einladung an, ließ sich aber nicht anmerken, ob es ihn freute oder Überwindung kostete. Einem Vorgesetzten etwas abzuschlagen war heikel, deshalb bildete sich Seran nicht ein, bereits einen Freund gefunden zu haben. Nur schleppend kam bei Tisch ein Gespräch in Gang. Immer wieder kratzte sich Leubwin verlegen im roten Haar oder rieb sich die Nase, die in Alandura so viele kräftige Sommersprossen bekommen hatte, dass sie fast braun aussah. Allmählich bekam Seran den Eindruck, dass sein Gast etwas sagen wollte, aber nicht wusste, wie er es anfangen sollte. Was konnte diesen Mann einschüchtern, der es mit 25 Jahren bereits zum Bizen gebracht hatte, obwohl er sich – wie alle angeworbenen Mataver – vom einfachen Reiter über den Posten des Truppführers hochgedient haben musste?

»Du hast in Alandura wohl Hervorragendes geleistet, um zum Bizen befördert worden zu sein«, vermutete Seran. Vielleicht würde etwas Anerkennung das Eis zwischen ihnen brechen.

Leubwin zuckte mit den Schultern. »Dasselbe scheint für Euch zu gelten.« Obwohl er bereits sieben Jahre diente, klang sein Thebanisch immer noch ungelenk, aber viele der einfachen Reiter sprachen es schlechter, weil sie in der Fremde unter sich geblieben waren.

»Manche behaupten anderes«, sagte Seran und bereute es sofort. Leubwin sollte nicht glauben, dass er ihn aushorchen wollte.

Sein Gast verzog geringschätzig die Lippen. »Ich gebe nichts auf Gerede. Aus ihm spricht Silgars zerstörerisches Gift. Es gefährdet den Zusammenhalt der Männer. Auch über mich haben sie nach meiner Ernennung Verleumdungen verbreitet. Das vergeht mit der Zeit.«

»Silgars Gift?«, wunderte sich Seran.

»Der Neid«, erklärte Leubwin und sah befremdet aus. Als Mataver musste man diesen Silgar wohl kennen.

»Hoffentlich werde ich bald Gelegenheit haben, sie durch Taten zum Schweigen zu bringen. Aber einen Mond lang werde ich sicher noch warten müssen«, schätzte Seran, denn sobald die schwer gerüsteten Fußtruppen des *Greverischen Drachen* zu ihnen stießen, würden sie nicht mehr so schnell vorankommen.

»Darf ich …« Leubwin zögerte, aber der Moment schien ihm gekommen, sein Anliegen vorzutragen. »… fragen, gegen wen genau sich dieser Feldzug richtet?«

Hm. Gab er sich eine unverzeihliche Blöße, wenn er gestand, dass er das nicht wusste? Bislang war er nicht einmal auf den

Gedanken gekommen, danach zu fragen. »Der Kaiser sprach von Matavern, die sich nicht an die Friedensverträge halten.«

Leubwins Miene verriet, dass ihn Serans Begegnung mit dem Kaiser beeindruckte, doch der Rest des Satzes steigerte nur seine Unruhe. »Hat er nicht erwähnt, um welchen Stamm es geht?«

Seran schüttelte Kopf. »Es war nur davon die Rede, dass diese Krieger am Elivar Thebaner überfallen. Mehr werden wir erst von Deriges, dem Statthalter Sevenas erfahren.«

Sichtlich mühsam beherrschte Leubwin seine Ungeduld.

Er sorgt sich, ob er gegen seine eigenen Verwandten kämpfen soll, begriff Seran. »Warte einen Moment! Milos, räum den Tisch ab und hol die Landkarte aus meinem Gepäck!« Syrakon hatte zwar keine Namen genannt, aber ein genaues Gebiet gezeigt. Seran breitete die Karte aus, die Akero ihm überlassen hatte, und fuhr mit dem Finger den Elivar entlang. Westlich von Sevena teilte sich der Fluss. Ein Arm kam von Osten an der Grenze Sevenas entlanggeflossen, der andere von Westen und bildete Serikas Grenze. Seran folgte dem westlichen Arm ein kurzes Stück stromaufwärts und deutete auf den Bereich, auf den Syrakon gewiesen hatte. »Ungefähr hier soll es sein.«

Leubwin beugte sich vor und betrachtete mit gerunzelter Stirn die Karte. »Was steht da?« Er deutete auf das Dreieck zwischen den beiden Armen, bevor sie zusammenflossen.

Dass er nicht lesen konnte, überraschte Seran, doch wo sollte er es gelernt haben? Die Mataver kannten keine Schrift. »Jukaner«, las er vor.

»Und dort sollen wir hin?«, vergewisserte sich Leubwin und zeigte auf die Stelle nordwestlich des Dreiecks, wo Serans Finger verharrte.

»So wurde es mir gesagt.«

»Den Göttern sei Dank!« Erleichtert lehnte sich Leubwin zurück. »Dann geht es wahrscheinlich gegen die Elweonen. Das wird meine Leute beruhigen.«

»Du bist Jukaner?«, erkundigte sich Seran.

Leubwin nickte. »Wie die meisten hier. Von welchem Stamm seid Ihr?«

»Das weiß ich nicht«, gab Seran zu.

Sein Gast sah ihn an, als hätte er gestanden, ein dreibeiniger Ochse zu sein.

*

Seran fragte Kromer, doch auch der wusste nicht, zu welchem Stamm Seran gehörte. »Soweit ich mich entsinnen kann, kämpften damals Jukaner, Andanen und ein paar abtrünnige Sewenen Seite an Seite. Deine Familie könnte jedem davon entstammen. Im Gegensatz zu den Thebanern hängen sie sich keine Erkennungszeichen um den Hals«, erklärte er zwinkernd. »Obwohl es ihnen ziemlich wichtig zu sein scheint«, fügte er ernster hinzu. »Dass du deine Herkunft nicht kennst, ist das Neueste, worüber sie die Nase rümpfen. Verdammte Mistkerle, allesamt.«

»Für sie ist es eben selbstverständlich zu wissen, wo sie herkommen«, verteidigte Seran sie. Ihm war lieber, wenn sie ihre Scherze darüber machten und nicht über seinen vermeintlich unverdient schnellen Aufstieg.

»Was ist so verflucht wichtig daran, seinen Geburtsort zu kennen?«, polterte Kromer. »Das ist doch völlig egal!«

»Warum regt dich das so auf? Ich werde mir ihren Respekt schon verdienen.«

Kromer brummte nur in seinen Bart.

Plötzlich kam Seran ein Verdacht. »Du weißt auch nicht, wo du herkommst! Aber … Hast du nicht mal erzählt, dass du aus den Erzzinnen stammst?«

»Dort bin ich aufgewachsen. Jemand hat mich vor Dunarars Tor ausgesetzt, bevor ich laufen konnte. Und es schert mich keinen feuchten Dreck mehr, wer das war, verstanden?«

Begütigend hob Seran die Hände und ließ die Angelegenheit vorerst auf sich beruhen. Hatte Kromer ihn damals ins Herz geschlossen, weil auch er seine Familie verloren hatte? Der Gedanke war tröstlich und traurig zugleich. Seit fünfzehn Jahren kannte er Kromer nun schon und merkte erst jetzt, wie wenig er über seinen Freund und dessen Vergangenheit wusste. Bei Gelegenheit würde er ihm weitere Fragen stellen – wenn sein Zorn verraucht war.

In den nächsten Tagen folgten sie dem Lauf der Neva gen

Norden. Wie ein dunkler Kamm zogen sich die Erzzinnen im Osten am Horizont entlang. Die Landschaft hier war grüner, denn von den Bergen her strebten viele Bäche und kleine Flüsse der Neva entgegen, weshalb der Weg über ungezählte Brücken und durch ebenso viele Furten führte. Bald leuchteten die Wiesen so satt, wie es Seran nur aus dem Frühjahr kannte, und das Korn stand noch auf den Feldern.

Nach mehr als einem halben Mond erreichten sie Ilerda, eine kleine Stadt an den Quellen der Neva. In der ganzen Provinz war sie für das Heiligtum der Quellgöttin bekannt, das aus einem Tempel und weitläufigen Gebäuden für die Pilger bestand, die herkamen, um im heilenden Wasser zu baden. Neben den vielen Reisenden musste die Stadt schon seit einer Weile die viertausend Mann des *Greverischen Drachen* samt ihrem Tross und den über tausend solvarischen Schleuderern ernähren. Als nun auch noch die Reiter eintrafen, wusste sich der Stadtverwalter nicht mehr zu helfen und verbot ihnen, Ilerda zu betreten. In den Schänken und Tavernen gebe es ohnehin keinen Wein mehr, bis Nachschub eintraf. Nur die Badehäuser des Heiligtums standen ihnen zur Verfügung.

Ungerührt verteilte Akero die fünf Einheiten des *Tharians Stolz* auf den Wiesen um die Stadt und ließ die Zelte aufschlagen, während Astur zum Stab des *Greverischen Drachen* stieß, der sich im Lager der örtlichen Schutztruppe einquartiert und deren Übungsplatz zum Feldlager gemacht hatte.

Am nächsten Morgen sah ihn Seran im vornehmsten der Bäder wieder. Als Kromer und er aus dem Dampfbad kamen, saßen Astur und Adurin im Wärmeraum und ließen sich einölen. Adurin wirkte bedrückt. Bei ihrem Eintreten sah er kaum auf. Um ihn aufzumuntern, setzte sich Seran neben ihn und machte einen Scherz über Kromers Lederkappe, die schon wieder auf den frisch gewaschenen Haaren saß. Adurin lächelte pflichtschuldig und starrte erneut vor sich hin.

»Lernst du immer noch Matavisch?«, erkundigte sich Astur. Seiner Miene nach zu urteilen, würde er nur mit einem Nein zufrieden sein.

»Für die Männer wäre es nicht gerade ein Beweis meiner Disziplin und Entschlossenheit, wenn ich schon wieder aufgeben würde«, antwortete Seran.

Astur runzelte die Stirn, konnte das Argument aber offenbar nicht widerlegen.

»Ich glaube, dass es mir auf diesem Heerzug noch Vorteile verschaffen wird«, rechtfertigte sich Seran weiter. »Wenn wir Gefangene verhören, werde ich nicht auf Übersetzer angewiesen sein, die vielleicht auf die falschen Dinge achten.«

Noch immer sagte Astur nichts, aber seine Stirn glättete sich ein wenig.

»Hat der Sklavenhändler damals eigentlich gesagt, welchem Stamm ich angehöre?«

»Bah!«, entfuhr es Kromer. »Bleib mir mit diesem Duftzeug vom Leib!«

»Zieht Ihr Mandelöl vor, Herr?«, fragte der Sklave, der ihm das Haar salben wollte.

»Weg damit! Wasser und Erde, etwas anderes gehört nicht auf Zwergenhaut.«

»Er meint es ernst«, versicherte Seran dem verwirrten Sklaven. »Du kannst dich anderen Gästen widmen.«

»Stämme sollten keine Rolle für dich spielen«, befand Astur. »Du gehörst jetzt dem Haus Aurel an.«

»Natürlich, Vater. Ich frage nur, weil es einer der Bizene wissen wollte.«

»Die Männer müssen den Offizier Thebans in dir sehen – sonst nichts! Damit steht und fällt deine Autorität, denn sie geht einzig und allein vom Kaiser aus.«

»Ihr habt recht«, gab Seran zu. »Wenn ich Männer aus unterschiedlichen Stämmen und Provinzen führen will, darf ich niemanden bevorzugen und mich mit keiner Einheit verbrüdern, nur weil sie zufällig aus der gleichen Gegend kommt wie ich.«

Astur nickte. »Du beginnst, es zu verstehen. Gut. Und jetzt wollen wir uns anderen Dingen zuwenden, denn heute ist ein großer Tag.«

Seran war, als ob Adurin neben ihm noch weiter in sich zusammensank.

»Dein Bruder wird als neuer Dezen zu seinem Drachen sprechen«, verkündete Astur.

Adurin sprang auf und rannte hinaus, um sich vor der Tür zu übergeben.

*

Selbst die größte freie Fläche vor der Stadt reichte kaum aus, um den vollständigen Drachen antreten zu lassen. Jede Kralle formierte sich zu zehn Reihen à zwanzig Mann, doch weil der Platz nicht reichte, um alle nebeneinander aufzustellen, musste die Hälfte der Krallen eine zweite Reihe hinter den anderen bilden. Über jeder Einheit ragte ihr Feldzeichen auf: ein silbernes Drachenhaupt, von dem unterschiedlich gefärbte Bänder und Abzeichen herabhingen. Und auch die Kriegshörner waren wie geöffnete Echsenrachen geformt.

Zur Linken der Drakonen marschierten die Schleuderer aus Solvares auf, die weder Helme noch Schilde trugen und nicht einmal einheitliche Rüstungen besaßen. Zur Rechten nahm dagegen der Flügel *Tharians Stolz* Aufstellung, an dessen Spitze Seran mit Akero und dem Standartenträger ritt. Auch jede Reitereinheit besaß ein eigenes Feldzeichen, um sich in der Schlacht nicht zu verlieren. Auf jedes der grünen Banner war mit Silberfäden Kaiser Tharian zu Pferd gestickt, sodass sie in der Sonne mit den Spitzen der Lanzen um die Wette glänzten. Doch am prunkvollsten trat wie stets der Heerführer auf. Sämtliche Offiziere, Meldereiter und Kundschafter des Drachen saßen ebenso zu Pferd wie Asturs Leibwache und der Feldherr selbst. Sie formierten sich so vor den Drakonen, dass die Männer ihre Anführer von Angesicht zu Angesicht sehen konnten, obwohl es den hinteren Reihen kaum möglich war, Einzelheiten zu erkennen. Auch die kleine Reiterei des *Greverischen Drachen* besaß eigene Banner, auf denen ihr goldenes Wappentier prangte. Das größte Feldzeichen hielt jedoch der Standartenträger neben dem Heerführer in die Höhe. Auf der Spitze saß ein goldenes Drachenhaupt mit geöffneten Kiefern, durch die der Wind in einen flatternden roten Stoffschlauch fuhr, der Körper und Schwanz der Echse darstellte. Darunter zeigte auch das rote Banner den

Drachen mit auffallend langen, gekrümmten Krallen und in goldenen Buchstaben stand darauf *Drako Grevera* zu lesen.

Seran entdeckte Adurin auf einem fuchsroten Pferd neben Astur. Im Schatten des Helms war sein Gesicht schlecht zu erkennen, doch es kam Seran immer noch blass vor. Die Hornbläser grüßten den Heerführer mit einem Dreiklang, woraufhin alle – vom Schleuderer über die Reiter bis zu den Drakonen – Haltung annahmen und die Faust aufs Herz legten. Der Feldherr und sein Gefolge erwiderten die Geste.

»Männer des *Greverischen Drachen*!«, rief Astur mit weit tragender Stimme. »Der Kaiser hat mich zu eurem Heerführer ernannt, damit wir gemeinsam Gefahr von Theban abwehren. Ich, Astur aus dem Haus Aurel, gelobe hiermit, dass ich euch zu einem ruhmreichen Sieg führen oder sterben werde!«

Vereinzelt schlugen Drakonen mit ihren Speeren auf die Schilde. Rasch schlossen sich andere an und Astur ließ sie einen Moment lang gewähren. Dann hob er den rechten Arm, um wieder Ruhe einzufordern. »Es ist mir eine Ehre, nach fünfzehn Jahren erneut den Befehl über diesen Drachen zu führen. Damals haben wir die Feinde Thebans das Fürchten gelehrt, und das werden wir auch dieses Mal tun!«

Wieder erhob sich Beifall, vielleicht sogar von altgedienten Drakonen jenes Feldzugs, von dem Astur sprach. Seran kam nicht umhin, seinen Ziehvater zu bewundern. Astur strahlte Kraft und Zuversicht aus und fand begeisternde Worte. Wenn er ihn sich zum Vorbild nahm, würde er es sicher zum Reiterführer bringen.

»Auch der neue Dezen der Vierten Klaue, Adurin aus dem Haus Aurel, wird jetzt das Wort an euch richten«, verkündete der Heerführer und nickte seinem Sohn auffordernd zu.

Adurin richtete sich im Sattel auf, aber Seran glaubte zu spüren, wie sich der Magen seines Ziehbruders vor Angst verkrampfte. »M… mä… mä… Männer des *Greverischen Drachen*«, stammelte er. »K-k-kaiser Saskallas h-hat diesen Drachen einst zur Eroberung Alanduras g-geführt. Auch w-wir w-werden dem Reich eine neue P-pr-provinz schenken. *Stolz weht das Banner des Drachen, glänzt golden sein Haupt …*« Adurin begann, das

Lied vom Sieg über den Erzfeind im Süden zu singen. Anfangs klang seine Stimme dünn und brüchig, dann gewann sie an Kraft, und wenigstens stotterte er nicht mehr. Jeder Thebaner kannte dieses Lied. Es erfüllte schon die Kinder mit Stolz auf den göttlichen Kaiser – und seine Streiter, die jeden Feind bezwangen.

Für einen Augenblick lauschten alle, die einen ungläubig, kopfschüttelnd, die anderen mit offenem Mund, doch dann stimmten einige Drakonen leise mit ein, und von Zeile zu Zeile wurden es mehr, bis ein ganzer Chor die letzten Worte laut heraussang.

»Wird er uns auch singend in die Schlacht führen?«, hörte Seran einen der Reiter scherzen. Den Matavern war das Lied ebenso fremd wie den Solvaren, es berührte sie nicht.

»Vielleicht singt er auch seine Befehle«, spottete ein Zweiter.

»Noch ein Wort, und ich lasse euch alle vom Pferd auf- und abspringen, bis eure Knie so weich sind wie eure Birnen!«, zischte Akero. »Das war sicher die ungewöhnlichste Vorstellung eines neuen Dezens, die es je gegeben hat«, befand er an Seran gewandt. »Ich würde wirklich gern mehr davon hören – wenn uns zwischen dem Blutvergießen etwas Zeit bleibt.«

Matavisches Ufer des Elwe, Sommer, 24. Jahr d. H. E.

Als Valentur unter den Bäumen hervorritt, fiel ihm eine Last von den Schultern. Obwohl er schon seit zwei Jahren an Serikas Grenze diente, überkam ihn im Wald stets ein Unbehagen, das er nicht abstreifen konnte. Selbst jetzt, im Sommer, war es unter den Laubkronen dunkel und kühl, und er hasste die ewige Düsternis und Kälte, die hier in den Wintermonden herrschte. Doch als ob das Wetter nicht schlimm genug gewesen wäre, gab es auch noch diese bärtigen Wilden.

»Ausschwärmen!«, befahl Valentur den hundert Drakonen, die er für diesen Einsatz mitgenommen hatte. »Kreist das Dorf ein und lasst niemanden entkommen!«

Er hielt sein Pferd an und bedeutete auch dem Bannerträger und dem Hornbläser zu warten. Seine Männer brauchten Zeit, um die Ansammlung schäbiger Hütten zu umstellen. Spöttisch betrachtete er die drei strohgedeckten Häuser, die ein Ring mickriger Äcker umgab. Dass die Mataver in Erdlöchern hausten, mochte nur ein Gerücht sein, aber viel besser waren die Behausungen aus Stroh und Lehm nicht. Vor allem, weil diese Barbaren gemeinsam mit ihrem Vieh darin lebten. *Aber der Unterschied ist ja auch nicht allzu groß.*

Auf einer Wiese zwischen den Feldern waren einige Gestalten damit beschäftigt, Heu zu wenden. Es dauerte nicht lange, bis sie Valentur und das silberne Feldzeichen seiner Kralle entdeckten. Aufgeregte Rufe hallten über die Lichtung, als sie sich umsahen und auch die Drakonen bemerkten, die zu Fuß mehr Deckung hatten als ihr Bizen auf seinem Hengst. Wie erwartet, eilten sie zu den Häusern.

»Kreis geschlossen!«, gellte es vom Waldrand jenseits des Dorfs.

Valentur gab dem Hornbläser einen Wink. »Vorrücken!« Das schmetternde Signal ertönte, und während seine Männer durch hohes Getreide und blühenden Mohn auf die Häuser zutrampelten, trieb Valentur sein Pferd langsam den Weg entlang. Soweit er es überblickte, versuchte niemand zu fliehen. Ob das ein Zeichen von Dummheit oder Verstand war, würde sich weisen. Misstrauisch musterte er die Bande, die sich zwischen den Gebäuden versammelte. Jedes Haus war von einem Garten umgeben, den ein Zaun aus Flechtwerk vor den Mäulern wilder Tiere bewahrte. Die meisten Frauen und alle Kinder blieben hinter diesen Zäunen, als ob es irgendetwas nützte. Von der Handvoll Männer und Frauen, die ihm auf dem freien Platz zwischen den Häusern entgegensahen, hatten sie gegen eine solche Übermacht keinen Schutz zu erwarten.

Ein Rudel kläffender Hunde rannte auf ihn zu, weshalb das Pferd den Kopf hob und die Ohren beunruhigt in alle Richtungen drehte. Valentur ließ sich nichts anmerken, aber wenn es einer der Köter wagen sollte, den Hengst anzufallen, würde er ihn mit der kleineren Spitze am Ende des Speerschafts abstechen. Die Mataver machten keine Anstalten, die Biester zurückzupfeifen. Manche hielten noch ihre hölzernen Heugabeln in der Hand, andere blickten ihm mit verschränkten Armen entgegen. Aus der Nähe stellte Valentur fest, dass es nicht mehr als zehn Männer in halbwegs kampftauglichem Alter waren. An keinem entdeckte er eine ernst zu nehmende Waffe oder gar eine Rüstung. Von denen, die auf der Wiese gearbeitet hatten, trugen die meisten nicht einmal eine Tunika, nur die seltsamen engen Beinkleider, die sie hier alle besaßen.

Den Hunden keine Beachtung zu schenken erwies sich als die richtige Strategie. Neugierig strichen sie um die fremden Männer, hielten aber etwas Abstand. Als Valentur sein Pferd vor den Matavern zügelte, hatten auch seine Drakonen die Gärten erreicht. Mit ihren Schilden und Speeren bildeten sie einen bedrohlichen Ring, den keiner der Anwesenden übersehen konnte. Zufrieden bedeutete Valentur dem Seriker, der ihm als Übersetzer diente, vorzutreten. »Wer hat hier das Sagen?«, verlangte er zu wissen und der Seriker gab seine Frage weiter. Zwei Männer und eine ältere Frau nahmen es als Aufforderung, sich vor ihre Schützlinge zu stellen. Die Matrone, an deren Kleid zwei große bronzene Fibeln in Form von Falken einen gewissen Wohlstand bezeugten, sah Valentur scharf an und sprach direkt zu ihm, obwohl sie wissen musste, dass er die Worte nicht verstand.

»Da Ihr Euch nicht auf friedliche Art genähert habt, heißt sie Euch nicht willkommen und fordert Euch auf, weiterzuziehen«, übersetzte Arauno.

»Wir ziehen erst weiter, wenn ich meinen Auftrag hier ausgeführt habe«, erklärte Valentur. Für seinen Geschmack hatten sie sich die Übergriffe der Mataver schon viel zu lange gefallen lassen. Bereits im Frühjahr war eine kleine Flotte Handelsschiffe am Elivarufer ausgeraubt worden, dann hatten diese Wilden ein ganzes Holzfällerlager niedergemacht. Alle waren tot. Valentur hatte die Vorkommnisse an den Heerführer seines Drachen gemeldet, dessen größtes Kontingent im Norden Serikas kämpfte, und an den Statthalter Serikas, der über Verstärkung durch seine eigenen Truppen zu entscheiden hatte. Vor wenigen Tagen erst war die gute Nachricht in Valenturs Lager eingetroffen: Der Kaiser selbst sandte den Rest von *Saskallas Speer* und zwei weitere Drachen zur Unterstützung. Siegesgewiss lächelte Valentur auf die Mataverin hinab. Der neueste Vorfall würde der letzte gewesen sein. Endlich durfte er mit aller Härte durchgreifen und diesen Barbaren zeigen, dass man sich nicht ungestraft mit Theban anlegte.

»Sag ihr, dass ich im Namen des Kaisers die Hexen suche, die vor ein paar Tagen zwei Männer getötet haben. Sie werden des Mordes und der Zauberei angeklagt. Falls sie sich hier versteckt halten, wäre jetzt der letzte Zeitpunkt, um sie freiwillig auszuliefern.«

Bei den Worten des Übersetzers verdunkelten sich die Mienen der Mataver. Valentur war sicher, dass sie genau wussten, von wem er sprach. Da die Hexen aus ihrem Wald verschwunden waren, hatte sich ihre Tat vielleicht schon herumgesprochen. Doch die finsteren Blicke gaben keinen Anlass, auf Entgegenkommen zu hoffen.

»Sie sind nicht hier«, übersetzte Arauno die barsche Antwort.

»Weiß sie, wohin die Hexen geflohen sind?«, fragte Valentur nur der Form halber. Die Bastarde würden nichts sagen, selbst wenn sie es wussten.

Die Matrone schüttelte den Kopf.

Also schön, dann habt ihr es nicht besser verdient. »Alles durchsuchen! Nehmt euch Fackeln! Ich will, dass ihr in jeden Winkel leuchtet.« Das Dutzend Männer, das er vorab für diese Aufgabe ausgewählt hatte, eilte herbei, während die anderen aufrückten, um die entstandenen Lücken zu schließen. Empört erhoben die Anführer der drei Familien Einspruch, aber Valentur wartete nicht ab, bis Arauno den Wirrwarr übersetzte. »Wer sich meinen Leuten in den Weg stellt, wird getötet! Sag ihnen das!«

Entsetzt schrien die Frauen auf und scheuchten ihre Kinder aus den Häusern und Gärten zu den Männern hinaus. Nun bildeten auch die Mataver einen Ring, jedoch einen schützenden um jene, die sie verteidigen wollten. *Was auch immer sie glauben, bewirken zu können.* Valentur fand sie erbärmlich.

Je vier Drakonen stürmten in jedes Haus. Poltern und Scheppern verrieten, dass sie ihren Auftrag ernst nahmen. Aufgebracht redeten die Mataver miteinander, einige schimpften lauthals und stießen zweifellos Flüche und Verwünschungen aus. Sollten sie nur. Wenn die drei Drachen hier erst für Ruhe gesorgt hatten, winkte Valentur sicher eine Beförderung an einen wärmeren, kultivierteren Ort.

Nach und nach kamen seine Männer mit brennenden Scheiten, die sie aus den Herdfeuern der Häuser gezogen hatten, wieder heraus in die Gärten. Valentur achtete darauf, mit jedem einen Blick zu wechseln, damit ihm keine Unsicherheit entging, doch alle schüttelten die Köpfe. »Niemand hier, Bizen«, meldete der, der ihm am nächsten stand.

»Bedauerlich«, befand Valentur. Warum ließen sich solche Angelegenheiten nie schnell und einfach regeln? »Steckt die Häuser in Brand!«

Da Arauno nicht übersetzte, schrien die Mataver erst auf, als die Fackeln auf die Strohdächer flogen. Wütend brüllten sie Valentur, Arauno und die zwölf Drakonen an, versuchten, sich an ihnen vorbeizudrängen, vermutlich, um Eimer zum Löschen zu holen.

»Festsetzen!«, brüllte Valentur über den Lärm.

Mit stoßbereiten Speeren rückten seine Männer hastig vor, drängten das Häuflein der zornigen Bauern zurück. Nur einer der halb nackten Wilden stürmte zwischen zwei Drakonen hindurch und starb mit ihren Speeren im Rücken. Die anderen schrien noch lauter, hoben drohend ihre Heugabeln und Fäuste, selbst die Frauen, was Valentur erheitert hätte, wäre das Gezeter nicht so unerträglich gewesen.

»Ruhe!«, brüllte er, und Arauno versuchte, ebenfalls den Lärm zu übertönen. »Ruhe, oder ihr verbrennt mit euren Häusern!«

Widerwillig verstummten die Eingeschlossenen. Auf den Strohdächern fauchten die Flammen und griffen rasch um sich. Wären die verfluchten Bäume nicht gewesen, hätte man diese Mahnung weithin gesehen. Aber vielleicht wurde der Rauch auch so wahrgenommen. Valentur war sicher, dass sich seine Botschaft so schnell verbreiten würde wie das Feuer auf den Dächern. »Im Namen des Kaisers verlange ich die Auslieferung der mörderischen Hexen! Werden sie nicht innerhalb von sieben Tagen nach Denuba gebracht, brenne ich jedes einzelne Dorf auf dieser Seite des Elivar ab!«

*

Mit den schwer gerüsteten Fußtruppen des *Greverischen Drachen* ging es nicht mehr so schnell voran. Der gewaltig angewachsene Tross, dem nun auch voll beladene Ochsengespanne angehörten, verlängerte die Schlange aus Menschen und Tieren bis zum Horizont. Außerdem benötigten die Drakonen alle drei Tage einen Rasttag, um nicht vom Marsch geschwächt auf feindliches Gebiet vorzustoßen. Serans Ungeduld wuchs, seine Pferde schritten munterer aus, aber jenseits des weiten Neva-Tals stieg das Gelände wieder an. Immer steilere Hügel verlangten Drakonen und Zugtieren Kraft ab, denn oft wand sich die Straße in endlosen Serpentinen hinauf, nur um auf der anderen Seite der Anhöhe wieder hinabzuführen. Äcker und Wiesen wichen einem Wald, der die Hügel bedeckte, so weit das Auge reichte. Zunächst glaubte Seran, noch nie so viele so große, hohe Bäume gesehen zu haben, doch dann fiel ihm ein, dass er als Kind in einem solchen Wald gelebt haben musste. Oben in den Kronen rauschte der Wind und das Geräusch kam ihm vertraut vor.

Leubwin atmete tief ein und lächelte. »Heimatluft.«

Es roch erdig, nach Laub und Pilzen. Plötzlich wünschte Seran, er könnte sich an seine Kindheit erinnern. Hatte er in diesen Wäldern gespielt? Die Grenze zur Provinz Sevena war bereits überschritten. Irgendwo hier hatte er seine Familie verloren.

Immer öfter kamen sie an einzelnen strohgedeckten Bauernhöfen vorbei oder kleinen Weilern aus mehreren Häusern. Überall dort, wo es zwischen den Hügeln genug halbwegs ebenen Grund gab, hatten die Menschen ihre Behausungen gebaut und Flächen für Felder und Gärten gerodet. Wie Inseln in einem Meer aus Bäumen kamen ihm diese Lichtungen vor. Hinter geflochtenen Zäunen bestaunten die Bewohner die vorbeimarschierenden Drakonen. Seran belauschte seine Männer, wenn sie im Vorüberreiten mit den Einheimischen sprachen.

Die Leute wollten wissen, was vorging, ob ihnen ein neuer Krieg bevorstand, und sie sorgten sich, dass das Heer auf ihrem Land rasten könnte. Doch für weit über sechstausend Mann und über zweitausend Pferde boten ihre kleinen Wiesen weder genügend Platz noch ausreichend Nahrung. Oft mussten die Drakonen den Lagerplatz für die Nacht erst einmal roden und die Tiere fraßen vom Laub der gefällten Bäume.

Fast einen ganzen Mond dauerte es, bis sie nach ihrem Abzug aus Ilerda das Tal des östlichen Elivararms erreichten, den die Mataver Wagar nannten. Je näher sie dem Flusstal kamen, desto mehr flachten die Hügel ab und die Lichtungen wurden größer, bis sie schließlich verschmolzen. Nun waren die Reste der Wälder ihrerseits Inseln inmitten der Äcker und der von Schafen und Rindern beweideten Hänge. Obwohl der Sommer in Theban schon weit vorangeschritten war, stand hier das Korn noch auf den Feldern, aber am meisten erstaunte Seran, wie früh die Sonne auf- und wie spät sie unterging. Wie war es möglich, dass die Tage hier länger sein sollten? Eseos Weg durch das Totenreich ihrer Schwester Sephanee musste doch stets gleich lang sein.

»So ist das hier nun mal«, behauptete Leubwin. »Dafür sind die Tage im Winter umso kürzer. Wir glauben, dass den Pferden vor Rathas Wagen im Herbst die Kraft ausgeht. Deshalb brauchen sie immer länger, um nachts durchs Meer zu tauchen, und die Sonne selbst wird schwächer, weil sie im Wasser zu erlöschen droht.«

»Ihr glaubt, dass der Sonnenwagen jeden Abend ins Meer stürzt?«, wunderte sich Seran.

»Wohin soll sie denn sonst verschwinden?«, fragte Leubwin eingeschnappt. »Etwa in ein Erdloch? Wie lang und tief soll das sein?«

»Ich finde euren Glauben gar nicht so abwegig«, versicherte Seran. »In Desmana habe ich oft gesehen, wie sich die Sonne morgens aus dem Meer erhob. Aber woher wisst *ihr* das? Der Ozean ist weit von hier entfernt.«

»Es ist auch Euer Glaube gewesen«, gab Leubwin säuerlich zurück.

Bin ich für ihn ein Verräter? Wenn es ihm so wichtig war, an seinem Stamm und den eigenen Göttern festzuhalten, warum kämpfte er dann für ein fremdes Volk? Seran hatte ihm diese Frage schon lange stellen wollen, doch er fürchtete eine unaufrichtige Antwort. »Weshalb dienst du eigentlich dem Kaiser, wenn du deine Heimat so sehr liebst?«

»Gerade deshalb.«

»Das verstehe ich nicht«, gestand Seran verwirrt.

Leubwin musterte ihn, als ob er abwog, wie viel er ihm sagen durfte. »Es war nie mein Wunsch, *Tharians Stolz* beizutreten. Ich hatte ein Mädchen zu Hause, das ich heiraten wollte. Aber die Häuptlinge meiner Ahnen haben einen Vertrag mit Theban geschlossen. Solange wir dem Heer die vereinbarte Anzahl an Reitern senden, bleiben wir ein freies Volk. Unsere Anführer stellten mich vor die Wahl: Will ich zulassen, dass der Kaiser unser Land zu einer Provinz macht, unsere Zauberinnen tötet und Tempel errichtet, in denen wir ihn als Gott anbeten müssen?« Leubwin spuckte die Worte so angewidert aus, dass es Seran schwerfiel, nichts dazu zu sagen. »Oder kämpfe ich mit anderen Kriegern in *Tharians Stolz*, um die Vereinbarung zu erfüllen? Wie ich mich entschieden habe, seht Ihr.«

»Aber du bist Bizen!«, entfuhr es Seran. »Du hast Auszeichnungen für deine Tapferkeit erhalten! Ich kann nicht glauben, dass du das geschafft haben sollst, wenn du nur widerwillig kämpfst.«

»Ein Krieger kämpft, um sich seinen Tisch in Harass' Halle zu verdienen. Indem wir diesem Heer angehören, führen wir ein ehrenvolles Leben und werden gut dafür bezahlt. Man kann es schlechter treffen«, befand Leubwin. »Wir sind Harass dadurch nah.«

Seran nickte, obwohl er noch verwirrter war als zuvor. War Leubwin nun mit seinem Schicksal zufrieden oder nicht? Und was hatte es mit diesem Harass auf sich? War das ein Häuptling, in dessen Halle nur die tapfersten Krieger eingeladen wurden? Doch er kam nicht dazu, weitere Fragen zu stellen, denn vor ihnen geriet der Zug in Unruhe.

»Sevena ist in Sicht!«, riefen die Männer der voranreitenden Einheit.

Vergeblich reckte sich Seran, um einen ersten Blick auf die Hauptstadt der einzigen matavischen Provinz zu erhaschen. Der *Korunische Drache*, der zuvor gegen die aufrührerischen Stämme Altabachas gestritten hatte, sollte sie dort erwarten. Schon in der Umgebung entdeckte Seran zwischen schilfgedeckten Lehmhütten die großen Steinhäuser mit Ziegeldächern, die überall im Reich zu finden waren. Über einigen wuchs Wein an den Südhängen des Flusstals. Andere Familien hatten sich der Pferdezucht verschrieben und besaßen weitläufige Weiden, auf denen Stuten mit Fohlen grasten.

Grabmäler und Totenhäuser entlang der Straße kündeten von den Thebanern, die hier bestattet lagen. Das prächtigste war wie ein kleiner Tempel gestaltet und mit meisterhaft gemeißelten Götterbildern geschmückt. »Für Habal aus dem Haus Themenor«, las Seran die Inschrift aus großen roten Buchstaben vor, »erster Statthalter Sevenas und Sohn Kaiser Tharians des Dritten, errichtet von seinem Erben Deriges, Statthalter Sevenas.«

»Ah, von König Derik«, sagte Leubwin anerkennend.

»Ein Statthalter ist kein König«, wandte Seran ein. »Er wird vom Kaiser ernannt und wieder abgesetzt, wenn er seine Aufgabe nicht erfüllt. Oder wenn er an anderer Stelle nötiger gebraucht wird«, fügte er rasch hinzu, um keinen falschen Eindruck von Astur zu erwecken.

»Er ist der Häuptling aller Sewenen – wie schon sein Großvater vor ihm«, erklärte Leubwin. »Und sein Vater war der Sohn eines Kaisers. Für uns macht ihn das zu einem König. Daran kann Kaiser Erman nichts ändern.«

Wusste Erman, wie wenig sein Wort bei diesen Kriegern galt, die für ihn seine Feinde unterwarfen? »Der Kaiser stammt von Saronn ab, dem Herrn der Schlachten, und herrscht als Göttersohn über das Reich. Er kann Deriges jederzeit absetzen und hinschicken, wo immer es ihm beliebt.«

»Ich glaube nicht, dass sich Derik das gefallen lassen würde«, entgegnete Leubwin überzeugt. »Er soll schon mit fünfzehn in den Wokaren einen Drachen erlegt haben. Und in Alandura erzählen sie, dass er während seiner Zeit als Dezen allein eine Übermacht Piraten bezwungen hat.«

»Das sind doch Ammenmärchen«, blaffte Seran. »Ich muss jetzt zu Akero.« Er gab Skiron die Sporen und galoppierte an seinen Männern vorbei an die Spitze des *Tharians Stolz*, der – wie ihm gerade auffiel – von Deriges' anderem Großvater, dem Kaiser, gegründet worden war, um die Grenzen des Reichs zu verteidigen. *Einen Drachen erlegt … pfff.* Konnte die Geschichte wahr sein? Astur hatte ihm die Schuppe Drakons gezeigt. Aber Drakon war eine Tochter Demeres, der königlichen Mutter der Götter, gewesen und vom Göttervater Deiuthar selbst gerichtet worden. Das bedeutete noch lange nicht, dass es weitere Drachen gab – und schon gar nicht, dass gewöhnliche Sterbliche sie töten konnten.

Als Seran zu Akero aufschloss, erreichte Astur mit seiner Leibgarde bereits die ersten Häuser Sevenas. Der Heerführer ritt wie stets mit seinem Stab und der Reiterei des *Greverischen Drachen* voran, da sie ausschließlich aus Noblen bestand, denen nicht zuzumuten war, sich hinter matavischen Hilfstruppen wie *Tharians Stolz* einzuordnen. Seran störte sich nicht daran. So hatte er mehr Zeit, sich umzusehen, bevor sie der Statthalter in Empfang nehmen würde.

An den Rändern bestand die Stadt überwiegend aus schäbigen Hütten und größeren Lehmhäusern, wie er sie schon auf dem Land gesehen hatte. Ihm kam der Verdacht, dass die wenigen thebanischen Steinbauten zuerst hier gestanden und die Mataver ihre Behausungen um diese Anwesen herum errichtet hatten, als die Stadt angewachsen war. Je weiter sie sich vom Rand entfernten, desto weniger Lehmhäuser gab es. Neugieriges Volk lugte aus den Türen und Seitenstraßen, Kinder winkten sogar oder blickten bewundernd zu den Reitern auf. Hätten die Menschen nicht überwiegend matavische Kleidung getragen, wäre Sevena Seran wie ein kleines Theban vorgekommen. Händler und Garküchen warben lautstark um Kunden, Fuhrleute karrten Amphoren mit Wein und Olivenöl vom Flussufer heran, und zwischen einfacheren Häusern erhoben sich prunkvollere Bauten wie Tempel und sogar ein Theater. Um das befestigte Lager des *Sewenischen Drachen* herum hatten sich einst die ersten Thebaner angesiedelt, weshalb es das älteste Viertel der Stadt sein musste. Mittlerweile besaß das Lager steinerne Mauern und Türme, wenn sie auch nicht besonders hoch waren, und ganz in der Nähe standen die Residenz des Statthalters und der Kaisertempel an einem großen Platz, den eine Bronzestatue Kaiser Tharians schmückte. Sie zeigte ihn zu Pferd in der Paraderüstung eines Feldherrn, um an seine Eroberung Sevenas zu erinnern.

Auf dem Platz vor dem Kaisertempel geriet der Zug ins Stocken. Seran presste die Knie an Skirons Rippen, um sich ein wenig aus dem Sattel zu stemmen und nach vorne zu spähen. Auf den breiten Stufen des von weißen Säulen flankierten Portals der Residenz hatten sich Noble, Offiziere und einige matavische Krieger zur Begrüßung versammelt. Astur hielt vor ihnen an, und die Reiterei fächerte sich von der schmalen Marschformation zu breiter Aufstellung auf, sodass auch Akero und Seran mit ihren Leuten aufrücken konnten. Das Klappern zahlloser Hufe auf dem Pflaster übertönte die Worte, die der Statthalter an Astur richtete, aber Seran sah ihn nun deutlicher und traute seinen Augen nicht. Nicht nur, dass Deriges groß und breitschultrig war wie er selbst. Der Neffe des Kaisers hatte außerdem hellbraunes Haar, das er nach Art der Mataver lang und zum Teil zu einem flachen Knoten aufgesteckt trug. Mit einem kurz gestutzten Vollbart verstieß er auch gegen die Sitte, sich bis zu einem reiferen Alter glatt zu rasieren. Ohne die weiße Tunika mit dem blauen Streifen der Noblen und den dunkelblauen Umhang der Ratsmitglieder hätte er ausgesehen wie die Krieger in seinem Gefolge. Darum also hatte Erman gesagt, dass sein Neffe in Sevena besser aufgehoben war als in Theban.

12

Nachdem sie ein Badehaus besucht und sich frisch eingekleidet hatten, begab sich Seran mit seinem Ziehvater und Adurin erneut zu Deriges' Residenz. Der Statthalter hatte sie – und zwei weitere Offiziere, die er aus seiner Zeit als Dezen kannte – zum Abendessen eingeladen. Es fand nicht in den Diensträumen statt, die jedem Verwalter einer Provinz für Empfänge zur Verfügung standen, sondern in Deriges' eigenem Gebäudetrakt, den er mit seiner Familie bewohnte. Dennoch überraschte es Seran, wie schlicht der Speiseraum gehalten war, in dem sie ihr Gastgeber empfing. Kein Mosaik auf dem Boden, kein Stuck an der Decke, nur Wandgemälde, die Jagdszenen mit Hirschen und Bären zeigten. Im öffentlichen Trakt waren selbst die Flure prunkvoller gestaltet. Mangelte es dem Statthalter an Geld? Aber Deriges war wie der Kaiser und Syrakon einer der letzten Männer des Hauses Themenor, wie Astur betont hatte. Und selbst wenn Sevena eine abgelegene, wenig einträgliche Provinz war, hatte Deriges von seinem Vater sicher auch Land in Koruna und Anwesen in Theban geerbt, die ihm Einnahmen verschafften.

Noch größer war Serans Erstaunen jedoch, als er Deriges gegenübertrat, um ihm vorgestellt zu werden. Aus der Ferne hatte ihn der Bart getäuscht. Jetzt konnte er nicht mehr übersehen, dass Deriges nur wenig älter war als er. So jung hatte er ihn sich nicht einmal nach der Bemerkung des Kaisers vorgestellt, der sich geradezu dafür entschuldigt hatte, seinen Neffen so früh zum Statthalter gemacht zu haben. Vielleicht hatte Erman ihm deshalb den alten Esernos als Ratgeber geschickt.

»Ihr habt damals einen Ziehsohn von hier mitgenommen?« Deriges' Frage klang eher wie eine Feststellung, und er schüttelte Seran dabei die Hand, ohne Astur anzusehen. »Nach so langer Zeit in der Fremde muss es seltsam für dich sein, wieder zurückzukommen.« Forschend sah er Seran an, und obwohl der sich vorgenommen hatte, diesen angeblichen König und Drachentöter nicht zu mögen, war ihm, als hätte er einen alten Freund wiedergetroffen.

»Seltsam ist untertrieben. Ich erkenne nichts wieder, und doch kommt mir manches vertraut vor.«

Deriges nickte. »Nachdem ich ein paar Jahre in Theban, Lagalta und Alandura war, habe ich auch alles mit neuen Augen gesehen. Aber in Erinnerungen können wir später beim Wein schwelgen«, befand er lächelnd. »Ich versage als Gastgeber, wenn ich euch nicht zuerst mit den anderen Anwesenden bekannt mache. Dieses herrische Weib, das sich als bezaubernde Frau tarnt, ist meine Mutter Gerawör.«

Trotz dieser in Serans Ohren wenig schmeichelhaften Vorstellung lachte die Mataverin und hieß sie im Haus ihrer Familie willkommen. Die tiefen Falten um ihre Augen verrieten, dass sie tatsächlich alt genug war, um Deriges' Mutter zu sein, obwohl die schlanke, hochgewachsene Gestalt und das blonde Haar ihr eine Aura der Jugend verliehen. Während ihr Sohn auf jeden Prunk verzichtet hatte, zeugten bei ihr goldene Fibeln und Armreife von Reichtum.

»Mein Beileid zum Tod Eures Gemahls«, sagte Astur und deutete eine Verneigung an. »Es ist mir eine Ehre, diese Provinz mit ihm gemeinsam befriedet zu haben. Er war ein großer Feldherr und tugendhafter Mann.«

»Ich danke Euch«, erwiderte sie und sah einen Moment lang betrübt aus. »Es hat uns alle tief getroffen. Bis zu jenem Sturz in den Fluss war er stets bei guter Gesundheit gewesen.«

»Ein Jagdunfall«, erklärte Deriges, als er die fragenden Blicke bemerkte. »Mein Vater fiel letzten Winter bei der Verfolgung eines Hirschs in eisiges Wasser. Danach bekam er ein schreckliches Fieber, gegen das alle Mittel unserer Heilerinnen versagten. Auch der Stabsarzt konnte nichts ausrichten. Vater starb innerhalb weniger Tage.«

Wenigstens war die Jagd dann wohl seine große Leidenschaft gewesen, vermutete Seran, denn wahrscheinlich hatte nicht Deriges, sondern bereits sein Vater dieses Speisezimmer mit Jagdszenen ausstatten lassen.

»Wir werden seiner gedenken und nachher unsere Gläser auf ihn erheben«, versprach Astur.

»Das werden wir«, stimmte ihr Gastgeber ihm zu. Mit wieder

heiterer Miene wandte er sich dem alten Noblen zu, der Serans Aufmerksamkeit jedoch kaum fesseln konnte, weil ihn der düstere Krieger ablenkte, der sich bislang im Hintergrund hielt. »Und damit ich dem Einfluss meiner Mutter nicht gänzlich erliege, hat mir mein Onkel einen erfahrenen Berater gesandt: Esernos aus dem Haus Talas war selbst einst Statthalter, aber das wisst Ihr sicher.«

»Wir sind uns bereits im Rat begegnet«, bestätigte Astur und nickte dem ehrwürdigen Alten zu, dessen weißes Haar seinen Kopf nur noch wie schütterer Flaum bedeckte. »Er war Statthalter Alanduras und später Maldeas«, belehrte er seine Söhne.

Esernos' Gesicht war so runzlig, dass Seran an eine Kröte denken musste, und die gebeugte Haltung trug noch zu diesem Eindruck bei. »Man könnte wahrlich glauben, ich hätte dem Reich genug Dienste erwiesen«, sagte er säuerlich, bevor er zu einem Lächeln fand. »Aber unser hoher Kaiser hat mir die Ehre übertragen, seinem Neffen Deriges zur Seite zu stehen. Es mehrt das Wohl des Reichs, wenn wir Alten den Jungen unser Wissen weitergeben.«

Unwillkürlich empfand Seran Mitleid mit dem Greis. Sicher hätte er seine letzten Jahre lieber auf einem Anwesen in Theban, im Kreise seiner Familie verbracht.

»Und ich weiß die Fürsorge meines Onkels zu schätzen«, versicherte Deriges. Endlich wandte er sich dem Mataver zu, der bereits Serans Neugier geweckt hatte. Zumindest nahm Seran an, dass der Fremde aus der Gegend stammte, denn er trug den Haarknoten der Krieger. Sein Bart und das von grauen Strähnen durchzogene Haar waren jedoch schwarz. Überhaupt schien alles an ihm finster, selbst als er näher und somit mehr ins Licht trat. Seine dunklen Augen unter den tief hängenden Brauen blickten grimmig und die Narbe auf seiner Stirn unterstrich es ebenso wie die grauschwarze Tunika.

»Nicht zuletzt möchte ich Euch Habard aus dem Geschlecht der Könige der Amunduren vorstellen. Er ist als Gesandter seines Vetters, König Gormund, hier«, erklärte Deriges und schien keine Vorbehalte gegen den Mann zu haben, was Seran nicht gelang.

Als er Habard die Hand schüttelte, war ihm, als ob ihm der Tod selbst die Pranke reichte. Der Krieger überragte ihn kaum, war jedoch so viel stämmiger und gröber gebaut, dass sich Seran schmächtig gegen ihn vorkam. Schon sein Händedruck war wie eine Drohung, alles zu zerquetschen, was ihm in die Quere kam.

»D-die Amunduren sind Sevenas n-nordöstliche Nachbarn, n-nicht wahr?«, fragte Adurin und bewies damit, dass er sich mit den Karten vertraut gemacht hatte.

»Unsere Nachbarn und verlässliche Verbündete des Reichs«, betonte Deriges. »Sie stellen Einheiten des Flügels, der mit dem *Kaisertreuen* in Serika gegen die Skowaren kämpft.«

»Also wie die Jukaner, die mit mir in *Tharians Stolz* reiten«, stellte Seran fest. Er bemühte sich, erfreut zu klingen, war aber nicht sicher, ob es gelang. Wenn dieser Kerl so freiwillig für Theban kämpfte wie Leubwin, wollte er ihn lieber nicht in seinem Rücken haben.

»Nur dass wir obendrein noch für unseren eigenen Sold aufkommen«, knurrte Habard.

»Wir sollten nicht länger mit leerem Magen herumstehen«, befand Gerawör, Deriges' Mutter. »Hunger macht Wölfe und wir wollen heute friedlich sein. Es wird noch genug Krieg geben.«

»Ein wahres Wort«, stimmte Deriges zu. »Zu Tisch, meine Freunde! Schenkt Wein aus!«, befahl er den Sklaven, die sich still bereitgehalten hatten.

Während sich Seran neben Adurin zum Essen niederlegte, erkannte er, dass Habard vermutlich auf Tributzahlungen anspielte, denen sein Stamm einst zugestimmt hatte, um einer Eroberung zu entgehen. Nun verfiel der Krieger jedoch in brütendes Schweigen, was auch daran lag, dass sich Deriges bei Astur nach dem Wohlergehen des Kaisers erkundigte, das Habard sicher vollkommen gleichgültig war.

»F-fällt dir was auf?«, raunte Adurin ihm zu.

Seran folgte dem Blick seines Ziehbruders, der die matavischen Sklaven beobachtete. Im ersten Moment stellte er nur fest, dass sie im Gegensatz zu den Kriegern glatt rasiert und ihre

Schädel fast kahl geschoren waren. »Vielleicht ist es hier verpönt, sich die Hände an ihrem Haar abzuwischen.«

»Das m-meine ich nicht. K-keine Eisenringe«, flüsterte Adurin.

Verblüfft sah Seran von einem Diener zum anderen. Keiner trug den Ring um den Hals, den kein Sklave in Theban jemals ablegen durfte, wenn ihm sein Leben lieb war. Hatte Deriges sie alle freigelassen? Aber warum waren sie dann noch hier?

»Natürlich ist der Kaiser auch besorgt über die Lage hier im Norden«, sagte Astur gerade. »Er meinte, dass Ihr uns mehr darüber sagen könntet – und wohl auch auf neuerem Stand seid, wie sich die Dinge im letzten Mond entwickelt haben.«

»Wollt Ihr jetzt wirklich schon darüber sprechen?«, fragte Deriges. »Ich hätte Euch einen freien Abend gegönnt, bevor es ernst wird.«

»Wir hatten auf dem Weg hierher mehr freie Abende, als mir lieb war«, gestand Astur. »Ich glaube, auch die jungen Männer drängt es, endlich tätig zu werden.«

Beflissen nickte Seran mit den anderen Offizieren. Was wusste Deriges über ihre Gegner zu berichten?

»Nun gut«, gab ihr Gastgeber nach und warf seiner Mutter einen entschuldigenden Blick zu. »Ich kann Eure Ungeduld verstehen. Ich würde Euch sogar begleiten, aber der Kaiser hält es für geschickter, wenn ich mich mit meinen Männern bereithalte, um meine Grenze zu verteidigen, falls sich die Feindseligkeiten zu einem Krieg ausweiten.«

»Der Kaiser hat recht«, erklärte Esernos erstaunlich vehement. »Ein Statthalter gehört in seine Provinz!«

»Auch ich halte das für weise«, pflichtete Astur ihm bei. »Euer Großvater, der göttliche Tharian, hat diese Grenze hier hart erkämpft. Es wäre unklug, sie zu entblößen, solange Ihr nicht sicher wisst, dass keine Gefahr droht.«

»Den Waraskern kannst du nicht trauen«, ließ sich Habard vernehmen, und Seran staunte, dass er den noblen Neffen des Kaisers so respektlos ansprach, ohne dafür gerügt zu werden. »Sie hassen die Thebaner. Irgendwann wird sie das zu Dummheiten verleiten.«

»Meine Kundschafter haben nichts von Plänen gehört, mich anzugreifen«, hielt Deriges dagegen. »Wissen die Amunduren mehr, als du bislang erzählt hast?«

»Ich gebe nur einen Rat«, behauptete Habard. »Es sind schon viele gestorben, weil sie dem Falschen den Rücken zugewandt haben.«

»Sind es diese Warasker, die uns am Elivar Ärger machen?«, wollte der junge Dezen wissen, den Deriges aus Theban kannte.

»Nein, sie leben nördlich von hier«, antwortete Gerawör. »Falls sie sich nicht heimlich mit den Elweonen verbündet haben, solltet Ihr ihnen am Elwe nicht begegnen.«

»Wir nennen den Elivar hier nicht Elivar«, erklärte Deriges. »Der östliche Arm, der unsere Nordgrenze bildet, heißt Wagar. Euer Ziel ist der westliche Arm, der Elwe genannt wird.«

»Was wisst Ihr über diese Elweonen?«, erkundigte sich Astur. »Hat sich der ganze Stamm erhoben, oder gibt es Teile, mit denen wir verhandeln können?«

Deriges schüttelte den Kopf. »So einfach ist das nicht mehr. Anfangs mögen es nur einzelne Kriegerbünde gewesen sein, die der Ansicht waren, dass sie lange genug Frieden hatten. Aber jetzt hat eine Einheit des *Saskallas' Speer* damit begonnen, Dörfer niederzubrennen. Das bringt auch die Friedfertigen gegen uns auf. Selbst hier in Sevena runzelt mancher die Stirn darüber.«

»Wir können uns doch nicht gefallen lassen, wenn sie Händler überfallen und Thebaner töten!«, empörte sich der junge Dezen.

»Waren die Männer dieser Dörfer an den Überfällen beteiligt?«, wollte Astur wissen.

»Wer kann das schon mit Sicherheit sagen?«, fragte Deriges zurück. »Aber da sie so nah an Serika leben, halte ich es für unwahrscheinlich.«

»Dieser Bizen handelt unklug«, urteilte Gerawör entschieden. »Er hätte für diese beiden Männer Sühnegeld fordern und die Angelegenheit damit auf sich beruhen lassen sollen.«

»Mutter, du weißt, dass das thebanische Recht kein Sühnegeld kennt«, tadelte Deriges.

»Und wer Zauberei betreibt, muss sterben!«, entrüstete sich Esernos. »Das ist unser ältestes Gesetz.«

»Diese Frauen sind keine Untertanen des Kaisers und befanden sich nicht innerhalb des Reichs!«, hielt Deriges' Mutter dagegen.

»Aber sie haben zwei Untertanen des Kaisers getötet. Das reicht ja wohl aus, um den Tod doppelt zu verdienen!«, empörte sich Esernos weiter.

»Bitte!«, mahnte Deriges. »Dieser Streit soll uns nicht auch noch das Essen verderben.«

»Wenn hier Vernunft walten würde, müsste es überhaupt keinen Streit geben«, befand Gerawör. »Dass dieser Mann Unschuldige für die Taten anderer bluten lässt, heilige Haine zerstört und eine Jagd auf alle Zauberinnen ausruft, wird nicht nur die Elweonen gegen Theban aufbringen.«

»Niemand führt Krieg, um ein paar Hexen zu schützen«, erwiderte Esernos abfällig.

»Für uns spielt das keine Rolle«, behauptete Astur. »Der Kaiser hat uns den Auftrag erteilt, die dort ansässigen Mataver zu unterwerfen, und das werden wir tun. Wenn sie erst Teil des Reichs sind, ist die Zeit der Hexen und Zauberer vorbei.«

»Wie sehen Eure Pläne aus?«, erkundigte sich Deriges.

»Meine Drakonen brauchen einen Tag Rast, und wir müssen die Vorräte auffüllen, aber dann ziehen wir weiter nach Denuba. Die Elivarflotte erwartet uns mit einer Schiffbrücke für die Drachen. Sobald wir den Fluss überquert haben, will ich das Nordufer dieses … wie nennt Ihr ihn? Ewle?«

»Elwe«, wiederholte Gerawör.

»Des Elwe so schnell wie möglich besetzen. Mit drei Drachen sollte das Gebiet rasch unter unsere Kontrolle zu bringen sein.«

Deriges nickte. »Ihr bekommt jede Unterstützung, die ich Euch gewähren kann.«

Stammesgebiet der Warasker, Sommer, 24. Jahr d. H. E.

In Harass' heiligem Hain sangen keine Vögel. Es war so still, dass Kara in der Ferne die Stimmen der vielen Menschen hörte, die auf den Kampf warteten. Sie kannte diesen Hain nicht, und doch schien er vertraut. An den Ästen der alten Eichen hingen die zerstörten Waffen besiegter Feinde: verbeulte Helme, verbogene Klingen und zerbrochene Speere. Die verrottenden Schilde, deren Farben längst verblasst waren. Geweihte Gaben für Harass, die nie wieder ein Mensch benutzen durfte.

An einem anderen Baum hatte sie vertrocknete Reste eines Pferdekadavers gesehen. Ein kostbares Opfer, das bewies, wie ernst es die Warasker meinten. Ihr Häuptling sprach nicht nur großspurig von einem Krieg gegen die Thebaner, er wollte ihn wirklich. »Mein Vater macht einen Fehler, sich mit ihm zu verbünden.«

»Findest du?«, fragte Hrimgard und reichte ihr den breiten, mit Gold beschlagenen Gürtel.

Kara legte ihn um und spürte ihr Schwert auf der ungewohnten rechten Seite. Einer der berühmten Schmiede der Wariler hatte es gefertigt. Allein die Scheide mit ihren fein gearbeiteten Schmuckblechen aus Gold war die Ernte eines ganzen Jahrs wert und bezeugte ihren Rang als Tochter eines Königs. »Vater sucht Verbündete, die den Chatawen in den Rücken fallen, wenn sie uns angreifen. Wie sollen die Warasker das tun, wenn sie ihrerseits in einen ganz anderen Krieg ziehen und von uns Unterstützung dafür erwarten?«

»Es geht um die Drohung an die Chatawen, um Möglichkeiten«, erklärte Hrimgard. Ihre grauen Augen erinnerten Kara an die raue See, die sie so bald nicht wiedersehen würde, sollte sie diesen Kampf verlieren. Natürlich verstand Hrimgard mehr von solchen Dingen als sie. Die Schwurkriegerin war elf Jahre älter als sie und hatte an drei Raubfahrten bis ins Land der Greverer teilgenommen. Ihre von Sonne, Frost und Wind gegerbte Haut sah aus wie Leder und war dunkler als ihr blondes Haar. »Willst du ihn?« Es war offensichtlich, dass sie nicht den schlichten Gürtel mit dem stumpfen Übungsschwert meinte, den sie Kara hinhielt.

Um den Kampf kam Kara nicht herum, aber wenn sie den Häuptling der Warasker zum Mann gewollt hätte, wäre es dennoch leichter gewesen. Sie hätte ihn nur gewinnen lassen müssen, und alle wären zufrieden gewesen. Doch bei dem Gedanken zitterte sie vor Wut und Abscheu so sehr, dass es ihr kaum gelang, den zweiten Gürtel zu schließen.

»Immerhin ist er weder alt noch hässlich«, sagte Hrimgard aufmunternd. »Ein stattlicher Kerl, wie ein König es sein soll.«

»Er ist nur ein Aufschneider, der sich König nennt!«, empörte sich Kara. »Und ich soll vor den anderen Häuptlingen als Beweis seiner Würde dienen. So stellt er sich das vor!«

»Schhh«, mahnte Hrimgard und sah sich verstohlen um. »Du weißt nicht, wer deine Worte hier hören kann.«

»Das ist mir gleich! Ich will ihn nicht! Wie er gestern Abend herumgetönt hat … Als hätte er den Kampf bereits gewonnen.«

Selbst Hrimgard musste grinsen. »Ja, das habe ich gehört. *Harass hat mir schon so viele Siege geschenkt*«, ahmte sie den Häuptling leise nach. »*Er wird mir auch meine nackte Braut ins Bett legen.*«

Prustend presste Kara die Hand auf den Mund, um nicht laut loszulachen. Letzteres hatte Gerol natürlich nicht gesagt, aber Hrimgard traf es immer auf den Punkt. Seit Kara zurückdenken konnte, war die Ältere ihr Vorbild gewesen. Sie hatte ihr in allem nachgeeifert und es weit gebracht, aber in der Treffsicherheit ihrer Scherze blieb die Kriegerin unübertroffen.

»Seine Überheblichkeit ist seine Schwäche«, urteilte Hrimgard. Sie legte Kara den dunkelroten Umhang aus schwerem Wollstoff um die Schultern und half ihr, ihn unter dem Kragen aus Seehundfell mit einer goldenen Fibel zu schließen. Für das Sommerwetter des Südens war er viel zu warm, aber Kara wollte mit der ganzen Pracht einer wahren Königstochter auftreten. Jeder sollte sehen, dass Gerol ihrer nicht würdig war. Zumindest bis sie den Umhang für den Zweikampf wieder ablegen musste. Er würde nicht nur sie behindern, sondern auch die Blicke der Richter, die über den Ausgang des Wettstreits zu befinden hatten.

»Wenn du ihn also nicht willst …«

»Ich will ihn nicht!«, wiederholte Kara entschieden.

»Dann zeig Harass, dass du sein bist!«

Kara nickte und setzte sich den bronzenen Helm auf, den Hrimgard ihr reichte. Es war ein kunstvoll gefertigtes Beutestück aus dem Land der Greverer, ein Geschenk Hrimgards, mit dem sie ihre Freude über Karas Schwur ausgedrückt hatte. Sorgfältig verschnürte Kara die Wangenklappen unter ihrem Kinn. Das aufgesteckte Haar half ihr, den etwas weiten Helm vollständig auszufüllen, und die verbliebenen dunkelbraunen Strähnen schob sie ungeduldig unter das Polster. Sie hatte geschworen, als Krieger zu leben, bis Harass sie in sein Heer berufen würde. Dieser Gerol würde nichts daran ändern.

Entschlossen packte sie den Griff ihres runden Schilds. Die Bronzebeschläge machten ihn schwerer als jene der einfachen Krieger, aber sie verliehen ihm auch mehr Stabilität, und Kara besaß genug Kraft, um ihn zu tragen. Sie hatte sogar so lange geübt, dass sie zusätzlich noch einen Speer in der Schildhand halten konnte. Da sie sich gemäß den Regeln des Rituals mit zwei Speeren bewaffnen durfte, gab Hrimgard ihr gleich zwei der Übungswaffen mit stumpfen Holzspitzen.

»Bist du bereit?«

Kara lauschte in sich hinein. Sie war stark und dies war Harass' Hain. Wenn ihr Gott ihr hier nicht den Sieg gewähren würde, an welchem Ort dann? »Ich bin bereit.«

»Mögen Harass und Wahena auf deiner Seite sein«, wünschte Hrimgard ernst und gab ihr den Weg frei, indem sie zur Seite trat.

Stolz aufgerichtet schritt Kara durch den Hain. Das laute Stimmengewirr wies ihr den Weg zurück zum Kampfplatz. Ganze Familien hatten sich eingefunden, um ihren Häuptling um seine Braut kämpfen zu sehen. Nur wenn es ihm gelang, Kara zu besiegen, war ihr Schwur vor Harass nichtig, vom Gott selbst aufgelöst, und sie durfte heiraten und Kinder bekommen.

Nicht nur Warasker waren im Hain versammelt. Auch Karas Vater Eormendar, König der Sechonen, hatte ein stattliches Gefolge übers Meer mitgebracht. Dreißig erfahrene Krieger und Kriegerinnen und noch einmal so viele unfreie Knechte und Mägde. Hinzu kamen die Herren des Hains, Wanargands Rudel, dem nicht nur Warasker, sondern auch abtrünnige Amunduren angehörten. Vier Krieger dieses Bunds waren gemeinsam mit vier Sechonen zu Richtern über den Kampf bestimmt worden, denn je ein Vertreter jeder Seite musste in jeder Himmelsrichtung stehen, damit ihnen keine Einzelheit des Kampfs entging.

Bei dem Gedanken an die Richter presste Kara unwillkürlich die Lippen zusammen. Zwar gehörte auch Hrimgard den Auserwählten an, doch die drei anderen Sechonen waren vor allem ihrem Vater verpflichtet, und jeder wusste, dass er diese Verbindung unbedingt wollte. *Harass, steh mir bei!*

Der Kampfplatz selbst war heilig und mit Stangen abgesteckt, auf denen Wolfsschädel prangten. Ihre Gesichter mit den scharfen Zähnen wiesen nach außen, um Dämonen und böswillige Geister von den Kämpfenden fernzuhalten. Unter ihrer roten Tunika hing Kara ein Beutel mit einer getrockneten Wolfspfote um den Hals, die denselben Zweck erfüllen sollte. Auch Gerol machte sich die Kräfte des heiligen Tiers zunutze. Als Kara beim Kampfplatz eintraf, stand er auf der gegenüberliegenden Seite und trug einen Wolffellumhang. Er war groß und grobknochig und bis vor Kurzem wohl eher schlaksig gewesen, doch nun hatte er angefangen, Fleisch anzusetzen. Kara konnte sich vorstellen, wie er in wenigen Jahren aussehen würde – falls er seinen Krieg gegen die Thebaner überlebte.

Im Gegensatz zu ihr hatte er darauf verzichtet, sich mit seinem scharfen Schwert zu schmücken. Vielleicht fürchtete er, dass es ihn behindern würde. Aber auch er hatte den Umhang nur angelegt, um mit seinen Jagderfolgen zu prahlen, und der Helm, der sein kantiges Gesicht noch betonte, war ebenfalls ein wertvolles Beutestück. Der Schmied hatte auf dem Schädel Haarlocken nachgebildet und Krempe sowie Wangenklappen mit Gold verziert. Sicher hatte der Helm einem großen Anführer aus dem fernen Süden gehört. Zu gern hätte Kara gewusst, ob Gerol ihn selbst erbeutet hatte, doch jetzt war nicht die Zeit für höhnische Fragen. Misstrauisch musterte sie seine Speere und den großen ovalen Schild. Alles sah regelgerecht aus. Er würde sie nicht durch einen echten Treffer kampfunfähig machen, bevor sie Gelegenheit hatte, ihn zu schlagen.

Hrimgard nahm mit den anderen Richtern die vorgegebenen Plätze ein. Rasch befahl Karas Vater einer Magd, Hrimgards

Stelle hinter Kara einzunehmen, damit der schöne Umhang nicht in den Schmutz fiel, wenn der Kampf begann. Er selbst trug ein ganz ähnliches Stück und noch mehr Gold als Kara. Unter den Waraskern war nicht einmal Gerol so prächtig gekleidet. Neben Eormendar stand ein kleines Mädchen in einem Kleid aus feinem Tuch. Den goldenen Fibeln nach zu urteilen, musste sie Gerols Tochter sein. Einen Augenblick lang empfand Kara Mitleid. Auch ihre Mutter war bereits im Kindbett gestorben. Doch gerade deshalb wusste sie auch, welche Gefühle sie ihrer Stiefmutter entgegenbrachte. Manchmal fragte sie sich, ob ihre Feindseligkeit verhindert hatte, dass die neue Frau ihrem Vater weitere Kinder geboren hatte.

Indem der Anführer des Rudels vortrat, vertrieb er ihre reuigen Gedanken. Anstelle von Waffen und Rüstungen trug Wanargand nur seine Narben zur Schau. Unzählige zeugten von den Kämpfen, in die er sich ebenso halb nackt stürzte, wie er jetzt vor ihnen stand. Das nach uralter Sitte ungeschnittene Haar fiel ihm bis zur Hüfte hinab, und seine Augen leuchteten golden wie die eines Wolfs. Erst als er zu sprechen begann, bemerkte Kara, dass alle anderen verstummt waren. Rasch lehnte sie ihren Speer gegen ihren Schildarm, öffnete die Fibel, die den Umhang hielt, und nahm die Waffe wieder zur Hand.

»Harass!«, rief Wanargand heiser. »Herr der Schlachten, Bezwinger der Dämonen! Gerol aus dem Stamm der Warasker freit um deine Schwurkriegerin Afkara. Wenn du sie freigibst, schenke ihm den Sieg! Du gebietest über das Kampfglück und wir unterwerfen uns deinem Willen. Wie du entscheidest, möge es geschehen. Kämpft!«

Kara warf den Umhang ab, den die Magd auffing und dann eilig den Kampfplatz verließ. Auch Gerol hatte einen Knecht, der ihm den Wolfsfellumhang abnahm. Sobald sich die beiden Unfreien zurückgezogen hatten, hob rundherum anfeuerndes Geschrei an. »Kämpft! Kämpft! Kämpft!«, brüllten die meisten, während Wanargands Rudel heulte und knurrte, als ob es sich in die Schlacht warf. Selbst die Kinder schrien vor Begeisterung und schüttelten die kleinen Fäuste.

Gerol sonnte sich regelrecht im Toben seiner Leute. Gemächlich rückte er den Speer in seiner Hand zurecht, hob den Schild und ging leicht in die Knie. Kara tat im Grunde das Gleiche, beobachtete seine Bewegungen jedoch genau. Wo bot er eine Blöße, die sie zum Wurf nutzen konnte? Dieser ovale Feiglingsschild deckte ihn vom Kinn bis zum Oberschenkel. Dafür musste er zwar um einiges schwerer sein, aber Gerol trug das Gewicht scheinbar mühelos. Auf der Suche nach einer Lücke begann Kara, ihn zu umkreisen. Überlegen lächelnd verhielt sich Gerol wie ihr Spiegelbild, sodass sie sich stets gegenüber blieben.

»Nicht so schüchtern!«, rief jemand.

»Du bist doch sonst nicht so, Gerol«, spottete eine Frau.

Grinsend zog der Häuptling den Speerarm zurück und schleuderte die Waffe mit so viel Wucht, dass Karas Schild davon dröhnte. Da die Spitze stumpf war, prallte sie ab und fiel auf den festgestampften Boden. Ein vollkommen sinnloser Wurf, mit dem er wohl angeben wollte. Dass er jetzt nur noch einen Speer hatte, war Kara recht, aber eine Blöße hatte er sich beim Werfen nicht gegeben. Um zu gewinnen, musste sie einen Treffer anbringen, der mit scharfen Waffen tödlich gewesen wäre. Wie konnte sie ihn erwischen?

Ihr Blick fiel auf seine Beine. Immer, wenn er seitwärtstrat, öffnete sich zwischen ihnen eine Lücke. *Das ist es …* Kara warf den Speer, wartete nicht ab, ob Gerol wie erwartet darüberstolperte, sondern stürmte vor und griff bereits nach dem zweiten Speer. Die Stange, die so plötzlich zwischen seine Waden geriet, brachte Gerol ins Straucheln. Um sein Gleichgewicht ringend, wankte er, ruderte mit dem Schildarm. Mit einem wilden Schrei stach Kara zu, zielte auf seinen Kopf. Ein Knall ertönte. Mit dem Speer prallte auch Karas Arm zurück. *Verflucht!* Gerol hatte seinen Schild gerade noch hochreißen können. Hastig tänzelte sie aus seiner Reichweite, bevor er zurückschlagen konnte.

Einen Moment lang herrschte Stille um den Platz. Karas Angriff hätte Gerol ein Auge kosten können. Sie würde es ihm nicht leicht machen, sie erzwang das Gottesurteil. Grimmig starrte er sie an. Dass sie ihn nicht wollte, konnte ihm nicht gefallen, doch nun ging es um seine Ehre – und Harass' Gunst. Die Zuschauer begriffen und feuerten ihn umso lauter an.

»Harass ist mit dir!«, schrien sie. »Der Sieg ist dein!«

Nur wenige Stimmen hielten dagegen. »Heilige Schwüre brechen nicht so leicht, Kara! Harass ist mit dir!«

Erneut umkreisten sie sich, und Kara behielt Gerol genau im Auge. Zweimal täuschte er einen Wurf an, wie um sie zu prüfen. Jedes Mal sank ihm der Schild dabei ein Stück zu weit nach links unten, gab die werfende Schulter ein wenig zu weit frei. Als sein Arm erneut zuckte, schleuderte Kara blitzschnell den Speer.

Verdammt! Der Mistkerl hatte es kommen sehen, vielleicht sogar geplant. Er ging so rasch in die Hocke, dass er sich vorbereitet haben musste. Karas Speer jagte über seine Schulter hinweg. Während die Menge johlte, riss Kara das Schwert heraus. Schon schnellte Gerol auf sie zu, stach mit dem Speer nach ihrem Bein. Kara konnte gerade noch ausweichen. Seine Reichweite war nun so viel länger als ihre, und er drängte sie weiter zurück, stach abwechselnd nach ihrem Kopf und der Hüfte, die sie mit ihrem Schild nicht gleichzeitig abschirmen konnte.

Keuchend bemerkte Kara, wie nah sie der Begrenzung des Platzes bereits war. *Vorwärts!* Mit aller Kraft, die sie aufbringen konnte, fegte sie seinen Speer mit ihrer Wehr zur Seite und warf sich gegen seinen Schild. Gerol hatte so viel Schwung, dass sie ihn nicht wegstoßen konnte, aber es gelang ihr endlich, seitlich auszuweichen und wieder Raum zu gewinnen. Auch Gerol war außer Atem, doch er besaß noch immer die längere Waffe und wusste sich im Vorteil.

»Schnapp sie dir! Du wirst ja wohl einen Speer zu gebrauchen wissen«, höhnte irgendein Krieger.

Kara spürte, wie Zorn in ihr aufstieg. Wenn sie Gerol den Speer nicht abnahm, würde er sie vor sich herjagen, bis ihre Beine schwer wurden. Schon sprang er wieder auf sie zu und stach nach ihrem Kopf. Kara riss den Schild empor, lenkte den Speer ab und schnellte ihrerseits vor. Das stumpfe Schwert sauste auf Gerols ungeschützten Wurfarm zu, doch er zog ihn bereits zurück. Statt des Unterarms traf die Klinge die Finger, die den Speerschaft hielten. Während Kara rückwärtshetzte, um wieder aus seiner Reichweite zu gelangen, brüllte Gerol vor Schmerz auf und der Speer entglitt ihm.

»Kampfunfähig!«, rief Hrimgard in das aufgebrachte Lärmen der Menge. »Mit scharfen Waffen wären seine Finger durchtrennt.«

»Das ist nicht sicher«, entgegnete Wanargand. »Der Kampf geht weiter!«

Gerol hatte das Urteil gar nicht abgewartet. Mit wutverzerrtem Gesicht hatte er das Schwert gezogen und stürmte auf Kara los. In seinem Angriff lag so viel Kraft und Schnelligkeit, dass sich Kara nur hinter ihre Wehr ducken und rückwärts ausweichen konnte. Wuchtige Schläge trommelten auf ihren Schild ein, schwächten ihren Arm. In dem Dröhnen verging jeder Gedanke an eine Gegenattacke. *Tu was! Nimm ihm den Schwung!* Hastig tänzelte sie zur Seite, zwang ihn, sich mit ihr zu drehen. Sogleich wurde er langsamer, ließ Kara Luft, bei seinem nächsten Hieb nach vorn zu schnellen. Während sie seine Klinge mit dem Schild abwehrte, schlug sie in weitem Bogen nach seinem Bein. Die stumpfe Spitze traf auf Widerstand, verfing sich dann im robusten Stoff seiner Hose. *Treffer!* Rasch zog sich Kara zurück, bevor er zu einem neuen Hieb ansetzen konnte. Die Zuschauer johlten, heulten und fluchten. Mit scharfer Klinge hätte Gerol nun einen Schnitt in Hose und Bein. Doch bei der nächsten Attacke würde er besser auf sein Schienbein aufpassen.

Als er zögerte, griff Kara an. Sie entschied sich für einen Schlag von oben auf den Schädel, holte aus und prallte mit der Klinge gegen Gerols, der offenbar der gleichen Eingebung gefolgt war. Überrascht hielten sie beide inne, versuchten, das Schwert des anderen von sich wegzudrücken. So nah standen sie sich gegenüber, dass Kara sogar seinen Atem riechen konnte.

Plötzlich fiel ihr etwas ein, das alles entscheiden könnte. Während sie die Klinge weiterhin gegen Gerols stemmte, drehte sie sich, warf sich förmlich mit der rechten Schulter, dann mit dem Rücken gegen seinen Schild, drehte sich weiter, spürte, wie sich die Schwerter voneinander lösten, und holte zu einem Hieb in Gerols Nacken aus. Doch Gerol folgte ihrer Bewegung nicht. Als sie sich ihm wieder zuwandte, hatte er sich in die entgegengesetzte Richtung gedreht und sein Schwert schwang in einem Rückhandschlag auf sie zu. Längst war es zu spät, um auszuweichen, ihr Schwung drehte sie weiter. Gerols Klinge krachte im gleichen Augenblick unterhalb des Schwertarms gegen ihre Rippen, wie ihr Schwert auf seinen Hals traf.

Inmitten des Schmerzes, der in ihr aufloderte wie eine Feuersbrunst, hörte sie Knochen bersten. Von einem Augenblick auf den anderen war ihre Seite wie gelähmt. Im Wegstolpern ließ sie ihr Schwert fahren, aber es war Gerol, der seine Waffe zuerst fallen ließ und sich an die Kehle fasste. In seinem Blick stand solches Entsetzen, dass Kara darüber kaum hörte, was die Menschen um sie herum schrien. Verwirrt sah sie, wie Gerol in die Knie ging. Röchelnd rang er nach Luft. Jeder Atemzug schmerzte sie, stach um die gebrochenen Rippen in ihren Leib, sodass es ihr nicht gelang, sich aufzurichten, doch sie empfand nicht dieses Grauen, das in Gerols Blick lag. Kampfrichter eilten herbei, um ihn zu stützen, und versperrten Kara die Sicht.

»Kara.« Hrimgard beugte sich besorgt zu ihr herab. Warm und stärkend spürte Kara die Hand ihrer Freundin auf dem Rücken. »Wie schlimm ist es?«

»Halb so wild, glaub ich.« Kara rang sich ein Lächeln ab. Weil es leichter fiel, atmete sie flach, aber der Schmerz ließ bereits nach. Die Knochen würden schon heilen. Es war nur eine Frage der …

»Er ist tot!« Das Kreischen unterbrach selbst Karas Gedanken.

Erschrocken richtete sie sich auf, was neuen Schmerz durch ihren Körper jagte. Zischend stieß sie Luft durch die zusammengepressten Zähne. Zwischen den aufgebrachten Menschen, die auf den Kampfplatz strömten, sah Kara Gerol nicht mehr, doch die teils ungläubigen, teils fassungslosen Mienen konnten nicht lügen.

»Aber wie …« Ratlos suchte sie Hrimgards Blick.

»Komm weg hier!« Hrimgard packte sie beim Handgelenk und zog sie mit sich. »Du musst seinen Kehlkopf getroffen haben. Oder die Ader an seinem Hals.« Beunruhigt blickte sie sich um. »Daraus wird nichts Gutes erwachsen.«

»Sie hat ihn getötet! Das ist Verrat!«, schrie jemand.

Verrat? Kara traute ihren Ohren nicht.

Sogleich nahmen etliche Stimmen den Ruf auf. »Verrat! Das Schwert war scharf!«

»Sie hat ihn umgebracht!«

»Niemand hat Verrat geplant«, hörte Kara die Stimme ihres Vaters, doch im Gebrüll der Menge kam sie ihr ungewohnt leise und schwach vor.

»Harass hat entschieden!«, rief Wanargand, doch auch ihm hörten Gerols Freunde und Verwandte nicht zu. Wut und Hass traten auf ihre Gesichter.

»Verrat in Harass' Hain!«

»Wo ist die Mörderin?«

Die Meute wandte sich Kara zu. Hrimgard ließ sich zurückfallen, schirmte Kara ab und schob sie zugleich weiter.

»Lasst sie nicht entkommen!«, tönte es aus der Menge.

»Sechonen, zu mir!«, rief Eormendar. »Schützt Kara! Sie hat nichts Unrechtes getan.«

»Harass hat entschieden!«, wiederholte Wanargand. »Wir beugen uns seinem Willen!« Doch selbst unter den Mitgliedern seines Rudels konnte Kara Streit erkennen.

»Lasst die Mörderin nicht entkommen!«, brüllte ein Warasker. »Tötet sie!«, schrillte Gerols Mutter. Klingen glänzten auf.

»Lauf endlich!«, drängte Hrimgard.

Kara stolperte über Baumwurzeln und Gesträuch, aber sie konnte sich nicht einfach abwenden. Was geschah hier nur? Um ihren Vater sammelten sich Sechonenkrieger und reckten der Meute die Waffen entgegen, versperrten den Weg. Wohin sollte sie denn fliehen? Sie befand sich mitten in Waraskergebiet, etliche Tagesritte von den Schiffen entfernt, mit denen sie den Fluss vom Meer heraufgekommen waren.

»Gib uns Gerols Mörderin, wenn du kein Veräter bist!«, forderte ein Warasker.

»Die Schlange ist seine Tochter. Er hat alles gewusst!«

»Sie entwischt uns!«, gellte die Stimme von Gerols Mutter erneut.

Mit wütendem Gebrüll drängten die Warasker vor. Sie waren in solcher Überzahl, dass Kara unwillkürlich aufschrie.

»Haltet sie auf!«, brüllte ihr Vater.

»Ich muss ihm helfen.« Kara wollte umdrehen und nach ihrem Schwert greifen, das auf der falschen Seite hing. Die Bewegung ließ sie vor Schmerz keuchen.

»Ich sagte: Lauf!« Wütend stieß Hrimgard sie weiter, überholte und zerrte sie so entschlossen mit sich, dass es Kara fast von den Beinen riss.

Ein letztes Mal blickte Kara über die Schulter. Menschen fielen unter blutigen Waffen. Sie glaubte, ihren Vater umringt von feindlichen Kriegern zu sehen, dann raubten die Bäume ihr endgültig die Sicht.

13

Sevena, Sommer, 24. Jahr d. H. E.

Am nächsten Morgen ritt Seran mit Kromer und Garud zum Übungsplatz vor der Stadt. Zwar hatte Deriges nur die Jüngeren unter seinen Gästen eingeladen, an den Waffenübungen teilzunehmen, aber Kromer hatte darauf bestanden, Seran zu begleiten. Er war der Ansicht, dass er ja wieder gehen konnte, falls er unerwünscht war. Dagegen ließ sich nicht viel einwenden, und Seran freute sich darauf, den Tag in guter Gesellschaft zu verbringen.

Die Vorfreude endete jedoch abrupt, als er unter den Männern bei Deriges auch Habard entdeckte. Während ein Teil der Truppe bereits zu Pferd saß und vor der leeren Tribüne des Statthalters gerittene Attacken ausführte, standen andere mit ihrem jungen Heerführer am Rand des Platzes und übten zum Aufwärmen Speerwürfe auf große Zielscheiben aus Stroh. Alle trugen die übliche Rüstung und Bewaffnung des thebanischen Heers und die übenden Reiter folgten den Feldzeichen ihres Flügels, *Sevenas Schwinge*, nur Habard war in seine düstere Tunika gekleidet und wirkte mit dem schwarzen Haar wie ein Rabe unter Dohlen.

»Ist das dieser Hüne, von dem du erzählt hast?« Kromer maß ihn aus der Ferne mit einem abschätzigen Blick. »So groß ist er gar nicht.«

Aus dem Mund des Zwergs klang die Bemerkung so schräg, dass Seran lachen musste.

»Pah!«, entfuhr es Kromer. »Wenn ich erst sein Knie zertrümmert habe, komm ich an seinen Schädel schon ran.«

»So betrachtet …«, gab Seran grinsend zu.

»Hör auf zu feixen und merk dir das lieber! Für den Fall, dass du jemals gegen einen von uns kämpfen musst. Das ist der traditionelle Doppelschlag: Schild hoch, Schlag tief, Schild runter, Schlag hoch. Das versuchen wir immer!«

Obwohl er sich nicht vorstellen konnte, dass es jemals dazu kommen würde, nickte Seran ernst, um seinen Freund zu beruhigen.

»Kromer? Bist du das wirklich?«, rief Deriges ihnen entgegen. Sichtlich überrascht sah er den Zwerg an, der sich selbstgefällig über den Bart strich.

»Ja. Ich dachte, ich seh mal nach, ob aus dir was geworden ist. Oh, verzeiht, aus Euch natürlich«, fügte Kromer rasch hinzu.

»Du kennst Deriges?«, wunderte sich Seran.

»Ich wusste, da war etwas, das ich deinem Ziehvater übel genommen hatte«, antwortete Deriges an Kromers Stelle. »Er hat meinem Vater damals meinen Waffenmeister abgeworben.«

»Wir wollen nicht vergessen, dass es dafür Gründe gab«, wandte Kromer ein, wirkte aber immer noch geschmeichelt, dass sich der Neffe des Kaisers an ihn erinnerte.

»Tatsächlich? Davon weiß ich nichts, aber bei allen Göttern, ich war erst acht oder neun«, lachte Deriges.

Fragend sah Seran Kromer an.

Sein Freund zuckte mit den Schultern. »Würfel und so.«

»Und Asturs Söhnen bist du die ganzen Jahre treu geblieben?« Deriges erwartete wohl keine Antwort, da es offensichtlich war. »Jetzt sollte ich ernstlich beleidigt sein.« Zum Glück sah er nicht danach aus. »Springt ab und schließt euch uns beim Speerwerfen an! Kommt dein Bruder auch?«, erkundigte er sich bei Seran.

»Leider nicht.« Seran sprang aus dem Sattel und reichte Garud die Zügel, damit der Sklave ihre Tiere ein Stück wegführen konnte. »Adurin lässt sich entschuldigen. Zu viel Wein«, erklärte er grinsend. Es war eine Lüge, um die sein Bruder ihn gebeten hatte, und er überbrachte sie, so überzeugend er konnte.

Deriges und die anderen lachten. Nur Habard sah verächtlich aus, und Seran war nicht sicher, ob es sich auf Adurin oder Kromer bezog, auf den die Augen des Kriegers gerade gerichtet waren.

»Soll ich dir Speere leihen?«, fragte Deriges Kromer, da der Zwerg keine besaß, während Seran sein Bündel schon von Garud in Empfang nahm.

»Nein, danke«, wehrte Kromer ab. »Ich hab mein ganzes Leben noch keinen geworfen. Aber wenn Ihr eine Wurfaxt habt …«

»Kannst ja die hier werfen«, grollte Habard und zog eine Streitaxt hervor, die er rechts am Gürtel trug, weil links bereits das Schwert hing. Jeder konnte sehen, dass sie zu groß und schwer war und für den Zwerg nur als Nahkampfwaffe infrage kam.

Kromer nahm sie dennoch und wog sie in der Hand. »Dreh dich um! Bis in deinen Nacken schaff ich's«, befand er.

Erneut brachen Deriges' Männer in Gelächter aus, was Habard nicht freundlicher stimmte.

»Nehmen wir uns lieber das Stroh vor«, riet Seran und zielte auf eine Scheibe, die so weit weg stand, dass ein Treffer bereits Können und Kraft erforderte. Nach Jahren des Übens war ihm die Bewegung in Fleisch und Blut übergegangen. Schon flog der Speer davon und bohrte sich mitten ins Ziel.

»Ausgezeichnet«, lobte Deriges. Seine Männer nickten oder gaben zustimmendes Brummen von sich. Ihr Anführer hob einen seiner Speere zum Wurf, hielt kurz inne und schleuderte ihn direkt neben Serans Treffer. Für seine Leute schien das kein Grund für Beifall zu sein. Erneut nickten sie lediglich anerkennend oder wirkten erfreut. Seran stutzte. War das nun ein Mangel an Respekt oder einfach Würde? Hätte Astur sich dazu herabgelassen, mit seinen Offizieren zu üben, wäre er sicher von einer Horde Speichellecker bejubelt worden.

»Na?« Auffordernd reichte Kromer Habard die Axt zurück.

Wortlos steckte der Krieger sie wieder ein und zog einen Speer heraus, der neben ihm im Boden steckte. Unwillkürlich wichen die Männer in seiner Nähe zurück. Er wog die Waffe kurz in der Hand, atmete hörbar ein und warf sie mit einem Laut, der tief aus der Brust kam. In leichtem Bogen jagte der Speer auf das Ziel zu. Beim Aufprall durchschlug er das fest geschnürte Stroh und bohrte sich dahinter ins Erdreich. Seran erstarrte. Kein Schild, keine Rüstung würde einem solchen Wurf widerstehen.

*

Kara starrte auf die abgetrennte Hand, die vor ihr auf dem Tisch lag. Wie eine Kostbarkeit ruhte sie auf den Lagen aus Leder und Stoff, in denen sie hergebracht worden war. In ihrem verfärbten, von ersten Anzeichen der Verwesung gezeichneten Zustand hätte sie irgendeine beliebige Männerhand sein können, doch Kara kannte den goldenen Ring, in den ein Wogenornament graviert war. *Vater ist tot. Alle sind tot. Alle außer Hrimgard und mir.* Die Worte hallten in ihr wider wie in einem leeren Saal. Sie dachte sie selbst und hörte sie doch, als hätte ein anderer sie gesprochen. Sie kamen aus ihr, aber sie empfand sie nicht. Wo ihr Herz gewesen war, klaffte eine kalte Höhle, ein Nichts, dunkel und still wie eine Winternacht.

Eigentlich hatte sie schon zuvor aufgehört, irgendetwas zu fühlen. Den Schmerz der gebrochenen Rippen, das Stechen beim Atmen, das Brennen der Lungen, als sie immer weitergerannt war. Ihre Finger, die sich so fest um den Griff des Schilds verkrampft hatten wie Wurzeln um den Halt gebenden Fels. Die aufgeschürften Knie nach jedem Sturz, die Blutergüsse, den Hunger, den Durst … Alles war verschwommen, von Anstrengung und Gefahr beiseitegeschoben worden. Sie wusste, dass sie Hänge hinabgeschlittert und Felswände hinaufgeklettert war, über Bäche gesprungen und durch kleine Flüsse gewatet. Unwegsam und steil waren die Hügel der Warasker. Bedeckt von Wald und von Felsen durchbrochen. Kara war weitergehetzt, bis Hrimgard gewagt hatte, in nächtlicher Finsternis zu rasten. An den Ort besaß sie keine Erinnerung. Sobald sie am Boden gelegen hatte, war sie eingeschlafen, und Hrimgard hatte sie wieder aufgescheucht, bevor der Tag heraufgedämmert war. Getrunken hatten sie aus den zahllosen Quellen, aber gegen den Hunger waren sie machtlos gewesen. Manchmal hatten sie ein paar Beeren gefunden und hastig verschlungen, und wenn sie auf ein Nest gestoßen waren, hatten sie die rohen Eier ausgeschlürft. Mehr Zeit gestattete Hrimgard ihnen nicht, bevor sie weitereilte. Obwohl dort Herdfeuer und Nahrung lockten, waren sie Dörfern und Äckern ausgewichen. Niemand sollte ihren Verfolgern sagen können, wo sie gewesen waren und in welche Richtung sie sich bewegten.

Aber offenbar hatte sie doch jemand erspäht und Gerols Krieger wieder auf ihre Spur gebracht, sonst wären sie heute nicht hier vor Egthers Hof aufgetaucht. Ein Unterhändler hatte die Botschaft und das Bündel überbracht, auf dessen grausigen Inhalt Kara starrte und noch immer nichts empfand. Selbst das Denken fiel ihr schwer. Sie hatte geahnt, dass alle tot waren, hatte es angesichts der Übermacht befürchtet, aber sie hatte es von sich geschoben, solange es ging. Nun war mit dem Anblick der Hand jede Hoffnung gestorben.

»Du erwägst hoffentlich nicht, ihr Angebot anzunehmen«, sorgte sich Hrimgard und sah Kara fragend an. In den Tagen der Flucht war sie hohlwangig geworden, und die Falten hatten sich tiefer in ihr Gesicht eingegraben.

Kara erwiderte den Blick, versuchte, die Frage darin zu begreifen. Wovon sprach ihre Freundin? *Ach ja. Die Botschaft.* Jetzt erinnerte sie sich. Der Unterhändler hatte ihr freies Geleit versprochen, wenn sie in Harass' Hain zurückkehrte. Angeblich genügte der Tod ihres Vaters den Waraskern, um Karas Tat zu sühnen. Sie boten an, Kara mit seinen Besitztümern und denen seines Gefolges ziehen zu lassen, vielleicht sogar ein Sühnegeld für jene Knechte und Mägde zu bezahlen, die niemanden angegriffen hatten. Als ob es nur um Gold ginge …

Befremdet von ihrem Zögern schüttelte der graubärtige Egther den Kopf. »Deine Freundin hat recht. Nach allem, was ihr erzählt habt, würde ich ihnen nicht einmal glauben, wenn sie auf Gambedas heiligen Ring schwören.«

»Du traust Waraskern ohnehin nur so weit, wie du spucken kannst«, wandte seine ebenso alte Frau ein.

»Das haben schon meine Großeltern so gehalten, und es hat ihnen nicht geschadet«, erwiderte Egther. Seine Tochter und der Schwiegersohn nickten beifällig. Außer ihnen war nur noch eine Magd im Haus, denn die Enkel hatten sie mit der zweiten Magd in den Garten geschickt, um die Lage in Ruhe besprechen zu können. Die beiden Knechte des einsamen Hofs waren dagegen im Wald und bewachten das Vieh, solange sich fremde Krieger in der Nähe herumtrieben.

»Kara!«, mahnte Hrimgard. »Ich weiß, dass du am liebsten die Leiche deines Vaters holen und nach Hause bringen würdest, aber genau deshalb ködern sie dich damit.«

Wie von selbst kehrte Karas Blick zu Eormendars Hand zurück. Es wäre ihre Pflicht gewesen, seinen Leichnam zu verbrennen. Bevor das nicht getan war, durfte sie nicht einmal sprechen. Dann hätte sie die Asche auf die Bäreninsel gebracht und unter einem großen Grabhügel bestattet, wie es einem König zukam. Doch sie ahnte, dass er stattdessen in Harass' Hain hing und sie ihm nach dem Willen der Warasker dort bald Gesellschaft leisten sollte. Es gab kein größeres Opfer als einen König – und seine Nachfolgerin.

»Kara!«, wiederholte Hrimgard eindringlicher.

Um die Freundin zu beruhigen, nickte Kara.

»Den Göttern sei Dank!« Erleichtert wandte sich Hrimgard ab. »Jetzt müssen wir nur noch von hier entkommen.«

»Mit den ganzen Kriegern da draußen?«, fragte Egthers Tochter. Sie war so füllig, dass Kara zweimal in ihr Kleid gepasst hätte, aber in ihren Armen steckte die Kraft eines Bären. »Das schafft ihr nicht.«

»Wir werden auf den Schutz der Dunkelheit vertrauen müssen«, sagte Hrimgard.

Erneut schüttelte Egther den Kopf. »Es sind zu viele. Sie werden wissen, was ihr vorhabt, und rund ums Haus Wachen aufstellen. Bleibt lieber hier, bis wir Verstärkung bekommen. Menja«, wandte er sich an die Magd, die sich ein Tuch um den geschorenen Schädel gebunden hatte, »bring den Männern etwas zu essen und sag Ansurik, dass er sich heute Abend wegschleichen soll! Wenn unsere Nachbarn erfahren, was hier vorgeht, werden sie kommen, um uns zu helfen.«

»Aber was …«, begann Hrimgard.

»Kein Aber!«, fiel Egther ihr ins Wort. »Soll es heißen, dass Egther seine Gäste einer dahergelaufenen Mörderbande ausliefert? Meine Ahnen haben diesen Flecken Erde gerodet, bevor der erste Warasker seinen Fuß in die Gegend gesetzt hat. Wir sind Kinder Rúls, wir fürchten die Hraudurssöhne nicht.«

Kara blickte von ihm zu seiner Frau Haera und zu den Jüngeren weiter. Entschlossen standen sie in ihrer kleinen, von hölzernen Pfeilern gestützten Halle. Stolz und stur wie Rúl selbst, der mit eiserner Faust über den Himmel herrschte und sich sogar mit Harass anlegte, wenn ihm das Blutvergießen zu weit ging.

Vielleicht erfüllten sie Rúls Willen, indem sie dem von Harass entfesselten Treiben der Warasker ein Ende setzten.

»Ich danke euch allen, auch in Karas Namen«, sagte Hrimgard ernst, und Kara nickte, da sie nicht sprechen durfte.

»Dann ist es entschieden«, stellte Haera fest. »Gehen wir zurück an die Arbeit! Der Sommer wird nicht länger, nur weil da draußen ein paar Taugenichtse herumlungern.« Sie schnappte sich einen Eimer und ein Messer und marschierte festen Schritts hinaus.

»Wohl gesprochen«, lobte Egther. »Bleibt ihr nur hier drin!«, riet er Hrimgard und Kara. »Wir zeigen diesen Faulpelzen, was sie tun sollten, statt sinnlos durch die Wälder zu rennen.« Gefolgt von seiner Tochter und deren Mann ging auch er hinaus, um sich Garten und Äckern zu widmen. Er hielt so wenig von Kriegern, dass sich Kara wie ein gescholtenes Kind vorkam. Aus seiner Sicht war sie wohl ebenso nichtsnutzig wie die Warasker, die sie verfolgten, aber er hatte ihr das Gastrecht gewährt und nun musste er sie beschützen.

»Egther ist ein tapferer, gerechter Mann«, befand Hrimgard. »Aber ich fürchte, dass die Warasker weniger Anstand haben.«

Karas Blick kehrte zur Hand ihres Vaters zurück. Sie wollte nichts mehr von seinen Mördern hören. Sah denn niemand, dass man ihr das Herz herausgerissen hatte?

»Kara, wir müssen vorbereitet sein«, mahnte Hrimgard streng. »Noch zögern sie, sich offen mit Amunduren anzulegen, aber sie könnten darauf kommen, dass das bald keine Rolle mehr spielt. Die Amunduren sind Verbündete ihrer Feinde, der Thebaner.«

Es klang wahr. Wenn die Warasker gegen die Thebaner in den Krieg ziehen wollten, würden sie es ohnehin auch mit Amundurenkriegern zu tun bekommen. Dass Hrimgard eine Weile in nachdenkliches Schweigen verfallen war, fiel Kara erst auf, als ihre Freundin die eingetretene Stille brach.

»Lass uns die Kleider tauschen«, forderte Hrimgard. »Auch Helm, Schild und Waffen. Falls sie angreifen, werden sie dann mich für dich halten. Das gibt dir Zeit, mit den Kindern davonzulaufen, während wir anderen kämpfen.«

Die Leere in Karas Brust füllte sich so jäh mit Entrüstung und Entsetzen, dass sie nach Luft rang. Empört sah sie ihre Freundin an. Sie sollte schon wieder fliehen, während andere ihr Leben für sie gaben? Wie konnte Hrimgard glauben, dass sie sie dermaßen im Stich lassen würde? Vehement schüttelte Kara den Kopf.

»Kara, sei vernünftig! Du bist verwundet und kannst nicht kämpfen, und ich bin die Ältere und Erfahrenere von uns beiden. Mir könnte es gelingen, mit Egthers Familie die Warasker zu bezwingen, aber du würdest sterben. Wer soll dann unser Volk anführen? Wer soll Eormendar rächen? Du bist jetzt unsere Königin! Du musst weiterleben!«

Wütend starrte Kara Hrimgard an und verschränkte die Arme vor der Brust. Niemals würde sie ihr Leben mit dem ihrer Freundin erkaufen. Entweder entkamen sie gemeinsam oder sie würden zusammen in Harass' Halle einziehen.

Doch Hrimgard ließ nicht locker. Immer wieder fing sie davon an, dass Kara nicht in der Verfassung war zu kämpfen. Dass sie in die Heimat zurückkehren und berichten musste, was vorgefallen war. Dass eine Königin ihr Leben nicht wegwerfen durfte, weil sie ihre Pflicht gegenüber ihrem Volk erfüllen musste. Nichts davon überzeugte Kara, auch noch Hrimgard zurückzulassen. Königin oder nicht, sie hatte Harass geschworen, als Kriegerin zu leben, und eine Kriegerin lief nicht fort, wenn ihre Kameraden kämpften. Aber irgendwann nickte sie und wich Hrimgards Blick aus, ließ sich zum Schein auf den Plan ein, nur um wieder Ruhe zu haben. Sie tauschten Tuniken und Schwertgurte, legten Helme und Schilde bereit, und als Egther zurückkam, gab er schweigend sein Einverständnis, indem er Speere bereitstellte.

Menja kehrte von den Knechten zurück und erzählte, dass Ansurik verschwinden würde, sobald es dunkel war. Auf dem ganzen Weg hatte sie sich von den Waraskern beobachtet gefühlt, aber sie waren auf Abstand geblieben, sodass sie nicht sagen konnte, wie viele es waren. Draußen dämmerte es, und die Familie versammelte sich zum Abendessen. Einsilbig saßen sie beieinander, die Kinder verschüchtert mit ihren Eltern und den Mägden auf den Bänken, die anderen brütend auf den Stühlen an ihren eigenen Tischen, wie es Anführern und hochrangigen Gästen zukam.

Obwohl sie sicher genauso abgezehrt aussah wie Hrimgard, bekam Kara kaum etwas hinunter. Früher oder später würde sie bereuen, sich nicht gestärkt zu haben, aber auch wenn sie die abgetrennte Hand wieder eingepackt hatte, stand ihr das Bild vor Augen und ließ jeden Bissen in ihrer Kehle verklumpen. Hrimgard schien es nicht viel besser zu ergehen. Von ihrem Tagwerk waren alle müde, doch Kara fand keinen Schlaf. Bei jedem Geräusch schreckte sie hoch und lauschte. Egther legte sich gar nicht erst zu Bett. Er saß bei der Glut des Herdfeuers und hielt Wache, bis ihm das Kinn auf die Brust sank. Auch Hrimgard wälzte sich unter ihrem Laken von einer Seite auf die andere. Manchmal hörte Kara sie leise schnarchen, doch es hielt nie lange an. In Dunkelheit und Stille durchlebte sie noch einmal den Kampf in Harass' Hain, hörte das Geheul der Krieger und das Geschrei, das zum Kreischen anschwoll, als sie davonrannte und ihren Vater zurückließ. Sie glaubte, ihn vor sich zu sehen, wie er fiel – von etlichen Klingen durchbohrt. Und dann sah sie seinen Leib in der Eiche hängen, blutleer und tot. Der Arm ohne Hand baumelte schlaff herab, wiegte sich im leichten Wind, der in den Baumkronen rauschte.

Plötzlich riss der Tote den Arm empor. Mit aufgerissenen Augen deutete er über Kara hinweg. Nach Luft schnappend schreckte sie hoch. Sie musste eingenickt sein, doch das Rauschen im Laub hatte sie nicht geträumt. Über ihr knisterte es leise im Strohdach, zu großflächig für eine Maus. Regnete es? Das Knistern wurde lauter. Kara sah sich um. Die Glut im Herd war erloschen, sie konnte Egthers Umrisse nur noch erahnen. Wahrscheinlich schlief er, ebenso wie die anderen, deren Atmen sie im Dunkeln hörte. So langsam die Nacht auch dahingekrochen war, es musste bald Morgen sein, aber dieses Knistern … Kara schwang die Beine aus dem Bett, das Egther und Haera ihr und Hrimgard überlassen hatten.

»Stehst du schon auf?«, murmelte ihre Freundin.

Kara wollte antworten, als ihr mit einem Mal Rauch in die

Nase stieg. Das Knistern steigerte sich zum Prasseln. »Feuer!« Hastig griff sie nach dem Schwert und gürtete sich, während sie noch lauter schrie: »Feuer! Wacht auf!«

Blitzschnell war Hrimgard aus dem Bett.

Beim Herd sprang Eghter auf. »Warum haben die Hunde nicht gebellt? Feuer, Kinder! Steht auf, steht auf!«

Schon waren seine Tochter und die Mägde auf den Beinen, zerrten die verschlafenen Kinder aus ihren Decken. Alle schrien durcheinander, Haera fluchte und entzündete eine Talglampe, damit sie endlich etwas sahen. Die Männer und ihre Tochter griffen zu den Waffen. Immer schneller füllte sich der Raum mit Qualm, der aus dem Strohdach hervorquoll.

Längst hatte sich Kara Hrimgards Helm aufgesetzt. Mit Schild und Speer standen sie und Hrimgard neben der Tür bereit. Alle außer Menja, die mit den Kindern hinter dem Rücken der Verteidiger in den Wald fliehen sollte, schlossen sich ihnen an. Keinen Lidschlag lang glaubten sie, dass das Feuer zufällig entbrannt war.

»Bei allen Göttern, Kara, ich beschwöre dich: Sei die Nachhut der Kinder, wenn du dich dann besser fühlst, aber lauf weg!«, flehte Hrimgard.

Widerwillig nickte Kara. Jetzt zu streiten hatte keinen Sinn.

»Wir müssen einen Schildwall bilden, um den Kindern Deckung zu geben«, verkündete Egther. »Bei drei öffne ich die Tür und wir stürmen raus. Möge Rúls Faust mit uns sein und Wahena für uns streiten! Eins, zwei, drei!«

Eghter riss die Tür auf und raste mit Gebrüll über die Schwelle. Hrimgard versperrte Kara den Weg, bis ihm Haera, sein Schwiegersohn und die zweite Magd gefolgt waren, dann stürmte sie mit Egthers Tochter hinterher.

»Warte nicht auf mich!«, rief Kara Menja zu. »Ich habe nicht vor zu fliehen.« Da sie das Schweigen ohnehin schon gebrochen hatte, kam es darauf auch nicht mehr an und würde den Kindern vielleicht das Leben retten. Rasch hob sie den Schild, um sich gegen Geschosse aus der Dunkelheit zu schützen, packte den Speer stoßbereit und sprang über die Schwelle.

Das noch verhalten brennende Dach tauchte den Garten in

flackerndes Zwielicht. Schilde dröhnten unter Schlägen, Männer und Frauen brüllten und das Feuer prasselte lauter und lauter. In seinem Schein glänzten Klingen und Speerspitzen auf. Die Kämpfer und ihre Schatten wogten in wildem Tanz durcheinander. Kara erhaschte Blicke auf im Zorn verzerrte Gesichter, die sogleich wieder verschwanden. Von Egthers Schildwall war nichts zu sehen. Die Feinde mussten ihn und Haera umringt haben, bevor die anderen aufschließen konnten. Jeder kämpfte für sich, doch auch die Warasker wüteten blindlings drauflos. Im Gewühl konnte Kara nicht einmal schätzen, wie viele Gegner es waren. Sie rammte den Erstbesten mit ihrem Schild und stieß zugleich den Speer einem anderen in den Rücken. Die Spitze drang tief in seinen Leib und Kara riss sie mit einem Schrei wieder heraus, der halb Schmerz, halb Triumph war. Wie ein brennender Pfeil hatte der Schmerz ihre rechte Seite getroffen, schoss bei jeder heftigen Bewegung erneut hindurch, bis sie wie rasend um sich stach und schlug. Dass sie den Speer verlor, hielt sie nicht auf, sie zerrte das Schwert heraus und wütete weiter.

Die Flammen breiteten sich immer schneller auf dem Dach aus, loderten höher und heller. Im zunehmenden Licht entdeckte Kara Hrimgard, und ihre Blicke trafen sich. Vor Wut brüllte ihre Freundin auf. Sie blutete aus einer Wunde an der Schulter und wurde von mehreren Gegnern bedrängt, die sie als Mörderin und Verräterin beschimpften, weil sie sie für Kara hielten.

Ich werde nicht zulassen, dass sie an meiner Stelle stirbt! Kara stürzte sich von hinten auf einen der Warasker und drosch ihm ihr Schwert auf den Schädel. Wie von Rúls Faust getroffen fiel er seinen Gefährten zwischen die Füße. Sogleich wandte sich einer von ihnen Kara zu. Das Feuer leuchtete ihr ins Gesicht und in seinen Augen blitzte Erkennen auf.

»Nein!«, brüllte Hrimgard hinter ihm. Im nächsten Augenblick riss er die Lider auf und röchelte einen Schrei. Hrimgards Speer ragte aus seinem Rücken. Schon schnellten die anderen Gegner vor. Ihr blieb keine Zeit, die Waffe herauszureißen. Hastig wich sie zurück, strauchelte dabei über eine Leiche und griff nach Karas Schwert an ihrer Hüfte. Zwei Krieger stachen mit

Speeren nach ihr. Die Flammen auf dem Dach fauchten so laut, dass Kara nicht hörte, wie eine der Waffen an Hrimgards Schild abprallte. Doch die andere Spitze fuhr ihrer Freundin ins Bein. Es knickte unter Hrimgard ein, mehr sah Kara nicht, weil sie sich von der Seite gegen den Schild des Kerls warf und um seine Wehr herumstechen wollte, aber sie erwischte ihn mit so viel Wucht, dass er stürzte, und ging mit ihm zu Boden.

Ein Tritt in die Rippen stieß ihr die Luft aus den Lungen. Für einen Moment war sie gelähmt und vor ihren Augen herrschte Schwärze, in der kleine bunte Lichtflecken schwebten. Undeutbare Geräusche brausten in ihren Ohren. Sie fühlte sich umhergestoßen, spürte sich atmen, öffnete benommen die Lider. Füße in Stiefeln, Beine, herumliegende Leichen oder Verwundete, wer konnte das schon sagen? Sie war ja selbst zu zerschlagen, um sich zu bewegen. Ihr Blick wanderte höher, sah Krieger, die langsam vorrückten, und zwischen den Beinen hindurch andere Beine, die sich humpelnd rückwärtsbewegten. *Hrimgard!* Die Erkenntnis verlieh ihr die Kraft, sich auf einen Ellbogen zu stützen. Wo war überhaupt ihr Schild hingekommen? Aber sie konnte den Blick nicht von den Beinen ihrer Freundin lösen, denn da war etwas zu ihren Füßen, das dort nicht hingehörte. Die Türschwelle zu Egthers Haus.

»Nein!« Keuchend krallte Kara die Finger in die Erde, wollte sich hochstemmen, doch es war zu spät. Hrimgard verschwand im Rauch, der aus der offenen Tür quoll. Die Warasker würden bezeugen, dass Kara in Egthers Haus verbrannt war. »Nein«, wimmerte Kara noch einmal und sank entkräftet wieder zu Boden.

Matavisches Ufer des Wagar, Sommer, 24. Jahr d. H. E.

»Wenn das der Rauch eines Herdfeuers ist, fress ich meine Kappe«, verkündete Kromer. Er hatte es so satt, mit dem Tross dahinzuschleichen, dass er Astur gar nicht erst gefragt hatte, ob er Seran begleiten durfte.

Seran beschattete die Augen mit einer Hand und spähte nach Norden. Zwei Tage lang war er mit seinen beiden Einheiten dem

Wagar stromaufwärts gefolgt. Sein Ziehvater hatte ihm vierhundert Reiter mitgegeben, um den Fluss an der Grenze zum Gebiet der Amunduren zu überqueren und die Lage jenseits Sevenas zu erkunden. Als kluger Heerführer zog Astur es vor, sich nicht auf Deriges' Angaben zu verlassen. Er hatte Seran nach Norden und Akero mit weiteren vierhundert Reitern nach Westen gesandt. Sie sollten herausfinden, ob sich jenseits des Flusses größere Kriegerverbände sammelten, um die Banden am Elivar zu unterstützen.

Geführt von einem sewenischen Späher, den Deriges ihnen mitgegeben hatte, waren Seran und seine Männer am Morgen durch eine Furt geritten und in die Wälder der freien Stämme eingetaucht. Zum ersten Mal, seit er denken konnte, vielleicht sogar zum ersten Mal überhaupt, befand sich Seran außerhalb der Grenzen des Reichs. Er war sich dessen sehr bewusst und spürte ein leichtes Kribbeln im Bauch, obwohl sich die Landschaft nicht von den Hügeln im Osten Sevenas unterschied. Nun hatten sie den Kamm der ersten Anhöhe jenseits des Flusstals erreicht. Von hier erstreckten sich die Hügel wie ein Meer grüner Wogen bis zum Horizont. Im Osten bauten sich bereits die ersten Gewitterwolken auf. Seit er Sevena verlassen hatte, waren sie jeden Nachmittag aufgezogen, nur um über Nacht wieder zu verschwinden. Heute türmten sie sich jedoch schon bedrohlich auf, obwohl die Sonne noch nicht den höchsten Punkt erreicht hatte. Gegen die düsteren Wolkenberge nahm sich die Rauchsäule im Norden winzig aus, aber Kromer hatte recht. »Da brennt mindestens ein Haus, wenn nicht mehr«, stimmte Seran ihm zu.

»Sagtet Ihr nicht, dass König Derik einen Bizen erwähnte, der ganze Dörfer niederbrennt?«, erkundigte sich Leubwin.

»So weit im Norden?« Das konnte sich Seran nicht vorstellen. Eine einzelne Kralle Drakonen würde sich nicht etliche Tagesmärsche von der Grenze Serikas entfernen. Zu groß war die Gefahr, dass ihnen feindliche Krieger den Rückweg abschnitten. »Nein, hier muss etwas anderes vorgehen. Könnten Amunduren Warasker überfallen haben?«, fragte Seran den sewenischen Späher.

Der Mann gehörte Deriges' Reiterei an und trug die übliche thebanische Ausrüstung, aber wenn er den Helm abnahm, kam darunter nicht nur das zum Kriegerknoten geschlungene Haar zum Vorschein, sondern auch eine Narbe, wo sich einst das rechte Ohr befunden hatte. Dass ihn deshalb alle Einohr nannten, hatte Seran zunächst grausam gefunden. Mittlerweile hatte Leubwin ihm jedoch erklärt, dass der Mann stolz darauf war, denn er hatte das Ohr nach dem Vorbild irgendeines Gottes den Windweibern geopfert. Im Gegenzug trugen sie ihm nun alle verdächtigen Geräusche zu, was ihn zu einem noch besseren Späher machte.

Gleichmütig zuckte Einohr mit den Schultern. »Oder Warasker haben Amunduren überfallen oder Andanen oder …«

»Jenseits des Wagar leben auch Amunduren?«, fiel ihm Seran erstaunt ins Wort.

»Ja, sicher. Das ist seit jeher Amundurenland.«

»Aber auch das der Warasker?«, hakte Seran verwirrt nach.

»Je nach Dorf und Tal«, bestätigte der Späher.

»Dann führ uns auf dem schnellsten Weg dorthin!«, fuhr Seran ihn an. »Die Amunduren sind unsere Verbündeten. Vielleicht brauchen sie Hilfe.«

Einohr brummte irgendetwas Unverständliches und setzte sein Pferd in Bewegung.

»Wenn alle Amunduren wie dieser Habard sind, brauchen wir uns keine Sorgen zu machen«, meinte Kromer zwinkernd.

Seran lächelte ihm kurz zu, bevor er Aleator hinter dem Späher hertrieb. Dem düsteren Gesandten der Amunduren wollte er nicht so schnell wieder begegnen, doch ganz gleich, wer dort kämpfte, sie mussten nachsehen, ob die Angelegenheit auch Theban betraf. Im gestreckten Galopp wäre die Strecke rasch zurückgelegt gewesen, aber die Abhänge waren so steil und die Wege so schmal und gewunden, dass schon ein scharfer Trab an manchen Stellen zu gefährlich wurde. Immer wieder schlitterten die Pferde ausgewaschene Rinnen hinab, in denen lose Steine lagen und freigespülte Wurzeln nach ihren Hufen angelten. Jenseits des Talgrunds katapultierten sie sich mit kräftezehrenden Galoppsprüngen wieder in die Höhe. Bald schnauften und schwitzten die Tiere wie nach einem langen schnellen Ritt. Nun wunderte es Seran nicht mehr, dass die Warasker nicht für Reiterkrieger berühmt waren. In diesem Gelände konnten sie auf Pferde verzichten, ohne große Nachteile zu befürchten.

Die meiste Zeit raubten Seran die Baumkronen die Sicht, sodass er bald nicht mehr wusste, ob sie noch nach Norden ritten und wo die Rauchsäule war. Nach einer Weile führte der Weg an einem kleinen Dorf vorbei, dessen Bewohner sie misstrauisch ansahen und von keinem Kampf wussten.

»Warasker oder Amunduren?«, fragte Seran Leubwin, als sie weiterritten.

»Keine Ahnung«, gab der Jukaner zu.

»Warasker«, rief Einohr. Über so viel Unwissenheit schüttelte er den Kopf. »Die Amunduren sind Kinder Rúls. Ihm zu Ehren hängen sie Stierschädel an ihren Häusern auf. Daran könnt ihr sie erkennen.«

»Wenn nur noch Asche übrig ist, wird's schwierig«, befand Kromer. »Also redet nicht so viel! Macht schneller!«

Erneut trieben sie ihre Pferde zum Galopp, solange der Weg es zuließ. Wieder ging es Hügel entlang und Hänge hinauf und hinunter. Weit konnte es nicht mehr sein, aber sie durften auch nicht in einen Kampf hineinplatzen, ohne zu wissen, auf wessen Seite sie eingreifen sollten.

»Wir sind gleich da!«, verkündete Einohr.

»Dann Halt!«, rief Seran und hob die Hand. Hinter ihm kam die Schlange der Reiter zum Stehen. Sie war so lang, dass er ihr Ende auf dem gewundenen Waldweg nicht sehen konnte. Sein Blick reichte höchstens bis zur Mitte. Rasch gebot er dem Hornbläser mit einer Geste, kein Signal zu geben. Falls sie sich Feinden näherten, wollte er sie überraschen. »Leubwin, gib uns zwei deiner besten Kundschafter mit! Kromer und ich sehen uns die Sache mal an. Zeig uns den Weg!«, forderte er Einohr auf und folgte ihm.

Der Pfad wand sich um einen weiteren Hügel, dann wurde es so hell zwischen den Bäumen, dass sie sich einer Lichtung nähern mussten. Seran lauschte auf Kampflärm, doch er hörte nur Vögel zwitschern. »Auffächern und den Wald durchsuchen!«, befahl er leise den Männern, die ihm Leubwin nachgesandt hatte. »Sie könnten uns bemerkt haben und sich verstecken.«

Ohne ein Wort sprangen die beiden Jukaner ab, banden ihre Pferde an und pirschten sich ins Unterholz. Seran ritt bis zum Waldrand weiter und zügelte Aleator unter den letzten Bäumen. Vor ihm breiteten sich einige Wiesen und kleine Felder um die heruntergebrannten Reste eines Hauses aus. Von den Trümmern stieg Rauch auf, aber das Feuer war weitgehend erloschen. Es hatte einen Berg aus Asche und verkohlten Balken hinterlassen, unter dem es immer noch schwelte.

»Warum sollte jemand diesen einsamen Hof niederbrennen?«, wunderte sich Kromer. »Schätze hatten die sicher nicht.«

»Du meinst, es war nur ein gewöhnliches Feuer? Aus Unachtsamkeit?« Zweifelnd musterte Seran die Lichtung. Brände kamen vor, in Theban sogar täglich. Aber hätten dann nicht die verzweifelten Bewohner dort gestanden? Müde von vergeblichen Versuchen, den Brand zu löschen? »Sehen wir nach. Schilde hoch, und bleibt dicht zusammen!« So würden sie sich gegenseitig Deckung geben, falls Schützen auf sie lauerten.

Langsam ritten sie unter den Bäumen hervor und überquerten die Lichtung. Die gespenstische Stille verstärkte Serans ungutes Gefühl. Keine Gans schnatterte, kein Hund bellte und auf den Wiesen stand kein Vieh. Je näher sie der rauchenden Ruine kamen, desto niedergetrampelter waren die Pflanzen auf den Äckern. Hufabdrücke konnte Seran jedoch nicht entdecken.

»Menschenwerk«, befand Einohr, dessen Blick Serans gefolgt war. »Mindestens zehn, eher zwanzig Angreifer. Und sie haben Tote oder Verwundete weggeschleppt.« Er deutete auf eine Schleifspur, die mitten durch ein Getreidefeld Richtung Waldrand führte.

»Und? Warasker oder Amunduren?«, stichelte Kromer.

»Tote«, erwiderte der Späher.

Jetzt entdeckte auch Seran die niedergestreckten Gestalten vor dem Haus. Sein Herz zog sich zusammen, als er an den langen Kleidern zwei Frauen erkannte. *Wir kommen zu spät!* Unwillkürlich trieb er Aleator noch einmal zum Trab an, obwohl es für den kurzen Weg nicht lohnte. Es war ihre Aufgabe, die Frauen und Kinder des Reichs zu beschützen. *Das hier ist nicht das Reich*, rief er sich ins Gedächtnis. Außerdem war es längst zu spät gewesen, als sie den Rauch bemerkt hatten. Und doch empfand er ein vages Gefühl des Versagens. Konnte er noch irgendetwas tun? Er sah nur Erwachsene. Ein alter Mann und seine Frau, eine Sklavin, der das blutige Kopftuch noch am geschorenen Schädel klebte, zwei jüngere Männer, vielleicht die Söhne des Alten … Waren die Kinder geflohen oder im Haus verbrannt?

»Feiges Dreckspack!«, grollte Kromer. »Ist mir egal, wer das war. Eine wehrlose Familie niederzumetzeln …«

»Vielleicht lebt noch jemand und kann uns berichten.« Ohne es selbst so recht zu glauben, sprang Seran aus dem Sattel. »Sieh dich um, was du noch herausfinden kannst, Einohr!«

»Seran!«, rief Kromer und deutete hinter ihn. »Da rührt sich einer!«

Überrascht drehte sich Seran um. Einer der beiden jungen Männer, der mit dem Gesicht im Dreck lag, bewegte den Arm. Da an seinem Kinn Blut herabgelaufen war, hatte Seran geglaubt, ihm sei die Kehle aufgeschlitzt worden. Rasch ging Seran zu ihm. Der Verwundete trug einen Schwertgurt, doch von der Waffe war nichts zu sehen. In Hose und Tunika klafften blutverkrustete Schnitte, aber wie schwer die Wunden waren, ließ sich auf den ersten Blick nicht sagen. »Hol die anderen und bring den Arzt her, Kromer! Er soll sich beeilen.«

Mit einem zustimmenden Brummen wendete Kromer sein Pferd und galoppierte davon. Seran legte Schild und Speer ab und ging neben dem Fremden in die Hocke. Aus der Nähe sah das mit Erde verschmierte Gesicht so zart aus, dass der Mann fast noch ein Junge sein musste. Dazu passte auch das helle Ächzen, mit dem er sich gerade aus dem Dreck stemmen wollte.

»Nein, nein, bleib liegen«, riet Seran und legte ihm die Hand auf die Schulter. »Mein …«

Blitzschnell warf sich der Verwundete herum, sodass er ihm ins Gesicht blicken konnte, und kroch rückwärts von ihm weg. Im ersten Moment waren die Augen vor Schreck geweitet, im nächsten verzerrte sich seine Miene vor Schmerz. *Ihre Miene*, erkannte Seran verblüfft. Selbst wenn ihre Züge nicht so weiblich gewesen wären, hätten die Brüste, die sich unter ihrer Tunika abzeichneten, keinen Zweifel gelassen. Aber ihr dunkelbraunes Haar war zu einem Kriegerknoten aufgesteckt und sie trug einen Schwertgurt. Verwirrt suchte Seran nach Worten. Völlig unbedacht hatte er sie auf Thebanisch angesprochen. *Kein Wunder, dass sie sich erschreckt hat.* »Du musst keine Angst haben. Ich will dir helfen«, beteuerte er auf Matavisch und hob die Hände, um zu zeigen, dass er nicht nach seinen Waffen griff.

Dennoch suchte die Fremde bereits mit dem Blick nach ihrem Schwert. Es war nicht schwierig zu erraten, denn was sonst hätte neben ihr am Boden liegen sollen. Plötzlich tastete sie mit einer Hand nach ihrem Kopf, dann nach dem Schnitt an ihrer Kehle, und Seran begriff, dass sie einen Helm getragen hatte, der ebenso verschwunden war wie ihr Schwert. Jemand musste die Verschnürung durchtrennt und ihr den Helm vom Kopf gezerrt haben, um sie dann wieder vermeintlich tot in den Dreck fallen zu lassen.

»Keine Sorge, meine Männer und ich werden dich beschützen«, versicherte Seran. Selbst wenn sie Waraskerin war, würde er nicht zulassen, dass sie getötet wurde. »Wer hat euch das angetan?« Vage deutete er auf die Toten und die rauchenden Trümmer.

Die Fremde musterte ihn, sagte jedoch nichts.

»Zu welchem Stamm gehörst du?«

Außer einem Seufzen erhielt er keine Antwort. War sein Matavisch immer noch so schlecht? Vielleicht sollte er es mit einfacheren Sätzen versuchen. »Bist du Amundurin?«

Sie schüttelte den Kopf.

Mist. »Also Waraskerin.« Musste er sie jetzt gefangen nehmen? Aber sie war hier das Opfer …

Erneut schüttelte sie den Kopf.

»Äh …« Welchen Stamm hatte Einohr noch genannt? »Andanin? Auch nicht?« *Herr der Himmel!* Wie viele Stämme lebten hier denn noch? »Verstehst du überhaupt, was ich sage?«

Wenigstens nickte sie endlich. Das dunkle Haar und der

Schmutz in ihrem Gesicht standen in scharfem Gegensatz zum Blau ihrer Augen. War sie überhaupt Mataverin? Vielleicht war sie aus Sevena entführt worden und er konnte sie als Held nach Hause bringen. Er sah die ruhmreiche Szene förmlich vor sich, wie sie ihn dankbar anlächelte und …

»Sie ist in Trauer«, platzte Einohrs Stimme in den Tagtraum.

Ertappt errötete Seran und kam sich vor wie ein dummer Junge. Wie lange hatte er die Fremde schon so angestarrt? Rasch stand er auf, um etwas Würde zurückzugewinnen.

»Sie ist in Trauer«, wiederholte Einohr. »Sie wird nicht sprechen, bis die Leichen ihrer Verwandten verbrannt sind.«

»Das … das geht nicht«, erwiderte Seran. »Sie muss uns sagen, was passiert ist.«

»Vor dem Totenfeuer sprechen wir nun einmal nicht«, beharrte der Späher. »Die Geister dürfen die Stimmen ihrer Verwandten und Freunde nicht hören, sonst bleiben sie in ihrem Körper und stehen wieder auf.«

»Tote stehen nicht wieder auf«, gab Seran zurück. »Das macht das Totsein doch gerade aus.«

»Da habe ich anderes gehört.« Einohr sprang vom Pferd, um sich die Leichen aus der Nähe anzusehen.

»Hast du auch etwas Brauchbares herausgefunden?«, erkundigte sich Seran gereizt. Dass er lieber mit der Fremden allein gewesen wäre, kam ihm ungelegen, aber es ließ sich nicht leugnen. *Verdammt!* Er musste jetzt mit klarem Verstand Entscheidungen treffen.

»Da drüben im Roggenfeld liegen ein Knecht und zwei Hunde«, berichtete Einohr. »Wurden wohl beseitigt, bevor es richtig losging. Ist irgendjemand entkommen?«, wandte er sich an die Fremde.

Sie nickte und deutete Richtung Wald.

»Wahrscheinlich die Kinder. Der hier lebt übrigens auch noch.« Gleichmütig wies Einohr auf den jungen Mann zu seinen Füßen.

»Was?« Seran lief zu ihm. Als er genau hinsah, konnte er sehen, dass der vermeintlich Tote noch atmete, doch ein Speerstoß hatte ihn in den Unterleib getroffen. Dass der Mann bewusstlos war, betrachtete Seran als Gnade der Götter. Der Arzt würde nicht viel für ihn tun können.

»Versuch, die anderen Überlebenden zu finden«, befahl Seran, »aber pass auf dich auf! Wenn du Anzeichen dafür entdeckst, dass die Angreifer noch in der Nähe sind, komm sofort zurück und melde es!«

Der Späher nickte, sprang wieder aufs Pferd und ritt in die Richtung, die ihm die Fremde gewiesen hatte. Als sich Seran ihr wieder zuwandte, kam er sich ein bisschen schäbig vor, weil er erleichtert war, dass sie nicht schluchzend an die Seite des Sterbenden eilte. Demnach bedeutete ihr der Mann nicht viel. Aber wie passte das zusammen? Wenn der Fremde weder ihr Mann noch ihr Bruder oder ein anderer geliebter Verwandter war, in welchem Verhältnis standen sie dann? »Hör mal, ich muss wissen, wer das getan hat, sonst kommen wir nicht weiter.«

Ihre Antwort war Schweigen.

Ratlos sah Seran sie an. In ihre blauen Augen zu blicken hatte zwar sehr viel für sich, musste ihr angesichts der Lage jedoch unpassend vorkommen. »Du redest also wirklich nur, wenn ich deine … Freunde hier in einem Totenfeuer verbrennen lasse?« Seine Männer waren Mataver, sie würden wissen, was zu tun war.

Sie schüttelte den Kopf.

»Nein?« Was hatte das nun wieder zu bedeuten? »Du machst es mir wirklich nicht leicht. Soll ich etwa den armen Kerl da drüben wecken, nur weil du diesen Unsinn über wandelnde Tote glaubst?« *Ach, verflucht, der Kerl würde ja genauso wenig reden!*

Wütend starrte sie zu ihm auf.

Zorn ist gut. Vielleicht verlor sie die Fassung, wenn er sie lange genug reizte. Doch in diesem Augenblick hörte er Hufschlag und sah sich rasch um. Kromer kam mit dem Feldarzt von Leubwins Einheit und dessen Gehilfen zurück.

»Diese Männer sind Heiler«, erklärte er. »Sie werden deine Wunden versorgen.«

Die Fremde hatte jedoch nur Augen für Kromer, zu dem sie staunend emporsah, als er heranritt. »Dich begleitet ein Zwerg?«

Sieh an. Sie kann sprechen. Ihre Mundart war ungewohnt, aber verständlich. »Kromer ist mein Freund und der Schmied meines Vaters.«

»Ist dein Vater etwa ein König?« Mit sichtlich zusammengebissenen Zähnen stemmte sie sich auf die Beine, bevor Seran eine helfende Hand reichen konnte.

»Nein. Er ist Heerführer im Dienst des Kaisers.« Jetzt, da sie neben ihm stand, konnte er sehen, dass sie ebenso groß war wie er. »Ich bin nur sein Ziehsohn, Seran, stellvertretender Reiterführer des *Tharians Stolz.* Verrätst du uns jetzt auch, wer du bist?«

Trotz der Schmerzen richtete sie sich auf und straffte die Schultern. »Ich bin Afkara, Königin der Sechonen.«

Stammesgebiet der Jukaner, Sommer, 24. Jahr d. H. E.

»Schafft die verfluchte Hexe endlich da rauf!«, blaffte der Anführer der in Eisen gehüllten Krieger.

Von ihrem Bruder, der einige Jahre als Geisel in Theban verbracht hatte, wusste Ulweig, dass sie Drakonen genannt wurden. Zwei der Männer packten sie und zerrten sie auf die kleine Plattform, die sie gezimmert hatten. Sie rochen nach Schweiß und Metall, und ihre Nähe ließ Ulweig schwindlig werden. Die Beine gaben unter ihr nach, weshalb sie sie noch härter anfassen mussten, um sie aufrecht an den Pfahl binden zu können, der aus der Plattform ragte. Unweigerlich berührten ihre Rüstungen Ulweigs Haut. Das Eisen war kalt und schien ihr das Mark aus den Knochen zu saugen.

Mit einem Strick banden sie ihr die Arme hinter dem Pfahl zusammen. Er war rau und quetschte ihre Haut, als sie den Knoten festzogen, aber wenigstens raubte er ihr nicht die Wärme des Lebens, dem alle Magie innewohnte. Verächtlich bemerkte sie, dass die Kerle sie nicht ansahen. Die feigen Hunde fürchteten ihren Blick, von dem sie glaubten, er könnte sie verfluchen. Als ob nicht jedem Einzelnen von ihnen bereits sein Schicksal bestimmt war. Genau wie ihr, weshalb sie nun an diesen Pfahl gefesselt stand.

Sobald die Drakonen von der Plattform stiegen, kehrten Ulweigs Kräfte zurück. Jetzt konnte sie jenseits des Rings aus hundert Eisenkriegern auch die Bewohner des Dorfs sehen, die den Anführer so zornig machten. Empört beteuerten sie Ulweigs Unschuld. Manche schüttelten zornig die Fäuste, andere riefen nach Unterstützung durch Krieger, doch es würde Tage dauern, bis die Nachricht die Häuptlinge erreichte.

»Ihr habt selbst gesagt, dass sie eine Zauberin ist, also ist sie schuldig!«, brüllte der Thebaner. Sein Hass war so groß, dass er sie zugleich fürchten und zutiefst verachten konnte. Einen solchen Mann überzeugten keine Worte. Er sah, was er sehen wollte, also musste sie sterben. »Zündet das Feuer an!«, befahl er.

Lange bevor die Eisenkrieger den Hain gefunden hatten und hineingestürmt waren, hatte Ulweig alles vorausgesehen. Was geschehen würde, war der Wille der Götter und musste sich so ereignen. Eine wahre Seherin versuchte nicht, das Unvermeidliche zu ändern. Sie wusste, dass solche Taten vergeblich waren. So hatte sie ihre Schwestern fortgeschickt, um die Männer allein im Hain zu erwarten. Als nun ein Drakone eine Fackel an das Reisig unter der Plattform hielt, konnte sie bei dem Gedanken lächeln, dass die anderen diesem Hass vorerst entkommen waren. Sogleich sah sie die Kerle angesichts ihrer Furchtlosigkeit erschrecken und im nächsten Augenblick verhärteten sie fluchend ihre Herzen, um die Angst zu vertreiben.

»Hast du gesehen?«, raunte einer. »Das Weib freut sich sogar darauf, gebraten zu werden.«

»Das wird ihr gleich vergehen«, knurrte ein anderer.

Ulweig hörte das Prasseln, dann sah sie die ersten Flammen. Noch schirmte die Plattform sie ab, aber Rauch stieg auf und würde sie ersticken, bevor das Feuer sie erreichte. Mit geschlossenen Lidern lehnte sie den Kopf an den Pfahl. Sie hatte die Toten befragt und wusste, was zu tun war. Ganz sacht rief sie im Stillen den Wind herbei. Viele Jahre lang hatte sie diesen Zauber geübt, hatte das Rauschen der Blätter in den Baumkronen an- und abschwellen lassen. Jetzt lockte sie ihn mit ihrer Vorstellungskraft herbei, sah in ihrem Innern, wie er den beißenden Rauch zur Seite wehte.

Jemand hustete und fluchte, doch Ulweig öffnete nicht die Augen. Sie spürte, wie die Brise mit ihren Haaren spielte. *Mehr!*, forderte sie und formte ein neues Bild. Eine Böe fuhr in den Haufen dürrer Zweige unter der Plattform. Wie zornige Bestien fauchten die Flammen auf. Ulweig spürte die Hitze des jäh angefachten Feuers. Mit lautem Knacken und Prasseln verglühte das Reisig darin. Eine zweite Böe fuhr hinein und Ulweig vermochte nicht mehr zwischen Vision und Wirklichkeit zu unterscheiden. Flammen leckten an den Rändern der Plattform. Dichter Qualm umwölkte ihre Füße, die sich krümmten vor Schmerz, doch vor allem die zurückweichenden Thebaner zu ihrer Rechten. Da sie Speere und Schilde hielten, bargen sie die Nasen in den Armbeugen und blinzelten gegen den Rauch an.

Plötzlich verebbte der Lärm ebenso unverhofft, wie das Feuer aufgelodert war. Der Haufen fiel in sich zusammen und bedeckte die Holzscheite darunter mit Asche. Ulweig entließ den Wind, der nur noch matt ein paar graue Flocken wendete. Erlöst richtete sie ihre Magie auf die versengten Füße und ritzte mit dem Fingernagel einen Heilzauber in den Pfahl, was ihr ein wenig Linderung verschaffte.

»Das Feuer ist erloschen!«, schrien die Zuschauer jenseits der Drakonen.

»Ein Götterurteil!«

»Lasst unsere Seherin endlich frei!«

Ulweig hörte, wie auch einige Eisenkrieger verunsichert flüsterten und immer lauter stritten. Um zu zeigen, dass sie tatsächlich noch lebte, regte sie sich, hielt die Augen jedoch geschlossen. Ein falscher Blick konnte den Gegner herausfordern, der eben noch gnädig sein wollte.

»Vesetias heilige Flamme!«, fluchte der Anführer. »Ein Götterurteil? Seid ihr noch bei Trost? Nur weil ihr unfähig seid, ein anständiges Feuer in Gang zu bringen?«

»Bei allem Respekt, Bizen«, sagte der Mann neben ihm, der das Feldzeichen trug, »es könnte etwas dran sein. Wenn sie wirklich eine Seherin wäre, hätte sie doch gewusst, dass wir kommen. Und wenn sie keine ist, dann ist sie vielleicht auch keine Hexe.«

»Da hat er recht«, stimmte ihm ein anderer Drakone zu. »Vesetia hat das Feuer bestimmt nicht grundlos erlöschen lassen.«

»Auf das Geschwätz der Barbaren ist kein Verlass. Die halten auch Priester für Zauberer«, behauptete ein Dritter.

Weitere Männer pflichteten bei, andere widersprachen.

»Ruhe, verdammt! Zündet diesen Scheiterhaufen wieder an!« Ihr Anführer klang wütender denn je, doch Ulweig glaubte, weniger Entschlossenheit herauszuhören.

»Herr!«, drängte der Seriker, der für den Bizen übersetzte. »Nachdem Zweifel aufkommen, gebe ich noch einmal zu bedenken, dass diese Leute Jukaner und mit Theban verbündet sind. Wollt Ihr sie wirklich noch weiter gegen uns aufbringen?«

»Und wie ich das will!«, brüllte der Anführer, aber seine Stimme strafte ihn Lügen. »Im Namen des Kaisers befehle ich, die Holzfäller herbeizuschaffen! Sie sollen bezeugen, dass diese Frau eine der Hexen ist, die wir suchen. Und bis dahin werdet ihr gefälligst einen Scheiterhaufen errichten, der brennt!«

14

Während der tiranzianische Feldarzt den tödlich verwundeten Mataver untersuchte, wollten seine Gehilfen von Seran wissen, ob sie das Lazarettzelt errichten sollten. In Karas Nähe fiel es ihm schwer, über so Belangloses nachzudenken. Zumindest kam es ihm gerade völlig unwichtig vor. »Ja, ja«, sagte er und verscheuchte sie mit einer beiläufigen Geste.

War diese Frau wirklich eine Königin? Ihre Haltung hätte jeder Noblen Thebans Ehre gemacht, aber wo war ihr Gefolge? Und warum trug sie Waffen und Männerkleidung?

»Wer bei allen Berggeistern sind die Sechonen?«, fragte Kromer, der vom Pferd gesprungen war und Kara neugierig musterte.

»Mein Volk lebt weit im Norden vor der Küste, auf der Bäreninsel. Hat man bei den Zwergen noch nie von uns gehört?« Sie klang fast beleidigt.

»Nicht in den Erzzinnen, wo ich aufgewachsen bin«, antwortete Kromer.

»Aber unser Ruf eilt uns weit voraus«, behauptete sie stolz. »Selbst im Land der Greverer fürchten sie unsere Krieger und fliehen, wenn sie unsere Schiffe kommen sehen.«

Seran erstarrte.

»Weil ihr dort plündert und brandschatzt?«, fragte Kromer, als wollte er wissen, ob sie dort die Badehäuser besuchten.

Kara nickte lächelnd. »Unsere Krieger kommen stets mit reicher Beute zurück.«

Das ist jetzt nicht wahr … Eine Piratenkönigin? Ihre Männer fielen in Tibachas und Grevera ein, und sie erzählte ihm das so freiheraus? »Du hast überhaupt keine Ahnung, wer wir sind, oder?«

»Er ist ein Zwerg, und du … hm …«

Ich bin ein thebanischer Offizier, der dich jetzt verhaften und zur Hinrichtung nach Theban schicken sollte. Hilfe suchend blickte er Kromer an, doch der grinste nur.

»Du hast nicht erwähnt, von welchem Stamm du bist«, stellte Kara fest.

»Weil ich das nicht weiß«, blaffte Seran. »Pass auf, dass sie nicht wegläuft!«, wandte er sich an Kromer und ging Leubwin entgegen, der gerade an der Spitze seiner Einheit auf die Lichtung geritten kam. *Vielen Dank, Rovena,* verspottete er im Stillen die Göttin der Liebe. *Und was soll ich jetzt tun?* Er brauchte dringend einen freien Kopf, aber noch bevor er Leubwin erreichte, kam einer der Späher auf ihn zu, die er in den Wald geschickt hatte.

»Ich habe überall Spuren gefunden«, berichtete der Mann. »Ein Trupp Krieger kam ungefähr von Norden her zu Fuß und lagerte eine Weile im Wald. Etliche haben die Lichtung einzeln oder zu zweit umrundet. Wahrscheinlich haben sie überwacht, dass niemand den Hof verlässt. Nach dem Kampf sind sie in dieselbe Richtung wieder abgezogen. Soll ich ihnen folgen?«

Seran fiel auf, dass er immer noch nicht wusste, welchem Stamm die Angreifer angehörten, aber wenn sie von Norden gekommen waren, handelte es sich vermutlich um Warasker. Nachdenklich rieb er sich das Kinn. Ganz sicher hatten sie keinen Hof ihrer eigenen Leute überfallen, also waren die Toten Amunduren, seine Verbündeten. Doch nach einem Kriegszug sah es weder von der Anzahl der Männer noch von ihrem Verhalten her aus. Durfte er sie verfolgen und zur Rechenschaft ziehen? Oder brach er damit erst einen Krieg vom Zaun, den er vermeiden sollte, weil der Kaiser sie ausdrücklich an den anderen Arm des Elivar gesandt hatte? Auch Astur hatte ihm nur den Auftrag erteilt, die Lage zu erkunden. »Folge ihnen, damit wir sicher sein können, dass sie abgezogen sind! Aber reitet zu zweit und kehrt um, sobald es dunkel wird!«

»Dann wollt Ihr die Kerle nicht jagen?«, mischte sich Leubwin ein, der längst herangekommen war. »Der zweite Späher hat im Wald Vieh und einen toten Hirten gefunden.«

Die waren wirklich gründlich, dachte Seran grimmig, aber er durfte seinem Zorn nicht einfach nachgeben. Er musste versuchen, so nüchtern zu denken wie sein Ziehvater. »Wir bleiben hier. Die Männer sollen das Lager aufschlagen und Wachen aufstellen.«

Ungerührt nickte Leubwin und gab die Befehle weiter. Als

sich Seran abwandte, um zu Kromer und Kara zurückzukehren, sah er, dass die Unwetterwolken viel näher gekommen waren. Bald würde Regen die Glutnester löschen – und auch die Spuren der Krieger verwischen. *Die Götter haben entschieden.* Offenbar legten sie keinen Wert darauf, dass er die Toten rächte, doch die Gestalten, die gerade am anderen Ende der Lichtung auftauchten, sahen das vermutlich anders. Vorneweg ritt Einohr, dem ein kleiner Fußtrupp Bewaffneter folgte. Sie hielten Speere und Schilde in den Händen, trugen jedoch weder Rüstungen noch Helme. An den langen Hosen und dem zum Kriegerknoten geschlungenen Haar erkannte Seran, dass es Mataver sein mussten. Er beschloss, ihnen entgegenzugehen, bevor sie angesichts der Toten womöglich in lästiges Schweigen verfielen.

»Diese Leute sind mir im Wald begegnet«, berichtete Einohr. »Die Hoferbin hat den Kampf überlebt und sich zu den Nachbarn durchgeschlagen. Jetzt wollen sie deren Mann holen – falls er noch lebt.«

»Unser Heiler behandelt ihn gerade«, erklärte Seran den Fremden. »Aber seht gern selbst nach ihm und nehmt ihn mit zu seiner Frau.«

Wortlos marschierten sie an ihm vorüber.

»Schweigen die etwa auch?«, fragte er Einohr.

»Bis auf einen«, bestätigte der Späher. »Er meint, dass seinetwegen bestimmt kein Toter wieder aufsteht.«

»Was für ein Glück für uns, dass es auch unbeliebte Stinkstiefel gibt. Hast du ihn schon befragt?«

Einohr nickte. »Sie sind alle Amunduren. Die Angreifer waren Warasker. Wenn allerdings stimmt, was die Überlebende erzählt hat, dann hatten sie es nicht auf diese Familie, sondern auf sie abgesehen.«

Seran folgte Einohrs Blick zu Kara. *Unsere Feinde jagen die Königin unserer anderen Feinde, die von unseren Verbündeten beschützt wird?* »Na wunderbar. Halt diese Nachbarn von ihr fern! Ich will hier nicht noch mehr von diesem wirren Streit.«

Einohr grinste nur und trieb sein Pferd hinter den Trauernden her.

*

Ist das schon Verrat? Seran wagte kaum, Leubwin in die Augen zu sehen. Damit die beiden Bizene keine unbequemen Fragen stellten, erzählte Seran ihnen von Einohrs Erkenntnissen nur, was sie unbedingt wissen mussten. Kara ließ er aus, als sei sie nur eine Amundurin, die zum abgebrannten Hof gehört hatte. Er war nicht sicher, was Leubwin zur Wahrheit sagen würde, aber der andere Bizen stammte aus Theban und würde sie sofort in Ketten legen lassen. Vielleicht war das auch richtig, doch in ihrer Trauer und verwundet kam sie ihm beschützenswert vor. Er wollte mit ihr reden, mehr über sie erfahren. *Als ob sie noch nicht genug gestanden hätte, um verhaftet zu werden.* Grummelnd verschob er die Entscheidung auf später und kehrte zum Lazarettzelt zurück, wo er sie halbwegs sicher wusste.

Obwohl sich der Himmel verdunkelt hatte, war es heißer geworden. Erste Böen fegten heran und zausten die Bäume. Zeltplanen bauschten sich und flatterten im Wind. Aus den Trümmern des Hauses wirbelten Rauch und Aschewolken auf. Seran sah zu, wie sie davongeweht wurden. Wenn niemand den Hof wieder aufbaute, würde in ein paar Jahren nur noch die Lichtung daran erinnern, dass hier Menschen gelebt hatten.

»Verzeiht, Herr, ich wusste nicht, dass Ihr hier wartet«, entschuldigte sich der Arzt, als er endlich aus dem Zelt kam.

»Schon gut«, wehrte Seran ab. Es hatte ihn beruhigt, eine Weile mit niemandem reden zu müssen. »Wie geht es ihr?«

»Sie ist ausgezehrt und braucht viel Ruhe und viel Essen«, befand der Tiranzianer. Er musste ungefähr in Akeros Alter sein, denn seine Locken hatten sich schon grau gefärbt. »Außerdem hat sie ein paar Schnittwunden und Blutergüsse. Das Übliche nach einem Kampf. Allerdings muss ihr bereits vor dieser Nacht etwas passiert sein, denn sie hat zwei gebrochene Rippen. Ich konnte sie nicht fragen, weil sie unsere Sprache nicht versteht, aber so, wie die Stelle aussieht, hat sie sich nicht gerade geschont. Um genau zu sein, schillert sie in allen Farben und hat sich entzündet. Das schadet dem Verheilen der Knochen. Es wäre gut, wenn Ihr ihr das sagen könntet. Ich habe ihr einen Trank gegen die Schmerzen und das Fieber gegeben, der sie erst einmal schlafen lassen wird, aber sie sollte sich auch danach die nötige Ruhe gönnen.«

»Sie dürfte wohl kaum freiwillig gekämpft haben«, erwiderte Seran amüsiert.

»Wenn Ihr Euch da so sicher seid …« Der Arzt zuckte mit den Schultern. Hatte er etwas gehört, das nicht für seine Ohren bestimmt gewesen war? Vielleicht verstand er einige Brocken Matavisch, auch wenn er es nicht sprach.

»Ich werde es ihr sagen«, versicherte Seran und betrat das Zelt.

Die Gehilfen des Arztes packten zusammen, was er nicht benötigt hatte. Dann stellte einer einen Becher verdünnten Wein neben Karas Lager, und der andere trug einen Eimer Schmutzwasser hinaus. Seran wartete, bis beide das Zelt verlassen hatten. Auch sie sollten nichts aufschnappen, was ihn in Schwierigkeiten bringen konnte. Kara beobachtete es durch halb geschlossene Lider. Oder nickte sie bereits ein? Seran trat näher und setzte sich neben sie. Unter der Dreckschicht waren einige Sommersprossen zum Vorschein gekommen, aber auch zwei dünne weiße Narben, wie sie oberflächliche Schnittwunden hinterließen. Seran hatte selbst einige vorzuweisen. Bei Übungskämpfen mit scharfen Schwertern blieben sie fast zwangsläufig zurück. Von echten Schlachten ganz zu schweigen. Sosehr es seiner Vorstellung von Frauen und Königinnen auch zuwiderlief, sprach alles dafür, dass sie nicht nur kämpfte, wenn die Not sie dazu zwang.

»Hab ich dir mit Erde im Gesicht besser gefallen?«, spottete sie, ohne die Augen weiter zu öffnen.

»Ich bin nicht sicher. Darf ich eine Handvoll holen und noch einmal vergleichen?«

Kara schnaubte – oder war es doch eher ein Prusten? »Du bringst mich zum Lachen. Hör auf damit!«

Die Rippen! Ich Hohlkopf! »Tut mir leid. Eigentlich hat mir der Heiler gerade erzählt, dass der Bruch nicht gut aussieht. Du sollst ein paar Tage ausruhen, damit die Knochen zusammenwachsen können.«

Müde schloss sie die Augen und lächelte schief. »Sag's den Waraskern.«

Sie muss mich wirklich für einen Esel halten. Offensichtlich waren diese Krieger hinter ihr her und nicht umgekehrt. Aber wer hatte den Streit begonnen? Verfolgten sie sie, weil Kara mit ihren Kriegern im Land der Warasker eingefallen war? Immerhin hatte sie selbst mit diesen Raubzügen geprahlt.

»Du kannst bei uns bleiben. Hier bist du sicher«, hörte er sich sagen und bereute es sofort, obwohl er wollte, dass es stimmte. »Aber du darfst niemandem sagen, wer du bist. Hörst du? Außer Kromer und mir darf es keiner wissen.«

»Du bist seltsam, Seran ohne Stamm«, befand sie leise und rollte sich zum Schlafen ein.

»Das bin ich wohl.« Er erkannte sich ja selbst kaum wieder.

Draußen rollte der erste Donner in der Ferne.

»Rúl zürnt den Mördern seiner Kinder«, flüsterte Kara. »Aber es ist alles Harass' Schuld.«

Seran sah sie an, doch sie öffnete die Augen nicht mehr. Der Wind rüttelte so heftig am Zelt, dass es fast schon befremdlich wirkte, wie still sie dalag.

»Sie sind alle tot«, murmelte sie, aber sie sprach nicht mehr mit ihm.

Er ahnte, dass sie nicht die Amunduren meinte, und hatte noch viele Fragen. Sie würden warten müssen. Bevor er aufstand, streckte er die Hand aus und strich ihr übers Haar. *Ich bin wirklich der größte Narr, den die Welt je gesehen hat.* Doch er würde sie nicht ausliefern, nicht einmal Astur.

*

»Einohr!« Seran war im Sturm das halbe Lager abgelaufen, um den Späher zu finden. Fauchend zerrte der Wind wie ein Raubtier an seinem Umhang und peitschte den Regen bis unter die Kapuze. Obwohl es Nachmittag war, hatte sich Dunkelheit über das Land gelegt. Blendend grell loderten Blitze darin auf, dann krachte der Donner und übertönte selbst das Brausen des Sturms. Die meisten Männer hatten sich in ihre Zelte verzogen, nur die armen Schweine, die zur Wache eingeteilt waren, standen unter den Bäumen. Wenn Seran an ihnen vorüberkam, sah er Anerkennung in ihren Augen. Vielleicht half es ihnen, dem Unwetter zu trotzen, dass sich auch ihr Anführer durch die Böen kämpfte, statt im Zelt zu sitzen. Astur hätte einen Sklaven geschickt, um Einohr zu holen, doch Astur hätte auch niemals etwas Unrechtes von ihm verlangt. So lange Seran Milos schon kannte, in dieser Angelegenheit traute er ihm nicht. Der Sklave war Eigentum Asturs und seinem Ziehvater womöglich treuer ergeben als ihm.

Umgeben von seinen wenigen Habseligkeiten saß Einohr am Fuß eines alten Baums. Trotz des Winds, der mit Macht in die Zweige fuhr, hielt die ausladende Krone den meisten Regen von ihm ab. Mit hängendem Kopf wandte sein Pferd dem Sturm das Hinterteil zu, als hätten sie beide beschlossen, das Unwetter zu ignorieren.

»Einohr! Was machst du hier draußen?« Hatte Leubwin vergessen, ihn einem Zelt zuzuteilen?

Spöttisch sah Einohr zu ihm auf. »Und was macht Ihr hier?«

»Dir gleich in den Hintern treten!«, fuhr Seran ihn an. Auch wenn der Späher zu Deriges' Reiterei gehörte, hatte er einem ranghöheren Offizier Respekt zu erweisen.

Einohr murmelte etwas, das im Rauschen des Laubs unterging, und stand widerstrebend auf. Nachlässig schlug er sich mit der Faust auf die Brust. Sein Blick gefiel Seran überhaupt nicht, aber er brauchte den Mistkerl, sonst flog alles auf.

»Hör zu!«, brüllte er gegen das Brausen der nächsten Böe an. »Ich will, dass du für dich behältst, was die Nachbarn uber Afkara gesagt haben. Das ist ein Befehl!«

»Über wen?«, fragte Einohr mit gerunzelter Stirn.

»Die Frau, die wir hier gefunden haben.« Wenigstens konnten sie in diesem Lärm nicht belauscht werden, selbst wenn sich jemand in der Nähe befand.

Einohr musterte ihn mit undeutbarer Miene. Innerlich wand sich Seran vor Unbehagen. Er hatte dem Späher gerade Macht über sich gegeben. Ausgerechnet diesem aufmüpfigen Kerl, der ihn offensichtlich nicht ernst nahm.

»Wie viel ist dir das wert?«

Seran konnte es nicht fassen. Versuchte der Mann, ihn zu erpressen? Das hatte er nun davon.

»Ich werde es diesem herrischen kleinen Bizen erzählen. Der scheint dich ohnehin nicht zu mögen«, sagte Einohr und wollte gehen.

Wütend packte Seran ihn am Arm und riss ihn zurück, dass er gegen den Baumstamm stieß. »Du wirst das Maul halten, sonst …«

»Sonst was?«, erwiderte Einohr grinsend.

Drohend hob Seran die Faust. Er hatte schon zweimal jemanden verprügelt, er wusste, dass er es konnte, wenn ihn der Kerl genug reizte.

Plötzlich blitzte ein Messer in Einohrs Hand. »Du würdest mich schon töten müssen, um mich zum Schweigen zu bringen.«

»Verflucht!« Seran ließ los und wich zurück. Seine Hand zuckte zum Schwertgriff, die Finger schlossen sich darum. *Bei allen Göttern! Ich kann ihn doch nicht einfach umbringen!* Aber wenn Einohr seine Drohung wahr machte, war Kara so gut wie tot. Zähneknirschend nahm Seran die Hand vom Schwert. »Wie viel verlangst du?«

»Sagen wir, du schuldest mir was«, schlug Einohr vor und steckte das Messer wieder ein.

»Du willst gar kein Geld?«

»Ich hätte es ohnehin nicht weitererzählt.«

»Aber …«

»War nur spannend zu sehen, wie weit du gehen würdest. Und dass du doch kein Thebaner bist.«

Was sollte das heißen? »Ich kämpfe immer noch für den Kaiser, wie alle hier.«

»Ich kämpfe für Derik. Den Kaiser kenne ich nicht.«

*

Dass sie nun beide etwas voneinander wussten, das gegen sie verwendet werden konnte, ließ Seran auf Einohrs Verschwiegenheit vertrauen. Viel anderes blieb ihm auch nicht übrig, als er mit dem Späher, den beiden Bizenen und Kromer zur Morgenbesprechung vor seinem Zelt stand. Der Sturm hatte bis zum Abend gewütet und der Regen noch eine Weile länger angehalten, aber nun war der Himmel wieder wolkenlos. Zum Glück hatten die meisten Zelte dem Wind getrotzt. Überall im Lager stieg der Rauch der Kochfeuer auf, um die warme Mahlzeit nachzuholen, die buchstäblich ins Wasser gefallen war. Nur aus den Überresten des abgebrannten Hauses qualmte es nicht mehr. Seran sah Kara dort stehen und wäre am liebsten sofort zu ihr gegangen, doch zuerst musste er den Männern die Tagesbefehle erteilen. »Dank der Nachbarn wissen wir jetzt, dass hier Amunduren gelebt haben, die von Waraskerkriegern überfallen wurden. Wir kennen aber immer noch nicht den Grund«, fasste er zusammen, und es war nicht einmal gelogen, denn warum die Warasker Kara suchten, hatte niemand erwähnt.

»Es ist nicht ungewöhnlich, dass Krieger im Sommer auf Raubzüge gehen«, behauptete Leubwin.

»Zumindest unter Barbaren außerhalb des Reichs«, stichelte der »herrische kleine Thebaner«, wie Einohr den zweiten Bizen bezeichnet hatte.

»Das mag sein«, mischte sich Kromer ein. »Aber warum dieser Hof, wenn es in der Nähe ein Dorf gibt, wo viel mehr zu holen wäre?«

»Vielleicht haben sie sich so vielen Verteidigern nicht gewachsen gefühlt«, antwortete Seran rasch und schoss Kromer einen strafenden Blick zu. Sie hatten doch besprochen, wie die Unterredung *nicht* verlaufen durfte. »Wie dem auch sei, wir wissen jedenfalls nicht, ob sie auf eigene Faust handeln oder Teil eines Heers sind. Das gilt es herauszufinden, bevor wir umkehren, sonst haben wir den Feind womöglich im Nacken.«

Die Bizene nickten. Was er sagte, entsprach genau dem Auftrag, den Astur ihnen gegeben hatte.

»Wie lauten Eure Befehle?«, fragte Leubwin.

»Schickt je zwanzig Mann nach Norden, Nordwesten und Westen aus! Ich will dafür vorsichtige Truppführer haben. Sie sollen die Gegend erkunden, sich aber nicht in Kämpfe stürzen, wenn sie auf Krieger stoßen.«

»Und wenn sie angegriffen werden?«, fragte der Thebaner.

»Dann dürfen sie sich natürlich verteidigen. Aber sie sollen vor allem überleben, damit wir erfahren, was hier vor sich geht. Teilt jedem Trupp Späher zu! Einohr, du begleitest den nach Norden. Von dort kamen die Angreifer, vielleicht sind dort noch mehr.«

»Und was soll der Rest von uns machen?«, erkundigte sich Kromer.

»Wenn du dich langweilst, kannst du die Späher begleiten«, schlug Seran vor. »Der Rest macht bis zum Mittag Waffenübungen und darf sich danach ausruhen.«

»Wie Ihr befehlt«, antwortete der Thebaner und auch Leubwin nickte und ging mit Einohr, um sich an die Arbeit zu machen.

»Was sollte dieser Blick?«, beschwerte sich Kromer. »Ich war ausgezeichnet in meiner Rolle.«

»Im Ernst? Du hast sie fast mit der Nase darauf gestoßen, dass es hier etwas Besonderes geben muss!«

»Dann haben sie einen verdammt schlechten Riecher«, feixte Kromer. »Und jetzt lass uns mit der Piratin deines Herzens reden und rausfinden, wer ihr die Rippen gebrochen hat.«

»Sie ist nicht die …«, begehrte Seran auf und brach dann doch ab. *Was soll's?* Kromer konnte er ohnehin nichts vormachen. »Aber nicht vor allen Leuten. Wir müssen sie ins Zelt bitten, sonst kommt Leubwin womöglich, um zuzuhören.«

»Für eine Menschenkönigin hat sie erstaunlich wenig Hemmungen, sich schmutzig zu machen«, befand Kromer mit einem anerkennenden Blick in ihre Richtung.

Verblüfft wandte sich Seran zur Ruine um. Kara stand bis über die Knöchel im Dreck. Mit beiden Händen wühlte sie in der nassen Asche, warf verkohltes Holz zur Seite und zerrte an geschwärzten Balken. Dass sie dabei wieder die zerrissenen, blutfleckigen Männerkleider trug, in denen er sie gefunden hatte, war eigentlich angemessen.

Kopfschüttelnd eilte Seran zu ihr. »Was tust du da? Du sollst dich doch schonen!«

Sie würdigte ihn keiner Antwort, zog stattdessen ein verbogenes Stück Metall aus dem Dreck, begutachtete es kurz, warf es dann weg und beugte sich erneut über die schwarzgraue Masse, die den Boden bedeckte.

»Vielleicht gab es hier doch Schätze zu holen«, vermutete Kromer.

Seran brummte skeptisch und stieg durch Trümmer und grauen Matsch an Karas Seite. »Was suchst du denn?«

»Knochen«, presste sie hervor, ohne aufzublicken.

»Dann ist also doch jemand im Haus verbrannt?«

Wieder gab sie keine Antwort und wühlte wie besessen weiter.

»Das ist viel zu anstrengend. Hör auf damit!« Er griff nach ihrem Arm, doch sie schlug seine Hand weg.

»Du hast mir nicht zu befehlen! Lass mich in Ruhe!« Wenigstens hatte sie sich aufgerichtet und sah ihn an. Ihr Gesicht war mit Asche verschmiert, aber Tränen hatten helle Linien darin hinterlassen.

»Wer hier gestorben ist, muss dir viel bedeutet haben.«

Kara nickte. Eine weitere Träne lief ihr über die Wange. »Hrimgard …« Die Stimme versagte ihr, und Seran konnte sehen, wie sie gegen das Schluchzen kämpfte. »Sie war wie eine ältere Schwester für mich.«

»Das …« Was sollte er sagen? Seine Worte würden nichts besser oder gar ungeschehen machen. »Das muss schrecklich für dich sein.«

»Ich muss ihre Knochen finden, um sie in unserer Heimat bestatten zu können«, erklärte Kara und wollte sich wieder abwenden.

»Warte!«, rief Seran. »Ich verstehe das, aber du kannst nicht diesen ganzen Haufen hier umwühlen. Das Feuer war sehr heiß. Vielleicht ist nicht einmal ein Knochen übrig. Sie würde bestimmt nicht wollen, dass deine Rippen ihretwegen nie wieder verheilen.«

»Was weißt du schon von ihr!«, fuhr sie ihn an, doch sie zögerte, sich erneut über die Asche zu beugen. »Sie hat sich für mich geopfert«, sagte sie schließlich tonlos. »Sie trug meine Sachen und ging ins Feuer, damit die verfluchten Mörder glauben, dass ich tot bin.«

»Schätze!«, rief Kromer. »Wusste ich's doch.«

Geht's noch unpassender? Verärgert sah Seran zu ihm hinüber. Sein Freund hielt einen verkohlten länglichen Klumpen in der Hand, an dem Gold schimmerte.

»Gib das her!« Aufgebracht hastete Kara zu Kromer, der ihr sein Fundstück reichte. »Das ist meine Schwertscheide! Wo hast du sie gefunden?«

»Genau hier.« Er deutete auf die Asche vor sich und sogleich fiel Kara auf die Knie und grub mit beiden Händen darin.

Seran war ihr gefolgt und warf Kromer einen ungläubigen Blick zu. »Wie …«

Kromer grinste. »Liegt uns wohl irgendwie im Blut.«

Ehrfürchtig und schniefend zugleich förderte Kara ein paar größere Knochen zutage und legte sie neben der Schwertscheide auf einen Haufen. Seran holte einen der großen Beutel, in denen sie die Gerste für die Pferde transportierten, und als er zurückkam, hielt Kara ihren grausigsten Fund in den Händen. Angeschmolzene, schwarz verfärbte Bronze bedeckte große Teile eines Totenschädels.

»Hier.« Seran hockte sich neben sie und gab ihr den Beutel. »Darin kannst du sie mitnehmen, ohne Aufsehen zu erregen.«

Sie nickte nur, aber er fand Dankbarkeit in ihrem Blick. Ungeduldig wartete er, bis sie die Überreste ihrer Freundin eingesammelt hatte. Er spürte, dass die Männer neugierig herübersahen. Bestimmt fragten sie sich, warum ihr Befehlshaber so viel Anteil am Schicksal einer Bauernfamilie nahm. »Gehen wir lieber ins Lazarettzelt«, beschloss er. Das war zwar unbequem, weil sie auf Stühle verzichten mussten, würde jedoch weniger auffallen, als die vermeintliche Bauerntochter zum Frühstück in sein Zelt einzuladen.

»Dann hole ich uns aber was zum Essen, sonst knurrt mein Magen ständig dazwischen«, befürchtete Kromer.

»Ich sollte mich wohl erst waschen.« Vielsagend blickte Kara an sich hinab und schlug den Weg zum Bach ein.

Seran fand, dass sie auch saubere Kleidung ohne Löcher brauchte. In diesen obendrein für eine Frau völlig unangemessenen Lumpen konnte er sie nicht mitnehmen. Aber wo sollte er ein Kleid herbekommen? Grübelnd folgte er Kromer zu ihrem Zelt. Er musste ihr wohl doch eine seiner eigenen Tuniken leihen. Und die Kniehose, die ihm Deriges geschenkt hatte, weil ein Anführer nicht schlechter ausgerüstet sein sollte als seine Männer – die tatsächlich alle solche Hosen trugen, statt mit nackten Beinen im Sattel zu sitzen, wie Seran es gewöhnt war.

Verwundert sah Milos zu, wie sein Herr die Kleider zusammensuchte und Kromer sich die Fladenbrote und den Kessel mit Eintopf schnappte, um sie mitsamt Schüsseln und Löffeln davonzutragen. Seran lächelte ihm verlegen zu, weil ihm keine Erklärung einfiel, und folgte seinem Freund. Kurz darauf saßen sie im Lazarettzelt auf dem Boden, während Kara gleichsam auf ihrem Lager thronte. *Ganz die Königin*, befand Seran schmunzelnd. »Ich habe dir saubere Kleider mitgebracht«, eröffnete er ihr und wies auf das Bündel. »Sie werden etwas zu weit sein, aber fürs Erste …«

»Danke.« Sie schien sich wirklich zu freuen, doch dann verdüsterte sich ihre Miene wieder. »Aber ich werde auch einen Umhang und vor allem Waffen brauchen.«

»Du willst uns schon verlassen?« Seran merkte, wie aufgeschreckt er klang, und bemühte sich, gelassener weiterzureden. »Ich meine, warum die Eile? Bei uns kannst du dich ausruhen, bis es dir besser geht.«

Nachdenklich sah sie ihn an, und er wünschte, er hätte ihre Gedanken lesen können. »Wirst du mit mir in den Kampf gegen die Warasker ziehen?«, fragte sie schließlich.

Wollte sie einen Krieg führen? Allein? »Das … ist eigentlich nicht unser Auftrag. Aber wenn sie uns angreifen, werden wir natürlich gegen sie kämpfen.«

»Ich habe meinen Vater und viele weitere Tote zu rächen. Wenn du nicht hier bist, um Krieg gegen seine Mörder zu führen, kann ich nicht bleiben. Ich muss zu meinem Volk zurückkehren und ihnen berichten, wie König Eormendar starb.«

»Sie haben also auch noch deinen Vater ermordet?«, empörte sich Kromer. »Tut mir leid für dich. Wir sollten dieser Bande wirklich das Handwerk legen«, wandte er sich an Seran.

Wir wissen doch gar nicht, wer den Streit angefangen hat, hätte Seran gern gesagt, aber er wollte Kara nicht gegen sich aufbringen. »Du weißt, dass diese Entscheidung bei Vater liegt«, erwiderte er stattdessen. »Erzähl uns bitte genau, was vorgefallen ist«, forderte er Kara auf. »Vielleicht wird unser Heerführer uns dann befehlen, dich bei deiner Rache zu unterstützen.«

Bereitwillig berichtete Kara von einem Bündnis, das ihr Vater mit den Waraskern hatte schließen wollen, um sein Volk vor den Überfällen der Chatawen zu schützen. Seran konnte es kaum fassen. »Dein Vater hat sich bereit erklärt, mit den Waraskern Krieg gegen Theban zu führen?« Alarmiert wechselte er einen Blick mit Kromer, der sich ratlos unter der Lederkappe kratzte. War Kara noch gefährlicher, als sie angenommen hatten?

»Er war bereit, Gerol zu unterstützen, wenn Gerol uns im Gegenzug ebenso hilft«, bestätigte Kara. »Das ist der Sinn eines Bündnisses zwischen Anführern.«

»Aber dazu kam es nicht«, vergewisserte sich Seran. Vielleicht gab es doch noch Hoffnung, wenn er sie Astur als Gesandte vorstellte, die über Frieden und ein Bündnis mit Theban verhandeln wollte.

»Nein. Um das Bündnis zu besiegeln, hätte ich Gerol heiraten müssen, aber ich bin Schwurkriegerin. Ich darf …«

»Was ist eine Schwurkriegerin?«, wollte Kromer wissen und kam Seran damit zuvor.

»Ich habe Harass geschworen, das Leben eines Kriegers zu führen«, erklärte Kara. »Nur wenn Harass einem Mann den Sieg über mich schenkt, bin ich von dem Eid entbunden.«

Dass Harass der Kriegsgott der Mataver war, hatte Seran bereits von Leubwin gelernt, aber kämpfende Frauen hatte noch niemand erwähnt. »Warum bei allen Göttern hast du diesen Eid geschworen?« *Ich Hohlkopf sollte lieber froh sein! Ohne den Schwur wäre sie jetzt die Frau dieses Häuptlings. Eines erklärten Feinds Thebans.*

»Warum?«, fragte Kara verständnislos zurück. »Warum bist du denn Krieger geworden?«

»Na, weil …« Was sollte die Frage eigentlich? Er war schließlich ein Mann. »Für Männer gibt es keine ehrenvollere Aufgabe, als für Theban zu kämpfen.«

»Ach, und für Frauen gibt es also Wichtigeres, als sich einen Platz in Harass' Heer zu verdienen und mit den Göttern gegen die Dämonen zu kämpfen? Du bist wirklich seltsam, Seran ohne Stamm.«

»Die Thebaner verbieten ihren Frauen zu kämpfen. Ich glaube, sie haben Angst, dass sie ihnen sonst nicht mehr gewachsen sein könnten«, erklärte Kromer grinsend.

»Als ob Zwerge anders wären«, murrte Seran. »Eure Frauen dürfen ja nicht einmal eure Berge verlassen.«

»Das ist ihre freie Entscheidung«, behauptete Kromer. »Sie ziehen es eben vor, unsere Tore zu bewachen. Und an Dunarars Kriegerinnen ist noch kein Eindringling vorbeigekommen. In tausend Jahren nicht!«

»Du würdest mir verbieten zu kämpfen?«, hakte Kara entrüstet nach.

»Also ich …« *Würde ich das tun?* »Es wäre sicherer für dich … aber …« *Bei allen Göttern, dieser Blick! Sie würde mich hassen.* »Aber du bist die Königin deines Volks, und wir sind hier nicht in Theban.« Das sagte im Grunde gar nichts, verschaffte ihm jedoch Zeit, denn sie schien vorerst zufrieden.

»Lasst uns auf das Bündnis zurückkommen«, forderte Kromer. »Ist dieser Gerol jetzt hinter dir her, weil du ihn nicht heiraten wolltest?«

»Gerol ist tot. Es war Harass' Entscheidung, dass ich ihn im Zweikampf tödlich getroffen habe, aber seine Leute wollen es nicht hinnehmen. Sie sind außer sich geraten und über meinen Vater und unser Gefolge hergefallen.«

Verwirrt schüttelte Seran den Kopf. »Wie soll eine Ehe denn zustande kommen, wenn entweder die Braut oder der Bräutigam sterben?«

»Der Zweikampf wird doch nicht mit scharfen Waffen geführt«, erklärte Kara ungehalten.

Sehr beruhigend.

»Hm«, brummte Kromer. »Milde ausgedrückt erscheint mir der Zorn der Warasker verständlich. Immerhin hast du ihren Häuptling erschlagen.«

»Es war keine Absicht«, verteidigte sich Kara. »Ich wollte ihn besiegen, aber nicht töten. Das war alles Harass' Werk. Wanargand hat es verstanden, jetzt weiß ich es auch. Harass stiftet Unfrieden unter uns Menschen, weil es ihm mehr Kämpfer verschafft. Durch Gerols Tod hat er nun auch meinen Vater und unsere Krieger für sein Heer gewonnen.«

»Und er wird noch viele weitere bekommen, weil sich eure Stämme nun im Krieg gegeneinander befinden«, folgerte Seran. Was bedeutete das für die Pläne der Warasker, sich mit Theban anzulegen?

»Das ist möglich«, gab Kara zu. »Deshalb muss ich so schnell wie möglich nach Hause, wenn ich keine Verbündeten in euch finde.«

»Ich werde das erst mit meinem Ziehvater besprechen müssen. Er führt das Heer im Namen des Kaisers.«

»Eine Sache verstehe ich noch nicht«, mischte sich Kromer erneut ein. »Wenn deine Heimat im Norden liegt, warum bist du dann nach Süden geflohen?«

»Wir sind mit Schiffen die Funa heraufgekommen und dann durch Waraskergebiet gezogen. Wären wir auf demselben Weg zurückgekehrt, hätten uns die Warasker sofort gefunden. Ich hätte es trotzdem versucht, aber Hrimgard war klüger. Sie wusste von den Amunduren und ihrem Bündnis mit Gerols Feinden.«

»Und wie willst du ohne Schiff auf die Bäreninsel zurückkehren?«, wunderte sich Seran.

»Wenn ich erst bei den Angariern bin, werde ich jemanden finden, der mich übersetzt. Unsere Stämme sind seit Langem befreundet und befahren das Meer gemeinsam.«

Da hörst du's, Rovena. Schick mir eine Horde Warasker, die uns angreift, sonst läuft sie mir weg!

*

Als die Späher am Abend zurückkamen, hoffte Seran geradezu, dass sie ein Heer gesichtet hatten. Doch ein Trupp nach dem anderen kehrte zurück und keiner hatte etwas Auffälliges entdeckt. »Es war überall dasselbe«, berichtete Einohr. »Die Warasker wissen angeblich von nichts und die Amunduren haben nur Gerüchte gehört, die sie schon seit Jahren erzählen.« Das Gewitter hatte die Fährte der Bande fortgespült, die Egthers Hof überfallen hatte, aber Einohr gab zu, dass es auch ohne Regen schwierig war, einen Fußtrupp zu verfolgen. Wenn diese Männer nicht gefunden werden wollten, konnten sie sich in Bächen oder auf felsigem Grund bewegen, wo sie kaum Spuren hinterließen.

»Verdammt!«, entfuhr es Seran, was ihm befremdete Blicke der Bizene einbrachte. »Wir wissen also immer noch nicht mehr«, fügte er rasch hinzu.

»Es sieht jedenfalls nicht danach aus, als ob sich die Warasker auf einem Kriegszug befänden«, wandte Leubwin ein.

Da Seran ihm nicht entgegenhalten konnte, was Kara erzählt hatte, nickte er nur. Wenn er seine Leute dennoch weiter untätig hier herumsitzen ließ, würde das Fragen aufwerfen. Sie hatten Asturs Auftrag erfüllt und befanden sich schon weiter nördlich als ursprünglich geplant. »Also gut, dann senden wir morgen früh Boten an Deriges und an den König der Amunduren. Sollen sie eben die Lage weiter im Auge behalten. Wir müssen die Gegend zwischen hier und Sevena absuchen und dann zum Heer aufschließen.«

Enttäuscht verabschiedete er die Bizene für die Nacht, befahl Einohr jedoch zu bleiben. »Auf ein Wort in mein Zelt! Milos, geh zum Bach und hol mir frisches Wasser! Das hier ist abgestanden und warm.«

»Du kannst den reichen Mistkerl wirklich gut, wenn du's darauf anlegst«, befand Kromer, als der Sklave außer Hörweite war.

»Mir ist jetzt nicht nach Scherzen zumute, Kromer. Wenn wir morgen früh nach Südwesten aufbrechen, darf sie uns nicht begleiten.«

»Die Sechonin«, vermutete Einohr.

»Genau die.« Seran schloss die Zeltklappe hinter ihnen und begann, in dem kleinen Quartier auf und ab zu laufen.

»Aber Astur hat noch nicht entschieden«, wandte Kromer ein. »Vielleicht bekommen wir noch bessere Hinweise und müssen tatsächlich gegen die Warasker kämpfen.«

»So lange kann ich hier aber nicht warten. Wir haben unseren Auftrag erfüllt und müssen zurück, und du weißt, was passiert, wenn Vater herausfindet, wen wir bei uns haben. Ich kann ihr Leben nicht aufs Spiel setzen, nur weil sich *vielleicht* ein Bündnis anbietet, das Astur dann möglicherweise gnädig stimmt. Möglicherweise aber auch nicht. Das sind mir zu viele Unwägbarkeiten.«

Zustimmend brummte Kromer in seinen Bart.

»Und was hab ich mit der Sache zu tun?«, erkundigte sich Einohr.

»Du steckst schon mit drin, und ich brauche dich, um sie aus dem Lager zu schaffen.«

Der Späher stieß belustigt die Luft aus. »Das wird allmählich ein ziemlich großer Gefallen, den du mir schuldest.«

»Wirst du es tun oder nicht?«, fragte Seran gereizt.

»Kommt ganz auf deinen Plan an.«

»Du musst freiwillig die Wache bei den Ersatzpferden übernehmen. Wenn von denen eins verschwindet, gibt es den wenigsten Ärger, und zugleich kommt Afkara unbemerkt an den Wachposten vorbei.«

»Pfff«, machte Einohr. »Erst melde ich mich freiwillig, und dann wird ausgerechnet bei mir ein Gaul geklaut? Verabreichst du mir die Stockschläge dann selbst oder wird noch jemand eingeweiht?«

»Er hat recht, Seran«, befand Kromer. »Das schreit nach Gaunerei.«

»Das weiß ich, verdammt! Aber mir fällt nichts Besseres ein.«

»Dann musst du die Wache wohl selbst übernehmen«, stellte Einohr grinsend fest.

Seran lächelte säuerlich. Sie wussten beide, dass das keine Lösung war. Und Kromer kam schon gar nicht infrage, da er nicht einmal der Reiterei angehörte.

»Ich weiß, wie wir's machen!«, verkündete Kromer. »Wir würfeln mit den Kerlen, die dort eingeteilt sind. Und wie durch ein Wunder … verliert Einohr und muss eine Wache übernehmen.«

»Dir ist schon klar, dass dann einer der Wachposten gewinnen muss und nicht du?«, vergewisserte sich Seran.

»Das bekomme ich hin«, behauptete Kromer zwinkernd.

*

Ungeduldig spähte Seran aus seinem Zelt. Endlich waren die Kochfeuer heruntergebrannt, aber der Mond stand hoch über dem Wald und tauchte das Lager in zu helles Licht. Es wurde Zeit, die letzten Vorbereitungen zu treffen. Milos gleichmäßiger Atem verriet, dass er schlief, doch das würde sich sicher bald ändern. Entschlossen öffnete Seran das Zelt, um mehr Licht hereinzulassen. Wenn er im Dunkeln in seinen Sachen wühlte, würde es nur länger dauern und noch lauter werden. *Tu einfach so, als hättest du nichts zu verbergen …*

Leise suchte er in den Bündeln seines Gepäcks nach dem alten Helm und dem schlichten Schwert aus den Tagen, bevor er Offizier geworden war. Er führte sie bei sich, um bei Bedarf schnell Ersatz zu haben, ebenso wie das Kettenhemd, das er als Letztes hervorzog. Das Klirren der Ringe weckte Milos spätestens, als Seran die Rüstung über Kopf und Arme streifte.

»Herr?«, murmelte er verschlafen.

»Schlaf ruhig weiter«, antwortete Seran, so gelassen er konnte. »Ich hab nur ein ungutes Gefühl und will mich vergewissern, dass die Wachen auf ihren Posten sind.«

Der Sklave brummte irgendetwas und lag noch einen Augenblick lang angespannt da, bevor er sich zur anderen Seite rollte. Eilig legte Seran derweil den Schwertgurt an. *Hoffentlich bemerkt er nicht, dass ich nicht meine üblichen Sachen trage.* Doch Milos schien ihm keine Beachtung mehr zu schenken. *Umso besser,* befand Seran und setzte sich den alten Helm auf. Es weckte Erinnerungen an die Übungskämpfe mit Adurin und Baleos in Desmana. Diese unbeschwerten Tage hatten erst vor zwei Jahren geendet, und doch kam ihm der Helm wie ein Relikt aus ferner Vergangenheit vor. Plötzlich fiel es ihm schwer, ihn zu verschenken, aber Karas Leben war es wert. Wie hatte sie sich so schnell in sein Herz schleichen können? Seit er ihr begegnet war, trieb ihn eine ungekannte Rastlosigkeit um. Er konnte nicht schlafen und dachte nur noch an sie. Wenn er sie ansah, stand keine Piratenkönigin vor ihm, sondern eine faszinierende Frau, die seine Hilfe brauchte. Wie hätte er sie ausliefern können, obwohl sie ihm vertraute? Und solange niemand erfuhr, wer sie war, würde er beim Kaiser schon nicht in Schwierigkeiten geraten. Doch dazu musste sie verschwinden, bevor es zu spät war.

Zögernd trat er aus dem Zelt und sah sich um. Warum war Kromer noch nicht zurückgekehrt? Nutzte sein Freund die Gelegenheit, um ein paar Spielchen mehr zu bestreiten, als nötig gewesen wären? Wenn er schon den Auftrag hatte, gegen Asturs Verbot zu verstoßen, musste er das wohl auch auskosten. Auf den ersten Blick konnte Seran jedoch niemanden zwischen den Zelten entdecken. Die Männer schliefen längst und die Wachen zogen ihre Kreise außerhalb des Lagers.

Nicht zögern, nicht verstohlen über die Schulter schauen! Er war der Befehlshaber. Niemand hatte sein Tun zu hinterfragen. Getragen von diesem Gedanken marschierte er zum Lazarettzelt und hielt dort abrupt inne. Er hatte so viel über diese Flucht gegrübelt, aber nun fiel ihm auf, dass er dabei nicht an Kara gedacht hatte. Immer wenn er mit seinen Überlegungen bei ihr angekommen war, hatte er sich romantisch vorgestellt, wie er zu ihr ins Zelt gehen und sie als der große Retter wecken würde. Doch nun ahnte er, dass er im Begriff war, einen Fehler zu begehen. Sie war Kriegerin und bewegte sich trotz ihrer Wunden sehr schnell. Wenn er sie erschreckte, würde sie ihn womöglich angreifen und das halbe Lager zusammenschreien. *In den Liedern klingt das alles immer ganz anders,* murrte er im Stillen. »Afkara?« Mit der flachen Hand klopfte er gegen die Zeltklappe und lauschte. Drin blieb alles still. Vorsichtig pochte er etwas lauter. »Afkara, wach auf!«

»Warum kommst …«

Die Stimme ertönte so unerwartet hinter ihm, dass Seran erschrocken herumfuhr.

»… du mitten in der Nacht mit Helm und Schwert zu mir?« In ihre verwunderte Miene schlich sich etwas Verschmitztes. »Soll das etwa eine Brautwerbung werden?«

Was? Ach so, der Zweikampf! Fast hätte er laut aufgelacht, grinste stattdessen aber nur. »Musst du mich heiraten, wenn ich gewinne?«

»Nein, aber ich darf, wenn ich es will.«

»Jetzt bin ich verwirrt«, gestand Seran. »Warum war es dann so wichtig, Gerol zu besiegen?«

»Wie hätte ich meinem Volk sonst ein Bündnis verweigern können, das uns vor den Angriffen der Chatawen bewahren sollte?«

Seran schwieg betroffen. Dass die Töchter hoher Häuser aus taktischen Gründen mit Verbündeten vermählt wurden, war ihm nie zuvor so bewusst geworden. Dabei geschah es ständig, und er hatte selbst viele Male auf solchen Hochzeiten gefeiert. *Was soll's?* Der Kerl war tot und würde sie nicht mehr bekommen.

»Bist du wirklich deshalb hier?«, fragte sie erstaunt.

Verdammt! Mit ihrem plötzlichen Auftauchen hatte sie ihn völlig aus dem Tritt gebracht. »Lass uns im Zelt weiterreden«, bat er und hielt es ihr auf. »Was hast du überhaupt da draußen gemacht?«, wollte er wissen, sobald er ihr hinein gefolgt war.

»Ich lag wach und hörte einen Krieger vor dem Zelt. Tut mir leid, dass ich es zerschnitten habe.« Bedauernd deutete sie auf den Spalt, der in der Rückwand klaffte. »Ich musste nachsehen, ob es ein Warasker ist, bevor er mich überrascht.«

»Schon gut, vergiss das Zelt! Es könnte sogar helfen, deine Flucht zu tarnen.«

»Meine Flucht?«

»Ja.« Seran zog den Helm ab und warf ihn auf Karas Lager. »Ich war nicht ganz ehrlich zu dir«, gestand er und legte auch das Schwert ab.

»Ich habe nicht erwartet, dass du einen Zweikampf führen willst«, erwiderte Kara verwirrt. »Ohne vor Harass ernannte Richter wäre er ohnehin nicht gültig.«

Schade eigentlich. Hätte es sie vor der Hinrichtung bewahrt, wenn sie seine Frau geworden wäre? Doch er bezweifelte es. Er war nicht einmal thebanischer Bürger mit vollen Rechten. Daran konnte selbst ein nobler Ziehvater wie Astur nichts ändern.

»Das meine ich nicht«, presste er hervor, während er sich das Kettenhemd über den Kopf zog. »Aus irgendeinem Grund würde ich dich sogar sofort heiraten, wenn es möglich wäre.«

»Vielleicht würde ich dich gewinnen lassen, um es möglich zu machen.«

»Ernsthaft?« Er wollte ihr ins Gesicht sehen, aus ihrem Blick lesen, ob sie meinte, was sie sagte, doch im Zwielicht des Zelts konnte er ihre Züge nur erahnen.

»Ich weiß nicht, ich … es gibt so vieles, das ich jetzt bedenken muss. Eigentlich will ich nur hier sitzen und Tränen vergießen … oder … oder diese Mörder in ihrem eigenen Blut ersäufen!« Ihre Stimme klang allerdings eher nach Schluchzen.

»Tut mir leid.« Ohne darüber nachzudenken, schloss Seran sie in die Arme. »Ich hätte mehr Rücksicht darauf nehmen sollen, was du gerade durchmachst.«

Sie lehnte sich an ihn, legte den Kopf auf seine Schulter und erwiderte die Umarmung. Für einen Moment vergaß Seran die Welt um sie herum. Der Duft ihrer Haut stieg ihm in die Nase und er wollte nie wieder etwas anderes riechen oder spüren als ihre Wärme und ihren Körper unter seinen Händen. Er hielt sie fest, bis sie sich regte, doch als sich ihre Körper widerstrebend voneinander lösten, fanden sich ihre Lippen und er zog sie erneut an sich. Mit dem Kuss regte sich sein Verlangen, ließ seine Hand über ihren Rücken hinabgleiten, um ihre Hüfte zu umfassen.

Augenblicklich wich Kara zurück. Sie tat es widerwillig, das spürte er, aber entschieden genug, um seine Leidenschaft zu dämpfen. *Hätte ich mir ja denken können, dass dieser Schwur auch ein Keuschheitsgelübde ist.* Außer Atem hielten sie sich noch immer leicht umfangen, und er hatte nicht vor, sie freizugeben, bis sie sich vollends von ihm löste.

Kara sah ihm in die Augen. »Ich würde bleiben, bis dein Anführer entscheidet, aber du sagst, ich muss fliehen?«

Ein letztes Mal jagten seine Gedanken nach einer Lösung, aber es war vergebens. Ihm fiel kein Weg ein, wie sie bei ihm bleiben konnte, denn niemals würde sie auf Knien den Kaiser um Gnade anflehen und Besserung geloben. Und selbst das wäre ein Spiel mit dem Feuer gewesen.

»Ich wünschte, ich könnte es ändern, aber wenn irgendein Thebaner erfährt, dass du die Königin der Krieger bist, die die Küsten Greveras und Tibachas' überfallen, dann werden sie dich in Ketten nach Theban schaffen und vor der ganzen Stadt unserem Kriegsgott opfern.«

Kara erschauerte und wich so weit zurück, dass er sie loslassen musste. Sogleich fühlten sich seine Arme leer an und er wollte sie zurück, doch er beherrschte sich und wandte sich stattdessen den Sachen zu, die er auf ihr Lager geworfen hatte. »Ich habe dir ein Kettenhemd, Schwert und Helm mitgebracht. Zieh sie an, dann bringe ich dich zu deinem Pferd.«

Zögernd nahm Kara die Rüstung entgegen, wog sie in der Hand und ließ das Geflecht über ihre Finger gleiten, als wäre es feiner Stoff. »Das … ist das Geschenk eines Königs, und ich kann es nicht erwidern.«

Ihm lag auf der Zunge, dass selbst sein Pferdesklave ein kurzes Kettenhemd trug, um ihn in die Schlacht zu begleiten. Und im Tross des Heers führten sie säckeweise Ringe für Flickarbeiten mit sich. Es würde Kromer zwar einige Tage Arbeit kosten, ein neues anzufertigen, aber das Geschenk eines Königs? »Nimm es! Ich will nicht, dass dich irgendein verfluchter Warasker umbringt.«

Seran half ihr, es überzuziehen, und bekam einen weiteren Kuss dafür, was ihm lieber war als alle Besitztümer, die sie in ihrer Heimat hätte aufbieten können. Sichtlich geübter legte sie das Schwert an und setzte den Helm auf.

»Beide hat Kromer für mich gefertigt, als ich fünfzehn wurde.« Er wusste, dass er wehmütig klang, aber es lag nicht an den Waffen.

»Ich werde sie in Ehren halten«, versprach Kara. »Kein König der Bäreninsel hat jemals kostbarere Gastgeschenke bekommen.«

Ergriffen brummte Seran nur und wandte sich abrupt ab. »Gehen wir! Einohr wird sich schon fragen, wo wir bleiben.« Was der Späher dachte, war ihm eigentlich egal. Wenigstens war der Mond nun hinter den Bäumen verschwunden. Nur noch die Sterne leuchteten am Himmel.

Erneut kostete es ihn Überwindung, sich nicht nach Beobachtern umzublicken, aber wenn die Götter auf seiner Seite waren … *Welche Götter eigentlich?* Rovena vielleicht, die ihm das hier eingebrockt hatte. Die anderen sicher nicht. Karas matavische Götter würden es richten müssen. *Es waren auch die meiner Eltern und meines Bruders …* Die Erinnerung an den Toten stärkte ihm den Rücken. Aufrecht führte er Kara durch das Lager, als wäre nichts daran verwerflich. Die Thebaner hatten Adagis getötet, dafür enthielt er ihnen nun Kara vor. *Die Thebaner …* Seit wann dachte er so? Auch Adurin und Baleos waren seine Brüder, und sie alle dienten Kaiser und Reich. Plötzlich kam er sich wie ein Verräter vor, aber er konnte nichts daran ändern.

»Tiwarders Ohr!«, entfuhr es Einohr, als sie den Waldrand erreichten. »Ihr habt euch ja reichlich Zeit gelassen. Hier!« Er reichte Kara die Zügel eines dunklen Pferds. »Ich hab's aufgezäumt, aber einen Sattel konnte ich nicht auch noch auftreiben.«

»Besser so«, befand Seran. Auf die Art sah es weniger geplant aus.

»Danke«, sagte Kara und sprang mühelos auf.

Noch immer versetzte es Seran in Staunen, dass sie wirklich eine Kriegerin war. »Pass auf dich auf!«, mahnte er und legte die Hand auf ihr Bein, um sie ein letztes Mal zu berühren.

Kara legte ihre darüber und drückte kurz seine Hand. »Möge Harass dir viele Siege schenken, Seran ohne Stamm.«

Er spürte, wie sich ihre Muskeln spannten, um das Pferd anzutreiben, und schon trabte es an. Der Waldboden dämpfte den Hufschlag, sodass sie beinahe lautlos zwischen den Bäumen verschwand. Seran blickte ihr nach, bis nichts mehr zu sehen und zu hören war. Nie zuvor hatte er die Verse der Dichter über gebrochene Herzen verstanden, doch nun spürte er seins zerspringen, und vor Schmerz biss er die Zähne zusammen, weil er ihn nicht herausschreien durfte.

15

Mündung des Hrönn, Sommer, 24. Jahr d. H. E.

Als ob die Sonne Serans Kummer teilte, hatte sie sich am Morgen nach Karas Flucht hinter Wolken verborgen. Schon seit Tagen hatte sie sich nun nicht mehr gezeigt und unter den Bäumen herrschte nur dämmriges Licht. Immer wieder ergoss sich mal mehr, mal weniger starker Regen auf die vierhundert Reiter und ihre dampfenden Pferde. Längst waren Serans Stiefel durchnässt und die Feuchtigkeit kroch allmählich sogar durch den Umhang. Wenigstens fühlte sich die Wolle dennoch warm an, denn es war so kalt geworden, dass Seran Leubwin fragte, ob der Herbst bereits anbrach.

Der Jukaner lachte, und sein Pferd schüttelte sich unter ihm, dass die Tropfen flogen wie Sprühregen. »Das ist nur ein bisschen schlechtes Wetter. Das geht wieder vorbei.«

»Dein Wort in Deiuthars Ohr«, erwiderte Seran fröstelnd. Bei diesem ewigen Regen weichte ihnen das Korn in den Proviantsäcken auf. Selbst die Zügel waren bereits aufgequollen und seine Waffen mussten täglich geölt werden, um den Rost fernzuhalten. Auch der Schild saugte sich langsam voll und wurde immer schwerer. Auf Reichsgebiet hätte Seran ihn in die Hülle gepackt und an den Sattel gehängt, doch hier am Wagar mussten sie gegen Überfälle gewappnet bleiben.

Seit Karas Flucht ritten sie nach Südwesten und mit jedem Regentag wurden die Pfade schlammiger und rutschiger. Jeden Morgen sandte Seran Spähtrupps aus, die sich weiter vom Fluss entfernen und die Lage in den Hügeln erkunden sollten, während er mit dem Großteil der Männer weiterzog und einen passenden Lagerplatz suchte, an dem sie auf die Rückkehr der Späher warteten. Viel zu berichten hatten sie nicht, was die trüben Tage noch eintöniger machte. Einen Feldzug hatte sich Seran spannender und erhebender vorgestellt. Mittlerweile hatten sie auch die Stadt Sevena am anderen Ufer passiert, was bedeutete, dass vor einigen Tagen bereits Akero diese Gegend mit seinen Leuten durchkämmt hatte. Natürlich konnte sich die

Lage seitdem verändert haben, weshalb Serans Späher nicht nachlässig werden durften, aber seine Hoffnung auf neue Erkenntnisse schrumpfte immer weiter.

»Du machst ein Gesicht wie fünf Tage erzloser Fels«, befand Kromer. »Oder Regenwetter«, fügte er zwinkernd hinzu. »Bei diesem Anblick nimmt jeder Feind schon von Weitem Reißaus.«

»Falls wir jemals auf Feinde stoßen«, murrte Seran. »Diese Wälder sind leerer als mein Geldbeutel.«

»Tja, Frauen sind teuer«, lachte Kromer. »Und Königinnen ganz besonders.«

Seran schoss ihm einen warnenden Blick zu. Es war gefährlich, vor Leubwin darauf anzuspielen, dass in Wahrheit Seran den Schadenersatz für das gestohlene Pferd bezahlt hatte. Bislang glaubte der Bizen wie alle anderen, dass Einohr und Kromer für die Strafe aufgekommen waren, weil sie gegen Asturs Verbot des Würfelspiels verstoßen hatten.

»Kennst du die Geschichte von der Zwergenkönigin, die sämtliche ihrer Freier in den Ruin getrieben hat?«, wandte sich Kromer direkt an Leubwin.

»Nein, aber ich fürchte, ich werde sie gleich hören«, erwiderte der Bizen.

»Der Mann verfügt über hellseherische Fähigkeiten«, spottete Kromer. »Wozu brauchen wir eigentlich diese Kundschafter, die ohnehin nie etwas finden?«

Seran ließ ihn plappern und versank wieder in trübseligen Gedanken an Kara. *Ich sollte mich damit abfinden, sie nie wiederzusehen.* Ganz gleich, wie dieser Feldzug ausging, konnte es für eine Piratin und einen Offizier des thebanischen Heers keine gemeinsame Zukunft geben. *Schluss mit den dummen Träumen!* Im Grunde sagte er sich das schon seit Tagen vergeblich, aber der Schmerz, den er dabei empfand, hatte ein wenig nachgelassen.

»Wie weit ist es noch bis zum Hrönn?«, erkundigte er sich bei Einohr, den er heute bei sich behalten hatte, weil sie von der geplanten Strecke abwichen. Vor zwei Tagen war ihnen ein Bote Akeros entgegengekommen, der sie angewiesen hatte, nicht zur verabredeten Hrönnfurt zu reiten, denn das hätte sie weitere Tagesritte Umweg gekostet. Stattdessen sollten sie zu einer

Schiffbrücke kommen, die die Elivarflotte nahe der Mündung für sie eingerichtet hatte, nachdem das Heer über den Wagar marschiert war.

»Sollte bald in Sicht kommen«, behauptete Einohr und spähte mit schiefem Lächeln in den Regen, der sie kaum einen Speerwurf weit sehen ließ.

Blinzelnd blickte Seran zu den Wolken empor. Sie waren nicht merklich heller geworden, also würde es wohl nicht so bald aufhören. Selbst die Tageszeit zu schätzen war ohne Sonne schwer möglich, aber Seran glaubte, dass sie den Zenit bereits eine Weile überschritten hatte. »Wir bleiben für die Nacht im Lager der Flotte und warten dort auf die Späher«, beschloss er. Dann würden sie den Fluss am Morgen gemeinsam überqueren und erst dann wieder ausschwärmen.

»Da vorne ist es schon!« Kromer deutete in den Regen. Aus den grauen Schleiern schälte sich eine brusthohe Palisade, mit der die Drakonen der Flotte den Brückenkopf befestigt hatten.

»Ruhm dem Kaiser!«, rief Seran den Wachposten zu, die ebenso tropfnass waren wie er.

»Ruhm der Stadt Theban!«, antworteten sie, wie es üblich war, und gaben das Tor frei.

»Die Männer sollen hier draußen warten«, ordnete Seran an. »Wir klären erst mit dem Befehlshaber, ob sie die Pferde mit ins Lager bringen können.«

»Zum Zelt des Bizens geht es dort entlang.« Einer der wachhabenden Drakonen wies ihnen die Richtung.

Gefolgt von Kromer, Leubwin und dessen Bannerträger lenkte Seran Skiron zwischen den Zelten hindurch. Die Hufe der Pferde stachen durch die aufgeschwemmte Grasnarbe und rissen Löcher hinein, in denen sich sofort Wasser sammelte. Weiter zum Fluss hin war der Boden bereits aufgewühlt und mit Pfützen durchsetzt. Seran entschied, die Pferde vor der Palisade bewachen zu lassen, sonst würden sie am nächsten Morgen aussehen wie Schweine.

»Bei dem Sauwetter setzt keiner einen Fuß vors Zelt«, stellte Kromer fest. Wer keinen Wachdienst an der Palisade hatte, blieb lieber im Trocknen.

»Bringen wir die Formalitäten schnell hinter uns, damit wir's genauso halten können.« Seran sprang vor dem großen Zelt des Bizens ab und das Wasser spritzte ihm von den Füßen bis zu den Knien hinauf.

Der Offizier hatte wohl ihre Stimmen gehört, denn er kam bereits heraus. Mit gegen den Regen zusammengekniffenen Augen musterte er ihr Feldzeichen und nickte zufrieden. »Ruhm dem Kaiser!«, grüßte er mit der Faust auf der Brust. »Gut, dass Ihr endlich da seid. Ich opfere Meratur drei Goldstücke, wenn ich die Brücke abbauen und aus diesem Wetter verschwinden darf.«

»Morgen ist es so weit«, versprach Seran. »Habt Ihr im Lager genug Platz für fünfzig weitere Zelte?«

»Zum Fluss hin, aber ich warne Euch. Nach dem ganzen Regen ist das Ufer ein einziger Sumpf.«

»Hm. Dann bleiben wir wohl doch besser weiter oben«, beschloss Seran. »Wir sind schließlich bislang auch ohne …« Abrupt verstummte er, als in der Ferne thebanische Kriegshörner ertönten. »Wo kam das her?«

Alarmiert lief der Flottenbizen ein Stück um sein Zelt herum. »Das muss vom anderen Ufer kommen.«

Erneut erschollen die Hörner, riefen die Drakonen zum Kampf.

»Sie werden angegriffen!«, rief Leubwin, was Seran dachte.

»Verdammt!« Seran sprang wieder in den Sattel. »Hol die Männer! Wir reiten über die Brücke und greifen ein.«

Auch der Flottenbizen brüllte nach seinen Hornbläsern, doch bis die Drakonen kampfbereit angetreten sein würden, hoffte Seran, bereits am anderen Ufer zu sein. Während Leubwin mit dem Bannerträger aus dem Lager preschte, ritten Seran und Kromer im Galopp zum Fluss hinunter. Vor der Brücke hielten sie die Pferde an und spähten hinüber. An jene Galeeren, die die Meere befuhren, reichten die Schiffe der Elivarflotte zwar nicht annähernd heran, doch die größten lagen längsseits nebeneinander in der Mitte des Flusses und bildeten – durch Stege miteinander verbunden – den höchsten Teil der Brücke. Davor waren die Boote kleiner und ragten kaum hüfthoch über das

Wasser. Als schwimmende Brückenpfeiler taugten sie dennoch, auch wenn es viele von ihnen brauchte, sodass sie fast Bordwand an Bordwand lagen.

»Dieser verfluchte Regen!«, entfuhr es Seran. Sein Blick reichte kaum weiter als bis zu den großen Schiffen. Jenseits davon verschwamm alles in Grau, aber er hörte Kampfgebrüll, Schreie – und ein Geheul wie von Wölfen. »Was bei Sephanees Hunden ist das?«

Kromer kratzte sich im nassen Bart. »Ich habe Gerüchte gehört …« Weiter kam er nicht, denn hinter ihnen dröhnten nun die dunklen Hörner der Drakonen, dann erschollen die helleren der Reiterei und riefen *Tharians Stolz* zum Kampf. Rasch griff Seran nach den Wurfspeeren, die im Köcher hinter ihm am Sattel hingen, nahm zwei auf Vorrat mit in die Schildhand und hielt den dritten bereit. »Dann sehen wir uns auf der anderen Seite.« Er nickte Kromer zum Abschied zu, denn ohne Wurfwaffen wäre sein Freund an der Spitze nur Zielscheibe und den anderen Speerwerfern im Weg.

»Lass mir ein paar Gegner übrig!«, rief Kromer, um das Trommeln und Patschen der Hufe zu übertönen, unter denen das Wasser der Pfützen aufspritzte.

Seran schwenkte neben Leubwin in die Schlange herangaloppierender Reiterpaare ein. Mehr als zwei Mann konnten nicht nebeneinander über die Brücke reiten, also musste es genügen. Wie Hämmer schlugen die Hufe auf die Bohlen ein, dass es laut und hohl dröhnte. Skiron scheute, als der Boden unter ihnen schwankte, doch Seran trieb ihn weiter. Die Boote schaukelten bedenklich. Hatte er überschätzt, wie viel eine solche Schiffbrücke aushielt? Doch jetzt war es zu spät und er konnte den Hengst nur voranjagen, die leichte Steigung zu den größeren Schiffen hinauf. Schwer vom Regen lagen sie tief im Wasser, das schnell und dunkel dahinfloss. Auch der Fluss war offenbar angeschwollen und zerrte an den Booten.

Endlich konnte Seran das andere Ufer deutlich sehen. Wie war es den Kriegern nur gelungen, die Palisade zu überrennen? Im ganzen Lager tobten Nahkämpfe. Von den tödlichen Formationen der Drakonen keine Spur, doch das Schlimmste waren die Bogenschützen, die gerade auf ihn und seine Leute anlegten.

»Schilde hoch!«, brüllten Leubwin und er wie aus einem Mund.

Zugleich hob Seran den schweren Schild, um Kopf und Körper abzuschirmen. Auf bockenden, abschüssigen Bohlen ging es wieder auf kleine Boote hinunter. Plötzlich war die Luft von Pfeilen erfüllt. Es pfiff leise, dann knallten die Geschosse auf Brücke und Schilde. Unter den Einschlägen bebte der Griff in Serans Hand. Jäh bäumte sich Skiron auf. Sein Wiehern klang wie ein Schrei. Schon wollte Seran ihn weitertreiben, da sah er die Pfeile, die aus Skirons Schultern ragten. Im gleichen Augenblick prallte das Pferd des Hintermanns auf den Hengst. Die Wucht brachte Skiron aus dem Gleichgewicht. Seran spürte sich mitsamt dem Pferd kippen, wollte zur anderen Seite hin abspringen, doch es war bereits zu spät. Zu schnell stürzten sie Wasser und Booten entgegen. Entsetzt ließ Seran Schild und Speere fahren, wand sich, stieß sich von Skiron ab, um nicht zwischen das Pferd und eine Bordwand zu geraten. Es dauerte nur einen kurzen Moment, dann schlug seine Schulter irgendwo auf, als hätte ihn Kromers Kriegshammer getroffen, und einen Lidschlag später donnerte etwas gegen seinen Helm, dass es schwarz um ihn wurde.

*

Die Kolonne der Reiter geriet kurz ins Stocken, dann galoppierte sie weiter. Durch den Regen drangen Wiehern, Gebrüll und Kampfgeschrei herüber, aber Kromer sah nicht über den Fluss, sondern hielt sich bereit, um direkt hinter Leubwins Männern auf die Brücke zu reiten. Ungeduldig wartete er auf seine Lücke und steckte seinen Hengst damit an, der stampfte und ungehalten mit dem Schweif schlug. Jeden Augenblick musste es so weit sein.

Jetzt! Kromer spannte sich, neigte sich vor, doch der thebanische Bizen, der die zweite Einheit führte, hatte zu dicht aufgeschlossen. Es gab keine Lücke.

»Schutt!«, fluchte er und lenkte den Hengst auf einen engen

Kreis, weil er nicht mehr stillstehen wollte. Während weitere zweihundert Reiter an ihm vorübergaloppierten, formierten sich die Drakonen der Elivarflotte, um ebenfalls über die Brücke zu stürmen. Da sie zu Fuß marschierten, konnte Kromer jedoch vor ihnen einschwenken.

»Los jetzt, Dicker!«, feuerte er das Pferd an, als es den schwankenden Untergrund im Laufen misstrauisch beäugte. »Rauwonns Amboss! Soll Seran die ganze Arbeit allein machen?«

Der Hengst lief schneller, holte wieder auf, und Kromer spähte nach vorn, obwohl ihm die großen Reiter viel Sicht versperrten. Auf den Bohlen trommelten die Hufe so laut, dass er nichts anderes mehr hörte. Seitlich der Brücke entdeckte er zwei schwimmende Pferde im Fluss. Ein weiteres lag zappelnd über dem Bug eines Boots. Der Anblick war so erbarmungswürdig, dass er kaum vorüberreiten konnte. Er zügelte seinen Hengst und blickte über die Schulter, wie viel Zeit ihm noch blieb, doch die Drakonen rückten bereits im Laufschritt mit wurfbereiten Speeren heran. Ihnen den Weg zu versperren hätte gewaltigen Ärger gegeben. Mit missmutigem Brummen trieb Kromer sein Pferd weiter. Jetzt entdeckte er auch einen der Reiter im Wasser. Durch den grauen Helm war er kaum zu sehen. Der Mann hielt aufs Ufer zu, wurde dabei jedoch von der Strömung abgetrieben. Da er noch schwimmen konnte, war er wohl nicht allzu schwer verletzt. Was vorgefallen war, verrieten die Pfeile, die aus Stegen und Booten ragten. Seran musste mitten in diesen Beschuss hineingeritten sein. Besorgt hielt Kromer nach ihm Ausschau, während der Hengst von der Brücke stürmte. An deren Ende war die nasse Erde so aufgewühlt, dass der Schlamm bis zu Kromer heraufspritzte. Vierhundert Reiter jagten kreuz und quer zwischen den Zelten des Lagers umher. Es gab keine Formation, keine erkennbare Ordnung. Wie die anderen ritt Kromer ratlos in die erstbeste Richtung, denn er konnte auch keinen Feind entdecken. Ein paar gefallene Krieger lagen im Schlamm, doch hauptsächlich Drakonen. Nur wenige Reiter waren auf Gegenwehr gestoßen und in Kämpfe verwickelt. Fragende Rufe gingen zwischen den Truppführern hin und her.

Wo steckt Seran, verdammt. Während er an der Palisade entlangritt, sah sich Kromer nach dem Banner von Leubwins Einheit um. Falls sie nicht getrennt worden waren, sollte er Seran bei Leubwin finden. Der Regen erschwerte es, die Standarten zu unterscheiden, aber schließlich entdeckte Kromer den Bannerträger außerhalb des Lagers und ritt durch das Tor auf die gerodete Fläche zwischen Waldrand und Palisade. Als er Seran nicht bei Leubwin sah, der sich gerade mit dem anderen Bizen beriet, zog sich ihm das Herz in der Brust zusammen. Noch bevor er seinen Hengst zum Stehen gebracht hatte, rief er: »Wo ist Seran?« Erst danach bemerkte er den Pfeil, der in Leubwins Fuß steckte, und dass der Jukaner auf einem Ersatzpferd saß.

Auch Leubwins Blick verhieß nichts Gutes. »Er ist im Pfeilhagel mit seinem Pferd in den Fluss gestürzt. Sah übel aus. Tut m…«

Mehr musste Kromer nicht hören, um seinen Hengst auf der Hinterhand zu wenden und zum Ufer zurückzujagen. Der Schwimmer im Fluss konnte nicht Seran gewesen sein. Kromer war sicher, dass er ihn am Helm erkannt hätte. Auch von den drei Pferden hatte keines wie Skiron ausgesehen. Dass die letzten Feinde mittlerweile niedergemetzelt waren, nahm er nur am Rande wahr. Da die Drakonen von der anderen Flussseite das nicht wussten, stürmten sie dennoch das Lager. Die entgegenkommenden Männer zwangen Kromer, erneut Umwege zu reiten, doch es war ohnehin unwahrscheinlich, dass es Seran direkt bei der Brücke an Land geschafft hatte. Im Galopp fegte Kromer zum Ufer und daran entlang, verfluchte zuerst den Regen, dann Röhricht und Sträucher für die schlechte Sicht. Er musste langsamer reiten. Wenigstens konnte er vom Sattel aus über einiges an hohem Bewuchs hinwegspähen, aber nicht über alles. Immer wieder trieb er seinen Falben durch Gestrüpp in schlammigen Untergrund vor, um keine verborgene Stelle des Ufers auszulassen. Falls Seran verwundet war, konnte er hilflos irgendwo liegen.

Kromer sah ein durchnässtes Pferd aus dem Wasser steigen, aber es war nicht Skiron. Ein anderes war bereits an Land und hatte sogar seinen Reiter mitgezogen, der nun erschöpft im Gras saß. »Hast du Seran gesehen?«, rief Kromer ihm zu.

Matt schüttelte der Mann den Kopf.

»Verdammt!«, entfuhr es Kromer. Als er seinen Hengst weitertrieb, entdeckte er einen Reiter auf braunem Pferd, der ihm mit einem Rappen an der Hand entgegenkam. *Garud!* Der Pferdesklave war mit Leubwins Leuten geritten, um Seran bei Bedarf Aleator zu bringen. *Dunar steh uns bei! Er lässt den Kopf hängen …* »Garud! Hast du ihn gefunden?«

Der junge Pferdesklave schüttelte den Kopf. An seinen schwarzen Wimpern schimmerten Tränen, oder war es nur der Regen?

»Bei allen Berggeistern! Das glaub ich nicht!«, wütete Kromer. »Du musst ihn übersehen haben. Los! Wir suchen noch einmal.«

*

Ob nur ein Moment oder eine Ewigkeit vergangen war, wusste Seran nicht, doch als Nächstes schienen seine Lungen jeden Augenblick zu platzen. Oben, unten, überall war Wasser, und er taumelte darin herum, verhedderte sich beim panischen Paddeln in seinem Umhang. Luftblasen entwichen aus seinem Mund, stiegen nach oben. Dort musste die Oberfläche sein. Seran strampelte, traf irgendetwas, woran er sich abstieß, und schoss hinauf. Der Druck in der Lunge war so unerträglich, dass er den Mund weit aufriss. Prompt floss Wasser hinein und er rang hustend nach Atem. Zugleich kämpfte er darum, nicht wieder im Fluss zu versinken. Er hatte nie richtig schwimmen gelernt, strampelte und wedelte mit den Armen, was ihm ohne Umhang, Schwert und Kettenhemd leichter gefallen wäre. Als er daran denken konnte, sich umzublicken, war von der Brücke nichts mehr zu sehen. Noch immer regnete es, sodass er nicht einmal schätzen konnte, wie weit der Hrönn ihn abgetrieben hatte, und die Strömung zerrte ihn mit der Geschwindigkeit eines flotten Ritts weiter. Sollte der Fluss nicht auch bald in den Wagar münden? Der war noch tiefer, und nur die Götter wussten, wo ihn der Fluss anspülen würde – falls es ihm gelang, sich so lange über Wasser zu halten.

Ich muss hier raus! Vehement holte er mit den Armen noch weiter aus, versuchte, auf das Ufer zuzuhalten, doch immer, wenn er ihm ein Stück näher gekommen war, behinderte ihn wieder der im Wasser wogende Umhang. Die kleine Verzögerung genügte, um ihn erneut abtreiben zu lassen. Schon spürte er, wie die vergeblichen Anläufe seine Kräfte aushöhlten. Wütend strampelte er umso heftiger mit den Füßen, doch das half nichts. Er musste den verfluchten Umhang loswerden. Es war ein besonders robuster Kapuzenumhang, wie ihn alle Reiter in thebanischen Diensten trugen, schwer und vor der Brust zusammengenäht, damit die Männer keine Zeit mit dem Schließen einer Fibel vergeuden mussten. Ihn über den Kopf zu ziehen war mit Helm schier unmöglich, also zog Seran sein Messer. Er trieb schon so lange im Fluss, dass seine Finger vor Kälte steif geworden waren. Spuckend und Wasser tretend säbelte er an dem zähen Stoff herum. Es schien ewig zu dauern. Als sträubte sich jeder einzelne Faden dagegen, durchtrennt zu werden.

Endlich gab das letzte Stück nach. Vorsichtig tastend steckte Seran die Klinge wieder ein. Selbst jetzt löste sich der Umhang nicht von selbst von seinen Schultern. Der nasse Stoff hatte sich so um seinen Leib gewickelt, dass Seran ihn abstreifen musste, indem er sich in der Strömung drehte. Rot wie vergossenes Blut trieb der Umhang im Wasser.

Vom vielen Strampeln wurden Serans Beine immer schwerer. Hektisch holte er erneut mit den Armen aus, als seien es Ruder, und arbeitete sich quälend langsam dem Ufer entgegen. Mannshohes Schilf wuchs dort, aus dem abgestorbene Bäume ragten. Zeichen dafür, dass ein Sumpfgürtel den Fluss von festem Boden trennte. Seran war es gleich, er wollte nur endlich Grund unter den Füßen, doch die Strömung war stark und der Schlick so weich, dass er keinen Halt fand. Er schnitt sich die Hände an den Schilfblättern auf, versuchte, im brusthohen Wasser zu waten, und wurde umgerissen. Seinen Beinen fehlte längst die Kraft, sich gegen die Fluten zu stemmen.

Verzweifelt ruderte er mit den Armen, um den Kopf über Wasser zu halten, während er weitergespült wurde. Auch sie begannen zu erlahmen und Seran kämpfte ungläubig dagegen an. Es konnte doch nicht sein Schicksal sein, in diesem Fluss im

Nirgendwo zu ersaufen. War das die Strafe der Götter, weil er einer Feindin Thebans geholfen hatte?

Plötzlich spürte er festeren Grund und wurde förmlich der Länge nach daraufgeworfen. Eine Sandbank ragte gerade noch über die angeschwollenen Fluten. Mit letzter Kraft kroch er hinauf. Die nassen Kleider und Stiefel hingen so schwer an ihm, als wollten sie ihn ins Wasser zurückzerren. Er war so ausgelaugt, dass er kaum noch den Kopf mit dem Helm heben konnte. Wie lange würde es dauern, bis auch die Sandbank überspült wurde? Es gelang ihm nicht, darüber nachzudenken. Der Kopf sank ihm zu Boden. Er hörte den Sand am Helm knirschen, spürte ihn unter den Händen, dann versank alles in Vergessen.

*

Gemeinsam mit Garud suchte Kromer das Ufer so weit ab, dass er das Lager längst aus den Augen verloren hatte. Eine innere Stimme mahnte ihn, endlich umzudrehen, bevor verborgene Feinde auf sie aufmerksam wurden. Er musste Leubwin um Verstärkung bitten, um die Suche hier draußen fortsetzen zu können. Allerdings wusste er nicht, wie, denn allmählich gab es kein Vorankommen mehr. Der Boden wurde immer sumpfiger und der Schilfgürtel, der das Ufer säumte, reichte immer weiter ins Wasser hinaus. Auf dem Trocknen weiterzureiten war sinnlos und unnötig gefährlich, denn wenn Seran irgendwo im Schilf lag, würden sie ihn übersehen.

»Wir müssen umkehren«, beschloss er und wendete schweren Herzens sein Pferd. Kurz darauf hörte er hinter sich leises Schniefen.

»Wir werden sie nie wiedersehen, nicht wahr?«

Kromer begriff, dass Garud Seran und Skiron meinte. Mehrere Jahre lang hatte der junge Sklave das Pferd gepflegt. Doch das änderte nichts daran, dass seine Worte ihn wütend machten. »Sag das nicht!«, fuhr er ihn an. »Sag es nie wieder, bis wir die götterverdammte Leiche gesehen haben!«

Garud schniefte noch lauter, aber er nickte gehorsam.

»Wir holen uns Verstärkung und dann ziehen wir wieder los«, grummelte Kromer.

Weil sie keine Zeit mit Suchen verloren, war der Weg zurück viel kürzer, als Kromer erwartet hatte. Vor der Palisade warfen die Drakonen gerade die getöteten Gegner auf einen Haufen, während sie die gefallenen Kameraden respektvoll nebeneinander aufbahrten, um sie später zu begraben. Neben der langen Reihe der toten Thebaner nahm sich das Häuflein der Feinde beschämend klein aus. Wie hatten die Drakonen eine solche Niederlage erleiden können? Trugen sie nicht Schuld daran, dass Seran in diesen Pfeilhagel geritten war? Hätten sie ihre Palisade verteidigt, wie es sich gehörte, wären die feindlichen Bogenschützen niemals so nah ans Ufer gekommen. Kromer wurde immer wütender. Er musste irgendjemanden finden, dem er seine Vorwürfe ins Gesicht brüllen konnte. Lebte der unfähige Hohlkopf von einem Bizen noch, der hier das Kommando gehabt hatte? Auf dem Weg zum Tor ritt er die Reihe der Toten ab und fand den Befehlshaber darunter. »Glück gehabt«, knurrte er und erntete schiefe Blicke der beiden Männer, die gerade einen weiteren Gefallenen vorübertrugen.

Das Tor stand offen, um die traurige Arbeit nicht zu behindern, aber davor waren in einem weiten Halbkreis Wächter postiert. Innerhalb des Lagers herrschte weiterhin Gedränge. Überall standen Pferde herum, deren Reiter verwundete Kameraden versorgten, beschädigte Zelte abrissen, aufräumten und bereits die eigenen Unterkünfte errichteten, während die Drakonen hinter der Palisade Wache hielten oder die Toten bargen. Die Banner wiesen Kromer den Weg zu den Bizenen, die gerade mit Überlebenden der besiegten Kralle sprachen.

Als Leubwin Kromer bemerkte, wandte er sich ihm zu. »Habt ihr ihn gefunden?« Schon während er die Frage stellte, las er offenbar die Antwort aus ihren Mienen, denn sein Gesicht verlor den hoffnungsvollen Ausdruck.

»Ich brauche Geleitschutz, um weiter draußen suchen zu können«, forderte Kromer.

»Wie viel Mann stellst du dir da vor?«, erwiderte Leubwin. »Das ist viel zu gefährlich. Wir wissen nicht einmal, mit wie vielen Gegnern wir es zu tun haben.«

»Aber …«

»Mir tut's auch leid«, behauptete Leubwin, der sich auf eine Krücke stützte. »Zwei meiner Leute haben gesehen, wie er beim Sturz auf eins der Boote geprallt ist, aber dass er wieder aufgetaucht wäre …«

»Du willst ihn schon aufgeben?«, empörte sich Kromer.

»Zuerst einmal müssen wir hier unsere Arbeit machen«, stellte Ordechan, der thebanische Reiterbizen, fest. »Und die besteht darin, dieses Lager zu sichern und herauszufinden, was vor sich geht, bevor noch mehr von uns draufgehen.«

»Es ist schon fast Abend«, fügte Leubwin hinzu. »Heute wird das nichts mehr. Wir suchen morgen noch einmal nach ihm.«

»Und wenn es dann zu spät ist?«, fuhr Kromer ihn an.

»Wer ist dieser Kerl eigentlich?«, fragte der Flottenbizen gereizt. Der noble Thebaner sah so überheblich aus, dass Kromer ihm am liebsten eine Faust ins Gesicht gerammt hätte.

»Der persönliche Schmied unseres Feldherrn«, erklärte Leubwin. »Und ein guter Freund seines Ziehsohns, unseres Stellvertretenden Reiterführers.«

»Das mag sein, wie es will«, befand der Noble. »Aber wenn er uns weiterhin davon abhält, unsere Pflichten zu erfüllen, lasse ich ihn in Ketten ans andere Ufer bringen!«

»Wenn hier vorher schon mal jemand seine verdammte Pflicht erfüllt hätte, wäre Seran jetzt nicht verschwunden!«, wütete Kromer.

Leubwin hob eine Hand und drängte Kromers Hengst zurück, indem er zwischen ihn und die anderen Bizene humpelte. »Dieser Tag ist auch ohne Streit schon bitter genug. Ich werde nicht noch mehr Männer ins Ungewisse schicken.«

Kromer knurrte vor unterdrücktem Zorn, doch was der Jukaner sagte, war kaum von der Hand zu weisen. Nur weil im Moment kein Feind mehr zu sehen war, mussten die Krieger nicht geflohen sein. Ebenso gut konnten sie sich nur zurückgezogen haben, um auf eine weitere günstige Gelegenheit zu warten.

»Also dann weiter!« Der Flottenbizen wandte sich wieder den Überlebenden der beinahe ausgelöschten Kralle zu. »Du da.« Er deutete auf einen älteren Drakonen. »Wo warst du, als die Barbaren euch angegriffen haben?«

»In meinem Zelt«, antwortete der Mann. »Wie fast alle bei dem Regen. Dann bliesen die Hörner plötzlich zum Kampf und wir sprangen alle auf, schnappten uns die Waffen und rannten nach draußen.«

»Das haben wir jetzt schon oft genug gehört«, befand Ordechan. »Hatte irgendeiner von euch Wachdienst am Tor oder an der Palisade?«

»Ich, Herr«, meldete sich ein junger Drakone, dessen schmales Gesicht mit Schlamm verschmiert war. Sein starrer Blick verriet, dass ihm das Gemetzel noch in den Knochen steckte. Vielleicht war es sein erster Kampf auf Leben und Tod gewesen.

»Warum sagst du das nicht gleich?«, fuhr ihn der Flottenbizen an. »Was hast du gesehen?«

»Ich … ich stand da drüben, ungefähr.« Der junge Mann deutete auf einen Abschnitt der Palisade, der sich in der Mitte zwischen Tor und Fluss befand. »Die Wachen dort …« Nun zeigte er auf eine Stelle weiter landeinwärts. »… riefen plötzlich Alarm, aber ich hab nichts entdeckt. In dem Regen konnte ich nicht mal richtig bis zum Waldrand sehen. Aber dann kamen sie schon angaloppiert. Auf die Kameraden zu, die gerufen haben. Ich bin gleich hingerannt, da haben die Hörner erst zum Kampf geblasen. Wir haben uns mit den Schilden hinter der Palisade verschanzt und Speere nach ihnen geworfen, aber sie sind abgeschwenkt und hielten aufs Tor zu. Dort gab's Geschrei und plötzlich stand es offen, und die Reiter sind schon ins Lager galoppiert, während die Kameraden aus den Zelten kamen. Die … die haben die Wachen einfach niedergeritten oder so. Ich konnte das ja nicht genau sehen, und wir wussten dann nicht, was wir machen sollten …«

»Nein, das war ganz anders«, mischte sich ein anderer Drakone ein. »Bevor die Reiter kamen, haben sich schon halb nackte Kerle auf uns geworfen, als wir aus dem Zelt stürmen wollten. Die waren klatschnass, als wären sie aus dem Fluss gestiegen.«

»Die waren nicht halb nackt«, protestierte ein Dritter. »Die hatten Felle und Krallen wie Tiere und heulten auch so!« Er schüttelte sich, als könnte er damit die Erinnerungen vertreiben.

Also doch mehr als Gerüchte. Aber waren tatsächlich Krieger aus dem Fluss gekommen? Und noch wichtiger: Waren sie dorthin zurückgekehrt und womöglich auf Seran gestoßen?

»Das könnte bedeuten, dass sich einige Schwimmer vom Fluss her ins Lager geschlichen und den Reitern das Tor geöffnet haben«, folgerte Leubwin.

»Ohne Gegenwehr durch die Wachen?«, zweifelte der Flottenoffizier.

»Der Junge sagte doch, dass es Geschrei gab«, erinnerte Leubwin.

»Trotzdem müssen sie die Wachen erstaunlich schnell überwältigt haben, also können es nicht nur zwei, drei Mann gewesen sein«, hielt Ordechan dagegen. »Regen hin oder her, dass zehn Krieger unbemerkt das Lager durchquert haben sollen, kann ich mir nicht vorstellen. Irgendjemand geht immer zur Latrine oder besucht Freunde und außerdem stehen viele Zelte offen.«

»Das ist wahr«, musste Leubwin zugeben.

Kromer überließ die drei Bizene ihrem Rätsel und lenkte seinen Hengst zum Fluss zurück, um auf die grauen Fluten zu starren. Die Strömung war schnell und stark und konnte Seran weit abgetrieben haben. *Wo steckst du, Großer?* Er würde nicht aufgeben, bis er ihn gefunden hatte.

16

Es roch nach Holz und Teich und ein wenig nach altem Fisch. Leise schwappte das Wasser an den Einbaum und rann an der Bordwand entlang. Seran hörte es zurück in den Fluss tröpfeln, wenn die Stange zum Staken herausgezogen wurde. Lautlos tauchte sie wieder ein und jemand stemmte sich mit raschelnder Kleidung dagegen, um sie voranzuschieben.

»Vater?«, murmelte Seran mit halb geschlossenen Lidern. Sein Kopf war auf das zusammengerollte Fischernetz gebettet, sodass er nur die Kerben sah, die der Beitel im Holz hinterlassen hatte.

»Der bin ich wohl nicht«, antwortete eine fremde Stimme. »Da fehlen ein paar Jahre.«

Seran schreckte so jäh auf, dass der Einbaum bedenklich schwankte.

»Sachte!«, mahnte der Mann, der im Heck stand und mit der Stange in den Händen Gleichgewicht hielt. »Bist du heute noch nicht nass genug geworden?«

»Wer …« Rasch sah sich Seran um, ob sie allein waren. Es hatte aufgehört zu regnen, aber die Wolken hingen so tief, dass sie fast den Fluss berührten. Weit und breit war kein anderes Boot zu sehen und auch kein gegenüberliegendes Ufer. »Wer bist du?«

»Bloß ein Fischer«, antwortete der Fremde. Wie die meisten Mataver, die nicht im Heer dienten, trug er einen kurzen Vollbart und langes Haar. Es war von ähnlicher Farbe wie seine gebräunte Haut, weshalb der rötliche Bart noch mehr hervorstach. »Du siehst nicht aus, als wärst aus dem Boot deines Vaters gefallen.«

Unwillkürlich sah Seran an sich hinab. Kettenhemd und Schwert waren noch da, nur der Helm saß nicht mehr auf seinem Kopf, sondern lag zu seinen Füßen im Einbaum. Zusammen mit seinen rasierten Wangen, dem kürzeren Haar und der Machart seiner Kleidung ließ sich kaum leugnen, dass er Thebans Truppen angehörte. »Bin ich auch nicht«, erwiderte er, obwohl ihn der Gedanke bewegte. Hatte er sich gerade tatsächlich an seinen Vater erinnert? War er mit ihm in einem solchen Einbaum gefahren? Es kam ihm jedenfalls vertraut vor.

»Du hattest Glück, dass ich dich gefunden habe, bevor die Nacht anbricht. Das Wasser wird noch weiter steigen.«

Er hegt wohl keinen Groll gegen Thebaner, sonst hätte er mich liegen lassen. »Danke fürs Mitnehmen. Wohin bringst du mich?«

»Nach Hause natürlich. Ich hab Hunger und du musst dich aufwärmen. Außerdem kann sich Awa deine Wunden ansehen.«

Als Seran die Hände hob, um seine zerschnittenen Finger zu betrachten, spürte er Schmerz in seiner geschwollenen Schulter und bewegte sie erst recht. Ebenso gut hätte er mit einem Messer hineinstechen können. Es musste passiert sein, als er auf die Bordwand gefallen war. Vorsichtig griff er nach dem Helm. Eine Delle verriet, was beinahe mit seinem Schädel geschehen wäre. Im Stillen dankte er Kromer, der sich bestimmt bereits um ihn sorgte. *Falls er noch lebt …* Wenigstens war er vermutlich nicht in den Pfeilhagel geritten, aber wer vermochte schon zu sagen, wie der Kampf ausgegangen war. Wo waren die Krieger hergekommen? Und wie hatten sie das Lager so schnell einnehmen können? Entweder mussten sie gewaltig in der Überzahl gewesen sein oder die Drakonen unerklärlicherweise überrumpelt haben. Auf jeden Fall war mit hohen Verlusten zu rechnen. Sicher hatte er auch Skiron verloren. Der Gedanke an den Tod des Pferds schnürte ihm die Kehle zu. Der Fuchs war sein erstes Streitross gewesen und hatte ihn fünf Jahre lang getragen.

Eine Weile starrte er vor sich hin, während die Dämmerung herabsank. Erneut fragte er sich, wer diese Krieger waren. Warasker? So weit im Westen? Oder doch die Elweonen, von denen Leubwin gesagt hatte, dass sie am Elwe lebten. Was wusste er schon über das Land jenseits des kleinen Ausschnitts, den seine thebanische Karte zeigte? Sie reichte nur wenig über die Grenzen des Reichs hinaus. Und wer sagte ihm, dass sein Retter nicht zum selben Volk gehörte wie diese Krieger? »Bist du Sewene?«, fragte er den Fischer. Dann hätte er aufatmen können, denn wenigstens Sevena war sicher.

»Warum willst du das wissen?« Mit einem Mal sah der Mann so misstrauisch aus, dass Seran die Worte bereute.

»Schon gut, du hast recht. Das … geht mich nichts an.«

Der Fischer antwortete nicht und eine Weile fuhren sie schweigend durch weißen Nebel. Wie sich der Fremde in diesem Zwielicht zurechtfand, war Seran ein Rätsel, aber zumindest bot die Strömung einen Anhaltspunkt.

»Ich bin Andane«, sagte der Fischer unverhofft in die Stille hinein und beließ es dabei.

Wer waren noch gleich … Oh. Hatte Kromer nicht erzählt, dass sich vor allem die Andanen damals gegen Theban erhoben hatten, als er zu Astur gekommen war? Der Feldzug lag zwar schon fünfzehn Jahre zurück, aber es konnte den Argwohn des Fischers erklären, wenn ihn ein thebanischer Offizier nach seiner Stammeszugehörigkeit fragte. *Bin ich vielleicht einer von ihnen?* War sein Vater wie dieser Mann ein Fischer auf diesem Fluss gewesen?

»Wir sind da«, verkündete der Fremde und tatsächlich tauchte seitlich des Einbaums ein unscheinbarer kleiner Steg aus dem Nebel auf. Ohne darüber nachzudenken, griff Seran aus dem Boot nach einem der niedrigen Pfähle, um sie an den Steg zu ziehen, während die Fluten an ihnen zerrten und sie weitertragen wollten. *Ich mache das nicht zum ersten Mal*, begriff er und hielt den Einbaum dort fest. Sein Retter stieg aus dem Boot, um es neben dem Steg ins Schilf zu ziehen, wo die Kraft der Strömung gebrochen war. Nun durfte sich auch Seran aus dem schwankenden Einbaum stemmen. Seine Beine waren noch schwer und die Schulter schmerzte bei jeder Bewegung, aber er konnte aus eigener Kraft aufstehen und vergaß auch seinen Helm nicht.

Auf federnden Brettern folgte er dem Fischer durchs nächtliche Schilf. Außer leisem Rascheln und ihren Schritten herrschte Stille im Sumpf. Der Steg änderte zweimal die Richtung, dann mündete er auf eine Art Plattform, von der weitere Stege abzweigten. Erst bei genauerem Hinsehen entdeckte Seran die Umrisse großer Hütten, die in der Nähe im nebligen Dunkel aufragten. Verbargen sich die Andanen noch immer vor den

Thebanern? Von den niedrigen Flussschiffen aus war das Dorf vermutlich nicht zu sehen.

»Ich bringe dich zu Awa«, beschied ihm der Fischer, der seinen Fang in einem Korb mit sich trug. »Sie wird sich um dich kümmern.«

Seran nickte, weil er dem Mann vertrauen musste, doch als der Fischer nach beiläufigem Klopfen eine der mit Schilf gedeckten Hütten betrat, folgte Seran ihm dennoch zögernd und wachsam.

»Awa?«, rief sein Retter und hob einen schweren Fisch aus dem Korb. »Ich hab eine Barbe für dich – und einen Gast.«

Eine alte Frau beim Herdfeuer blickte auf. Vor Schreck ließ sie die Kräuter fallen, die sie gerade zu Bündeln schnürte, und als sie hastig aufstand, landeten sie endgültig auf dem Boden. »Was fällt dir ein, mir einen ver…« Sie verstummte und blinzelte Seran mit tief liegenden Augen an. »Komm ins Licht! Ich sehe nicht mehr so gut wie früher.«

»Ich hab ihn halb ersoffen im Fluss gefunden, da konnte ich ihn doch nicht liegen lassen«, rechtfertigte sich der Fischer.

Da sich sonst niemand in der Hütte befand, der ihn hätte angreifen können, trat Seran ans Feuer.

Awa hob das runzlige Gesicht, um ihn zu betrachten. Ihre blauen Augen schimmerten wässrig von Alter und Rauch. »Gambeda sei meine Zeugin! Er sieht aus wie Hlewar, findest du nicht?«

Der Fischer hob entschuldigend die Schultern und seinen Fang gleich mit. »Ich bin zu jung, um mich an damals zu erinnern, Awa.«

»Was soll's«, murrte sie. »Hlewar hätte niemals für die Südländer gekämpft, also kannst du kein Geist sein.«

»Mein Name ist Seran und ich bin ganz bestimmt k…«

»Seran?«, fiel sie ihm ungehalten ins Wort. »Was soll das für ein Name sein? Hat sich deine Mutter etwa mit einem Südländer eingelassen?«

»Also ich leg den Fisch hierher und geh dann mal«, verkündete Serans Retter.

»Du hättest ihn ruhig auch ausnehmen dürfen, wenn du mir schon Arbeit mitbringst!«, rief Awa ihm nach.

»Ich weiß nicht, wie mich meine Mutter genannt hat«, antwortete Seran. »Ich bin bei Thebanern aufgewachsen.«

Missbilligend schnalzte Awa mit der Zunge und schüttelte den Kopf.

»Sie waren sehr freundlich zu mir«, verteidigte Seran seine Ziehfamilie.

»Das ist auch das Mindeste, was uns die Südländer schulden«, fuhr Awa auf. »Falls du überhaupt Andane bist. Wenn nicht, scher dich zu deinem eigenen Stamm und lass uns in Ruhe!«

»Würde ich nur zu gern, aber ich kenne ihn nicht«, blaffte Seran zurück.

Die Alte gab ein missmutiges Brummen von sich.

»Vielleicht bin ich ja Andane. Ich glaube, mein Vater war Fischer.«

»Ach?« Awa musterte ihn mit neuem Interesse.

»Viel mehr weiß ich nicht, aber ich hatte einen Bruder. Adagis.«

Sie starrte ihn an, als hätte sie nun doch einen Geist vor sich. »Askar? Du musst Askar sein! Hlewars älterer Sohn.«

Der Name klang vertraut, aber Seran empfand kein Wiedererkennen wie beim Anblick seines ermordeten Bruders.

»Hagwirs Schwert und Silgars Schliche!« Die Alte taumelte zu ihrem Stuhl und sank darauf nieder.

Sofort fühlte sich Seran schuldig, weil sein Auftauchen sie so mitnahm, aber auch in seinem Kopf drehte sich alles. Hatte sie wirklich seinen Vater, vielleicht sogar ihn selbst als kleinen Jungen gekannt?

»Das muss Silgars Wirken sein«, flüsterte Awa. »Wenn Hlewar dich so sehen könnte … Er wäre außer sich vor Wut.«

»Hat er die Thebaner so sehr gehasst?«, fragte Seran betroffen.

»Niemand von uns wollte die Südländer hierhaben!« Die Empörung verlieh Awas Stimme neue Kraft. »Dein Vater stammte von den wenigen Überlebenden ab, die einst aus den Ländern des Südens zurückkehrten. Wir wussten, dass sie nicht gekommen waren, um zu teilen. Niemals werden wir vor ihrem Anführer auf die Knie fallen und ihm opfern wie einem Gott!«

»Aber das ist er«, wagte Seran einzuwenden. »Sein Urahn Themenor ist ein Sohn Saronns, unseres Kriegsgotts.«

»Unseres?«, fuhr Awa auf. »Du beleidigst das Andenken deines Vaters! Unser Kriegsgott ist Harass und sein Sohn Hagwir ist Ahnherr aller Andanen. Sag das diesem aufgeblasenen Kerl dort im Süden!«

Einen Moment lang wusste Seran nicht, was er denken sollte. Die Worte der Alten hallten in ihm nach, aber sie lösten weder Schlussfolgerungen noch Widerspruch aus. Stattdessen überkam ihn bleierne Müdigkeit, und er spürte wieder, wie zerschlagen er war. Rasch setzte er sich auf den einzigen anderen Stuhl, bevor seine Beine unter ihm nachgeben konnten.

»Ich hab dich zwar nicht eingeladen, aber um deiner Eltern willen darfst du vorerst bleiben.« Awa erhob sich und brachte ihm einen Becher und einen Krug an den Tisch. Das Getränk, das sie ihm einschenkte, sah gelblich aus.

Neugierig schnupperte Seran, bevor er daran nippte. Es roch süß und schmeckte wie Honig, doch es erinnerte auch an Wein. »Was ist das?«

»Met«, antwortete Awa. »Erinnerst du dich nicht? Deine Mutter hat ihn jedes Jahr gemacht.«

Seran schüttelte den Kopf. »Ich weiß nichts mehr von ihr.«

»Das werden wir ändern. Zieh dieses ganze Eisen aus und schaff es mir dahinten aus den Augen!« Sie deutete in den Teil der Hütte, den der Feuerschein nur schwach erleuchtete.

Müde ging Seran hinüber, legte Helm und Schwertgurt ab und mühte sich, das Kettenhemd über den Kopf zu ziehen, ohne vor Schmerz zu schreien.

»Was ist mit dir?«, wollte Awa wissen, als sie sein Zischen und Ächzen hörte. »Bist du verwundet?«

»Ich bin mit dem Schulterblatt auf eine harte Kante gestürzt.« Es klang so ungeschickt, dass er es nicht im Raum stehen lassen konnte. »Weil mir irgendwelche Krieger das Pferd erschossen haben.«

»Schade um das Pferd«, befand Awa. »Zeig deine Schulter

her! Verdient hast du's nicht, wenn du für die Südländer kämpfst, aber um …«

»Meiner Eltern willen. Ja, danke, ich hab's verstanden.« Wie oft wollte sie ihm das noch zum Vorwurf machen?

Die Tunika auszuziehen, war kaum weniger schmerzhaft und darunter kam seine geschwollene Schulter zum Vorschein, die sich rötlich verfärbt hatte und heiß anfühlte.

»Wárs Segen wird schlechter wirken, solange du Eisen an dir hast.« Mürrisch deutete Awa auf das Amulett, das um seinen Hals hing.

Unwillkürlich schloss Seran die Hand darum. »Das kann ich nicht ablegen. Es ist wichtig.«

»Du trägst es immer? Tag und Nacht?«

»Seit ich in meine Ziehfamilie aufgenommen wurde.« Was sollte daran nun wieder verwerflich sein?

»Dann wirst du nie erfahren, ob du das Erbe deiner Mutter in dir trägst.«

Seufzend gab Seran auf, ihre Rätsel verstehen zu wollen. »Könntest du vielleicht einfach meine Schulter behandeln? Ich bin völlig erledigt und mir fallen gleich die Augen zu.«

Erneut ertönte Awas missbilligendes Brummeln. »Wie du willst, Askar von den Andanen. Aber nimm den Fisch derweil aus! Dann bekommst du auch eine Mahlzeit.«

*

Als Seran erwachte, prasselte Regen aufs Dach. Verschlafen drehte er sich um und nickte sofort wieder ein. Beim zweiten Mal hörte er Flüstern und Kichern. *Kichern? Im Heerlager?* Verwirrt öffnete er die Augen und blinzelte in die Richtung, aus der die Stimmen kamen. Die Tür der Hütte stand weit offen, um Licht hereinzulassen, denn es gab keine Fenster. Mehrere Kinder lugten um den Türrahmen herum, doch als sich Seran rührte, ergriffen sie quiekend die Flucht.

Hier erzählt man also den Kindern von mir, um sie zu erschrecken. Von den Verrätern, die für die verhassten Thebaner kämpfen. Warum diese Feindschaft? Den Menschen in den Provinzen des Reichs ging es gut. Solange sie Steuern bezahlten und dem Kaiser in seinen Tempeln huldigten, konnten sie in Frieden leben und wurden von seinen Truppen geschützt. War das nicht ein vorteilhafter Tausch? Aber Leubwin hatte angedeutet, dass nicht jeder die Bedingungen dieses Handels gerecht fand. Und Awa … Wo steckte sie überhaupt?

Seran setzte sich auf und sah sich in der Hütte um. Da seine Kleider noch klamm gewesen waren, hatte Awa sie beim Herd aufgehängt und ihm ein Lager nah beim Feuer bereitet. Jetzt war es heruntergebrannt und seine Gastgeberin fort. Gähnend setzte er sich auf und wollte sich strecken, aber der Schmerz, der jäh durch seine Schulter jagte, belehrte ihn sogleich eines Besseren. Unter den Verbänden, mit denen Awa die Schnitte an seinen Händen bedeckt hatte, kribbelte und stach es. *Ein gutes Zeichen*, hoffte er, denn die Alte schien tatsächlich viel von Heilkunde zu verstehen. Überall unter dem Dach hingen Kräuterbündel, Pilze und Zweige mit unterschiedlichem Laub zum Trocknen. Die zerstampften und erhitzten Pflanzen, die sie auf seine Schulter gepackt hatte, waren ein Segen gewesen. Doch jetzt sah er den Sand unter seinen Fingernägeln, rieb sich die stoppeligen Wangen und sehnte sich nach einem Badehaus mit viel heißem Dampf.

»Du liegst immer noch im Bett?«, ertönte Awas Stimme von der Tür her. »Hast du etwa das Flussfieber bekommen?« Sie kam herein und stellte einen kleinen Korb auf den Tisch.

»Ich glaube nicht«, antwortete Seran.

»Dann steh gefälligst auf und mach dich nützlich! Schür das Feuer und stell den Kupferkessel hinein!«

Sie legt das Gastrecht ja reichlich eigenwillig aus. Grummelnd erhob sich Seran und spürte jeden Knochen im Leib. So hatte er sich selbst nach den härtesten Übungen nie gefühlt.

»Ich sagte dir, es wirkt besser, wenn du das Eisen ablegst.«

»Und ich sagte, dass ich das nicht kann«, erwiderte Seran. Nachdenklich brachte er das Feuer wieder in Gang. Warum wollte Awa, dass er das Amulett ablegte? Jeder Thebaner trug Eisen, um das Böse abzuwehren. War sie etwa eine Zauberin wie jene in Malasars Garten? Wirkte ihre Magie in der Gegenwart von Eisen nicht, weil Zauberei verderbtes Dämonenwerk war?

Verstohlen beobachtete er sie, während er den Kessel auf den Dreifuß zwischen den Flammen setzte und im Brei aus eingeweichten Körnern rührte. Aber sie sah nur aus wie eine alte Frau, der die Jahre zugesetzt hatten. Sie ging gebeugt, und ihre Hände zitterten ein wenig, als sie Löffel und Schalen auf den beiden kleinen Tischen verteilte. Gram und Bitterkeit hatten Spuren in ihren Zügen hinterlassen, doch Seran konnte nichts Bösartiges darin entdecken.

»Dein Vater war auch so schweigsam wie du«, behauptete Awa. »Na, eigentlich waren es beide. Vielleicht kamen sie deshalb so gut miteinander aus.«

»Meine Mutter … ist sie … wurde sie auch in die Sk…«

»Sie ist tot, Askar. Deine guten Freunde haben sie ebenso getötet wie deinen Vater und meine Kinder und viele andere von uns.«

Das war also der Grund für den Kummer, der die tiefsten Falten in ihr Gesicht gegraben hatte. Es bereitete Seran ein schlechtes Gewissen, in ihren Wunden zu stochern, aber er musste fragen. »Wie ist es passiert?«

»Ich war nicht dort«, antwortete Awa. »Sonst würde ich jetzt wohl nicht hier sitzen. Als Hlewar alle in die alte Festung führte, ahnte ich nichts Gutes, aber meine Söhne und Töchter waren entschlossen, an seiner Seite zu kämpfen.«

»Mein Vater war euer Anführer? Ich dachte, er sei Fischer.«

»Warum soll ein Fischer nicht zum Kriegshäuptling gewählt werden?«, fragte Awa zurück. »Er war stark und entschlossen, aber auch besonnen genug, um ein guter Anführer zu sein.«

»Aber es braucht Erfahrung im Kampf und man muss viel über Kriegsführung wissen«, wandte Seran ein. »Wenn ich mich nicht viele Jahre an den Waffen geübt und aus den Schriften alles über Siege und Niederlagen gelernt hätte, würde mir in Theban niemand Truppen anvertrauen.«

»Aus dir ist also auch ein Anführer geworden.«

Seran nickte. »Mein Ziehvater hat uns alle dazu ausbilden lassen. Er ist ein großer Feldherr und sehr streng, wenn es um die Fähigkeiten eines Anführers geht.«

»Hm«, machte Awa nur und nahm ihm den Kochlöffel ab,

mit dem er im Kessel herumrührte. Mittlerweile stieg Dampf auf und der Brei war sämig geworden. »Aber dein Essen kannst du wohl nicht selbst zubereiten. Das brennt doch schon an!«

»Dafür habe ich eben einen Sklaven«, verteidigte sich Seran und wich vom Herd zurück.

»Einen Sklaven«, murmelte Awa und nahm den Kessel vom Feuer. »Komm mit den Schalen her, damit ich sie füllen kann!«

Seran gehorchte und kurz darauf setzten sie sich zum Essen. Awa hatte Honig und Beeren auf die Tische gestellt, mit denen Seran dem faden Brei mehr Geschmack gab.

»Willst du jetzt hören, was damals geschehen ist, oder mich über Kriegszüge belehren?«

»Ich will es hören«, bekräftigte Seran. Er konnte nicht ewig bleiben, aber auch nicht gehen, ohne endlich Antworten auf seine vielen Fragen zu bekommen.

»Mein Mann und ich versteckten uns mit unseren kleinen Enkeln auf dieser Seite des Wagar«, gestand Awa. »Deshalb kann ich dir nicht sagen, was genau in jener Nacht geschah. Aber du warst mit deiner Familie dort, du musst es gesehen haben. Vielleicht ist es eine Gnade der Götter, dass du dich nicht daran erinnern kannst. Wir haben nur erfahren, dass kein Mann und keine Frau den Angriff überlebt hat. Lediglich euch Kinder haben sie verschont, um euch als Sklaven zu verkaufen. Damit war unser Stamm fast vernichtet. Nur wenige Familien waren wie wir über den Fluss geflohen. Hier gab es zwar schon immer Andanen, aber auch sie haben unter dem Krieg gelitten und viele Angehörige verloren. Du bist einer der letzten Andanen, Askar. Vergiss es nicht wieder!«

*

Um Garud eine Freude zu machen, hatte Kromer ihm gestattet, bei ihm und Milos in Serans großem Zelt zu übernachten. Gut geschlafen hatte jedoch keiner von ihnen. Bis tief in die Nacht hatte Kromer wach gelegen und sich ausgemalt, wie Seran schwer verwundet irgendwo in der Dunkelheit starb. Während er im Stillen arrogante Thebaner und ihre matavischen Gegner gleich mit verflucht hatte, war seine Hoffnung geschwunden,

den Jungen wiederzusehen. Er hatte Garuds Seufzer und Milos' leises Weinen gehört und sich gefragt, ob sie irgendetwas übersehen hatten. Hätte er vielleicht sogar verhindern können, was geschehen war? Sinnlos hatte er sich gequält und auf seinem Lager gewälzt, bis ihm endlich vor Erschöpfung die Augen zugefallen waren.

Am Morgen bereitete Milos ihnen Frühstück, doch sie rührten es kaum an, und Garud verließ bald das Zelt, um nach den Pferden zu sehen. Der Schlaf hatte Kromer neue Kraft und Zuversicht verliehen. Entschlossen, seinen Freund zu finden, legte er Rüstung und Waffen an.

»Wirst du weiter nach ihm suchen?«, fragte Milos mit geröteten Augen.

»So lange, bis ich ihn finde«, versprach Kromer. »Wir haben den Jungen nicht großgezogen, damit ihn der erstbeste Fluss verschlingt.«

Milos lächelte matt. »Für mich war er auch immer wie ein Sohn.«

»Ich werde mit Leubwin reden. Und wenn er mir immer noch keine Männer mitgeben will, mache ich mich wieder allein mit Garud auf den Weg.«

»Sprich mit den Offizieren!«, drängte Milos. »Auf mich werden sie nicht hören, ich bin ja nur ein Sklave, aber bestimmt wird Astur sie dafür belohnen, wenn sie seinen Ziehsohn retten.«

»Ich werde sie daran erinnern und ihnen in den Hintern treten – vom Pferd aus, falls ich nicht rankomme«, fügte er zwinkernd hinzu.

Erneut lächelte Milos ein wenig. Das musste fürs Erste genügen, entschied Kromer und machte sich auf den Weg zu Leubwins Zelt. Der Jukaner kam gerade von der Morgenbesprechung zurück. Bei Kromers Anblick lächelte er halbherzig, fast als hätte er ein schlechtes Gewissen.

Kein gutes Zeichen, fürchtete Kromer. »Wie sieht's aus?«, fragte er fordernd. Leubwin würde schon wissen, worum es ihm ging.

»Die Späher sind noch nicht zurück«, antwortete Leubwin.

»Wann habt ihr sie ausgesandt?«

»Sie haben sich heute Nacht rausgeschlichen, um gegnerischen Kundschaftern zu entgehen. Wir müssen wissen, ob uns diese Krieger auflauern, wenn wir weiterreiten.«

»Ist Einohr bei ihnen?«, erkundigte sich Kromer. Er hätte den Sewenen gern mit auf die Suche nach Seran genommen, denn seinen Augen – und seinem Scharfsinn – entging offenbar nichts.

»Er hat sogar darauf bestanden«, behauptete Leubwin, »obwohl er heute zu König Derik zurückkehren sollte. Ab hier kennen sich meine eigenen Männer gut genug aus.«

»Gut, reden wir nicht länger um den heißen Rohling herum«, verlangte Kromer. »Wir haben keine Zeit zu verlieren.«

Leubwin seufzte. »Ich will dich nicht aufhalten, aber ich kann dir auch keine Verstärkung mitgeben.«

»Bei Rauwonns Amboss!«, fuhr Kromer auf. »Du hast es gestern versprochen!«

»Ich habe nichts dergleichen«, erwiderte Leubwin entschieden. »Solange wir nicht mehr wissen, hat sich nichts an der Lage geändert.«

Kromer wollte widersprechen, doch der Jukaner fiel ihm ins Wort.

»Das war ein sehr gut geplanter und durchgeführter Angriff. Sie wollten möglichst viele von uns erledigen, solange wir überrascht waren, und das ist ihnen gelungen, wie du gesehen hast. Bevor wir ihnen gefährlich werden konnten, haben sie sich zurückgezogen. Für so etwas müssen mehrere Gruppen unter einem Anführer zusammengearbeitet haben. Vielleicht sogar mehrere Stämme. Glaubst du ernsthaft, ich lasse ihnen meine Männer in die Arme reiten? Wir bleiben hier verschanzt, bis die Späher zurück sind.«

»Und ich dachte, du seist Serans Freund«, entrüstete sich Kromer.

»Denk von mir, was du willst. Aber ich rate dir, zu dem Flottenbizen freundlicher zu sein als gestern, wenn du ein Boot von ihm willst.«

»Ein Boot?«

Leubwin zuckte mit den Schultern. »Die Brücke hat ihre Aufgabe erfüllt, und die Drakonen legen keinen Wert darauf, länger hierzubleiben als nötig. Sie werden heute schon mit dem Zerlegen beginnen.«

»Heilige Berggeister! Du hast recht! Von einem Boot aus können wir das Ufer sogar viel besser absuchen. Wo steckt der arrogante Mistkerl?« Kromer eilte zum Zelt des Flottenbizens.

*

Nach dem Frühstück griff Awa erneut nach ihrem Korb. »Ich muss meine Vorräte an Weidenrinde auffüllen. Der Sommer ist zu kurz, um in der Hütte zu sitzen.«

Seran zögerte mit einer Antwort. Dem Licht nach zu urteilen, kämpfte sich draußen die Sonne durch die Wolken. Er hätte sich verabschieden und jemanden darum bitten sollen, ihn zurück zur Schiffbrücke zu bringen. Sicher suchten Kromer und die Männer des *Tharians Stolz* nach ihm oder hielten ihn bereits für tot. Aber wenn er jetzt nicht mit Awa sprach, würde er vielleicht niemals mehr über seine Familie erfahren. Sie war alt und starb womöglich, bevor er nach dem Feldzug hierher zurückkehren konnte. »Kann ich dir dabei helfen?«, fragte er, um sie milde zu stimmen.

»Mit deinen zerschnittenen Händen? Eher nicht. Die sollen heilen. Aber du darfst mich begleiten«, gestattete sie, als sei es eine Gnade.

Es gefiel Seran nicht, dass er vollkommen ungeschützt durch feindliches Gebiet streifen musste, doch an das Kettenhemd war mit seiner Schulter nicht zu denken. Im Hinauseilen griff er nach dem Schwert, um wenigstens eine Waffe zu haben, und legte den Gurt um, während er zu Awa aufschloss. Bei Tageslicht wirkten die Pfahlbauten noch schäbiger als in der Nacht, denn die Schilfdächer waren fleckig und mit Moos bewachsen. Die Wände bestanden aus mit Lehm bestrichenem Flechtwerk, das erdfarben und daher trist aussah. *Mataver, Erdvolk*. Hatten die Thebaner ihnen den Namen nicht zu Recht gegeben? Plötzlich schämte sich Seran seiner Vorfahren, die weder Badehäuser noch Marmortempel errichtet hatten. Sie waren nichts als Barbaren gewesen, die nicht einmal lesen und schreiben konnten.

Und als hätten die Dorfbewohner seine Gedanken erahnt, musterten sie ihn argwöhnisch und wandten sich dann von ihm ab. Wo immer er vorüberkam, drehten sie sich so, dass sie ihm nicht ins Gesicht sehen mussten.

Sie verachten mich, weil ich für die Mörder meiner Eltern kämpfe. Der Gedanke brachte seine Gefühle erneut ins Wanken. Wie die Bretter des Bohlenwegs, auf dem er Awa durch den Sumpf folgte, schwangen sie hin und her. Schließlich war es nichts als die Wahrheit, dass die Thebaner seine Familie ausgelöscht hatten. Sogar Adagis hatte im fernen Theban durch sie den Tod gefunden, nur weil er gewagt hatte, wieder der freie Mensch sein zu wollen, als der er geboren worden war. Wie konnte er dem Kaiser immer noch die Treue halten?

Aber Astur hat mich aufgenommen. Und seine Söhne sind meine Brüder. Er konnte doch nicht sein ganzes Leben, seine Ausbildung, seine Zuneigung zu seiner Ziehfamilie einfach wegwischen, als hätte es sie nie gegeben. Das war zu viel verlangt, auch wenn Awa es nicht verstand.

»Du denkst so viel, dass ich das Stroh in deinem Kopf knistern höre«, spottete sie. »Diese Südländer müssen eine Menge davon hineingestopft haben, dass du ihren Unsinn glaubst. Alle Menschen stammen von den Göttern ab, Askar. Wir sind Hagwirs Kinder, so wie die Sewenen und Jukaner. Andere Stämme haben andere Söhne Harass' zum Ahnen. Die Elweonen und Warasker haben Hraudur und die Völker des Nordens den seefahrenden Ullnar.«

»Und die Amunduren sind Kinder Rúls«, erinnerte er sich.

»Aber Rúl ist kein Harasssohn«, warnte Awa. »Du würdest seinen Zorn erregen, wenn du ihn so nennst. Rúl ist Harass' Bruder, der Schmied mit der eisernen Faust. Und wie es unter Brüdern ist, will jeder mehr gelten als der andere.«

»Warum glauben die Thebaner dann, dass Siberos sie aus Lehm geformt und Carmene ihnen den Atem eingehaucht hat?« Es musste doch einen Grund haben, weshalb nur der Kaiser als Abkömmling der Götter galt.

»Woher soll ich das wissen?«, fragte Awa. »Vielleicht haben sie vergessen, wer ihr Stammvater war.«

Sie hatten das Ende des Bohlenwegs erreicht und gingen auf festem Grund weiter. Ganz in der Nähe mündete ein Bach, an dessen Ufer sich ein Pfad zwischen Bäumen hindurchschlängelte. Awa folgte dem Weg, auch wenn er vom Regen schlammig und so schmal war, dass ihr Rock nasses Gras streifte.

»Wie passt das zu dem, was du über die Abstammung meines Vaters gesagt hast?«, hakte Seran nach. »Hast du gestern nicht erwähnt, dass er einer besonderen Familie angehörte?«

»Warum sollte sich das widersprechen? Dass Hlewar ein Abkömmling der Rückkehrer war, ändert doch nichts daran, dass Hagwir Stammvater aller Andanen ist.«

»Und wer sind diese Rückkehrer?«, wollte Seran wissen.

»Die Rückkehrer waren die Überlebenden einer blutigen Schlacht fern im Süden.« Awa blieb stehen und ihr Blick schien in jene Zeit, auf jenen Ort gerichtet, an dem Serans Ahnen gekämpft hatten. »Vor langer Zeit, lange bevor die Welt von Theban und seinen Kaisern hörte, waren wir der mächstigste Stamm an den Ufern des Wagar. Alles Land, das heute Sewenen und Jukaner bestellen, haben unsere Ahnen gerodet, um den Hunger ihrer Kinder zu stillen. Damals warnten die Alten, dass es Aflas Zorn erregen würde, so viele Bäume zu fällen.«

»Und wer ist Afla?«, fragte Seran.

»Sie ist die einsame Jägerin, die Wälder und Gebirge durchstreift. Die Mutter unseres Ahnherrn Hagwir, den Harass mit ihr gezeugt hat. Aber erwarte niemals mütterliche Güte von ihr, nur weil du von ihrem Sohn abstammst! Aflas Liebe gilt allein der Jagd und ihren Wäldern. Ihr Fluch trifft alle, die sie mit dem Anblick gerodeter Hänge erzürnen. So kam es auch für unsere Ahnen. Auf den steileren Feldern wuchsen bald nur noch Steine, und aus Wut über die Bauern erschoss Afla einen der prächtigen Stiere Rúls, denn Rúl schenkte den Bauern gutes Wetter für reiche Ernten. Nun zürnte auch er und strafte unsere Ahnen mit Regen und Kälte. Das Korn verfaulte auf den Äckern. Die Menschen hungerten und froren, erst ein Jahr, dann ein zweites, und viele Kinder und Alte starben. Als auch das dritte Jahr keine Wende brachte, beschlossen unsere Ahnen, nach Süden zu ziehen. Weit gereiste Händler hatten ihnen von warmen Ländern erzählt, in denen die Menschen selbst im Winter niemals frieren. Das ganze Jahr hindurch ernten sie in ihren Gärten und von ihren Feldern.«

Seran nickte, denn auch wenn die Beschreibung etwas übertrieben war, traf sie die Verhältnisse an den Küsten der Unberechenbaren See recht gut.

»Nicht alle Andanen schlossen sich dem Zug nach Süden an«, berichtete Awa. »Es widerstrebte ihnen, die Heimat ihrer Vorväter zu verlassen. Doch die meisten gingen fort. Wo solcher Überfluss herrschte, musste auch Platz für neue Dörfer sein. Tausende Männer, Frauen und Kinder folgten dem Wagar nach Süden. Aber wo sie auch hinkamen, nahmen die Menschen sie nicht freundlich auf. Niemand wollte sein Land mit ihnen teilen. Immer gab man ihnen zu verstehen, dass sie weiterziehen mussten, und so wanderten sie mehrere Jahre durch ferne Länder, bis sie die Hoffnung verloren. Wenn ihnen niemand einen Platz geben wollte, an dem sie sich niederlassen konnten, mussten sie sich das Land eben nehmen. Aber die Völker des Südens gerieten darüber in Zorn. Sie sammelten ein großes Heer, um die Andanen zu vertreiben. Für Harass war die Zeit reicher Ernte gekommen. Mehrere Tage lang tobte der Kampf, in dem viele Tapfere starben. Selbst die Kinder griffen zu den Waffen und töteten viele Feinde. Doch am Ende siegten die Südländer, weil ihre Zahl überwog. Nur wenige Andanen kamen mit dem Leben davon, und selbst von ihnen kehrte kaum jemand in die Heimat zurück. Einer deiner Ahnen gehörte zu diesen wenigen. Deshalb hätte sich dein Vater niemals dem Kaiser unterworfen.«

Eine Schlacht, die mehrere Tage währte … Kämpfende Kinder, die erwachsene Männer das Fürchten lehrten … Das alles kam Seran bekannt vor. »Die dämonischen Horden vor Rethana! Das waren wir?«

Awa sah ihn nur verständnislos an.

»Ich habe davon gelesen«, erklärte Seran eifrig. »Die Rethaner riefen Krieger aus ganz Tiranziana zu Hilfe, und doch hätten sie beinahe eine Niederlage erlitten. In den Schriften schildern sie ihre Gegner als blonde Dämonen, die beim Geruch von Blut in Raserei gerieten. Heulend wie Sephanees Hunde sollen sie sich in die Schlacht gestürzt haben und halb nackt gewesen sein. Selbst die Frauen und Kinder wüteten wie Krieger, was die Gegner in Angst und Schrecken versetzte. Einer meiner Lehrer hat behauptet, dass Tiranziana nur deshalb so leicht an Theban fiel, weil das Land noch immer von jener Schlacht vor Rethana geschwächt war. Aber vielleicht sagt er das auch nur, weil er Tiranzianer ist.«

»Dämonen«, schnaubte Awa verächtlich. »Wie kann man verzweifelte Kinder für Dämonen halten? Genug jetzt von den alten Geschichten! Ich muss Rinde sammeln«, verkündete sie und wandte sich den Weidenbäumen zu.

Doch Serans Gedanken blieben in der Vergangenheit, und er begann, seinen Vater Hlewar besser zu verstehen.

*

Als sie zum Pfahldorf zurückkehrten, wurde Seran ebenso frostig empfangen wie zuvor. Er tat, als ob er es nicht bemerkte, und folgte Awa in ihre Hütte. Sie hatte nicht nur Weidenrinde von den Bäumen geschält, sondern auch Sauerampfer geschnitten, dessen große Blätter sie nun zum Mittagessen mit geräuchertem Fisch essen wollte.

»Nach dem Essen muss ich gehen«, eröffnete ihr Seran. »Wen kann ich fragen, ob er mich zurück zur Schiffbrücke fährt, von der ich gefallen bin? Oder nach Sevena«, fügte er hinzu, als er Awas Blick bemerkte.

»Du willst uns schon wieder verlassen?«, empörte sie sich.

»Na ja, ich bin nicht zu schwer verwundet, um in einem Boot zu sitzen, und Kromer weiß nicht einmal, ob ich noch lebe. Er wird sich Sorgen machen, und womöglich benachrichtigen sie Vater und …«

»Dein Vater ist tot!«, fuhr Awa auf. »Es wäre deine Aufgabe, seinen Platz einzunehmen!«

»Als Kriegshäuptling der Andanen? Wie viele Krieger hätte ich? Zwei?« *Das ist doch vollkommen lächerlich.*

»Du willst doch unbedingt kämpfen«, erwiderte Awa. »Von mir aus kannst du auch fischen oder imkern wie deine Mutter, aber dein Platz ist hier und nicht bei unseren Feinden!«

»Sie sind nicht *meine* Feinde«, hielt Seran dagegen.

»Oh doch, das wären sie sehr schnell, wenn du dieses Ding abnehmen würdest.« Erbost deutete sie auf seine Brust und meinte wohl das Amulett, das sich unter seiner Tunika verbarg.

Verwirrt schüttelte Seran den Kopf. »Es bedeutet nur, dass ich zu einer noblen Familie gehöre. Ich wäre immer noch Offizier im thebanischen Heer.«

»Du verstehst überhaupt nichts«, behauptete Awa. »In den Adern deiner Mutter floss Elfenblut und in deinen fließt es auch. Deine grünen Augen beweisen es. Frag jemand anderen, wenn du mir nicht glaubst!«

Was in aller Welt sind Elfen?

»Und das da …«, erneut zeigte sie mit dem Finger auf das Amulett, »… trennt dich von deinem Erbe. Wenn du es nicht abnimmst, wirst du niemals erfahren, welche Zauberkräfte du besitzt.«

»Ich?«, entfuhr es Seran entsetzt.

Awa lächelte bitter. »Glaubst du jetzt immer noch, dass sie deine Freunde sind?«

»Das erfindest du doch nur! Du willst einen Keil zwischen mich und die Thebaner treiben!«

»Nimm es doch ab, wenn du dich traust, und erprobe es selbst.«

»Und was soll dann passieren?«, höhnte Seran. »Kann ich plötzlich fliegen oder mich in einen Fisch verwandeln?«

»Das weiß ich nicht«, gab Awa zu. »In meinen Adern fließt das Blut von Silgars Kindern nicht. Aber deine Mutter konnte ihre Bienen besänftigen und auch mit anderen Tieren und Geistern sprechen. Sogar der Nebel und der Regen kamen, wenn sie sie rief. Und wenn sie nicht gesehen werden wollte, verschwand sie einfach, als sei sie nicht von dieser Welt.«

»Vielleicht ist sie dann ja gar nicht tot, sondern nur verschwunden«, tönte Seran weiter. »Ich will diese Lügen nicht hören!« Er stand auf, nahm Helm und Kettenhemd und ging zur offenen Tür. »Wo finde ich den Fischer, der mich hergebracht hat?«

»Auf dem Fluss, nehme ich an.«

Verdammt! Natürlich war der Mann längst wieder zum Fischen ausgefahren. »Dann frage ich eben jemand anderen.«

»Spar dir die Worte!«, rief Awa ihm nach. »Dir wird niemand helfen, zu den Südländern zurückzukehren.«

»Das werden wir ja sehen.« Seran stürmte bereits hinaus und sah sich um. Offenbar waren die meisten Dorfbewohner unterwegs oder saßen beim Mittagessen in ihren Hütten. Die einzige Frau, die Seran im Freien entdeckte, wandte sich ab, als er auf sie zuging.

»Warte!«, rief Seran und lief schneller, um sie einzuholen. »Wer hier im Dorf würde mich für ... sagen wir ... zehn Silbermünzen ein Stück den Hrönn hinauffahren?« Das wäre zwar ein unverschämter Preis, aber er musste schließlich äußerst widerwillige Fährleute ködern.

Die Fremde ging weiter, als hätte sie ihn nicht gehört. Nur noch wenige Schritte trennten sie vom Eingang ihrer Hütte, also versperrte Seran ihr rasch den Weg. Nun war sie gezwungen, ihn anzusehen, und erdolchte ihn förmlich mit ihrem Blick. »Glaubst du wirklich, dass sich irgendjemand hier von einem Verräter kaufen lässt?« Sie wich aus und ließ ihn erneut stehen, ohne eine Antwort abzuwarten.

Ihre Entschiedenheit raubte Seran die Sprache. Ihr zu folgen hatte keinen Sinn. Mit diesen Leuten konnte man offenbar nicht reden. Was sollte er jetzt tun? Einen Einbaum stehlen? Doch mit seiner verletzten Schulter war es unmöglich, gegen die Strömung anzukommen. Einen der sturen Böcke mit vorgehaltener Waffe zwingen, ihn zu fahren? Der Kerl würde vermutlich eher das Boot kentern lassen, als ihn zur Brücke zu bringen.

Sei's drum. Seine Beine waren unverletzt, und er musste nur dem Fluss folgen, um irgendwann zu dem überfallenen Lager zu gelangen. Er hatte zwar keine Ahnung, wie weit er entfernt war, aber er würde es schon schaffen.

17

Als die Sonne hinter den westlichen Hügeln versank, musste sich Seran eingestehen, dass er den Marsch unterschätzt hatte. Nur selten führte ein Wildwechsel oder gar ein Weg in seine Richtung. Die meisten verliefen zum Fluss hin oder von ihm weg, je nach Perspektive, aber weder Tiere noch Menschen schienen längere Zeit am Ufer entlanggehen zu wollen. So musste er sich selbst seinen Weg durch dürres Unterholz bahnen, sich durch Dornenranken kämpfen oder hüfthohes Gras durchstreifen. Kettenhemd und Helm waren in der Hand bald lästig geworden, sodass er sie angezogen hatte, obwohl seine Schulter dabei schmerzte. Immer wieder stieß er auf Bäche, von denen manche zu breit waren, um über sie hinwegzuspringen. Nach flachen Stellen zu suchen, an denen er sie durchwaten konnte, hielt ihn stets eine Weile auf. Und immerzu musste er sumpfigen Untergrund umgehen. Nach dem vielen Regen erwiesen sich selbst Uferwiesen oft nur als grüner Deckmantel für weichen Boden, in den Seran fast bis zum Knie einsank. Ganze Wälder entlang des Flusses standen in knöcheltiefem Wasser, was Seran zu weiteren Umwegen zwang.

Müde und hungrig ließ er sich unter einem besonders großen Baum nieder, wo das Polster aus altem Laub halbwegs trocken war. In der Nähe lagen nur vermoderte, durchnässte Äste herum, mit denen er wohl kein Feuer in Gang bekommen würde, also richtete er sich auf eine kalte Nacht ein. Er hätte Awa wenigstens noch um einen Umhang bitten sollen. *Awa …* Beim Gedanken an sie kehrte sogleich seine Wut zurück. *Regen und Nebel herbeirufen …* Hätte sie sich keine bessere Lüge ausdenken können? Überall stiegen nun weiße Schwaden aus den Feuchtwiesen auf. Und nützlich war eine solche Fähigkeit in diesem nassen Land schon gar nicht. *Warum hat sie nicht gleich gesagt, meine Mutter konnte den Fluss fließen lassen?*

Trotzig verschränkte er die Arme vor der Brust und lehnte sich an den Baumstamm. Dass seine Vorfahren einst das vereinte Heer der Städte Tiranzianas in Furcht und Schrecken versetzt hatten, gefiel ihm, denn es war schmeichelhaft, der Nachfahre großer Krieger zu sein. Aber Zauberer? Nein, Zauberei war Heimtücke und bezweckte stets Böses. Natürlich lockte sie mit dem Versprechen, durch sie reich und mächtig oder wieder jung und schön zu werden. Aber wer sich darauf einließ, ging einen Bund mit Dämonen und anderen finsteren Mächten ein. So hatten es ihm zumindest seine Lehrer, seine Brüder und selbst die Sklaven erzählt. Deshalb musste man sich mit eisernen Amuletten davor schützen. Wie konnte Awa es wagen, seine Mutter mit solchem Schmutz zu bewerfen? Und zu glauben, dass ihn das auf ihre Seite ziehen würde, war nun wirklich … Eigentlich war es so dumm, dass es nicht zu der Alten passte. Sie hatte einen klugen, wissenden Eindruck gemacht. Konnte an der Geschichte doch etwas Wahres sein? Jedes Mal, wenn er daran dachte, sah er die Zauberin in Malasars Garten wieder vor sich. Vor jenem Abend hatte er sich Zauberer stets umgeben von einer düsteren Aura vorgestellt. Wie sollte es auch anders sein, wenn sie gierig und niederträchtig waren und von Dämonen besessen? Aber an dieser Fremden hatte er nichts dergleichen bemerkt. Und war sie nicht verblüffend schnell verschwunden, als die Stadtwächter kamen? Besaß sie etwa die gleiche Fähigkeit, die Awa seiner Mutter unterstellte?

Sie kann auch einfach schon geflüchtet sein, während wir uns noch gefragt haben, was der Tumult bedeutet. Das war zumindest wahrscheinlicher, auch wenn sie zuvor zweifellos Magie gewirkt hatte. Was, wenn Awa die Wahrheit sagte und Zauberer doch nicht alle verderbt und hinterhältig waren? Wenn seine Mutter tatsächlich … *Das heißt noch lange nicht, dass ich es auch kann.* Und dabei blieb es auch besser, denn sonst würde ihn selbst Astur nicht mehr beschützen können – falls sein Ziehvater es dann noch wollte.

Mit knurrendem Magen streckte sich Seran zum Schlafen im Laub aus. Es war Nacht geworden und unter den Bäumen spendete der Mond nur wenig Licht. Als Seran die Augen schloss, wurde ihm bewusst, dass niemand Wache hielt. Abend für Abend hatte er sich in seinem Zelt schlafen gelegt, ohne einen Gedanken an die Gefahren dieser Wildnis zu verschwenden. Umgeben von vierhundert Mann, die ihm im Ernstfall zur Seite standen, und Wachposten, die die ganze Nacht das Lager umkreisten, war er sich so sicher vorgekommen wie in Desmana oder Theban. Doch nun hatte er gesehen, wie matavische Krieger den befestigten Brückenkopf eingenommen hatten. Diese Männer durchstreiften die Wälder und würden ihn töten, wenn er ihnen in die Hände fiel. Schon hörte er ein Rascheln und setzte sich alarmiert wieder auf. Er lauschte, spähte in die Schatten, doch im Gesträuch blieb es ruhig. *Sicher nur ein Tier.* Aber an Schlaf war nicht mehr zu denken. Es gab auch Wölfe und Bären in diesen Wäldern. Und andere, seltsamere Wesen, von denen Leubwin und seine Männer erzählten. Schrate, die aussahen wie wandelnde Bäume. Riesen, die aus Eis und Fels bestanden. Und nicht zuletzt Drachen, von denen Deriges einen erlegt haben sollte. Einzuschlafen erschien ihm plötzlich wie ein Todesurteil. Er musste wach bleiben, die Bestien rechtzeitig bemerken, wenn sie sich auf seiner Fährte heranschlichen. Sicher konnten sie riechen, dass er allein und vermeintlich leichte Beute war. Doch so einfach würde er es ihnen nicht machen. Er zog das Schwert und legte die Klinge griffbreit neben sich.

Nach einer Weile ging der Mond unter, und es wurde noch dunkler unter den Bäumen. Seran sah kaum mehr als zwei, drei Schritte weit. Als ihm die Lider zufallen wollten, schreckte ihn fernes Kreischen wieder auf. Angespannt horchte er. Vielleicht Marder oder junge Eulen? Vielleicht aber auch etwas völlig anderes, denn es klang zornig und wild. Fröstelnd rieb er sich die Arme. Ohne Umhang war es verdammt kalt und eigentlich wollte er nur noch schlafen.

Dass er eingenickt war, merkte er erst, als ihn ein Rascheln weckte. Mit einem Schlag hellwach, tastete er im Dunkeln nach dem Schwertgriff. Kaum spürte er ihn, schloss er die Finger darum und riss die Klinge empor. »Wer da?«, rief er und sprang auf. Zur Antwort bekam er nur Stille, doch er glaubte, in der Schwärze die Gegenwart eines anderen Wesens zu spüren. »Ich weiß, dass du da bist. Sag etwas!«

Erneut raschelte es im trockenen Laub. Das Geräusch verriet ihm, wo sich das Wesen befand, aber es war zu finster, um auch nur einen Umriss zu erkennen.

»Wenn du nichts sagst, musst du wohl ein Feind sein. Dann muss ich dich töten.«

Wieder raschelte es und Seran hörte leises Knarren und Knacken. Es kam direkt auf ihn zu. Drohend hob er die Klinge höher, holte zum Hieb aus. Heftiges Schnaufen und Rascheln kamen rasch näher. Im gleichen Moment, da die dunkle Gestalt aus der Schwärze auftauchte, schlug er bereits zu. Die Klinge traf mit einem dumpfen Knall auf eine Hand, die ihr entgegenkam, und steckte darin fest. In der Dunkelheit sah Seran nur die Umrisse des klobigen Wesens, das mit der Faust sein Schwert festhielt, während die andere Pranke behäbig nach seinem Hals griff. Entsetzt rüttelte Seran an der Waffe, doch die Klinge rührte sich nicht. Im letzten Augenblick ließ er das Heft fahren, duckte sich unter dem Arm der schnaufenden Kreatur hindurch und floh hinter den Baum, der ihm Deckung bot. Das Herz pochte ihm bis in den Hals hinauf. Hastig zog er das Messer und spähte um den Stamm. Der ungeschlachte Hüne, dessen Umriss für einen Menschen zu grob und gedrungen war, nahm die Klinge in beide Hände und zerbrach sie über seinem Knie.

Oh nein! Verdammt!

Gleichmütig ließ das Wesen die zerstörte Waffe fallen und schickte sich an, um den Baum herumzukommen. Seran zögerte. Das Ungeheuer war stark, aber auch träge. Wenn es ihm gelang, es zu überrumpeln, konnte er ihm das Messer in die Brust rammen. Oder noch besser in den Rücken, wo er außer Reichweite der Hände war. Mit zum Stoß erhobenem Arm, als wollte er dem Hünen die Klinge in den Hals jagen, rannte Seran ihm entgegen. Prompt bewegte sich eine Pranke nach oben, um die Waffe abzufangen. Doch Seran nahm das Messer schon wieder herunter, tauchte unter dem Arm des Ungeheuers hindurch und stieß ihm die Klinge mit Macht in den Rücken. Die Spitze prallte auf, aber Seran spürte, dass sie nicht eindrang. Trug der Hüne etwa eine Rüstung? Gehetzt riss Seran das Messer zurück. Im gleichen Moment traf ein harter Schlag seine verletzte Schulter. Die Wucht fegte ihn von den Beinen und mit einem Schmerzensschrei stürzte er zu Boden.

Hastig rollte er sich weg, fort von den klobigen Füßen, die

ihm sämtliche Rippen brechen konnten. In seiner Schulter brannte es wie Feuer. Er rappelte sich auf, eilte rückwärts, um den Abstand zum Gegner einzuschätzen. Zum Glück war der Kerl so langsam, dass einige Schritte zwischen ihnen lagen. *Bloß weg hier!* Seran drehte sich um und stieß fast gegen einen Baum. *Verfluchte Dunkelheit!* Mit ausgetreckten Armen lief er in die Nacht, tastete sich um Stämme und stolperte doch über Wurzeln und Äste. Bei dem Sturz hatte er auch noch das Messer verloren, aber es schien ohnehin nutzlos, und er wusste nicht weiter. Er hatte nichts mehr bei sich, was diesem Ungeheuer gefährlich werden konnte.

Atemlos hielt er an und lauschte. Bei Tag hätte er das schwerfällige Wesen wohl leicht abhängen können, doch in dieser Finsternis kam er zu langsam voran. Er konnte nur hoffen, dass es seine Spur verlor, sobald er sich außer Sichtweite befand. Doch es dauerte nicht lange, da hörte er wieder Rascheln und Schnaufen. *Bei allen Göttern* … Konnte ihn der Hüne riechen wie ein Spürhund?

Seran eilte weiter, strauchelte, fing sich und stürmte in das nächste Hindernis. So ging es nicht. Irgendwann würde er in einen Sumpf geraten oder eine Böschung hinabstürzen. Aber was sonst blieb ihm übrig? Es gab kein Versteck, keine Zuflucht, und selbst wenn er auf einen Baum kletterte, musste der Hüne bloß warten, bis ihn der Durst wieder hinabtrieb. Was wollte das Ungeheuer überhaupt von ihm? Fraß es Menschenfleisch oder hatte es einfach schlechte Laune?

Abrupt blieb Seran stehen. *Ich hab ihn angebrüllt, dass er mein Feind ist und ich ihn töten muss! Herr der Himmel!* Hatte ihn der Kerl etwa verstanden? Jetzt war es allerdings ein bisschen spät, um das Gegenteil zu behaupten. Erneut näherte sich das Rascheln und Seran lief weiter. *Und wenn die Frau in Malasars Garten doch durch Zauberei so schnell verschwunden ist?* Awa hatte behauptet, dass seine Mutter es konnte. Sollte er es nicht wenigstens versuchen, um sein Leben zu retten? Nur dieses eine Mal? Es musste doch niemand davon erfahren, wenn es ihm wirklich gelang. Dennoch bereitete ihm die Vorstellung, sich darauf einzulassen, ebenso viel Angst wie sein Verfolger.

Wo bei allen Göttern würde er denn wieder auftauchen, nachdem er verschwunden war? Sicher konnte ein Zauberer das vorausbestimmen, aber er war keiner. Er verstand überhaupt nichts von diesen Dingen und am besten ließ er die Finger davon.

Seine Fußspitze blieb an einer Ranke hängen. Einen Lidschlag lang gab sie nach, dann hielt sie doch stand, und er stolperte, geriet mit dem anderen Fuß auf eine rutschige Stelle und landete auf Händen und Knien. Wie ein Dolchstoß stach Schmerz in seine Schulter. Fluchend rappelte er sich auf und hastete durch die Dunkelheit weiter. *Awa hatte recht. Ich bin ein Feigling. Ich trau mich nicht.* Was konnte schon so schwierig daran sein? Wahrscheinlich musste er nur fest genug an den Ort denken, an den er verschwinden wollte.

Keuchend blieb er stehen und zog den Helm ab, um sich das Kettenhemd vom Leib zerren zu können, ließ beides fallen und fingerte das Amulett unter der Tunika hervor. Ein letztes Mal zögerte er, dachte an die Drachenschuppe, die Astur ihm in Theban gezeigt hatte, dann zog er sich den dünnen Lederriemen, an dem das Amulett hing, über den Kopf. Störte es immer noch, wenn es an dem Riemen herabbaumelte, ohne ihn zu berühren? Er musste es doch wenigstens mitnehmen, sonst war es verloren. Wie von selbst krampften sich seine Finger darum, als er die Augen schloss und sich fortwünschte, zu Kromer an den Hrönn. So genau er konnte, stellte er sich das Lager an der Schiffbrücke vor. Nur den Regen versuchte er wegzulassen, aber dafür war ja nun Nacht. *Ich will …* war der letzte klare Gedanke, bevor er das Flüstern hörte.

Plötzlich war der Wald nicht annähernd so still wie zuvor. Seran hörte leises Zwitschern wie von Mäusen, irgendwo rauschte es wie Wasser und überall um ihn herum knisterte, wisperte und raschelte es. Er riss die Augen auf, stand jedoch wie angewurzelt, da die Geräusche aus allen Richtungen kamen. Obwohl er zuvor keinen Wind wahrgenommen hatte, spürte er kühlen Luftzug auf der Haut. Es roch nach Erde und feuchten Steinen, nach Moos und Laub. Einen Moment zuvor war es einfach nur Waldluft gewesen, doch nun konnte er die einzelnen Gerüche so deutlich unterscheiden, als ob sie viel stärker geworden wären. Und zugleich spürte er die Gegenwart so vieler Wesen, dass er sich nur noch verwirrt um sich selbst drehen konnte. War es auch ein wenig heller geworden oder bildete er sich das ein? Jedenfalls sah er nun die Umrisse der Bäume, die ihn unmittelbar umgaben. Ein mattes, kaum wahrnehmbares Leuchten ging von ihnen aus.

»Hier. Hier ist er«, flüsterte es um ihn herum.

»Wer ist da?«, rief Seran. *Ich sollte doch gar nicht mehr hier sein!*

»Hier … hier … hier«, wisperten die Stimmen.

Zwischen den unzähligen anderen Geräuschen hörte Seran plötzlich schwere Schritte, die vom Rascheln der Füße im Laub begleitet wurden. *Der Hüne!* Er musste weg, aber wenigstens sah er jetzt besser und würde schneller vorankommen. Hastig bückte er sich und hob Helm und Kettenhemd auf. Schlagartig umgaben ihn wieder Finsternis und Stille. Nur das sich nähernde Rascheln drang noch an seine Ohren. *Verdammt!* Aufgebracht ließ er die Rüstung fallen. Erneut dauerte es einen kurzen Moment, dann waren die vielen Sinneseindrücke wieder da. Das Ungeheuer allerdings auch. Seran rannte, doch das Flüstern schien stets vor ihm da zu sein.

»Hier, hier ist er.«

Sie verraten mich! Der Hüne musste ihn gar nicht wittern oder sehen. Die Stimmen sorgten dafür, dass er seine Spur nicht verlor.

»Was soll das?«, rief Seran, ohne stehen zu bleiben. »Was hab ich euch denn getan?«

»Töten … töten … du willst ihn töten.«

»Nein, will ich gar nicht! Wenn er mich in Ruhe lässt …« *Sonst natürlich schon.* Aber das konnte ihm nun wirklich niemand zum Vorwurf machen.

»Du hast es gesagt, hast du, viele haben es gehört«, wisperte der unsichtbare Chor.

»Das war ein Missverständnis, ein Fehler. Ich dachte, er sei ein feindlicher Krieger, der mich umbringen will.«

»Krieger. Krieger töten viele, viele.«

»Heißt das jetzt, ihr versteht das?« Seran blieb stehen und

sah sich erneut nach den Wesen um, mit denen er sprach. Doch da war nichts, nur der Wald mit seinen plötzlich so zahlreichen Geräuschen.

Das Flüstern wurde so vielstimmig und leise, dass er nichts mehr verstand. Vielleicht mussten sich die Unsichtbaren erst beraten, bevor sie ihm antworten konnten.

»Ich schwör's bei allen Göttern«, versicherte Seran. »Wenn er mich in Frieden ziehen lässt, haben wir keinen Grund für Streit.«

Das Wispern und Tuscheln hielt an, ohne dass Seran mehr als einzelne Worte aufschnappen konnte. Aus dem Zusammenhang gerissen, konnten sie jedoch alles bedeuten. Angespannt lauschte er, wartete auf die schweren Schritte.

»Er ist wütend«, flüsterte es auf einmal um ihn herum. »Menschen töten. Viele, viele. Aber du darfst gehen. Er lässt dich gehen.«

»Darf ich vielleicht auch meine Sachen holen, die ich verloren habe? Nicht die Waffen«, beteuerte er rasch. Das Schwert war ohnehin hinüber, dafür musste er den Hünen nicht ärgern.

»Geh, geh, wohin du willst. Uns ist es gleich.«

Wirklich? Misstrauisch pirschte sich Seran zu Helm und Kettenhemd zurück, darauf gefasst, jeden Augenblick die Schritte des Ungeheuers zu hören. Doch sie blieben aus, und so angestrengt er auch in die Schatten spähte, er konnte es nicht entdecken. *Hm.* Zögernd hängte er sich das Amulett um. Alles verstummte, das Zwielicht erlosch und der Wald war nur noch eine Ansammlung von Bäumen. Aber Seran wusste, dass die Welt für ihn nie wieder dieselbe sein würde.

*

Gegen die Strömung kam das kleine Schiff nur langsam voran. Am Vortag waren sie den Hrönn hinunter und dann bis zum Abend auf dem Wagar gefahren. Unablässig hatte Kromer von seinem Platz im Bug aus zum Ufer geblickt, in jede Bucht, jede Lücke im Schilf gespäht und jeden Fischer befragt, dem sie begegneten. Doch die verstockten Kerle hatten stets nur den Kopf geschüttelt. Nach Sonnenuntergang hatten die Drakonen, auf deren Boot er fuhr, das sewenische Ufer angesteuert, um dort zu übernachten. Sie waren bereits so weit den Wagar hinuntergefahren, dass selbst Kromer zugeben musste, wie unwahrscheinlich es war, Seran dort noch zu finden.

Am Morgen hatte der Schiffsführer darauf bestanden, zu seiner Einheit zurückzukehren. Für den Fall, dass Seran jenseits der Hrönnmündung quer über den Fluss abgetrieben worden war, hielten sie sich nun auf der sewenischen Seite. Zehn Mann ruderten gegen die Strömung an, während Bogenschützen nach verborgenen Feinden Ausschau hielten, und Kromer blickte unbeirrt den Ufersaum entlang. Irgendwo musste doch …

»Da!« Er sprang fast so hoch wie die Bordwand. Im Gesträuch an der Wasserlinie leuchtete etwas Rötliches. *Rot wie Serans Umhang.*

»Saronns Speer! Das hätte ich nicht mehr geglaubt«, gab der Schiffsführer zu. Vorsichtig steuerten sie auf die Stelle zu, um den Bug nah heranzubringen, ohne den Vermissten zu rammen. Doch aus der Nähe konnte Kromer nichts anderes als den zerfetzten Umhang in den Zweigen entdecken. Trotzig zerrte er ihn an Bord, fürchtete, dass doch noch eine verborgene Leiche daranhing, aber er fand nichts, nur den triefend nassen Stoff.

»Der könnte jedem gehört haben«, befand einer der Drakonen, und Kromer war nicht sicher, ob es als Trost gemeint war. Im Grunde hatte der Mann recht. Neben Seran wurden noch zwei weitere Reiter vermisst, und sie alle trugen dieselben Umhänge, die zur Marschausrüstung gehörten.

Seufzend knäuelte Kromer den Fund zu seinen Füßen zusammen. Die Ruderer legten sich erneut gemeinsam in die Riemen und der Schiffsführer lenkte das Boot wieder zwei Ruderlängen vom Ufer weg. Bis zum Mittag erreichten sie die Mündung des Hrönn und querten den Wagar, um am Hrönnufer entlang flussaufwärts zu fahren. Auch wenn Kromer kaum noch Hoffnung besaß, starrte er stur auf die allmählich sinkende Wasserlinie. Vielleicht entdeckte er aus dieser Richtung etwas, das sie auf dem Hinweg übersehen hatten. Doch selbst die Sonne schien sich mit dem Fluss gegen ihn verschworen zu haben, denn das Licht spiegelte sich so grell auf dem Wasser, dass er seine Augen mit der Hand schützen musste.

»Da vorne läuft jemand!«, rief plötzlich einer der Bogenschützen alarmiert. »Vielleicht ein Krieger. Trägt Helm und Rüstung.«

Sogleich blickte Kromer auf. Ein einzelner Krieger konnte ein Lockvogel sein.

»Weiterrudern!«, befahl der Schiffsführer, lenkte das Boot jedoch etwas vom Ufer weg, um außer Reichweite versteckter Schützen zu gelangen.

Der Mann, der gerade eine von Rindern beweidete Wiese überquerte, hatte sie noch nicht bemerkt. Dass er Helm und Rüstung trug, verriet das Schimmern des Metalls in der Sonne. Auch ein Schwert glaubte Kromer bereits zu erkennen, doch keinen roten Umhang und weder Schild noch Speer, ohne die kein matavischer Krieger in den Kampf zog. Misstrauisch äugten sie hinüber, während das Schiff langsam aufholte. Kromer fiel ein, dass ein Umhang ohne Reiter zu seinen Füßen lag. Wenn Seran ihn verloren hatte ... »Seran?« Kromer rief so laut, dass sich der Mann sofort umsah. Das bronzene Zierband um die Helmstirn glänzte auf. »Seran!«

»Der Kerl könnte die Sachen auch gestohlen haben«, warnte einer der Drakonen.

Doch die Gestalt am Ufer winkte und kam näher ans Wasser. »Kromer!«

Kromer konnte sein Glück kaum fassen. Ungeduldig trat er auf der Stelle, bis das Schiff endlich das Ufer erreichte. Da es zu steil war, um den Bug auf Grund zu setzen, musste die Besatzung mit Steuer und Rudern gegenhalten, um nicht abgetrieben zu werden. »Spring rein!«, rief er und wich zurück, um für Seran Platz im Bug zu machen.

»Nichts lieber als das«, lachte Seran und landete sicher im schwankenden Boot.

»Bück dich gefälligst, damit ein alter Zwerg dich drücken kann!«, forderte Kromer und zerrte ihn förmlich herunter.

Auch Seran klopfte ihm erfreut die Schultern, ächzte jedoch auch vor Schmerz. Seine Hände waren mit verdreckten Verbänden umwickelt, doch das schien nicht der Grund für das Ächzen zu sein.

»Ich hätte nicht geglaubt, dass wir Euch noch finden«, gab der Schiffsführer zu, während er das Boot in die Flussmitte lenkte.

»Als ich kurz vorm Ertrinken war, hätte ich darauf auch nicht gewettet. Habt ihr vielleicht etwas zu essen für mich? Ich komme um vor Hunger.«

»Natürlich.« Der Schiffsführer wies einen seiner Leute an, Seran die Rationen zu bringen.

»Zwei Tage in der Wildnis, und schon siehst du aus wie ein Mataver«, frotzelte Kromer.

»Tja.« Grinsend strich sich Seran über die blonden Stoppeln. »Aus irgendeinem Grund konnte ich weit und breit kein Badehaus finden.«

Die Drakonen lachten und einer von ihnen reichte Seran Hartkäse und Fladenbrot, das vom Frühstück übrig geblieben war. Erst als Seran vergeblich an seinen Gürtel griff, fiel Kromer auf, dass er weder Messer noch Schwert trug, nur die leeren Scheiden. »Wo sind denn deine Waffen geblieben?«

»Das … äh, also das Messer hab ich im Fluss verloren, als … ich meinen Umhang aufschneiden musste«, berichtete Seran, während Kromer ihm das eigene Messer gab, damit er den Käse schneiden konnte. »Oh, du hast ihn gefunden?«, wunderte er sich, als er sich setzte, um bequemer essen zu können.

»Könnte auch der eines anderen sein«, befand Kromer. »Leubwin sagt, er hat zehn Pferde und drei Männer verloren. Einen haben wir gleich gefunden, die anderen waren ebenso verschwunden wie du.«

Sichtlich betrübt kaute Seran auf dem zähen Brot. »Und wie viele Verwundete?«

»Das weiß ich nicht«, gab Kromer zu. »Ich war zu sehr damit beschäftigt, nach dir zu suchen.«

»Klingt aber, als hätten wir gewonnen«, stellte Seran fest.

»Haben wir«, bestätigte Kromer. »Leubwin sagt, der Gegner sei schon geflohen, als die ersten Reiter von der Brücke stürmten. Sie in den Wald zu verfolgen kam für ihn nicht infrage.«

»Das war klug«, meinte Seran seltsam entschieden, doch Kromer hatte keine Lust mehr, über den verfluchten Nachmittag zu reden, an dem er beinahe seinen besten Freund verloren hätte.

»Garud und Milos werden auch sehr erleichtert sein, dich zu sehen. Bei dem Jungen bin ich nicht sicher, ob er mehr an dem Pferd hing als an dir, aber Milos … Du könntest keinen treueren Sklaven haben, glaub ich.«

Nachdenklich nickte Seran. »Manchmal bin ich nur nicht sicher, ob ich noch Sklaven will.«

»Denkst du immer noch an diesen Toten?« Kromer dämpfte seine Stimme, doch auf dem kleinen Schiff war es unvermeidlich, dass sie jemand hörte.

Auch Seran schien sich dessen bewusst zu werden, denn er sagte nur: »Mehr denn je.«

Eine Weile saßen sie schweigend auf den Planken. Seran aß, und Kromer freute sich still darüber, ihn wiedergefunden zu haben. Weit konnte es nicht mehr sein, dann stießen sie auf ihr Lager und alles würde wieder seinen gewohnten Gang nehmen.

Doch plötzlich sprang Seran auf und spähte zum Ufer. Erstaunt, da die Schützen nichts Verdächtiges gemeldet hatten, warf Kromer einen Blick über die Schulter. Einer dieser wortkargen Fischer stakte seinen Einbaum am Ufer entlang. Warum winkte Seran ihm?

»Richte Awa meinen Dank aus!«, rief Seran hinüber. »Sie hatte recht.«

Grüßend hob der Fischer eine Hand und fuhr weiter.

»Wer ist Awa?«, wunderte sich Kromer.

»Eine alte Frau, die meine Wunden versorgt hat«, erklärte Seran und setzte sich wieder.

»Und womit hatte sie recht?«, hakte Kromer nach, als Seran nichts weiter dazu sagte.

»Mit den Bedingungen, unter denen ihre Heilkünste am besten wirken würden«, antwortete Seran, wich Kromers Blick dabei jedoch aus.

Kromer bemerkte, dass Seran auch nichts über den Verlust seines Schwerts erzählte, obwohl das ein Problem war, weil er Afkara seine Ersatzklinge geschenkt hatte. Was war zwischen

Seran und diesen Flussleuten vorgefallen? Zum ersten Mal seit langer Zeit war er sicher, dass Seran ihm etwas Wichtiges verschwieg.

*

Vor den Drakonen versuchte Seran, seine Unsicherheit mit Scherzen zu überspielen, doch auch nachdem das letzte Schiff den Hrönn hinabgefahren war, wollte die Anspannung nicht weichen. Ihm war, als ob ihm jeder ansehen müsste, dass er ein Geheimnis verbarg. Dass er nicht derjenige war, für den er sich ausgab. Denn auch wenn er das Amulett wieder trug, sich rasierte und den roten Umhang anlegte, dessen Farbe Saronn geweiht war, konnte er die Wahrheit über sich und seine Herkunft nicht vergessen. Er wusste nicht, was Kromer oder Einohr dazu gesagt hätten, dass er Zauberkräfte besaß, doch seine Brüder und selbst Milos wären entsetzt vor ihm zurückgewichen, vor dem Ungeheuer, das sich in ihre Familie eingeschlichen hatte.

Weil er irgendetwas darüber erzählen musste, wie sein Schwert abhandengekommen war, berichtete er von seiner nächtlichen Begegnung mit dem Hünen und behauptete, dem Ungetüm nur dadurch entwischt zu sein, dass der Morgen anbrach und er endlich schneller laufen konnte.

»Du hast allein einen Schrat angegriffen? Und überlebt?«, staunte Leubwin.

»Das war ein Schrat? Wie ein Baum sah er aber nicht aus.«

»Warte mal ab, bis du einem bei Tag begegnest.«

»Darauf kann ich gut verzichten«, versicherte Seran.

»Schrate sind die Beschützer der Bäume«, behauptete Leubwin. »Ihre Haut sieht aus wie Rinde und ist auch so zäh und dick. In ihren Bärten und Haaren wachsen Moos und Flechten, deshalb kann man sie leicht übersehen, wenn sie reglos im Dickicht stehen.«

»Hoffentlich hast du ihn wirklich abgehängt, sonst stürmt er eines Nachts noch das Lager«, warnte Einohr belustigt. Er war von einem Erkundungsritt zurückgekehrt und hatte berichtet, dass er nordwestlich auf die Spur der feindlichen Krieger gestoßen war. Sie hatten einen großen Vorsprung und zogen sich in das Gebiet der Elweonen zurück, was darauf hindeutete, dass dieser Stamm zumindest beteiligt gewesen war. Damit hatte Astur einen weiteren Grund, gegen sie vorzugehen.

»Sollen wir sie verfolgen?«, fragte Ordechan, der thebanische Reiterbizen, eifrig.

Seran schüttelte den Kopf. »Wir haben nur den Auftrag, die Lage hier in der Gegend zu erkunden. Ihnen auf eigene Faust so weit zu folgen würde Asturs Befehlen zuwiderlaufen. Der Überfall hat uns ohnehin schon zwei Tage gekostet. Wir müssen endlich zu Akero aufschließen und das Heer einholen.«

Ein wenig enttäuscht, aber überzeugt nickte Ordechan. Es kam Seran vor, als sei der Thebaner davon beeindruckt, dass er im Pfeilhagel vermeintlich gefallen und doch lebend zurückgekehrt war. Auch die einfachen Reiter begegneten ihm mit mehr Respekt als zuvor. Niemand grinste mehr, wenn er vorüberkam, und sie hörten ihm mit größerer Aufmerksamkeit zu.

Leubwin hatte mit der Flotte bereits Boten an Astur und Deriges geschickt, um sie von dem Vorfall am Hrönn in Kenntnis zu setzen. Allerdings hatte er auch berichtet, dass Seran als vermisst galt, weshalb Seran eine weitere Nachricht senden musste, damit sich sein Ziehvater und Adurin keine Sorgen mehr machten. Er hätte Einohr auch eine Botschaft für Deriges mitgegeben, doch der Späher wollte sie stattdessen zum Heer begleiten. »König Derik wünscht, dass ich ihm über den Verlauf des Feldzugs Bericht erstatte«, verkündete er.

Um vor weiteren Überraschungen gefeit zu sein, sandte Seran unterwegs erneut Kundschafter aus. Leubwin versicherte zwar, dass das kaum notwendig sei, weil sie sich nun auf dem Gebiet der Jukaner befanden, aber Seran ließ sich davon nicht beirren.

»Gibt es bei euch eigentlich noch Andanen?«, fragte Seran, während sie einem breiten Pfad über einen Höhenrücken folgten. Im Grunde kannte er die Antwort, aber vielleicht konnte er Leubwin etwas Neues entlocken.

»Nur wenige, aber es gibt sie«, bestätigte Leubwin. »Sie sind sehr misstrauisch und bleiben meistens unter sich.«

»Könnten sie hinter dem Überfall stecken?« Die Frage trieb

Seran um, seit er von den Kriegern gehört hatte, die aus dem Fluss gekommen waren.

»Allein? Unmöglich«, befand Leubwin. »So viele Krieger können sie nicht aufbringen. Aber man kann nie ausschließen, dass sich Einzelne an Raubzügen anderer Stämme beteiligen. Das ...«

»Seid mal still!«, forderte Kromer, der neben Seran ritt.

Sobald es ruhig war, konnte auch Seran den raschen Hufschlag hören. Schon tauchte ein Reiter vor ihnen auf dem Weg auf. Er trug Schild und Speer, aber auch einen Helm und den roten Umhang der thebanischen Truppen. Alarmiert hob Seran die Hand und befahl zu halten. Hatte einer der Späher feindliche Krieger entdeckt?

Als der Fremde sein Pferd vor ihnen zügelte, war es schweißnass und erschöpft. Er musste eine weite Strecke im Galopp zurückgelegt haben, denn das Gelände war weniger steil als bei den Waraskern und ein kühler Wind hatte die schwüle Hitze des Vortags vertrieben. »Ruhm dem Kaiser, Reiterführer!«, grüßte er und führte die Faust mit dem Speer zur Brust.

Er muss mich mit Akero verwechseln, dachte Seran. *Vielleicht kommt er von Astur.* »Ruhm der Stadt Theban«, erwiderte er.

»Ich bringe schlechte Neuigkeiten«, bedauerte der Mann. »Akero aus dem Haus Alban ist tot.«

»Tot?«, wiederholte Seran ungläubig. »Meinst du gefallen? Wurdet ihr angegriffen?«

»Nein, Herr. Er saß auf dem Pferd wie immer und wurde plötzlich ganz bleich. Zu mehreren haben wir ihm aus dem Sattel geholfen, aber er schnaufte und konnte nicht stehen, also mussten wir ihn auf den Boden legen. Ich wollte ihm Wasser reichen, aber er wurde ohnmächtig. Er ist schon gestorben, bevor der Arzt herbeigeritten war.«

»Aber ...« Es fiel Seran schwer, sich den regen Akero tot vorzustellen. »Aber als ich ihn zuletzt sah, war er bei bester Gesundheit.«

»Das haben wir alle geglaubt, Herr«, erwiderte der Bote bekümmert.

»Immerhin hätte er mit Leichtigkeit dein Vater sein können«, gab Kromer zu bedenken. »Es ist nicht ungewöhnlich, dass Männer seines Alters sterben. Meines Alters«, fügte er bedrückt hinzu.

»Ich kann es nur noch nicht fassen«, erwiderte Seran. Wenn Akero so plötzlich sterben konnte, dann auch Astur oder gar Kromer. Mit einem Mal fühlte er sich sehr jung und noch nicht bereit, ohne Vater zu leben.

»Akero war ein guter Anführer, besonnen und gerecht«, befand Leubwin. »Wir mussten es nie bereuen, ihm in die Länder des fernen Südens zu folgen. Sogar übers Meer, nach Alandura sind wir mit ihm gezogen und haben unter der sengenden Sonne der Wüste gekämpft. Keiner von uns wird ihn jemals vergessen. Auch wenn er nicht in der Schlacht starb, bin ich sicher, dass Harass ihn in sein Heer wider die Dämonen beruft.«

Die Mataver hinter ihm nickten und murmelten zustimmende Worte. Von Mann zu Mann verbreitete sich die Nachricht. Sicher würde bald auch Ordechan davon hören und nach vorn geritten kommen, um mehr zu erfahren.

»Auch wenn der Anlass ein trauriger ist«, ergriff der Bote wieder das Wort, »seid Ihr jetzt Reiterführer des *Tharians Stolz*. Wir haben ein Lager aufgeschlagen, und meine Kameraden erwarten Euch dort, falls Ihr keine anderen Befehle habt.«

Befehle … natürlich. Seran verscheuchte die trüben Gedanken. Er trug jetzt die Verantwortung für tausend Reiter. »Sie sollen nicht warten«, entschied er. »Lass dir ein frisches Pferd geben und richte den Bizenen aus, dass sie unverzüglich zum Heer aufschließen sollen! Astur wird dafür sorgen, dass Akeros Leichnam schnellstmöglich nach Theban gebracht wird. Ein großer Befehlshaber wie er muss im Grab seiner Familie bestattet werden.«

»In Theban wird sein Tod sicher als schlechtes Omen gedeutet werden«, vermutete Kromer, als der Bote zum Tross mit den Ersatzpferden ritt.

Wenn die wüssten …, dachte Seran. *Ein Reiterflügel angeführt von einem Zauberer.* Der Kaiser und auch Astur wären außer sich vor Zorn. Mehr denn je, seit er von den Andanen zurückgekehrt war, kam sich Seran wie ein Betrüger vor, ein Hochstapler, der einen Platz einnahm, der ihm nicht annähernd zustand.

18

Dass sie das Land der Jukaner durchquerten, konnte Seran nicht mehr übersehen. Wann immer sie an einem einsamen Haus oder einem Dorf vorüberzogen, stieß irgendeiner von Leubwins Männern auf Freunde oder Verwandte, die ihn aufgeregt umringten und am liebsten bei sich behalten hätten. Darüber, dass so mancher deshalb aus der Reihe scherte und eine Weile zurückblieb, um seinen Trupp später im Galopp wieder einzuholen, sah Seran großzügig hinweg. Offensichtlich befanden sie sich nicht auf feindlichem Gebiet, weshalb die Nachzügler weder sich selbst noch ihre Einheit in Gefahr brachten.

Gegen Abend ließ er die Zelte in der Nähe eines Dorfs errichten, das in einem so fruchtbaren, weiten Tal lag, dass die Bewohner nicht nur genügend Weideflächen besaßen, um für eine Nacht vierhundert Pferde aufzunehmen, sondern Seran auch noch mehrere Schweine verkauften, die als Abendessen an den Bratspießen der Reiter endeten. Überall an den Feuern wurde noch einmal auf Akero angestoßen, und Seran sah, dass die Männer dabei Trankopfer darbrachten. Den ersten Schluck weihten sie stets Harass, den zweiten Hagwir, ihrem Ahnherrn, von dem Awa behauptet hatte, dass er auch der Stammvater der Andanen sei.

»Es ist schon seltsam«, sagte Seran zu Kromer, als sie nach dem Abendessen noch im Zelt beisammensaßen. »Die Mataver glauben, dass alle, die sich im Kampf bewähren, nach ihrem Tod in Harass' Heer aufgenommen werden. Leubwin sagt, mit diesem Heer führt Harass ständig Krieg gegen Dämonen, die aus den Wunden irgendeiner Urschlange getropft sind. Doch die Thebaner glauben, dass wir alle nach unserem Tod zu Schatten in Sephanees Totenreich werden. Wer hat nun recht? Oder gehen nur die Mataver in Harass' Halle ein, weil nur sie ihn verehren? Dann wird Akero von Sephanees Hunden hinabgezerrt, ob es den Männern nun gefällt oder nicht.«

»Ich fürchte, das kann ich dir nicht sagen«, bedauerte Kromer. »Für mich hört sich beides falsch an, weil wir unsere Stollen nach unserem Tod nicht verlassen. Wir bleiben als Ahngeister bei unseren Familien und vermitteln zwischen ihnen und dem Berg – oder auch anderen Geistern. So beschützen wir unser Volk, damit es noch lange sicher in seinem Berg leben wird.«

»Glauben Zwerge auch, dass sie von Göttern abstammen?«, wollte Seran wissen.

Kromer schüttelte den Kopf. »Unsere Geschichte ähnelt eher der der Thebaner. Wir wurden aus Wasser und Erde geschaffen und waren so groß wie ihr Menschen, bis Rauwonn kam und ...« Er brach ab, als eine Gestalt im offenen Zelteingang auftauchte.

»Darf ich eintreten?«, fragte Ordechan.

Seran gestattete es ihm mit einer Geste. »Gibt es ein Problem?«, erkundigte er sich angesichts der ernsten Miene des Bizens. Der Thebaner hatte ihn noch nie abends aufgesucht und nun war es sogar schon Nacht.

»Allerdings«, antwortete Ordechan. »Und da Ihr nun Reiterführer seid, solltet Ihr davon wissen, finde ich.«

Ah, daher weht der Wind. Durch seinen unerwarteten Aufstieg sah sich Ordechan also gezwungen, enger mit ihm zusammenzuarbeiten – und unterwürfiger zu sein.

»Meine Männer berichten mir, dass es in Leubwins Einheit an Disziplin und möglicherweise an Treue zum Kaiser mangelt.«

Unwillkürlich zog Seran die Brauen zusammen. »Das ist ein sehr ernster Vorwurf.« Ordechans Einheit bestand überwiegend aus Rutavern, über deren Stamm Seran sehr wenig wusste, und einigen Alanduren, mit denen Akero die Lücken aufgefüllt hatte, die jenseits des Meers entstanden waren. Dass diese Wüstenkrieger etwas missverstanden, war vorstellbar, doch die Rutaver ... »Was genau ist vorgefallen?«

»Seit wir ihr Stammesgebiet erreicht haben, stehlen sich nachts einzelne Männer aus dem Lager und reiten weg«, behauptete Ordechan. »Da weder Ihr noch ich sie alle kennen, fällt uns ihr Fehlen nicht auf. Aber Leubwin sollte es merken und offenbar tut er nichts dagegen.«

War das nun ein Versuch, den Konkurrenten um den verwaisten Posten des Stellvertretenden Reiterführers anzuschwärzen, oder verschwanden tatsächlich jukanische Krieger? »Du meinst, sie desertieren?«

»Was sie sich dabei denken, weiß ich nicht«, gab Ordechan zu. »Aber in jedem Fall entfernen sie sich unerlaubt von ihrer Truppe. Das muss geahndet werden, sonst macht hier bald jeder, was er will.«

Seran nickte und stand auf. »Berichte mir, falls du noch mehr darüber erfährst! Ich werde sofort mit Leubwin sprechen.«

»Diese Männer müssen gefunden und bestraft werden«, betonte Ordechan noch einmal, bevor er das Zelt verließ.

»Glaubst du, dass die Jukaner uns hintergehen?«, fragte Kromer, als der Bizen gegangen war.

Seran wusste langsam überhaupt nicht mehr, wem er was glauben sollte. Er machte ja selbst allen etwas vor. »Nur weil Ordechan etwas behauptet, muss es noch lange nicht stimmen, aber ich muss der Sache nachgehen. Milos, such Einohr und sag ihm, dass ich ihn sprechen will! Dem entgeht doch sonst nichts.«

»Es sei denn, dass er mit drinsteckt«, wandte Kromer ein.

»Das glaube ich nicht«, wehrte Seran ab, während sie Milos nach draußen folgten. »Er ist Deriges treu ergeben.«

»Er wäre nicht der Erste, der Geheimnisse hat.«

Seran stutzte, zwang sich jedoch weiterzugehen. »Wie meinst du das?«

»Nur so«, brummte Kromer.

Was soll ich jetzt davon halten? Beunruhigt schielte Seran zu seinem Freund hinab. Ahnte Kromer, dass er ihm nicht alles erzählt hatte? Doch jetzt gab es Wichtigeres zu tun, als über rätselhafte Bemerkungen zu grübeln. Leubwins Zelt war geschlossen, aus den Ritzen drang kein Licht heraus. Wenn er tatsächlich schon schlief, mussten sie ihn wohl wecken. Energisch klopfte Seran mit der flachen Hand an. »Leubwin?«

Im Zelt rumorte es kurz, dann tauchte Leubwins Sklave auf und erschrak bei Serans Anblick. »Mein Herr schläft schon.«

»Dann weck ihn auf!«

»Das … das geht nicht. Er hat sich betrunken.«

»Da schafft ein Eimer Wasser schnell Abhilfe«, erklärte Kromer und schob den Sklaven einfach beiseite, um ins Zelt zu marschieren.

Seran folgte ihm zögernd, denn das Benehmen des Sklaven kam ihm eigenartig vor. Selbst im Mondlicht sah er sofort, dass Leubwin nicht da war. »Wo ist er?«, blaffte er den Sklaven an.

»Vielleicht ist er auf die Latrine …«

»Lüg mich nicht an!«, fuhr Seran auf. »Du bist Eigentum des Kaisers und damit mir unterstellt!« Auch wenn der Kerl nun Leubwin diente, hatte der Jukaner ihn lediglich von seinem Vorgänger übernommen.

»Ich weiß es nicht«, beteuerte der Sklave. »Er hat es mir nicht gesagt.«

»Hat er erwähnt, wann er zurückkommt?«, wollte Kromer wissen.

Leubwins Sklave schüttelte den Kopf.

»Dann werden wir hier auf ihn warten«, beschloss Seran und setzte sich auf Leubwins Klappstuhl.

»Ich nehm sein Bett«, verkündete Kromer. »Vielleicht dauert's länger.«

Tatsächlich hörte Seran ihn nach einer Weile hinter sich schnarchen. Auch Leubwins Sklave beruhigte sich schließlich und legte sich wieder schlafen, da ihn niemand weiter befragte. War Leubwin ein Verräter? Hatten sich die Jukaner heimlich den Elweonen angeschlossen, die am Elwe Ärger machten? Er musste es schnellstens herausfinden und seinen Vater gegebenenfalls warnen, denn dann saßen die Drachen zwischen zwei feindlichen Stämmen in der Falle.

In Gesellschaft Schlafender verging die Zeit im dunklen Zelt nur langsam, und Seran kämpfte gegen seine schweren Lider an, die ständig zufallen wollten. Um sich zu beschäftigen, befreite er seine Hände aus den Verbänden, durch die der Feldarzt die auf der Flucht durch den Wald verdreckten Vorgänger ersetzt hatte. Die Schnitte waren bereits erstaunlich gut verheilt, nur seine Schulter machte sich bei falschen Bewegungen noch bemerkbar. Der strenge Geruch des Tonikums, mit dem Milos sie morgens und abends einrieb, stieg Seran in die Nase, und sogleich fragte er sich, wo Milos und Einohr blieben.

Als hätte der Sklave seine Gedanken gelesen, ertönten leise Schritte und Milos' Stimme vor dem Zelt. »Herr?«

Seran streckte den Kopf aus der Zeltklappe, um die anderen nicht zu wecken. »Hast du ihn nicht gefunden?«

Milos schüttelte den Kopf. »Die Mataver sagen, er sei auf Erkundung geritten.«

Hier macht wirklich jeder, was er will. Oder steckte Einohr tatsächlich mit Leubwin unter einer Decke? »Danke, Milos. Geh ruhig schlafen, das hier wird wohl noch länger dauern.«

Seran war die Müdigkeit dagegen vergangen. Erneut setzte er sich und starrte in die nächtliche Schwärze. Dieses Mal musste er jedoch nicht lange warten, bis er draußen Hufschlag hörte. Das Pferd hielt direkt vor dem Zelt und Rüstung und Waffen klirrten leise, als der Reiter absprang. Schwungvoll wurde die Zeltklappe aufgerissen, doch Leubwin hielt überrascht inne, als er Seran erblickte.

»Seran? Was … Egal, das trifft sich gut«, behauptete er. »Ich wollte nur …« Er verstummte, als Seran aufsprang.

»Wo bist du gewesen?«

»Im Dorf«, erwiderte Leubwin. »Ich habe Bekannte hier, die …«

»Seit wann darf hier jeder kommen und gehen, wie es ihm beliebt?«, fiel Seran ihm ins Wort. »Etliche Männer deiner Einheit wurden gesehen, wie sie sich davongeschlichen haben, und du hast es mir nicht gemeldet! Stattdessen bist du auch noch daran beteiligt!«

»Ich wollte kein Aufhebens darum machen«, verteidigte sich Leubwin. »Sie haben ihre Familien seit Jahren nicht mehr gesehen. Kannst du es ihnen verdenken, dass sie sich dann für ein, zwei Tage aus dem Staub machen, anstatt vorbeizureiten? Keiner von uns weiß, ob und wann er je wieder zurückkehren wird.«

So betrachtet klang es geradezu unmenschlich, es zu verbieten. »Aber ich kann so etwas nicht dulden«, beharrte Seran dennoch. »Sie verletzen ihren Diensteid!«

Leubwin nickte ergeben. »Das tun sie wohl.«

»Außerdem sind Ordechan und seine Einheit deshalb verärgert«, fügte Seran versöhnlicher hinzu. »Selbst wenn ich wollte, könnte ich daher nicht wegsehen.«

»Und schlafen kann man hier auch nicht«, grummelte Kromer.

»Der Zwerg hat in meinem Bett gelegen?«, entrüstete sich Leubwin.

»Du hast es ja nicht gebraucht«, gab Kromer ungerührt zurück.

»Darüber reden wir später noch«, drohte Leubwin. »Jetzt gibt es Dringenderes zu besprechen.«

Er wollte tatsächlich zu mir? Sofort machte sich Seran auf schlechte Neuigkeiten gefasst.

»Die Leute haben mir erzählt, dass sich in einem Dorf hier in der Nähe Unheil zusammenbraut«, berichtete Leubwin. »Irgendeine Drakoneneinheit hat eine berühmte Seherin unseres Stamms gefangen genommen und wollte sie verbrennen. Das hat die Menschen ziemlich aufgebracht, aber scheinbar gab es eine Art Gottesurteil, denn das Feuer ist zu früh erloschen. Trotzdem hält der Bizen an der Hinrichtung fest. Er hat Männer aus Serika als Zeugen kommen lassen. Schon morgen will er die Hinrichtung wiederholen. Wenn wir nicht eingreifen, könnte es einen Aufstand geben.«

*

»Diese Kerle sind doch gekauft!«, empörte sich Leubwin, als sie das Lager der Drakonen verließen.

Auch Seran fand, dass sich die Holzfäller seltsam benommen hatten. Einer war sehr zurückhaltend, geradezu wortkarg gewesen, ein anderer dagegen so redselig, als müsste er sich selbst von seiner Geschichte überzeugen. Und der Dritte hatte zwar alles bestätigt, war dabei jedoch ständig Serans Blick ausgewichen. »Selbst wenn es wahr wäre, könnten wir es nicht beweisen. Valentur hat drei Zeugen, die dasselbe aussagen. Es gibt nichts, das wir gegen sein Urteil einwenden könnten.«

»Und ich muss es auch noch vor meinem Volk vertreten.« Wütend stapfte Leubwin zu seinen wartenden Männern. Die halbe Nacht waren sie geritten, um in der Morgendämmerung einzutreffen. Seran hatte Ordechan und seine Einheit absichtlich im Lager zurückgelassen, weil der Thebaner vermutlich nur noch mehr Ärger gemacht hätte. Irgendjemand musste außerdem auf jene warten, die sich heimlich abgesetzt hatten, und um ihm die Aufgabe zu versüßen, hatte Seran Ordechan gestattet, diese Rückkehrer in seinem Namen zu bestrafen.

»Leubwins Miene nach zu urteilen, konntet ihr nicht viel ausrichten«, schätzte Kromer.

»Eigentlich gar nichts«, ärgerte sich Seran. Er hatte gehofft, die Frau dadurch retten zu können, dass sie sich nicht auf Reichsgebiet befanden und das Verbot der Zauberei deshalb hier nicht galt. »Die Zeugen behaupten, sie und ihre Schwestern hätten durch Magie zwei Männer getötet. Mord an seinen Untertanen kann der Kaiser nicht ungesühnt lassen. Dazu sind wir schließlich hier.«

»Warum macht ihr dann trotzdem solche Gesichter?«, wunderte sich Kromer.

»Weil dieser Mord auf dem Gebiet der Elweonen geschehen ist und die Seherin schwört, dass sie nicht dort war. Natürlich könnte sie lügen«, gab Seran zu, obwohl sie ihm aufrichtiger vorgekommen war als die Zeugen. »Aber die Leute hier wollen ihr glauben. Sie verehren sie. Wenn Leubwin sie nicht davon überzeugen kann, dass hier Gerechtigkeit geübt wird, könnten wir die Jukaner als Verbündete verlieren.«

»Vielleicht würde ein Bote an Astur …«

Seran winkte ab. »Vater hat sein Einverständnis bereits schriftlich erteilt. Ihm genügt schon, dass sie eine Zauberin ist.« Der Gedanke bedrückte Seran noch mehr.

»Was tun wir dann jetzt?«, wollte Kromer wissen.

»Unsere Pflicht.« Zum ersten Mal, seit er kein aufmüpfiger Junge mehr war, spuckte er das Wort förmlich aus. »Wir helfen Valentur, den Platz der Hinrichtung zu sichern und einen möglichen Aufstand im Keim zu ersticken.«

Kromer brummte etwas, das ebenso Zustimmung wie Unmut bedeuten konnte. Da der Drakonenbizen die Angelegenheit endlich hinter sich bringen wollte, hatte er den Scheiterhaufen bereits errichten und sogar bewachen lassen, um Saboteure abzuwehren. Dieses Mal sollte das Feuer seine Aufgabe unbedingt erfüllen.

Während sie zum Richtplatz ritten und sich zu einem auf drei Seiten geschlossenen Rechteck um den Scheiterhaufen formierten, sah Seran zum Himmel hinauf. Keine einzige Wolke trübte das strahlende Blau. Auf einen rettenden Regenguss konnte die Seherin nicht hoffen.

Valenturs Drakonen nahmen die noch offene Seite des Rechtecks ein. Da ansonsten die Reiter die Sicht versperrten, hatten die Dorfbewohner nur aus einer Richtung Blick auf das Geschehen und sammelten sich dort, wie die Offiziere es beabsichtigt hatten. Auf diese Art wurden sie nicht von der wütenden Menge umringt, und es war Seran ganz recht, dass dadurch in erster Linie die Drakonen die Beschimpfungen abbekamen.

Valentur, dessen Gefolge aus dem Bannerträger, den Hornbläsern und ein paar Drakonen bestand, wählte dagegen eine Schmalseite des Rechtecks – vermutlich, um auch die Zuschauer im Auge behalten zu können. Seran war nur froh, dass sich der Bizen für die ihm gegenüberliegende Seite entschied, denn dessen geiferndes Geschwätz wollte er nicht länger hören. Schon die einleitenden Worte über heimtückische Zauberei und die Schändlichkeit der Morde waren kaum zu ertragen. Mit versteinerten Mienen sahen seine Männer zu, wie die Frau auf den Scheiterhaufen gezerrt und festgebunden wurde. Einige kannten sie vielleicht, hatten sie bei Ritualen gesehen oder waren gar mit ihr verwandt. Sie war groß, sehr schlank und auf eine herbe Art schön mit ihren langen, aschblonden Haaren. Nichts an ihr oder ihrem schlichten Kleid wies darauf hin, dass sie eine Magierin, ja sogar eine Berühmtheit war. Nur die Eingeweihten hätten es aus der Nähe an ihren grünen Augen erkannt. Dass er sich zu diesem Kreis zählen durfte, kam Seran wie bittere Ironie vor. *Sieh genau hin!*, sagte eine innere Stimme, als sie das Feuer entzündeten. *Das ist es, was dich erwartet.*

Im Reisig breiteten sich die Flammen rasch aus. Die dürren Zweige verglühten beinahe so schnell, wie sie Feuer fingen, und zerfielen zu Asche. Rauch kringelte sich um die Plattform empor, auf der die Seherin stand. Noch waren es einzelne Schlieren, doch sie vermehrten sich rasch. Aus der Menge ertönten laute Rufe und wütende Flüche.

»Lügner!«

»Sie ist unschuldig!«

»Rúls Faust soll euch erschlagen!«

»Das können unmöglich nur die Bewohner dieses einen Dorfs sein«, raunte Kromer und Seran nickte verhalten.

»Seit der missglückten Hinrichtung sind wohl Menschen aus der ganzen Umgebung hergekommen.« Gegen fast zweihundert Reiter und hundert Drakonen hatten sie in einem Kampf zwar keine Aussicht zu gewinnen, doch Seran hoffte inständig, dass seine Männer nicht auf eine solche Probe gestellt wurden.

Mit enger Kehle richtete er den Blick wieder auf den Scheiterhaufen. Er wollte nicht sehen, wie jemand bei lebendigem Leib verbrannte, aber wenn er es seinen Männern zumutete, musste er es auch selbst ertragen, also zwang er sich dazu. Als die Flammen vom Reisig auf das Holz übergriffen, knallte und knackte es darin. Äußerlich mochten die Äste trocken gewirkt haben, doch im Innern waren sie noch feucht vom Regen. Je weiter sich das Feuer ausbreitete, desto mehr Dampf quoll hervor und vermischte sich mit dem Rauch. Innerhalb weniger Augenblicke verschwand die Seherin hinter undurchsichtigem Qualm. Schon das wenige davon, das Seran erreichte, genügte, um in seiner Nase und den Augen zu beißen. Wie schlimm musste es erst im Innern der Wolke sein?

Plötzlich stieß jemand einen warnenden Ruf aus. Sofort blickte Seran in die Richtung und sah, dass am anderen Ende des Rechtecks die Drakonen erstarrten. Manche hielten ihren Speer vor sich, als wollten sie einen Angreifer abwehren, andere rissen nur die Augen auf und gafften. Ihre Blicke waren eindeutig auf den Scheiterhaufen gerichtet.

»Was bei Rauwonn …« Kromer verstummte, als sich eine Gestalt aus dem Rauch löste, der sie vor ihnen verborgen hatte.

Seran traute seinen Augen kaum. Mit sacht wehendem Haar und Kleid schwebte die Seherin aus dem Qualm hervor. Sie hielt sich aufrecht und blickte über die Drakonen hinweg, als gäbe es die schwer bewaffneten Männer überhaupt nicht. Vor dem Feuer sank sie herab, bis ihre Füße beinahe die Erde berührten, doch sie schwebte weiter, auf die Ecke des Rechtecks zu, wo die Reihen der Drakonen auf jene der Reiter stießen. Entsetzt wichen die Thebaner vor der Erscheinung zurück. Selbst ihr Bizen saß reglos auf seinem Pferd und starrte sie mit offenem Mund an. Auch Seran beobachtete staunend, wie sie sich der Gasse näherte, die die Männer aus Furcht vor ihr freigaben. Erst eine Bewegung im Augenwinkel lenkte ihn ab und er sah unwillkürlich hin. Zuckend von unterdrücktem Husten huschte die Seherin vom Scheiterhaufen weg, in entgegengesetzter Richtung wie die schwebende Gestalt. Sie schwankte, rang um Atem und gegen das verräterische Husten zugleich. Ihr Kleid war angesengt, vielleicht auch sie selbst verwundet. Ohne nachzudenken, wollte Seran Aleator in ihre Richtung treiben, um ihr zu Hilfe zu eilen, doch schon versperrte ihm Leubwins Pferd den Weg. Im Blick des Jukaners lag eine eindeutige Drohung: *»Lass sie gehen!«*

Seran schluckte seine Erwiderung hinunter. Jedes Wort konnte die Aufmerksamkeit der Drakonen erregen. Jenseits von Leubwin gaben seine Reiter eine schmale Lücke frei. Die Seherin schlüpfte hindurch und verschwand aus Serans Sicht.

»Rauwonns Amboss!«, hauchte Kromer an Serans anderer Seite. Er starrte noch immer der Erscheinung nach, die hinter den Drakonen und Reitern auf den Waldrand zuschwebte. Auch die versammelten Mataver waren bei ihrem Anblick verstummt und verfolgten ehrfürchtig das unglaubliche Schauspiel.

»Das … das ist Hexerei«, stammelte Valentur. »Sie entflieht uns durch Zauberei!« Allmählich schüttelte er seine Erstarrung ab und wendete sein Pferd, um der Gestalt nachblicken zu können. »Los, hinterher! Lasst sie nicht entkommen!«, schrie er seine Leute an.

Gehorsam rannten einige los. Andere standen nur da und schüttelten entsetzt die Köpfe.

»Was stehen Eure Reiter noch herum?«, brüllte er über den Platz und kam um das Feuer herumgeritten.

Sogleich trieb Seran ihm Aleator entgegen. Auf keinen Fall durfte er einen Blick auf die wahre Seherin erhaschen. Auch Leubwin hatte sein Pferd in Bewegung gesetzt und gemeinsam fingen sie Valentur ab.

»Soll ich meine Männer etwa hinter einem Geist herhetzen?«, fragte Seran möglichst verächtlich.

»Das war kein Geist«, behauptete Valentur. »Habt Ihr sie etwa nicht gesehen?«

»Doch«, gab Seran zu. »Aber das war doch nur ein durchscheinendes Bild, eine Erscheinung der Sterbenden, die in Euren Flammen verbrennt.« Er deutete in das fauchende Wabern aus Feuer und Rauch, dem er nun so nah war, dass er die Hitze spürte. Die emporlodernen Flammen hatten selbst die Plattform erfasst, und es war unmöglich zu erkennen, ob darin noch jemand an den Pfahl gebunden stand.

»Nein, sie war wirklich«, beharrte Valentur. »Ich …«

»Macht Euch nicht lächerlich«, erwiderte Seran. »Ihr gesteht dieser Wilden viel zu viel Macht zu. Soll man überall herumerzählen, sie sei aus eigener Kraft unverletzt aus dem Feuer gestiegen und den Streitkräften des Kaisers davongeflogen?«

Begreifend nickte Valentur. »Nein, natürlich nicht. Sie wurde hingerichtet. Und ihr Geist ist vor unser aller Augen in die Totenwelt gefahren.«

*

Als das Feuer endlich in sich zusammenfiel, war die Plattform verbrannt. Selbst vom Pfahl war nur ein verkohlter Stumpf übrig geblieben. Um noch ein paar Knochen zu finden, hätte man den Aschehaufen durchwühlen müssen, und so fiel es Seran leicht, Valentur endgültig von seiner vermeintlichen Sicht der Ereignisse zu überzeugen. Daraufhin erklärte der Bizen seine Aufgabe in diesem Dorf für beendet. Da Astur ihm befohlen hatte, sich nach der Hinrichtung wieder in seinen Drachen *Saskallas' Speer* einzugliedern, der nun zum Heer gehörte, schloss er sich mit seiner Einheit Serans Reitern an. Zum Glück waren die Fußtruppen so langsam, dass sie bald zurückfielen und Seran nicht mit weiterer Gesellschaft durch Valentur rechnen musste. Zurück im Lager nahm Seran Ordechans Bericht entgegen, schaufelte übermüdet in sich hinein, was Milos ihm zum Abendessen vorsetzte, und schlief danach sofort ein.

Am nächsten Morgen sprach Kromer schon beim Frühstück wieder von der Geistererscheinung, die ihn sehr beeindruckt hatte. Seran bekam ein so schlechtes Gewissen, dass er wartete, bis Milos mit dem dreckigen Geschirr zum Bach ging, und seinem Freund dann zumindest die Wahrheit über die Seherin erzählte. Angespannt beobachtete er, wie Kromer die Neuigkeit aufnahm. Hassten Zwerge Zauberer ebenso, wie es die Thebaner taten?

»Hm.« Nachdenklich kratzte Kromer seine bärtige Wange. »Also, wenn du den Eindruck hattest, dass sie unschuldig war, dann hast du wohl richtig gehandelt.«

»Ich bin sicher, dass sie nichts mit diesen Morden zu tun hat«, beteuerte Seran. »Diese Kerle haben gelogen. Vielleicht hatten sie Angst vor Valentur, oder er hat sie bestochen, weil er vor Vater einen Erfolg vorweisen wollte.«

»Sollte Astur davon erfahren, wird er dir nicht gerade Beifall dafür spenden, dass du dich seinem Befehl widersetzt hast.«

»Hätte ich sie umbringen lassen sollen, nur weil sie eine Zauberin war?«

»Das ist der Wille des Kaisers«, gab Kromer zu bedenken.

»Das weiß ich, aber was denkst du darüber?«, hakte Seran nach.

Kromer zuckte mit den Schultern. »Ich habe keinen Grund, alle Magier tot sehen zu wollen. Mir ist noch keiner begegnet – bis gestern offenbar.«

»Dann findest du nicht, dass Zauberei verboten sein sollte?«

»Zauberei ist Pfusch und Blendwerk«, befand Kromer entschieden. »Zaubern muss nur, wer sein Handwerk nicht versteht. So heißt es jedenfalls unter uns Zwergen. Dieser Frau hat es gestern wohl das Leben gerettet, aber sie hat alle zum Narren gehalten. Sogar mich! Heilige Berggeister! So jemanden möchte man nicht zum Feind haben, der einen dermaßen an der Nase herumführen kann.«

Das war verständlich. Auch Seran staunte immer noch, dass sie ein solches Abbild von sich erschaffen konnte. »Aber sie deshalb gleich alle umbringen …« Er sprach nicht weiter, als er draußen Milos' Stimme erkannte. Der Sklave sprach mit jemandem, oder versuchte es zumindest, seinen Nachfragen nach zu urteilen. Was der andere von sich gab, war nicht zu verstehen.

Als er mit dem sauberen Geschirr hereinkam, schüttelte Milos nur den Kopf. »Einer Eurer Männer möchte Euch sprechen, Herr. Aber wenn ich Euch einen Rat geben darf, versucht es gar nicht erst auf Thebanisch. Das ist zwecklos.«

Verwundert wechselte Seran einen Blick mit Kromer. Dass sich einer der einfachen Reiter direkt an ihn wandte, war noch nie vorgekommen. Neugierig stand er auf und ging hinaus. Der Mann, der dort wartete, kam ihm bekannt vor. Vermutlich war er selbst unter Matavern zu groß und stämmig, um nicht aufzufallen. Da er den Helm unter dem Arm trug, war sein zum Kriegerknoten geschlungenes Haar zu sehen, das in der Morgensonne rotbraun glänzte. Sein Gesicht war dagegen kein erfreulicher Anblick. Alte Narben zeugten von üblen Schlägen, seine Nase war breit und schief, und überhaupt kamen seine Züge Seran verwachsen vor, als hätte sie jemand so oft zu Brei geprügelt, dass sie sich irgendwann mit dieser entstellten Form abgefunden hatten. Als er Seran bemerkte, grüßte er mit der Faust auf der Brust und nuschelte etwas, das entfernt an »Ruhm dem Kaiser« erinnerte. Wenn sein Thebanisch so schlecht war, wusste er womöglich nicht einmal, was er sagte.

»Ruhm der Stadt Theban!«, erwiderte Seran und sprach auf Matavisch weiter. »Wie lautet dein Name?«

»Tjorr, Reiterführer.«

»Und was führt dich zu mir, Tjorr?«

Der Hüne sah tatsächlich verlegen aus. »Ich … will mich für deine Leibwache melden.«

Überrascht nickte Seran nur. Als neuem Reiterführer stand ihm eine Leibgarde zu, aber es war vollkommen unüblich, dass sich Reiter darum bewarben. Für gewöhnlich wurden die Gardisten von ihrem Anführer selbst unter den besten Männern ausgewählt, wobei ihn die Bizene beraten konnten. Deshalb wollte Seran mit den Ernennungen warten, bis *Tharians Stolz* wieder vereint war.

Betreten starrte Tjorr auf seine Füße, und Seran fiel auf, dass er den armen Kerl zappeln ließ. »Warum möchtest du in meine Leibwache aufgenommen werden?«, fragte er, um Zeit zu gewinnen.

»Weil … aus zwei Gründen«, brachte Tjorr heraus und verstummte wieder.

Aha. »Ich fürchte, du wirst sie mir sagen müssen, wenn ich eine Entscheidung treffen soll.«

Tjorr brummte, und einen Moment lang sah es so aus, als würde es dabei bleiben. »Weil du keinen Stamm hast«, erklärte er schließlich. »Ich habe auch keinen mehr.«

»Wurde er ausgelöscht?«, erkundigte sich Seran verblüfft. Als Sklave in Theban konnte der Krieger allerdings nicht aufgewachsen sein.

»Nein, ich wurde ausgestoßen.« Erneut sah Tjorr auf seine Zehen hinab.

War es ungerecht, ihn nach den Ursachen dieser Verbannung zu fragen? Immerhin diente er wohl schon seit Jahren und war für seine Tapferkeit sogar mit einem Beschlag für seinen Gürtel geehrt worden, auf dem das Banner des *Tharians Stolz* zu sehen war. »Und der zweite Grund?«, fragte Seran stattdessen.

»Weil du verstehst, dass man manchmal jemanden umbringen muss.«

Wie war das nun wieder zu verstehen? Sie zogen in den Krieg, wobei das Töten selten ausblieb, aber das meinte Tjorr offenbar nicht. »Du bist für einen Mord verbannt worden, stimmt's?«

Der Krieger nickte ernst.

»Und wie kommst du darauf, dass ich dafür Verständnis habe?«, wunderte sich Seran.

»Weil du nicht wolltest, dass die Zauberin stirbt.«

»War sie denn schuldig?«

»Weiß ich nicht«, behauptete Tjorr. »Aber alle erzählen sich, dass Priesterinnen in ihrem Hain überfallen wurden. Sie haben sich nur gewehrt.«

»Die Seriker haben jukanische Frauen bedroht?« Dann hatten die Jukaner doppelten Grund, sich über die Hinrichtung zu empören.

»Nein, das war stromaufwärts, bei den Elweonen.«

Seufzend gab Seran auf, die Verwicklungen verstehen zu wollen. Auf jeden Fall war es nützlich, unter den Männern einen Freund zu haben, der ihm nicht nur das erzählte, was Leubwin genehmigt hatte. »Einverstanden, Tjorr. Ich nehme deine Bewerbung an. Sobald wir das Heer eingeholt haben, werde ich dich zum Leibwächter ernennen.«

Matavisches Ufer des Elwe, Sommer, 24. Jahr d. H. E.

»Salis, wach auf! Der Lagerkommandant will dich sehen! Sofort!«

Vor Schreck warf Salis sein Laken von sich und japste nach Luft. »Seid ihr von Sinnen?« Mit rasendem Herzschlag blinzelte er ins Licht der Laterne und erkannte, dass er nur mit einem Mann sprach.

»Los, beeil dich!«, blaffte der Drakone. »Wir haben einen Gefangenen gemacht. Du musst übersetzen.«

»Mitten in der Nacht«, murrte Salis, doch das würde nicht helfen. Rasch stand er auf, zog die Tunika über und schnürte seine Sandalen. Ungeduldig wedelte der Drakone mit der freien Hand. »Ich komm ja schon«, versicherte Salis und schnappte sich seinen Gürtel, um ihn unterwegs umzulegen. Den Lagerkommandanten ließ man besser nicht warten. Salis kannte ihn zwar erst seit wenigen Tagen, seit der Feldherr dem Dezen das Kommando übertragen hatte und weitergezogen war, aber Männer von Rang waren alle gleich. Wer nicht spurte, bekam ihren Zorn zu spüren.

Während er hinter dem Drakonen her durchs nächtliche Lager hetzte, friemelte er die Gürtelschnalle zu und fuhr sich mit den Fingern durchs wirre Haar, um halbwegs ordentlich auszusehen. *Und das alles nur wegen dieser verfluchten Barbaren!* Hoffentlich machte der vornehme Feldherr seine Drohung wahr und rottete die Bande aus. Vorher würde es ja doch keinen Frieden geben.

Von altem Groll erfüllt betrat Salis das große Zelt des Kommandanten. Vier Drakonen bewachten den Gefangenen, der mit auf den Rücken gefesselten Händen zwischen ihnen saß. Ihr Bizen und der Befehlshaber unterhielten sich gerade, brachen das Gespräch jedoch ab, als Salis hereinkam.

»Na endlich«, sagte Kresos gereizt. Der Dezen konnte nicht

älter als 25 sein, aber bei den hohen Herren ging es eben nur darum, der richtigen Familie anzugehören.

Salis überhörte den Tonfall und verneigte sich. Bestimmt war der Kommandant ebenso erbost darüber wie er, um seinen Schlaf gebracht zu werden. »Was soll ich den Gefangenen fragen, Herr?«

»Warum er nachts um unser Lager herumgeschlichen ist. Wahrscheinlich ist er ein Spitzel, aber ich will es genauer wissen.«

Salis nickte und wandte sich dem Mataver zu. Auch der wirkte trotz seines blonden Barts kaum älter als der Dezen. Vielleicht war er zu jung, um an jenem Raubzug teilgenommen zu haben, und doch stellte sich Salis dieselben Fragen, die ihn jedes Mal plagten, wenn er einen dieser Krieger sah. War der Kerl damals in sein Haus eingedrungen? Hatte er Salis' Frau und Kinder getötet? Sie in die Wälder verschleppt? Da bei Salis' Rückkehr die halbe Stadt in Schutt und Asche gelegen hatte, waren die Trümmer die einzigen Zeugen geblieben. Er hatte nie erfahren, ob seine Familie noch lebte oder in den Flammen umgekommen war.

»Der Thebanerhäuptling will wissen, warum du dich nachts hier herumtreibst«, blaffte Salis den Fremden an.

»Ich wollte nur warten, bis es Tag wird«, behauptete jener. »Nachts hätten mich die Wächter am Tor doch nicht eingelassen.«

»Du wolltest ins Lager kommen?«, fragte Salis. *Das kannst du höchstens deiner Großmutter weismachen.*

Der Gefangene nickte. »Ich habe eine Botschaft für Askar.«

Skeptisch übersetzte Salis die Antworten des Matavers.

»Wer zur Unterwelt ist Askar?«, wollte Kresos wissen und blickte fragend den Bizen an.

»Nie gehört«, erwiderte der. »Klingt nach einem matavischen Namen.«

»Erkundige dich, ob einer der Späher oder der Sklaven Askar heißt!«, befahl der Kommandant einem seiner Sklaven. »Falls du ihn findest, bring ihn her!«

Sofort lief der Mann aus dem Zelt und hatte es so eilig, dass er nicht einmal eine Laterne mitnahm.

»Ich bin ein freier Mann und verlange, dass man mir die Fesseln abnimmt.«

Verblüfft sah sich Salis nach dem Gefangenen um.

»Was will er?«, erkundigte sich Kresos und Salis übersetzte. »Sag ihm, dass er für mich nur ein dahergelaufener Barbar ist, der wahrscheinlich für unsere Feinde spioniert! Er soll lieber zu seinen Göttern beten, dass es diesen Askar überhaupt gibt.«

Als Salis die Worte des Dezens weitergab, verdüsterte sich die Miene des Matavers noch weiter. »Ich lüge nicht. Gambeda ist meine Zeugin.«

»Und wer ist nun wieder Ganbeda?«, fragte Kresos.

»Ga*m*beda«, betonte Salis. »Bei den Barbaren ist sie die Göttin des Gerichts und wird bei heiligen Eiden angerufen.«

»Eine hervorragende Zeugin«, höhnte der Kommandant. »Sie wird uns sicher gern erscheinen, um seine Worte zu bestätigen.«

Salis nickte lächelnd und ersparte sich eine Übersetzung.

»Wenn er ein Bote ist, soll er uns lieber sagen, wer ihn geschickt hat«, befand Kresos mit einer auffordernden Geste. »Hast du ihn durchsuchen lassen?«, wandte er sich an den Bizen.

»Natürlich«, erwiderte jener. »Aber er hatte nichts Verdächtiges bei sich.«

»Und die Botschaft?«, hakte der Kommandant nach.

»Nichts, Herr. Diese Wilden können allerdings auch nicht schreiben«, gab der Bizen zu bedenken.

»Awa schickt mich«, antwortete der Gefangene auf Salis' Frage. »Awa von den Andanen.«

»Das ist hoffentlich nicht auch eine Göttin«, spottete Kresos und brachte die Drakonen damit zum Lachen.

»Nicht, dass ich wüsste«, sagte Salis. »Es wird eine Frau seines Stamms sein.«

»Ja, ja, egal. Er soll uns die Botschaft sagen«, forderte der Kommandant. »Vielleicht bringt uns das ja weiter.«

Nachdem Salis übersetzt hatte, schüttelte der Gefangene den Kopf. »Das darf ich nicht. Sie ist nur für Askar bestimmt.«

»Er weigert sich?«, fuhr Kresos auf. »Was kann an dieser Nachricht schon geheim sein? Peinliche Liebesschwüre?« Erneut lachten die Drakonen, doch der Kommandant blickte längst wieder den Gefangenen an. »Sag ihm, dass ich die Botschaft aus ihm herausprügeln lasse, wenn er mir weiterhin die Zeit stiehlt!«

Aber Salis' Worte schienen den Fremden nicht zu ängstigen. »Ich habe geschworen, sie ausschließlich Askar zu überbringen«, beharrte er.

Sowohl der Bizen als auch der Kommandant runzelten die Stirn. Vorsichtshalber trat Salis ein wenig zur Seite, um ihrem Zorn nicht im Weg zu stehen.

»Schlagt ihm ein paar Zähne aus!«, befahl Kresos. »Aber er muss noch sprechen können.«

Mit Blicken und Gesten verständigten sich die Drakonen rasch darüber, wer diese Aufgabe übernahm. Zwei der Männer packten den Gefangenen an den Armen und zerrten ihn auf die Knie, während einer ihrer Kameraden schon die Fäuste ballte. Offensichtlich rammte er sie nur zu gern ins Gesicht des Matavers, während sich der vierte Drakone im Hintergrund hielt. Das dumpfe Klatschen der Schläge ließ Salis jedes Mal zusammenzucken, doch warum stellte sich der Kerl auch so stur? Bestimmt gab es gar keine Nachricht und er hatte die Prügel verdient.

»Das genügt vorerst«, befand Kresos.

Dem Gefangenen lief Blut aus der Nase und aus einer Wunde am Mund. Salis konnte es sogar riechen. Es tropfte aus dem Bart auf die Tunika, wo es zu großen Flecken zerfloss. Der Mataver hustete und spuckte tatsächlich einen Zahn aus.

»Wird er uns die Botschaft jetzt sagen oder war unsere noch nicht deutlich genug?«, fragte der Kommandant.

»Der Häuptling fordert dich erneut auf, ihm die Nachricht zu verraten«, übersetzte Salis.

Wütend sah der Gefangene ihn an. »Wenn der verfluchte Südländer weiß, was ein Schwur ist, kennt er die Antwort.«

Verstockt und dumm, dachte Salis. Wie hatte er einst mit diesen Kerlen Handel treiben können? Nun, das war Jahre her, und jetzt wollte er nur noch, dass man sie für ihre blutigen Taten bestrafte. »Er weigert sich«, sagte er ohne weitere Erklärung.

»Ich bin es leid«, verkündete Kresos und gähnte. »Macht draußen weiter, bis er redet!«, befahl er dem Bizen. »Und falls es diesen Askar nicht gibt, opfert ihn Saronn und gebt unserem Drachen sein Blut zu trinken!«

19

Einen Tag nach Tjorrs Bewerbung berichtete Leubwin unterwegs, dass es weitere Freiwillige gab. »Mehrere Männer haben mich um Empfehlungen für deine Leibgarde gebeten. Aber keine Sorge, das wird meinen Blick bei der Auswahl nicht trüben.«

Seran hoffte, dass Leubwin dieses Versprechen halten würde, denn er selbst kannte die einzelnen Reiter noch längst nicht genug. Bei den Übungen waren ihm zwar einige als gute Speerwerfer oder Schwertkämpfer aufgefallen, doch das sagte nichts darüber aus, ob sie auch Mut und Pflichtgefühl besaßen.

»Scheint, als wärst du bereits zur lebenden Legende geworden«, meinte Einohr verschmitzt.

»Das kann man von meinen Schülern auch erwarten«, brüstete sich Kromer.

Einohr lachte. »Du bist wohl eher eine Legende am Spieltisch denn als Waffenmeister.«

»Vergiss nicht, dass ich deinen König ausgebildet habe!«

»Dann muss wohl was dran sein«, gab der Sewene grinsend zu.

Seran war weniger fröhlich zumute. Das Wissen um seine verborgenen Fähigkeiten belastete ihn ebenso wie Awas Vorwürfe, dass er seinen Stamm – und nicht zuletzt seine Eltern – verriet, indem er für Theban kämpfte. Dass Valentur beinahe eine Unschuldige verbrannt hätte, machte es nicht besser, und Tjorrs wirrer Geschichte war zu entnehmen, dass sich die des Mordes beschuldigten Mataverinnen nur verteidigt hatten. Demnach fußte die von Valentur angedrohte Vergeltung auf einer Lüge. *Ich muss mit Vater darüber reden. Unser Anspruch ist es, Frieden und Gerechtigkeit zu bringen.*

Als sie den Elwe in der Nähe Denubas erreichten, stießen sie auf das befestigte Lager des *Greverischen Drachen*. Die Drakonen hatten einen flachen Graben ausgehoben und aus der aufgehäuften Erde einen Wall errichtet, den eine Palisade aus angespitzten Pfählen krönte. Zusammen bildeten die Bauwerke zwar noch keine unüberwindliche Mauer, aber ein Hindernis, das die

Verteidiger schützte und die Angreifer Zeit kostete, in der sie von Speeren getroffen werden konnten. Um das Lager herum weideten nur die Pferde, Ochsen und Mulis der Drakonen. Von den vorausgerittenen Einheiten des *Tharians Stolz* sah Seran keine Spur. Das konnte nur bedeuten, dass Astur bereits weitergezogen war. Offenbar hatte er den *Greverischen Drachen* vorerst als Schutz für Denuba zurückgelassen – und für die von dort aus vordringenden Holzfäller. Ganze Flöße aus Baumstämmen lagen am Ufer vertäut und würden bald die Reise flussabwärts nach Süden antreten. Wie gerupfte Hähnchen, in deren Haut nur noch vereinzelte kleine Federn steckten, erhoben sich die gerodeten Hänge nördlich und östlich des Lagers.

Als sich Seran mit seinen Leuten näherte, kam gerade ein großer Trupp Reiter vom nächstgelegenen Hügel herab. Ihren Rüstungen und dem fehlenden Feldzeichen nach zu urteilen, handelte es sich um Kundschafter des *Greverischen Drachen*. Für gewöhnlich hätte Seran ihnen keine Beachtung geschenkt, denn in den Drachen dienten ausschließlich junge Noble als Reiter, die stets auf ihn herabsahen, weil er nicht vornehmer Herkunft war. Doch die Nachhut dieses Trupps schleifte etwas Großes hinter sich her, das Serans Neugier weckte.

»Ist das ein Baum?«, fragte Kromer.

»Wozu in aller Welt sollten die Drakonen einen Baumstamm brauchen?«, wunderte sich Seran.

»Vielleicht helfen sie den Holzfällern aus«, antwortete Kromer zwinkernd.

Da das undenkbar war, hielt Seran an, um den Trupp vorüberzulassen und dabei einen Blick auf ihr seltsames Anhängsel zu werfen. Wie er erwartet hatte, grüßte ihn der Anführer nur mit einem beiläufigen Nicken, während der Rest der eingebildeten Kerle vorüberritt und höchstens einen geringschätzigen Blick für die matavischen Reiter übrighatte. Was sie an Stricken hinter sich herzogen, sah von Nahem aus wie ein völlig verwachsener Baum, dessen kurzer Stamm nur vier Äste besaß, die wie Arme und Beine … »Bei allen Göttern!«, entfuhr es Seran.

»Kommt er dir etwa bekannt vor?«, lachte Leubwin.

»*Das* ist ein Schrat?«, vergewisserte sich Kromer.

»Sogar ein ziemlich großer«, befand Einohr.

»Hat sicher die Holzfäller angegriffen«, schätzte Leubwin mit einem Blick zu den kahlen Hängen.

Erschüttert beobachtete Seran, wie der tote Hüne vorübergeschleift wurde. Seine Haut sah tatsächlich aus wie Borke, die an den Gelenken dünner war und an anderen Stellen dicke Platten gebildet hatte. Das runzlig wirkende Gesicht war von einem Wust aus grünlichen Haaren und grauen Flechten umgeben. Obwohl er aufgrund der Entfernung sicher war, dass es sich um einen anderen Schrat handeln musste, rief der Anblick ihm die Schrecken jener Nacht ins Gedächtnis – und zugleich die Erinnerung an die Stimmen, Gerüche und Geräusche, die seine Sinne überwältigt hatten. Der Hüne war Bestandteil jener anderen Welt, und aus irgendeinem Grund tat es ihm deshalb leid, ihn so würdelos behandelt zu sehen. »Wie konnten sie ihn umbringen?«, fragte er schließlich, als sie dem Zug zum Eingang des Lagers folgten.

Leubwin sah ihn verwundert an. »Mit ihren Speeren, schätze ich. Schrate sind nicht unverwundbar.«

»Bei Tageslicht kann man auf die Stellen mit dünnerer Rinde zielen«, fügte Einohr hinzu.

Seran brummte nur zustimmend. Darauf hätte er selbst kommen können. Doch im Grunde seines Herzens war er froh, den Schrat nicht getötet zu haben. Ohne ihn hätte er diese andere Welt niemals entdeckt. Oder wäre es ein Segen gewesen, blind und unwissend zu bleiben? Es gab Momente, in denen er laut »Ja!« gerufen hätte.

Da es im Lager der Drakonen nicht genügend Platz für seine Männer gab, befahl Seran ihnen, die Zelte außerhalb, am Fuß der gerodeten Hänge aufzuschlagen. Er beschloss, nur eine Nacht zu bleiben, um möglichst bald Astur einzuholen, aber er wollte auch nicht weiterreiten, ohne einen Abend mit Adurin verbracht zu haben, dessen Zelt aufgrund der Größe schnell gefunden war. Aus dem Innern drangen die Töne einer Leier.

»Manches ändert sich nie«, befand Kromer schmunzelnd.

Als sie eintraten, ohne anzuklopfen, blickte Adurin überrascht auf. Sein zuvor düsteres Gesicht erhellte sich, als hätte jemand einen dunklen Schleier fortgezogen. »Seran! K-kromer!«, rief er erfreut und legte die Leier zur Seite, um sie zur Begrüßung in die Arme zu schließen. »Carmene sei D-dank, dass ich euch lebend w-wiedersehe! Als die Nachricht k-kam, dass du am Hrönn ertrunken sein k-könntest, war ich drauf und dran, Vater zu v-verfluchen und dem K-k-kaiser meinen Rücktritt zu erklären.«

»Ist es hier so schlimm?«, erkundigte sich Seran betroffen.

»Schlimmer«, antwortete Adurin. »A-aber jetzt setzt euch erst mal! Wein und Speisen f-für meine Gäste!«, befahl er seinen Sklaven, die sogleich gut gefüllte Becher brachten.

»Vater lässt es dir aber an nichts mangeln«, befand Seran. Sicher wollte Astur nicht, dass sein Sohn an Annehmlichkeiten hinter den anderen Dezenen zurückstecken musste.

»V-v-vater lässt es an Respekt vor mir und m-meiner Musik m-mangeln – wie alle hier«, beschwerte sich Adurin. »W-weißt du, w-was ich jedes Mal hören muss, wenn ich mich draußen b-blicken lasse? Mä! Mä!« Adurin blökte wie ein Schaf. »Seit meiner R-r-rede geht das so. Weil ich beim W-wort Männer gestottert habe. Mä!«

»Schutt!«, entfuhr es Kromer.

»Das darfst du dir nicht gefallen lassen!«, empörte sich Seran. »Du bist Dezen! Und ich weiß, dass du einige von ihnen im Schwertkampf reichlich belämmert aussehen lassen würdest.«

»Mä«, machte Adurin, doch er lächelte wenigstens ein bisschen. »Im Gr-grunde weiß Vater, dass aus mir niemals ein r-richtiger Offizier wird. Deshalb hat er auch K-kresos zum Kommandanten ernannt. H-hinter dessen Rücken würde n-niemand wagen zu blöken.«

»Vermutlich nicht«, gab Seran zu. Und es war sinnlos, seinem Bruder zu raten, mehr wie Kresos zu werden.

»Pack den Widder bei den Hörnern!«, meinte Kromer. »Das können verdammt sture Tiere sein, die sich sogar einem Bären in den Weg stellen. Denk daran und lass die Mistkerle weiterblöken!«

»Ich w-werde versuchen, mich mehr wie ein W-widder zu fühlen«, versprach Adurin schmunzelnd. »Mä.«

»Weißt du, was Vater jetzt vorhat?«, erkundigte sich Seran, um dem Gespräch eine neue Richtung zu geben.

»Nur so v-viel, wie jeder Dezen weiß. Er hat hier auf *Saskallas' Speer* gewartet und alle v-verfügbaren Vorräte in Denuba aufgekauft. Jetzt ist er w-weitergezogen, um einen Streifen Land entlang d-des Ufers zu sichern, und erwartet Nachschub auf dem Elivar. Sobald der P-proviant eingetroffen ist, will er abseits des F-flusses vordringen und einen breiteren Streifen in Besitz nehmen. W-wenn sich die ansässigen M-mataver nicht freiwillig unterwerfen, wird er sie v-vernichten und das Land an Siedler vergeben.«

Nachdenklich nickte Seran. Stämme, die sich nicht fügten, wurden beseitigt und durch Fremde aus übervölkerten Teilen des Reichs ersetzt. Oder man lud friedfertige Stämme mit zu wenig Land ein, das Gebiet neu zu besiedeln. So war es zum Beispiel in Tibachas geschehen, wo sich nach der Eroberung durch Theban ein benachbarter Grevererstamm im Westen der Provinz niedergelassen hatte und nun die Grenze nach Altabachas verteidigte. Doch das bedeutete nicht nur Tausende getöteter Männer, sondern noch weit mehr Frauen und Kinder, die wie sein Bruder in die Sklaverei verkauft werden würden. War das nicht ihr von den Göttern bestimmtes Schicksal, wenn sie sich weigerten, sich dem Stärkeren zu unterwerfen? Unter der Herrschaft des Kaisers konnten sie ein friedliches Leben führen. Aber Awa und mit ihr viele weitere Mataver sahen es anders und hatten ihre Gründe dafür. Seran merkte, dass sich seine Gedanken wieder einmal im Kreis drehten, weil er sich nicht für eine Seite entscheiden konnte.

»G-geht's dir nicht gut?«, erkundigte sich Adurin. »Du b-bist so schweigsam geworden.«

Wie aus einem Tagtraum schreckte Seran auf. »Was? Nein, nein, mir geht's gut.« Wie viel Gespräch zwischen Kromer und Adurin hatte er verpasst? »Ich habe mich nur gerade gefragt …« Nein, das konnte er nicht sagen. »Wie feindselig sind eigentlich die Mataver hier? Seid ihr schon angegriffen worden?«

»Nur d-die Holzfäller, wir nicht«, berichtete Adurin. »Das w-wagen sie wohl nicht. Oder n-noch nicht. Gestern wurde ein Sch-späher erwischt, der das L-lager auskundschaften sollte.«

»Wenn er geschnappt wurde, hat er als Späher nicht viel getaugt«, befand Kromer.

»Von welchem Stamm kam er?«, wollte Seran wissen. »Elweonen?«

Adurin zuckte mit den Achseln. »K-keine Ahnung. Er gab v-vor, ein Bote zu sein, der eine Nachricht f-für irgendeinen Askar hat. Pech für ihn, d-dass wir hier keinen Askar haben.«

Fast wäre Seran der Weinbecher entglitten. »Und wo ist er jetzt?«

»K-kresos hat die Leiche am W-waldrand aufhängen lassen. Zur Abschreckung, wie er m-meinte.«

»Er hat ihn umgebracht?«, fuhr Seran auf.

Adurin sah ihn verwundert an. »Es w-war nichts aus ihm herauszubringen, also wurde er Saronn geopfert. War das ein F-fehler?«

Auch Kromer musterte ihn nun besorgt, als ob er fürchtete, dass Seran krank war. Alle feindlichen Kämpfer wurden Saronn geopfert. So wollte es der Brauch, der Theban seit Jahrhunderten zur mächtigsten Stadt der Welt gemacht hatte. »Ihr konntet doch gar nicht sicher sein, dass er ein Feind war!«, wetterte Seran dennoch. »Ich bin Askar. Die Nachricht war für mich!«

»D-du?«, staunte Adurin. »Aber …«

»Das war mein Name, bevor ich dein Ziehbruder wurde«, fiel Seran ihm ins Wort. »Eine alte Frau am Wagar hat mich wiedererkannt. Ihr habt den Boten einer harmlosen Alten umgebracht!« Doch war sie das wirklich? Der Mann hatte lieber sein Leben gegeben, als die Nachricht zu verraten.

*

Schlaflos lag Seran in seinem Zelt und grübelte über die Botschaft, die nur von Awa stammen konnte. Je länger er darüber nachdachte, desto sicherer wurde er, dass sie außerdem dringend gewesen war. Denn auch wenn der Überbringer wahrscheinlich auf dem Fluss gereist und deshalb sehr schnell vorangekommen war, musste er es eilig gehabt haben, sonst wäre er nicht schon vor Seran eingetroffen. Umso ärgerlicher, dass sie nun verloren war. Als ob es nicht schrecklich genug wäre, dass der Bote seine Verschwiegenheit mit dem Leben bezahlt hatte, kam sein Tod Seran dadurch noch sinnloser vor. Wie sollte er vor Awa und der Familie des Mannes jemals Abbitte dafür leisten, was dieser voreilige Hohlkopf Kresos ihnen angetan hatte? Es war alles seine Schuld. Hätte er den Fischer Awa keinen versöhnlichen Gruß ausrichten lassen, hätte sie ihm sicher keine Nachricht geschickt. Aber wenn sie dringend gewesen war, musste sie auch wichtig sein. Was sollte er jetzt tun? Der Mann war tot, und es würde etliche Tage dauern, bis ein Bote Awa fand und die Nachricht aufs Neue überbrachte – vorausgesetzt, dass Awa sie einem Fremden überhaupt anvertraute.

Erschöpft wälzte sich Seran zur anderen Seite und versuchte zu schlafen. Sobald er die Lider schloss, standen ihm die Bilder des toten Schrats vor Augen. Steif wie ein Baumstamm war die Leiche über den Untergrund geholpert. Fremdartig und vertraut zugleich. Ein Beschützer der Bäume, der die Holzfäller angegriffen hatte. Waren es etwa die Bäume gewesen, die ihn auf seiner Flucht vor dem Schrat auf Schritt und Tritt beobachtet und verraten hatten? Oder irgendwelche seltsamen Geister, über die er nichts wusste? *Geister …* Zweifellos hatte er in jener Nacht mit ihnen geredet. Konnte er vielleicht auch mit dem toten Andanen sprechen? Bei der Vorstellung lief es ihm eiskalt den Rücken hinab. Die Geister der Toten ließ man ruhen. Selbst seine Ziehfamilie, die ihre Ahnen am Hausaltar verehrte, fürchtete sie so sehr, dass sie ihnen zu verschiedensten Anlässen Opfer darbrachte. Ganz Theban zog anlässlich der Totenfeiern hinaus zu den Grabmälern vor der Stadt, um die Geister mit Gaben zu beschwichtigen. In der folgenden Nacht wagte niemand, das Haus zu verlassen, denn jene Geister, die von den Lebenden vergessen worden waren, wehten dann heulend durch die Straßen.

Aber wenn ich nur so an die Botschaft gelange? In seine Furcht stahlen sich Neugier und Zweifel. Konnte er es wirklich? Doch Geister waren nicht die einzige Gefahr, wenn er mitten in der Nacht das Lager verließ. Um Kromer und Milos nicht zu wecken, musste er auf die Rüstung verzichten, die er zum Zaubern ohnehin nicht am Leib haben durfte. Was er brauchte, war ein verschwiegener Begleiter, der Wache hielt, während er wehrlos herumsaß. *Tjorr!* Wenn einer nicht gern redete, dann der.

Im Halbdunkel des hereinsickernden Mondlichts hob Seran das Schwert auf, das eigentlich zu Garuds Ausrüstung gehörte, aber bis Kromer Zeit und eine Feldschmiede fand, um für Seran ein Neues anzufertigen, musste der Pferdesklave auf die Waffe verzichten. Einen Moment lang lauschte Seran auf den Atem der Schlafenden. Offenbar hatte er niemanden geweckt. Er schlich sich hinaus und ging zu dem Zelt, vor dem er Tjorr am Abend gesehen hatte. Im Lager war es still, die Kochfeuer waren längst erloschen. Seran öffnete die Zeltklappe nur einen kleinen Spalt. »Tjorr, der Reiterführer braucht seine Leibwache. Sofort antreten!«, rief er hinein.

Während er draußen wartete, hörte er es im Zelt rumoren. Wie er gehofft hatte, waren die anderen Männer froh, dass sie der Befehl nicht betraf. Nach ein paar leisen Scherzen auf Tjorrs Kosten kehrte Ruhe ein, und kurz darauf kam der Hüne vollständig gerüstet, mit Schild und Speer in der Hand herausgeeilt. Sichtlich verblüfft sah er Seran selbst vor dem Zelt stehen. Seran bedeutete Tjorr zu schweigen und ihm zu folgen. Um möglichst wenig Verdacht zu erregen, verließ Seran das Lager auf der dem *Greverischen Drachen* zugewandten Seite und schlug erst außer Sichtweite der Wache eine andere Richtung ein. Da die Holzfäller ganze Arbeit geleistet hatten, war es zum Waldrand recht weit, doch Tjorr stapfte hinter Seran her, ohne Fragen zu stellen. Stumm stiegen sie über verstreute Äste und Zweige und wichen Baumstümpfen aus. Über dem Hang lag eine so tiefe Stille, dass Seran jedes Knacken unter seinen Stiefeln wie ein lauter Knall vorkam. Nichts regte sich in den Überresten des Walds. Alle Tiere waren geflohen. Obwohl Seran keinen Wind spürte, zogen Wolken langsam über den Himmel und schoben sich von Zeit zu Zeit vor den Mond. Wenn das Licht dann zurückkehrte, schien es Seran umso heller und sie warfen tiefschwarze Schatten.

Als sie den Waldrand erreichten, spähte Seran in die Bäume hinauf. Selbst bei Nacht war der Leichnam hoffentlich nicht zu übersehen. Suchend ging er zu Füßen der hohen Stämme entlang und Tjorr stellte immer noch keine Fragen. Seine stumme Gegenwart war deshalb beruhigend und unheimlich zugleich. Was ging in dem Hünen vor? Doch auch Seran schwieg weiter, bis er den Umriss des Toten in den Zweigen entdeckte. Die Drakonen hatten ihn an den Füßen aufgehängt, und da seine Hände noch immer auf den Rücken gefesselt waren, standen die Arme nun in seltsamem Winkel ab.

Nicht einmal jetzt gab Tjorr einen Laut von sich, geschweige denn ein Wort. Er blickte zu der Leiche hinauf und verzog keine Miene. Solange er keine Erklärung forderte, würde er ihm auch keine geben, beschloss Seran und betrat die Schatten zwischen den Bäumen. »Ich will hier eine Weile allein sein. Halt Wache und warn mich, falls sich irgendjemand nähert!«

Tjorr nickte nur und zog sich noch weiter zwischen die Bäume zurück. Leises Knistern und gelegentliches Rascheln verriet seine Schritte, während er die nächste Umgebung nach Feinden absuchte. Nervös ließ sich Seran auf dem Boden nieder. Tjorr war nun Zeuge seines merkwürdigen Treibens. Aber falls ihn jemand befragen sollte, konnte er immerhin bestätigen, dass Seran niemanden getroffen, sondern nur einsam im Wald gesessen hatte. *Bei einer Leiche …* Etwas beklommen lugte Seran zu dem Leichnam hinauf. Fast hoffte er, der Tote würde nicht antworten. *Natürlich wird er das nicht. Er ist tot!*, sagte er sich. Und doch zog er das Amulett unter der Tunika hervor und streifte sich den Riemen über den Kopf.

Kaum hatte er es neben dem Schwert abgelegt, stand eine fahle Gestalt vor ihm. Sie tauchte so jäh aus dem Nichts auf, dass Seran aufsprang und fast nach Tjorr gerufen hätte. Der Aufschrei erstarb ihm jedoch in der Kehle, die plötzlich zu eng und trocken war. Zornig starrte ihn die Erscheinung an. Obwohl sie sich im Schatten befand, sah sie aus, als würde sie vom Mondlicht beschienen. Die zerrissene Tunika war steif von getrocknetem Blut. Es verklebte selbst das helle Haar, das in wirren Strähnen um den Kopf hing. Dunkel klaffte der Schnitt durch die Kehle unter dem bärtigen Kinn. Im Gesicht zeugten Blutergüsse und Schwellungen von Schlägen, tiefe Löcher dagegen von hungrigen Schnäbeln. Sogar ein Auge hatten die Raben schon ausgehackt. Doch selbst aus der finsteren Öffnung fühlte Seran den wütenden Blick auf sich gerichtet.

»Verfluchte Verräter! Lungern hier herum wie Wölfe, die der Aasgeruch angelockt hat!«

Die Stimme dröhnte in Serans Schädel, dass ihm schwindlig wurde. Unwillkürlich spreizte er die Finger zum Zeichen der Sonnenstrahlen, die das Böse abwehrten.

»Was … Siehst du mich etwa?« Vor Hass fletschte der Geist förmlich die Zähne und entblößte Lücken und abgebrochene Stümpfe. »Kannst du verfluchte Schlange mich sehen?«

Erneut wankte Seran unter der schieren Wut, die die Stimme in seinen Kopf hämmerte. Zugleich stürzte sich der Geist auf ihn, wollte ihn packen oder schlagen. Hastig riss Seran die Arme empor, um ihn abzuwehren, doch seine Fäuste glitten ebenso durch die Gestalt wie ihre durch seinen Körper. Wie ein eisiger Windhauch durchfuhr ihn die Berührung und er wich entsetzt zurück. »Ich bin Askar!« Er wollte es laut rufen, aber es kam nur gepresst heraus.

»Ihr wollt mir nur die Botschaft entlocken, ihr verräterischen Hunde!«

Erneut ging der Geist auf ihn los, doch dieses Mal hatte Seran damit gerechnet und hastete zur Seite. Wenn die Stimme nur nicht wie Schläge auf ihn eingedroschen hätte, wäre ihm vielleicht auch eine brauchbarere Antwort eingefallen. »Nein, ich bin wirklich Askar«, keuchte er. »Nur Awa weiß, dass ich so heiße.«

»Lügen!«, brüllte der Geist. »Habt ihr mich nicht genug gequält? Lasst ihr nicht mal die Toten in Ruhe?«

Unter dem Dröhnen strauchelte Seran rückwärts. Eine Geisterhand schnellte vor, griff vergeblich nach seinem Kragen und glitt stattdessen durch seinen Brustkorb. Seran war, als ob ihm das Herz gefror. *Aber ich* bin *Askar!* Wusste der Bote nicht, dass seine Mutter eine Zauberin gewesen war? Doch das durfte er hier nicht herumschreien, sonst hörte es Tjorr, und selbst dessen Verschwiegenheit konnte Grenzen haben.

Der Geist hielt inne und starrte ihn erneut an. »Wenn er nicht auf den Kopf gefallen ist, weiß er doch längst, was du bist.«

Er liest meine Gedanken!

»Tue ich das?« Verwirrt runzelte der Geist die Stirn.

Ich bewege meine Lippen nicht.

»Stimmt.«

Und du hörst mich trotzdem. Erleichtert atmete Seran auf, weil die unbändige Wut nicht mehr auf ihn einschlug. *Ich weiß, dass du allen Grund hast, zornig auf mich zu sein. Sie haben dich meinetwegen ermordet. Das tut mir wirklich leid. Wenn ich jetzt noch irgendetwas für dich tun kann …*

»Hol mich verdammt noch mal da runter und verschaff mir ein anständiges Totenfeuer!«

Seran nickte. Er würde die Leiche einfach mitnehmen, wenn sie weiterzogen. Sie gehörte schließlich nicht Kresos, und Seran würde Astur berichten, wie voreilig der Dezen gehandelt hatte.

»Ein Sühnegeld für meine Familie wäre auch angemessen.«

Ich werde dafür sorgen, versprach Seran.

»Vielleicht bist du wirklich der, für den du dich ausgibst.« Noch immer skeptisch musterte ihn der Geist.

Der bin ich. Wenn die Thebaner wüssten, was ich hier tue, würde ich morgen neben dir hängen.

»Hm.«

Und je länger ich mich hier herumtreibe, desto wahrscheinlicher wird es, dass mich ein Späher entdeckt.

Der Geist nickte nur. Sicher hatte Awa ihn ausgewählt, weil er so misstrauisch und stur war. *Würdest du mir jetzt endlich glauben? Man kann nicht lügen, ohne vorher darüber nachzudenken, und das würdest du doch hören!*

»Da ist was dran«, gab der Geist zu.

Dann sag mir die Botschaft, und ich werde deine Ruhe nicht länger stören.

»Doch, wirst du«, seufzte der Tote. »Awa lädt dich zu einer Versammlung der Häuptlinge ein. Sie will, dass du dort deinen Standpunkt vertrittst.«

Überrascht starrte Seran den Boten an. *Welche Versammlung? Wo?* Und war es nicht geradezu Selbstmord, sich dort blicken zu lassen, um die Thebaner zu verteidigen?

»Du fragst ausgerechnet mich, ob es gefährlich ist, sich ins Lager des Feinds zu begeben?«, fuhr der Geist auf.

Wieder traf die Wut Seran wie ein Fausthieb in sein Innerstes. *Das war doch nur so dahingedacht!* Aber der Tote hatte nicht unrecht. Wollte er feiger sein als der Mann, der ihm die Einladung überbrachte? Vielleicht konnte er als Unterhändler doch noch eine friedliche Lösung bewirken. *Also, wo ist diese Versammlung?*

»Du würdest es nicht rechtzeitig finden, selbst wenn ich es dir sage«, behauptete der Bote. »Ich sollte dir die Einladung überbringen und dich dann hinführen, falls du einwilligst.«

Verdammt! Was soll ich jetzt machen? Glaubst du … Könntest du mich auch als Geist hinführen?

»So viel zu meiner Ruhe …«

Kannst du oder kannst du nicht?

»Ich weiß nicht, was nach dem Totenfeuer mit mir geschehen wird. Ich bin zum ersten Mal tot.«

Soll ich dann besser damit warten? Mit einer verwesenden Leiche durch die Sommerhitze zu ziehen war allerdings keine erfreuliche Aussicht.

Auch der Geist schüttelte den Kopf. »Das wäre würdelos. Lass mich verbrennen und die Asche meiner Familie überbringen. Die Götter werden verstehen, dass ich noch eine Aufgabe habe. Irgendwie werde ich mich schon bemerkbar machen.«

Gut. Ich werde meinen Männern befehlen, sich um das Totenfeuer zu kümmern. Doch als Seran das Amulett wieder anlegte, erlosch die Erscheinung wie mattes Licht, und auf seine Zweifel ertönte keine Antwort mehr. Er konnte nur hoffen, dass der Geist Wort hielt.

»*Ein Schwur ist ein Schwur*«, wisperte es an seinem Ohr. Oder war es der aufgekommene Wind, in dem sich die Baumkronen wiegten?

*

Als Seran das große Feldherrnzelt betrat, waren alle Sätze, die er sich zuvor sorgfältig zurechtgelegt hatte, wieder aus seinem Gedächtnis verschwunden. »Ruhm dem Kaiser!«, rief er vor

Anspannung ein wenig zu laut, was ihm schiefe Blicke der anwesenden Offiziere eintrug.

»Ruhm der Stadt Theban!«, erwiderten sie dennoch im Chor, während Astur die Worte eher beiläufig sagte und die Faust nur kurz auf die Brust legte, statt dagegenzuschlagen. »Meinen Glückwunsch zu deinem Aufstieg zum Reiterführer«, fügte er hinzu. »Auch wenn uns dafür ein bewährter Mann wie Akero verlassen musste.« Asturs Tonfall verriet, dass er in dem Verstorbenen nicht mehr gesehen hatte als einen nützlichen Streiter für die Sache Thebans.

»Danke, Vater«, antwortete Seran und verneigte sich leicht. Dass sein Ziehvater sichtlich stolz auf ihn war, freute ihn mehr als der neue Rang selbst. »Falls Ihr Zeit habt, würde ich Euch gern Bericht erstatten und eine dringende Angelegenheit mit Euch besprechen.«

Astur nickte. »Ich habe den Bizenen gerade Anweisungen für die nächsten Tage erteilt. Es ist alles geklärt. Ihr könnt wegtreten.«

Die Drakonenoffiziere verneigten sich knapp, und während sie das Zelt verließen, sprachen sich einige bereits bezüglich der anstehenden Aufgaben ab. Vermutlich gehörten sie *Saskallas' Speer* an, denn Seran hatte sie nie zuvor gesehen.

»Hast du neue Erkenntnisse gewonnen, wer euch am Hrönn angegriffen hat?«, erkundigte sich Astur.

Seran beschloss, ihn daher ebenfalls nicht nach seinem Wohlergehen zu fragen und gleich zur Sache zu kommen. Zumindest sah sein Ziehvater aus wie immer. Ein wenig hagerer vielleicht, aber das konnte der weiten Reise geschuldet sein. »Nein, aber es gäbe einen Weg, wie ich das und noch weit mehr herausfinden könnte. Adurin – ich soll Euch übrigens von ihm grüßen – hat mir erzählt, dass Ihr mit der Eroberung beginnen wollt, sobald Nachschub eingetroffen ist. Demnach haltet Ihr eine friedliche Einigung schon für ausgeschlossen?«

»Nun, der Angriff auf die Brücke spricht für sich«, befand Astur. »Und was die Lage hier am Elivar angeht …« Er schüttelte den Kopf. »Einer der Bizene hat die Bewohner der Umgebung aufgefordert, mehrere Zauberinnen auszuliefern. Die von ihm gesetzte Frist ist längst verstrichen und wir haben nicht einmal Hinweise auf das Versteck dieser Mörderinnen erhalten. Von den Banden, die die Händler und Holzfäller überfallen haben, will auch niemand etwas wissen. Diese Leute stehen uns ganz offensichtlich feindselig gegenüber. Wenn sie verhandeln wollten, hätten sich ihre Häuptlinge längst blicken lassen.«

»Vielleicht sind sie sich nur noch nicht über den Ernst der Lage im Klaren«, gab Seran zu bedenken. »Ich habe jedenfalls von einer Versammlung der Häuptlinge erfahren, die demnächst stattfinden soll, und ... und wollte Euch bitten, als Euer Unterhändler daran teilnehmen zu dürfen.«

Überrascht sah Astur ihn an. »Das traust du dir zu? Du hast keinerlei Erfahrung mit solchen Verhandlungen. Es wäre besser, wenn ...«

Er will jemand anderen schicken? Damit hatte Seran nicht gerechnet. Aufgeregt fiel er ihm ins Wort. »Aber *ich* habe diese E... äh, ich habe davon erfahren. Weil die Männer mir vertrauen. Für sie bin ich einer von ihnen. Sie werden mir viel eher zuhören als einem Noblen, der sie Barbaren nennt und von oben auf sie herabsieht.«

»Und das tust du nicht.«

War das nun eine Frage oder eine Feststellung? »Nun ja, sie *sind* Barbaren, aber sie sind auch sehr stolz. Wenn ich ihnen auf Augenhöhe begegne, kann ich mehr erreichen.«

»Wer hat dir davon erzählt? Könnte es nicht eine Falle sein?«, argwöhnte Astur.

»Nur, wenn Ihr selbst hingehen würdet. Den Feldherrn des Gegners zu beseitigen wäre sicher verlockend. Aber was hätten sie schon davon, mich zu töten?« *Außer dem guten Gefühl, einen Verräter und Anführer feindlicher Krieger aus dem Weg geräumt zu haben ...*

»Es wäre dennoch sehr riskant«, beharrte Astur. »Warum ist dir das so wichtig?«

»Weil ... weil ich weiß, dass sonst viele Kinder ihre Eltern verlieren und als Sklaven enden werden. Die wenigsten werden danach so viel Glück haben wie ich. Ich will ihr Unheil verhindern, indem ich die Häuptlinge davon überzeuge, sich ins Unvermeidliche zu fügen. Es kann ja kein Zweifel daran bestehen, dass wir siegen werden. Das müssen sie einsehen.«

Astur nickte bedächtig. »Vielleicht bist du ein besserer Unterhändler, als ich dachte. Für dein Alter sprichst du sehr vernünftig. Und es könnte tatsächlich ein Vorteil sein, dass sie dich als einen der Ihren betrachten.«

»Dann lasst Ihr mich gehen?«, fragte Seran noch etwas ungläubig.

»Hast du dir schon eine Leibgarde erwählt?«, erkundigte sich Astur.

»Dafür hatte ich noch keine Zeit. Aber ich wollte ohnehin nur Kromer und einen weiteren Mann mitnehmen.«

»Den Zwerg? Der macht dir hier nur Ärger«, behauptete Astur.

Was war nur damals vorgefallen, als Kromer noch als Deriges' Waffenmeister gedient hatte? Seran wollte sich von den alten Geschichten jedenfalls nicht den Wind aus den Segeln nehmen lassen. »Im Gegenteil. Es scheint großen Eindruck zu machen, wenn man über einen eigenen Zwergenschmied verfügt.«

»Wie du meinst. Aber du brauchst eine angemessene Eskorte, um das Gold zu bewachen.«

»Welches Gold?«

»Das der Kaiser mir mitgegeben hat, um Verbündete zu gewinnen«, erklärte Astur. »Wenn die Könige oder Häuptlinge sich zu Friedensverträgen bereit erklären, ist es üblich, ihnen im Gegenzug reiche Geschenke zu machen. Es besänftigt ihren Ärger über die Tributzahlungen, zu denen sie sich verpflichten müssen.«

»Aber um Tribut geht es doch gar nicht.« Zumindest hoffte Seran das, denn er hatte wenig Lust, über Zahlen und Belastungen zu streiten.

»Nein, aber sie sollen sich dem Kaiser als Untertanen unterwerfen und zukünftig Steuern zahlen. Aus ihrer Sicht ist das wohl dasselbe«, schätzte Astur.

Seran schüttelte dennoch den Kopf. »Entweder kann ich sie ohne Gold überzeugen oder gar nicht. Ich will keine zwanzig

Männer mitnehmen, die sich vielleicht nicht beherrschen können. Wenn dort feindliche Krieger versammelt sind, werden sie meine Leute als Verräter beschimpfen oder auf andere Art ihre Wut herausfordern. Das könnte alles zunichtemachen«, befürchtete er.

Sein Ziehvater runzelte die Stirn. »Es gefällt mir nicht, dass du dich ihnen so ausliefern willst. Du schenkst ihnen zu viel Vertrauen.«

»Ich vertraue ihnen überhaupt nicht«, gestand Seran mit schiefem Lächeln. »Aber wenn dort Hunderte Krieger versammelt sein sollten, werden mich zwanzig Mann Leibgarde auch nicht retten können.«

*

Erst nachdem sein Ziehvater einverstanden war, weihte Seran Kromer in sein Vorhaben ein. Er beließ es dabei, dass einer der Männer ihm von der Versammlung erzählt habe, und berichtete lieber ausführlich von seinem Gespräch mit Astur.

Schweigend hörte sich Kromer alles an, kratzte sich hin und wieder im Bart und sah dabei sehr ernst aus. »Also ist sein Plan tatsächlich aufgegangen«, sagte er schließlich. »Nach so vielen Jahren …« Er schüttelte den Kopf.

»Wessen Plan?«, fragte Seran verwirrt. »Von wem sprichst du?«

»Von unserem großen Strategen. Davon versteht er was, das muss man ihm lassen.«

»Von Vater? Aber was …«

»Der alte Fuchs hat das alles vorausgesehen«, behauptete Kromer. »Deshalb hat er dich damals zu sich genommen. Er meinte, dass es wichtig sei, die Erben der Häuptlinge im Sinne Thebans zu erziehen. Eines Tages würde sich das auszahlen. Jetzt ist es so weit.«

Seran hörte die Worte, aber einen Moment lang wollten sie keinen Sinn ergeben. Was Kromer da sagte, konnte nicht stimmen. Astur hatte ihn bei einem Sklavenhändler gefunden und nicht gewusst, dass er Hlewars Sohn war. Er hatte ihn aus Mitleid oder spontaner Zuneigung mitgenommen. So war es gewesen. Oder etwa nicht? »Soll … soll das heißen, dass er mich belogen hat?«

Kromer gab nur ein missmutiges Brummen von sich.

»Das …« Seran wollte es nicht glauben. Das Haus Aurel war seine Familie. Auch wenn sie manchmal gestritten hatten, waren ihm Adurin und Baleos die liebsten Menschen auf der Welt. Abgesehen von Kromer natürlich, doch der war ein Zwerg. Astur mochte streng sein, aber er hatte ihn nie schlechter behandelt als seine leiblichen Söhne. Und das alles sollte aus Berechnung geschehen sein? Um ihn eines Tages gegen sein eigenes Volk einsetzen zu können? »Wusste er wirklich die ganze Zeit, wer ich bin?«

Kromer nickte. »Ich war damals noch Deriges' Waffenmeister, und Astur hatte keine Verwendung für mich, weil seine Familie in Theban geblieben war. Aber dann kam er aus dieser Schlacht zurück und hatte dich dort aufgelesen. Jetzt brauchte er jemanden, der sich um dich kümmert, und ich hatte ständig Ärger mit den Matavern – wegen der Würfel. Du weißt schon.«

Mit einem Mal konnte Seran nicht mehr leugnen, was er eigentlich längst gewusst, aber ständig verdrängt hatte: dass Astur damals das Heer gegen die Andanen in die Schlacht geführt hatte. Er war dort gewesen in jener Nacht, von der Awa gesprochen hatte. *Als meine Eltern starben.* Die ganze Zeit hatte Seran glauben wollen, dass die Geschichte dennoch stimmte. Dass er seinem Ziehvater erst Tage später begegnet war. Doch Kromers Worte ließen sich nicht mehr wegwischen. Astur hatte es gewusst. Er hatte ihn auf dem Schlachtfeld neben den Leichen seiner Eltern gefunden und … Vor Empörung blieb Seran einen Augenblick die Luft weg. *Er muss gewusst haben, dass ich einen Bruder hatte!* Ihm war, als könnte er sich plötzlich an Schreie und Weinen erinnern, an harte Hände, die ihn packten, aus denen es kein Entrinnen gab. *Sie haben uns getrennt.* Astur hatte ihn mitgenommen und Adagis den Sklavenhändlern überlassen. Der jüngere Sohn zählte nicht. *Deshalb ist er jetzt tot.* Und Kromer hatte es die ganze Zeit gewusst. »Warum hast du nie etwas gesagt?«

Schuldbewusst wich Kromer seinem Blick aus. »Wenn ich es getan hätte, wäre ich vor die Tür gesetzt worden. Astur hatte es mir verboten. Es hätte ja auch nur Unfrieden gestiftet. Du warst zufrieden mit deinem Leben.«

»Aber nur, weil alles gelogen war!«, rief Seran. »Ich wusste es doch nicht besser!«

»Und das war gut so«, befand Kromer.

»Ach ja?«, höhnte Seran. »Und warum zerstörst du die heile Welt dann ausgerechnet jetzt?«

»Weil ich nicht schweigend zusehen kann, wie er dich für seine Zwecke benutzt. Kein wahrer Vater würde seinen Sohn in die Höhle des Drachen schicken! Das ist doch Selbstmord, was du da vorhast!«

»Na, wie gut, dass du mir nichts vorzuschreiben hast. Ich werde da nämlich hingehen!«

»Die werden dich ihrem Harass opfern!«, warnte Kromer wütend. »Bestenfalls nehmen sie dich als Geisel, um Astur zu erpressen.«

»Dann wären seine Pläne ja wenigstens durchkreuzt«, schnappte Seran. »Milos, pack meine Sachen! Ich reite heute noch. Ohne den Verräter da.« Verächtlich ließ er Kromer stehen und ging, um Tjorr zu suchen.

20

Als Seran aufbrach, war er immer noch so wütend, dass er sich nicht verabschiedete und auch nicht noch einmal umsah. Da Milos und Garud unter feindlichen Matavern ebenso in Gefahr gewesen wären wie er, ließ er sie mitsamt dem Zelt und dem größten Teil der Ausrüstung zurück. Zwar würde dann niemand für ihn kochen, ihm hinterherräumen und das Pferd versorgen, aber in seinem Zorn war ihm alles egal. Er wollte nur so schnell wie möglich fort, weit weg von allen, die ihn getäuscht und sein Vertrauen missbraucht hatten.

Tjorr folgte ihm erneut, ohne Fragen zu stellen. Obwohl Seran ihn gewarnt hatte, dass sie auf unbestimmte Zeit allein in Feindesgebiet unterwegs sein würden, war er sogleich darangegangen, seine wenigen Habseligkeiten zu packen. Außer Vorräten hatte nicht viel den Weg in ihre Satteltaschen gefunden, sodass sie nicht einmal ein Handpferd mitnehmen mussten. Dafür hatte Astur seinem Unterhändler einen prächtigeren Schild und ein besseres Schwert bringen lassen, damit er vor den Häuptlingen standesgemäß auftreten konnte. Zusammen mit Lanze und Wurfspeeren, Kettenhemd, Beinschienen und Helm verliehen sie Seran ein kriegerisches Aussehen, das er in seiner Stimmung als das einzig passende empfand. Gemeinsam mit Tjorr, der bis auf die Beinschienen ebenso schwer bewaffnet und gerüstet war wie er, ritt er im Galopp nach Norden, an Wachen und Holzfällern vorüber, bis sie nur noch der Wald und die Stille umgaben.

Erst nachdem sich Seran vergewissert hatte, dass sie allein waren, hielt er wieder an. Um sich von dem ermordeten Boten den Weg weisen zu lassen, musste er alles Eisen ablegen und am Sattel befestigen. Schweigend sah Tjorr ihm dabei zu. Als Letztes zog Seran das Amulett aus und steckte es in eine Satteltasche. Umgehend stürmte das vielstimmige Wispern, Rascheln und Knistern des Walds wieder auf ihn ein. Wie ein unerwarteter Windstoß ließ die Magie die Baumkronen rauschen – oder hörte er fernes Wasser? Dieses Mal lenkte ihn keine zornige Erscheinung von den vielen Sinneseindrücken ab. Er sah kleine Tiere und Pflanzen, die ihm zuvor in den Schatten nicht aufgefallen waren. Wie goldene Speere stachen die Sonnenstrahlen durch Lücken im Laub und weckten mit ihrer Wärme Gerüche, die seiner Nase eben noch entgangen waren. Kaum wahrnehmbar konnte er sie als Schlieren durch die Luft wabern sehen – oder war es nur das Spiel von Licht und Schatten, das ihn narrte? Verwirrt versuchte er, seine Gedanken wieder auf seine Aufgabe zu richten. Falls ihnen ein Späher folgte, durfte er nicht ewig hier herumstehen. Aber wie sollte er den Geist des Boten finden? War er etwa an seinen Körper gebunden und konnte sich nicht so weit von der Leiche entfernen?

Geist?, rief er im Stillen. *Geist? Bist du hier irgendwo?*

Wie zur Antwort schwoll das Flüstern um Seran herum an. Suchend drehte er sich um, hielt nach der Gestalt Ausschau, die zwei Nächte zuvor mit ihm gesprochen hatte. Gerade als er anfing, einzelne Stimmen unterscheiden zu können, brüllte jemand direkt in seinen Kopf. »Hier bin ich doch, du Blindschleiche! Siehst du mich denn nicht?«

Nein, aber ich kann dich sehr gut hören. Geht es auch leiser?

»Ich bin dir die ganze Zeit gefolgt. Es fällt mir tatsächlich etwas schwer, mich … also meine Leiche zurückzulassen. Ich … sollte vielleicht ab und zu mal nach mir sehen, aber es geht schon, keine Sorge.«

Jetzt, da Seran ungefähr wusste, wo er suchen musste, konnte er die fahle, durchscheinende Gestalt erahnen. Sie stand tatsächlich genau vor ihm. *Gut, dann … zeig uns den Weg! Oder sag ihn mir besser! Ich seh dich ja kaum.*

»Reite erst mal nach Nordosten, bis du auf einen brauchbaren Pfad stößt!«, riet der Geist, während Seran Schild und Lanze aufhob und wieder in den Sattel sprang. »Sonst kommen wir nie an.«

*

Es kam Seran seltsam vor, dass der Geist gesprächiger war als Tjorr, aber vor allem fand er es befremdlich, insgeheim ständig mit jemandem zu reden, ohne dass sein lebendiger Begleiter es hörte. Wenigstens lenkte es ihn von den zornigen Gedanken ab, die sich stets sofort einstellten, wenn der Geist eine Weile schwieg. Seran wollte nicht, dass der Tote belauschte, wie sehr ihn Kromers Verrat getroffen hatte. Dieser Streit ging nur ihn und den Zwerg etwas an. Sein halbes Leben lang hatte er ihn für seinen besten Freund gehalten. Wenn er nicht einmal Kromer vertrauen konnte, wem bei allen Göttern denn dann? Plötzlich war er so allein auf der Welt, als wären seine Eltern zum zweiten Mal gestorben. Es gab niemanden mehr, bei dem er die Masken fallen lassen konnte, und selbst wenn ihm das Haus Aurel weiterhin Zuflucht bot, dann nur um den Preis der Verleugnung seiner Magie.

»Irgendeiner deiner wohlmeinenden Freunde verfolgt dich«, eröffnete ihm der Geist nach längerem Schweigen.

Wer? Der Zwerg mit dem dunklen Bart? Der sollte nur kommen, dann würde er ihm so deutlich die Meinung sagen, dass er freiwillig umkehrte – und zwar in vollem Galopp.

»Nein, es ist einer der Verräter, die deinem Ziehvater dienen.«

Mist! Hätte ich auch ahnen können, dass er mich beschatten lässt. Vermutlich wollte sich Astur alle Möglichkeiten offen halten. Vielleicht hatte er sogar vor, dem Späher in einigem Abstand mit seinen Drachen zu folgen, um die Versammlung zu überfallen, wenn Seran als Unterhändler versagte. Oder hatte er gar nicht vor, das Ergebnis abzuwarten? Auf sein Wort war kein Verlass, er hatte ihn schon oft genug belogen.

»Ich fürchte, dass mein Ziehvater uns verfolgen lässt«, wandte sich Seran an Tjorr. »Das könnte mein ganzes Vorhaben zunichtemachen. Weißt du, wie man Späher abhängt?«

»Ohne sie zu töten?«, vergewisserte sich Tjorr.

»Es sind unsere eigenen Leute.«

Der Hüne brummte zustimmend und dachte eine Weile nach. »Das wird schwierig.«

Seran gab ihm noch etwas mehr Zeit zum Überlegen. Scheinbar ging in Tjorrs Kopf sehr viel mehr vor, als ihm anschließend über die Zunge kam.

»Also, ich würde …«, begann der Geist ungeduldig, aber Tjorr fiel ihm unwissentlich ins Wort.

»Wir müssen sie verwirren. Bleibt es bei dieser Richtung?«

Liegt unser Ziel nordöstlich von hier?, gab Seran die Frage weiter.

»Eher nördlich als östlich, aber so ungefähr«, bestätigte der Geist und Seran nickte.

Auch Tjorr nickte nur, aber schon bald darauf bemerkte Seran, dass sein Leibwächter nun dem Untergrund viel mehr Aufmerksamkeit schenkte, jede Abzweigung musterte und schließlich empfahl, auf einen viel genutzten Weg abzubiegen, weil sie auf dem festgetrampelten Boden kaum Spuren hinterließen. Wo sich Hufabdrücke ohnehin nicht vermeiden ließen, ritten sie schneller. Wo der Boden hart war, langsam. Eine Weile folgten sie einem Pfad in die falsche Richtung und bogen wieder ab, als sie auf steinigen Untergrund stießen. Ob das alles genügte, um ihre Spur vor einem guten Kundschafter zu verbergen, wusste Seran nicht, aber solange der Geist keine Einwände erhob, nahm er Tjorrs Vorschläge gern an.

Auch wenn sie auf Dörfer oder einsame Höfe stießen, schlugen sie einen Bogen darum. An ihrer Ausrüstung waren sie leicht als thebanische Reiterei zu erkennen, und nachdem Valentur in der Gegend bereits Häuser niedergebrannt hatte, fürchtete Seran den berechtigten Zorn der Elweonen. Trotzdem ließ es sich nicht vermeiden, dass sie von Weitem gesehen wurden. Hoffentlich hielten die Leute sie aus der Entfernung für einheimische Krieger. Manchmal stießen sie jedoch überraschend auf einen einsamen Wanderer, eine Magd, die eine Kiepe auf dem Rücken trug, oder einen Hütejungen, der seine Ziegen durch den Wald trieb. Dann ernteten sie von den Erwachsenen misstrauische oder feindselige Blicke, während die Jungen meist bewundernd und ein wenig neidisch zu ihnen aufsahen. Seran hatte die Begegnungen bereits für harmlos befunden, als sie am späten Nachmittag an einigen Hausschweinen vorbeikamen, die das alte Laub durchwühlten. Vom Hirten war nichts zu sehen, doch als sie vorübergeritten waren, hörte Seran einen dumpfen Knall hinter sich. Tjorr entfuhr ein Ächzen, und sein Pferd fiel in Trab, weil er nach vorn gekippt war, wie Seran sah, als das Tier Aleator überholte. Hastig wendete Seran seinen Hengst, um den Schild zwischen sich und den Feind zu bringen, aber da war niemand mehr. Schnelle Schritte und ein Rascheln im Gesträuch verrieten, dass jemand davonlief.

Fluchend sah sich Seran nach Tjorr um. »Bist du verletzt?«

Der Hüne richtete sich bereits wieder auf und zügelte sein Pferd, wirkte jedoch benommen. »Glaube nicht.« Er tastete an seinem Helm herum. »Nur eine Delle.«

»Der Kerl hat einen Stein nach dir geschleudert?« Am liebsten wäre Seran hinter dem Feigling her, doch er beherrschte sich. Wahrscheinlich war es nur ein Junge und sie durften nicht noch mehr böses Blut schüren.

»Nicht der Rede wert«, befand Tjorr mit wieder klarem Blick.

Missmutig ritt Seran weiter. Er musste sich der Wahrheit stellen. Beim nächsten Mal konnte es ein Pfeil sein, der aus dem Hinterhalt traf. Valentur hatte die Leute hier zu ihren Feinden gemacht.

»Ich bin zwar nicht der beste Ratgeber, wenn's ums Überleben geht«, gab der Geist zu, »aber an eurer Stelle würde ich mich nicht so offen als Verräter zu erkennen geben.«

Ja, danke, sehr hilfreich, höhnte Seran. Allmählich hatte er die Nase voll davon, ständig Verräter genannt zu werden. Von der Hose abgesehen war nun einmal seine ganze Ausrüstung thebanischer Machart. Er konnte nicht halb nackt und unbewaffnet weiterreiten.

»Unauffälliger wär's«, behauptete der Geist.

Vergiss es!

»Ist ja dein Leben.«

Seran war versucht, das Amulett wieder anzulegen, um seine Ruhe zu haben. Es wurde ohnehin Zeit, sich einen Lagerplatz für die Nacht zu suchen.

»Ihr könntet aber auch einfach aufhören, euch jeden Morgen kahle Gesichter zu scheren.«

Du glaubst, das würde reichen?

»Die Ausrüstung könntet ihr erbeutet haben, die nackten Gesichter nicht.«

Da ist was dran. Seran blieb zwar skeptisch, aber wenn es sie vor Anfeindungen bewahrte, war es einen Versuch wert.

*

In der Dämmerung stießen sie auf einen kleinen Nebenfluss des Elwe. Am gegenüberliegenden Ufer grasten zottelige braune Wildrinder, deren Größe Seran erstaunte. Er beschloss, hier mit Blick auf die majestätischen Tiere zu lagern, und Tjorr schlug vor, am nächsten Morgen im flachen Wasser flussaufwärts zu reiten, um keine Spuren zu hinterlassen.

»Ein guter Einfall«, lobte der Geist, der in der zunehmenden Dunkelheit wieder sichtbar wurde. Aber während Seran und Tjorr absattelten und ein Lagerfeuer in Gang brachten, wanderte er umher und murmelte vor sich hin. »Ich glaube, mein Totenfeuer brennt«, eröffnete er Seran. »Das sollte ich mir wohl ansehen.«

Ja, wahrscheinlich. Vielleicht war es für einen Toten ein erhebender Anblick. Vielleicht aber auch ein grauenvoller, wenn die Flammen ihn verzehrten. Seran wollte lieber nicht genauer darüber nachdenken und nickte dem Geist zu, bevor jener so plötzlich verschwand, wie er aufgetaucht war.

Da Seran fürchtete, dass die eiserne Drachenschuppe verloren gehen könnte, und er sich im Kettenhemd sicherer fühlte, legte er beides für die Nacht an. So würde er auch nicht erschrecken, wenn der Geist wie aus dem Nichts wieder vor ihm stand, und hatte seine Ruhe vor den Stimmen, die unablässig um ihn herum wisperten. Abwechselnd mit Tjorr hielt er Wache, bis sich der erste Streifen Himmel von Nachtblau zu Türkis verfärbte. Ohne Zelt unter den Bäumen zu schlafen erinnerte ihn an seine Begegnung mit dem Schrat, doch dieses Mal hörte er nur die Pferde Gras rupfen und das Schnauben und Brummeln der Wisente jenseits des Flusses.

Was Tjorr darüber dachte, dass Seran am Morgen die Rüstung wieder auszog, behielt er für sich. Er redete so wenig, dass sich Seran fast schon darauf freute, mit dem Geist sprechen zu können. Doch auch nachdem er das Amulett abgelegt hatte, konnte er die durchscheinende Gestalt nicht entdecken. War es schon zu hell? *Geist? Aufstehen!* Obwohl Tote vermutlich nicht schliefen. *Komm her! Wir wollen aufbrechen!*

Außer dem üblichen Rascheln und Flüstern antwortete ihm nichts. Beunruhigt lenkte sich Seran damit ab, Aleator zu satteln und das Gepäck wieder fest am Sattel zu verzurren. Aber auch als alles zum Abritt bereit war, meldete sich der Geist nicht zurück. *Verdammt!* Noch stand die Richtung fest. Hinein ins kniehohe Wasser und gegen die Strömung, was die Pferde mühelos meisterten. Als sich nach einer Weile jedoch eine Kiesbank anbot, um den Fluss ohne Hufabdrücke wieder zu verlassen, war ihr Führer immer noch nicht zur Stelle.

Komm schon! Wo trödelst du herum?

Keine Antwort. Nur ein gespenstischer Schrei irgendwo im Morgennebel. War das der Geist? Erneut ertönte der heisere, klagende Laut. Hatten sie sich ins Totenreich verirrt? Schaudernd sah sich Seran um. »Hast du das auch gehört?«

»Was? Den Kranich?«, fragte Tjorr.

»Das war ein Kranich?«, zweifelte Seran. »Klingt wie der Ruf einer verlorenen Seele.«

»Könnte schon sein.«

»Ist es nun ein Kranich oder nicht?«

»Beides.«

Seran sah seinen Begleiter nur ratlos an.

»Sie sind Totenvögel«, erklärte Tjorr schließlich. »Wenn jemand stirbt und nicht von einem der Götter aufgenommen wird, dann nimmt sein Geist die Gestalt eines Kranichs an und irrt heimatlos umher.«

»Das Totenfeuer!«, entfuhr es Seran, woraufhin ihn nun Tjorr verständnislos ansah. »Ich, äh, meine, dass der Geist mit dem Totenfeuer seine Heimat verliert. Vorher ist es der Körper, mit dem er verbunden ist, aber danach …«

»Könnte schon sein«, befand Tjorr, hob jedoch unsicher die Schultern.

Es muss, beschloss Seran, denn sonst standen sie ohne Führer in einem fremden Land und kannten nicht einmal ihr Ziel. Versuchshalber folgte er dem Ruf des Kranichs. Immer dann, wenn er schon glaubte, sich geirrt zu haben, erklang der geisterhafte Laut wieder. Manchmal sahen sie den großen Vogel sogar hoch am Himmel fliegen. Dass Seran nicht einmal auf Eisen verzichten musste, um die Rufe zu hören, vereinfachte ihre Reise, und Seran bedauerte lediglich, sich nicht ausgiebiger bei dem Boten bedankt zu haben, solange sie noch miteinander hatten sprechen können.

Auch der Rat, sich nicht mehr zu rasieren, erwies sich als nützlich. Die Leute hielten sie nun für Überläufer, die den Thebanern den Rücken gekehrt hatten, und behandelten sie freundlich. Auch wenn sich Seran bemühte, nicht direkt zu lügen, ließ es sich nicht immer vermeiden, und so wurden sie einige Male mit Proviant versorgt oder sogar zum Essen eingeladen. Aus schlechtem Gewissen gab Seran ihnen Silbermünzen, die er als Geschenk bezeichnete, wenn sie keine Bezahlung annehmen wollten. Von Vorteil war auch, dass die Elweonen sie nun nicht mehr an Späher verraten, sondern die Kundschafter eher in die Irre schicken würden. Trotzdem nutzte Seran weiterhin jede Möglichkeit, um Spuren zu vermeiden oder falsche Fährten zu legen. Zumindest wenn es sie nicht zu lange aufhielt, denn der Bote hatte davon gesprochen, dass sie es eilig hatten, und so ritten sie stets von der Morgendämmerung bis in den Abend hinein und gönnten den Pferden nur wenige kurze Pausen.

Drei Tage lang folgten sie dem Ruf des Kranichs durch Nebel, Gewitter und Sonnenschein, der den Sturm nach kurzem Regen wieder ablöste. Sie überquerten einen Höhenzug, der offenbar die Zuflüsse des Hrönn von denen des Elwe trennte, denn während die Bäche ihnen vorher entgegengekommen waren, flossen sie nun alle in nördliche Richtung. Dahinter wurden die Hügel flacher, doch immer größere Felsblöcke lagen im Wald und auf den Wiesen verstreut. Manche Brocken lagen wie riesige Käselaibe zu Türmen aufeinandergeschichtet, andere Gebilde erinnerten an gewaltige Pilze, deren Schirm eine mannsdicke Steinplatte bildete. Es gab Felsen von der Größe eines Hauses, auf denen kleine Bäume wuchsen, und solche, in deren Formen Seran Ungeheuer und grobe Gesichter entdeckte. Selbst Tjorr war so beeindruckt, dass er von selbst etwas sagte. »Zu Stein erstarrte Dämonen … Das muss das Steinerne Heer sein.«

»Erstarrte Dämonen?«, wunderte sich Seran.

Tjorr nickte ungewohnt eifrig. »Hier fand eine große Schlacht zwischen den Göttern und einem Dämonenheer statt. Es sah nicht gut aus, aber dann hat Rúl ein riesiges Horn geschmiedet, dem Silgar Zauberkraft verlieh. Bei seinem Klang sind alle Wesen erstarrt, die es hörten. Sogar die Widder, die den Sonnenwagen ziehen. Deshalb stand die Sonne neun Tage lang ohne Nacht am Himmel und alle Dämonen starben, weil sie so viel Licht nicht ertragen.«

»Hm.« Während sie weiterritten, betrachtete Seran die Felsen mit anderen Augen. In diesem Wald gab es etliche, aber an ein Heer erinnerten sie nicht. Eher an Gefallene, die verstreut auf dem Schlachtfeld lagen. Nachdenklich folgte er einem breit ausgetretenen Weg, der einen Hang hinaufführte. Schon seit einer ganzen Weile waren sie niemandem mehr begegnet. Vielleicht näherten sie sich dem nächsten Dorf. Oben auf der Anhöhe schien der Wald lichter zu werden. Doch als Seran die letzten Bäume erreichte, öffnete sich vor ihm ein Tal, das ihn vor Staunen anhalten ließ. Der ganze Abhang war mit gewaltigen Felsbrocken bedeckt. Wie ein wild wogendes, graues Meer erstreckten sie sich bis weit über den tiefsten Punkt des Tals hinaus und verschwanden hinter dem nächsten Hügel.

»Ein versteinertes Heer«, murmelte Seran und wandte sich zu Tjorr um. »Du hattest recht.«

Mit einem angedeuteten Lächeln um die Lippen blickte Tjorr ins Tal hinab.

»Ein passender Ort, um über neue große Schlachten zu entscheiden, nicht wahr?«

Überrascht wendete Seran sein Pferd, bis er den Fremden sehen konnte, der unter den Bäumen hervortrat. Die vielen Narben bewiesen, dass er ein Krieger sein musste, doch er trug nichts als Stiefel, Hose und einen breiten Gürtel, der mit bronzenen Schmuckblechen beschlagen war. Während sein dunkelblondes Haar bis zur Hüfte hinabreichte, war der Bart so kurz geschnitten, dass er die Konturen des Gesichts nicht verdeckte.

»Dann findet hier die Versammlung der Häuptlinge statt?«, fragte Seran.

»Rekkared hat nicht nur Häuptlinge eingeladen, sonst wäre ich nicht hier.« Der Krieger musterte Seran mit eigenartig rotgoldenen Augen. »Und du wohl auch nicht.«

Ertappt nickte Seran nur. Wie begrüßten sich fremde Mataver? Er kannte die richtigen Floskeln und Gesten nicht. Das Schweigen zog sich in die Länge, und er kam sich linkisch und völlig fehl am Platz vor. Einer Eingebung folgend, reichte er dem Fremden vom Sattel aus die Hand. »Ich bin Se… Askar, Askar von den Andanen.«

»Wanargand«, erwiderte der Krieger mit festem Händedruck. »Mein Rudel begleitet Sidgran, einen Häuptling der Warasker.«

Fast hätte Seran die Hand auffällig schnell zurückgezogen und beherrschte sich gerade noch. »Sind viele Warasker hier?«, erkundigte er sich möglichst beiläufig.

»Mehr als Andanen«, antwortete Wanargand grinsend.

Enttäuscht begrub Seran seine vage Hoffnung, Afkara wiederzutreffen. Hatte sie diesen Wanargand und sein Rudel – was auch immer darunter zu verstehen war – nicht sogar erwähnt? Doch er konnte sich nicht mehr an die Zusammenhänge erinnern. »Wo finde ich meine Leute?«, fragte er stattdessen.

»Kommt mit! Ich zeig euch den Weg«, bot Wanargand an und ging voraus.

Weil die Warasker versucht hatten, Kara zu töten, fühlte sich Seran verpflichtet, ihn zu hassen, doch es wäre ihm viel leichter gefallen, wenn sich Wanargand unausstehlich benommen hätte. Er führte sie ins Nachbartal, das weit und weniger felsig war, obwohl auch hier viele Findlinge aus dem Boden ragten. Große Teile des Talgrunds waren gerodet, und dem dichten Bewuchs nach zu urteilen, dienten sie schon lange als Weiden. Anstelle des Viehs grasten nun jedoch zahlreiche Pferde und zwischen den Bäumen stiegen die Rauchsäulen etlicher Lagerfeuer auf. Der Weg verzweigte sich bald in mehrere Pfade, die in verschiedene Richtungen führten. Von überall drangen Stimmen durch den Wald, manchmal auch Gelächter, und zwischen mannshohem Farn tauchten die ersten Lagerplätze auf. Neugierige Blicke richteten sich auf Seran und Tjorr. Wenn Seran den Leuten zunickte, erwiderten einige den Gruß, doch da jeder Wanargand zu kennen schien, hielt es niemand für nötig, die Fremden anzusprechen. Am zum Knoten geschlungenen Haar erkannte Seran die Männer überwiegend als Krieger. Die Frauen waren jedoch zum Teil in lange Gewänder gekleidet, während andere so wie Kara Männerkleidung trugen. Im Gegensatz zu Tjorr und ihm lief kaum jemand in Rüstung herum. »Habt ihr keine Angst, von thebanischen Truppen überrascht zu werden?«, fragte er Wanargand. Beim Gedanken an die Kundschafter, die ihm vielleicht trotz aller Vorsicht gefolgt waren, kam ihm das leichtsinnig vor.

»Unsere Späher halten Augen und Ohren offen. Ihr könnt hier beruhigt schlafen«, behauptete der Warasker.

Seran hoffte, dass das auch noch gelten würde, wenn er zugegeben hatte, als wessen Unterhändler er hier war.

»Da wären wir.« Wanargand trat zur Seite und deutete auf einen weiteren Lagerplatz zwischen Bäumen und Felsen. Mehrere Leute waren dort um ein Kochfeuer versammelt, während andere in kleiner Runde ins Gespräch vertieft schienen.

»Danke. Das war sehr freundlich«, gab Seran widerwillig zu und trieb Aleator weiter. Oder hatte Afkara gesagt, dass Wanargand als Einziger auf ihrer Seite gewesen war? Je länger er darüber nachdachte, desto besser erinnerte er sich.

Als Tjorr und er näher kamen, blickten die Andanen auf, und aus der Gruppe, die etwas abseits saß, erhob sich eine vom Alter gebeugte Frau. »Das hat ja gedauert!«, rief Awa und kam ihnen entgegen. Sie klang mürrisch wie eh und je, doch als Seran absprang und vor ihr stand, sah er die Tränen in ihren Augen. »Mit dem Bart ist es fast, als stünde Hlewar vor mir«, sagte sie und ergriff seine Hand mit beiden Händen. »Wo ist Galech?« Ihr suchender Blick verriet, dass sie wohl den Boten meinte.

Beschämt sah Seran zu Boden. »Er wurde umgebracht, bevor ich das Lager erreichte und eingreifen konnte.«

Awa drückte seine Finger so fest, dass es beinahe schmerzte, und ihre Tränen fielen auf seine Hand.

*

In dieser Nacht fand Seran nur wenig Schlaf. Wie sich herausgestellt hatte, war der Bote Awas Enkel gewesen, und Seran fühlte sich schuldiger denn je an seinem Tod. Nur weil er ein Verräter war – jedenfalls aus Sicht der Andanen –, hatte sich Galech in solche Gefahr begeben müssen. Alle außer Awa hatten ihn spüren lassen, dass sie es genauso sahen. Sie waren ihm einsilbig und abweisend begegnet, während Awa trauerte, ohne ihm Vorwürfe zu machen. Sie betrachtete es als Fortschritt, dass er hergekommen war. Grübelnd blickte er ins dunkle Geäst hinauf und fragte sich, ob sie mit allem recht hatte, was sie sagte. Weshalb stand er noch immer auf der Seite der Thebaner? Wenn er nur Asturs Ziehsohn geworden war, weil sich jener damals eines fernen Tages einen Vorteil davon versprochen hatte, schuldete er es ihm dann, diese Erwartung zu erfüllen? Dem Heerführer, der die Vernichtung seines Stamms angeordnet hatte? Wohl kaum. Er war nicht gefragt worden, ob er Teil dieses Handels sein wollte. Astur hatte ihm etwas vorgemacht, ihn belogen, und in seinem Wunsch, seinem Ziehvater ein guter Sohn zu sein, hatte er alle Erwartungen erfüllt. Warum wollte er dennoch für die Sache Thebans sprechen und sein Leben aufs Spiel setzen? Für Astur auf keinen Fall. Im Gegenteil. Der Heuchler verdiente eine herbe Enttäuschung. Doch im Grunde seines Herzens glaubte Seran noch immer daran, was seine Lehrer ihm beigebracht hatten. Dass Theban die von den Göttern auserwählte Stadt war. Dazu bestimmt, über die Welt zu herrschen und den Völkern im Namen des Kaisers Frieden und Gerechtigkeit zu bringen. Daran klammerte er sich, und es war der Grund, warum er sich am Morgen den Bart aus dem Gesicht schabte und Tjorr anwies, es ihm gleichzutun.

Awa sagte nichts dazu. Sie war ungewöhnlich schweigsam, aber nicht ruppiger als sonst. Von den wenigen Andanen, die sie Seran am Vorabend vorgestellt hatte, weil es ebenfalls Stammesführer waren, erntete er die erwarteten missbilligenden Blicke. Trotzdem verwehrten sie ihm nicht, sie gemeinsam mit Awa zu den Beratungen zu begleiten. Der Versammlungsort selbst erinnerte Seran entfernt an eine Arena, auch wenn die steinernen Ränge keinen freien Platz umgaben, sondern nur eine Art Loch zwischen den Felsen.

»Das ist Harass' Spalt«, erklärte Awa. »Hier traf sein Speer den Anführer der Dämonen.«

Tatsächlich sahen die umgebenden Felsen aus, als hätte eine unvorstellbare Kraft einen gewaltigen Keil ins Gestein getrieben und es auseinandergesprengt. Die zerklüfteten Teile bildeten einen natürlichen Ring um den tiefsten Punkt, der nur ein Felsspalt war. Als Seran hineinblickte, entdeckte er rostende Waffen, verbeulte Helme und zerschmetterte Schilde mit den Abzeichen der Elivarflotte darauf. Die jüngsten einer stattlichen Anzahl von Gaben, die die Krieger Harass geweiht hatten.

»Nenn mir einen guten Grund, warum ich dich nicht gleich hinterwerfen sollte!«, forderte ein Mann, der ihm gegenüber an den Spalt getreten war.

Du hast also die Drakonen an der Schiffbrücke überfallen. Abschätzend musterte Seran den Fremden. Für einen Mataver war er von durchschnittlicher Größe und Statur, doch sein zum Kriegerknoten geschlungenes Haar und der fingerlange Bart glänzten in der Sonne wie Gold. Tiefe Falten um seine Augen verrieten, dass er deutlich älter sein musste als Seran. Auch seine Brauen waren zu buschig, um einem jungen Mann zu gehören. Hatte er damals am Hrönn auch den mit Gold beschlagenen Gürtel und den goldenen Halsreif getragen, die seinen hohen Rang bezeugten? Da er so selbstbewusst auftrat, musste er Rekkared, der Häuptling der Elweonen sein.

»Ich kann dir nur den Grund nennen, aus dem ich hergekommen bin«, erwiderte Seran. »Du hast Anführer eingeladen, um mit ihnen über Krieg und Frieden zu beraten.«

»Ich kann mich nicht erinnern, auch die Knechte der Thebaner gemeint zu haben.«

»*Ich* habe ihn eingeladen«, verkündete Awa so laut, dass es jeder im steinernen Rund hören konnte. »Er soll sprechen dürfen und hören, was wir zu sagen haben.«

»Hat dir das Alter den Verstand vernebelt?«, tönte ein jüngerer Mann, der nicht zu Rekkareds Begleitern gehörte. »Er wird zu seinen Herren laufen und ihnen alles berichten.«

»Haben wir denn etwas zu verbergen?«, rief Wanargand, den Seran erst jetzt zwischen den anderen Kriegern bemerkte. »Die Toten am Hrönn dürften eine eindeutige Sprache gesprochen haben.«

Etliche Anwesende stimmten lautstark, manche lachend zu.

»Wie immer kennen Harass' Wölfe keine Furcht«, stellte

Rekkared zufrieden fest. »Auch ich sage: Lasst die verfluchten Thebaner ruhig wissen, dass wir ihr Blut vergießen werden! Sollen sie sich vor Angst doch in die Hosen scheißen!«

Johlen und Gelächter brandeten auf.

»Setzen wir uns«, sagte Awa und bedeutete Seran, ihr zu den anderen Andanen zu folgen. Es gab zwar keine geordneten Reihen wie in einer Arena, aber Steinmetze hatten die natürlichen Simse und Vorsprünge teilweise zu Sitzen vertieft. Wer keinen solchen Platz fand, blieb stehen oder ließ sich auf dem Fels nieder, wo er nicht zu abschüssig war.

»Rekkared ist der Kriegshäuptling der Elweonen«, erklärte Awa leise. »Sie haben ihn erst im Frühjahr gewählt, aber er kommt sich bereits vor wie Harass selbst.«

Als die Begeisterung der Versammelten abebbte, ergriff Rekkared erneut das Wort. »Weil Awa über ihren Stamm hinaus große Achtung genießt, erteile ich ihrem Gast das Wort. Das ist keine Ehre, Thebanerknecht. Ich will's nur hinter mich bringen.«

Erneut lachten die meisten, während andere Seran feindselig ansahen. Einer Eingebung folgend stand er auf, um besser gehört zu werden. »Auch wenn Rekkared behauptet, dass es keine Ehre sei, vor diesem Rat zu sprechen, empfinde ich es anders. Ich bin Askar, der älteste Sohn Hlewars, an den sich manche hier vielleicht noch erinnern. Ich danke Awa dafür, dass ich hier sein darf. Und ich danke jedem, der bereit ist, sich meine Worte anzuhören und durch den Kopf gehen zu lassen, bevor er sein Urteil fällt.«

»Dein Schicksal haben die Götter bereits bestimmt«, rief ein Krieger mit braunem Haar und Bart dazwischen. Wie Wanargand stellte er seinen von Narben gezeichneten Oberkörper zur Schau und trug einen breiten Gürtel, der jedoch nicht mit Bronze, sondern mit Eberzähnen geschmückt war. »Du wirst im Kampf gegen uns sterben!« Die Krieger, die um ihn herumsaßen, johlten zustimmend.

»Hör nicht auf den Wolf Harass'!«, riet Awa leise. »Sie halten sich immer für unbesiegbar.«

Seran nahm sich vor, sie später endlich zu fragen, was es mit diesen Wölfen Harass' auf sich hatte. Jetzt blieb dafür keine Zeit.

»Auf die Frage, was der Wille der Götter ist, gibt jeder eine andere Antwort«, hielt er dem Zwischenrufer entgegen. »Die Thebaner sind fest davon überzeugt, dass sie die Einzigen sind, die das wahre Wesen der Götter kennen, weshalb die Götter ihrer Stadt so viele Siege schenken. Ich weiß«, rief er lauter, um das einsetzende Murren zu übertönen, »dass ihr gerade einen Erfolg errungen habt. Ich kam über den Hrönn geritten und wäre beinahe ertrunken.« Seran überhörte die Krieger, die sein Überleben bedauerten, und sprach weiter. »Ihr mögt allen Grund haben, stolz auf diesen kleinen Sieg zu sein, aber er hat meine Reiter nicht ernsthaft aufgehalten, geschweige denn die zwölftausend Drakonen, die Feldherr Astur befehligt. Seit Jahrhunderten hat Theban jeden Gegner besiegt – selbst die größten und mächtigsten Völker des Südens. Das Reich des Kaisers erstreckt sich so weit, dass ihr viele Monde reiten müsstet, um von einem Ende zum anderen zu gelangen. Mein eigener Stamm hat erleben müssen, was es heißt, sich mit Thebans Drachen anzulegen. Es bedeutet Tod und Vernichtung. Die Drakonen werden euch auslöschen und Fremde auf eurem Land ansiedeln. Aber so weit muss es nicht kommen. Ich bin hier, weil ich nicht will, dass eure Stämme dasselbe Schicksal ereilt wie die Andanen. Unterwerft euch dem Kaiser! Bittet um Frieden, bevor es zu spät ist!«

Einen Moment lang herrschte Stille, und die Zuhörer sahen zu überrascht aus, um etwas zu erwidern. Dann begannen sie, erstaunte Blicke zu wechseln oder die Stirn zu runzeln. Seran setzte sich und merkte erst jetzt, dass er vor Aufregung zitterte.

»Er hat nicht im Namen der Andanen gesprochen«, betonte ein Mann, den Awa Seran als Häuptling der Andanen vom Oberlauf des Wagar vorgestellt hatte. »Wir weigern uns seit jeher, dem falschen Gottkönig der Südländern zu opfern, und dabei wird es bleiben!«

»Jawohl«, bekräftigten weitere Andanen und auch Awa nickte.

»Aber es hätte viele Vorteile für euch«, wandte Seran ein. »Ihr müsstet euch nicht mehr verstecken und könntet Handel mit den Thebanern treiben.«

»Da hat er recht«, mischte sich eine Stimme ein, die Seran bekannt vorkam. Vielleicht hatte er ihn aufgrund der düsteren Kleidung auf dem dunklen Gestein übersehen, doch zwischen den Zuschauern saß Habard, der Gesandte des Königs der Amunduren. »Im thebanischen Reich gibt es Eisen und Getreide im Überfluss.«

»Wenn der Kaiser so großzügig ist, warum jammern eure Häuptlinge dann ständig über die hohen Tribute?«, hielt Rekkared dagegen.

»Vielleicht weil Häuptlinge gern jammern wie Weiber, wenn man ihnen etwas wegnimmt«, spottete Habard.

»Unsere Weiber jammern nicht«, konterte ein Anführer, den Seran noch nicht kannte. »Versuch, ihnen etwas wegzunehmen, und du wirst wissen, warum.«

Die Versammelten lachten, bis auf Habard, der gleichbleibend finster aussah.

»Das ist einer der Häuptlinge der Elwethungen«, erklärte Awa leise. »Sie leben gen Westen, jenseits der Elweonen.«

»Auch wir Jukaner leisten dem Kaiser Tribut«, ergriff ein anderer Häuptling das Wort. »Aber wir tun es gerade deshalb, weil wir um keinen Preis wie die Sewenen enden wollen. Unsere Haine und Priesterinnen der Wár sind uns heilig. Und obwohl wir kein Teil ihres Reichs sind, haben sich Thebaner erdreistet, einen der Haine zu überfallen und unsere größte Seherin gefangen zu nehmen. Bei lebendigem Leib haben sie sie dem Feuer übergeben! Wár sei Dank, ist es Ulweig gelungen zu entkommen. Aber als ich sie zuletzt sah, lag sie mit Verbrennungen und schwerem Fieber danieder. Sie könnte immer noch sterben, nur weil es den Thebanern so gefällt!« Vor Entrüstung schrie der Jukaner die letzten Worte heraus. Empörtes Rufen und Raunen erfüllten das steinerne Rund.

»So etwas wird es bei uns niemals geben!«, schwor der Häuptling der Warasker, der in Wanargands Nähe saß.

»Wer sich einmal mit den Thebanern einlässt, wird am Ende verlieren!«, behauptete ein Mann aus Rekkareds Gefolge. »Im Frühjahr fragten sie uns, ob sie auf unseren Hängen ein paar Bäume für neue Schiffe fällen dürften. Sie haben uns Silber und

Werkzeuge aus Eisen dafür gegeben. Alle im Dorf stimmten zu. Wie viele Bäume braucht man schon, um ein paar Boote zu bauen? Aber ehe wir uns versahen, war unser halber Eichenwald gerodet! Und als wir uns wehrten, kamen die Drakonen und bedrohten unser Dorf. Jetzt sind alle Eichen weg! Wo sollen wir jetzt unsere Schweine mästen? Und wer besänftigt Aflas Zorn über diesen Frevel?«

»Bei uns war es ganz genauso«, rief eine ältere Frau aus den Reihen der Jukaner.

»Wenn es nach ihnen geht, sollen meine Schwestern und ich sterben«, rief eine sehr schlanke junge Frau, die in der Nähe Rekkareds saß. »Nur weil wir uns gegen Männer verteidigt haben, die uns vergewaltigen wollten!«

Seran merkte auf. Sie musste eine der Zauberinnen sein, denen Valentur nachgejagt hatte. Ihr grünes Gewand war von auffallend leuchtender Farbe und ihr Halsschmuck aus polierten Perlmuttstücken deutete auf einen gewissen Rang hin.

»In Alwilas Adern fließt Elfenblut – wie in deinen«, behauptete Awa. »Willst du wirklich, dass sie sterben muss, nur weil sich die Südländer vor euch fürchten?«

»Ich will, dass niemand sterben muss«, fuhr Seran auf. »Aber Thebans Vormarsch ist unaufhaltsam! Niemand kann sich den Drakonen auf Dauer in den Weg stellen!«

»Haben sie dir mit dem Bart auch die Männlichkeit abgeschnitten?«, höhnte der Wolf Harass' in Rekkareds Nähe erneut. »Kein Wunder, dass ihr alle ausseht wie kleine Jungen.«

Seine Krieger brachen in grölendes Gelächter aus, andere schlossen sich an. Vor Wut brannten Serans Wangen, was seine nackte Haut wohl nur noch stärker betonte.

»Ich glaube, dass Askar nur unsere Stärke falsch einschätzt«, ließ sich Wanargand vernehmen. »Wir sollten ihm das nachsehen. Wenn er bei den Thebanern aufgewachsen ist, kennt er dafür ihre Stärken besser als wir.«

»Hast du dein Herz für Welpen entdeckt?«, spottete der andere Wolf Harass'. Seran fiel auf, dass es außer diesem Kerl und Wanargand nur zwei weitere Männer gab, die durch bloßen Oberkörper und ungeschnittenes Haar auffielen. Jeder von ihnen hatte einige Krieger um sich geschart, die ihn offenbar als Anführer respektierten.

»Das reicht jetzt, Umbrik«, befand Rekkared. »Ich will keinen Streit zwischen Elweonen und Waraskern.«

Umbrik blickte den Häuptling zornig an. »Seit wann hast du mir Befehle zu erteilen?«

Erneut wunderte sich Seran über die Stellung der Wölfe Harass'. War Rekkared denn nicht Umbriks Häuptling? Auch Rekkared schien nicht erfreut über die Widerworte. »Mach mit dem Thebanerknecht, was du willst, aber komm mir nicht in die Quere! Harass hat mich zum Anführer des Kriegs gegen die Thebaner bestimmt, und ich dulde nicht, dass du mit deinen Stänkereien mein Heer verkleinerst!«

Einen Augenblick lang sah es aus, als ob sich Umbrik mit gefletschten Zähnen auf den Häuptling stürzen wollte, aber der Moment verging, seine Züge glätteten sich, und er brachte sogar ein raubtierhaftes Lächeln zustande.

»Lass uns mal in Ruhe reden.« Wanargand hatte sich so lautlos genähert, dass Seran zusammenzuckte, als die Stimme plötzlich schräg hinter ihm ertönte. »Hier kläffen zu viele dazwischen.«

Neugierig, aber auch erleichtert, den Anfeindungen zu entkommen, stand Seran auf, um dem Wolf Harass' zu folgen. Sofort erhob sich auch Awa, doch Wanargand schüttelte den Kopf. »Nicht nötig. Ich will nur mit ihm reden. Gambeda sei meine Zeugin.«

Dass Awa etwas anderes befürchtet hatte, weckte Serans Misstrauen, aber sie gab sich mit Wanargands Wort zufrieden und blieb bei den anderen Andanen.

*

Wanargand führte Seran an den Waldrand, wo sie abseits des Lagers nur von Bäumen und grasenden Pferden umgeben waren. Der kurze Spaziergang half Seran, die Wut über Umbriks Angriffe abzuschütteln und seine Gedanken zu ordnen. Mit dem Zwitschern der Vögel im Ohr und wärmenden Sonnenstrahlen im Gesicht kam ihm Awas Argwohn übertrieben vor. Wanargand war unbewaffnet und im Gegensatz zu Seran trug er nicht einmal ein Messer, geschweige denn ein Kettenhemd. Wie albern wäre es gewesen, nach Tjorr zu schicken, oder gar die alte Awa als Leibwächterin mitzunehmen.

»Du hast nicht die leiseste Ahnung davon, wer oder was ich bin«, stellte Wanargand fest.

Trotz des Unbehagens, das die Worte auslösten, erwiderte Seran den Blick der rotgoldenen Augen. »Sollte mich das beunruhigen?«

»Die meisten würden diese Frage mit Ja beantworten, aber da du nicht wie die meisten bist …« Wanargand grinste. »Belassen wir es dabei, dass jeder von uns seine Geheimnisse hat.«

»Worüber willst du dann mit mir sprechen?«, wunderte sich Seran. »Ich dachte, ich soll etwas über eure Stärken lernen.«

»Auch ein Geheimnis bewahren zu können ist eine Stärke, findest du nicht?«

»Es hilft gelegentlich zu überleben«, gab Seran zu.

»Wenn du die Seite wechseln würdest, müsstest du dich nicht länger verstellen.«

Seran rang sich ein schiefes Lächeln ab. »Eigentlich habe ich gerade lang und breit erklärt, warum das nicht besonders klug von mir wäre.«

»Weil du uns unterschätzt«, behauptete Wanargand erneut. »Eine Seherin hat Rekkared einen großen Sieg vorausgesagt. An der Hrönnmundung hat er bewiesen, dass er das Zeug dazu hat. Viele Stämme werden sich seinem Kriegszug anschließen.«

»Am Hrönn hat er es geschafft, die Drakonen zu überrumpeln«, gab Seran zu. »Aber es waren nur lächerliche hundert Mann. Mit einem ganzen Drachen wird ihm das nicht gelingen.«

»Umbrik sieht das anders. Es war sein Einfall, sich vom Fluss aus einzuschleichen. Damit hat er eine Menge Verwirrung gestiftet, schätze ich. Und Alwilas Bruder hat Rekkareds Kriegern das Tor geöffnet, um den Angriff auf seine Schwester zu rächen. Warum sollte ihnen das nicht noch einmal gelingen?«

Alwilas Bruder ist also auch ein Zauberer. Sie haben das Tor mit Magie geöffnet! »Weil das Lager beim nächsten Mal nicht zu einem Fluss hin ungeschützt sein wird. Und ihr könnt nicht schnell genug ausreichend viele Krieger durch ein schmales Tor eindringen lassen, um viertausend Mann so zu überrennen, wie es bei der Brücke gelungen ist. Außerdem verfügt die Flotte nicht über Späher, die einem Drachen eure Annäherung frühzeitig gemeldet hätten.«

Wanargand nickte. »Du bist klug. Die Andanen könnten einen Anführer wie dich brauchen.«

»Aber ich würde sie nicht kämpfen lassen«, antwortete Seran lächelnd.

»Auch nicht, wenn ihnen dreitausend Warasker, achttausend Elweonen und fünftausend Elwethungen zur Seite stünden?«

Schlagartig verging Seran das Lächeln. »So viele Krieger habt ihr?«

»Das sind nur die, die wir bereits gesammelt haben«, behauptete Wanargand. »Wenn sich Rekkareds Erfolg herumgesprochen hat, werden sich weitere anschließen. Außerdem die Uthonen, deren Häuptlinge Rekkareds Einladung gefolgt sind. Und vielleicht auch die Jukaner. Sie sind sehr wütend, aber sie fürchten sich auch, weil sie zwischen Serika und Sevena an zwei Fronten kämpfen müssten.«

Seran fiel ein, dass eine Einheit seiner Reiterei fast gänzlich aus Elweonen bestand. Diese Männer würden ganz sicher nicht gegen ihresgleichen kämpfen. Unter den anderen Reitern gab es ungefähr hundert Uthonen. Und wenn sich auch noch die Jukaner erhoben, würden drei weitere Einheiten desertieren. *Beim Herrn der Himmel!* Was sollte er jetzt tun? Astur melden, dass der größte Teil seiner Reiterei demnächst zum Feind überlaufen könnte? Wenn die Kundschafter bestätigten, was Wanargand sagte, würde sein Ziehvater nicht abwarten, bis die Männer desertierten. Um die Drakonen zu schützen, würde er den ganzen Flügel auflösen und die Reiter Saronn opfern. Seran schluckte. Es waren seine Männer. Wollte er Leubwin und Hunderte andere ans Messer liefern? Womöglich sogar Tjorr, obwohl er ein Ausgestoßener war. *Ihr Blut würde an meinen Händen kleben.*

»Sieht aus, als bräuchtest du Zeit zum Nachdenken«, sagte Wanargand. »Komm zurück in die Versammlung, wenn du dich entschieden hast.«

21

Dieser Abend lief nicht gut. Kromer ließ die Würfel rollen und patzte absichtlich, um die Runde zu verlieren. Doch irgendeine übelwollende Gottheit glich seine Ungeschicklichkeit wieder aus: zwei sechsstrahlige Sonnen.

»Er hat schon wieder gewonnen!« Die Stimme der Mataverin schwankte zwischen Staunen und Empörung.

»Das kann nicht mit rechten Dingen zugehen«, befand ihre Schwiegermutter, die hinter ihr stand und dem Spiel seit einer Weile zusah. Die meisten Anwesenden brummten etwas, das nach Zustimmung klang, und die Blicke wurden noch verärgerter.

Mit wachsendem Unbehagen rutschte Kromer auf seinem Stuhl herum. Warum hatte er sich überhaupt wieder darauf eingelassen, mit Matavern zu würfeln? Er wusste doch, dass sie dabei keinen Spaß verstanden. »Jetzt verlier ich bestimmt«, behauptete er und ließ die Einsätze in der Mitte des Tischs liegen. »Ich setze alles.«

Mit zusammengezogenen Brauen blickte das Familienoberhaupt auf den Haufen aus kleinen Silberstücken, thebanischen Münzen und Bronzefibeln. »Ich habe nichts, womit sich das aufwiegen ließe.«

»Wenn der Kurze nicht mit Dämonen im Bunde ist, kann er nicht immer gewinnen«, sagte sein Nachbar. »Ich setze mein Schwert dagegen.«

»Soll ich es holen?«, fragte der halbwüchsige Sohn des Manns eifrig.

»Erst wenn ich verliere«, entschied der Vater. Er war ein grober Kerl mit einem Nacken wie ein Stier, weshalb Kromer ihn insgeheim Ochse nannte.

»Ein Schwert wollte ich schon immer haben«, gestand Kromers Gastgeber und rieb sich das graubärtige Kinn. »Also schön, ich setze mein Pferd dagegen.«

»Bist du von allen Ahngeistern verlassen?«, rief seine Frau entrüstet.

»Also ich bin raus«, verkündete die Schwiegertochter und lehnte sich schmollend zurück. Wo ihr Mann war, hatte Kromer noch nicht herausgefunden, und wenn das hier so weiterging, würde ihm auch niemand mehr etwas anvertrauen. Ein Grund mehr, dieses Mal wirklich zu verlieren. Kromer wäre jede Wette eingegangen, dass sich der Sohn seiner Gastgeber dem Aufstand der Elweonen angeschlossen hatte, und dort, wo sich die Krieger sammelten, fand er vielleicht auch Seran. Nur zwei Tage lang hatte er es ausgehalten, im Heerlager zu warten. Anfangs war er selbst wütend und beleidigt gewesen, weil Seran ihn einen Verräter genannt hatte, aber mit der Zeit hatte er eingesehen, dass er als Älterer auf Seran zugehen musste. Zudem hatte ihn die Sorge fast um den Verstand gebracht. Er war sogar so weit gegangen, Einohr ein von Zwergenhand geschmiedetes Schwert anzubieten, wenn der Späher ihm half, Serans Fährte zu folgen. Denn vom Spurenlesen verstand er so viel wie ein Stein vom Schwimmen.

Doch selbst Einohr war es nicht mehr möglich gewesen, die Spur zu finden und mit Sicherheit Seran zuordnen zu können. Zudem schienen Seran und sein Begleiter mehrfach die Richtung gewechselt zu haben, was entweder bewies, dass Einohr unfähig war oder die beiden ihre Fährte bewusst verwischten. An einem Nebenfluss des Elwe hatte Einohr schließlich aufgegeben und nun schuldete Kromer ihm ein Schwert für nichts.

»Du fängst an.« Kromers Gastgeber legte dem Ochsen die Würfel hin. Auch er war nicht gerade ein Hänfling, aber weniger stämmig als sein Nachbar. Er hieß Derik, wie Kromers einstiger Schüler, und besaß sogar ein kleines Gefolge, das außer der schwangeren Schwiegertochter aus weiteren Söhnen, Töchtern und Knechten bestand, die gemeinsam mit den Angehörigen des Ochsen den Tisch umringten.

Der Ochse wiegte die Würfel geradezu genüsslich in der Hand und warf. Eine Rose und eine Flamme.

»Oh nein!«, rief sein Sohn.

»Sieht aus, als ob mein Schwert so gut wie dir gehört«, sagte der Ochse enttäuscht zu Derik.

»Kannst dir ja von unserem wandernden Schmied hier ein

neues machen lassen«, feixte Deriks Frau in Vorfreude auf den Gewinn. Obwohl ihm der Sinn nicht danach stand, lächelte Kromer so geschäftstüchtig wie möglich, denn um sich bei den Matavern unauffällig nach Seran erkundigen zu können, hatte er sich als umherziehender Schmied ausgegeben.

»Dann wollen wir mal.« Beherzt griff Derik zu den Würfeln, schloss kurz die Augen und ließ sie über den Tisch rollen. Zwei Schwerter. Deriks Familie brach in Jubel aus. »Hagwirs Klinge!«, rief Derik. »Wenn das kein Zeichen ist …«

Kromer nahm einen großen Schluck Bier, um seine Anspannung zu überspielen. Es war doch nicht so schwer, zu verlieren. Er musste die Würfel einfach nur falsch aufnehmen und mit dem denkbar schlechtesten Dreh aus dem Handgelenk werfen. *Hör zu, du Scherzbold!*, warnte er den Gott oder Geist, der ihm den letzten Sieg beschert hatte. *Wenn das wieder zwei Sonnen werden, nehme ich nie mehr einen Würfel in die Hand, verstanden?*

»Worauf wartest du? Angst, zu verlieren?«, spottete Deriks Schwiegertochter.

»Wo euer Nachbar gerade drauf und dran ist, eine Klinge bei mir zu bestellen?«, versuchte Kromer zu scherzen und nahm die Würfel auf. *Heiliger Dunar! Es sind nicht einmal meine.* Er konnte die ungewohnt spitzen Ecken und die Unausgewogenheiten spüren. Geradezu hastig warf er sie auf den Tisch und sah ihnen beim Ausrollen zu.

»Ein Schwert und ein Adler?«, schrie Deriks Frau. Das war genau ein Punkt mehr als der Wurf ihres Manns.

»Betrug!« Der Ochse schlug auf den Tisch, dass alles hüpfte und klirrte. Lauthals machten nun auch die Zuschauer ihrem Zorn Luft.

Mit finsterem Blick erhob sich Derik von seinem Stuhl. »Zeigen wir dem Kerl, was wir hier mit Falschspielern tun!«

*

»Gibt es hier im Sommer eigentlich immer so viele Gewitter?«, erkundigte sich Seran bei Tjorr und kratzte sich die stoppelige Wange. Es war schon wieder so schwül, dass ihm der Schweiß floss und unter dem Helm ebenso juckte wie unter dem noch kaum vorhandenen Bart. Wenn es heute kein Unwetter gab, dann spätestens morgen.

Tjorr zuckte mit den Schultern. »Meistens schon.«

»Deiuthars Strafe dafür, dass sich dieses Land der thebanischen Herrschaft widersetzt«, sagte Seran halb im Scherz.

»Nein«, erwiderte Tjorr, was Seran schon an sich überraschte. »Rúl zürnt den Kriegern, die auf Raubzüge ziehen, statt sich um ihre Felder zu kümmern.«

»Scheint sie nicht sehr zu beeindrucken«, befand Seran.

Erneut hob Tjorr die Schultern. »Harass will es.«

»Dafür, dass Rúl der Herr der Himmel ist, hat Harass erstaunlich viel zu sagen«, stellte Seran fest.

Tjorr sah ihn nur verständnislos an. Gerade als Seran ihm erklären wollte, dass bei den Thebanern Deiuthar über Blitz und Donner gebot, hörte er abseits des Wegs eine Stimme. Der Wald war hier so licht, dass Gräser und Unterholz den Boden bedeckten. Nachwachsende Jungbäume versperrten die Sicht zwischen den höheren Stämmen. Sofort dachte Seran an einen Hinterhalt und gebot Tjorr mit einer Geste anzuhalten. Gemeinsam lauschten sie. In der drückenden Hitze waren sämtliche Vögel verstummt, kein Windhauch bewegte das Laub. Aufgewühlte Erde zeugte von Wildschweinen, doch Seran war sicher, kein Quieken gehört zu haben.

Irgendwo im Grün raschelte es. Blindlings tastete Seran nach dem Riemen der Lanze, die er auf dem Rücken trug, und nahm die Waffe stoßbereit zur Hand. Das Rascheln kam näher. Plötzlich stieß Aleator ein Wiehern aus, und aus dem Dickicht ertönten eine Antwort und lautes Knacken, als das andere Pferd nun offenbar im Galopp durch die Büsche brach.

»Au! Halt sofort an, du Troll!«, brüllte Kromer. »Ho! Ho!«

Sein Hengst dachte jedoch nicht daran, sondern sprang aus dem Unterholz auf den Weg, um Aleator mit einem Nasenstüber und einem Schnauben zu begrüßen. Dass er tatsächlich Kromer vor sich hatte, konnte Seran nur am dunklen Haarwust und der Größe des Reiters erraten, denn der Zwerg saß mit dem Gesicht zum Schweif auf seinem Pferd und trug nichts als seine Tunika.

»Was bei allen Göttern treibst du da?«, wunderte sich Seran.

»Was ich hier treibe? Dich suchen natürlich, du Riesenrindvieh! Hilf mir lieber, anstatt dämliche Fragen zu stellen!« Vergeblich zerrte Kromer an dem Strick, der seine Hände auf dem Rücken zusammenhielt. Auch seine Füße waren unter dem Bauch des Pferds hindurch gefesselt, sodass er sich weder umdrehen noch abspringen konnte.

»Darf ich raten?«, fragte Seran und ritt einmal um Kromer herum. Zur Strafe für sein Schweigen sollte er ruhig noch ein wenig schmoren. »Du hast die Gelegenheit für ein Würfelspiel oder zwei genutzt.«

»Die haben es mir förmlich aufgedrängt!«, verteidigte sich Kromer. Seine Stimme klang kratzig, und er sah zu erschöpft aus, um ihn länger leiden zu lassen.

»Haben sie dir auch aufgedrängt zu gewinnen?«, stichelte Seran dennoch, bevor er aus dem Sattel sprang.

»Du wirst es ja doch nicht glauben«, grummelte Kromer.

»Stimmt.«

Der Strick war so kunstvoll verknotet, dass Seran ihn mit dem Messer durchtrennen musste. Sobald er Kromers Hände befreit hatte, reichte er ihm die Feldflasche hinauf, und Kromer leerte sie in einem langen Zug.

»Unter die Räuber geraten bin ich!«, schimpfte Kromer, während Seran die restlichen Fesseln durchtrennte. »Helm, Rüstung, Waffen, alles haben sie mir genommen! Sogar die Stiefel!« Vielsagend reckte er die nackten Füße.

»Jetzt komm erst mal da runter! Tjorr und ich können auch eine Rast gebrauchen.«

Umständlich kletterte Kromer aus dem Sattel und ließ sich mehr fallen, als dass er gesprungen wäre. Sichtlich steif humpelte er hinter Seran und Tjorr her, die am Wegrand etwas Grünzeug niedertrampelten, um sich dort hinzusetzen. Ächzend ließ sich Kromer nieder und hielt sich den Rücken. »Das Biest hat mich halb umgebracht«, grollte er dem Hengst, der unschuldig an einem Strauch knabberte. »Mein Rücken muss grün und blau sein von den Ästen, unter denen ich nicht durchgepasst habe. Er natürlich schon.« Vorwurfsvoll sah er zu dem Pferd hinüber.

»Vielleicht lernst du endlich daraus«, erwiderte Seran schmunzelnd. »Aber im Ernst, Kromer, was machst du hier? Es war gefährlich, mir zu folgen.«

»Nicht so gefährlich wie für dich«, hielt Kromer ihm entgegen. »Aber ihr tarnt euch mit Bärten, wie ich sehe. Steht dir. Als Zwerg bin ich allerding etwas voreingenommen«, gab er zwinkernd zu.

Seran wechselte einen Blick mit Tjorr, der wie immer nichts sagte. In den letzten Tagen hatte er sich oft gefragt, ob er sich mit Kromer versöhnen sollte, und nun stand die Entscheidung früher an als erwartet. »Weißt du, Kromer, ich hatte viel Zeit, nachzudenken und …«

»Nein, nein, nein«, fiel Kromer ihm ins Wort. »Ich bin derjenige, der sich entschuldigen muss. Du hast mir vertraut, und ich hab's versaut. Daran gibt's nichts zu rütteln.«

»Na ja, du …«, begann Seran, doch Kromer unterbrach ihn.

»Ich habe den richtigen Moment verpasst, um mein Schweigen zu brechen. Spätestens als du mir von deinem Bruder erzählt hast, hätte ich etwas sagen müssen. Hab ich aber nicht. Nenn es Gewohnheit oder Dummheit oder wie auch immer du willst.«

»Du hattest Angst, dass sich dann alles ändert«, vermutete Seran.

»Danke, dass du es so siehst«, murmelte Kromer und sank noch weiter in sich zusammen. Er musste wirklich die ganze Nacht auf dem Pferd zugebracht haben.

»Ich verstehe das«, versicherte Seran. »Ich habe auch Schiss davor, aber ich kann jetzt nicht mehr zurück.«

Verblüfft hob Kromer den Kopf. »Wie meinst du das?«

Seran zögerte. War Kromer wirklich der treue Freund, für den er sich ausgab, oder fühlte er sich Astur verpflichtet, der seinen Lebensunterhalt bezahlte? Doch wenn er jetzt nichts sagte, würde er die Antwort niemals erfahren. »Ich habe die Seiten gewechselt.«

Einen Moment lang starrte Kromer ihn an, dann schielte er zu Tjorr. »Er auch?«

Seran nickte nur, doch Kromer sah nun Tjorr an. »Was ist mit dem Diensteid, den du dem Kaiser geleistet hast?«

»Ich kämpfe für Seran«, erwiderte Tjorr. »Den Kaiser kenne ich nicht.«

»Aber *du* kennst ihn«, wandte sich Kromer wieder an Seran. »Dir ist es trotzdem ernst damit? Du willst mit allem brechen, was du dir aufgebaut hast?«

»Du meinst die vage Aussicht darauf, dass mir der Kaiser für meine Dienste irgendwann volle Bürgerrechte verleiht, die mich in den Augen der Noblen immer noch nicht zu mehr als einem Barbaren und Emporkömmling machen?« *Ganz abgesehen davon, dass mein Leben dennoch verwirkt wäre, sollten sie jemals von meiner Zauberei erfahren.*

»Verächtliche Noble hin und her, es wäre immerhin ein Leben in Wohlstand, vielleicht sogar Reichtum«, gab Kromer zu bedenken.

Seran schüttelte den Kopf. »Ich müsste es mit dem Blut meiner Männer und der Versklavung Tausender Frauen und Kinder bezahlen. Wie könnte ich so viel Schuld auf mich laden und das jemals vergessen?«

Kromer brummte zustimmend, antwortete jedoch nicht.

»Ich habe meine Wahl getroffen«, erklärte Seran. »Jetzt liegt es bei dir.«

Erneut brummte Kromer, rieb das Gesicht in den Händen und starrte dann auf den Weg, als ob er aus Erde und Steinen die Antwort lesen könnte. »Es war immer vorausbestimmt, dass du eines Tages in einen Krieg ziehen würdest«, sagte er schließlich, ohne Seran anzusehen. »Ich habe dich darauf so gut vorbereitet, wie ich konnte, aber … Rauwonns Amboss!«, fuhr er auf. »Habe ich vergessen, dir den Unterschied zwischen Mut und Selbstmord zu erklären?«

Trotz allem musste Seran grinsen. »Wer spielt sich denn hier um Kopf und Kragen?«

»Lenk jetzt nicht ab! Ich mein's ernst. Die Seite zu wechseln ist eine Sache, aber auch noch zurück ins Lager zu spazieren eine ganz andere. Wenn Astur davon erfährt, muss er dich Saronn opfern lassen, ob es ihm gefällt oder nicht.«

»Das weiß ich«, versicherte Seran. »Aber ich muss es tun. Nur so kann ich meinem Volk vielleicht zum Sieg verhelfen.«

»Vielleicht?«, wiederholte Kromer. »Ernsthaft, Großer, das wird ein Desaster, und das weißt du!«

»Wird es nicht!«, beharrte Seran, obwohl es seine eigenen Zweifel waren, die aus Kromer sprachen. »Wenn sich genügend Stämme verbünden, sind sie zahlenmäßig überlegen. Unter einem fähigen Anführer können sie dann alles erreichen!«

»Die meisten dieser Krieger sind eigentlich Bauern«, hielt Kromer dagegen. »Die sollen gegen geübte Drakonen bestehen? Sie besitzen keine Helme, keine Rüstungen. Manche nicht einmal ein Schwert!«

Dafür besitzen wir andere Waffen, vor denen sich die Thebaner fürchten, dachte Seran, doch er wollte Kromer nicht zu viel verraten, solange er sich dessen Verschwiegenheit nicht sicher war. »Aber die Gelegenheit ist günstig«, behauptete er stattdessen. »Das Reich ist geschwächt, weil es von drei Seiten zugleich angegriffen wird.«

»Und weil er die Schiffe braucht, wird der Kaiser niemals nachgeben«, warnte Kromer.

»Woher willst du das wissen? Bist du unter die Seher gegangen? Komm schon, Kromer! Meine Entscheidung steht fest. Auf wessen Seite stehst du?«

Kromer schnaubte. »Ich bin nicht fünfzehn Jahre bei Astur geblieben, weil ich so sehr an ihm hänge. Natürlich steh ich auf deiner Seite. Man wird ja wohl noch versuchen dürfen, seinen Freunden leichtsinnigen Unfug auszureden.«

»Mir ist es aber ernst damit«, beharrte Seran.

»Das hab ich jetzt begriffen. Heiliger Dunar! Worauf hast du dich da nur eingelassen.«

»Falls du befürchtest, meinetwegen als Verräter angeklagt zu werden, könntest du auch zurück n…«

»Davonlaufen? Ich?«, brauste Kromer auf. »Eher lässt sich der Kaiser von seinen eigenen Löwen fressen! Nichts da! Man sieht ja, was passiert, wenn ich dich einmal aus den Augen lasse.«

»Das könnte ich umgekehrt aber auch sagen«, stellte Seran schmunzelnd fest. Doch vor allem war er froh, wenigstens einen Freund zu behalten, wenn er schon sonst alles verlor.

*

Von Garud und Milos über Einohr bis hin zu Leubwin und seinen Männern waren viele Leute erfreut, Seran lebend wiederzusehen. Nur Ordechan begrüßte ihn zwar respektvoll, aber etwas mürrisch, denn Astur hatte ihn zum Stellvertretenden Reiterführer ernannt, was ihm in Serans Abwesenheit den Befehl über *Tharians Stolz* verschafft hatte. Die Bestätigung durch den Kaiser stand noch aus, doch niemand zweifelte daran, dass Erman den Vorschlag seines Feldherrn annehmen würde, denn Ordechan besaß die nötige Erfahrung und befand sich bereits beim Heer. Sicher wollte Astur ein Gegengewicht dazu schaffen, dass ein Mataver an die Spitze des Reiterflügels aufgerückt war. Schließlich hatten sich die thebanischen Bizene schon bei Serans Ernennung zum Stellvertreter übergangen gefühlt.

Deshalb haderte Seran auch nicht mit Asturs Entscheidung, als er zu ihm ging, um Bericht zu erstatten. Vor diesem Gespräch galt es andere, wichtigere Dinge zu bedenken. Schon seit zwei Tagen trieb ihn um, dass es ein Grundsatz erfolgreicher Kriegsführung war, das feindliche Heer seiner Befehlshaber zu berauben. Wenn es ihm ernst war mit dem Sieg der Mataver, musste er dann nicht seine Stellung nutzen und den Feldherrn des Gegners töten? Doch bei der Vorstellung, Astur zu ermorden, graute ihm vor sich selbst. Sein Ziehvater mochte ihn in einem Punkt belogen haben, aber ihm deshalb einen Dolch in den Rücken zu stoßen … Schaudernd schob er den Gedanken von sich, bevor er das Zelt betrat. Frisch rasiert und sogar gebadet erinnerte nichts mehr an den Überläufer, der durch die Wälder geritten war, und so ließen ihn die Leibgardisten vor dem Eingang ebenso passieren wie die Offiziersanwärter, die sich stets bereithielten, um Asturs Befehle weiterzugeben.

Während seine Augen noch vom Sonnenschein geblendet waren, erkannte Seran bereits eine Stimme, die ihm kalten Schweiß auf die Stirn trieb. *Habard!* Der Gesandte der Amunduren hatte die Versammlung am Steinernen Heer kurz vor ihm verlassen, aber Seran hatte erwartet, dass Habard umgehend zu König Gormund zurückkehren würde. Einen Besuch bei Deriges hätte er verstanden, denn wenn man auf dem Fluss reiste, lag Sevena unmittelbar am Weg, doch warum hatte Habard die entgegengesetzte Richtung eingeschlagen und saß nun in trautem Gespräch mit Astur?

Er weiß, dass ich die Seiten gewechselt habe. Serans Herz pochte gegen die Rippen, als ob es fliehen wollte.

»Seran!«, rief Astur erleichtert. »Den Göttern sei Dank, dass sie dich lebend zurückgebracht haben. Komm und setz dich zu uns! Einen Stuhl für meinen Ziehsohn!«, befahl er und einer der Sklaven stellte eilig einen Klappstuhl für Seran auf.

Seran verkniff sich den förmlichen Gruß, den Astur sonst stets bevorzugt hatte, und verneigte sich nur, bevor er dem Amunduren zunickte. »Habard.«

Auch der düstere Krieger nickte nur und schwieg. Mit plötzlich ausgetrockneter Kehle nahm Seran Platz und nippte dankbar am verdünnten Wein, den ihm ein Sklave reichte. Da Astur so freundlich war, hatte Habard wohl noch nichts gesagt, doch sein Blick verhieß nichts Gutes. Vor den Häuptlingen hatte er noch versichert, dass sich sein Volk aus diesem Krieg heraushalten werde, solange die anderen Stämme den Kampf nicht auf Amundurengebiet trugen. *Elender Verräter!*

»Wie mir Habard bereits berichtet hat, konntest du die Häuptlinge nicht zur Vernunft zu bringen«, bedauerte Astur. »Oder hat sich nach seiner Abreise noch etwas verändert?«

»Nein«, antwortete Seran wahrheitsgemäß. »Sie weigern sich, die Überlegenheit Thebans anzuerkennen. Das ist keine Frage des Goldes oder der Vorteile, die das Reich ihnen bietet. Sie sind nur nicht bereit, ihre Zauberer und das Leben nach Art ihrer Ahnen aufzugeben.«

»Es sind einfach Wilde«, befand Astur. »Obwohl ihnen Sevena – und auch König Gormunds Hof – als leuchtende Beispiele vor Augen stehen, begreifen sie nicht, was ihnen entgeht. Nun gut. Du hast es versucht. Damit haben wir unseren guten Willen bewiesen. Uneinsichtige Völker werden von den Göttern bestraft wie trotzige Kinder, und wir sind das Werkzeug, dessen sie sich dazu bedienen.«

»Sie werden ihre Lektion lernen – wie alle Kinder«, fügte Habard mit einem Blick auf Seran hinzu.

»Tote können nichts mehr lernen«, stellte Seran säuerlich fest.

»Wir wollen jetzt nicht über Wortklaubereien streiten.« Asturs Tonfall duldete keinen Widerspruch. »Es ist verständlich, dass dich dein Misserfolg ärgert, aber du wirst bald genug Gelegenheit haben, die Scharte auf dem Schlachtfeld auszuwetzen. Habard war gerade dabei, mir zu berichten, welche Stämme sich gegen uns zusammenrotten. Konntest du darüber auch etwas in Erfahrung bringen?«

»Alles. Die Häuptlinge haben keinen Hehl aus ihrem Bündnis gemacht.«

»Daran kannst du erkennen, wie sehr sie sich überschätzen«, meinte Astur, bevor er erwartungsvoll schwieg.

Will er mich prüfen, indem er meine Angaben mit Habards vergleicht? Oder uns beide? Wann genau hatte Habard das Treffen verlassen? War ihm noch zugetragen worden, wie die Jukaner entschieden hatten? Obwohl ihm dabei abwechselnd heiß und kalt wurde, entschied Seran, es darauf ankommen lassen. »Unser größter Gegner ist Rekkared, der neue Kriegshäuptling der Elweonen. Die ganze Versammlung war sein Einfall, und es waren seine Krieger, die die Elivarflotte bei der Brücke überfielen. Offenbar fürchten seine Nachbarn, die Elwethungen, dass wir als Nächstes auf ihr Gebiet vordringen. Deshalb haben sie sich Rekkared angeschlossen. Hinzu kommen die Warasker, von denen wir es bislang nur vermutet haben. Und auch der Stamm der Uthonen, der nordwestlich von hier lebt, soll einige Krieger entsenden.«

»Du hast die Andanen vergessen«, ergänzte Habard grimmig.

Verdammt, jetzt platzt er gleich damit heraus. »Ich habe sie nicht vergessen«, behauptete Seran scharf. »Aber dieser Stamm ist längst so gut wie ausgelöscht. Die paar Krieger fallen wohl kaum ins Gewicht.«

»In der Tat«, befand Astur, und Seran fragte sich unwillkürlich, ob sein Ziehvater in diesem Moment an die blutige Nacht dachte, in der er die Andanen besiegt hatte. »Wichtiger ist, dass wir uns auf unsere Verbündeten verlassen können. Es war sehr erfreulich, dass du hergekommen bist, Habard.« Astur erhob sich, woraufhin auch Seran und Habard aufstanden. Ungeduldig bedeutete der Feldherr einem Sklaven, zu ihm zu kommen.

»Die Schatulle«, raunte Astur dem Mann zu, der daraufhin in die Schatten im hinteren Bereich des Zelts eilte und mit einer kleinen Truhe zurückkam, die mit schweren Eisenbeschlägen und einem Schloss gesichert war. Astur öffnete es, klappte den Deckel auf, und da Seran fast neben ihm stand, konnte er das Gold und die Juwelen sehen, die darin funkelten. »Der hier ist für dich«, erklärte Astur und reichte Habard einen goldenen Armreif, auf dem kaum fingernagelgroße Pferde Saronns durch Siberos' Flammen galoppierten. Der Kaiser selbst hätte dem Krieger kein wertvolleres Geschenk machen können, ohne seinen Rang zu missachten. »Richte deinem König meinen Dank und Grüße von mir aus! Ich werde dem Kaiser von eurer Treue berichten. Sie wird sicher nicht zu eurem Schaden sein.«

Der Reif verschwand gänzlich in Habards Pranke, als er die Finger darum schloss. »Ihr seid sehr großzügig«, befand er, sah jedoch weder dankbar noch erfreut aus. »Mögen Eure Götter Euch gewogen sein.« Er deutete eine Verneigung an und ging, ohne Seran eines Blickes zu würdigen.

Seran sah ihm nach, bis Habards großer, breiter Umriss aus dem Zelteingang verschwand, und es war, als ob die Sonne nun heller schien als zuvor. Trotzdem wagte Seran noch nicht, aufzuatmen. Er konnte nicht glauben, dass Habard ihn nicht verraten hatte.

»Was hat er Euch versprochen?«, erkundigte er sich.

»Dass keine Amunduren gegen uns kämpfen werden. Nun, das ist das Mindeste und das habe ich ihm auch deutlich zu verstehen gegeben«, antwortete Astur verächtlich. »Er wollte mir als Entgegenkommen verkaufen, dass sie die feindlichen Stämme daran hindern werden, den Wagar zu überqueren, um Sevena oder gar Ilera anzugreifen. Als ob das nicht längst Bestandteil unserer Vereinbarungen wäre! Aber da wir König Gormunds Krieger nicht brauchen, ist es mir lieber, wenn sie bleiben, wo sie sind. Immerhin hielt es der Kerl für nötig, zu mir zu kommen, um Gormunds Treue zum Kaiser zu bekunden. Und da du dasselbe berichtest, hat er mich nicht belogen. Dafür hatte er etwas Anerkennung verdient.«

Demnach war er schon weg, als sich die Jukaner doch noch

zum Aufstand entschlossen haben. Erleichtert trank Seran erneut von seinem Wein, aber Astur bedeutete ihm bereits, sich wieder zu setzen. Sicher hatte sein Ziehvater noch etliche Fragen. Er würde sehr genau abwägen müssen, wie viel er verraten durfte.

*

Noch am selben Abend sandte Astur Boten mit seinen neuen Befehlen an die Lagerkommandanten des *Greverischen* und des *Korunischen Drachen*. Seran war überrascht, wie schnell sein Ziehvater nun handelte. Die drei Drachen lagerten im Abstand von einem Tagesmarsch am Ufer des Elwe, und Astur ordnete an, dass nur im Lager des *Greverischen Drachen* eine Klaue, also tausend Mann als Schutzmacht für Denuba zurückbleiben sollten. Das Kommando über diese Klaue erteilte er Adurin, doch Seran vermochte nicht zu erkennen, ob es ein Zeichen seines Vertrauens war oder ob er einen Angriff auf die Stadt für so unwahrscheinlich hielt, dass er ihre Verteidigung seinem untauglichsten Offizier überlassen konnte.

Im Lager des *Korunischen*, dem Astur mittlerweile die Reiterei aus Tibelika zugeteilt hatte, und des *Saskallas' Speer*, dem nun Seran mit *Tharians Stolz* angehörte, hatten jeweils nur ein Bizen mit seiner Kralle von zweihundert Drakonen als Wächter auszuharren, während die Hauptstreitmächte aller drei Drachen parallel zueinander nach Norden vordringen sollten.

»Wir werden einen ersten Streifen Land von drei Tagesmärschen Breite und ebensolcher Tiefe in Besitz nehmen«, erklärte Astur den Offizieren. »Alle Ansiedlungen in diesem Bereich sind auf verwertbare Vorräte hin zu durchsuchen und anschließend dem Erdboden gleichzumachen. Wer sich uns in den Weg stellt, ist ein Feind und wird an Ort und Stelle Saronn geopfert. Ich rechne damit, dass die Bewohner entweder fliehen oder heftige Gegenwehr leisten werden. In ersterem Fall ist den Männern die Verfolgung strengstens zu untersagen! Auch wenn die Lage noch so harmlos wirkt, könnte es sich um einen Hinterhalt handeln. Irgendwo in diesen Wäldern verstecken sich Tausende feindlicher Krieger, und wir werden ihnen keine Gelegenheit zu weiteren kleinen Erfolgen wie am Hrönn verschaffen!«

»Aber wie sollen wir auf diesen schmalen Pfaden im geschlossenen Verband vorrücken?«, wollte einer der Bizene wissen.

»Wir haben keine Eile und werden uns den Weg selbst bahnen«, antwortete Astur gelassen. »Seran wird hinter den Spähern mit zwei Einheiten seiner Reiterei die Vorhut bilden. Seine Männer kennen diese Art Gelände, und Reiter können sich rasch zurückziehen, wenn sie angegriffen werden. So wird niemand das Vorauskommando überraschen können, das jedem Drachen voranziehen und den Weg auf das Maß einer Reichsstraße verbreitern wird.«

»Heißt das, dass wir Reiter die Dörfer überfallen sollen?«, fragte Leubwin leise.

Seran schüttelte nur den Kopf, um Asturs Ausführungen nicht zu unterbrechen.

»Aber wir werden zuerst dort sein«, wandte Leubwin ein.

»Unsere Aufgabe ist lediglich, das Vorrücken des Drachen zu sichern«, flüsterte Seran. »Dadurch bleibt das Heer immer eng zusammen und keine Einheit wird für sich allein in Kämpfe verwickelt.«

»Ordechan wird mit dem Rest des *Tharians Stolz* unseren Tross eskortieren und die Nachhut bilden«, verkündete Astur gerade. »Damit wäre auch die Marschordnung geklärt. Falls es keine weiteren Fragen gibt, ist die Besprechung beendet.«

Niemand meldete sich zu Wort und so löste Astur die Versammlung auf.

»Jetzt wird es also ernst«, stellte Leubwin fest, als sie mit den anderen Reiterbizenen das befestigte Lager verließen. Seran war jedoch sicher, dass der Jukaner noch nichts von den Beschlüssen seiner Häuptlinge wusste. Leubwins nervöse Blicke galten eher Ildingar, dem Bizen, in dessen Einheit die meisten Elweonen dienten.

Dass es unter seinen Reitern Angehörige der feindlichen Stämme gab, hatte Seran Astur bewusst verschwiegen, doch Ordechan konnte jederzeit auf den Einfall kommen, den Feldherrn davor zu warnen. »Ich will deine Leute für die Vorhut – und deine, Ildingar«, verkündete Seran, um sie Ordechans Zugriff zu entziehen. »Ordechan, ich könnte morgen deinen Rat gebrauchen. Uns bleibt noch ein Tag vor dem Aufbruch, und ich will ihn nutzen, um endlich die Mitglieder meiner Leibgarde zu ernennen.«

Wie erhofft, lenkte diese Ankündigung Ordechan von Serans Auswahl der Vorhut ab, und er begann sofort, die Vorzüge einiger seiner Männer zu preisen. Mit Sicherheit wollte er ein oder zwei Spitzel, die ihm besonders ergeben waren, in der Leibgarde unterbringen, und Seran wusste nicht, wie er das unauffällig verhindern sollte. Da es für ihn ansonsten wenig vorzubereiten gab, nahm er sich den ganzen Tag Zeit. Er ließ alle von den Bizenen vorgeschlagenen Männer vorreiten, Speere werfen und mit Übungsschwertern kämpfen, begutachtete den Zustand ihrer Ausrüstung und Pferde und nutzte die Zeit, um mit jedem ein paar Worte zu wechseln. Am Ende schaffte er es, keine Einheit vor den Kopf zu stoßen. Aus jeder wurden vier Männer berufen, nur aus Ordechans bloß drei und stattdessen aus Ildingars fünf, was er jedoch überzeugend mit den Leistungen der Reiter begründen konnte. Bei allen Bewerbern hatte er insgeheim auch darauf geachtet, ob sie einen wortkargen oder eher geschwätzigen Eindruck machten. Je weniger sie redeten, desto besser. Es gelang ihm sogar, sich um jene Männer zu drücken, die Ordechan ihm am verdächtigsten empfahl. Dennoch hatte er nicht vor, den beiden Rutavern und dem Alanduren zu vertrauen, deren Ernennung er nicht hatte vermeiden können.

Kromer bekam er den ganzen Tag nicht zu Gesicht. Gleich am Morgen hatte sein Freund die Feldschmiede angeheizt, um den Ersatz für seine schmählich verlorene Rüstung in Angriff zu nehmen. Auch Helm und Waffen musste er neu anfertigen, und für Seran stand noch immer ein neues Zweitschwert an. Selbst auf dem Marsch würde er deshalb noch einige Abende beschäftigt sein, aber bei Adurin am Elwe zu bleiben kam für ihn nicht infrage. Schon Serans diesbezügliche Andeutung löste einen solchen Wutanfall aus, dass er befürchtete, Kromer könnte mit Hammer und Zange um sich werfen.

Als er am nächsten Morgen die Kundschafter vorausschickte,

fiel ihm auf, dass er Einohr schon seit dem Vortag nicht mehr gesehen hatte. »Weißt du, wo er ist?«, erkundigte er sich bei Leubwin.

»Ja, der kam gestern Morgen an mir vorbei, als ich auf dem Weg zu dir war. Er meinte, es sei Zeit, zu König Derik zurückzukehren. Hörte sich an, als ob er nicht dabei sein will, wenn es schmutzig wird.«

»Kann ich ihm nicht verdenken«, gab Seran zu. Dass sie nun die Häuser unschuldiger Menschen niederbrennen würden, erfüllte ihn mit Abscheu. Doch er sah keinen Weg, um es zu verhindern, ohne es zum offenen Bruch mit seinem Ziehvater kommen zu lassen, und solange er mit Ildingars Elweonen allein gegen drei Drachen stand, wäre alles nur schlimmer geworden.

»Die Aasgeier sammeln sich schon«, meinte Leubwin und deutete auf ein Schiff, das am Vortag angelegt hatte. Ein Sklavenhändler, der von dem Feldzug erfahren und ein gutes Geschäft gewittert hatte.

Seran nickte. Auf der Suche nach Astur war der Kerl an den Bewerbern für die Leibgarde vorübergekommen und hatte sich nach dem Weg erkundigt. Auch aus Denuba waren bereits zwei Sklavenhändler eingetroffen. Seran bildete sich ein, ihnen ansehen zu können, wie sie mit den Frauen und Kindern umgehen würden. »Sehen wir zu, dass wir hier wegkommen. Brecht die Zelte ab! Wer zuletzt fertig ist, muss bei Kromer bleiben und den Amboss tragen!«

*

Gleich am ersten Marschtag entlud sich die schwüle Hitze der letzten Tage in einem Unwetter mit Hagel. Mittlerweile empfand Seran die Regengüsse als Erfrischung, doch die Sturmböen rissen nicht nur grünes Laub, sondern auch ganze Äste herunter. Eine Gefahr, der sie im Wald nicht ausweichen konnten. Abends im Lager schimpften die Drakonen dann über Kälte und Nässe, denn ihre Umhänge waren noch nicht getrocknet, und das feuchte Holz, von dem sie ohnehin zu wenig fanden, wollte ebenso wenig brennen wie die frisch gefällten Bäume. Astur befahl, dass sie sich mit dem Ausheben eines Grabens und dem Errichten der Palisade aufwärmen sollten, was die Thebaner zwar taten, aber nichts daran änderte, dass sie sich mit klammen Umhängen und kaltem Essen abfinden mussten.

Während sich Milos trotz der Schwierigkeiten bemühte, ein Feuer in Gang zu bringen, beobachtete Seran aus dem Augenwinkel, wie einer der zurückkehrenden Späher leise mit Ildingar sprach. Mehrfach blickten die beiden dabei verstohlen zu ihm herüber. Als Ildingar später ans Zelt klopfte und ihn in einer vertraulichen Angelegenheit sprechen wollte, ahnte Seran bereits, worum es ging. Er hatte absichtlich auch Späher der Elweonen ausgewählt, damit sie die Menschen in den Dörfern warnten und von ihnen Neuigkeiten erfuhren.

Damit sie niemand belauschen konnte, verließ Seran mit Ildingar das Lager. Unter den Kronen der hohen Bäume gab es kaum Unterholz, sodass die Stämme wie die Säulen einer Halle wirkten. Dennoch blieb Seran wachsam.

»Mir ... wurde gerade etwas zugetragen«, begann Ildingar unsicher. Wie Leubwin war er vom einfachen Reiter zum Bizen aufgestiegen, hatte dafür jedoch mindestens zehn Jahre gebraucht, was eher der üblichen Laufbahn entsprach. Im Gegensatz zu Leubwins jugendlichem Gesicht erinnerte Ildingars Miene an verwitterten Fels, obwohl er längst nicht so alt sein konnte wie Astur.

»Etwas über mich?«, fragte Seran, um dem vorsichtigen Bizen entgegenzukommen.

Ildingar nickte brummend. Da Seran nicht mehr sagte, blieb ihm nichts anderes übrig, als sich weiter vorzutasten. »Es fällt mir schwer zu glauben, was ich da gehört habe«, gab er zu. »Ihr seid Asturs Ziehsohn, und der Feldherr ist dem Kaiser zweifellos treu ergeben.«

Seran wechselte ins Matavische, das weniger förmlich war. »Hast du immer für richtig gehalten, was dein Vater tut?«

»Nein«, lachte Ildingar rau. »Sonst wäre ich nicht in thebanische Dienste eingetreten. Mein Vater war strikt dagegen. Er wollte, dass ich seinen Hof übernehme. Wenn du Harass' Weg folgen willst, tritt eben einem Rudel bei, meinte er. Aber ich wollte was von der Welt sehen und bin gegangen. Jetzt ist meine älteste Schwester Herrin auf unserm Hof, und der Kaiser will, dass wir ihn zerstören.« Ildingar schüttelte den Kopf. »Vielleicht hätte ich doch bleiben sollen.«

»Ich glaube, dass wir so mehr ausrichten können«, hielt Seran dagegen. »Wir sind gut ausgebildet und der Kaiser hat uns Waffen und Rüstungen gegeben. Wenn das nicht von Vorteil ist, was dann?«

»Dann ist es wahr, dass du auf unserer Seite stehst?«

»Hätte ich sonst ausgerechnet Elweonen mit in die Vorhut genommen? Ihr müsst mir Nachricht von Rekkared überbringen, sobald es Neuigkeiten gibt.«

Ildingar lächelte erleichtert. »Hraudur sei Dank! Wir hatten eigentlich vor, nachts noch einmal so viel Schaden anzurichten wie möglich und dann zu verschwinden, aber vielleicht hast du mit Rekkared einen besseren Plan geschmiedet.«

»Auf jeden Fall bleiben wir vorerst beim Heer«, entschied Seran. »Wenn wir im richtigen Augenblick überraschend zuschlagen, können wir am meisten bewirken. Deine Männer sollen sich bereithalten – und schweigen!«

*

Obwohl die Wege durch die bewaldeten Hügel alles andere als geradlinig verliefen, lagen die Weiler der Elweonen daran aufgereiht wie Perlen auf einer Schnur. Um ein Dorf nach dem anderen zu zerstören, musste *Saskallas' Speer* nur dem meistgenutzten Pfad folgen, den die in solchen Arbeiten geübten Drakonen verbreiterten, indem sie rodeten, Steinbrocken zur Seite hebelten und mit Spitzhacken und Schaufeln tiefere Kehren in Hänge trieben. Selbst Seran staunte, wie schnell sie vorankamen, und die Holzhändler, die sich dem Tross angeschlossen hatten, nutzten die neue Straße, um die von den Truppen gefällten Baumstämme zum Elwe schleifen zu lassen. Seran sah jedoch selten etwas davon, weil er mit Ildingars und Leubwins Männern voranritt. Dank seiner Späher fanden sie die meisten Häuser verlassen vor. Die Bewohner hatten ihre Gärten noch rasch selbst geplündert, bevor sie davongeeilt waren und ihr Vieh dabei vor sich hergetrieben hatten. Aber es gab auch sture, vor allem alte Männer und Frauen, die ihr Heim nicht kampflos aufgeben wollten. Vergeblich bemühten sich Serans Reiter, sie zur Flucht zu drängen. Entweder vermochten sie sich nicht vorzustellen, dass durch die einsamen Wälder Tausende Thebaner anrückten, oder sie wollten tatsächlich lieber sterben, als an einem fremden Ort noch einmal von vorn anzufangen.

Seran blieb nichts anderes übrig, als sie ihrem Schicksal zu überlassen. Doch je öfter er auf solche todgeweihten Menschen traf, desto mehr widerte ihn an, wie Astur diesen Krieg führte. Dass er selbst meistens nur aus der Ferne die Rauchwolken sah, änderte nichts an der Mitschuld, die er trug, weil er nichts dagegen unternahm. Hoffentlich sandte Rekkared bald Nachricht, wann und wo er zuschlagen wollte. Dann hätte das untätige Zusehen ein Ende.

Beim Abendessen vor dem Zelt führte Kromer Seran den Helm vor, den er gerade fertiggestellt hatte, doch während Seran die makellosen Formen bewunderte, tauchte atemlos einer seiner Männer auf. »Reiterführer«, schnaufte er und deutete bereits in die Richtung, aus der er gekommen war. »Ordechan hat Janner gefangen genommen! Er hält ihn für einen Spitzel.«

Den Namen des Verdächtigen hatte Seran zwar nie zuvor gehört, aber der Mundart des besorgten Kameraden nach zu urteilen, waren beide Uthonen, also Angehörige eines der feindlichen Stämme. »Verdammt!« Rasch gab Seran Kromer den Helm zurück und folgte dem Uthonen. Besorgt eilte Kromer ihm nach. Soweit Seran wusste, gehörten Ordechans Einheit keine Uthonen an. Sein Stellvertreter hatte den Mann also eigenmächtig festgenommen und verhörte ihn, ohne Seran davon in Kenntnis zu setzen. »Der Kerl kann was erleben!«

»So ein mieser Verräter!«, schimpfte Kromer und schoss Seran einen warnenden Blick zu.

Mühsam schluckte Seran seinen Zorn hinunter. Kromer hatte recht. Wenn seine Sorge eigentlich dem vermutlichen Verräter gelten musste, durfte er sich seine Wut auf Ordechan nicht anmerken lassen. »Was geht hier vor?«, fragte er dennoch scharf, als sie Ordechans Zelt erreichten.

Janner stand mit gefesselten Händen zwischen zwei Rutavern, die ihn an den Armen festhielten. Auch Janners Bizen war bereits hinzugekommen, und immer mehr Neugierige sammelten sich, um das Geschehen zu verfolgen.

»Ich habe einen Späher des Feinds in unseren eigenen Reihen erwischt«, brüstete sich Ordechan und deutete auf Janner. »Einige meiner Männer haben beobachtet, wie sich dieser Kerl in die Büsche geschlagen hat, nachdem sie einen fremdartigen Vogelruf gehört hatten.«

»Fremdartig?«, hakte Seran nach.

»Ja, Herr«, antwortete einer der umstehenden Rutaver. »Ich kenne keinen Vogel, der so klingt.«

»Das war ein Bienenfresser, du Sumpfeule!«, schimpfte Janner.

Der matavische Name sagte Seran nichts. »Gibt es Bienenfresser, wo du herkommst?«, fragte er den Rutaver.

»Nie gehört«, antwortete der Mann kopfschüttelnd.

»Aber bei uns«, rief der Uthone, der Seran geholt hatte.

»Hm. Dieser Vogel scheint mir kein guter Beweis zu sein«, befand Seran.

»Das war kein Tier!«, beharrte der Rutaver. »Das war ein Mensch, der einen Vogel nachgemacht hat!«

»Hast du denn jemanden gesehen?«, fragte Seran.

»In dem Dickicht? Nein. Da hätten sich zehn Männer verstecken können.«

»Du hast also nur den Vogel gehört und dann ist der Verdächtige im Unterholz verschwunden. Hat irgendjemand mehr mitbekommen als das?« Auffordernd sah sich Seran um.

»Er hat sich aber auffällig lang in den Büschen rumgetrieben«, wandte ein anderer Rutaver ein. »Er kam erst raus, als ich vorbeigeritten bin, und ich war viel weiter hinten, wo der Tross begonnen hat.«

»Wird jetzt festgehalten, wie lange einer zum Scheißen braucht?«, fuhr Janner auf und die meisten Männer lachten.

»Du warst also ausgetreten, um dich zu erleichtern?«, vergewisserte sich Seran.

»Das kann doch jeder behaupten!«, ereiferte sich Ordechan. »Eine bessere Ausrede gibt es nicht.«

»Leider wahr«, gab Seran zu. »Aber genau deshalb fällt es mir schwer, hier ein Urteil zu fällen. Verrat ist ein sehr schwerer Vorwurf. Sollen wir jetzt wirklich anfangen, Männer hinzurichten, nur weil jemand einen seltsamen Vogel gehört hat?«

Erneut gab es Gelächter, aber auch missbilligende Töne unter den Umstehenden. Ordechan knirschte sichtlich mit den Zähnen.

»Lasst den Mann frei!«, befahl Seran den Rutavern. »Und ihr anderen steht hier nicht herum! Es wird niemand aufgrund bloßer Verdächtigungen bestraft.«

Widerstrebend löste sich die Runde auf, und Seran wartete, bis er mit Kromer und Ordechan allein zurückgeblieben war. »Vielleicht ist der Kerl wirklich ein Verräter«, sagte er zu Ordechans Überraschung. »Er wird jetzt vorsichtiger sein, aber weist Eure Männer an, ihn genau zu beobachten!«

»Das werden sie«, versicherte Ordechan eifrig. »Verlasst Euch darauf!«

*

Am nächsten Morgen begegnete Seran Janner zufällig auf dem Weg zur allabendlich ausgehobenen Latrine. Vielleicht hatte Janner dem Zufall auch ein wenig nachgeholfen, denn als Seran an ihm vorbeiging, legte der Uthone nicht nur wie vorgeschrieben die Faust auf die Brust, sondern sagte auch leise: »Ich soll beste Grüße von Waihalar ausrichten.«

Abrupt blieb Seran stehen, denn Waihalar war der Name des Häuptlings der Uthonen. Also hatte Janner tatsächlich einen Boten seines Stamms getroffen. »Hast du sonst noch Nachrichten für mich?«, erkundigte sich Seran und sah sich so beiläufig, wie er konnte, nach unerwünschten Zuhörern um.

Janner schüttelte den Kopf.

»Gut. Du wirst beobachtet«, sagte Seran leise, aber sehr streng, damit es aussah, als ob er dem Uthonen ins Gewissen redete. »Falls es Neuigkeiten gibt, schick jemand anderen zu mir!«

»Zu Befehl«, erwiderte Janner und schlug sich erneut mit der Faust auf die Brust.

Seran nickte ihm zu und ging weiter. Demnach wussten nun auch die Uthonen unter seinen Männern, dass sie mit ihm überlaufen sollten. Aber was war mit den Jukanern? Sie lebten viel näher als die Uthonen und hätten längst eine Nachricht schicken können. Bestimmt wäre Leubwin dann sofort zu ihm gekommen, um ihm seine Unterstützung zu versichern. Hatten es sich ihre Häuptlinge anders überlegt? Da sie in alles eingeweiht waren, bereitete ihm ihr Schweigen ernste Sorgen.

Mit mulmigem Gefühl sprang er in den Sattel. Der dritte Tag des Vormarschs war angebrochen, und Seran fragte sich, wann Rekkareds Antwort auf die Zerstörung der Dörfer erfolgen würde. Astur plante, morgen einen Rasttag einzulegen, bevor die Drachen dann in westliche Richtung weiterziehen würden, um in einem Bogen an den Elwe zurückzukehren und auf dem Weg weitere Ansiedlungen der Elweonen zu vernichten. Sollte er Rekkared einen Boten schicken, um ihm von Asturs Vorhaben zu berichten? Doch wegen der Späher war das gefährlich, und Rekkareds Kundschafter würden den Weg des Heers ohnehin überwachen. So ritt er ungeduldig weiter seinen Männern voran, mit dem nichts ahnenden Leubwin an der Seite und der Leibgarde samt Tjorr in seinem Rücken.

Am frühen Nachmittag kamen ihnen drei Reiter entgegen. Da die beiden hinteren Männer den vorderen mit gesenkten Speeren förmlich vor sich hertrieben, betrachteten sie ihn wohl als Feind, aber aus irgendwelchen Gründen hatten sie ihn dennoch nicht gefangen genommen. Als sie näher kamen, bemerkte Seran, dass der vorausreitende Mann ein Wolf Harass' sein musste, denn er trug weder Waffen noch eine Tunika. Vielleicht hatten die beiden Späher deshalb nicht gewagt, ihn anzurühren.

Seran ließ anhalten, um die Angelegenheit in Ruhe aufklären zu können.

»Vielleicht ein Kundschafter Rekkareds«, vermutete Leubwin mit gerunzelter Stirn.

»Das ist Umbrik!«, entfuhr es Seran. »Der Anführer des Rudels, das am Überfall auf die Flotte beteiligt war.«

Umbrik saß so ungerührt auf seinem Pferd, als ob es die beiden Jukaner mit ihren Speeren hinter ihm nicht gäbe.

»Was hat das zu bedeuten?« Leubwin sah so angespannt aus, als erwarte er einen Angriff.

»Das werden wir hoffentlich gleich erfahren.« Seran ritt Umbrik noch zwei Schritte entgegen, um keinen Zweifel daran zu lassen, wer sich mit dem Wolf Harass' auseinandersetzen würde. »Umbrik, hast du dich im Weg geirrt, oder willst du neuerdings dem Kaiser dienen?«

»Die Kehle will ich ihm aufreißen. Oder soll ich mit dir anfangen?«

»Ziemlich große Töne für einen, auf den zwei Speere gerichtet sind«, befand Seran gelassen. Offenbar hatte Umbrik begriffen, dass sie vor den Männern nicht frei sprechen konnten. »Was willst du wirklich?«

»Mit deinem Heerführer reden«, verkündete Umbrik barsch. »Ich habe eine Nachricht von Rekkared für ihn.«

Sogleich trieb Leubwin sein Pferd neben Seran. »Das darfst du auf keinen Fall zulassen«, flüsterte er. »Die Wölfe Harass' sind selbst in Fesseln gefährlich.«

Seran nickte. Nach seinem Entschluss, die Seite zu wechseln, war er von den Häuptlingen zwar so vereinnahmt worden, dass er keine Zeit mehr gefunden hatte, Awa nach den Wölfen Harass' zu fragen, aber die Krieger brachten ihnen sicher nicht grundlos so großen Respekt entgegen. »Sag die Botschaft mir! Der Feldherr wird einen wie dich nur in Ketten empfangen – und als Geschenk an den Kaiser nach Theban weiterschicken.«

»Dann bekäme ich vielleicht doch Gelegenheit, ihm an die Kehle zu gehen«, antwortete Umbrik grinsend.

»Wohl eher einem Rudel Löwen in der Arena.« *Nimm die Warnung ernst, du Hohlkopf!*

Umbrik schnaubte verächtlich. Mit seiner verfluchten Prahlerei würde er noch auffliegen lassen, dass Seran ihn gar nicht festnehmen wollte.

»Für *den* Kampf würde ich glatt nach Theban zurückkehren«, murmelte Leubwin.

»Den wird es nicht geben«, beschied ihm Umbrik, der erstaunlich gute Ohren haben musste. »Mein Rudel und Rekkared erwarten mich für die anstehende Schlacht zurück.«

Na endlich! »Dann sag, was du zu sagen hast, und verzieh dich!«

Umbrik gelang es, trotz Serans harscher Worte so auszusehen, als sei es eine Gefälligkeit seinerseits, die Botschaft auszurichten. »Wenn dein Heerführer auch den Mut hat, gegen Krieger zu kämpfen statt gegen Häuser und Kinder, dann erwarten wir ihn auf der Hohen Au. Rekkared freut sich darauf, ihm zu zeigen, wie man Krieg führt.«

22

Astur nahm die Neuigkeit gelassen auf. »Wissen wir, wo diese Hohe Au ist?«, erkundigte er sich nüchtern wie stets.

»Sie liegt an der Behra, nördlich von hier«, antwortete Ildingar, den Seran mitgenommen hatte, weil er sich auf dem Gebiet seines Stamms am besten auskannte.

»Weshalb könnte unser Gegner ausgerechnet diesen Ort gewählt haben?«, fragte Astur.

Ildingar hob ratlos die Schultern. »Die Hohe Au ist eigentlich nur berühmt für ihre roten Rinder. Schon der Harasssohn Hraudur soll dort sein Vieh geweidet haben.«

»Das Tal bietet also offene Flächen«, folgerte der Feldherr. »Genügend Platz für eine Schlacht. Du bist ein erfahrener Bizen, Ildingar. Sicher fällt dir noch mehr dazu ein.«

Ildingar zögerte. Vielleicht fürchtete er, Rekkareds Pläne zu vereiteln, aber sein Schweigen machte ihn verdächtig.

»Nur keine Scheu«, drängte Seran. Wenn Rekkared einen Hinterhalt plante, dann sicher nicht dort.

»Die Hohe Au endet mehr oder weniger vor einem steilen Hügel, um den die Behra einen engen Bogen macht«, erklärte Ildingar. »Auch die Hänge zur Rechten steigen rasch an. Wer zuerst dort ist und die Hügel besetzt, kann sich von zwei Seiten von den Anhöhen auf den Feind stürzen.«

»Und der Gegner im Tal hat den Fluss zur Linken und den eigenen Tross im Rücken, sodass er nicht ausweichen kann.« Astur lächelte zufrieden. »Wie lange würden wir brauchen, um dort hinzukommen?«

»Bei unserer gegenwärtigen Geschwindigkeit?« Ildingar kratzte sich an der Schläfe. »Fünf Tage, vielleicht sogar sieben, würde ich schätzen.«

»Wir könnten es natürlich im Eilmarsch versuchen«, schlug Seran vor.

Sein Ziehvater winkte ab. »Ich gehe davon aus, dass er uns bereits erwartet. Offenbar hält er sich für klug, und zumindest verschafft ihm die Wahl des Orts Zeit, um weitere Krieger zu sammeln. Aber das wird ihm nichts nützen. Wir nehmen seine Herausforderung an.«

»Ihr wollt Euch das Schlachtfeld von ihm vorschreiben lassen?«, staunte Seran. »Trotz der Gegebenheiten?«

»Die Gegebenheiten sind nur auf den ersten Blick günstig für ihn«, behauptete Astur. »In Wahrheit tut er uns einen Gefallen, indem er sich zu einer offenen Schlacht stellt. Denk nach, Seran! Wir werden genügend Platz haben, um unsere Truppen vorteilhaft zu staffeln. Vorne und zur Rechten Drakonen, die dem Ansturm die Stirn bieten können. Dahinter Schützen, die über sie hinwegschießen, und zum Fluss hin wieder Drakonen als Reserve. So können wir den Angreifern einen gebührenden Empfang bereiten. Und wenn sie sich erst vor dem Schildwall drängen, fällt ihnen unsere Reiterei in den Rücken. Das wird ein ruhmreicher Sieg!«

»Ruhm dem Kaiser!«, rief Seran hastig und Ildingar schloss sich an. Doch in Wahrheit war Seran nicht nach Jubel zumute. Astur hatte recht. Indem er sich auf einen offenen Kampf einließ, gab Rekkared den Drakonen Gelegenheit, sich vorzubereiten und ihre Vorteile auszuspielen.

»Diese Schlacht darf auf keinen Fall stattfinden«, warnte Seran Ildingar, als sie das befestigte Lager der Drakonen verlassen hatten.

»Warum? Wir sind doch die Reiterei«, hielt der Elweone dagegen. »Wenn du uns die Thebaner angreifen lasst statt die eigenen Leute, können wir das Blatt wenden.«

Seran schüttelte den Kopf. »Du hast nicht zugehört. Er sagte *unsere* Reiterei, nicht *deine*, also meinte er den tibelischen Flügel, der zurzeit mit dem *Korunischen Drachen* reitet. Vielleicht hat Ordechan ihm gesteckt, dass wir Elweonen in unseren Reihen haben und deshalb möglicherweise nicht so zuverlässig sind. Verdammt!«

»Du meinst, wir sind aufgeflogen?« Entsetzt sah sich Ildingar nach Verfolgern um.

»Noch nicht«, hoffte Seran. Sicher hätte Astur sonst ganz andere Maßnahmen ergriffen. »Außerdem besteht *Tharians Stolz* überwiegend aus Jukanern, die bislang über jeden Verdacht erhaben sind. Aber einer deiner Späher muss Rekkared eine Nachricht zukommen lassen! Wenn er uns wirklich auf der Hohen Au erwartet, wird die Schlacht ein Desaster!«

*

Wie Seran befürchtet hatte, entschied Astur, den *Korunischen Drachen* begleitet von *Tibelikas Sturm* voranmarschieren zu lassen. Lediglich seine elweonischen Späher durften noch mit den Kundschaftern der Tibeliker vorausreiten, um dem Heer den Weg zur Hohen Au zu weisen. Den Rasttag nutzte Astur, um auf Kresos und den *Greverischen Drachen* zu warten, den er zu sich befohlen hatte, und am Tag darauf schlossen der *Greverische* und *Saskallas' Speer* zum *Korunischen* auf, sodass nun alle Drachen gemeinsam nach Norden marschierten.

Ebenso große Sorgen bereitete Seran, dass die Jukaner ihren Stamm immer noch für kaisertreu hielten. Mit einem abtrünnigen Reiterflügel eine Schlacht entscheiden zu wollen war ehrgeizig genug, doch wenn er nur mit den dreihundert Elweonen und Uthonen eingreifen konnte, würden sie sich schon an den Jukanern aufreiben und nichts bewirken. Immer wieder sah er verstohlen zu Leubwin hinüber. Sollte er ihm die Wahrheit über die Versammlung verraten? Womöglich glaubte Leubwin dann, dass Seran log, um seine Loyalität auf die Probe zu stellen. Und falls es sich die Jukanerhäuptlinge tatsächlich anders überlegt hatten, wäre es ein schwerer Fehler gewesen, sich Leubwin zu offenbaren.

Als eines Nachmittags von Südosten her vierzig Jukanerkrieger auftauchten, um sich als Freiwillige für *Tharians Stolz* zu melden, wechselte Seran einen Blick mit Kromer und beglückwünschte sich im Stillen dazu, so lange geschwiegen zu haben.

»Wird ja auch Zeit, dass die Elweonen mal ordentlich Dresche bekommen«, tönte der Anführer der Neuankömmlinge und seine Krieger lachten und johlten.

Der Form halber musste Seran Asturs Erlaubnis einholen, um die Männer ins Heer aufzunehmen, doch der Feldherr hatte keine Einwände und bemängelte stattdessen, dass es nicht mehr waren. So teilte Seran die neuen Reiter auf die Einheiten seines

Flügels auf, von denen ohnehin nicht alle die Sollstärke von zweihundert Mann erreichten, und stattete sie aus den Beständen des Heers mit einheitlichen Schilden, Rüstungen und Helmen aus.

Zu allem Überfluss kam auch noch einer von Ildingars Spähern mit einer Botschaft von Rekkared zurück. »Er dankt dir für die Warnung, aber er hat zwanzigtausend Mann und glaubt, dass er den ersten Drachen damit überrennen kann. Dann werden die anderen vor seiner Übermacht die Flucht ergreifen.«

Zwanzigtausend waren viel. Und doch plagten Seran so düstere Ahnungen, dass er vom Abendessen nichts herunterbekam. Die Nacht verlief kaum besser, weshalb er auch das Frühstück in sich hineinzwingen musste. Er brauchte zwei Anläufe, um in den Sattel zu springen, was ihm seit Jahren nicht mehr passiert war.

»Reiß dich am Riemen!«, mahnte der Blick, mit dem Kromer ihn bedachte, bevor sein Freund zum Tross ritt, wo er sich zwischen den Sklaven und Zivilisten einzuordnen hatte.

»Du siehst besorgt aus«, befand Leubwin. »Ist alles in Ordnung?«

Das hat mir gerade noch gefehlt. »Nur was Falsches gegessen, schätze ich«, wehrte Seran ab.

Leubwin brummte verstehend und schwieg, doch Seran merkte, wie der Jukaner immer wieder zu ihm herüberschielte, als ob er sich vergewissern wollte, dass es ihm wirklich gut ging. »Einer der Neuankömmlinge ist ein Vetter von mir«, eröffnete Leubwin ihm nach einer Weile. »Letzte Nacht hat er mir Neuigkeiten von zu Hause erzählt.«

Jetzt kommt's … Freund oder Feind? Angespannt musterte er Leubwin, der die Stimme etwas senkte.

»Ulweig geht es besser. Sie hat das Fieber überwunden, und alle glauben nun, dass sie überleben wird.«

Das ist alles? »Das … äh … das freut mich.«

»Dachte ich mir«, sagte Leubwin lächelnd, bevor sich seine Miene verfinsterte. »Es sollen viele Krieger aufgebrochen sein, die rächen wollen, was man ihr angetan hat.«

Unwillkürlich sah sich Seran danach um, wer ihnen zuhörte.

Die Drakonen, die vor ihnen marschierten, verstanden vermutlich kein Matavisch, aber darauf durfte er sich nicht verlassen. Selbst den Namen Ulweig konnten sie kennen, falls sie zu Valenturs Kralle gehörten. Er nickte und bedeutete Leubwin, nicht mehr dazu zu sagen. Dass die Jukaner Vergeltung üben wollten, war eine unmissverständliche Botschaft. Die Häuptlinge hielten Wort. »Harass will es«, erwiderte Seran und Leubwin lächelte grimmig.

*

Am Morgen, bevor sie auf die Hohe Au hinausmarschierten, behandelte Seran Milos und Garud besonders freundlich. Schon in den letzten Tagen hatte er sich insgeheim von ihnen verabschiedet und sich bemüht, ihnen als Herr in guter Erinnerung zu bleiben, denn heute würde sich alles verändern. *Entweder werde ich sterben oder ein völlig neues Leben beginnen*. Beides war so erschreckend und zugleich unvorstellbar, dass Seran kaum wahrnahm, wie Milos ihm half, die Rüstung anzulegen. Irgendwann stand er in Kettenhemd, Schulterplatten und Beinschienen da, setzte den Helm auf und verschnürte die Wangenklappen. Auch wenn der *Korunische Drache* die Spitze des Heers bilden würde, mussten die anderen Truppenteile kampfbereit sein. Schließlich konnte Rekkared überraschend die Nachhut angreifen oder tatsächlich die Oberhand über den *Korunischen* erringen. Dann musste *Saskallas' Speer* eingreifen, um die Mataver zurückzuwerfen. Doch Seran hatte nicht vor, so lange zu warten.

Gedankenverloren ging er zum eigenen Zelt des Feldzeichens hinüber und vollzog die Riten, die *Tharians Stolz* zum Sieg verhelfen sollten. Während er so tat, als ob er Saronn, Kaiser Erman und Siberos huldigte, fragte er sich, wie die Mataver ihre Götter anriefen. Würden Harass und Rúl ihn vor dem Zorn Saronns über den Verrat beschützen können? Und woher sollten sie wissen, dass er ihren Schutz brauchte, wenn er ihnen nicht opferte, sondern stattdessen dieses erbärmliche Schauspiel des Verrats aufführte?

Ich weihe dieses Feldzeichen Harass und Rúl mit der eisernen Faust. Ihr kennt mich nicht, aber mein Vater kämpfte in eurem

Namen, und jetzt folge ich ihm nach. Sieg den Andanen! Etwas gefestigter gab er das Feldzeichen an den Standartenträger weiter. Der Mann war Jukaner und Seran sah die eigenen Zweifel in dessen Blick gespiegelt. »Für den Sieg!«, sagte Seran entschlossen, um ihm Mut einzuflößen.

»Möge Wahena es geben«, murmelte der Jukaner, während er sich vor dem Zelt mit den Bildnissen der falschen Götter verneigte.

Garud hatte Aleator gesattelt und reichte Seran Schild und Lanze. »Mögen die Götter über Euch wachen, Herr.«

»Und über dich«, erwiderte Seran. Wie die Schlacht auch ausging, er würde Garud wohl nie wiedersehen. »Halte dich weit zurück!«, befahl er ihm. »Es wird eng zugehen.« In Wahrheit wollte er nur verhindern, dass Garud im Moment des Verrats zwischen die Fronten geriet. Der treue Junge sollte nicht dafür sterben, kein Mataver zu sein.

»Komm mit mir!«, empfahl ihm Kromer, der sich weit hinten zwischen die Reiter des *Tharians Stolz* stehlen wollte, um im richtigen Augenblick wieder zu Seran aufschließen zu können. Er fürchtete, an seinem üblichen Platz im Tross zu wenig mitzubekommen und am Ende allein zurückzubleiben, falls Seran fliehen musste. »Pass auf dich auf, Großer! Ich will mich nicht auf deiner Totenfeier besaufen müssen.«

»Es wird keine geben«, antwortete Seran mit schiefem Lächeln. Denn selbst wenn er in dieser Schlacht fiel, würde Astur ihm ganz gewiss keine Feier mehr ausrichten.

Kromer brummte nur und verzog sich mit Garud nach hinten. Seran wartete noch eine Weile, um ihnen und seinen Männern Zeit für die angeordnete Aufstellung zu geben, dann setzte er sich mit seiner Leibgarde, dem Bannerträger und Leubwin an die Spitze. »Abritt!«

*

Wenn sich die Sonne zeigte, leuchtete die Hohe Au in sattem Grün. Verschwand sie dagegen hinter Wolken, verblasste die Pracht und ein kühler Wind wehte von den bewaldeten Anhöhen herab. Das Gelände war tatsächlich halbwegs eben, und da es höher über dem kleinen Fluss lag als andere Auen, waren die Wiesen weniger feucht. Von den roten Rindern, die Ildingar erwähnt hatte, zeugte nur noch alter Dung. Auch die wenigen im Tal verstreuten Höfe standen verwaist. Die geflohenen Bewohner hatten ihr Vieh wohl in die Wälder jenseits der Hügel getrieben und warteten dort den Ausgang der Kämpfe ab.

Astur hielt sich nicht damit auf, die Häuser niederzubrennen. Er wollte das Ende der Hohen Au lange vor dem Abend erreichen, um hier nicht lagern zu müssen und Rekkared damit zum Zuschlagen bei Tageslicht zu zwingen. Wie angekündigt hielt er *Tibelikas Sturm* hinter den Drakonen des *Korunischen Drachen* zurück, von wo aus die Reiter jederzeit zum Angriff ausscheren und in einem Bogen den Matavern in den Rücken fallen konnten. *Tharians Stolz* flankierte dagegen die Fußtruppen von *Saskallas' Speer* auf der hügelwärts gewandten Seite. Das war zwar ungünstig, falls Rekkared so weit hinten noch von den Hängen herab angriff, doch Astur rechnete damit, dass der Häuptling seine gesamte Streitmacht auf den *Korunischen* werfen würde, um einen schnellen Sieg zu erringen und die Moral der nachfolgenden Drachen zu schwächen. In diesem Fall stand Serans Reiterei an der Flanke ausgezeichnet, denn von dort konnte sie *Tibelikas Sturm* rasch zu Hilfe eilen, wenn dessen Schlagkraft nicht genügte.

Immer wieder warf Seran nervöse Blicke die Anhöhen hinauf. Es beunruhigte ihn, wie gut Astur Rekkareds Strategie durchschaute. *Am Ende wird alles von uns abhängen*, ahnte er und blickte zu Leubwin hinüber. Auch der Jukaner wirkte angespannt und schielte ständig zum Wald auf den Hügelkuppen empor. Um möglichst wenig Verdacht zu erregen, hatte Seran Ildingar mit seinen Elweonen ans Ende des Zugs verbannt, während er Ordechans Einheit in der Mitte platziert hatte. Dadurch würde sie im Kampfgetümmel von abtrünnigen Einheiten umringt sein und schwieriger eigenständig handeln können.

In der Ferne kam das Ende der Hohen Au in Sicht. Die Behra verschwand in einem engen Tal zwischen steilen Hängen. Vor diesem Hindernis wären die Drakonen gezwungen, stehen zu bleiben und eine schlankere Marschformation zu bilden, und genau deshalb wollte Rekkared dort angreifen. Erwartungsvoll spähte Seran zum Waldrand hinauf. Schimmerte dort nicht bereits Metall in der Sonne?

Bis die ersten Drakonen das Ende der Hohen Au erreichten, war die Mittagszeit vergangen. Der ganze Zug geriet ins Stocken, dann kam der Vormarsch endgültig zum Erliegen. Auf den Anhöhen rührte sich nichts. Eilig ritten Boten zwischen den Offizieren des *Korunischen Drachen* und ihrem Feldherrn hin und her. Auch Seran sandte einen seiner Männer zu Astur, um dessen Befehle entgegenzunehmen. Der Heerführer wies alle an, in Formation zu bleiben und sich zum Kampf bereitzuhalten. Tausende Männer richteten ihre Blicke die Hänge empor, doch nichts geschah. Verwirrt spähte Seran über die Drakonen hinweg, zum anderen Ufer der Behra hinüber, aber auch dort konnte er keine Krieger entdecken. Was hatte Rekkared vor? War seine Streitmacht noch gar nicht eingetroffen? Tiefe Stille lag über dem Tal. Hoch oben am Himmel kreisten Milane, sonst regte sich nichts. Ganz langsam zog die Sonne weiter, senkte sich den Hügeln entgegen, und Seran spürte, wie die Anspannung des Heers erlahmte. Ungeduldig flüsterten die Drakonen miteinander, setzten die Schilde ab, um die ermüdenden Arme zu entlasten. Manche begannen, Scherze über den Gegner zu machen, der bereits bei ihrem Anblick geflohen sei. Doch Unmut und Verunsicherung überwogen bei Weitem. Auch unter Serans Reitern kam Unruhe auf. Die Pferde scharrten und kämpften gegen die Zügel, wollten endlich von dem saftigen Gras um sie herum fressen. Serans Finger verkrampften sich um den Griff des Schilds und die Lanze, und seine Füße drohten vom langen Stillsitzen einzuschlafen. Schon bald hängten sich die ersten Männer die Lanze über den Rücken, um sich einen Schluck aus der Wasserflasche zu gönnen. Drakonen stachen zum gleichen Zweck ihre Speere in den Boden. Auch Seran hielt den Durst schließlich nicht mehr aus und folgte ihrem Beispiel. Ungerührt sank die Sonne weiter. Schon traten Männer aus ihren Reihen, um sich auf der dem Feind abgewandten Seite zu erleichtern.

»Sollte Rekkared es darauf anlegen, den Gegner zu zermürben, geht sein Plan auf«, befand Leubwin. Das Herumstehen und die Warterei setzten den Männern sichtlich zu.

»Leider wirkt es auch bei mir«, gestand Seran gereizt. »Ich will es endlich hinter mich bringen.«

»Wie lange wird sich Astur das bieten lassen, bevor er den Weitermarsch befiehlt?«

»Nicht mehr lange. Er hat keinen Zweifel daran gelassen, dass er hier nicht lagern …« Seran verstummte. Oben auf den Hügeln heulte ein Wolf. Wie die einsame Klage eines Geists hallte das Heulen herab, und obwohl es noch heller Tag war, schauderte Seran, als sei es plötzlich kälter geworden. Ein zweiter Wolf stimmte ein, dann ein dritter, und dann wurden es zu viele, um sie voneinander zu unterscheiden. Ein ganzes Rudel schien sich auf den Anhöhen verteilt zu haben.

»Harass' Wölfe«, raunte Leubwin. »Sie rufen die Krieger zum Kampf.«

Auch die Drakonen merkten auf und sahen verwundert die Hänge empor. Unvermittelt fielen Hunderte, wenn nicht Tausende Stimmen in das Geheul mit ein. Nun klang es nicht mehr nach Wölfen, sondern nach einem Heer schreckenerregender Ungeheuer und Geister. Entsetzt spreizten etliche Drakonen die Finger zu den dämonenbannenden Strahlen der Sonne. Schilde und Speere fielen dabei zu Boden. Wütende Bizene schrien die Männer an, sich wieder kampfbereit zu machen.

»Das sind nur Menschen, verdammt!«, brüllte einer in Serans Nähe, doch einige Drakonen schüttelten die Köpfe und flüsterten miteinander. Dennoch hoben sie Speere und Schilde wieder auf, rückten enger zusammen und richteten die Blicke wieder empor. Auf den Hügeln verebbte das Geheul. Stattdessen ertönten mit einem Mal zahlreiche Hörner, heiser wie die Rufe der Stiere, deren Köpfe sie einst geziert hatten.

»Da!« Seran entdeckte die ersten Krieger zwischen den Bäumen. Zu Fuß und zu Pferd quollen sie auf einmal in Massen aus dem Wald. Aus Tausenden Kehlen tönte ein Ruf wie Sturmbrausen von den Hängen: »Harass will es!«

Die bronzenen Hörner des *Korunischen* schmetterten ihre Antwort. In der vordersten Reihe und an der hügelwärts gewandten Flanke schoben die Drakonen ihre Schilde Kante an Kante zu einer Wand zusammen. Ihre Hintermänner hoben die

Schilde dagegen über die Köpfe und schlossen sie zu einem Dach. Hinter den Drakonen legten die Schützen aus Ortelanas Pfeile auf und hoben ihre Bögen. Wie eine Flut aus Leibern und bunten Schilden strömten die Mataver die Hänge herab, stürzten sich auf den *Korunischen*, als wollten sie die Drakonen unter sich begraben. Ihr Geheul und Gebrüll ließ die Pferde umheräugen und tänzeln, doch Seran nahm Aleators Unruhe nur am Rande wahr. Zu gebannt beobachtete er das Geschehen. Erneut erschollen thebanische Hörner, trugen den Befehl zu schießen in die Reihen der Schützen. Tausend Pfeile flogen in hohem Bogen gen Himmel, färbten ihn einen Lidschlag lang schwarz, bevor sich die Wolke auf den Gegner herabsenkte. Im einen Moment wirkte es langsam, im nächsten jagten die Geschosse wie Hagel auf die Mataver nieder. Seran hörte das Prasseln, als sie auf Erde und Schilde trafen – und auch die Schreie der Verwundeten, die in der Masse voranstürmender Krieger verschwanden. Schon zuvor hatten die Mataver keine geschlossene Reihe gebildet, zu unterschiedlich schnell schlitterten sie die Abhänge hinunter. Nun rissen die Pfeile weitere Lücken. Erste Krieger schleuderten ihre Speere auf die Drakonen. Wildem Trommeln gleich schlugen sie auf die Schilde ein. Die Schützen hoben erneut die Bögen und sandten ihre Pfeile gen Himmel. Im gleichen Augenblick brandete die Woge der Mataver krachend gegen den Schildwall. Bronzene Schildbuckel und Holz prallten aufeinander. Speere stocherten in Lücken oder stießen daraus hervor. Offiziere brüllten, feuerten die Drakonen an, sich dem Druck entgegenzustemmen.

Seran war zu weit entfernt, um viele Einzelheiten im Getümmel zu unterscheiden. Noch befand sich *Tibelikas Sturm* zwischen ihm und der Schlacht. Nur wenn er an den Reitern vorbeispähte, konnte er sehen, wo Drakonen und Mataver versuchten, sich gegenseitig zurückzuschieben. Die meisten Pferde hatten vor dem Schildwall gescheut oder waren dem Pfeilhagel zum Opfer gefallen. Soweit Seran erkennen konnte, hatte kein Reiter die Abwehr der Drakonen durchbrochen. Nur ganz weit vorn schien es Unordnung in den Reihen zu geben, doch Seran sah keinen Reiter über die Fußtruppen ragen.

Erneut ließen die Schützen Pfeile auf die Gegner herabregnen. Scheinbar unbeeindruckt drängte die Masse der Krieger weiter gegen den Schildwall. Mit Kampfgebrüll schoben sie ihre Vordermänner, doch sie gewannen keinen Boden. Nachfolgende Reiter fanden sich in der Menge eingekeilt wieder und konnten nur Speere werfen, von denen die meisten nutzlos am Dach aus Schilden abprallten. Seran schwankte zwischen Fluchen und Verzagen. Rekkareds Taktik war nicht aufgegangen. Der *Korunische* hatte dem Ansturm standgehalten. Nur wenn Seran die Flanke der Drakonen angegriffen hätte, wäre daran noch etwas zu ändern gewesen, doch mit *Tibelikas Sturm* vor ihm und zwei weiteren Drachen im Rücken durfte er das nicht wagen. Er hätte seine Männer wissentlich ins Verderben gestürzt.

»Es war Rekkareds Fehler«, ließ sich Leubwin neben ihm vernehmen.

Seran nickte, aber der Anblick der Krieger, die vergeblich den Pfeilen trotzten und starben, ärgerte ihn immer mehr. *Rekkared und Umbrik.* Nur weil sie in ihrer maßlosen Selbstüberschätzung gefangen waren, opferten sich die anderen nun sinnlos auf. Ihr verfluchter Harass mochte sie dafür im Jenseits belohnen, doch das würde ihre Stämme nicht vor der Herrschaft der Thebaner retten. »Wenn er wenigstens die Größe hätte, jetzt den Rückzug zu befehlen.« Bergauf zu fliehen war zwar nicht leicht, aber wenigstens hätten es die Verfolger ebenso schwer. Doch falls Rekkared überhaupt noch lebte und irgendetwas befahl, sah es nicht nach Flucht aus. Nun waren auch die letzten Krieger im Getümmel angekommen und drängten vorwärts, obwohl sie nichts bewirken konnten.

Auf diesen Moment hatte Astur nur gewartet. Seran zuckte zusammen, als die dröhnenden Hörner der Tibeliker erschallten. In geordneten Viererreihen scherte *Tibelikas Sturm* aus der Marschformation. Im Galopp jagten die Reiter gerade so weit den Hang hinauf, dass sie nach einem weiteren Schwenk hinter den Matavern entlangpreschen konnten. Einige Krieger bemerkten das drohende Verhängnis und wandten sich um, doch viele waren zu eingekeilt, um etwas zu sehen oder sich gar mit ihrem

Schild umzudrehen. Wurfspeere bohrten sich in ihre ungeschützten Rücken.

Seran konnte das unnütze Sterben nicht länger ertragen. »Bereithalten!«, rief er und die Männer gaben den Befehl weiter. Sollten die Drakonen und Ordechan denken, was sie wollten. Am besten, dass er sich auf Asturs Anweisung zum Eingreifen bezog. Aber darauf würde er nicht warten, denn bis dahin wäre von Rekkareds Heer nicht mehr viel übrig. »Wir fallen *Tibelikas Sturm* in den Rücken und machen den Kriegern den Weg zum Rückzug frei«, flüsterte er Leubwin zu. »Auf mein Zeichen sollen deine Hornbläser das Signal zum Angriff geben.«

Leubwin nickte entschlossen und raunte seinem Bannerträger den Befehl zu, der ihn den beiden Hornbläsern weitersagte.

Mit einem raschen Blick in die Runde vergewisserte sich Seran, dass seine Leibgarde wie verabredet aufgestellt war. Tjorr und zwei von Ildingars Elweonen hatten den Auftrag, sich um Ordechans Männer zu kümmern, falls sie Seran für seinen Verrat töten wollten, statt ihn zu beschützen. Noch schienen die Rutaver und der Alandure nichts zu ahnen, doch Tjorr nickte Seran mit grimmiger Miene zu. Er würde nicht zögern, gegen die einstigen Kameraden zu kämpfen.

Rasch wandte sich Seran wieder um. Die letzte Einheit der Tibeliker setzte sich gerade erst in Bewegung. Sobald sie vorübergeritten waren, stieß Seran die Lanze in die Luft und senkte sie schwungvoll nach vorn. »Angriff!« Aleator machte einen Satz vorwärts, als hätte er nur darauf gewartet. Hinter Seran ertönten die Hörner von Leubwins Einheit. Im Galopp stürmte Seran voran und vermied es, zu Astur und seinen Drakonen hinüberzublicken. *Gib, dass er nur glaubt, ich könnte es nicht mehr abwarten!* Das würde den Feldherrn zwar ärgern, aber nicht zu Gegenmaßnahmen reizen. Die Hornbläser weiterer Einheiten bliesen zum Angriff und Seran hörte das Trommeln zahlreicher Hufe hinter sich. Zu seiner Linken schloss Leubwin zu ihm auf, zur Rechten Grimm, einer der Jukaner unter seinen Leibwächtern. Seran warf sich die Lanze am Riemen über den Rücken, zog einen Wurfspeer und wählte sein Ziel, einen Reiter in der hintersten Reihe von *Tibelikas Sturm*. Es war niederträchtig, den Mann von hinten abstechen zu wollen, doch auf diesem Schlachtfeld war kein Platz mehr für Ehre. Mit jedem Augenblick, der verging, starben mehr Krieger unter Pfeilen und den Speeren der tibelischen Reiter.

Gerade als Seran zum Wurf ausholte, brüllte hinter ihm jemand seinen Namen. Überrascht sah er sich um. Dabei streifte sein Blick Grimm und blieb hängen, denn der Jukaner stach im gleichen Moment mit dem Speer über den Schild nach ihm. Wie von selbst fuhr sein erhobener Wurfarm herab, um den Stoß abzulenken. Sein Unterarm traf den Speerschaft und schlug die Waffe nach unten. Die Spitze hinterließ eine brennende Spur auf seinem Bein, doch das Ende wurde Grimm aus der Hand geprellt. Während die Waffe zu Boden fiel, duckte sich der Verräter bereits hinter den Schild und fischte nach dem nächsten Speer. Seran versuchte seinerseits, über den Schildrand nach ihm zu stechen, aber im gleichen Augenblick traf Grimm ein Speer in den Rücken. Mit einem Aufschrei sank er auf den Hals seines Pferds, das mit angelegten Ohren weitergaloppierte.

Wer auch immer hinter ihm ritt, war auf seiner Seite, deshalb fuhr Seran hastig zu Leubwin herum und lugte über den Schild. Hatten die Jukaner gemeinsam Verrat geplant?

»Ordechan muss den Kerl bestochen haben!«, schrie Leubwin. »Ich wusste nichts davon!« Er sah so aufrichtig aus, dass Seran ihm glaubte.

Hinter ihnen flogen Fragen und Satzfetzen zwischen seinen Leibwächtern hin und her, die er im Lärm der Schlacht nicht verstand. Mit dem Versteckspiel war endgültig Schluss, und vor ihm schwenkten die Tibeliker hangabwärts, um den Matavern mit eingelegten Lanzen in den Rücken zu fallen. Erneut hob Seran den Speer und zielte. »Harass will es!«, brüllte er und schleuderte die Waffe.

*

Als Seran die Speere ausgingen, war er bereits an der Hälfte der tibelischen Reiter vorübergeritten. Mittlerweile hatten sie bemerkt, dass sie von hinten angegriffen wurden, doch der Verrat verwirrte sie. Die einen hielten eisern an ihren Befehlen fest, drangen weiter auf die Mataver ein, von denen sich etliche zu ihnen umgedreht hatten. Die anderen wendeten, um die Gefahr in ihrem Rücken abzuwehren, aber viele wirkten ratlos und suchten die Blicke ihrer Truppführer, die sich wiederum nach den Bizenen umsahen, von denen auch keiner wusste, wie es nun weitergehen sollte. Nur wenige Truppführer nahmen die Entscheidung in die eigenen Hände und peitschten ihre Kameraden zur geschlossenen Gegenattacke auf.

Welches Chaos sich hinter ihm abspielte, wollte Seran lieber nicht wissen. Womöglich kämpften Ordechans Rutaver längst gegen Ildingars Elweonen, doch ihm blieb keine Zeit, um sich nach ihnen umzublicken, und er hätte auch nichts daran ändern können. Stattdessen musste er sich den Trageriemen der Lanze über den Helm zerren, um wieder eine Waffe in der Hand zu haben, denn einer der entschlosseneren Truppführer hielt mit seinen Leuten direkt auf ihn zu. »Fünferreihe! Lanzenattacke!«, brüllte Seran. Leubwin und ein elweonischer Leibwächter ritten ohnehin schon an seiner Seite, nun schlossen noch zwei Jukaner auf und hielten die Lanzen zum Stoß bereit. Der gegnerische Truppführer hatte sich offenbar Seran selbst zum Ziel genommen. Er klemmte die Lanze unter seinen Arm und ihre Spitze wies … Seran schluckte. Die Waffe war auf Aleators Brust gerichtet. Ohne Pferd wäre er als Reiterführer nutzlos und ein leichtes Opfer. *Verdammter Dreckskerl!* Seran hob die Lanze, um über Pferdeköpfe und Schilde hinwegstoßen zu können, doch vor allem bereitete er sich innerlich auf die entscheidende Bewegung im richtigen Augenblick vor. Aleator spürte, dass sein Reiter etwas vorhatte. Seran merkte es daran, wie das Pferd ein wenig verhaltener galoppierte und die Ohren zu ihm drehte.

Jetzt! Nur zwei Speerlängen vor dem heranrasenden Gegner verlagerte Seran mit einem Ruck sein Gewicht nach rechts. Aleator sprang seitwärts, und noch während das Pferd in der Luft war, rutschte Seran im Sattel wieder nach links. So sorgte er dafür, dass Aleator wieder geradeauslief, wenn auch um die Breite eines Pferds nach rechts versetzt. Die Lanze des überraschten Truppführers schabte an Serans Beinschiene entlang, während Seran nach dem Gesicht des Tibelikers stieß. Der riss jedoch rechtzeitig seinen Schild empor und lenkte die Waffe damit ab. Kurz hinter dem Truppführer kam die zweite Reihe seiner Männer auf Seran zu. Dieses Mal hob der Gegner die Lanze, was es unmöglich machte, sein genaues Ziel vorherzusehen. Seran las Furcht im unsteten Blick des jungen Manns. »Sephanees Hunde sollen dich holen!«, fuhr er ihn an und stach mit der Lanze nach ihm.

Der Junge fuhr zusammen, statt den Schild zu heben. Die Lanzenspitze traf ihn mitten ins Gesicht und Seran riss sie im Vorüberrasen zurück. Dass er einen verängstigten Jungen getötet hatte, versetzte ihn in Wut. So hatte er sich den Krieg nicht vorgestellt. Wortlos brüllte er seinen Zorn der dritten und letzten Reihe entgegen. Der Tibeliker, der auf ihn zukam, hatte die Lanze schon eingebüßt und das Schwert gezogen. Das schränkte seine Reichweite so sehr ein, dass Seran nur ein wenig zur Seite weichen musste, um ihn aus sicherer Entfernung unterhalb des Schilds ins Bein zu stechen. Als der Mann aufschrie, war Seran schon fast an ihm vorbei. Die Attacke hatte ihn so weit hangabwärts geführt, dass er sich unmittelbar vor den Matavern wiederfand, die sich umgedreht hatten, um *Tibelikas Sturm* abzuwehren. »Rückzug!«, schrie er ihnen zu, während er einem überraschten Tibeliker die Lanze in die Seite trieb.

Begeistert jubelten die Krieger ihm zu. Erst jetzt fiel Seran ein, dass sie seinen aus Gewohnheit auf Thebanisch gegebenen Befehl wohl nicht verstanden und eher für einen Schlachtruf gehalten hatten. »Rückzug!«, wiederholte er auf Matavisch und deutete mit der blutigen Lanze den Hügel hinauf. »Zieht euch zurück!«

Ohne die verständnislosen Blicke weiter zu beachten, attackierte er den nächsten Reiter. Auch dieser Mann bemerkte ihn zu spät, um rechtzeitig den Schild zwischen seinen Nacken und Serans Lanze zu bekommen. Doch die Tibeliker dahinter riefen sich Warnungen zu und zogen sich von den Matavern zurück, um eine Abwehrlinie gegen Seran und seine Leibgarde zu bilden. Hinter sich hörte Seran Leubwin auf die verdutzten Krieger einbrüllen, sich aus dem Staub zu machen. Anstelle des Jukaners tauchte Tjorr neben ihm auf. Gesicht und Helm waren mit Blut gesprenkelt, doch es schien nicht Tjorrs zu sein.

»Fünferreihe!«, befahl Seran erneut. Er wusste nicht einmal, wie viele seiner Leibwächter bereits gefallen waren, denn auch jetzt stand der nächste Zusammenprall unmittelbar bevor, und schräg hinter den Gegnern sah er bereits einen weiteren Trupp, angeführt von einem Bizen und seinem Bannerträger, heranreiten.

Das wird eng, ahnte er. Die Neuankömmlinge würden ihn direkt hinter dem Feind erwarten, auf den er gerade zuhielt, und sie kamen auf seiner ungeschützten Seite. Vielleicht lag es an dieser Ablenkung, dass seine Lanze nicht nur in den Schild des Gegners fuhr, sondern auch so fest darinsteckte, dass sie sich zwischen den beiden Pferden verkeilte und Seran aus der Hand gehebelt wurde. Vor Schmerz und Wut brüllte er einen Fluch und griff mit dem überdehnten Arm nach dem Schwert.

Als er hastig die Klinge zog, war der tibelische Bizen bereits heran. Die beiden Leibwächter zu seiner Rechten spornten ihre Pferde an, um sich zwischen ihn und die neuen Gegner zu schieben. Pflichtbewusst schirmte ihn der Jukaner neben ihm ab und bezahlte für seine Treue mit dem Leben. Die Lanze des Bizens fuhr dem Leibwächter in die ungeschützte Seite, bevor der Bizen seinerseits vom äußersten Gardisten gerammt und aus dem Sattel geworfen wurde. Doch auch dieser Leibwächter fiel sofort den Männern des Bizens zum Opfer. Nur die Pferde mit ihren tödlich getroffenen Reitern bildeten noch ein Hindernis. Es genügte, damit Seran und Tjorr ihre Tiere neu ausrichten und sich dem Feind entgegenstellen konnten. Erst jetzt sah Seran, dass seine Leibgarde von zwanzig auf zwölf Mann geschrumpft war, und eine weitere Gruppe Tibeliker hatte sich vom Massaker an den Kriegern abgewandt und zwischen ihn und Leubwins Einheit gedrängt. Schon stießen die Reiter des getöteten Bizens mit Lanzen nach ihm.

*

Sich mit dem Kaiser anzulegen, schimpfte Kromer im Stillen. *Ohne einen anständigen Berg mit fallenbewehrten Toren um sich herum … So ein Wahnsinn!* Aber der Große hatte es sich nun einmal in den Kopf gesetzt, also gab es kein Zurück. Als die Hörner *Tharians Stolz* zum Angriff riefen, zerrte er den langstieligen Kriegshammer aus der Halterung am Sattel.

»Jetzt schon?«, wunderte sich Garud. Der Junge war vom Geheul der Mataver immer noch weiß um die Nase.

»Das gilt nicht dir«, erklärte Kromer bestimmt. »Seran wird heute den Kaiser verraten. Zieh dich zu Milos in den Tross zurück! Euch wird nichts passieren. Seran hat bei seinen Sachen eine Nachricht hinterlassen, dass ihr nichts davon wusstet.«

Garud starrte ihn ungläubig an. »Aber ...«

»Es ist wahr! Geh und such Milos!«, drängte Kromer. »Seran will nicht, dass du stirbst. Geh schon!«, fuhr er ihn an, als sich der Sklave nicht rührte.

Widerstrebend wendete Garud seinen Braunen und zog Serans Ersatzpferd mit sich. Gerade noch rechtzeitig, bevor sich Ildingars Einheit in Bewegung setzte. Kromer wandte sich ab und trieb seinen Hengst an, um Ildingars Reiter zwischen sich und den Drakonen zu behalten. Er legte keinen Wert darauf, als Nachhut die Zielscheibe für Speere zu spielen. Wer konnte schon wissen, wie schnell Astur den Braten roch und einen Angriff auf die Abtrünnigen befahl?

»*Tibelikas Sturm* in den Rücken fallen und den Rückzug der Krieger decken!«, riefen sich die Elweonen zu, neben denen er ritt. Also hielt Seran an seinem Plan fest, rechnete jedoch nicht mit einem Sieg. *Traurig und absehbar*, befand Kromer, aber auf ihn hörte ja niemand. Jetzt konnte er nur noch versuchen, Seran lebend aus dem Schlamassel rauszuhauen.

Schon brach vor ihm das Chaos aus. Ordechan hatte wohl bemerkt, dass die Voranreitenden die falschen Gegner attackierten. Kromer glaubte, seine vor Wut schrille Stimme zu hören, die Befehle schrie. Einige Rutaver scherten verwirrt aus, sie zögerten, die eigenen Leute anzugreifen. Andere Truppführer hielten Bizen und Kaiser die Treue und warfen ihre Speere auf die Jukaner, die vor ihnen Jagd auf die Tibeliker machten.

»Schnappt euch die verfluchten Rutaver!«, brüllte Ildingar. »Zehnerreihe! Speerattacke!«

Die letzten Rutaver mussten ihn gehört haben, denn sie brachen zur Seite aus und ritten einen Bogen, der sie an Kromer vorbei und hinter die Elweonen geführt hätte, doch so weit ließ es Ildingar nicht kommen. Rasch befahl er zwei Truppführern, mit ihren Männern auszuscheren und den Rutavern den Weg abzuschneiden. Vierzig Mann gegen zwanzig. Kromer entschied, dass sie ihn nicht brauchen würden, und wich dem Gefecht aus. Dahinter führte ihn sein Weg an den hin- und hergerissenen Rutavern vorbei, die miteinander stritten, ob sie eingreifen oder sich heraushalten sollten. »Raushalten!«, rief Kromer ihnen im Vorüberreiten zu. »Der ganze Schutt geht uns doch nichts an!« Doch er wusste, dass es für sie nicht so einfach war. Sie hatten einen Diensteid auf den Kaiser geleistet und würden als Deserteure Saronn geopfert werden, wenn sie sich weigerten zu kämpfen. Wie er mussten sie ihre gesicherte Stellung und Zukunft aufgeben und fliehen oder die Elweonen angreifen.

Wofür sie sich entschieden, bekam er nicht mehr mit, denn vor ihm braute sich weiteres Unheil zusammen. Vier Trupps, von denen einer überwiegend aus Alanduren bestand, hatten sich vor Ordechan zu einer Front gegen Ildingars anstürmende Elweonen formiert. Dass sich der feige Dreckskerl hinter seinen Männern verbarg, verriet sein Banner, dessen Träger ihm wie ein Schatten folgte. Kromer sah nicht ein, sich durch diesen Wall aus Reitern zu kämpfen, um zu Seran zu gelangen. Kurz entschlossen lenkte er seinen gelben Hengst hügelaufwärts, denn oben am Hang konnte er die Gefahr mit Leichtigkeit umgehen. Als er wieder bergabritt, stieß Ildingars Einheit gerade auf Ordechans Abwehrreihen. Zugleich wurde sie an den Flanken von zwei Seiten in die Zange genommen: von Tibelikern, die sich nach den Speerattacken der vorüberreitenden Jukaner umgewandt hatten, und von zunächst zögerlichen Rutavern, die sich nun doch entschieden zu kämpfen. Ildingars Männer waren in der Überzahl, aber so sehr in Bedrängnis, dass Ordechan offenbar entschied, nicht mehr gebraucht zu werden. Kromer sah, wie der Bizen die Reiter sammelte, die bislang den Jukanern in den Rücken gefallen war, und vergrößerte sicherheitshalber seinen Bogen um die neue Gefahr. Schon löste sich Ordechan mit fünfzig, sechzig Mann vom Rest seiner Einheit und scherte aus, um die Jukaner vor ihm zu umgehen. Kromers Herz setzte einen Schlag aus. *Der verfluchte Bastard will der Schlange den Kopf abschlagen! Er hat es auf Seran abgesehen!* Noch hatte Kromer Vorsprung und konnte ihm den Weg abschneiden, doch allein würde er die Reiter niemals aufhalten können. Rasch riss er den Hengst herum, um oberhalb des Schlachtfelds zu bleiben und das Getümmel zu überblicken. Wo steckte der Große nur? Kromer entdeckte Serans Feldzeichen, doch der Rest gefiel ihm überhaupt nicht. Den Bannern nach zu urteilen, befanden sich die Reste einer Einheit Tibeliker zwischen Seran und den Jukanern. Wenn Ordechan an ihnen vorbeiritt, würden nur noch die Leibwächter zwischen Seran und mindestens fünfzig Rutavern stehen. *Heiliger Dunar!* »Lauf, Dicker!«, brüllte er seinen Falben an und preschte schräg den Hang hinunter.

23

Hastig wehrte Seran eine Lanze mit dem Schild und die andere mit der Klinge ab. Tjorr knurrte vor Wut und warf seine Lanze so hart, dass sie die Wehr eines Angreifers durchschlug und ihn am Arm verletzte. Mit einem Aufschrei ließ der Mann den Schild fallen. Seran gab Aleator die Sporen, dass der Hengst einen Satz vorwärts machte, und jagte dem schildlosen Tibeliker das Schwert in die Kehle. Der abwehrende Speer kam zu spät, denn Seran trieb Aleator weiter, und der Sterbende blieb zurück. Jetzt fand er sich jedoch allein vor mehreren Tibelikern wieder. Sofort sahen sie ihre Gelegenheit gekommen und schwenkten alle auf ihn ein. Im gleichen Augenblick schrie einer von ihnen eine Warnung, dann hörte Seran von den Kriegern her ein Grollen, das ihm eine Gänsehaut auf die Arme trieb. Erschrocken blickte er sich um, als auch schon eine Bestie aus der Menge hervorschoss und den nächststehenden Reiter ansprang. Es ging so schnell, dass der Mann die Lanze nicht einmal anheben konnte. Wie von einem Katapult geschleudert, prallte das Biest gegen ihn und riss ihn mit sich aus dem Sattel. Die Pferde scheuten und wichen mit aufgerissenen Augen zurück. Auch Seran musste Aleator zwingen, nicht davonzurasen. Die Bestie – ein Untier von der Größe eines Löwen – besaß schütteres graubraunes Fell, das sich im Nacken vor Wut sträubte. Den überrumpelten Reiter schien sie bereits erledigt zu haben, denn er blieb reglos liegen, als sie mit gefletschten Reißzähnen der Lanze des nächsten Tibelikers auswich und hinter ihm auf die Kruppe seines Pferds sprang. Unter dem plötzlichen Gewicht brachen die Hinterbeine des Tiers fast ein. Panisch stieg es mit den Vorderläufen in die Luft. Knurrend schlug die Bestie ihre Zähne in den Nacken des vergeblich mit Schild und Lanze um sich schlagenden Reiters und gemeinsam kippten sie rücklings vom Pferd, das befreit davonraste und dabei buckelte, als säße das Untier in seinem Nacken. Blutige Striemen auf seiner Kruppe zeugten von den Krallen der Bestie.

Aus dem Augenwinkel sah Seran Tjorr neben sich auftauchen und erwachte aus seiner Erstarrung. »Ist das …?« Mehr brachte er noch nicht heraus.

»Ein Wolf Harass'«, bestätigte Tjorr.

Etliche Tibeliker dieses Trupps wendeten die Pferde und ergriffen die Flucht. Nur zwei hatten den Schrecken so weit überwunden, dass sie die Lanzen zum Stoß erhoben und das Untier gemeinsam attackierten. Längst hatte es sich nach dem Sturz wieder gefangen und von dem toten Gegner gelöst. Es hob den klobigen Schädel und brüllte, dass die Pferde der Angreifer erneut scheuten und versuchten, zur Seite auszureißen. Im gleichen Moment entschied der Wolf Harass', das Pferd des linken Gegners anzuspringen. Er schnellte ihm seitlich an die Kehle, was ihn aus der Reichweite der Lanze des Reiters brachte, doch der Waffe des anderen war er völlig preisgegeben.

Steh nicht dumm rum! Tu was!, schrillte eine Stimme in Serans Kopf, die verdächtig nach Awa klang. »Harass will es!«, brüllte er, um den Tibeliker abzulenken, und trieb zugleich Aleator auf ihn zu.

»Harass will es!«, hörte er Tjorr und die anderen rufen, dann rammte Aleator bereits Pferd und Schild des Tibelikers, der hastig die Lanze auf Seran richten wollte, aber Seran war schon da und stach über den Schild nach dem Gesicht des Mannes. Der duckte sich, sodass die Klinge an seinem Helm abglitt. Selbst Tjorrs Lanze wehrte der Tibeliker mit der eigenen Waffe ab, doch Seran nutzte diesen Moment, um einen Hieb nach dem emporgereckten Arm zu führen. Mitsamt der Lanze fiel die abgetrennte Hand zu Boden. Der Aufschrei des Verwundeten endete abrupt in einem Röcheln, als ihn die Lanze eines anderen Leibwächters in den Rücken traf. Vom eisernen Willen des Reiters befreit, floh das Pferd sofort vor dem Wolf Harass', der sich neben ihm in die Kehle des anderen Pferds verbissen hatte und das sterbende Tier in die Knie zwang. Fluchend stieß der Reiter die Lanze zwischen Schild und Pferdehals hindurch. Er musste sich weit zur Seite beugen, um die Bestie zu treffen, doch noch während sich Seran und Tjorr mit Gebrüll auf ihn stürzten, schlitzte das Blatt der Lanze bereits die Schulter der Bestie auf, bevor die Spitze im Fell verschwand und auf die Rippen traf.

*

Kromer jagte seinen Hengst im Galopp den Hang hinab. Dass er dabei Ordechans Weg kreuzte und von ihm erkannt werden konnte, war ihm mittlerweile gleich. Es gab kein Zurück mehr in Asturs Dienste, selbst wenn Seran starb, und sollte das wirklich geschehen, hätte er es im Hause Aurel ohnehin nicht mehr ausgehalten.

Über dem Kampfgetümmel zwischen Jukanern und tibelischen Reitern entdeckte er weit vorn Leubwins Banner und hielt darauf zu. Aus irgendeinem Grund befand sich auch Leubwin hinter seinen Männern und hatte nicht einmal eine Waffe in der Hand. Im Näherkommen sah Kromer den großen Blutfleck auf Leubwins Rücken. Ein Speer oder eine Lanze musste ihn von hinten in die Schulter getroffen haben.

»Leubwin!« Kromer zügelte seinen Hengst so jäh, dass das Tier fast an dem Verwundeten vorüberschlitterte. Mit bleichem, von Schmerz verzerrtem Gesicht wandte sich Leubwin ihm zu.

»Seran ist ganz allein da vorn und Ordechan macht mit fünfzig Mann Jagd auf ihn!« Hektisch deutete Kromer in die entsprechende Richtung.

»Verfluchte Schlangenbrut«, keuchte Leubwin und richtete sich im Sattel auf. »Nefar! Brun! Jarin! Nach rechts abbrechen und sammeln!«, brüllte er. Kromer sah, wie Leubwin der Schweiß auf Gesicht und Arme trat, und doch hob der Bizen die freie Hand, um seinen Befehl mit einer Geste zu unterstreichen. So begriffen auch jene Truppführer, die ihn schlecht gehört hatten, was er wollte. Sofort riefen sie ihre Männer, und wo noch geordnete Reihen existierten, schwenkten sie geschlossen nach rechts.

»Schnell!«, drängte Kromer, denn in diesem Moment ritten Ordechans Truppen an ihnen vorüber.

»Signal zum Angriff!«, rief Leubwin den beiden Hornbläsern zu. Hastig setzten sie die langen, gewundenen Bronzeröhren, deren Enden zu geöffneten Drachenmäulern geformt waren, an die Lippen.

»Zum Angriff!«, brüllte Kromer für Leubwin mit, doch das Dröhnen der Hörner übertönte ihn ohnehin. Auch Ordechan und seine Männer hörten es. Alarmiert blickten sie sich um.

»Zehnerreihen!«, befahl Leubwin und winkte seine Reiter an sich vorbei. »Lanzenattacke!«

Ordechan konnte den von schräg hinten nahenden Angriff nicht tatenlos geschehen lassen. Kromer hörte ihn Befehle schreien, woraufhin die Rutaver ihre Pferde verlangsamten, um auf engstem Raum zu wenden. Lanzenreiter gegen Lanzenreiter stürmten die Reihen aufeinander zu. Doch schon ließ sich Ordechan samt seinem Bannerträger zurückfallen.

»Den feigen Hund kauf ich mir!«, verkündete Kromer. »Sorg du nur dafür, dass seine Männer beschäftigt sind!«, bat er Leubwin und lenkte seinen Falben wieder gen Hügel. Er hoffte, dass Ordechan zu abgelenkt war, um auf den einzelnen Reiter zu achten, der dem bevorstehenden Zusammenprall auswich. In weitem Bogen umging Kromer die Reihen der Rutaver, schwenkte wieder bergab und fegte von hinten auf Ordechans Bannerträger zu. Plötzlich wurde ihm bewusst, wie laut die Hufe auf den Boden trommelten. Wenn Ordechan ihn zu früh hörte, würde der Feigling sicher schnell hinter seinen Männern Deckung suchen. Rasch zügelte er den Hengst zum Trab und der leise Hufschlag ging im Lärm der Schlacht unter. Das letzte Stück ließ er den Falben sogar im Schritt zurücklegen. Ordechan bellte Befehle und Beschimpfungen und sah überallhin, nur nicht hinter sich. Erst als Kromers Hengst bereits mit dem Kopf auf Höhe des Bannerträgers war, warf jener erschreckt einen Blick über die Schulter.

»Wenn ich faul war«, sagte Kromer und ließ den Schild sinken, um eine Lücke für seine Waffe zu schaffen, »hat mir mein Meister immer auf die Finger gehauen.« Der Kriegshammer traf die Hand des Bannerträgers, bevor der Mann die Worte begriffen hatte. Vor Schmerz schrie er auf und krümmte sich, um die Standarte, die seine zerschmetterte Hand nicht mehr halten konnte, zwischen Arm, Schulter und Halsbeuge einzuklemmen.

»Was bei Saronns Speer …«, fluchte Ordechan und wandte sich um. Als er Kromer sah, verschlug es ihm einen Augenblick lang die Sprache. »Du?«, fragte er ungläubig, während Kromer vom Pferd sprang.

»Bleib hier stehen, Dicker!«, ermahnte Kromer das Tier, bevor er sich Ordechan zuwandte. »Hast du jemand anderen erwartet?«

»Wenigstens kriechst du schon am Boden, wo du hingehörst«, erwiderte Ordechan und wendete sein Pferd so weit, dass sich sein Schild zwischen ihm und Kromers Waffe befand. »Mein Hengst wird dich in den Staub trampeln, hässliche Kröte!«

Wann hat der Kerl zuletzt in einen Spiegel gesehen?, fragte sich Kromer, hob den schweren, vollständig mit Bronze und Eisen beschlagenen Zwergenschild über den Kopf und stapfte ungerührt auf Ordechan zu. Auf den wenigen Schritten kam ihm der Bizen freundlicherweise entgegen, indem er sein Pferd an Kromer herandrängte. Dass er den Reiterschild sehr tief hielt, um sein Bein vor dem Kriegshammer zu schützen, verschaffte ihm oben eine große Lücke, durch die er mit der Lanze nach Kromer stach. Die Spitze prallte auf Kromers Schild und bohrte sich knirschend ins Metall. Die Erschütterung fuhr Kromer bis in die Schulter, doch die Lanze selbst schaffte es kaum ins Holz, sonst hätte Ordechan sie nicht so leicht wieder herausziehen können.

»Pass lieber auf deine Füße auf!«, mahnte Kromer und hieb den gekrümmten Dorn auf der Rückseite des Hammers tief in Ordechans Fuß. Der Thebaner heulte auf wie Harass' Wölfe. Zufrieden stellte Kromer fest, dass die Spitze des Stachels aus der Stiefelsohle ragte, und zog kräftig daran. Ordechan brüllte Flüche und stocherte wie wild mit der Lanze nach ihm. Sinnlos trommelten seine Stöße auf Kromers Schild, stanzten Löcher in die Beschläge, während Kromer mit dem Haken an Ordechans Fuß zerrte. Nur ein einziges Mal versuchte Ordechan, sich durch Strampeln zu befreien. Es war so schmerzhaft, dass er nur noch schriller schrie. Wütend brüllte er nach seinen Männern, doch die waren zu tief ins Gefecht mit Leubwins Reitern verstrickt, um den veränderten Tonfall seines Tobens zu bemerken. Verzweifelt versuchte er, das Pferd gegen Kromer zu drängen. Gleichzeitig klammerte er sich jedoch mit den Beinen fest, um nicht aus dem Sattel gezogen zu werden. So musste Kromer nur

Ordechans Fuß ein wenig drehen, damit der Sporn dem Hengst widersprüchliche Zeichen gab. Verwirrt hampelte das Tier auf der Stelle herum, und Kromer zerrte unablässig weiter. Schon spürte er den Widerstand des Beins erlahmen. Anstrengung und Schmerz höhlten die Kraft des Bizens rasch aus.

»Beschwer dich nicht!«, schalt Kromer. »Andere Ochsen führt man am Nasenring herum. Dagegen ist der Fuß harmlos.«

»Du wirst sterben, du verfluchte Missgeburt! Tu doch irgendwas!«, fuhr Ordechan den Bannerträger an, doch der konnte keine Waffe mehr halten und sah dem Schauspiel gebannt oder fassungslos zu – so genau vermochte Kromer das nicht zu unterscheiden.

Plötzlich gaben Ordechans Beine nach und er rutschte Kromer entgegen. Hastig wich Kromer zurück und zog dabei weiter. Mit Scheppern und Klirren schlug Ordechan auf dem Boden auf. Ein Keuchen verriet, dass ihm der Aufprall die Luft aus den Lungen trieb. Kromer schleifte ihn am Fuß über den Boden, fort von der Lanze, die ihm beim Sturz entglitten war. Mit von Wut und Schmerz entstelltem Gesicht beugte sich der Thebaner vor und packte seinen Schwertgriff. Angesichts der Reichweite der Klinge befand Kromer, dass es Zeit wurde, Ordechan freizugeben. Während der Bizen die Waffe zog, trat Kromer ihm auf den Knöchel, um den Dorn aus dem Fuß zu lösen, und wich rasch zurück, bevor das Schwert seine Beine treffen konnte.

»Jetzt vergeht dir das Lachen«, triumphierte Ordechan und rappelte sich auf.

Kromer erinnerte sich zwar nicht daran, bislang gelacht zu haben, aber als der Bizen beim Auftreten mit dem verwundeten Fuß gequält die Miene verzog, gestattete er sich ein Grinsen. Es genügte, um Ordechan zu einem wütenden Angriff zu reizen. *Ob er den klassischen Doppelschlag kennt?*, fragte sich Kromer, während er die festen Hiebe mit dem Schild abwehrte. »Du haust das schöne Schwert noch ganz schartig«, tadelte er, obwohl er insgeheim zugeben musste, dass Ordechan trotz seines Zorns nicht nur drauflosdrosch, sondern versuchte, ihn durch schnelle Richtungswechsel zu überrumpeln. *Versuchen wir also besser den Dreischlag.* Kromer ließ den Hammer auf Ordechans Schildbuckel krachen, dass Funken stoben. Den nächsten Schlag brachte er höher an, gefährlich nah am Schildrand, sodass Ordechan Angst um sein Gesicht bekommen musste. Jetzt kam es darauf an. Wenn der Bizen klug war, ahnte er den Tiefschlag voraus und senkte den Schild trotz der Furcht um seine Nase. Leider war er schlau und tat es tatsächlich. Er war sogar so stolz auf sich, dass er hämisch die Zähne fletschte, als er Kromers Hieb nach seinem Knie abfing und gleichzeitig ebenfalls einen tiefen Streich führte, den Kromer gerade noch mit dem Schild ablenken konnte.

Grummelnd wich Kromer zurück. Ordechan war so in Rage, dass ihn der verletzte Fuß kaum behinderte. Schon setzte er nach und versuchte sogar, Kromer auszutänzeln. *Sturheit siegt*, befand Kromer und hielt mit einem neuen Dreischlag dagegen. Wieder wehrte Ordechan den tiefen Schlusshieb höhnisch ab, und Kromer brummte, als ob er sich mächtig ärgerte. Knurrend setzte er zu neuen Hieben an. Die heilige Zahl der Zwerge war jedoch nicht neun, sondern acht. So folgte nach dem mittleren dieses Mal nicht der hohe, sondern gleich der tiefe Schlag. Der Hammer prallte auf Ordechans Knie, dass es darin krachte. Ordechan, der offensichtlich nichts von Zwergenbräuchen verstand, schrie auf und rang auf einem Bein um sein Gleichgewicht. Um die Sache abzukürzen, wehrte Kromer die fuchtelnde Klinge mit dem Schild ab und trat gegen Ordechans, was den Bizen rücklings ins Gras fallen ließ.

Sich rasch nähernder Hufschlag warnte Kromer, dass vielleicht Hilfe für den Gestürzten unterwegs war. Mit dem gesunden Bein schob sich Ordechan hastig von ihm weg. Kromer ließ ihn liegen und zog sich zu seinem Pferd zurück. Als er dabei aufblickte, sah er jedoch, dass es nicht Ordechans Männer waren, die herangeritten kamen, denn die hätten die Lanzen auf Kromer und nicht auf den Bizen und seinen Bannerträger gerichtet. Ordechan riss schützend den Schild über sich. Fast hätte er Kromer leidgetan, wie er da am Boden lag. »Du wirst Seran jedenfalls nichts mehr antun«, murmelte er und zupfte am Zügel seines Falben, der daraufhin ein Vorderbein anwinkelte und sich darauf niedersinken ließ. Nur so konnte Kromer ohne Trittstufe oder fremde Hilfe in den Sattel klettern. Die Jukaner würden sich schon um Ordechan kümmern. Ohne sich noch einmal umzusehen, ritt er weiter, um Seran zu suchen.

*

Als der Tibeliker auf dem sterbenden Pferd seine Lanze zurückriss, klaffte ein tiefer Schnitt in der Schulter des Wolfs Harass', aus dem sich Blut über das braungraue Fell ergoss. Tödlich war jedoch der Stich zwischen die Rippen, denn die Bestie brach mit dem Pferd zusammen, an dessen Kehle sie hing. Tjorrs Lanze glitt vom hektisch emporgerissenen Schild des Reiters ab. Er wollte rasch aus dem Sattel kommen, bevor das niedersinkende Pferd sein Bein unter sich begrub, doch Serans Schwert fuhr ihm von hinten in den Nacken, dass der abgetrennte Schädel davonflog. Der kopflose Rumpf sank auf den Hals des Pferds, und das Blut der drei so unterschiedlichen Kreaturen vermischte sich am Boden zu einer einzigen roten Lache.

Von der Bestie fasziniert und über ihren Tod enttäuscht, blickte Seran auf den Wolf Harass' herab. Im Sterben hatte sie von ihrem Opfer abgelassen und lag nun fast schon friedlich da, wenn man von den Wunden und dem blutverschmierten Maul absah. Obwohl um ihn herum die Schlacht weitertobte, ertappte sich Seran bei der Frage, ob sich der Leichnam wieder in seine menschliche Gestalt zurückverwandeln würde. War es Wanargand? Umbrik? Oder ein Wolf, den er nicht kannte?

»Dahinten sammeln sich Tibeliker zu einem neuen Angriff«, warnte Andrim, ein Elweone unter Serans Leibwächtern.

Sofort blickte Seran auf. Noch immer widmeten sich etliche tibelischen Reiter der Aufgabe, möglichst viele der Krieger Rekkareds zu töten. Vom Feldzeichen ihres Reiterführers war jedoch nichts zu entdecken. Er oder sein Bannerträger mussten bereits gefallen sein, sodass die verbliebenen beiden Bizene eigenmächtig entschieden. Einer von ihnen hatte noch mindestens hundert Mann übrig, die er gerade zu einem Gegenangriff auf Serans Einheiten formierte. Rasch sah sich Seran um. Über die Tibeliker hinter ihm schienen seine Leute die Oberhand gewonnen zu haben, doch sie waren noch in Kämpfe verstrickt und zu weit verstreut, um rechtzeitig eine Abwehrformation zu bilden.

Plötzlich fiel ihm ein einzelner Reiter auf, der direkt auf ihn zukam. An der Größe und dem in der Sonne blitzenden Schild erkannte er Kromer. Auch wenn sein Freund keine Rettung bedeutete, verlieh ihm der Anblick neue Hoffnung.

»Ich wurde etwas aufgehalten«, rief Kromer. »Ordechan brauchte eine Lektion. Schade nur, dass er jetzt wohl schon zu tot ist, um das Gelernte noch anwenden zu können«, fügte er zwinkernd hinzu, als er bei Seran das Pferd zügelte. Ordechans Tod war zumindest eine gute Nachricht. Ohne ihn würden sich seine Leute zurückziehen und bei Astur neue Befehle abholen.

»Heiliger Dunar! Was ist das?«, entfuhr es Kromer beim Anblick des toten Untiers.

»Ein Wolf Harass'«, erklärte Seran und sah beiläufig noch einmal hin, während seine Gedanken beim drohenden Angriff der Tibeliker waren. Ungläubig blieb sein Blick jedoch an der Wunde der Bestie hängen. Der Spalt war dabei, sich von innen zu schließen. »Bei allen Göttern!« Die Wunde heilte vor seinen Augen. Schon öffnete der Wolf Harass' die Lider, richtete sich ein wenig auf und schüttelte den Kopf, als müsste er Benommenheit vertreiben. »Sind sie unsterblich?«, wandte sich Seran entgeistert an Tjorr, der das Ganze unbeeindruckt beobachtete.

»Nur verdammt zäh«, behauptete er. »Du musst sie mitten ins Herz treffen, den Kopf abschlagen oder so was, sonst stehen sie wieder auf.«

»Vielleicht sollten wir das später bewundern«, riet Kromer und deutete mit einem Nicken in Richtung der Tibeliker, die Zehnerreihen bildeten und dabei jenen Reitern Vorrang gaben, die noch über ihre Lanze verfügten. Jeden Augenblick würde sich der Pulk geschlossen in Bewegung setzen.

»Andrim, such Ildingar oder wer auch immer jetzt seine Einheit anführt!«, befahl Seran. »Er soll mit allen Männern herkommen, die er abrufen kann, ohne sie Angriffen von hinten auszuliefern!«

Der Elweone nickte knapp und trieb sein Pferd im Galopp davon.

»Kromer, du musst Leubwin denselben Befehl überbringen«, drängte Seran.

»Leubwin ist verwundet«, wandte Kromer ein. »Er kann kaum noch rufen, geschweige denn kämpfen. Ich werde Hrotar suchen.«

»Gut.« Hrotar war der zweite Jukaner unter den Bizenen und erfahrener als Leubwin. Die dritte Jukanereinheit war von einem Thebaner angeführt worden, der jetzt vermutlich nicht mehr lebte, und Hrotar hatte zuvor angekündigt, dessen Männer dann zu übernehmen. Ihn zu Hilfe zu rufen war das Beste, was Kromer tun konnte. Dass Leubwin so schwer verletzt war, bereitete Seran Sorge, doch das jähe Aufheulen des Wolfs Harass' vertrieb den Gedanken. Wie zu Beginn der Schlacht rief die Bestie zum Kampf und ihresgleichen nahm den Ruf auf.

»Zehnerreihe!«, rief Seran seinen verbliebenen Leibwächtern zu. Es kam ihm beinahe schmerzhaft lächerlich vor, sich mit zehn Mann der Hundertschaft entgegenzustellen, aber wenn er jetzt hügelwärts floh, würden seine Männer an Rückzug glauben und ihm folgen, statt zu kämpfen. Dann konnten ihnen die Tibeliker ungehindert in die Flanke stoßen.

Zu Serans Überraschung trabte der Wolf Harass' neben Aleator her, was den Hengst beunruhigt zu dem Untier schielen ließ. Als Seran in der Mitte seiner Garde Aufstellung nahm, setzte sich die Bestie vor ihn und blickte den Tibelikern entgegen, die ihre Tiere gerade angaloppieren ließen. Unvermittelt schoss ein weiterer Wolf Harass' von hinten zwischen Serans Leibwächtern hindurch, was die beiden Pferde zur Rechten und Linken entsetzt zur Seite springen ließ. Eine dritte Bestie rannte mit weiten Sätzen aus dem Getümmel vor den Drakonen heran, und eine vierte überholte die Tibeliker, die sich lauthals gegenseitig auf das Untier aufmerksam machten und unwillkürlich langsamer ritten. Gemeinsam bildeten die vier Wölfe Harass' eine lose Reihe vor Seran und seinen Männern. Unter den Kriegern Rekkareds, die es sahen, brandete Jubel auf.

Harass ist mit uns. Der Gedanke verlieh Seran die Kraft, seinen allmählich ermüdenden Schwertarm hoch in die Luft zu recken. »Angriff!«, brüllte er und trieb Aleator zum Galopp. Mit einem Grollen, das tief aus ihren Kehlen kam, jagten die Bestien voraus. Begeistert brachen Rekkareds Krieger in Kampfgebrüll aus und stürmten ihrerseits auf die Tibeliker los. Jene Reiter, die eben noch unter ihnen gewütet hatten, sahen sich plötzlich von Männern mit neu entflammtem Kampfgeist umringt, bedrängt und von den Pferden gerissen. Wo sich kein naher Gegner fand, rasten die Krieger mit erhobenen Speeren und Schilden über die Wiese auf die Flanke der Hundertschaft zu, die auf Seran und die Wölfe Harass' zuhielt.

Schon trennten die Bestien nur noch wenige Sprünge von der ersten Reihe des Feinds. Ihr Grollen rollte wie Donner und dröhnte mit dem Trommeln der Hufe in Serans Ohren.

Als die Pferde der Tibeliker die Untiere hörten und auf sie zukommen sahen, scheuten sie, wehrten sich steigend gegen ihre Reiter oder brachen so jäh zur Seite aus, dass es die Männer in den Sätteln überraschte. Wie Keile sprengten die Wölfe Harass' die Reihen der feindlichen Reiter. Ängstlich oder wütend schrien die Tibeliker auf, versuchten vergeblich, ihre Pferde zu bändigen oder mit den Lanzen die wendigen Bestien zu treffen. So ritt Seran mit seinen Männern gegen ein wirres Knäuel von Gegnern an, von denen die einen auf der Flucht waren und die anderen mehr mit ihren Pferden und den ausscherenden Kameraden kämpften, als ihn zu attackieren. Rasch breiteten sich Furcht und Schrecken bis in die hinteren Reihen aus, denn die Reiter dort sahen, dass viele ihrer Vordermänner schreiend die Flucht ergriffen. Ihr Banner ging zu Boden, als sich einer der Wölfe Harass' auf den Träger stürzte, und mit ihrem Feldzeichen sank den Tibelikern der Mut. Während Seran und seine Leibwächter jene angriffen, die ihre Pferde von der Flucht abhalten konnten, sah er die hinteren Reihen bereits abdrehen.

Nun erreichten auch die Krieger Rekkareds das Getümmel der Reiter und fluteten zwischen die Pferde wie Wasser, das aus dem Bach ragende Steine umspült. Wer den Bestien und Serans Leibgarde bislang trotzte, wurde nun von den Kriegern umzingelt und von der Masse so rasch eingeschnürt, dass kein Raum für Gegenwehr mehr blieb. Mit einem Mal gab es keinen Gegner mehr und Seran ließ das blutige Schwert sinken. Entlang des gesamten *Korunischen Drachen* lösten sich immer mehr Krieger aus dem Gedränge, das sich gegen den Schildwall der Drakonen gestemmt hatte. Hinter ihm kämpften noch immer einige Jukaner und Elweonen gegen Tibeliker, während andere sich formierten, um ihm zu Hilfe zu kommen. Viel zu spät und nun sogar überflüssig, doch jetzt konnten sie Jagd auf die letzten Tibeliker machen.

»Rückzug!«, brüllte Seran erneut Rekkareds Kriegern zu. Es entsetzte ihn, wie schlecht die meisten ausgerüstet waren. Kaum einer besaß Helm oder Rüstung, die meisten trugen nicht mehr als Hosen und Tuniken und schützen sich nur mit ihrem Schild. »Rückzug!«, blaffte er einen der Wölfe Harass' an, der zufällig noch in der Nähe war. Die Bestie hatte einen Tibeliker vom Pferd geworfen, mit den Reißzähnen im Nacken gepackt und schüttelte den schreienden Mann, bis er stumm und leblos herabhing.

Tjorr und die anderen Leibwächter griffen den Ruf auf. In den Gesichtern der Krieger las Seran, dass sie das Schlachtfeld nicht im Augenblick des Triumphs verlassen wollten, doch die Drakonen standen weiterhin fest wie eine Felswand und die Sonne versank bereits hinter den Hügeln. Selbst der Wolf Harass' schien es zu begreifen. Er ließ von seinem toten Opfer ab und trabte plötzlich zielstrebig hangaufwärts. Widerstrebend folgten die ersten Krieger seinem Beispiel. Vielleicht waren es die Mitglieder seines Rudels, denn sie trugen Felle und ihre Gürtel waren mit Tierzähnen verziert. Je weniger Tibeliker als Gegner übrig waren, desto mehr Krieger brachen auf, gaben Serans Befehl weiter: »Rückzug!«

Als Ildingar und Hrotar mit den Überlebenden ihrer Einheiten herangeritten kamen, waren kaum noch Tibeliker zu sehen. Die meisten hatten sich wohl in weitem Bogen zum Flussufer oder zu *Saskallas' Speer* zurückgezogen. Nur wenige sammelten sich erneut, um die fliehenden Krieger noch einmal anzugreifen. »Kümmer dich um sie!«, wies Seran Ildingar an. Seine Reiter würden nur mühsam durch die zunehmend berganströmende Menge zu den Tibelikern gelangen, aber sie mussten es versuchen, um ihre Stammesangehörigen zu schützen.

»Und was sollen wir tun?«, erkundigte sich Hrotar, dessen

Schild so zersplittert war, dass er kaum noch etwas abhalten würde.

»Ausschwärmen«, erwiderte Seran und deutete die gesamte Front der Drakonen entlang. »Die Männer sollen außerhalb der Reichweite der Schützen bleiben und eine Abwehrlinie bilden. Ich will nicht, dass die Drakonen glauben, sie könnten die Krieger verfolgen, ohne auf Widerstand zu stoßen.«

Hrotar nickte und machte sich sofort daran, den Befehl an sämtliche Truppführer weiterzugeben. Mittlerweile war die Aufforderung zum Rückzug selbst an den Enden des Schlachtfelds angekommen. Die Flucht begann, und wenn sie verhindern wollten, dass die Drakonenbizene auf dumme Gedanken kamen, mussten sie sich beeilen.

Einen Moment lang fragte sich Seran, wo Kromer steckte, doch dann richtete er seine Aufmerksamkeit erneut aufs Kampfgeschehen. »Abwehrreihe!«, rief er seiner Leibgarde zu. Rasch schwenkten sie auf die neue Ausrichtung ein, stellten sich mit jeweils einer Lanzenlänge Abstand voneinander auf, sodass die Fliehenden zwischen ihnen hindurcheilen konnten, während sie über die Köpfe der Krieger hinweg die Drakonen im Auge behielten.

»Lauft!«, trieb Seran die noch immer zögerlichen Männer und vereinzelten Frauen an. »Wir geben euch Deckung!«

Von Jubel war nun nichts mehr zu bemerken. Vom eingezwängten Andrängen gegen den standhaften Gegner erschöpft und niedergeschlagen schleppten sich die Krieger dem Abhang entgegen, dessen Steigung ihnen noch mehr Kraft abverlangen würde. Es war so still geworden, dass Seran die Befehle der ortelanischen Schützenbizene hörte. Etlichen ihrer Männer waren die Pfeile ausgegangen, aber wer noch welche besaß, schoss weiter. Allmählich lösten sich selbst die vordersten Reihen der Krieger vom Gegner. Wenn sie sich abwandten, warfen sie sich die Schilde über den Rücken und rannten, doch das rettete nicht alle.

»Speere werfen!«, brüllten die Bizene der Drakonen. Die Waffen waren schwer und mit der Erfahrung aus Jahrhunderten siegreicher Feldzüge gefertigt. Etliche durchschlugen die leichten, selbst gezimmerten Schilde der Krieger. Nicht jeder Treffer war tödlich, aber jeder Knall fuhr Seran ins Herz, und der Anblick jeden Kriegers, der mit einem Speer im Rücken stürzte, versetzte ihm einen weiteren Stich. Mit zusammengepressten Lippen sah er das Sterben mit an und konnte nichts dagegen tun.

Endlich erreichten ihn die letzten Krieger. Seine Reiter hatten sich den gesamten Hang entlang zur befohlenen Linie formiert. »Rückzug!«, befahl er ihnen nun und ließ Aleator Schritt um Schritt rückwärtsgehen. Die Drohung, die in der Reiterfront lag, wirkte. Kein Bizen wagte, seinen Drakonen die Verfolgung zu befehlen. Mehrere Lanzenlängen zog sich Seran rückwärts zurück, um die Warnung aufrechtzuerhalten. Im Gras vor den Drakonen lagen erschreckend viele Gefallene neben- und teils sogar übereinander. Ein breiter Streifen aus Leichen, die den Preis für Rekkareds Hybris bezahlt hatten.

Schwermütig wandte sich Seran ab. Die Dämmerung brach an. In der Dunkelheit würde er Schutz finden, um seine Wunden zu lecken.

*

Obwohl er die Schlacht im Grunde gewonnen und den Feind in die Flucht geschlagen hatte, sah Astur von Wut erfüllt zu, wie sich die Mataver auf die Hügel zurückzogen. Am Feldzeichen konnte er Seran selbst aus dieser Entfernung erkennen. Der Verräter besaß die Frechheit, es noch immer zu verwenden und damit alles zu verhöhnen, wofür das heilige Banner stand. Astur konnte es immer noch nicht fassen, obgleich es keinen Zweifel gab. Sein vermeintlich liebender, treuer Ziehsohn hatte ihn hintergangen, getäuscht und seit Tagen belogen. *Ich hätte es wissen können,* haderte er zornig mit sich selbst. Schon vor der Versammlung der Häuptlinge hatte ihn Ordechan gewarnt, dass unter den Reitern des *Tharians Stolz* etwas vorging, wovon seine Männer ausgeschlossen blieben. Doch dann war Habard gekommen, dieser Kriecher wider Willen. Von einer flammenden Rede hatte er berichtet, die Seran angeblich für die Sache Thebans vorgetragen hatte. War auch das nur eine Lüge gewesen? *Habe ich ihm zu schnell vertraut, weil er mir erzählt hat, was ich hören wollte?*

Nun war es zu spät. Sein Vertrauen zu Seran hatte ihn gerade anderthalb Reiterflügel gekostet. Eintausendfünfhundert Männer und Pferde samt Ausrüstung waren dahin, übergelaufen, tot oder verwundet. Zähneknirschend wandte er sich ab, als die letzten Reiter oben im Wald verschwanden. Es dämmerte bereits. Er musste rasch für ein sicheres Lager sorgen, sonst fielen diese Kerle womöglich in der Nacht über sie her. Sie mochten sich gerade mit letzter Kraft die Hänge hinaufgequält haben, doch etwas Schlaf und die Aussicht auf einen einfachen Sieg konnten Wunder bewirken. »Sucht Furten!«, fuhr er seine Kundschafter an. Dieses Rinnsal von einem Fluss würde leicht zu durchqueren sein, aber genügend Schutz vor einem schnellen Angriff bieten. Außerdem war das andere Ufer schmaler und mit Auwald bewachsen, während es auf der Hohen Au kaum noch Bäume gab, mit denen sein Heer die Palisade aus mitgeführten Pfählen ergänzen konnte.

»Die Männer des *Korunischen* haben sich tapfer geschlagen«, lobte er, obwohl ihm der Sinn nicht nach Siegesfeiern stand. »Sie sind von Schanzarbeiten befreit und sollen sich ausruhen. Dasselbe gilt für die Schützen. Größere Rationen für alle, die am Kampf beteiligt waren! Der *Greverische* soll ein Lager von doppelter Größe bauen«, wandte er sich an Kresos, der ihm der fähigste Dezen dieses Drachen zu sein schien. »Ihr nehmt die verbliebenen Reiter hinter Eurer Palisade auf!«

Kresos besaß sogar die Weisheit, nichts zu Serans Verrat zu sagen. So viel Taktgefühl hätte Astur ihm dann doch nicht zugetraut. Dass seine Untergebenen überhaupt Grund hatten, auf seine Gefühle Rücksicht zu nehmen, ärgerte ihn nur noch mehr. Um ihn nicht zu reizen, wichen sie seinen Blicken aus und taten geschäftig, aber es konnte nicht darüber hinwegtäuschen, dass Seran ihn vor aller Augen bloßgestellt hatte. Bis zu diesem Morgen war er der erfahrene, ruhmreiche Feldherr gewesen, der matavische Stämme in die Knie zu zwingen wusste. Jetzt war er der leichtgläubige Narr, den sein eigener Ziehsohn übertölpelt und um den schnellen endgültigen Sieg gebracht hatte. Sie waren so kurz davor gewesen, das gesamte Heer dieser dummen Barbaren zu vernichten, und ausgerechnet Seran war ihm in den

Rücken gefallen. Der Junge, den er in seine Familie aufgenommen und so großzügig mit allem bedacht hatte, was dem Sohn eines Noblen zustand. Die fähigsten Lehrer, die vornehmste Kleidung, die besten Pferde und Sklaven, die man sich wünschen konnte … Er hatte ihm sogar die Schuppe Drakons gezeigt, das heilige Erbe des Hauses Aurel. Und dieser undankbare Bastard trat das alles mit Füßen, um sich einer Horde halb nackter Wilder anzuschließen.

»Ruft die Offiziere zusammen!«, befahl er den Botenjungen, halbwüchsigen Noblen, die einst selbst Dezene oder gar Heerführer zu werden hofften. Das Lager war zwar noch nicht fertig, die Sklaven hatten bislang nicht einmal sein Zelt zur Gänze aufgestellt, doch er musste die Männer jetzt darauf einschwören, die Scharte rasch auszuwetzen. Der Kaiser durfte erst davon erfahren, wenn sich Astur von der Schmach reingewaschen hatte. Vom Sattel aus sprach er zu den Offizieren, die teils zu Fuß, teils zu Pferd herbeikamen. »Wir haben den Barbaren heute eine wichtige Lektion erteilt«, verkündete er. »Sie wissen jetzt, dass wir ihnen in jeder Hinsicht überlegen sind.«

»Ruhm dem Kaiser!«, rief einer der Dezene des *Korunischen*, dessen Männer dem Ansturm so diszipliniert standgehalten hatten, und seine Kameraden stimmten verhalten in den Jubel ein: »Ruhm der Stadt Theban!«

»Die Entmutigung durch die Niederlage sitzt tief«, behauptete Astur. »Und sie sind erschöpft, während wir über zwei Drachen an frischen Männern verfügen. Deshalb werden wir ihnen keine Gelegenheit geben, sich von diesem Schlag zu erholen. Bereitet die Männer darauf vor, sie morgen im Eilmarsch zu verfolgen! Wir merzen diesen Abschaum aus, bevor er zu Atem kommt!«

Erneut brachen die Offiziere in Jubelrufe aus, und dieses Mal klangen sie tatsächlich begeistert. Als sich der Lärm ein wenig legte, wagte einer der erfahrenen Bizene jedoch, die Hand zu heben. Gereizt gestattete Astur ihm mit einer Geste zu sprechen.

»Die Pfade in diesen Wäldern werden für die Trosskarren zu schmal sein«, gab der Mann zu bedenken. »Was soll mit ihnen geschehen?«

»Ochsenkarren würden uns auf dem Eilmarsch ohnehin nur aufhalten«, befand Astur. »Lasst die Ladung auf Packtiere umverteilen, soweit es notwendig ist! Der Rest bleibt mit den Karren hier in diesem Lager. Eine Klaue des *Korunischen* sollte genügen, um sie zu bewachen.« Er sah, dass der Bizen erneut Einwände machen wollte, doch Astur war nicht in der Stimmung, seine Entscheidungen infrage stellen zu lassen. »Die verdammten Mataver haben schwere Verluste erlitten!«, fuhr er auf. »Sie sind geschwächt und ratlos. Das müssen wir nutzen! Wir werden sie jagen und ihre Leichen Saronn zu Füßen legen!«

24

Als Seran das ausgedehnte Lager der Mataver im Wald auf den Hügeln erreichte, lagen etliche verwundete und erschöpfte Krieger bereits am Boden und schliefen, wo sie zusammengebrochen waren. Andere stärkten sich, versorgten Wunden oder teilten Wachposten ein, aber alle sahen müde und niedergeschlagen aus. Auf der Suche nach einem Platz, wo die Pferde noch Futter finden würden, durchquerte Seran das Lager. Da sich Rekkareds Heer bereits seit Tagen hier gesammelt hatte, war längst alles abgegrast. Er musste bis über das andere Ende hinausreiten, bevor er endlich aus dem Sattel springen durfte. Der Aufprall sandte einen Ruck durch den Schnitt an seinem Oberschenkel, wo der Speer des Verräters Grimm Hose und Haut geritzt hatte, und riss die Wunde wieder auf. Während der Schlacht hatte er kaum bemerkt, wie das Blut an seinem Bein hinabgelaufen war und eine rot verkrustete Spur hinterlassen hatte, nun quoll es nur spärlich hervor, aber er würde sie verbinden müssen. Nur womit? Außer dem, was er am Leib trug, besaß er nur noch etwas Proviant, der in seiner Satteltasche steckte. Alles andere war bei Milos und Garud auf den Packpferden geblieben. Wenigstens hatte Aleator den Kampf ohne Verletzungen überstanden. »Lasst die Pferde gesattelt!«, riet er seinen Leibwächtern, die ihm wie selbstverständlich gefolgt waren. »Vielleicht müssen wir schneller aufbrechen, als uns lieb ist.«

Im rasch schwächer werdenden Licht fanden sich immer mehr seiner Männer ein und ließen sich in der Nähe nieder. Es wunderte Seran, dass sich die Einheiten nicht auflösten und sich unter die Angehörigen ihrer jeweiligen Stämme mischten. Da sie nicht länger im Dienst des Kaisers standen, hatte er keine Befehlsgewalt mehr über sie. Sie konnten jederzeit gehen. Doch er war froh, dass sie es nicht taten, denn so fühlte er sich weniger allein. Tjorr half ihm, einen Streifen Stoff von der Tunika zu schneiden, die er unter der Rüstung trug, und auch wenn Seran die Wunde anschließend selbst verband, wusste er, dass er unter den Leibwächtern einen Freund gefunden hatte.

Gerade als er Tjorr fragte, ob er beim Rückzug irgendwo Kromer gesehen hatte, tauchte der Zwerg mit einem Handpferd aus den Schatten auf. Es war bereits zu dunkel, um mehr als seine gedrungene Gestalt und den selbst im Zwielicht schimmernden Schild zu erkennen, und bislang hatte niemand gewagt, ein Feuer zu machen. Aber überall, wo er vorbeiritt, erhoben sich jene, die noch genug Kraft dazu besaßen, als ob sie ihm Ehre erweisen wollten. Bald erkannte Seran, dass die Geste nicht Kromer galt, sondern dem Reiter des zweiten Pferds, das Kromer mit sich zog. Der Mann war auf den Hals des Tiers gesunken und seine Arme und Beine baumelten leblos herab. Seran ahnte, wer es war, bevor er Leubwins Pferd erkannte. Hastig rappelte er sich auf, um Kromer die letzten Schritte entgegenzugehen. »Ist er …?«

Kromer nickte. »Sie müssen zu mehreren auf ihn und den Bannerträger losgegangen sein.«

Aus der Nähe sah Seran, dass Leubwins Kleidung unter dem Kettenhemd blutgetränkt und die Rüstung mehrfach durchbohrt war. Traurig legte er dem toten Freund die Hand auf die Schulter. »Harass wird dich gewiss in sein Heer aufnehmen«, murmelte er.

»Sein Tisch in Harass' Halle erwartet ihn schon«, bekräftigte Tjorr.

»Aber was machen wir jetzt mit ihm?«, fragte Kromer, nachdem er vom Pferd gesprungen war.

»Wir müssen ihn seiner Familie für das Totenfeuer übergeben«, befand einer der Jukaner unter Serans Leibwächtern.

»Unser Kampf ist noch nicht vorbei. Wir können jetzt keinen Mann entbehren«, widersprach Seran.

»Ich werde unter den Verwundeten meines Stamms herumfragen«, beschloss der Jukaner. »Vielleicht gibt es welche, die ohnehin nicht mehr kämpfen können und nach Hause reiten wollen.«

»Gut«, stimmte Seran widerstrebend zu. Dass die Männer überhaupt noch zusammenhielten, erschien ihm zu kostbar, um den Gedanken an Rückkehr in die Heimat überhaupt aufkommen zu lassen. »Hört mal alle her!«, rief er und suchte sich einen umgestürzten Baumstamm, von dem aus er von möglichst vielen seiner Reiter gehört und gesehen werden konnte, auch wenn er nur noch eine dunkle Gestalt im Licht des aufgehenden Monds war. »Ich weiß, dass ihr alle freie Männer seid und ich euch jetzt nichts mehr zu befehlen habe. Gib mir unser Feldzeichen, Fjallar«, bat er seinen Bannerträger, trat auf das versilberte Porträt Kaiser Tharians, das auf der Spitze prangte, brach es ab und hob es auf, um es davonzuschleudern. Einige Männer, die nah genug waren, um genau zu sehen, was er tat, jubelten ihm zu. »Wir haben mit Theban gebrochen, und ich kann euch keinen Sold mehr bezahlen, aber ihr sollt wissen, dass ich weiterkämpfen werde! Leubwins Tod – und der so vieler anderer – soll nicht umsonst gewesen sein. Solange noch ein Tropfen Blut in meinen Adern fließt, werde ich mich diesem Heer dort unten in den Weg stellen – und gemeinsam können wir es besiegen!«

Erneut jubelten ihm einige der Männer zu. Andere nickten grimmig, manche müde.

»Wohl gesprochen«, lobte Ildingar, den Seran bislang noch nicht im Lager gesehen hatte, doch im Dunkel der anbrechenden Nacht war das kein Wunder. »Auch ich werde weiterkämpfen, bis wir die Drachen zurück über den Elwe getrieben haben.«

Erfreut stieg Seran von dem Baumstamm und reichte das Feldzeichen aus Gewohnheit dem Bannerträger. »Hast du Hrotar gesehen?«

»Er spricht gerade mit jukanischen Häuptlingen«, antwortete Ildingar. »Ich war bei Rekkared.«

»Komm, setz dich!«, lud Seran ihn ein, denn sie konnten beide kaum noch stehen. »Was sagt er? Ist er verwundet?«

Ildingar nickte und ließ sich mit ihm neben Tjorr und Kromer nieder, die altbackenes Fladenbrot und Hartkäse aus ihren Vorräten kramten. »Einer der verfluchten Tibeliker hätte ihn fast um den Schwertarm gebracht«, berichtete Ildingar. »Die Wunde ist tief, aber wenn er kein tödliches Fieber bekommt, wird er irgendwann wieder kämpfen können.«

»Das klingt dennoch nicht ermutigend«, sagte Seran kauend. Sie hatten so viele Tote zu beklagen, waren müde und hatten noch keinen Plan, wie es weitergehen sollte, und nun stellte sich heraus, dass sie auch keinen Anführer mehr hatten. »Gibt es jemanden, der rasch seinen Platz einnehmen kann?«

»Ich weiß es nicht«, gab Ildingar zu. »Ich war zu lange fort. Mein Eindruck ist, dass sie alle entmutigt sind, weil sich die Weissagung der Seherin nicht erfüllt hat.«

»Der große Sieg.« Erschöpft schüttelte Seran den Kopf. Vielleicht war es einfach zu früh, um an morgen zu denken. »Schlafen wir erst mal«, beschloss er. »Hast du noch genügend Männer, um Wachen aufzustellen?«

»Es wird schon reichen«, erwiderte Ildingar zuversichtlich. »Ordechans Einheit hat uns anfangs schwer zugesetzt, aber ich glaube, dass mindestens zwei Drittel meiner Leute überlebt haben und kampffähig sind. Wir sind noch nicht geschlagen!«

Dein Wort in Harass' Ohr!, dachte Seran und nickte nur grimmig. »Die Wachen sollen alle wecken, wenn der Mond untergegangen ist. Wir müssen vor Sonnenaufgang hier weg sein.« Dann würde sich entscheiden, wer ihm weiterhin folgen wollte.

*

»Seran!«, raunte Kromer. »Seran, wach auf!«

Seran war, als hätte er gerade erst die Augen geschlossen. »Lass mich schlafen!«, murrte er mit geschlossenen Lidern und wollte sich wegdrehen.

»Nein, wach auf!«, drängte Kromer. »Drüben in Rekkareds Lager geht irgendwas vor sich.«

Ein nächtlicher Angriff? Seran schreckte hoch und riss die Augen auf. Schwaches Mondlicht fiel durch die dichten Baumkronen, sodass er die Umrisse seiner Freunde sehen konnte. Tjorr war bereits wach, und auch Fjallar setzte sich gerade auf, um in die Richtung zu spähen, in die Kromer deutete. Zwischen den Bäumen entdeckte Seran das rötliche Flackern von Flammen. Der Schein war deutlich größer als der eines gewöhnlichen Lagerfeuers. »Was ist da los?« In seinem Bein pochte und schmerzte es, als er sich rasch erhob, um bessere Sicht zu haben. Eigentlich gab es keinen Grund, auf Feuer zu verzichten. Astur konnte sich ohnehin denken, wo sie sich befanden. *Aber das da?*

»Vielleicht ein Totenfeuer«, vermutete Fjallar. Für einen Mataver war er klein und drahtig geraten, aber Seran hatte ihn als Bannerträger für die Leibwache ausgewählt, weil er so gut ritt, dass er zur Not sogar ohne Zügel auskam.

»Ein Totenfeuer? Jetzt?« Ungläubig schüttelte Kromer den Kopf. Im gleichen Augenblick setzte vom Feuer her mehrstimmiges Heulen ein.

»Sehen wir nach!«, rief Seran und lief voraus. Erst unterwegs bemerkte er, dass er für einen Kampf besser Schild und Helm mitgenommen hätte, doch er hörte weder Schreie noch das Klirren von Waffen. Umringt von zahlreichen Kriegern loderte tatsächlich ein Scheiterhaufen mitten im Lager. Um ihn so schnell errichten zu können, mussten viele Männer Holz und Reisig gesammelt haben. Die Gestalt, die in den Flammen lag, konnte Seran nur noch erahnen. Dem Feuer am nächsten standen Krieger, die Gesichter und Oberkörper mit etwas Dunklem eingerieben hatten und lose umgebundene Wolfsfelle trugen. Sie waren es, die den Kopf in den Nacken warfen und heulten. Die echten Wölfe Harass' standen dagegen stumm zwischen den vordersten Zuschauern, wo Seran auch Wanargand entdeckte. Wenig rücksichtsvoll bahnte er sich einen Weg zu ihm, um Antworten zu bekommen. »Wer ist das?«, wollte er wissen und deutete auf den Leichnam im Feuer.

»Umbrik«, erwiderte Wanargand. Er wirkte nicht betrübt, aber sehr ernst. »Sein Rudel hat sich zurück aufs Schlachtfeld geschlichen, um ihn zu holen, bevor ihn dein Ziehvater als Trophäe ausstellt.«

Wenn Astur von den Drakonen Berichte über die Wölfe Harass' hörte, würde er sicher annehmen, dass die Männer große Kampfhunde zu reißenden Bestien hochspielten oder zauberischem Blendwerk aufgesessen waren. Den Beweis verschwinden zu lassen konnte daher Vorteile haben, aber … »Ich verstehe ja, dass sie ihrem Anführer die letzte Ehre erweisen wollen. Wenn es nach mir ginge, würden wir alle Gefallenen holen und anständig bestatten«, versicherte Seran gereizt. »Aber sie hätten lieber ruhen sollen, um wieder zu Kräften zu kommen. Sie halten alle vom Schlaf ab, den wir dringend brauchen!«

Wanargand zuckte mit den Schultern. »Für sie ist der Kampf vorbei. Ein Rudel ohne Anführer ist nichts. Sie werden sich zurückziehen, bis Harass einen neuen bestimmt.«

»Sie werden einfach gehen?« Aufgebracht musterte Seran die Krieger, die um das Totenfeuer heulten. Es waren mindestens zwei Dutzend Männer, starke, überwiegend erfahrene Kämpfer, von denen die meisten weitgehend unverletzt aussahen. »Damit wollen sie Umbrik Ehre erweisen?« Seran merkte, dass ihn bereits etliche Männer verwundert oder verärgert anstarrten, doch in seinem Zorn war es ihm gleich. Mit bebenden Fingern nahm er den Schwertgurt ab und gab ihn Kromer, der ihm mit Tjorr und Fjallar gefolgt war. »Halt mal!«, forderte er und zog sich dann das Kettenhemd über den Kopf. Glaubten diese Kerle wirklich, dass Umbrik guthieß, wenn sie sich nach seinem Begräbnis davonstahlen? *Das werden wir ja sehen*, dachte Seran trotzig und zerrte die eiserne Drachenschuppe hervor, um sie ins Feuer zu schleudern. Jetzt bemerkte auch Umbriks Rudel, dass etwas vorging, aber Seran spürte ihre Blicke nur kurz, bevor ihn Umbriks Zorn wie ein Keulenhieb auf den Schädel traf.

»Du wagst es, mit dem Abzeichen der Thebanerknechte an mein Totenfeuer zu kommen?« Umbriks menschliche Gestalt schien vor Serans Augen aus den Flammen zu erwachsen. Obwohl er sicher in verwandeltem Zustand gestorben war, sah sein Geisterkörper grausig zugerichtet aus. Die Speere der Drakonen hatten ihn förmlich durchlöchert.

Benommen taumelte Seran und nahm aus dem Augenwinkel wahr, wie die Umstehenden vor ihm zurückwichen. »Du hast recht, Umbrik«, brachte er hervor. »Fjallar, das Feldzeichen! Es beleidigt ihn.« Hektisch bedeutete er dem Jukaner, ihm die Stange zu geben. Erstaunt reichte Fjallar sie ihm, und Seran riss das grüne Banner ab, auf das mit Silberfäden ein Abbild Kaiser Tharians zu Pferd gestickt war. »Hier! Ich opfere es Harass!«, rief er und warf es ins Feuer. Als ob Umbrik nach ihm griff, erfassten die Flammen den Stoff, bevor er herabgefallen war.

»Umbrik, dein Rudel will den Kampf aufgeben und gehen«, fügte Seran anklagend hinzu.

»Diese feigen Hunde!«, brüllte Umbrik, dass Serans Schädel

dröhnte. Im Innern des Scheiterhaufens gab es einen Knall und um den brennenden Leib des Wolfs Harass' stoben Funken auf. »Als Einziger habe ich diesen Schildwall durchbrochen! Ich! Und sie haben sich abdrängen lassen! Nicht alle, das will ich zugeben«, fügte er gnädiger hinzu. »Aber die sind mit mir gestorben und haben nicht zugesehen, wie ich niedergemacht wurde!« Mit neuer Wut hob er die geballten Fäuste. »Sie sollen meinen Tod rächen, sonst werde ich …« Das Geisterbild flackerte. Seran erinnerte sich, dass Awas Enkel ihm nach dem Totenfeuer nicht mehr erschienen war.

»Sie sollen kämpfen!«, brüllte Umbrik, bevor er erneut verblasste.

»Umbrik sagt, ihr sollt kämpfen«, forderte Seran mit vor Schmerz gepresster Stimme.

»Harass will es!«, ertönte Umbrik noch einmal leiser. Sein Zorn traf Seran nur noch wie eine schwache Windböe.

»Harass will es«, wiederholte Seran.

Erst jetzt fiel ihm auf, dass sämtliche Mitglieder von Umbriks Rudel verstummt waren und ihn ansahen. Er hielt noch immer das Feldzeichen in der Hand, von dessen Querstange nur noch die beiden Schweife aus echtem Rosshaar herabhingen. Einer der Männer ging zu einem Bündel, das neben dem Feuer am Boden lag. Wortlos warf er alles in die Flammen – bis auf einen Wolfspelz, an dem noch der Schädel des Tiers hing. Noch immer war nichts außer dem Prasseln des Totenfeuers zu hören. Der Krieger brachte das Wolfsfell zu Seran und hängte den Schädel über die Spitze der Stange. »Es gehörte Umbrik«, erklärte er. »Wir werden seinem Geist folgen.«

*

Der Gestank nach verbranntem Fell und Fleisch und der Rauch, der unter den Baumkronen schlecht abzog, machten es zu einer Qual, dem Totenfeuer beizuwohnen. Doch nachdem Seran sich zu Umbriks Sprachrohr aufgeschwungen hatte, fühlte er sich verpflichtet, eine Weile auszuharren. Mit dem Schwinden des Leichnams löste sich auch Umbriks Geist mehr und mehr auf. Ab und an sah Seran ihn noch, hörte wie von fern seine Stimme, doch die Erscheinung wurde blasser, und als das Feuer in sich zusammenfiel, wandte sich Seran ab. Umbrik war fort.

Als er sich umdrehte, nickte ihm Wanargand anerkennend zu. Unwillkürlich fragte er sich, ob die frische Narbe an Wanargands Schulter von dem Lanzenstoß herrührte, den er mitangesehen hatte, doch er war zu müde, um Geschichten über die Schlacht auszutauschen. Vielleicht würde er noch etwas Schlaf bekommen, bevor der Mond unterging.

»Was bei allen heiligen Berggeistern war das?«, staunte Kromer, sobald sie den Ring um das Totenfeuer verlassen hatten. Wie selbstverständlich ging er neben Seran, während Tjorr ihm als Leibwächter und Fjallar mit dem neuen Feldzeichen folgten. Und weil es nun nicht mehr für das Kaiserreich, sondern einen Wolf Harass' stand, schloss sich ihm auch Umbriks Rudel an.

»Ich habe mit dem Geist des Toten gesprochen, den sie verbrannt haben«, erklärte Seran schroffer, als er beabsichtigt hatte. »Tut mir leid. Ich hätte dir längst von meinen neuen Fähigkeiten erzählen sollen.«

»Du redest mit Toten? Einfach so?«

»Awa sagt, ich hätte es von meiner Mutter geerbt. Aber ich kann es nur, wenn ich kein Eisen trage. Sie meint, dass Eisen Zauberkräfte bannt.«

»Gut, dass ich immer genug davon trage«, brummte Kromer.

»Möglicherweise kann ich noch mehr, als mit Geistern zu reden«, gestand Seran. »Ich weiß noch nicht genau, welche Kräfte ich habe.« Plötzlich fiel ihm etwas ein. »Kromer! Erinnerst du dich, dass mir in Saronns Tempeln immer schwindlig wird?«

Kromer nickte. »War nicht zu übersehen.«

»Die Säulen und Statuen aus Eisen! Das ist der Grund!« Endlich hatte er eine Erklärung für die seltsame Schwäche. Doch dieser Abschnitt seines Lebens war vorüber. Sollte er jemals wieder einen Tempel Saronns oder des Kaisers betreten, dann wohl nur als Gefangener, dem der Opfertod bevorstand.

»Stört es dich?«, fragte er, als er Kromers Schweigen bemerkte.

»Mir wäre lieber, dir wäre ein dritter Arm gewachsen«, gab Kromer zu. »Das wäre wenigstens nützlich. Aber seine Eltern kann man sich nicht aussuchen, also was soll's?«

»Hm.« Das war nicht ganz die Antwort, auf die Seran gehofft hatte, aber vielleicht musste er seinem Freund nur etwas Zeit geben, um sich an den Gedanken zu gewöhnen.

»Mit Toten reden«, murmelte Kromer.

Falls er noch etwas hinzufügen wollte, bekam Seran es nicht mit, denn jemand rief seinen Namen, und es klang dringlich. Alarmiert sah sich Seran um. Aus den Schatten tauchte Hrotar auf, der ältere jukanische Bizen. »Seran!«, wiederholte er atemlos. »Die Häuptlinge meines Stamms wollen abziehen!«

»Jetzt schon?«, empörte sich Seran. »Was haben sie geglaubt? Dass der Kampf gegen drei thebanische Drachen ein Kinderspiel wird?«

»Das habe ich ihnen auch gesagt«, erwiderte Hrotar erbost. »Ich habe doch meinen Sold nicht aufgegeben, damit die es sich jetzt anders überlegen!«

Seran verstand seinen Ärger. Der Sold eines Bizens war beträchtlich höher als der eines einfachen Reiters. »Und ich werde nicht hinnehmen, dass Leubwin und die anderen nur für eine Laune ihrer Anführer gestorben sind!« Wütend ließ sich Seran von Kromer Schwert und Kettenhemd anreichen, denn wenn ihn diese Häuptlinge ernst nehmen sollten, musste er ihnen als stolzer Krieger gegenübertreten. »Kommt!«, forderte er sein Gefolge auf. »Wir werden nicht zulassen, dass Wankelmut alles zunichtemacht, wofür wir kämpfen.«

»Nur weil Astur sie getreten hat, kneifen sie den Schwanz ein«, grollte Kromer, während sie Hrotar durchs Lager folgten. »Einen wie Leubwin hat diese Bande überhaupt nicht verdient.«

Seran nickte nur zornig und vermisste Leubwin an seiner Seite. Erst hatten die Jukaner bis zum letzten Augenblick gezögert, und jetzt wollten sie schon wieder aufgeben? Sicher hätte sich Leubwin für seine Stammesführer geschämt.

Als Seran sie erreichte, umstanden sie mit anderen Häuptlingen ein kleines Feuer und stritten. Er erkannte Sidgran, den Warasker, den Wanargand zum Steinernen Heer begleitet hatte, und einige Anführer mehr, an deren Namen er sich nicht erinnerte.

»Machen wir uns doch nichts vor!«, forderte gerade ein graubärtiger Jukaner, den Seran ebenfalls beim Steinernen Heer gesehen hatte. »Der Kampf ist verloren! Eure größten Anführer sind gefallen. Waihalar von den Uthonen. Umbrik. Sogar Rekkared!«

»Er wird nicht sterben!«, entrüstete sich Alwila, die große, auffallend zierliche Zauberin. »Sind nicht gerade die Jukaner für ihre vielen Haine Wárs bekannt? Habt ihr so wenig Vertrauen zu der heilenden Kraft der Göttin?«

»Ich zweifle nicht an Wár«, verteidigte sich der Jukaner. »Aber es war Rekkared, dem die Seherin den großen Sieg prophezeit hat. Damit ist es vorbei. Die Thebaner werden nicht tatenlos herumsitzen, während wir auf seine Genesung warten. Sie werden unsere Ernten vernichten und unsere Häuser verbrennen!«

»Das ist wahr!«, rief Seran. Entschlossen trat er in den Kreis der Anführer, die verblüfft auf das Feldzeichen und Umbriks Krieger blickten.

»Bist du jetzt unter die Wölfe Harass' gegangen?«, fragte Sidgran skeptisch. Da sein Bartwuchs an Wangen und Kinn eher schütter war, wirkte der dichte, lange Schnurbart des Waraskerhäuptlings umso buschiger.

Die Frage verwirrte Seran. War das möglich? Wurden Wölfe Harass' mit der Fähigkeit zur Verwandlung geboren, oder war es ein Zauber, den er erlernen konnte? »Nein, ich ... Ich bin nicht Umbriks Nachfolger«, gab er zu und fasste sich wieder. »Aber ich habe beim Totenfeuer mit ihm gesprochen. Er war sehr wütend, und wenn er euch jetzt hier so reden hört, wird er noch zorniger werden. Soll er Harass berichten, dass ihr beim ersten Gegenwind einknickt wie Strohhalme?«

»Du hast selbst gerade gesagt, dass die Thebaner unser Land verwüsten werden«, hielt der Graubart dagegen. »Aber noch wissen sie nicht, dass wir Jukaner an dieser Schlacht überhaupt teilgenommen haben. Wenn wir jetzt schnell nach Hause zurückkehren, können wir uns noch retten! Wir könnten sagen, dass deine jukanischen Reiter ohne unser Wissen und Einverständnis gehandelt haben, und alles wäre wieder wie vorher.«

Ein anderer Jukanerhäuptling nickte, während der dritte beschämt zu Boden sah.

»Vielleicht solltest du wirklich nach Hause gehen, alter Mann«, beschied eine Kriegerin dem Graubart. Ihrer Mundart nach war sie Uthonin und der Helm samt mit Silber beschlagener Schwertscheide und Gürtel wiesen sie als Anführerin aus. »Selten habe ich Worte von solcher Feigheit und Verschlagenheit gehört.«

»In der Tat«, stimmte Sidgran angewidert zu. Obwohl der Warasker ebenso erschöpft sein musste wie sie alle und am Schildarm verwundet war, strahlte er ungebrochenen Mut aus. »Die Thebaner kamen einst zu uns und hinterließen eine blutige Spur. Damals haben wir geschworen, uns zu rächen, und nun ist die Zeit dafür gekommen. Wer lieber vor ihnen im Staub kriecht, hat an unserer Seite nichts verloren!«

»Was versteht ein Kriegshäuptling schon vom Frieden?«, erwiderte der Graubart erbost. »Ein guter Anführer weiß, wann er das Leben seiner Leute sinnlos aufs Spiel setzt, und zieht sich rechtzeitig zurück!«

»Es wäre nicht sinnlos«, mischte sich Seran erneut ein.

»Woher willst du das wissen?«, fuhr der Jukaner ihn an. »Rekkared hat uns einen großen Sieg versprochen, und jetzt ist er halb tot!«

»Vielleicht hat Rekkared die Weissagung nur falsch verstanden.« Plötzlich war sich Seran sogar sicher, dass es so sein musste. »Was wäre, wenn die Seherin von seinem Erfolg am Hrönn gesprochen hätte? Ich war dort. Er hat den Drakonen eine wirklich üble Niederlage bereitet. Aber danach hielt er sich für unbesiegbar, und das wurde uns allen heute zum Verhängnis. Ich habe versucht, ihn zu warnen, aber er wollte nicht auf mich hören.«

»Und du glaubst, du hättest uns zum Sieg geführt?«, fragte Wanargand und trat neben Sidgran in die Runde.

»Das wissen nur die Götter«, gestand Seran. »Aber ganz

sicher hätte ich nicht den Fehler begangen, die Drakonen zu unterschätzen. Sie sind zu gut ausgebildet und ausgerüstet, um überrannt und in die Flucht geschlagen zu werden. Damit will ich aber nicht sagen, dass der Kampf aussichtslos ist!«, sagte er in Richtung der Jukaner. »Denkt an Rekkareds Sieg am Hrönn! Besinnt euch auf eure Stärken! Wir haben Zauberer«, betonte er und deutete auf Alwila und den ebenso schlanken Mann neben ihr, der ihr so ähnlich sah, dass er nur ihr Bruder sein konnte. »Wir haben die Wölfe Harass'. Wir haben Hügel und Wälder, in denen die Drakonen ihre Formationen nicht einnehmen können. Sogar das Wetter kann auf unserer Seite sein! Thebaner hassen Regen und Kälte. Nutzen wir das alles! Dann ist der Sieg unser!«

*

Ungeduldig erwartete Astur seine Späher zurück. Seit zwei Nächten hatte er kaum geschlafen, und auch heute würde er sich erst zur Ruhe legen, wenn er alle Berichte angehört und sämtliche Schlussfolgerungen durchdacht hatte, die sich daraus ableiten ließen. Ihm durfte nicht noch einmal ein entscheidender Hinweis entgehen.

In der ersten Nacht hatte ihn zwar vor allem sein Zorn wach gehalten, doch er war auch nicht untätig gewesen. Zunächst hatte er Milos verhört, diesen rührseligen Narren, der tatsächlich geglaubt hatte, dass Seran eine Art Vater in ihm sah. In einem Sklaven! Was diese erbärmlichen Wichte sich so alles einbildeten. Umso größer war nun seine Enttäuschung. Anfangs hatte Astur ihm nicht geglaubt. Immerhin schien der alte Sklave Seran zu lieben. Da lag es nahe anzunehmen, dass er die Machenschaften des Verräters gedeckt hatte, bis der sein wahres Gesicht zeigte und ihn ohne Abschied zurückließ. Doch selbst einige Peitschenhiebe hatten Milos nicht davon abbringen können, seine Unschuld zu beteuern. Unter Tränen hatte er zugegeben, dass sich Seran in den letzten Monden manchmal seltsam benommen hatte. Verliebt sei er gewesen, in irgendein Barbarenweib, das Männerkleidung trug. Doch die Frau sei längst verschwunden, worüber Seran sehr unglücklich gewesen sei, und mehr wusste Milos nicht.

Daraufhin hatte Astur den jungen Pferdesklaven vernommen, zu dessen Aufgaben es eigentlich gehörte, Seran in die Schlacht zu begleiten. Wie mehrere Zeugen bestätigt hatten, war er stattdessen zu Milos in den Tross geflüchtet. Obwohl er einmal gesehen hatte, wie Seran nachts mit einem der Leibwächter aus dem Lager verschwunden war, wollte auch er nicht geahnt haben, dass sein Herr überlaufen könnte. Nur den verfluchten Zwerg schien Seran eingeweiht zu haben. *Ich hätte wissen sollen, dass er eines Tages Ärger machen würde.* Wenn er kein meisterhafter Schmied gewesen wäre, mit dessen Werken sich selbst in Theban Eindruck schinden ließ, hätte Astur ihn längst entlassen. Womöglich war der alte Dickschädel sogar an allem schuld. Hatte er Seran verraten, was damals in der verfallenen Festung geschehen war? Dass die Mutter von einem Katapultgeschoss getroffen worden und der Vater gefallen war? Wie Asturs Männer den um sich schlagenden Jungen von seinem greinenden Bruder getrennt und weggetragen hatten? *Dabei war es nur zu seinem Besten. Ohne mein Eingreifen hätte ihm ein bedeutungsloses Leben als Sklave bevorgestanden.* Aber so waren die Menschen, undankbar und zu jeder Heimtücke fähig. Zweifellos würden die Götter Seran dafür bestrafen, doch er, Astur, musste das Werkzeug dieser Rache sein, sonst würde der Kaiser ihn für nachlässig oder gar nachgiebig halten.

»Die ersten Fernspäher sind zurück, Herr!«, rief der Sklave, der am Zelteingang für ihn Ausschau hielt.

Saronn sei gepriesen! »Das wird ja auch Zeit.«

»Oh, das sieht nicht gut aus.« Der Sklave warf ihm einen besorgten Blick zu und wich bereits zurück, bevor sich Astur überhaupt erhoben hatte.

»Was?«, fuhr Astur ihn an. Konnte der Kerl nicht weiterreden, anstatt zu warten, bis er sich selbst ein Bild machte?

Rasch zog sich der Sklave noch weiter zurück, während Astur aufstand und auf ihn zukam. »Der eine scheint eine Leiche bei sich auf dem Pferd zu haben.«

Astur runzelte die Stirn und sah den beiden Reitern entgegen. Hinter dem einen hing tatsächlich eine menschliche Gestalt quer über die Kruppe des Pferds. Arme und Beine baumelten leblos herab. An Stiefeln und Tunika erkannte Astur, dass es sich um einen Reiter seines Heers handeln musste. *Seran?* Bei dem Gedanken schwankte er zwischen grimmiger Zufriedenheit und einem Anflug von Bedauern. Wenn der Junge tot war, könnte er ihm vergeben.

Doch als die Männer näher kamen, sah Astur, dass der Tote nicht Seran sein konnte. Das Haar war zu hell und der Tunika fehlte der grüne Saum, der Seran als Angehörigen eines noblen Hauses auswies. »Ihr habt euren Kameraden gefunden, der gestern nicht zurückgekehrt ist?«, erkundigte sich Astur.

»Ja, Herr.« Der Späher, hinter dem die Leiche lag, sprang aus dem Sattel. Wie der Tote hatten auch die beiden Kundschafter zu Ordechans Einheit von Serans Reiterflügel gehört. Sie waren Mataver, gehörten jedoch einem Stamm an, der weit im Norden lebte. Dass er ihnen deshalb uneingeschränkt vertrauen konnte, bezweifelte Astur nach allem, was vorgefallen war, aber bislang gaben sie sich treu – und starben für Theban.

»Er muss dem Trupp, den er verfolgt hat, zu nah gekommen sein«, vermutete der Späher. Seine Augen waren so hell, dass sie Astur stechend vorkamen. »Sie haben die Leiche gefleddert und sein Pferd gestohlen.«

Astur nickte nur. Dass dem Mann Kettenhemd, Helm und Waffen fehlten, war nicht zu übersehen. Selbst auf dem Schlachtfeld hatten sie einige Leichen geplündert vorgefunden. Doch die paar Rüstungen würden die Barbaren nicht retten. »Irgendwelche Spuren dieser Bestien, die sie angeblich mit sich führen?«

Die beiden Männer wechselten einen ratlosen Blick.

»Der Wölfe Harass'?«, fragte der mit den stechenden Augen. »Ihre Spuren unterscheiden sich nicht von denen der anderen.«

Natürlich nicht. Weil es gewöhnliche Hunde sind. Astur kam sich dumm vor, überhaupt danach gefragt zu haben, und er hasste es, wenn ihn jemand für einen Trottel halten konnte. Aber einer der Bizene hatte bei Saronn, Siberos und dem Kaiser geschworen, dass seine Drakonen keine Märchen erzählten. Er wollte das Untier selbst gesehen haben. Am nächsten Morgen war der Kadaver jedoch unauffindbar gewesen. Vielleicht hatte das Tier doch überlebt und sich in den Wald zurückgeschleppt.

»Beron ist jedenfalls durch gewöhnliche Speere gestorben«, behauptete der andere Späher.

»Sicher.« Asturs Blick streifte beiläufig die blutfleckige Tunika des Toten. Welche Rolle spielte es schon, durch welche Waffen er umgekommen war? Es gab wichtigere Fragen. »Konnten wir aufholen?« Seine tibelischen Kundschafter, die der Vorhut voranritten, damit das Heer nicht von der Fährte des Feinds abkam, hatten ihm das zwar bereits versichert, aber es war besser, mehrere Meinungen einzuholen. Nur so konnte er herausfinden, wer wirklich etwas von seiner Aufgabe verstand – und wer ihn vielleicht sogar belog.

»Nur wenig«, schätzte der mit den hellen Augen. »Sie müssen schon in der Morgendämmerung aufgebrochen sein. Aber immerhin hat sich ihr Vorsprung nicht vergrößert, also kommen wir schneller voran als sie.«

Sehr gut. Astur beschloss, die Männer am nächsten Morgen vor Sonnenaufgang wecken zu lassen. Dann konnten sie Seran bis zum Abend einholen und nachts sein Lager stürmen. Und falls die Drachen doch nicht schnell genug vorankamen, würde die verbliebene Reiterei den Matavern ganz sicher spätestens übermorgen den Weg abschneiden können. *Dann werden wir sie von zwei Seiten in die Zange nehmen. Falls bis dahin noch eine nennenswerte Zahl übrig ist.* »Ging es so weiter wie gestern?«

Der andere Späher nickte mit siegesgewissem Lächeln. »Das Heer löst sich auf. Es sind immer wieder Spuren unterschiedlich großer Trupps abgezweigt. Manchmal nur zehn, manchmal weit über hundert Krieger. Die meisten zu Fuß.«

»Und niemand kehrt zurück?«, vergewisserte sich Astur. Auch das hatten die Tibeliker im Grunde bereits herausgefunden.

»Niemand. Wir haben keine einzige Spur entdeckt, die zurück zum Heer geführt hätte. Wenn es so weitergeht, sind in zwei Tagen nur noch die abtrünnigen Reiter übrig.«

Ihr Anführer muss gefallen sein oder ihr Vertrauen verloren haben. »Umso besser«, befand Astur. Je weniger Feinde übrig blieben, desto sicherer war sein Sieg und dass ihm Seran nicht entkam.

»Sollten wir diese Trupps nicht verfolgen?«, wagte der mit

dem stechenden Blick zu fragen. »Sie wären leicht zu vernichten und könnten uns später keinen Ärger mehr machen.«

Astur nickte. Der Mann meinte es gut und verdiente Lob für seinen Tatendrang. »Oberflächlich betrachtet hast du recht«, gab er zu. »Aber es würde bedeuten, auch unsere Streitmacht in viele kleine Gruppen aufzuteilen. Dann wären wir ebenso angreifbar wie sie. Womöglich bezweckt ihr Heerführer sogar genau das, um uns aufzuhalten oder um uns Fallen zu stellen.« Selbst dumme Wilde konnten schließlich gerissen sein. Und nun hatte dieser Rekkared auch noch Seran als Berater. Seran, dem er die besten Lehrer in der Kunst der Kriegsführung bezahlt hatte … »Wir bleiben am Heer mitsamt den Verrätern dran.«

Unwillkürlich blickte er nach oben, um sich des Beistands der Götter zu vergewissern. Seit dem Morgen zogen von Osten her Wolken auf, die schlechtes Wetter verhießen. Ein Grund mehr, die Mataver rasch einzuholen und die abschließende Schlacht hinter sich zu bringen. Wenn er erst die Hauptstreitmacht und die Abtrünnigen vernichtet hatte, würde niemand mehr wagen, gegen ihn aufzubegehren. *Und Seran werde ich mit dem geschändeten Feldzeichen nach Theban schicken.* Im Saronntempel würden sie die Standarte mit seinem Blut wieder weihen.

*

Seran atmete tief ein und schloss die Augen. Sofort bedrängten ihn die Eindrücke der anderen Sinne umso mehr. Die Flammen des kleinen Lagerfeuers prasselten und fauchten mit einem Mal, als ob er erneut an Umbriks Totenfeuer stand, und er spürte ihre Hitze, obwohl er ihnen nicht näher gekommen war. Wann immer er das ganze Eisen ablegte, das er den Tag über am Leib trug, versetzte ihn die Wirkung in Erstaunen. Von einem Augenblick auf den anderen konnte er den leicht metallischen Geruch der Flammen von Ruß und Rauch unterscheiden. Er fühlte sich nicht mehr fremd, sondern als säße er in einer warmen, anheimelnden Halle, deren Säulen die Baumstämme waren. Wie in einer Strohmatratze knisterte es unter ihm in der Erde, und um ihn herum wisperten die Stimmen des Walds. Doch das alles wollte er jetzt nicht wahrnehmen.

»Du musst mit der Umgebung verschmelzen«, sagte Alwilas Bruder Wáras. Sie saßen sich neben dem Feuer gegenüber und Seran hörte sogar das leise Rascheln der Tunika, wenn Wáras atmete. »Stell dir vor, du wärst Nebel, der sich auflöst, immer dünner und durchsichtiger wird … Ja, gut!«

Überrascht öffnete Seran die Lider, um an sich hinabzublicken. Im ersten Moment kam es ihm tatsächlich vor, als könnte er durch seine Beine den Boden sehen, aber im nächsten Augenblick waren sie wieder da, Schenkel, die in einer ledernen Hose steckten, und sonnengebräunte Waden. »Verdammt!«

»Geduld!«, riet Wáras. Er hatte ein fast schon mädchenhaft hübsches Gesicht, doch die verkniffenen, dünnen Lippen verliehen ihm Härte. »Ich musste mehrere Jahre üben, um diesen Zauber zu beherrschen.«

»Das verstehe ich nicht«, murrte Seran. »Warum kann ich mit Geistern sprechen, aber mich nicht unsichtbar machen?«

Wáras verdrehte die Augen. »Weil das eine mit dem anderen überhaupt nichts zu tun hat.«

»Aber weshalb? Es ist doch beides Magie.«

»Denkst du auch mal nach, bevor du was sagst?«, tadelte Wáras. »Du hast so lange Eisen getragen, dass du alles für Zauberei hältst, was von ihm unterdrückt wird. Sieh es doch stattdessen mal so: Ohne Eisen herumzulaufen ist dein natürlicher Zustand. Wärst du ohne es aufgewachsen, hättest du alles, was jetzt neu für dich ist, schon immer wahrgenommen. Schon als Kind hättest du die Geister gehört und gesehen. Es wäre ebenso wenig Zauberei für dich wie … na ja, wie andere Menschen zu sehen und zu hören. Aber du wärst nicht die ganze Zeit unsichtbar. Sich unsichtbar zu machen ist eine Fähigkeit wie … wie Reiten oder Kämpfen. Es passiert nicht einfach so. Man muss es wollen und üben.«

Seran brummte enttäuscht, aber er nickte, um Wáras zu zeigen, dass er ihn verstanden hatte.

»Das wird schon«, versicherte der junge Zauberer. »Verglichen mit Wettermagie ist es kinderleicht.«

Mit schiefem Lächeln blickte Seran zum Nachthimmel hinauf. Eine Wolkendecke verbarg Mond und Sterne, aber noch regnete es nicht. Hatten nun Wáras und die beiden anderen Zauberer sie herbeigerufen oder wären die Wolken ohnehin aufgezogen? Es ging so langsam, dass sich Seran kein Urteil erlaubte.

»Morgen wird es regnen«, versprach Wáras.

»Dein Wort in Rúls Ohr«, wünschte Ildingar, der mit am Feuer saß und sich neue Wurfspeere zurechtschnitt. Das Licht der Flammen schmeichelte seiner wettergegerbten Miene, doch tiefer Ernst ließ seine Züge mehr wie Fels wirken denn je.

Wáras erhob sich und streifte altes Laub und Erde von seiner dunkelgrünen Tunika. »Rúl ist auf unserer Seite«, behauptete er. »Verlasst euch auf uns!«

Wortlos nickte Seran ihm zu und sah ihm nach, bis er in den Schatten zwischen den Bäumen verschwand. Obwohl es schon spät war, würden sich die Magier noch einmal treffen, um ihren Regenzauber zu wirken. Seran hätte schon genügt, die Unsichtbarkeit zu beherrschen. Wie viel Verwirrung hätte er damit in die feindlichen Linien tragen können! Aber zwei Abende genügten wohl nicht, um den Zauber zu erlernen. Seufzend wandte er sich dem Feuer zu, in dessen Flammen er flüchtige Gesichter zu erkennen glaubte. *Geister …*

»Mach nicht so ein Gesicht!«, raunte Kromer. »Was sollen deine Männer von dir denken? Wenn du nicht an ihren Sieg glaubst, tun sie es auch nicht.«

»Natürlich werden wir siegen!«, fuhr Seran auf. »Ich wollte nur …«

»Schon besser«, fiel Kromer ihm zufrieden ins Wort. »Ehrlich gesagt, bin ich froh, dass es mit deiner Zauberei nicht so klappt. Überlass das denen, die nichts anderes können! Du wirst als Anführer gebraucht.«

»Aber wenn ich unsichtbar wäre, könnte ich …«

»Ja, sie werden eine wichtige Rolle spielen«, unterbrach ihn Kromer erneut. »Aber Krieger folgen keinen unsichtbaren Häuptlingen in die Schlacht.«

»Hör auf den Zwerg!«, riet Hrotar, der jukanische Bizen. Nach nur zwei Tagen verbargen rotblonde Bartstoppeln bereits seine pockennarbigen Wangen. »Du bist es, der unsere Reiter jetzt noch zusammenhält.«

Auch Ildingar nickte. »Meine Männer folgen dir, weil sie dich für klug und mutig halten. Hätten wir die Schlacht auf der Hohen Au gewonnen, wären sie mit Rekkared zufrieden, aber jetzt haben sie ihre Hoffnungen auf dich gesetzt. Sie müssen dich sehen, wie du dich in den Kampf stürzt, sonst zweifeln sie an dir.«

»Wie kann ein Leibwächter jemanden beschützen, den er nicht sieht?«, fragte Tjorr mit gerunzelter Stirn.

Seran verkniff sich die Antwort, dass er als Unsichtbarer keine Leibgarde brauchen würde. »Schon gut, ihr habt ja recht.«

»Jetzt bin ich wirklich erleichtert«, gestand Fjallar. »Ich hätte mich sonst mit einer Schnur an dich binden müssen, um dir unseren Wolf nachzutragen.«

Lachend sahen alle zu dem neuen Feldzeichen auf. Grimmig wie Umbrik selbst blickte der Wolfsschädel auf sie herab. So rasch, wie sie gekommen war, verflog die Heiterkeit wieder. Morgen würden sie siegen oder sterben. Saronn kannte keine Gnade mit Verlierern.

Schweigend vertieften sie sich wieder in ihre Arbeit. Obwohl sie nach dem langen Ritt müde waren, durften sie sich noch keinen Schlaf gönnen. Ildingar, Tjorr und Fjallar schnitten neue Wurfspeere zu, deren Spitzen sie im Feuer härteten, weil sie keine Eisenspitzen mehr besaßen. Hrotar zimmerte sich notdürftig einen neuen Schild zusammen, und Kromer flickte Löcher in Kettenhemden, solange sein Vorrat an Eisenringen reichte. Vorausschauend hatte er in seinen Satteltaschen ein paar Werkzeuge mitgebracht, die auch Hrotar für seinen Schild gut gebrauchen konnte.

Gerade als Seran aufstand und sich einen Ast als Fackel aus dem Feuer ziehen wollte, um auf die Suche nach weiteren dünnen jungen Baumstämmen für Speere zu gehen, hörte er eiligen Hufschlag. Abrupt richtete er sich wieder auf.

»Was gibt's?« Alarmiert blickte sich Kromer um.

»Reiter«, erwiderte Seran nur.

Nun lauschten sie alle, aber ihre Gesichter blieben ratlos. Dabei vernahm Seran es ganz deutlich. Zwischen den Stimmen der vielen Männer, die um ihn herum lagerten, und dem Knistern ihrer Feuer, dem Mahlen der Zähne unzähliger Pferde und dem Rascheln und Wispern des Walds war der Hufschlag zwar sehr leise, aber für Seran stach er heraus. Oder spürte er bereits die Erschütterung des Bodens? Das Beben der Baumwurzeln unter den Tritten der Pferde? Als er sich ganz darauf einließ, bemerkte er, dass die Tiere vom Trab in den Schritt fielen und die Reiter von jemandem angesprochen wurden. *Ein Wachposten am Rand des Lagers.* Kein Wunder, dass seine Gefährten noch nichts hörten.

»Vielleicht Späher mit Neuigkeiten, die keinen Aufschub dulden«, vermutete er.

Umso angespannter blickten nun alle in dieselbe Richtung wie er. Ohne weitere Verzögerung durchquerten die Reiter das Lager. Seran hörte, wie jemand nach dem Weg zu ihm fragte, obwohl er nicht der einzige Anführer im verbliebenen Heer war. Auch Sidgran, einer der Waraskerhäuptlinge, lagerte hier und Hjörrtrud, die seit Waihalars Tod die uthonischen Krieger anführte. Bis die Reiter im Schein der nächstliegenden Feuer auftauchten, schien es Ewigkeiten zu dauern. Sie waren zu dritt, aber nur zwei der Männer trugen Speere und matavische Schilde. Der dritte saß mit gefesselten Händen auf seinem Pferd. Kettenhemd und Helm deuteten auf einen Thebaner hin, und als der Gefangene den Kopf hob, erkannte Seran ihn sofort. »Garud!«

»Du kennst ihn?«, vergewisserte sich der elweonische Späher, der Garuds Pferd mit sich zog.

»Ja, natürlich, er hat mir jahrelang als Pferdeknecht gedient.«

Auch Kromer sprang auf und hob vorwurfsvoll die Hände. »Was machst du hier, Junge? Wolltest du dich umbringen?«

»Er ist wie von Dämonen gehetzt unserer Spur gefolgt, obwohl ihr Heer längst das Lager aufgeschlagen hatte«, berichtete der Späher. »Kam uns reichlich seltsam vor – wie ein Überläufer, aber bis an die Zähne bewaffnet. Also haben wir ihn abgefangen und wollten ihn verhören, aber er kann kein Matavisch. Hat nur ständig deinen Namen wiederholt«, sagte er zu Seran.

»Danke, dass ihr ihn hergebracht habt«, erwiderte Seran. »Ich bin sicher, dass er keine feindlichen Absichten hat.«

»Wie du meinst.« Achselzuckend übergab der Späher Seran die Zügel von Garuds Pferd. »Merog lässt dir ausrichten, dass er und sein Rudel zwei weitere Fernspäher erledigt haben. Bis die Thebaner das merken, wird es zu spät sein.«

»Sehr gut! Haltet die Augen weiterhin offen!«, mahnte Seran dennoch. »Wir dürfen Astur nicht unterschätzen, sonst ergeht es uns wie auf der Hohen Au.«

»Wir halten ihn blind wie einen Maulwurf«, versicherte der Elweone und wendete sein Pferd. »Morgen wird er sich verwundert die Augen reiben.«

»Mögen es die Götter geben«, hoffte Seran. Der zweite Späher hatte derweil ein dickes Bündel thebanischer Wurfspeere und eine Reiterlanze abgelegt und sprang nun wieder in den Sattel, um seinem Kameraden zu folgen. Während die beiden davonritten, wandte sich Seran auf Thebanisch an Garud. »Warum bist du mir gefolgt? Das war gefährlich! Unsere Späher haben den Auftrag, alle Kundschafter Asturs zu töten!«

»Warum wohl?«, brummte Kromer und nahm Seran die Zügel ab. »Jetzt binde den Jungen doch erst mal los, bevor du ihn anbrüllst!«

»Ich brülle überhaupt nicht«, wehrte Seran ab, doch er verstand, was Kromer meinte. Sichtlich den Tränen nah blickte Garud zu ihnen herab und musste zu heftig schlucken, um etwas zu sagen. »Schon gut. Zeig mal deine Handgelenke her! Das haben wir gleich.« Seran zog sein Messer und durchtrennte die Riemen. »Und jetzt steig ab und setz dich zu uns! Hier bist du sicher.«

»Alles alte Bekannte«, versicherte Kromer und klopfte dem jungen Sklaven beruhigend den Rücken, während er ihn zum Feuer führte.

Garud ächzte vor Schmerzen.

»Was ist los? Bist du verletzt?«, fragte Kromer.

»Astur hat uns auspeitschen lassen«, brachte Garud heraus. »Mich und Milos.«

»Verdammt!«, entfuhr es Seran.

»Heiliger Dunar! Du hast ihm doch geschrieben, dass die beiden nichts wussten«, empörte sich Kromer.

»Dafür wollte er uns bestrafen.« Garud kämpfte noch immer darum, nicht zu schluchzen. »Er … er meinte, wir wären wohl taub und blind … und …«

Seran konnte es nicht fassen. Trotz allem, was er über seinen Ziehvater erfahren hatte, war Astur in seiner Vorstellung noch immer der stets gerechte und nüchterne Statthalter, der sich von kühlem Verstand leiten ließ. »Er muss geschäumt haben vor Wut.« Anders konnte er sich diesen Ausbruch nicht erklären. *Was habe ich erwartet? Der eigene Sohn ist ihm in den Rücken gefallen und hat Kaiser und Reich verraten.* Für Astur konnte es keinen schlimmeren Verrat geben. Doch das gab ihm nicht das Recht, seinen Zorn an unschuldigen Sklaven auszulassen. »Dieser …« Seran fiel kein Wort ein, das seiner Wut gerecht geworden wäre. Sprachlos krümmte er die Finger, als wollte er seinen Ziehvater erwürgen, aber zugleich wusste er, dass Garuds – und Milos' – Leiden in Wahrheit seine Schuld waren. Er hatte ihnen nicht vertraut und sie im Stich gelassen, sie Asturs Gnade ausgeliefert, weil es einfacher gewesen war. Seufzend fuhr er sich über die Bartstoppeln und vergrub die Finger im Haar, bis er sich wieder gefangen hatte. »Das … tut mir wirklich sehr leid. Ich dachte … Ich hatte gehofft, dass er euch in Ruhe lässt, aber das war wohl dumm von mir.«

Garud sah ihn nur an und wagte nicht einmal zu nicken. Als Sklave stand es ihm nicht zu, über seinen Herrn zu urteilen. Selbst jetzt fürchtete er sich zu sehr, um mit dieser Regel zu brechen. Seran begriff, dass er, Milos, Kromer und nicht zuletzt ihre Pferde Garuds Familie waren. Garud hätte alles getan und zu allem geschwiegen, um sie nicht zu verlieren.

»Nimm ihm diesen verfluchten Eisenring ab!«, bat Seran Kromer. »Von heute an«, wandte er sich wieder an Garud, »wirst du ein freier Mann sein. Ich weiß, nach thebanischem Recht bin ich nicht dein Besitzer, aber …«

»Aber wir scheißen hier auf thebanisches Recht!«, rief Hrotar.

»Wenn Seran sagt, dass du frei bist, dann bist du's«, bekräftigte Kromer. »Jedenfalls, solange du dich von Reichsgebiet fernhältst«, fügte er zwinkernd hinzu.

Nun liefen Garud doch noch Tränen über die Wangen, aber genau ließ es sich nicht sagen, denn in diesem Moment fielen die ersten Regentropfen.

25

Aleator schüttelte die Mähne, dass es in Serans Gesicht hinaufspritzte. Die Pferde dampften vor Nässe und noch immer fiel Regen. Mit leisem Rauschen ging er auf die Baumkronen nieder, rann die Stämme hinab oder prasselte durchs Laub. Überall tropfte es – von Blättern und Zweigen, den Helmen und Schilden, aus Pferdeschweifen und dem Wolfsfell der Standarte. Die Luft war so feucht, dass Nebel zwischen den Bäumen hing.

»Wenn das so weitergeht, wachsen mir Flechten.« Kromer schielte auf seinen Bart hinab, aus dem Tropfen auf das Kettenhemd rieselten.

»Dann kannst du dich als kleinwüchsiger Schrat ausgeben«, feixte Fjallar.

Seran bewunderte den Gleichmut, mit dem seine Männer das Wetter ertrugen. Obwohl sie einige Jahre im Süden verbracht hatten, waren sie noch immer daran gewöhnt, während er unter seinem klammen Umhang fröstelte, als sei er kein Mataver. »Sei lieber froh, dass Wáras Wort gehalten hat«, mahnte er Kromer. »Sie werden uns weder hören noch sehen, bevor es zu spät ist.«

»Falls es denn etwas zu hören und zu sehen geben wird«, brummelte Kromer.

»Du zweifelst an meinem Plan?«, fragte Seran überrascht. Zu seiner Erleichterung schüttelte Kromer den Kopf.

»Dein Plan ist gut. Ich zweifle nur an denen, die ihn ausführen sollen.«

»Sie werden kommen«, versicherte Hrotar. »Vielleicht nicht alle, aber die meisten.« Wie Ildingar wartete er bei Seran auf die Rückkehr ihres Spähers. Ihre Reiter hielten sich als lang gestreckte Angriffsreihe auf dem Abhang bereit – über sechshundert Mann, jeweils drei Reiter hintereinander.

»Was scheren uns die anderen?«, fragte der Anführer von Umbriks einstigem Rudel. Sie würden ihm folgen, bis ihnen Harass einen seiner Wölfe sandte. Eingerieben mit Kohle und nichts als einem Wolfsfell um die Hüften, verschmolz er gänzlich ohne Magie mit dem Wald. Hätte er Schild und Speer nicht getragen, wäre er selbst Serans Blick entgangen. »Siege werden nicht errungen, indem man auf andere wartet.«

»Das werden wir auch nicht«, erklärte Seran bestimmt. »Wir werden den ersten Zug machen und die Bäume mit Blut düngen, wie es abgesprochen ist.«

Seine Männer wollten jubeln und reckten die Speere in die Luft, doch Seran gebot mit einer herrischen Geste Schweigen. Murrend fügte sie sich selbst Umbriks Rudel. Alles hing davon ab, dass sie Asturs Truppen überraschten.

»Es ist so weit!«, rief Ildingar leise. Mit der Lanze deutete er auf einen Reiter, der sich bergab aus Nebel und Regen schälte.

Um sich nicht zu verraten, trieb der Kundschafter sein Pferd nur langsam herauf. Weiter unten, fast schon am Fuß des Hügels, verlief der Pfad, auf dem sie am Vortag selbst vorübergeritten waren. »Sie kommen«, berichtete ihr Späher. »Alles wie gehabt. Vorneweg die Fährtenleser, dann *Tibelikas Sturm*, dahinter die Drakonen und die Schützen am Schluss.«

Seran sah den *Korunischen Drachen* förmlich vor sich. Gepanzert mit Schilden, als seien es Drachenschuppen, schlängelte sich die lange Kolonne durch den Wald. »Zweierreihen?«, vergewisserte er sich dennoch.

»Mehr gibt der Weg nicht her«, bestätigte der Späher.

»Gut. Euer Einsatz!« Mit der Lanze bedeutete er Umbriks Rudel auszuschwärmen. Zu Fuß und gut getarnt würden sie sich dem Pfad leichter nähern können, ohne vorzeitig entdeckt zu werden. »Fangt jeden Kundschafter ab, der zu weit in unsere Richtung streift!« Dass es lautlos geschehen musste, hatte er ihnen mehrfach eingeschärft. Jetzt konnte er nur noch darauf vertrauen, dass sie sich auch daran hielten. Wie Tiere huschten sie hinab und verschwanden zwischen den Bäumen. Mit etwas Glück würde ihnen nicht einmal ein Späher begegnen.

»Jetzt wir«, verkündete Seran. »Haltet euch streng an den Plan!«

Ildingar und Hrotar nickten und ritten davon, um ihre jeweiligen Einheiten anzuführen. Ihre thebanischen Feldzeichen hatten sie verbrannt. In offenem Gelände halfen Banner auf dem

Schlachtfeld, die Orientierung zu bewahren, doch im Wald waren sie nutzlos. Auch die Bizene verschwanden rasch aus Serans Sicht, als sei er mit seinen Leibwächtern nun auf sich gestellt. Aber das Gegenteil war der Fall. Jeder Reiter behielt seinen Nebenmann im Auge, und sobald Seran lautlos das Zeichen gab, ahmten seine Leibwächter es nach. Stumm deuteten sie mit Lanze oder Speer bergab, sodass sich der Befehl fortsetzte bis zum letzten Mann.

»Möge Harass dir viele Siege schenken!« Seran hörte Karas Stimme so deutlich, dass er sich unwillkürlich nach ihr umsah, doch da waren nur die Leibgarde und Kromer. Da er mit Waraskern wie Sidgran gegen Theban kämpfte, wünschte sie ihm in Wahrheit wohl die Pest an den Hals. Wehmütig schüttelte er die Erinnerung ab und setzte Aleator in Bewegung. Ganz langsam ging es den Hang hinab. Noch nie hatte er jeden einzelnen Schritt des Hengsts so deutlich gespürt, zügelte ihn immer wieder, um das Rascheln im Laub so leise wie möglich zu halten. Ungestüm drängten die Pferde vorwärts, schlugen mit den Schweifen, weil sie die Anspannung der Reiter spürten.

Einer aus Umbriks Rudel erwartete Seran auf halber Strecke. Energisch bedeutete der Krieger ihnen anzuhalten. Sofort hob Seran die Spitze der Lanze wieder an und brachte Aleator zum Stehen. Weiter durften sie sich nicht nähern, bevor der Moment zum Angreifen gekommen war.

Noch immer rauschte der Regen in den Baumkronen, überdeckte jedes leise Geräusch. Der Schaft der Lanze war so nass, dass Seran die Maserung des Holzes spürte. Wenigstens besaß er dank Garud wieder eine so gute Waffe. Obwohl Seran fand, dass diese Schlacht nicht Garuds Kampf war, hatte der befreite Sklave darauf bestanden, sich ihnen anzuschließen. »Für die Peitsche hasse ich ihn«, hatte er gezischt und Seran konnte es ihm nicht verdenken.

Drei von Umbriks Kriegern tauchten ein Stück seitwärts aus Dunst und Dickicht auf. Einer führte ein thebanisch aufgezäumtes Pferd am Zügel, die anderen schleiften den reglosen Reiter hinter sich her. Alles war so nass und der Regen so laut, dass sie wie Geister erschienen, unhörbar und kaum zu sehen.

Serans Männer öffneten ihnen eine Gasse, durch die sie hangaufwärts verschwanden. Beunruhigt lauschte Seran, erwartete, jeden Augenblick Hornsignale zu hören, doch nur das unablässige Prasseln drang an seine Ohren. Dass nur wenige Pferdelängen unterhalb gerade die Drakonen vorüberzogen …

»Da ist Brag«, raunte Kromer. Mit dem Kriegshammer deutete er auf den Anführer des Rudels.

Ohne Eile schlich Brag von Baumstamm zu Baumstamm auf sie zu. Als er grinste, leuchteten seine Zähne unwirklich weiß im kohlegeschwärzten Gesicht. »Die Schützen sind da«, flüsterte er. »Ich hab das gelbe Banner gesehen.«

Seran nickte, um zu zeigen, dass er verstanden hatte. Von allen thebanischen Streitkräften hassten die Schützen Regen am meisten. Er weichte die Bögen auf und behinderte die Sicht. Doch Seran hatte sie nicht deshalb zum ersten Ziel auserkoren, sondern weil sie keine Kettenhemden und nur kleine, leichte Schilde trugen. Auf der Hohen Au hatte Astur sie deshalb hinter Drakonen versteckt. Beim Gedanken an die vielen Toten, die ihre Pfeile gekostet hatten, erwachte Serans Zorn. *Dieses Mal wird es keinen schützenden Schildwall geben!*

Mühsam beherrschte er sich, wartete mit pochendem Herzen ab. Der Angriff musste mit voller Wucht die Schützen treffen. Auch Kromer machte eine beruhigende Geste, obwohl sie mit dem Kriegshammer seltsam aussah. Seran atmete einmal, zweimal, dann hielt er es nicht mehr aus. »Jetzt!«, rief er und senkte die Lanze erneut. Aleator sprang los, bevor Seran die Waden gegen seine Rippen drückte.

»Harass will es!«, brüllte die Leibgarde und Umbriks Rudel heulte. Den ganzen Hang entlang setzte sich der Kampfruf fort. Aufgestachelt stürzten sich die Pferde bergab. Seran duckte sich im Sattel, und doch klatschte ihm nasses Laub ins Gesicht. Er kniff die Lider zusammen, blinzelte gegen die Tropfen an, dann streifte er durch den letzten Vorhang aus herabhängenden Zweigen. Wie aus dem Nichts standen aufgeschreckte Schützen vor ihm. Ihm blieb gerade noch Zeit, die Lanze zum Stoß zu heben, dann prallte Aleator bereits gegen einen Mann, der im Begriff war, sich die Hülle mit dem Bogen vom Rücken zu zerren. Seran hörte den Aufschrei des niedergerittenen Gegners, aber sein Blick galt schon einem anderen, dem er die Lanze in die Brust stieß. Wie einen Geist hatte ihn der Ortelaner angestarrt. Jetzt fiel er tödlich getroffen zu Boden und Seran riss im Vorüberjagen die Lanze wieder aus seinem Leib.

Schon hatte Aleator den schmalen Pfad überquert und wäre einfach weitergerast. Hastig riss Seran den Hengst herum, um sich den nächsten Schützen vorzunehmen. In seiner Nähe war jedoch bereits kein Gegner mehr übrig. Ein Ortelaner sackte stumm unter einem Hieb mit Kromers Hammer zusammen. Weitere Gegner wurden von den Pferden seiner Leibgarde umgerissen, und wer sich aufrappeln wollte, fand sich von einem Speer durchbohrt wieder. Kaum einer konnte auch nur sein Schwert ziehen, bevor er niedergemacht wurde. In der Richtung, aus der die Schützen gekommen waren, setzte sich das Gemetzel fort, so weit Serans Blick reichte. Rasch wandte er sich zur anderen Seite, wo an der Spitze die Offiziere ritten. Seran konnte ihr Feldzeichen mit dem gelben Banner sehen und trieb Aleator sofort vorwärts. Im gleichen Moment ertönten von dort die Kriegshörner der Ortelaner. Spätestens jetzt wussten auch die Drakonen, dass sie angegriffen wurden. Er durfte ihnen keine Zeit für gute Antworten lassen.

»Tötet sie!«, brüllte er und stieß die Lanze in den nächsten Schützen.

*

Die jungen Noblen in Asturs Gefolge flüsterten und fluchten. Sie glaubten, er würde es nicht hören, und murrten über den Kaiser. Warum sollten sie diese unwirtlichen Wälder erobern? Das Land war nass, der Regen kalt und Wein und Weizen wuchsen hier bestimmt nicht. Im Winter fiel sogar Schnee und blieb bis zum Frühling liegen. Einer der Offiziersanwärter hatte es selbst gesehen, denn er diente schon länger in *Saskallas' Speer*. Astur merkte ihn sich, um dafür zu sorgen, dass er niemals Offizier wurde. Verweichlichte Bürschchen wie dieser hatten beim Heer nichts zu suchen. *Soll er sich doch in Theban mit seinen Kumpanen zu Tode saufen …*

Astur richtete sich im Sattel auf und versuchte, die steifen

Glieder zu lockern. Bei diesem Wetter spürte er jeden Knochen im Leib. Beschwerte er sich deshalb? Jammerte er über die Nässe, die in seine Stiefel und allmählich auch unter seine Tunika kroch? Diese jungen Nichtsnutze begriffen nicht, was Theban groß gemacht hatte. Es waren der unbeugsame Wille, die Disziplin, das Pflichtgefühl der Offiziere und nicht zuletzt ihrer Drakonen. Verächtlich verzog er den Mund und wünschte, er hätte Baleos an seiner Seite. Sein Ältester hätte ihn niemals verraten. Baleos verkörperte alles, was sich ein Vater wünschen konnte. Stattdessen war er von diesen Memmen und treulosen Kerlen wie Seran und Garud umgeben. Wenigstens auf die Bizene war Verlass. Sie hatten unter seinem Vorgänger lange genug in Serikas Norden gekämpft, um …

Warum spitzte sein Pferd plötzlich die Ohren? Die ganze Zeit war es mit hängendem Kopf durch den Regen getrottet. Alarmiert spähte Astur über die Einheit Drakonen hinweg, die er zur Vorhut bestimmt hatte. So weit er die Männer sehen konnte, bevor sie sich im nebligen Wald verloren, marschierten sie ungestört voran, und doch ahnte er mit seltener Bestimmtheit, dass irgendetwas vorging. Im nächsten Augenblick schmetterten Kriegshörner in der Ferne ihre Warnung.

»Wir werden angegriffen!«, entfuhr es Karelian, einem der Dezene des Drachen.

»Worauf wartest du?«, herrschte Astur den Späher an, den er für solche Fälle bei sich behalten hatte. »Sieh nach, was da los ist!«

Der Kundschafter jagte davon, dass nasse Erdklumpen flogen. Nicht umsonst hatte Astur den Spähern die schnellsten Pferde zuteilen lassen.

»Anhalten!«, rief er und hob gebieterisch die Hand. Hinter ihm waren die jungen Noblen aufgeregt in Mutmaßungen ausgebrochen, doch Astur bedeutete es nicht mehr als das Rauschen des Regens. Kaum war der Späher außer Sicht, tauchte ein anderer Reiter auf. Astur erkannte einen der Noblen, die an der Spitze der Vorhut ritten.

»Die Abtrünnigen!«, rief der Mann schon von Weitem. »Sie greifen die Schützen an!«

Seran hetzte seine Reiter auf die nahezu wehrlosen Ortelaner? Astur knurrte vor Wut. *Das wirst du büßen!* »Du!«, blaffte er einen der Offiziersanwärter an. »Schaff mir den Rest von *Tharians Stolz* her! Sofort!« Für den Fall, dass der Strohkopf nicht wusste, wo sich die Rutaver befanden, deutete er in die Richtung, aus der sie gekommen waren.

»Was habt Ihr vor?«, erkundigte sich Karelian, während der Bote davonritt. Wie fast alle Dezene war auch er jung und unerfahren, schien aber mehr Verstand zu besitzen als die meisten anderen.

Statt ihm zu antworten, wandte sich Astur jedoch an einen weiteren Boten. »Schlag einen Bogen um die Kämpfe und überbring *Tibelikas Sturm* meine Befehle! Sie sollen sofort umkehren und den Schützen zu Hilfe eilen!«

Der junge Mann nickte eifrig und gab seinem Pferd die Sporen. Erst jetzt drehte sich Astur zu Karelian um. »Wir werden sie von zwei Seiten angreifen und zwischen unseren Reitern zermahlen.«

Verächtlich bemerkte Astur das zufriedene Lächeln des Dezens. Noch hatten sie nicht gewonnen. Was konnte er tun, falls sein Plan nicht aufgehen sollte?

*

Wanargand reckte die Nase in den Regen und zog die Schnauze kraus. Die Tropfen spritzten ihm in die Nüstern, dass er niesen musste. Spöttisch hob Merog die Lefzen. Dabei triefte ihnen beiden das Fell vor Nässe und Merog sah damit keinen Deut weniger jämmerlich aus als er. Um dem Kerl das dumme Grinsen auszutreiben, schnappte er nach ihm. Seine Zähne knallten direkt neben Merogs Ohr aufeinander. Knurrend sprang Merog zur Seite und drohte mit gesträubtem Nackenfell.

Wanargand tat, als bemerkte er es nicht. Auch wenn es ihm – eingepfercht mit seinen tierischen Instinkten – schwerfiel, musste er sich beherrschen. Sie hatten eine Aufgabe übernommen und er würde sie erfüllen. Erneut hob er den Kopf und nahm Witterung auf. Baumrinde. Schlamm. Alter Dachskot, den der Regen wieder aufgeweicht hatte. Pilze, Laub. Pferde, nasse Pferde, nasses Leder, das fremde Öl, mit dem die Thebaner Waffen und Rüstungen pflegten. Menschen und Metall. Eine Spur von Käse und Speck. Ranziges Salböl, das sie sich vor Tagen in die Haare geschmiert hatten.

Wanargand fiel in Trab, um wieder zu den Pferden aufzuholen. Merog folgte ihm wie ein Schatten. Wo die Pferde waren, befand sich der Anführer mit seinem Gefolge. Von seiner Leibgarde umringt, war er zu gut geschützt für einen Angriff, doch Seran hatte ihnen einen Weg gezeigt, ihn aus dem Kampf herauszuhalten. *Da sind sie.* Wanargand roch Wein und noch mehr Salböl mit verschiedensten Düften. Sogar ein Hauch von Gold und Silber lag in der Luft. Sie mussten reich geschmückte Waffen und Rüstungen tragen. Von den Zaumzeugen und Schilden ganz abgesehen. Dem Tier in ihm bedeutete es nichts, doch der Mensch wusste, dass sich sein Rudel daraufstürzen würde.

Wanargand lief langsamer, um auf Höhe des Feldherrn zu bleiben. Noch einmal sog er die Luft tief ein, aber er witterte keine weiteren Wölfe Harass'. Ohne nennenswerten Wind war der Regen dafür zu stark. Er konnte nur hoffen, dass die anderen ebenfalls auf ihrem Posten waren. Dafür konnte er nun die Stimmen der Thebaner hören. Selbst wenn er ihre Sprache verstanden hätte, wäre es zu leise gewesen, aber er empfand diebische Freude darüber, ihnen unbemerkt so nahe zu kommen. Umso ertappter zuckte er zusammen, als Kriegshörner ertönten. Auch Merog machte einen Satz und erstarrte dann.

Es geht los! Wanargands Herz klopfte schneller. Mit gespitzten Ohren lauschte er, hörte fernes Gebrüll wie das Brausen eines nahenden Sturms in den Bäumen. Doch dann begannen die Thebaner in seiner Nähe, durcheinanderzureden, und übertönten alles. Einer klang wütend und herrisch. Das musste der Heerführer sein. Hufschlag trommelte ganz nah. Sofort duckte sich Wanargand tiefer ins Laub, spannte sich zum Sprung. Doch das Geräusch entfernte sich zur falschen Seite. Enttäuscht knurrte auch Merog. Untätig zu lauern zerrte an ihnen.

Wanargand merkte auf. Ein Pferd näherte sich im Galopp. Jemand rief etwas, dann bellte der Anführer Befehle. Vor Anspannung zuckten Wanargands Beine. Zwischen den Baumstämmen spähte er zum Weg hinunter, aber das regenschwere Laub hing so tief, dass er nur Pferdebeine sah. *Da!* Einer der Hengste wirbelte herum und raste los. Vor mühsamer Beherrschung jaulte Wanargand auf. Der Bote ritt in die Richtung von Merogs Rudel. Wie ein Pfeil schoss ihm Merog nach.

Still, du dummes Vieh! Gereizt über seinen eigenen Schnitzer lauschte Wanargand auf die Thebaner. Hatten sie ihn gehört? Doch sie schienen zu sehr mit sich selbst beschäftigt zu sein. Erneut brüllte der Feldherr. Die Pferde stampften beunruhigt, sodass Wanargand beinahe entging, wie sich ein zweiter Reiter von der Gruppe löste. In vollem Galopp preschte das Pferd in Richtung der Kämpfe. Mit einem Juchzer jagte Wanargand hinterher. Welchen Befehl der Mann überbringen sollte, spielte keine Rolle. Wichtig war nur, dass er sein Ziel nicht erreichte – und dass der Heerführer es vorerst nicht bemerkte. Darum hielt sich Wanargand verborgen, bis der Bote außer Sicht seines Herrn war.

Gerade als sich Wanargand hangabwärts wenden wollte, schwenkte der Reiter bergauf. *Wie zuvorkommend.* Doch der Bote wollte wohl nur Serans Reiter umgehen. Das Pferd bemerkte ihn, er roch die Angst, die es plötzlich verströmte. Vergeblich streckte es sich, um schneller zu laufen. Der Reiter war zu schwer. Wanargand stieß sich ab und schoss von der Seite auf ihn zu. Noch während des Aufpralls grub er die Zähne in die Kehle des Fremden. Der Aufschrei erstickte gurgelnd in warmem Blut. Wanargands Wucht riss den Sterbenden aus dem Sattel. Gemeinsam stürzten sie vom Pferd und überschlugen sich auf dem abschüssigen Boden, rollten den Hang hinab, bis Wanargand gegen einen Baumstamm prallte. Es trieb seine Zähne nur tiefer in Sehnen und Muskeln. Einen Augenblick lang lag er schwer atmend da, spürte das Leben aus seinem Opfer weichen. Als der Herzschlag erstarb, versiegte auch der Blutstrom.

Erneut erklangen Kriegshörner in der Ferne. Wanargand sprang auf und leckte sich das Blut von der Schnauze. Seine Aufgabe war erfüllt. Oben auf dem Hügel hörte er noch das panische Pferd davonrasen. Rasch schüttelte er nasses Laub und Erde aus seinem Fell. Sein Rudel erwartete ihn zum Kampf. Mit weiten Sätzen hetzte er den Abhang entlang. Der Weg, dem die Thebaner folgten, schlängelte sich mal höher, mal niedriger durch die dicht bewaldeten Hügel und wich Steilhängen ebenso aus wie sumpfigen Senken. Wanargand kürzte Windungen ab, indem er einen steilen Grat überquerte und Felsabbrüche hinabsprang. Von unten hörte er den Lärm einer Schlacht. Vielleicht Serans Reiter, vielleicht auch Sidgrans Krieger. Schon kam er an der Stelle vorüber, an der die Warasker gelauert haben mussten. Trotz des Regens hing die Witterung vieler, die er kannte, noch unverwechselbar in der Luft. Sie konnten noch nicht lange fort sein.

Dennoch lief Wanargand schneller. Der Weg zur Spitze des Heerzugs war weit. Dort wartete sein Rudel mit berittenen Kriegern vom Stamm der Uthonen auf ihn. Wanargand wollte sie erreichen, bevor sich die kaiserlichen Reiter entschlossen, auch ohne Befehl in die Schlacht einzugreifen.

Endlich roch er die Pferde der Uthonen. Auf einer licht bewaldeten Kuppe drängten sich Hunderte Reiter zwischen den Bäumen, und jenseits des Tals warteten noch einmal so viele auf dem gegenüberliegenden Hügel. Als Wanargand aus Nebel und Unterholz hervorsprang, scheuten die Pferde in der Nähe, wichen mit geblähten Nüstern zurück. Das Tier in ihm war zufrieden und genoss seine Wirkung, doch hier war sie nicht erwünscht. Wanargand lief langsamer, um weniger Schrecken zu verbreiten. Die Witterung seines Rudels führte ihn auch zu Hjörrtrud, der uthonischen Anführerin, die sich bei seinen Kriegern am Rand der Kuppe befand. Sie saß auf einem falbfarbenen Hengst, der bei Wanargands Anblick drohend die Ohren anlegte und die Zähne bleckte.

»Na endlich!«, entfuhr es ihr, als sie Wanargand bemerkte. In ihrem Aufbrausen glich sie Wahena, der Göttin der Schlachten. Fehlte nur noch, dass sie aus ihren Fingerspitzen Blitze schleuderte. »Bereit zum Angriff?«

So viel Tatendrang gefiel ihm. Er richtete die Schnauze gen Himmel und stieß einen lang gezogenen Laut aus. Kaum war das Heulen verklungen, ertönte von der anderen Talseite bereits die Antwort. *Jetzt entscheidet Harass.* Ohne sich noch einmal umzublicken, stürmte Wanargand den Hügel hinab. Hinter ihm heulte und jaulte sein Rudel. Er hörte ihre Füße durch das alte Laub pflügen, dann erhob sich das Donnern Tausender Hufe. »Harass will es!«, brüllten die Uthonen und von ihren Stammesbrüdern kam der Ruf wie ein Echo zurück.

Was auch immer bei den tibelischen Reitern zuvor vorgegangen sein mochte, als Wanargand mit dunklem Grollen auf sie zujagte, las er Furcht in ihren Gesichtern.

*

Seran täuschte einen Lanzenstoß nach dem Kopf des berittenen Schützenbizens an. Hektisch riss der Ortelaner seinen runden Schild empor und holte zugleich mit dem Schwert gegen Aleator aus. Doch bevor die Klinge in den Pferdeschädel fahren konnte, trieb Seran ihm die Lanze unterhalb des Schilds in den Leib. Zugleich wendete er Aleator bereits, um dessen Kopf aus der Reichweite des Schwerts zu bringen. Keuchend sank der Bizen im Sattel vornüber. Wie leblos fiel der Waffenarm herab, aber die Finger umklammerten noch immer den Schwertgriff.

Hinter Seran brüllte jemand vor Schmerz auf, doch das durfte er nicht beachten. Er riss die Lanze zurück und stach noch einmal zu, diesmal in den entblößten Nacken. Erst jetzt entglitt dem Bizen die Klinge. Der rasche Tod war dem Mann sicher. Im gleichen Augenblick schob sich Tjorr wie eine Wand zwischen Seran und weitere Gegner. Seran hörte einen Knall, der nur von einem Schlag gegen Tjorrs Schild stammen konnte. Jenseits des Hünen ertönte triumphierendes Geschrei. Hastig spähte Seran um ihn herum und entdeckte Umbriks schwarz verschmierte Krieger. Sie hatten den Schützenführer aus dem Sattel gezerrt und hackten mit Haumessern auf ihn ein, die sie anstelle von Schwertern trugen. Lachend zerbrach einer der Männer den erbeuteten Bogen. Das gelbe Banner lag längst in den Schlamm getreten. Weit dahinter entdeckte Seran Drakonen, die sich mit Schilden und vorgereckten Speeren eingeigelt hatten. Neben ihm brach Tjorr grummelnd den Pfeil ab, der in seinem Schild feststeckte.

»Das war der Letzte«, stellte Kromer fest.

Ungläubig sah sich Seran um. Aufgepeitscht vom Kampf ließ er Lanze und Schild nur zögerlich sinken, aber Kromer hatte recht. So weit Serans Blick reichte, lagen niedergemetzelte Männer in Pfützen aus Regenwasser und Blut. Seine Reiter ragten über ihnen auf wie rächende Götter – die Lanzen bereit, um jeden zu töten, der sich noch rührte. *Tausend Tote. Niedergemacht in wenigen Augenblicken.* Stolz und Grauen griffen zugleich nach ihm. Sie hatten gewonnen, und sie waren Schlächter. *Noch ist Astur nicht bezwungen!*, mahnte ihn eine innere Stimme. Gehetzt stieß er das Entsetzen über die vielen Toten so weit von sich, wie er konnte. »Sieger!«, brüllte er und reckte die Lanze gen Himmel.

Begeistert stimmten seine Männer ein. Rasch musterte er sie, suchte mit dem Blick nach Verwundeten oder gar Gefallenen unter seinen Leibgardisten. Aus Andrims rechter Schulter ragte ein Pfeil. Er vermochte seine Waffe nicht mehr zu heben, und doch jubelte er und reckte stattdessen den Schild in die Höhe. Blut und Wasser spritzten unter den Hufen der tänzelnden Pferde auf. Im Lärmen der Reiter wäre es Seran fast entgangen, dass Ildingar auf seinem Hengst herangaloppiert kam. Auch er sah zufrieden aus, aber die Zeit drängte.

»Sende die Späher aus!«, rief Seran ihm entgegen. »Wir müssen wissen, welche Maßnahmen Astur ergreift!«

Sofort wendete Ildingar, um seine Kundschafter zu suchen, während auch Hrotar an der Spitze seiner Reiter heransprengte. In langer Reihe folgten sie ihm, vom schnellen Sieg über die Schützen sichtlich beflügelt. Unruhig sah sich Seran nach den Drakonen um.

»Sehen aus, als ob sie sich ordentlich in die Hosen machen«, befand Fjallar.

»Mag sein«, erwiderte Seran. Die hinter ihren großen Schilden verborgenen Männer waren nur die Nachhut ihres Drachen. Für den Moment wirkten sie so unentschlossen und entmutigt, wie er es sich vorgestellt hatte, doch er musste auf Ildingar warten, und die Lage konnte sich jeden Augenblick verändern. »Wurfspeere!«, befahl er und hängte sich die Lanze über den Rücken. Gegen den Schildpanzer, den die Nachhut gebildet hatte, würden sie zwar nutzlos sein, aber er hoffte auf andere Abschnitte der Kolonne, die schlechter vorbereitet waren. »Denkt daran!«, ermahnte er seine Männer. »Wir nehmen im Vorbeireiten mit, was wir können, aber wir beißen uns nicht fest! Bleibt in Bewegung! Unser Ziel sind die Tibeliker.«

»Die Drakonen laufen uns schon nicht weg«, fügte Kromer zwinkernd hinzu und die Leibwächter lachten.

»Garud, bring Andrim ins Lager und kümmere dich um ihn!«, befahl Seran dem jungen Sklaven, der trotz seines dunklen Teints verdächtig bleich aussah. »Ich weiß, dass du gut Wunden versorgen kannst.«

Garud nickte erleichtert und ritt mit dem Elweonen davon. Vielleicht hatte er gerade seinen ersten Gegner getötet. Seran erinnerte sich nur zu gut daran, wie er dabei ausgerastet war. Prompt spürte er leichte Übelkeit und zog trotzig einen Wurfspeer aus dem Köcher. Töten oder getötet werden. Etwas anderes gab es nicht im Krieg. Und er wollte lieber der sein, der das Töten übernahm.

Endlich kam Ildingar zurück und auch seine Männer folgten ihm in langer Schlange oder schlossen sich gerade an. »Ildingar und ich links, du rechts!«, befahl Seran Hrotar. »Falls du die Tibeliker vor uns erreichst, warte nicht auf uns!«

»Ist mir nur recht«, behauptete der Jukaner grimmig.

»Dann los!«, rief Seran. »Abritt!«

Er trieb Aleator zum Galopp und preschte an der Spitze seiner Leibgarde auf die Drakonen zu. Duckten sie sich gerade tiefer hinter ihre Schilde? Der Eindruck konnte täuschen, aber sie verstanden kein Matavisch und glaubten sicher, dass sie angegriffen wurden. Sosehr es ihm auch gefiel, ihnen Angst einzujagen, er durfte nicht leichtfertig in Reichweite ihrer Speere vorüberreiten. Zumal er sie auf seiner ungeschützten Seite hatte. Also schwenkte er nach links, wich vom Weg ab und brachte wenigstens ein paar Bäumstämme zwischen sich und den Gegner. Jetzt würde sich weisen, ob sich die Warasker an seinen Plan gehalten hatten.

*

Alwila kauerte im hohen Farn und spähte zum Pfad hinab. Der Zug der vorübermarschierenden Thebaner schien kein Ende zu nehmen. *Geduld!*, mahnte sie sich. Rache brauchte Geduld, wenn sie den Feind mit voller Wucht treffen sollte. Bei dem Gedanken schlossen sich ihre Finger um den Griff des Dolchs, den sie am Gürtel trug. Ihre Hände waren klamm und kalt, aber in ihrem Herzen loderte Hass und wärmte sie. Wenn sie die Augen schloss, glaubte sie, Tarands Leichnam noch im Gras auf der Hohen Au zu sehen, aber mittlerweile hatten die dort zurückgebliebenen Thebaner alle Toten verbrannt. Sie wusste es, weil Tarands Geist nicht mehr zu ihr kam. Für die Thebaner mochte es eine verächtliche Methode sein, sich verwesender Körper zu entledigen, doch das bewies nur ihre selbstherrliche Unwissenheit. Nun kämpfte Tarand in Harass' Heer, um die Welt vor der Brut der Urschlange zu beschützen, und sie war allein. Trauer und Schmerz legten sich wie würgende Hände um ihren Hals. *Ich bin nicht allein.* Sie hatte immer noch Wáras, dessen Regen oben in den Baumkronen rauschte. Die Tropfen suchten sich ihren Weg durch die Blätter nach unten und prasselten dick und schwer auf sie herab. Ihr grünes Gewand war schon so nass, dass es am Körper klebte. Selbst in ihren Wimpern hatten sich Spritzer verfangen.

»Da sind die Reiter«, raunte der Elwethungenhäuptling neben ihr. »Wir lassen ihnen einen Vorsprung, dann schlagen wir zu.«

Alwila nickte, obwohl es schwerfiel. Dies war der letzte der drei Drachen. *Wenn wir nicht bald angreifen, überfallen wir einen leeren Weg*, stichelte der Hass in ihr. Aber selbst die fast dreihundert Elwethungenkrieger, die sich zu beiden Seiten des Wegs im Farn verbargen, waren sie zu wenige, um sich zu Fuß mit gut gerüsteten Reitern anzulegen. Das hatte zumindest der Andane behauptet, der vorher ein Anführer im thebanischen Heer gewesen war. Konnten sie ihm wirklich vertrauen? Es hieß, er sei sogar der Ziehsohn ihres Häuptlings gewesen. Doch Wáras war Zeuge, dass der Fremde mit Umbriks Geist gesprochen hatte, und die Thebaner töteten alle Zauberer. Das hatten sie in Sevena oft genug bewiesen.

Endlich waren die letzten Reiter vorübergezogen. Hinter ihnen marschierten wieder Drakonen, immer zwei Mann nebeneinander. Ihre großen, ein wenig gebogenen Schilde verdeckten Körper und Beine bis zu den Knien. Die Schilde, an denen Tarands Leben zerschellt war wie ein Krug, der gegen eine Mauer prallte. Er war beim Versuch gestorben, den Schildwall zu durchbrechen. Alwila wünschte, sie hätte sich vor der Schlacht nicht einschüchtern lassen. Vielleicht würde er noch leben, wenn sie sich mit in den Kampf gestürzt hätte. Tarand, Wardrun, Geitla, sogar Wáras, alle hatten auf sie eingeredet, sie vor dem Gedränge und den zahllosen Speeren gewarnt. Unsichtbar zu sein machte nicht unverwundbar. Schon gar nicht, wenn Pfeile flogen und Krieger blindlings um sich stachen. *Und doch …* Sie hasste sich dafür, aus Angst eingeknickt zu sein. Jetzt würde sie kämpfen, obwohl es für Tarand zu spät war. Sie würde sich reinwaschen mit dem Blut seiner Mörder.

Entschlossen zog sie den Bronzedolch, der ihre Magie nicht störte. Im Gegensatz zu einer Eisenklinge verschwand er sogar, als sie sich unsichtbar machte. Mit Dunst und Farn zu verschmelzen kostete sie nur einen kurzen Gedanken. Schon in ihrem fünften Winter hatte sie bemerkt, dass sie verschwinden konnte, wenn die Mutter ihr zürnte, und seitdem hatte sie es ungezählte Male geübt. Dennoch schlich sie sich vorsichtig an den Weg heran. Auch wenn sie unsichtbar war, streifte sie Farn und Zweige, deren Wackeln und Rascheln sie verraten konnten. Doch die meisten Drakonen brüteten missmutig vor sich hin. Mit gesenktem Blick stapften sie durch den Matsch, den ihre Vorgänger aufgewühlt hatten.

Als sie nur noch wenige Schritte vom Pfad trennten, verharrte Alwila hinter einem Baum. Von hier aus hörte sie nicht nur das Patschen der Sandalen in den Pfützen, sondern auch die gemurmelten Flüche der Männer. Bei jedem Schritt klirrten leise ihre Kettenhemden, und der Regen tropfte von ihren Schilden und Umhängen. Dass sie sich weit weg wünschten, stand ihnen deutlich in die Gesichter geschrieben. *Warum seid ihr dann jemals hergekommen?*

Hinter den Drakonen, die gerade vorbeigingen, klaffte eine

Lücke in der Kolonne. Offenbar endete hier ein Trupp, und mit etwas Abstand kam der Anführer des nächsten herangeritten. *»Tötet ihre Anführer! Das wird sie in Verwirrung stürzen«*, hatte der Andane gesagt, aber dass sie auf Pferden saßen, hatte er nicht erwähnt. *Verdammt!* Wie sollte sie dort oben an ihn herankommen?

Direkt hinter ihm marschierte sein Bannerträger. Wie die beiden Hornbläser ging der Mann zu Fuß und schleppte die schwere Stange, auf deren Spitze ein silbernes Drachenhaupt saß. Der durchnässte Drachenleib aus rotem Stoff hing schlaff herab, was zur Stimmung der Männer passte, doch das würde Alwila nicht helfen. Sie brauchte eine Waffe, eine, die bis zu einem Reiter hinaufreichte. Um zu den Kriegern zu eilen und einen Speer zu holen, war es zu spät. Schon befand sich der Anführer fast auf ihrer Höhe. Alwila hob den Dolch und huschte am Wegrand entlang. Niemand schien die kleinen Pflanzen zu bemerken, die sie umtrat oder streifte. Als sie in eine Pfütze trat, runzelte der Hornbläser, an dem sie vorbeilief, die Stirn, aber im nächsten Augenblick war sie schon vorüber, schwenkte hinter dem ersten Bewaffneten in den Zug ein und schlang ihm den Arm um den behelmten Schädel. Wie Wáras es ihr beigebracht hatte, riss sie den Kopf des Gegners nach hinten und zog ihm die Klinge durch die Kehle. Es ging so schnell, dass der überraschte Aufschrei schon im Ansatz erstarb. Einen Lidschlag lang erstarrte Alwila, konnte nicht fassen, dass sie es getan hatte, dass es gelungen war. Doch der Drakone neben ihr sah sich verdutzt nach seinem zurückbleibenden Kameraden um. Seine Augen weiteten sich so plötzlich, dass selbst Alwila erschrak. Hastig ließ sie los und entriss dem wankenden Verwundeten seinen Speer. Der Thebaner neben ihr schrie irgendetwas, vielleicht den Namen des Sterbenden, dann mehr, und auch hinter ihr ertönten Rufe, doch sie rannte bereits mit dem erbeuteten Speer wieder nach vorn. Sobald sie den Schaft berührte, wurde er nebelhaft, aber die Spitze war aus Eisen und verhinderte, dass er gänzlich verschwand. Die Hornbläser und der Bannerträger, die sich alarmiert umsahen, bemerkten jedoch nichts. Jedenfalls fegte Alwila an ihnen vorbei, ohne dass sie sich nach ihr umgedreht hätten. Für diesen kurzen Moment waren alle Blicke auf die unerklärliche Wunde des Sterbenden gerichtet.

Auch der Anführer wendete sein Pferd, um die Ursache für den Tumult zu erfahren. Das Tier witterte Alwila, hörte die heraneilenden Schritte und riss den Kopf empor. Es wollte ausweichen, doch sein Reiter begriff nicht und hielt dagegen. Im letzten Augenblick entdeckte er die Speerspitze, die wie aus dem Nichts auf ihn zufuhr. Entsetzt riss er die Augen auf, als Alwila ihm die Spitze auch schon in die Kehle rammte.

26

Kresos verstand die Welt nicht mehr. Eben noch hatte er Scherze darüber gemacht, dass die Barbaren so behaart sein mussten, um diesem Wetter zu trotzen, und nun waren irgendwo vor ihm Kriegshörner erklungen, aber es kam kein Bote von Astur, der ihm sagte, was zu tun war. Als Erstes hatte er sich daran erinnert, Späher auszusenden. Er war zwar nie ein fleißiger Schüler gewesen, aber manches war doch hängen geblieben. Die Kundschafter sollten ihn über die Lage aufklären, doch bis dahin tatenlos zu warten kam ihm unangemessen und im Grunde auch langweilig vor. Er war doch nicht in den Krieg geritten, um immer nur von Weitem zuzusehen. Wozu hätte er sich dann jahrelang im Kampf geübt?

»Was tun wir jetzt?«, fragte prompt einer der Bizene, die seine Reiter anführten. Auch sie waren ungeduldig. Er spürte ihre Blicke, und es juckte ihn in den Fingern, die alten Zeiten aufleben zu lassen, als er mit einigen von ihnen durchs nächtliche Theban gezogen war und sich mit Verbrechern, der Stadtwache und harmlosen Bürgern angelegt hatte. Egal, mit wem, Hauptsache, es gab Spaß, für den sie niemand ernsthaft zur Rechenschaft ziehen konnte, weil sie die Söhne der noblen Ratsmitglieder waren.

Doch hier auf dem Schlachtfeld lag die Entscheidung bei Astur. Wenn er selbst einmal Feldherr werden wollte, verdarb er es sich besser nicht mit dem verknöcherten Alten. Es hieß, er sei ein Freund des Kaisers, und er genoss hohes Ansehen im Rat. Ein Wort von ihm, und Kresos wäre kein Dezen mehr, sondern nur noch ein Nobler von vielen in Theban, die sich vergeblich bemühten, bedeutende Männer zu werden. »Frag den Feldherrn nach seinen Befehlen, aber flott!«, fuhr er einen seiner Meldereiter an.

»Sollen wir nicht eingreifen?«, drängte Alechan, dem die Klaue Drakonen unterstellt war, die vor ihnen marschierte.

Kresos wich seinem Blick aus und spähte in den lästigen Regen. Weit vor ihnen, wo er es gerade noch erkennen konnte, kamen die Fußtruppen zum Stillstand. Vielleicht war es doch klüger, etwas zu unternehmen. Durch Zögern und Warten hatte sich bestimmt noch kein Befehlshaber Ruhm erworben. Aber wie sollte er sinnvolle Anweisungen geben, ohne zu wissen …

Erneuter Hörnerklang unterbrach den Gedanken. »*Wir werden angegriffen!*«, tönte es wieder, doch dieses Mal weit hinter ihnen.

»Verflucht! Wir sind eingekreist!« *Das kann doch nicht wahr sein! Saronnverdammt, was soll ich befehlen?* In seinem Kopf drehte sich alles. Mit seinen Freunden in Theban war es immer so einfach gewesen. Dem Gegner ordentlich eine reinhauen und die Leibwächter vorschicken, wenn's brenzlig wurde. Taktik war was für Schwächlinge, die sonst verloren hätten, und hier befehligte er immerhin einen Drachen Thebans, des gefürchtetsten Heers der ganzen Welt. Er warf einen letzten Blick in die Richtung, aus der er Asturs Boten erwartete. Nichts. Nur Nebel und Bäume und Drakonen, die nicht weitermarschierten. *Scheiß drauf!* »Alechan, deine Männer sollen angreifen, was auch immer da vorn ist! Los, mach schon!«

»Aber …«

Vermutlich wollte Alechan fragen, wie dieser Angriff konkret aussehen sollte, aber woher – verflucht – sollte er das wissen, ohne den Gegner zu sehen? »Beeil dich, verdammt! Die stehen da führerlos rum!«

»So eine verfluchte Scheiße!«, rief Alechan, trieb sein Pferd aber endlich davon.

»Meldung an alle Bizene meiner Klaue!«, wandte sich Kresos an seine Botenreiter. »So sollen umkehren und sich dem Feind stellen!«

Hufschlag ließ ihn aufmerken. Einer seiner Späher kam zurück – mit einem Pfeil im Oberschenkel. »Barbarenkrieger haben den Rest von *Tharians Stolz* angegriffen!«

»Dieser Verräter Seran«, vermutete Kresos.

»Nein, sie sind zu Fuß, aber sie haben diese Bestien bei sich, die die Pferde verrückt machen. Ich hab's selbst gesehen.«

»Wenn sie nicht beritten sind, muss Alechan damit fertigwerden«, befand Kresos. »Schlag dich zum Tross durch und lass dich behandeln!« Er entließ den Mann mit einer Geste und wandte sich den Anführern seiner über zweihundert Reiter zu. »Wir nehmen uns die Krieger vor, die sich von hinten angeschlichen haben. Das sind nur Barbaren in Lumpen, die nicht einmal anständige Waffen haben! Teilt die Männer auf! Hundert links, hundert rechts, und dann kommen wir über sie wie die Löwen über den Abschaum in der Arena!«

*

»Harass will es!«, brüllten die Elwethungen und stürmten aus ihren Verstecken hervor.

»Grrroaaar!«, brüllte der Schrat, den sie in den Wäldern getroffen hatten. Er war aufgebracht, weil die Thebaner für ihr Lager seine Bäume gefällt hatten, und Alwila war es gelungen, ihn für ein Bündnis zu gewinnen.

Sie hörte die Stimmen, aber sie stand noch immer vor dem Mann, dem ihr Speer im Hals steckte. Hatte Tarand seinen Mörder im Sterben genauso angesehen? Überrascht und ratlos, als ob er keine Schmerzen spürte, nur den nahenden Tod. Das Dröhnen eines Horns fuhr ihr in die Glieder, riss sie vom Blick des Sterbenden los. Rasch gab sie den verräterischen Speer frei und wich zurück. Erst jetzt nahm sie das Geschrei der Drakonen wieder wahr. Der Mann, der das Feldzeichen trug, starrte entgeistert seinen Anführer an. Einer der Hornbläser gab erneut Signal, während sich der andere mit entsetztem Blick um sich selbst drehte und nach dem Griff seines Schwerts tastete. Hinter ihnen lag der Tote in seinem Blut, und die anderen Drakonen rückten hastig Rücken an Rücken zusammen, um die von zwei Seiten anrennenden Gegner abzuwehren.

Das Getöse des Horns erschwerte Alwila, einen klaren Gedanken zu fassen. Es musste aufhören, sonst würde sie den Verstand verlieren. Hastig bückte sie sich nach der Lanze, die dem Anführer im Tod entglitten war, packte die schwere Waffe mit beiden Händen und rammte sie dem Hornbläser mit einem wütenden Schrei in den Bauch. Ihre ganze Kraft legte sie in den Stoß, um die Rüstung zu durchdringen. Abrupt brach der Lärm des Horns ab. Es fiel dem Mann aus den Händen, der nach Luft schnappte und ungläubig nach der Lanze griff, die aus seinen Eingeweiden ragte.

Im gleichen Moment begriff Alwila, dass ihr Wutschrei ein Fehler gewesen war. Obwohl sie die Waffe sofort losließ und zurückwich, traf sie ein harter Schlag gegen den Oberarm, der sie von den Füßen riss. Der jähe Schmerz war so heftig, dass ihr im Fallen ein weiterer Schrei entfuhr. Als sie im Schlamm landete, spritzte Dreck auf, doch zum Glück war ihr Gegner, der Bannerträger, noch zu sehr damit beschäftigt, mit dem Feldzeichen um sich zu schlagen, um es zu bemerken. Mit taubem Arm kroch Alwila von ihm weg. Sie hörte die Krieger auf die Drakonen prallen, das Hämmern der Waffen auf Schilde und das Gebrüll und Geschrei, aber sie blickte nicht auf, ehe sie neben ihrem ersten Opfer den bronzenen Dolch wiedergefunden hatte. Da ihr rechter Arm von dem Hieb betäubt war, fasste sie den Griff mit der Linken und krabbelte weiter, fort von dem Kerl, der wusste, dass es sie gab.

Als sie sich nach ihm umsah, war er von mehreren Elwethungen umringt, die ihn töteten und die Stange des Feldzeichens zerbrachen, bevor sie triumphierend auf dem Banner herumtrampelten. Andere Füße trafen Alwila. Ein Drakone stolperte über sie. Von beiden Seiten drangen die Krieger auf die Thebaner ein, denen es nicht überall gelang, eine lückenlose Schildwand zu bilden. Und ohne Hintermänner, die sie stützten und ihre Köpfe mit weiteren Schilden beschirmten, schob sie der schiere Ansturm des Gegners rückwärts, während von oben Speere auf sie herabstießen.

Doch auch Alwila sah sich im Gedränge gefangen. Verzweifelt wand und schlängelte sie sich zwischen den Beinen hindurch, denn beim Aufstehen konnte sie zu leicht von einem Speer getroffen werden. Nichts ahnend traten die Krieger auf sie ein, trieben ihr die Luft aus den Lungen und Tränen in die Augen. Keuchend erreichte sie den Rand des Kampfs und schleppte sich noch ein paar Schritte weiter. An einen Baumstamm gestützt stemmte sie sich auf die Füße und blickte zurück. Die Elwethungen hatten die Reihen der Drakonen gesprengt. Ein wilder Kampf tobte, bei dem die Krieger – noch – in der Überzahl waren, doch mit der Kolonne rückten ständig Drakonen nach. Einige zogen es zwar vor, das Weite zu suchen, aber die meisten eilten ihren Kameraden zu Hilfe. Mittendrin wütete der Schrat, der selbst die größten Krieger überragte. Mit bloßen Händen brach er Knochen und schleuderte seine Opfer wie Geschosse auf ihre eigenen Kameraden. Sein Anblick versetzte weitere Neuankömmlinge in Furcht. Lieber rannten sie davon, als sich dem Ungeheuer zum Kampf zu stellen.

Dass es nach einem Sieg aussah, linderte Alwilas Schmerzen, und sie konnte ihren Arm wieder bewegen. Die Panik, die sie unter den Füßen der Krieger empfunden hatte, legte sich. Ihr Einsatz war nicht umsonst gewesen. Wenn es Wáras und den anderen Zauberern ähnlich erging, hatten sie den Feind bald besiegt. Beim Gedanken an ihren Bruder blickte sie wie von selbst in die Richtung, in der sie ihn wusste. Dorthin, wo sich bereits der Großteil des thebanischen Heerzugs befand. Erschreckt richtete sie sich auf. Aus jener Richtung galoppierten thebanische Reiter heran.

*

Wo bleiben diese verfluchten Rutaver? Ungeduldig blickte Astur an den Reihen seiner Männer entlang. Der Bote war lange genug weg. Um den Schützen zu Hilfe zu eilen, hätten die Überbleibsel von *Tharians Stolz* längst bei ihm vorbeikommen müssen. Waren sie etwa doch zu den Verrätern übergelaufen? *Bei allen Göttern! Von den Verbündeten im Stich gelassen!* Das hatte es seit Jahrhunderten nicht mehr gegeben. Astur kannte jede Schlacht, jede Niederlage und jeden Sieg in der thebanischen Geschichte. Waren sie mit der Zeit zu nachlässig, zu vertrauensselig geworden, weil es keine ernsthaften Gegner mehr gegeben hatte?

Das Auftauchen eines Reiters setzte den Überlegungen ein Ende. Die speerförmigen Beschläge auf seinem Schild wiesen ihn als Angehörigen von *Saskallas' Speer* aus, doch es war nicht der Bote, den Astur zu den Rutavern geschickt hatte. »Hörner!«, rief der Mann. »Wir haben sie gehört. Der *Greverische Drache* scheint angegriffen zu werden.«

»Kommst du vom Tross?«, erkundigte sich Astur.

»Ja, Herr. Mein Bizen meinte, dass wir Euch sofort in Kenntnis setzen müssen.«

»Hast du einen meiner Meldereiter gesehen?«

»Ja, Herr. Er kam an uns vorbei, aber er hatte es zu eilig, um mit uns zu sprechen.«

Bis hinter den Tross hat er es also geschafft. Entweder war er in der Lücke dahinter abgefangen worden oder die Rutaver hatten tatsächlich die Seiten gewechselt. »So soll das auch sein«, beschied Astur dem Boten. »Richte Valentur aus, dass er die Nachhut stärker sammeln und aufrücken soll! Auch wenn die Reihen wegen der Bäume nicht geschlossen werden können, will ich überall mindestens vier Mann nebeneinander, wo das Gelände es irgendwie zulässt.«

»Und der *Greverische*?«

»Das ist nicht deine Sorge!«, fuhr Astur den Mann an. »Ihr müsst unsere Vorräte und das Gold des Kaisers verteidigen, hast du das verstanden?«

»Der Späher kommt zurück!«, rief Karelian.

Astur scheuchte den eingeschüchtert nickenden Boten mit einer Geste davon und wendete sein Pferd.

Der Kundschafter war so schnell geritten, dass sein Tier atmete wie ein Blasebalg und Schweiß im Fell schäumte. »Die Schützen sind vernichtet«, erklärte er tonlos. »Alle tot.«

Eintausend Mann. Einfach hingeschlachtet. Wie viele Demütigungen wollte Seran ihm noch zufügen? *Das wirst du bereuen.* Glaubte der dumme Junge wirklich, dass er mit seinen Wilden drei Drachen in die Knie zwingen konnte? »Wo ist er jetzt?«

»Wer?«, fragte der Späher verwirrt.

»Der Verräter natürlich!«, herrschte Astur ihn an. »Er und die Mörderbande, die die Ortelaner auf dem Gewissen hat.«

»Sie sind in Richtung der Spitze des *Korunischen* geritten. Ich bin ihnen ein Stück gefolgt und dann umgedreht, um Euch schnell zu berichten, denn sie sind nicht allein. Andere Krieger haben die Drakonen an mehreren Stellen angegriffen.«

»Und jetzt kommt Seran ihnen zu Hilfe?«, hakte Astur nach.

»Nein. Soweit ich sehen konnte, haben die Verräter nur ein paar Speere geworfen und sind weitergeritten.«

»Er will *Tibelikas Sturm* angreifen.« Allmählich glaubte Astur, Serans Plan zu verstehen. Nach und nach einzelne Teile des Drachen vernichten, sich dann zurückziehen und an anderer Stelle zuschlagen, bevor sich Widerstand formieren kann. Wie es aussah, hatte er beim *Korunischen* schon Erfolg damit. Vielleicht auch beim *Greverischen*, falls er genug Männer dafür hatte. Der Wald und das steile Gelände spielten ihm dabei in die Hände.

»Karelian, such die breiteste Stelle des Tals!«, befahl Astur. »Deine Leute sollen dort sofort ein Lager errichten!«

»Ein Lager?«, wiederholte der Dezen überrascht.

»Wird's bald? Wir brauchen Verteidigungsanlagen«, erklärte Astur. »Meldung an die anderen Dezene! Ich will Abwehrreihen, drei Mann tief, rund um die Schanzarbeiten! Den Tross in die Mitte!« Zu den angegriffenen Drachen schickte er ebenfalls Boten. »Alle, die nicht in Kämpfe verwickelt sind, sollen sich zu uns zurückziehen!« Ein befestigtes Lager angefüllt mit Drakonen, die es verteidigten. *Daran wird er sich die Zähne ausbeißen, und dann haben wir ihn.*

*

Alwila sah den herangaloppierenden Reitern entgegen, und beim Anblick der selbst im Regen blitzenden Waffen und Rüstungen verlor sie den Mut. Zu beiden Seiten des Wegs preschten sie heran und würden mit ihren Speeren wie Dämonen über die in den Kampf mit den Drakonen verstrickten Krieger kommen. Hatten die Elwethungen die nahende Gefahr schon bemerkt?

Als sich Alwila dem Getümmel aus Kriegern und Drakonen zuwandte, fiel ihr plötzlich auf, dass sich das Flüstern der Stimmen des Walds verändert hatte. Sie hörte es immer, Tag und Nacht, wie das Windrauschen in den Bäumen, dem man keine Beachtung schenkte, solange es gleichförmig blieb. Seit die Thebaner durch den Wald zogen, klang es aufgeregt und ängstlich. Doch jetzt schienen die Geister innezuhalten, wisperten staunend, fast schon ehrfürchtig, und selbst der Schrat richtete sich inmitten des Kampfgewühls auf und lauschte.

»Seht nur, seht!«, flüsterten Geister. »Ein Seelenwesen.«

Nun entdeckte auch Alwila die nahende Gestalt. Während ihr eigenes Gewand schwer vor Nässe herabhing, umflossen Haare und Kleid die Erscheinung, als ob sie der Regen nicht erreichte. In stolzer Haltung hielt die Frau direkt auf die Reiter zu, die auf Alwilas Wegseite herangaloppierten. Ein Teil von Alwila wollte aufschreien, die Fremde warnen, doch die Thebaner waren unübersehbar, die Erscheinung wusste genau, was sie tat, und so siegte Alwilas Ergriffenheit. *Ein Seelenwesen.* Dass seine Füße nicht den Boden berührten, ließ keinen Zweifel.

Auch der vorderste Reiter hatte sie entdeckt, denn er rief etwas und schleuderte seinen Speer nach ihr. Unwillkürlich hielt Alwila den Atem an, doch die Waffe flog durch die Erscheinung hindurch und bohrte sich hinter ihr in den Boden. Der Reiter zügelte sein Pferd so abrupt, dass die Nachfolgenden hektisch ausweichen mussten. Aufgefächert zwischen den Bäumen kreisten sie die Gestalt ein und schleuderten weitere Speere nach ihr. Alwila fand sich umringt von ihnen wieder, und auch wenn sie sie nicht sehen konnten, verspürte sie Furcht. Ganz in ihrer Nähe standen sich das Seelenwesen und der Anführer der Reiter gegenüber. Seine Rüstung, sein Gürtel, selbst die Schwertscheide und das Zaumzeug waren mit Gold verziert. Er musste ein Häuptling sein, auch wenn er nicht der Heerführer sein mochte. In ungläubigem Zorn starrte er die Frau an, um die herum die Erde nun mit Speeren gespickt war.

»*Tötet die Anführer!*«, hörte Alwila erneut die Mahnung des Andanen. Obwohl der Arm unterhalb der Schulter schmerzte, nahm sie den Dolch wieder in die rechte Hand. Beklommen schlich sie zwischen den Reitern hindurch, erwartete jeden Augenblick einen Speer in ihrem Rücken.

Der Thebanerhäuptling brüllte das Seelenwesen an, und wie zur Antwort fuhr ein leichter Wind durch die Bäume und ließ einen Schwung prasselnde Tropfen auf Männer und Pferde hinabregnen. Die Reiter jenseits des Wegs hatten dagegen nichts bemerkt und attackierten bereits die Krieger. Ihren Anführer erboste der kalte Guss nur noch mehr. Wie rasend stach er mit dem Speer auf das Seelenwesen ein. Um nicht getroffen zu werden, eilte Alwila hinter ihm um sein Pferd herum. Mit ihrem Dolch konnte sie ihm dort oben nicht gefährlich werden, also musste sie ihn zu sich herunterholen. Sie fasste sich ein Herz und packte seinem Hengst in die Zügel. Es tat ihr leid um das schöne Tier, doch was blieb ihr anderes übrig? Plötzlich wurde ihr bewusst, dass es die Zügel waren, die ihr ebenso wie dem Reiter Macht über das Pferd verliehen. Kurz entschlossen klemmte sie sich den Dolch zwischen die Zähne, griff nach dem Genickriemen des Zaumzeugs und zog daran. Es war eng verschnallt, sie brauchte mehr Kraft, als sie erwartet hatte, aber auf einmal gab es nach, rutschte über die Ohren, und als sie es losließ, klaschte es klirrend gegen die Vorderbeine des Pferds.

Verblüfft hielt der Häuptling mit dem Einstechen auf das Seelenwesen inne und hob den Schildarm, dessen Hand auch die Zügel hielt. Während der Hengst befreit mit dem Kopf schlenkerte, blickte der Reiter von den nutzlos gewordenen Zügeln zu der Erscheinung vor ihm. Von einem Moment auf den andern schlich sich Furcht in seinen Blick.

Du hast Angst?, höhnte Alwila. Mit einem Mal fühlte sie sich mächtig. *Ich gebe dir Grund dazu!* Entschlossen nahm sie den Dolch wieder in die Hand. Mit Wucht stach sie in den ungeschützten Oberschenkel. Während der Thebaner aufbrüllte, riss sie die Klinge bereits heraus und wich zur Kruppe des Pferds zurück. *Lauf, Junge!*, rief sie im Stillen und pikste das Tier in einen der dicken Muskelstränge. Der Hengst machte einen Satz vorwärts, mitten in das Seelenwesen hinein. Als er merkte, dass ihn niemand zurückhielt, raste er weiter, aber die Erscheinung war noch immer da. Stumm drehte sie sich um sich selbst und blickte jeden der Reiter an. Alwila sah die Männer schlucken und die Furcht in ihren Augen.

In diesem Moment ertönte ein Stierhorn, und alle wandten sich danach um. Berittene Krieger preschten unter den Bäumen neben dem Weg heran. Sie kamen aus derselben Richtung wie das Seelenwesen und brüllten ihren Schlachtruf: »Harass will es!«

Fluchend ergriffen die Reiter um Alwila herum die Flucht. Fast wäre sie niedergeritten worden und taumelte in die Deckung eines Baums. An der Spitze ihrer Retter ritt der graubärtige Häuptling der Jukaner.

*

Der Wald glich immer mehr einem Irrgarten, in dem Fliehende und Verfolger durcheinanderrannten. Längst hatte sich die Kolonne aufgelöst und verzweifelte Drakonen kämpften oder liefen um ihr Leben. Bäume und Nebelschwaden behinderten ihre Sicht ebenso wie die ihrer Häscher. Steile Hänge schnitten jäh so manchen Fluchtweg ab. Das Tal war erfüllt von Schreien und den Triumphrufen der Sieger.

Erschöpft wischte sich Seran Regen und Schweiß aus den Augen. *Tibelikas Sturm* war bezwungen. Wo die Reiterheere aufeinandergestoßen waren, lagen tote Männer und Pferde unter den Bäumen verstreut. Reiterlose Tiere rasten umher und trugen zum Chaos bei. Eine Weile hatte sich Seran mit seinen Leuten an der Treibjagd der Warasker auf fliehende Drakonen beteiligt, doch allmählich schwanden seine Kräfte. Schild und Lanze, die längst nicht mehr seine, sondern auf dem Schlachtfeld aufgeklaubter Ersatz waren, wurden immer schwerer, seine Angriffe kraftlos. Auch Aleators Sprünge waren kürzer und matter geworden. Sie brauchten dringend eine Rast. In den Gesichtern seiner Gefährten las er, dass es ihnen ebenso ging.

»Sammeln!«, befahl er, und der verbliebene von Ildingars Hornbläsern gab das Signal. *Ildingar …* Der elweonische Bizen war gefallen. Aufgespießt von einer Lanze. Nun würde er das Elternhaus und seine Schwester nie wiedersehen.

»Alles in Ordnung?«, fragte Kromer. Selbst sein Bart konnte nicht verbergen, dass er vor Erschöpfung hohlwangig aussah. Um den Arm zu entlasten, legte er den Kriegshammer vor sich auf den Sattel.

»Mir geht's gut«, wehrte Seran ab. Die Wunde an seinem Oberschenkel war zwar unter dem Verband wieder aufgerissen und er hatte weitere Schnitte und Schläge abbekommen, doch es konnte nichts Ernstes sein. »Ich will nur, dass sich die Männer etwas ausruhen. Wer weiß, wie lange diese Atempause währt. Siehst du Wanargand irgendwo?«, erkundigte er sich bei Tjorr.

Aufgrund seiner Größe hatte der Hüne den besten Überblick, doch er schüttelte den Kopf.

»Soll ich ihn suchen?«, bot einer der Späher an, die mit in den Kampf geritten waren.

»Nein, schnapp dir lieber ein halbwegs frisches Pferd und finde heraus, wo die anderen Kundschafter stecken! Ich wollte wissen, was Astur treibt, aber bis jetzt kam keine Meldung.«

»Ich treib sie auf«, versprach der Jukaner.

»Sollen wir's uns im Schlamm gemütlich machen?«, wollte Fjallar wissen. Er hatte sich die Standarte zwischen Schildarm und Körper geklemmt, um einen Schluck aus seiner Feldflasche nehmen zu können.

»Nein, wir reiten langsam weiter«, erwiderte Seran. »Wir müssen sichergehen, dass keine der anderen Gruppen in Schwierigkeiten ist. Aber trinkt! Esst! Lasst die Pferde aus den Pfützen saufen, wenn sie wollen! Der Tag wird vielleicht noch lang.«

Während sich seine Reiter nach und nach einfanden, schlang er selbst etwas Speck und trockenes Brot herunter, das er mit Aleator teilte.

»Das dürften alle sein.« Hrotar blickte die Reihen ihrer Reiter entlang und wandte sich dann an Seran. »Selbst wenn wir am Ende verlieren sollten, haben wir heute schon zwei Siege errungen und kaum Männer verloren. Ildingar kann mit Stolz in Harass' Halle einziehen.«

»So ist es!«, rief Fjallar und reckte die Stange mit dem Wolfsschädel in die Höhe. Andere stimmten mal mehr, mal weniger laut zu, aber alle klangen überzeugt, und in ihren Mienen spiegelte sich der Wille, weiterzukämpfen.

Seran nickte ernst und bedeutete ihnen, ihm zu folgen. Langsam ritt er den Weg zurück, den sie gekommen waren. Auch der Trupp Warasker, dem sie gerade geholfen hatten, schloss sich dem Zug an. Viele von ihnen trugen nun erbeutete Helme und Schwerter, Rüstungen und Speere mit Eisenspitzen. Wie den manchmal erst halb toten Gegnern das Kettenhemd vom Leib gezerrt wurde, war kein netter Anblick, doch die Männer brauchten die Ausrüstung und hatten sie hart erkämpft.

Entlang des Pfads gab es Bereiche, in denen nur die Spuren

am Boden von den vielen Hufen und Füßen zeugten, die ihn aufgewühlt hatten. Doch an etlichen anderen Stellen lagen gefallene Krieger und Drakonen im blutigen Schlamm. Fast immer waren die Leichen der Thebaner gefleddert, was verriet, wer an dieser Stelle über wen gesiegt hatte. Manchmal saßen Krieger in der Nähe und halfen sich gegenseitig, ihre Wunden zu versorgen, oder sie schleppten schwer verletzte Kameraden, um sie zum Lagerplatz zu bringen. An einer Wegbiegung rastete ein weiterer der Waraskerhäuptlinge mit seinen Männern und berichtete Seran, wie sie einen der Thebaneranführer und viele seiner Drakonen getötet hatten. »Die anderen hatten so viel Angst, dass sie umgekehrt sind.«

Seran nickte und empfand grimmige Zufriedenheit. Bislang war sein Plan also aufgegangen. Der *Korunische* hatte sich offenbar völlig aufgelöst und schwere Verluste erlitten. Hoffentlich waren die Elweonen und Elwethungen beim *Greverischen* ebenso erfolgreich. Obwohl sie nicht alle Drakonen erwischt hatten, steckte dem Feind der Schreck in den Knochen. Selbst wenn sich diese Männer nun mit *Saskallas' Speer* vereinten, waren sie ihrer gewohnten Anführer und ihres Glaubens an die Unbesiegbarkeit beraubt.

Bald stießen sie auf eine weitere Schar Warasker, die sich gemeinsam mit einem Wolf Harass' und seinem Rudel Serans Streitmacht anschlossen. Von hinten tauchte ein Bote Hjörrtruds auf und meldete, dass auch Wanargand und die Uthonen von der Verfolgung der letzten tibelischen Reiter zurückgekehrt waren. Nun fehlten nur noch Sidgrans Warasker und Umbriks einstiges Rudel.

Als Seran sie erreichte, belagerten sie etwa dreißig Drakonen. Die Thebaner hatten einen Igel gebildet und mangels Platz sogar zwei Baumstämme in ihre Formation integriert. Wäre es nicht um Leben und Tod gegangen, hätte Seran gelacht.

»Rauwonns Amboss!«, entfuhr es Kromer. »Zwei Dutzend Kerle, denen vor Angst die Tunika flattert, trotzen vierhundert Kriegern?«

»Soll ich mir das andere Auge auch noch ausstechen lassen?«, murrte Sidgran. Jemand hatte ihm notdürftig einen Verband um den Kopf geschlungen, der ein Auge bedeckte. Trotz des Regens hing noch eine Menge Blut in seinem Bart.

Seran verstand, was der Häuptling sagen wollte. Um die Wand aus Schilden aufzubrechen, hätte er etliche Männer in den sicheren Tod schicken müssen. Das waren die paar Drakonen nicht wert. Doch sie konnten diese Gegner auch nicht einfach stehen lassen und weiterziehen, sonst hatten sie ihre Speere bald im Rücken. »Ich rede mit ihnen.« Seran trieb Aleator etwas näher an die Eingeschlossenen heran. »Gebt auf!«, rief er ihnen zu. »Legt die Waffen nieder und ich gewähre euch freien Abzug. Ihr habt mein Wort.«

»Das Wort eines Verräters«, tönte es aus dem Igel.

»Es wird euch genügen müssen. Seht euch doch um! Ihr könnt nicht entkommen. Irgendwann werden eure Arme anfangen zu zittern. Ihr bekommt Durst, dann Hunger. Wollt ihr hier stehen, bis die Sonne untergeht? Sobald dem Ersten von euch die Augen zufallen, war's das.« Seran hörte sie leise miteinander streiten. Vermutlich war dem einen oder anderen der Arm längst schwer geworden, und sie wussten selbst nicht, wie sie sich aus dieser Lage retten sollten.

»Seran, da kommt einer der Späher geritten!«, rief Fjallar.

Das war in der Tat wichtiger als diese unentschlossenen Drakonen. »Denkt darüber nach!«, riet er ihnen und ritt dem Späher entgegen. Falls sie sich entschieden zu gehen, mussten sie Astur nicht berichten können, was er mit seinen Kundschaftern besprach. »Hast du die anderen gefunden?«, erkundigte er sich.

Der Späher nickte. »Sie haben sich gut verteilt und behalten die Lage im Auge. Da geht irgendwas Seltsames vor. Die bauen ein Lager!«

»Wer?«

»Der mittlere Drache.«

»Astur greift uns nicht an?«, fragte Seran überrascht.

»Sieht nicht danach aus.«

Seran wechselte einen Blick mit Kromer.

»Was will er uns damit sagen?«, wunderte sich sein Freund. »Heute keine Lust, kommt morgen wieder?«

Sogar Tjorr schnaubte belustigt.

»Der hat ja die Ruhe weg«, befand Fjallar anerkennend. »Aber was bringt ihm das?«

Serans Verblüffung wich allmählich Zorn. Zorn auf sich selbst, weil er diese Wendung nicht vorausgesehen hatte. »Er macht das, um den Spieß umzudrehen. Indem er sich verschanzt, drückt er uns seine Bedingungen auf.« Nun würden sie gegen eine gut geordnete, massive Verteidigung anrennen müssen. Gerade so wie hier mit den dreißig Drakonen, nur dass es dort mindestens viertausend sein würden. »Verdammt!«

»Und wenn wir ihn da drin aushungern?«, schlug Sidgran vor, der alles mit angehört hatte.

»Habt ihr den Tross dieses Drachen erbeutet?«, fragte Seran zurück.

Der Häuptling schüttelte den Kopf. »Die Knechte sind weggelaufen, während wir mit den Kriegern gekämpft haben.«

»Dann hat er doppelte Vorräte«, ärgerte sich Seran. »Und bei dem Regen wird ihm auch das Wasser nicht so bald ausgehen.« Außerdem besaßen sie selbst nicht genug Proviant. Fast zwanzigtausend Mann ließen sich nicht von ein paar Wildschweinen und Waldbeeren ernähren. »Wir müssen ihn heute besiegen, sonst verlieren wir alle Vorteile, die wir errungen haben!«

*

Ulweigs Macht flößte Seran leises Unbehagen ein. Dass sie die zwiespältigen Jukaner zurück in den Kampf geführt hatte, konnte er ihr nicht hoch genug anrechnen. Nur ihnen war es zu verdanken, dass auch die Drakonen des *Greverischen Drachen* größtenteils tot oder in alle Winde verstreut waren. Allein hätten es die Elweonen und Elwethungen nach den schrecklichen Verlusten auf der Hohen Au nicht geschafft. Aber Ulweig war nicht hier, sie lag in weiter Ferne auf dem Krankenbett, und doch stand ihr Abbild vor ihm wie ein Geist, aber für alle sichtbar. Obwohl er die schwebende Erscheinung bereits bei ihrer Flucht vom Scheiterhaufen gesehen hatte, war sie ihm hier, so weit entfernt von ihrem Körper, unheimlicher als damals. Wenn sie mit ihm sprechen und durch die Augen und Ohren dieses

Abbilds hören und sehen konnte, was vermochte sie dann noch? War sie gar keine Seherin, sondern belauschte in Wahrheit die ganze Welt? War sie gar eine Göttin, die sich als Mensch ausgab? Derlei Geschichten gab es viele und sie gingen selten zum Wohl der beteiligten Sterblichen aus.

Aber ihr Vorschlag war zweifellos gut. »Einverstanden«, sagte er zögernd. »Während alle auf das Geschehen um dich und Alwila starren, können die Wölfe Harass' unbemerkt die Palisade überspringen. Das bringt uns einen Schritt weiter. Wir anderen stehen allerdings immer noch vor dem Lager und kommen nicht rein.« Ratlos sah er in die Runde. Häuptlinge und Rudelführer, Zauberer und Krieger waren mit seinen Boten zum vereinbarten Platz gekommen, um den Angriff auf den dritten Drachen zu planen. »Was ist aus dem Schrat geworden?«, fragte er Alwila. »Ein Späher hat mir erzählt, dass einer in euren Reihen gekämpft hat.«

»Ich fürchte, er ist tot«, erwiderte Alwila. An ihren dünnen Armen prangten blaue Flecken und sie hatte Kratzer im Gesicht, aber das hielt sie nicht davon ab, sich mit Ulweig erneut in Gefahr begeben zu wollen. »Als er von den Geistern hörte, dass die Drakonen schon wieder Bäume fällen, geriet er außer sich. Ich wollte ihn aufhalten, aber er hat gar nicht zugehört.«

»Schade«, bedauerte Seran. »Er war sicher ein tapferer Kämpfer und hätte uns vielleicht eine Bresche in die Palisade reißen können.«

»Er ist gefallen«, bestätigte ein Kundschafter. »Ich hab gesehen, wie Asturs Reiter ihn erledigt haben.«

»Vielleicht besser so«, befand einer der Elweonenhäuptlinge. »Am Ende wäre er heute Abend noch auf uns losgegangen, weil wir uns neue Speere schneiden.«

»Warum gehen wir nicht vor wie am Hrönn?«, wollte Wáras wissen. »Wir Zauberer machen uns unsichtbar und erledigen die Wachen am Tor.«

Seran schüttelte den Kopf. »Das ist nur ein Marschlager für eine Nacht, es gibt keine Torflügel, die ihr für uns öffnen müsstet. Astur wird einen Graben und einen Wall davor anlegen lassen, um es abzuschirmen. So können wir nicht direkt gegen die Öffnung anrennen. Außerdem passen immer nur zwei Reiter auf einmal hindurch. Selbst wenn es dort nicht mehr als ein paar Wächter gäbe, die ihr beseitigen könnt – was ich bezweifle –, bräuchten wir Ewigkeiten, um in nennenswerter Zahl ins Lager zu kommen. Viel wahrscheinlicher ist, dass uns dort ein paar Hundert Mann erwarten. Jedes Paar Reiter, das hineinstürmt, könnte auch direkt in die Totenwelt reiten.«

Vereinzelt gab es Gelächter, aber die Mienen waren eher ratlos. Entmutigtes Schweigen breitete sich aus.

»Es wäre dennoch hilfreich, wenn ihr Zauberer euch einschleichen könntet«, versuchte Seran, ein wenig Hoffnung zu verbreiten. »Sobald sich wegen der Wölfe Harass' alle umdrehen, müsst ihr die Gelegenheit nutzen. Ihr habt heute gesehen, wie viel es bewirkt, wenn ihr die Anführer tötet. Das sollten wir auf jeden Fall wieder nutzen!«

Wáras lächelte grimmig und nickte.

»Darf … darf ich etwas sagen?«, meldete sich Garud mit zaghafter Stimme.

»Natürlich«, antwortete Seran überrascht. »Du bist kein Sklave mehr, dem andere den Mund verbieten dürfen.«

»Ich … wollte nur wissen, ob wir den Tross des *Greverischen* erbeutet haben.«

»Zu großen Teilen, ja«, bestätigte Seran.

»Dann haben wir doch etliche von den Mulis mit Palisadenpfählen und Seilen.«

»Willst du mit einer Palisade angreifen, Junge?«, spottete der einäugige Sidgran.

»Das vermutlich nicht«, nahm Seran an. »Aber die Pfähle könnten den Kriegern als Brücken über den Graben vor der Palisade dienen.«

»Das hält die Drakonen aber nicht davon ab, sie abzustechen oder in den Graben zu stoßen«, wandte Hrotar ein.

»Heiliger Dunar!«, entfuhr es Kromer. »Ich glaube, ich weiß, was Garud vorhat!«

Und plötzlich begriff auch Seran. *Er meint die Seile!*

27

Valentur saß im offenen Zelt auf seinem Klappstuhl und blickte in die verregnete Nacht. Da sie sämtliche Bäume entlang der Lagerumfassung gerodet hatten, um freie Sicht und Raum zum Kämpfen zu haben, fiel das Wasser dort in silbernen Fäden vom Himmel herab. Valenturs Zelt befand sich dagegen noch halb unter der Krone eines Baums, aus der die Tropfen in ungleichmäßigem Takt auf das Dach herabfielen. Das hektische, wirre Prasseln zerrte an seinen Nerven. Es war, als ob der Regen mit rastlosen Fingern auf ihn eintrommelte, obwohl er im Trockenen saß.

Wenigstens hielt es ihn wach. Seine Einheit hatte jetzt Dienst an diesem Teil der Palisade, und er musste sich bereithalten, um sofort den Befehl zu übernehmen, sollten die Wachposten etwas bemerken. *Götterverdammte Barbaren!* Sie waren ebenso schrecklich wie ihr verfluchtes nasses Land. Was sollte im ewigen Halbdunkel dieser Wälder auch anderes gedeihen als Dämonenbrut? *Wir müssen sie ausrotten, mit Stumpf und Stiel, sonst wird es niemals Ruhe geben!* Aber warum musste deshalb ausgerechnet er hier sitzen, wo Ungeheuer wie dieser wandelnde Baum durch die Dunkelheit schlichen? Er wünschte sich weit fort, am besten über die Unberechenbare See, nach Alandura. Dort war es immer warm, und sie führten Krieg gegen Piraten, nicht gegen Zauberer und Hexen.

»Valentur!«

Valentur schreckte auf. *Was war das?* Hatte er sich verhört? Es war eine Frauenstimme gewesen, laut und fordernd. Aber es gab keine Frauen im Lager. Und wenn doch, warum sollte sie seinen Namen rufen? Draußen patschten Schritte und er hörte Rufe von aufgeregten Männern.

»Valentur aus dem Haus Borias!«

Dieses Mal jagte ihm die Stimme einen Schauer über den Rücken. Er ahnte, dass er längst hätte aufstehen und nach dem Rechten sehen sollen, doch am liebsten hätte er sich noch tiefer in sein Zelt verkrochen. Seine Hände zitterten plötzlich so sehr, dass Wein aus dem Becher schwappte.

»Bizen!« Vor dem Zelt tauchte einer seiner Männer auf. Es war zu dunkel, um das Gesicht genau zu erkennen, aber in seiner Stimme schwang Furcht mit. »Kommt schnell! Da ist eine Frau, die …« Er schien nicht weiterzuwissen, denn er setzte den Satz nicht fort.

»Meine Waffen!«, blaffte Valentur, um seine unwürdige Verfassung zu überspielen. *Ich bin Bizen des* Saskallas' Speer, *verdammt!* Die Wut half ihm, endlich aufzuspringen. Sein Sklave reichte ihm Schild und Speer an, und er riss sie ihm aus den Händen, als sei die Verzögerung die Schuld des Jungen.

»Valentur!« Es klang wie eine Herausforderung. Was wollte dieses Weib? Das fragte sich wohl schon das ganze Lager. Aber wer war sie überhaupt?

Valentur folgte dem Drakonen durch den Regen auf den etwa kniehohen Wall, auf dem die Wächter hinter der Palisade standen. Obwohl sie sich bemüht hatten, ihn festzutrampeln, gab die nasse Erde unter Valenturs Füßen nach. Tropfen prasselten nicht nur auf seinen Helm, sondern auch auf die Nase und spritzten von dort in die Augen. Gereizt blinzelte er und spähte in die Richtung, in die seine Männer wiesen. Sie kamen ihm eigenartig stumm vor, doch als er die Gestalt im Regen entdeckte, war auch ihm nicht mehr nach Reden.

Die tote Hexe! Der Anblick durchfuhr ihn wie ein Speer. Nur wenige Schritte vom Graben vor dem Wall entfernt stand sie im Regen und schien doch nicht von dieser Welt. Es war, als ob das schimmernde Wasser ihr Gesicht erhellte, und doch erreichten die Tropfen sie nicht. Haar und Gewand hätten schwer und dunkel vor Nässe sein sollen, aber stattdessen sah beides aus, als ob es leicht in einer Brise wehte. Valentur spürte jedoch keinen Wind. *Ein Geist!* Erneut zitterten seine Finger, dass er Speer und Schildgriff umklammern musste, damit sie ihm nicht entglitten. *Deiuthar steh uns bei!*

»Ich bin gekommen, um Rache zu nehmen«, sagte sie und kam einen Schritt näher.

Die Angst schnürte Valenturs Kehle so fest zu, dass lediglich ein Ächzen herausdrang. In seinem Kopf herrschte Leere. Er konnte die Hexe nur anstarren. Plötzlich legte sich etwas um seinen Kopf. Wegen des Helms spürte er nur im Gesicht, dass es nasskalt und im nächsten Moment doch warm war. Es raubte ihm auf einem Auge die Sicht, und zugleich erkannte er, dass sich ein Körper hinter seinem Rücken befand. Ein Mensch. *Ein Feind!* Noch während die Erstarrung von ihm abfiel, wurde sein Kopf in den Nacken gerissen und er spürte einen sengenden Schmerz am Hals. Sein Aufschrei blieb stumm. Es gab keine Luft mehr, die er hätte ausstoßen können. Heiße Flüssigkeit rann über seine Haut. Was ihn umschlungen hatte, war fort, aber der Geist stand noch immer vor ihm und sah ihn schweigend an. Valentur ließ Schwert und Schild fallen, um sich an die Kehle zu greifen. Verzweifelt versuchte er zu atmen, aber er blähte die Nasenflügel vergebens. Unter seinen Fingern quoll das Blut aus einem tiefen Schnitt in seinem Hals.

»Ich bin gekommen, um Rache zu nehmen.« Ihre Lippen bewegten sich nicht, ihr Blick war unergründlich.

Um ihn herum brachen seine Männer in Geschrei aus, aber es berührte ihn nicht. Er konnte sie nicht einmal mehr sehen. Die Nacht war mit einem Mal viel dunkler geworden und der Boden gab unter ihm nach. Wie von fern spürte er sich fallen. Eine Erschütterung ging durch seinen Körper, doch es gab keinen Schmerz mehr, keinen furchterregenden Geist, keinen Atem. Das Letzte, was Valentur hörte, war das brüllend laute »Hhhi-ah« eines Mulis.

*

Wanargand kauerte hinter dem Stamm eines frisch gefällten Baums, dessen Zweige die Thebaner als Futter in ihr Lager geschleift hatten. Der Stamm war jedoch als Hindernis für heranstürmende Angreifer liegen geblieben. Dass sie den Baum eigentlich beseitigt hatten, um Feinde rechtzeitig zu entdecken, entlockte Wanargand ein wölfisches Lächeln. Auf vierbeinige Gegner ohne Reiter waren die Thebaner immer noch nicht vorbereitet.

Der Regen hatte sein Fell mittlerweile bis auf die Haut durchnässt und kühlte ihn aus. Das Tier in ihm war deshalb übellaunig und wollte jemanden für die nasse Kälte bestrafen. Mit gereckter Nase witterte es die Männer auf dem Wall. Es waren viele, alle paar Schritte einer, weil die Sicht so schlecht war und sie damit rechneten, angegriffen zu werden. Noch mehr Feinde hielten sich in den Zelten bereit, deren Lederplanen nach dem Fett stanken, dass sie wasserdicht machen sollte. Es war zu dunkel, um mehr als die schemenhaften Umrisse der Unterkünfte zu sehen, aber Wanargand konnte die Männer riechen und hören. Auch auf dem freien Streifen zwischen Wall und Zelten marschierten sie manchmal vorbei, um sich wach zu halten und zu wärmen, denn Feuer gab es im Lager kaum. Der Regen hatte zu wenig trockenes Holz übrig gelassen.

Jenseits der Zelte mussten sich die Packtiere befinden. Der Gestank ihres Dungs verriet sie. Er konnte sie nicht verfehlen. Jetzt mussten er und die anderen Wölfe Harass' nur noch über die Palisade gelangen.

»Valentur!«, rief das Seelenwesen auf der anderen Seite des Lagers.

Wanargand spitzte die Ohren und schlich vorwärts. Ganz langsam schob er sich aus der Deckung, berührte mit dem Bauch fast den Boden, über den er kroch. Viele Wächter blickten neugierig über ihre Schulter oder sprachen leise mit dem Nachbarn. Aus dem Augenwinkel bemerkte Wanargand Merog, der sich ebenfalls anschlich.

»Valentur aus dem Haus Borias!«, rief die gebieterische Stimme. Etliche Wächter drehten sich vollends um, spähten in die Richtung des seltsamen Vorgangs.

Der Moment war gekommen. Wanargand schoss auf die Lücke zwischen zwei Gegnern zu. Niemand sah ihn kommen, niemand schleuderte einen Speer. Mit zwei Sprüngen setzte er zuerst über den Graben, dann die Palisade. Sie war hoch, reichte den Männern bis zur Brust, deshalb musste er sich mit den Pranken oben abstoßen, um hinüberzukommen. Schmerzhaft bohrten sich die angespitzten Enden in seine Ballen, doch vom Einschlagen waren sie zu stumpf, um blutige Wunden zu hinterlassen. Schon landete er auf dem aufgeweichten Boden und raste weiter, um zwischen den Zelten zu verschwinden. Hinter ihm stieß jemand einen warnenden Ruf aus, weitere folgten, dann erhob sich auf der anderen Seite des Lagers lautes Geschrei.

Wanargand schoss zwischen zwei Zelten hindurch und fand sich auf einer breiten Gasse wieder. Zu beiden Seiten reihten sich vor den Eingängen angepflockte Mulis auf. Das Tier neben ihm wühlte gerade mit der Nase in einem Bündel Zweige und riss bei seinem Anblick die Augen auf und den Kopf in die Höhe. Im nächsten Moment stieß es einen Schrei aus, dass Wanargand zusammenzuckte. Ein Kriegshorn hätte nicht lauter schmettern können. Wanargand fletschte die Zähne und antwortete mit einem Grollen, aber die Wächter hatten ihn gesehen, er musste weiter. Während die Drakonen wegen der Rufe der Wächter Richtung Palisade aus den Zelten stürmten, hetzte Wanargand auf der entgegengesetzten Seite entlang und versetzte die Mulis in Panik. Manche schrien, manche erstarrten, aber viele zerrten an den Stricken, die sie hielten, und der nasse Boden bot den Pflöcken wenig Halt. Sobald die Mulis merkten, dass der Widerstand nachließ, stoben sie mit steil aufgerichteten Schweifen die Zeltgasse entlang und zogen die Pflöcke an den Stricken mit sich. Sklaven eilten herbei, um die Tiere wieder einzufangen, Drakonen und Mulis brüllten durcheinander, Zelte gingen zu Boden, weil sich Tiere in Spannleinen verfingen.

Wanargand rannte eine weitere Gasse entlang und hinterließ Chaos und Schrecken. Im ganzen Lager hörte er nun Aufruhr, denn sämtliche Wölfe Harass' verfolgten das gleiche Ziel wie er. *Genug gespielt.* Es wurde Zeit, sich dem Kampf zuzuwenden. Am Ende der Reihe stand ein deutlich größeres Zelt. Da die Zauberer eine andere Aufgabe erfüllen sollten, oblag es dieses Mal den Wölfen Harass', möglichst viele Anführer zu töten, und ein großes Zelt gehörte gewiss einem Häuptling.

Knurrend sprang Wanargand durch den Eingang. Jemand schrie auf und hastete zur anderen Seite hinaus. Ganz sicher kein Krieger. Mürrisch sah sich Wanargand um, sog die Luft ein, aber sonst war niemand hier. Er kehrte zurück auf die Gasse, wo ein vorbeirasendes Muli entsetzt einen Haken schlug. Wie eine wild umhergeschlenkerte Waffe wehte der Pflock hinter dem Tier her und verpasste Wanargands Schnauze einen derben Schlag. Schnaubend schüttelte er den Schmerz ab und sah sich nach einem lohnenden Gegner um. Nicht weit entfernt ragte ein Zelt über allen anderen auf. Vielleicht fand er dort Serans Ziehvater, den großen Heerführer, der die Andanen vernichtet hatte. Das wäre ein Gegner nach seinem Geschmack.

Mittlerweile ertönten die Kriegshörner von allen Seiten. Sämtliche Drakonen, die noch nicht auf den Beinen gewesen waren, hetzten zur Palisade. Im Durcheinander aus Mulis, Sklaven und Drakonen fiel es Wanargand leicht, unbemerkt zur Mitte des Lagers vorzudringen. Dort standen gesattelte Pferde, die ihn sofort rochen und sich bei seinem Anblick ebenso schnell losrissen wie die Mulis. Fluchende Reiter und Sklaven versuchten, sie aufzuhalten, wichen trampelnden Tieren aus oder wurden umgestoßen und gerieten unter die Hufe. Einer der Männer entdeckte Wanargand und rief eine Warnung. Rasch bog Wanargand in ein Zelt ab, dessen Eingang wie bei den meisten offen stand, eilte hindurch und bog dahinter wieder zur Lagermitte ab. Es war so dunkel, dass ihn die Männer sofort aus den Augen verloren. Er hörte es an ihren fragenden Rufen, die ohne Antwort blieben.

Aus der Nacht brandete von drei Seiten her der Schlachtruf auf: »Harass will es!« Nun hatten sie wohl Besseres zu tun, als ein schattenhaftes Tier zu verfolgen.

Wachsam lugte Wanargand hinter der letzten Unterkunft vor der freien Fläche, die das größte Zelt umgab, hervor. Aus dem offenen Eingang fiel das Licht mehrerer Laternen auf mindestens drei Dutzend Thebaner. Es war schwer zu schätzen, da ein hektisches Kommen und Gehen herrschte. Boten rannten davon oder kamen zurück, einzelne Drakonen liefen herbei, um Meldung zu machen, und Anführer, die er an ihren aufwändigeren Waffen und Rüstungen erkannte, eilten zu ihren Männern. Etwa zwanzig vornehme Krieger rührten sich im Getümmel jedoch nicht von der Stelle. Wie Wächter behielten sie das Treiben im Auge. Nur gelegentlich tat sich kurz eine Lücke auf, durch die Wanargand einen Blick auf den Heerführer erhaschte. Ein drahtiger Mann mit grauem Haar und strenger Miene. Seine Stimme klang hart, furchtlos, aber es schwang auch Zorn mit. Wie Seran war er offenbar stets von einem Rudel ausgewählter Krieger umgeben. Wanargand spannte sich zum Sprung. Um an ihn heranzukommen, würde er den Halbkreis durchbrechen müssen. Er schob die Hinterläufe noch weiter unter den Körper und stieß sich ab. Bis der erste Warnschrei ertönte, hatte er die Versammlung bereits erreicht und schoss zwischen zwei Boten hindurch. Dahinter standen die Männer allerdings so durcheinander, dass es keine freie Bahn für ihn gab. Er riss jemanden um, indem er gegen dessen Beine prallte, und schlug einen Haken, um eine vermeintliche Lücke zu nutzen. Doch nun waren sämtliche Gegner in Bewegung. Die einen drängten mit Speeren und Schwertern auf ihn zu. Die anderen wichen vor ihm zurück, und so brüllten und rempelten sie sich an, stießen sich gegenseitig aus dem Weg und bildeten ein wirreres Knäuel als zuvor.

Mit Wucht warf sich Wanargand einem der jungen Boten gegen die Brust. Kreischend kippte der Mann rückwärts, und Wanargand sprang von dem Stürzenden aus weiter, noch bevor der auf den Boden schlug. Im gleichen Augenblick sah er jedoch etwas von der Seite heranschnellen. Die Spitze des Speers blitzte im Laternenlicht auf, dann stieß sie durch Wanargands Haut in die Eingeweide. Ein kurzer Schmerz, dann ein dumpfes Druckgefühl, als sein Schwung auf den Widerstand des Speers traf. Da der Gegner die Waffe nicht zurückriss, spießte er Wanargand förmlich aus der Luft gen Boden, wurde dabei jedoch ein Stück mitgezerrt und stürzte mit ihm. Wanargand versuchte, sich trotz des Speers in seiner Flanke aufzurappeln, und schnappte zugleich nach dem Gegner, aber schon waren weitere Leibwächter über ihm. Speere stießen herab. Eine Rippe barst unter dem Aufprall von Stahl. Wanargands Sinne schwanden. Die Gestalten der Thebaner verschwammen. Dann hörte er jemanden aufschreien – und das Knurren eines Wolfs.

*

Valenturs Tod erfüllte Alwila mit grimmigem Stolz. Nun würde er keine Zauberinnen mehr bei lebendigem Leib verbrennen. Auf seinen Befehl hin hatten die Holzfäller Wárs Hain gerodet. Dieselben Männer, die zuvor versucht hatten, sie und die anderen Priesterinnen zu schänden. Dieser Mann war Abschaum gewesen, ein Dämon aus dem Gift der Urschlange, der sich als Mensch verkleidet hatte. Am liebsten hätte sie ihm die Kehle gleich noch mal aufgeschlitzt.

Er ist tot!, mahnte sie sich und eilte an der Innenseite des Walls entlang. Seine Männer fürchteten wohl, die nächsten Opfer von Ulweigs Rache zu sein. Ihr Geschrei rief immer mehr Drakonen herbei, denen Alwila ausweichen musste. Hunderte Männer stürmten vor ihr aus den Zelten zur Palisade, obwohl kein Hornsignal ertönt war. Es wurde so eng, dass sie sich atemlos durch die Menge wand und nicht mehr vermeiden konnte, gegen die eine oder andere Schulter zu stoßen. Zum Glück gaben sich die Männer offenbar gegenseitig die Schuld.

Überall im Lager brüllten nun Mulis, was die Drakonen noch mehr verwirrte. Niemand wusste, was vorging oder wo er sich hinwenden sollte. Ein Anführer bellte Befehle, aber ob er etwas bewirkte, sah Alwila nicht mehr, denn sie blickte nicht zurück. Sie musste handeln, bevor wieder Ruhe und Ordnung einkehrten.

Endlich hatte sie die Rückseite des Lagers erreicht. Hier standen zwar nicht weniger Wachen an der Palisade verteilt, aber es gab kein Gedränge, weil alle zum Abschnitt von Valenturs Einheit eilten. Lautlos stieg Alwila auf den Wall. Wenn man unten im Graben stand, sah die Palisade entmutigend hoch aus, aber hier oben wirkte sie weniger beeindruckend. Auch weil zwischen den Pfählen handbreite Lücken klafften, durch die ein Krieger nach den Beinen der Drakonen stechen konnte. Gemeinsam mit dem Graben war sie für Reiter dennoch unüberwindlich, und ein Krieger zu Fuß wurde entweder beim Überklettern getötet oder landete im Graben, aus dem er die Verteidiger nicht mehr mit Schwung attackieren konnte. Deshalb griff Alwila nach den Stricken, die die Pfähle miteinander verbanden, und setzte die Schneide des Dolchs an. Die Seile waren um eine dünnere Stelle auf halber Höhe jedes Pfahls gewickelt, wodurch sie die Palisade in ein zusammenhängendes Geflecht verwandelten. So konnten Angreifer keine Pfähle umreißen, um eine Bresche zu schaffen. *Das werden wir jetzt ändern*, beschloss Alwila und begann, vorsichtig zu sägen. Sie durfte die Pfähle nicht zum Zittern bringen, sonst würden die Wachen etwas bemerken.

Die vom Regen aufgeweichten Stricke waren dennoch zäh. Es kam Alwila vor, als müsste sie ewig schneiden, bis die letzten Fasern durchtrennt waren. Hastig umging sie einen Wächter und nahm sich zwischen ihm und seinem Nebenmann eine weitere Stelle vor. Schon wurde der Dolch stumpfer, und sie nahm die andere Seite, um schneller voranzukommen. Dieses Mal hatte sie mehr Glück. Das Seil platzte förmlich unter der Klinge auf. Erleichtert eilte sie weiter. Sie konnte sie nicht sehen, aber sie wusste, dass auch Wáras und die anderen Zauberkundigen auf dem Wall kauerten und Stricke durchtrennten. Der Andane hatte genau ausgerechnet, wie viel jeder von ihnen tun musste, und jedem einen Abschnitt zugeteilt. Trotzdem mussten sie sich sputen, und Alwila sägte immer schneller. Ständig hörte sie hinter sich Hufschlag und schnelle Schritte von Sklaven und Drakonen. Obwohl sie sie nicht sehen konnten, fiel es ihr schwer, sich nicht nach den Feinden umzublicken. *Nur noch eine Stelle.* Aber sie brauchte so schrecklich lange. Gehetzt schlitterte sie vom nassen Wall und umging den nächsten Wächter.

Plötzlich erhob sich neues Geschrei, Kriegshörner ertönten, und dann schallte der Kampfruf aus Tausenden Kehlen durch die Nacht: »Harass will es!« Ohne Rücksicht darauf, ob sie entdeckt werden würde, säbelte Alwila hektisch mit dem stumpfen Dolch. Der große Angriff von drei Seiten sollte davon ablenken, was hier hinten vorging, aber da er wenig Aussicht auf Erfolg hatte, drängte die Zeit, sonst kostete er sinnlos zahlreiche Krieger das Leben. *Ha!* Der letzte Strick gab nach. Vor Erleichterung stieß Alwila die Luft aus. Die Wächter zu beiden Seiten schienen es nicht zu hören. Angespannt starrten sie in den Regen, nur um sich dann doch wieder kurz in die Richtungen umzublicken, aus denen jetzt Kampflärm ertönte. Nun war fast egal, was sie tat. Alwila drückte die beiden getrennten Pfähle auseinander, um leichter durch die Palisade steigen zu können. Falls sich einer der Wächter über die Bewegung wunderte, behielt er es für sich. Sie sprang über den Graben und eilte den Kriegern entgegen, die in der Dunkelheit warteten.

*

Kaum hatten seine Leibwächter die erste Bestie niedergeworfen, fuhr eine zweite knurrend in das Knäuel der Männer. Allein durch den Aufprall riss sie zwei von ihnen um, fegte mit den Pranken Speere zur Seite, und schon hing sie einem Mann an der Kehle.

»Meinen Speer!«, verlangte Astur, ohne das Untier aus den Augen zu lassen. Es gab sein Opfer sofort wieder frei, um sich auf die verbliebenen Gegner zu stürzen, doch der Hals des Verwundeten war nur noch zerfetztes Fleisch, aus dem das Blut hervorströmte.

»Hol einen Arzt!«, fuhr Astur einen der Botenjungen an, der zwar sein Schwert gezogen hatte, aber mit bleichem Gesicht und zitternden Händen zurückgewichen war. Nur zu gern lief er davon.

Astur glaubte nicht, dass der Sterbende noch zu retten war, doch ein guter Gardist verdiente wenigstens einen Versuch. Endlich legte jemand Astur einen seiner Speere in die Hand. Er schloss die Finger darum und nahm Anlauf. Aus nächster Nähe schleuderte er die Waffe in den Leib der Bestie, die gerade die Zähne tief in den Schwertarm eines anderen Leibwächters geschlagen hatte, obwohl ihr bereits zwei Speere in Schulter und Flanke steckten. Es musste finsterste Magie am Werk sein, um dem Untier solche Zähigkeit zu verleihen. Als es von Asturs Speer getroffen wurde, jaulte es jedoch auf und brach zusammen. Zufrieden trat Astur zurück und ließ sicherheitshalber den Blick schweifen, so weit das Laternenlicht reichte. Seine Hand glitt dabei zum Schwertgriff. Wie viele dieser widernatürlichen Kreaturen hatten sich noch angeschlichen?

Hastig formierte sich seine Leibgarde wieder zu einem schützenden Ring, aber drei Mann blieben schwer verwundet am Boden liegen und wurden von dem herbeieilenden Feldarzt und seinen Helfern behandelt. Keine weitere Bestie zeigte sich, und es gab eine Schlacht, um die er sich kümmern musste. »Schafft mir diese Ausgeburten der Finsternis aus den Augen!«, befahl Astur den Sklaven. *Wo war ich gerade?* Sein Blick fiel auf Karelians Boten. *Ach ja …* »Sag Karelian, er soll sich raushalten und meine Befehle abwarten! Ich will, dass seine Männer bereitstehen, um dort einzugreifen, wo es notwendig wird.«

Der junge Mann nickte und eilte in die Dunkelheit.

Während die Sklaven die Kadaver der Bestien davonzerrten, lauschte Astur auf den Kampflärm. Dass es Seran gelungen war, zwei Drachen nahezu zu vernichten, erfüllte ihn mit tiefem Groll, aber auch einer Spur von Stolz. Dieser geschickte junge Heerführer war sein Werk, sein Schüler, der ihm nacheiferte. Doch mit dem Siegen hatte es nun ein Ende. Welches Hexenwerk auch immer hinter diesen Biestern steckte, die das ganze Lager in Aufruhr versetzt hatten, es änderte nichts daran, dass sich die gefallenen Barbaren bald in den Gräben stapeln würden. Er hatte viertausend frische Drakonen und mindestens tausend weitere, die zu ihm geflohen und einigermaßen kampftauglich waren. Damit konnte er die Palisaden selbst gegen eine drei- oder vierfache Übermacht halten – falls Seran überhaupt noch so große Horden zur Verfügung standen.

Und wenn er es doch schafft? Astur wollte die leise Stimme nicht hören, aber sie war in ihm. Ein nagender kleiner Zweifel, den er noch nie verspürt hatte. Die Götter waren mit ihm und hielten ihre Hand über Theban. Solange er keine Fehler beging, konnte er nicht verlieren. *Und doch …* Wenn es den Barbaren wider Erwarten gelang, die Palisade an irgendeiner Stelle zu durchbrechen, brauchte er etwas, um ihren Angriff zu schwächen. »Ich will jeden Mann, der ein Pferd hat, im Sattel sehen! Bereithalten zum Ausfall!«

*

Seran saß auf Aleator und blickte hangabwärts. Seit der Regen nachgelassen hatte, reichte die Sicht trotz der Dunkelheit etwas weiter. Hinter den Wolken konnte er sogar die Umrisse des Monds erahnen. Die Schlacht war so nah, dass der Lärm jedes leise Geräusch übertönte. Wie lange würden die Magier noch brauchen? Er musste endlich losschlagen, die Verwirrung der Drakonen nutzen. Der Plan war ohnehin heikel genug. Innerlich unruhig sah er nach rechts und links. Waren auch wirklich alle bereit? In vorderster Reihe ritten dieses Mal nicht seine Leibwächter, die sich mit Kromer hinter ihm halten sollten, bis sie ins Lager eingedrungen waren, sondern die besten Reiter und Speerwerfer der Uthonen unter seinen Männern. Als Jungen hatten sie große Viehherden gehütet und deshalb Erfahrung darin, vom Sattel aus ein Seil zu werfen. Jeder von ihnen hatte sich die Lanze über den Rücken gehängt und hielt stattdessen einen aufgerollten Strick in der Hand. Ein Ende des Seils war mit dem behelfsmäßigen Zuggeschirr verbunden, das sie ihrem Pferd um die Brust geknotet hatten. Auf diesen Stricken und Knoten ruhte Serans ganze Hoffnung. Wenn sie versagten, musste er entweder den Rückzug befehlen oder eine Niederlage samt schrecklichem Blutbad riskieren.

Hatte er alles bedacht? Gab es noch irgendetwas, das er besser machen, das seine Männer dem Sieg ein Stück näher bringen würde? Der abschüssige Boden war dieses Mal unvorteilhaft, doch daran konnte er nichts ändern. Dass Astur mit einem Angriff auf das Tor gerechnet und es deshalb hangabwärts angelegt hatte, war zu erwarten gewesen. Nein, es gab nichts mehr, was er tun konnte. Jetzt lag es in der Hand der Götter, und er betete, dass die Mataver recht hatten und die geliebten Kinder ihrer Götter waren, die sie nicht im Stich lassen würden.

Plötzlich spitzte Aleator die Ohren und starrte alarmiert geradeaus. Von einem Lidschlag auf den anderen tauchte vor ihnen eine Gestalt auf, die auf sie zugerannt kam. An den schmalen Schultern erkannte Seran Wáras, der einen Dolch schwenkte, sodass die Bronze im Zwielicht glänzte.

»Es geht los«, flüsterte Kromer. Ein Raunen verriet, dass die Nachricht weitergegeben wurde. Hinter Seran warteten nicht nur seine Männer des einstigen *Tharians Stolz*, sondern auch Hunderte uthonische Reiterkrieger unter Hjörrtruds Führung und fast noch einmal so viele der Elweonen, Jukaner und Elwethungen.

Seran nickte Wáras dankbar zu, der sich atemlos an einen Baum lehnte, damit er nicht im Weg stand. Mittlerweile eilten weitere Gestalten vom Lager her herbei. Reiter setzten sich rasch im Sattel zurecht und nahmen die Zügel kürzer. Seran zog einen Wurfspeer aus dem Köcher am Sattel. Alle Blicke richteten sich auf ihn. Langsam hob er die Waffe. Es würde keinen Schlachtruf, kein Hornsignal geben. Wie mit einem Geisterheer wollte er aus der Dunkelheit über die Drakonen kommen, untermalt nur vom Trommeln der Hufe, das der Waldboden dämpfte.

»*Vorwärts!*«, rief er im Stillen und trieb Aleator zum Galopp. Es gab keinen geraden Weg, er musste mehreren Bäumen ausweichen. Aleator schlug Haken um die Stämme, und aus dem Augenwinkel sah Seran, dass die Pferde der Uthonen nicht minder geschickt waren. Schon erreichten sie den freien Streifen, den die Thebaner gerodet hatten. Aufgeschreckte Rufe ertönten, jemand blies in sein Wächterhorn. Hinter der Palisade setzten sich wartende Drakonen in Bewegung und hasteten zum Wall. Doch Seran und seine Männer waren bereits heran. Er zielte auf einen Wächter, der seinerseits einen Speer auf einen Uthonen schleudern wollte, und traf ihn so fest, dass er rücklings vom Wall fiel. Während die Uthonen ihre Pferde am Rand des Grabens herumrissen und dabei die zu Schlingen geknoteten Seilenden über Pfähle warfen, schleuderten ihre Hintermänner bereits Speere, zwangen die Drakonen, hinter ihren Schilden in Deckung zu gehen. Seran fischte nach einem weiteren Speer und lugte zugleich hinter seinem Schild nach beiden Seiten. Ein Uthone stürzte getroffen aus dem Sattel in den Graben. Die anderen hatten gewendet. Beinahe gleichzeitig wurden etliche Stricke straff gezogen, dann kam der heftige Ruck. Direkt vor Seran hielt die Palisade stand, neigte sich unter dem Zug zwar immer weiter, aber es ging quälend langsam. Gehetzt sah sich Seran um. War sein Plan gescheitert? Doch an anderen Stellen gab der nasse Wall die Pfähle bereits frei. Erdbrocken flogen, die Palisade kippte, Drakonen schrien Warnungen und blieben dennoch hinter ihre Schilde gekauert, denn die Reiter vor dem Graben deckten sie mit einem Speerhagel ein. Wo die Pfähle aus dem Wall hervorbrachen, stürmten Reiter in die Bresche. Die Pferde setzten mit Leichtigkeit über den schmalen Graben und landeten wie Keile zwischen den Drakonen. Seran sah Hengste von thebanischen Speeren durchbohrt hinter dem Wall zusammenbrechen, was für die Reiter umgeben von Hunderten Feinden den Tod bedeuten musste. Aber sofort folgten andere Reiter nach, und jene Uthonen, die Erfolg gehabt hatten, setzten zu einer zweiten Runde an.

»Mach schon! Zieh!«, brüllten seine Leibwächter das Pferd an, das an ihrem Palisadenabschnitt zerrte. Zugleich schleuderten sie Speere, um die Drakonen vor ihm beschäftigt zu halten. Die meisten prallten an den Schilden ab, andere verschwanden jenseits des Walls in der Menge. Seran behielt Feinde und Palisade genau im Auge. Jeden Moment würden die Pfähle …

»Jetzt!«, entfuhr es Seran. Sie lagen fast waagrecht. Er presste die Waden an Aleators Flanken und hob den Speer zum Stoß. Im gleichen Augenblick preschte Tjorr an ihm vorbei. Der fuchsrote Hengst des Hünen überwand den Graben mit einem mächtigen Satz und krachte gegen den Schild eines Drakonen, den die Wucht vom Wall schleuderte. Für Seran war es zu spät, um Aleator noch zu zügeln. Fluchend sah er sein Pferd schon gegen Tjorrs Tier prallen, doch der Fuchs sprang bereits weiter, mitten in die Reihen der Drakonen. Aleator landete auf dem Wall, und Seran stieß mit dem Speer nach dem Drakonen neben ihm, der ebenfalls zustechen wollte. Da sich Aleator jedoch weiterbewegte, glitt das Speerblatt an Serans Kettenhemd ab. Er hätte sich verdrehen müssen, um den Gegner noch zu erwischen, und ließ es angesichts der vielen Drakonen, die ihn hinter dem Wall erwarteten, bleiben. Tjorrs Hengst hatte einige umgerissen und raste weiter. Sämtliche Gegner, die danebenstanden, schleuderten ihre Speere. Schon als Aleator hinter dem Wall landete, steckten drei Speere in Tjorrs Schild und Pferd und zwei auf der anderen Seite – einer davon in seinem Leib. Seran brüllte vor ohnmächtiger Wut, schwenkte sofort zur Seite, um die nun speerlosen Gegner niederzureiten, während er mit der Waffe nach einem Kerl stach, der sich gerade aufrappeln wollte. Aus dem Augenwinkel sah er, wie Tjorr von weiteren Speeren getroffen wurde.

»Kämpf!«, brüllte Kromer, dessen Falbe plötzlich neben ihm auftauchte. »Er stirbt für dich, du Narr!«

*

Als Wanargand erwachte, stach ihm der Gestank von Furcht und Tod in die Nase. Es roch nach Blut und Schweiß, nach Männern, die sich vor Angst auf die eigenen Füße pissten, und Sterbenden, deren Darm sich im Moment des Todes entleerte. Der Geruch war die hässlichste Seite selbst der ruhmreichsten Schlacht, und im Gegensatz zu den Augen ließ sich die Nase nicht davor verschließen. Wanargand lag auf der Seite, und dumpfes Pochen an verschiedenen Stellen seines Körpers erinnerte ihn an den letzten Kampf und die Wunden, die jeden Menschen getötet hätten.

Vorsichtig öffnete er ein Auge, um zu sehen, ob er von Feinden umringt war. Über ihm wölbten sich die Baumkronen, aus denen noch immer kühle Tropfen herabfielen. Die Nacht war erfüllt von den Stimmen der Kämpfenden, ihrem Schreien und Gebrüll, den Schritten im Schlamm und dem Hämmern der Waffen auf Schilde, aber in seiner unmittelbaren Nähe rührte sich nichts.

Wanargand setzte sich auf. Hinter ihm lag Merog, direkt neben einer kleinen Grube, aus der ein Teil des Gestanks stieg. Wer auch immer sie hergeschleift hatte, war also der Ansicht gewesen, dass ihre Kadaver in die Latrine gehörten. Bei dem Gedanken fletschte Wanargand unwillkürlich die Zähne. *Verfluchte Thebaner!* Er stand auf und wandte sich Merog zu, der sich noch nicht rührte. Erst jetzt sah Wanargand, dass in Merogs Haut blutige Löcher klafften. Seine Wunden schlossen sich nicht. Obwohl er sofort wusste, was es bedeutete, beugte er sich über Merog und sog dessen Witterung ein. Sie hatte sich bereits verändert, war schwächer und säuerlicher als zuvor. Wanargand kannte den Geruch. Sein Freund und Rivale hatte sich auf den Weg zu Harass' Halle gemacht.

Er wich zurück, und das Tier in ihm nieste den Tod aus, scheute die Nähe des Kadavers, der Unheil verhieß. Doch Wanargand widerstand dem Drang, sich rasch zu entfernen. Alle sollten wissen, dass Harass Merog in sein Heer berufen hatte. Sie sollten es wissen und den Freund gemeinsam mit ihm rächen. Furchtlos reckte er die Schnauze gen Himmel und stimmte die Klage über den Verlust des alten Weggefährten an. Er stellte sich vor, wie seine Feinde bei dem Klang schauderten, und heulte noch lauter.

Wie Schatten fanden sich die verbliebenden Wölfe Harass' ein, schnupperten ein letztes Mal an dem Toten, bevor sie in

Wanargands Klage einstimmten. Es musste auf dem ganzen Schlachtfeld, im ganzen Lager zu hören sein, doch kein Thebanerführer sandte seine Männer. Wanargand nahm es als gutes Zeichen. Wenn sie sich nicht um das Geheul scherten, waren sie zu sehr in Bedrängnis. Aber noch fand der Kampf offenbar nur an den Rändern des Lagers statt. Hätten die Reiter ihn nicht längst mitten hineintragen sollen? Abrupt brach er seine Klage ab und lauschte in die Richtung, aus der sie kommen sollten. Die anderen Wölfe Harass' strichen rastlos um ihn herum, horchten und witterten ebenso wie er. Er hörte das Stampfen zahlloser Hufe, Wiehern und Kampflärm, aber sie kamen nicht näher, stürmten das Lager nicht so, wie er es sich vorgestellt hatte. Sogleich erinnerte er sich an den unverrückbaren Schildwall auf der Hohen Au. *Sie brauchen Hilfe.* Ihnen stand eine zu gut geschlossene Streitmacht gegenüber. Ein überraschender Angriff von hinten würde die nötigen Lücken schaffen. Wanargand knurrte und rannte los.

*

Ungebrochen herrisch stand Astur im Kreis seiner Garde. Er gab sich unbeeindruckt, doch in Wahrheit bedrängten ihn seine dunklen Ahnungen immer mehr. Ihm war, als ob sie sich wie Gift in sein Herz schlichen und seine Zuversicht zersetzten. Dass es Seran gelungen war, Teile der Palisade niederzureißen, ärgerte ihn maßlos. Warum fuhr Saronns Speer nicht vom Himmel, um diesen Verräter zu bestrafen? Beim Blut des Opfertiers hatte Seran dem Gott seine Klinge geweiht, und nun schwang er sie gegen Theban, gegen den Kaiser, der ihn in seiner Großmut zu hohem Rang verholfen hatte. *Und gegen mich. Den Mann, den er Vater genannt hat.*

Unwirsch entriss er einem der Sklaven den angereichten Becher und stürzte verdünnten Wein die Kehle hinunter. Es bestand kein Grund zur Sorge. Bislang hielten Karelians Männer Serans Attacke stand und Astur hatte seinen Reitern einen Ausfall befohlen. Sie mochten nicht einmal dreihundert Mann sein, aber er hatte sie angewiesen, sich zum Tor hinaus einen Weg durch die Barbaren zu bahnen, einen Bogen ums Lager zu schlagen und Serans Reitern in den Rücken zu fallen. Dann war Seran zwischen zwei Fronten gefangen, und seine Leute würden den Mut verlieren.

Plötzlich erhob sich Wolfsgeheul, mitten im Lager. Es konnte nicht weit entfernt sein. Sofort rückten seine Leibwächter enger zusammen und hielten die Speere bereit. Mit gerunzelten Brauen versuchte Astur die Dunkelheit jenseits des Laternenscheins zu durchdringen, doch außer glitzernden Regentropfen und den schemenhaften Umrissen der Zelte vermochte er nichts zu erkennen. Weitere Stimmen fielen in die Klage ein. Wie viele dieser Bestien gab es? Hatten die Mataver ein Tor zum Reich der Dämonen geöffnet?

Ebenso unvermittelt, wie es eingesetzt hatte, brach das Geheul wieder ab. Aus zwei Richtungen eilten Schritte herbei. Unwillkürlich spannte sich Astur, vergewisserte sich, dass sein Speer noch in Reichweite an der Zeltwand lehnte. Doch es waren Menschen, die aus Nacht und Regen auftauchten, Botenjungen, die er selbst ausgesandt hatte.

»Bei Valenturs Einheit haben Barbaren die Palisade überwunden!«, rief einer von Weitem.

Noch mehr Hexenwerk! Valentur war schließlich nicht von selbst mit aufgeschlitzter Kehle gefallen. Seine Männer hatten vom Geist der toten Hexe gefaselt. »Lauf zu Karelian! Er soll die Einheit mit den Resten des *Greverischen* verstärken und die Mataver zurückdrängen!«

»Ja, Herr«, schnappte der Junge atemlos und hastete wieder davon.

Der andere stand nun vor Astur und sah ihn trotz der Anstrengung des Laufs mit bleichem Gesicht an. »Die Reiter, Herr …«

Astur erkannte Entsetzen in den dunklen Augen, doch das war nichts Ungewöhnliches, wenn die Jungen ihre ersten Schlachten erlebten.

»Die Barbaren … sie …«

»Sprich endlich!«, fuhr Astur ihn an.

»Es waren zu viele. Sie kamen nicht durch. Die Barbaren haben sie von den Pferden gezerrt und …« Dem Jungen brach die

Stimme, und sein Blick verlor sich im Grauen dessen, was er mitangesehen hatte.

Sie sind alle tot? Eine seltsame Schwäche befiel Astur, ein flaues Gefühl in seinem Magen. Nie zuvor hatte er so etwas während einer Schlacht empfunden. Er war schließlich nicht krank, hatte nichts Falsches gegessen. Rasch richtete er sich auf, damit seine Männer nichts bemerkten. *Deiuthar steh uns bei!* Zum Glück erwartete niemand, dass er zu der Nachricht etwas sagte. *Was nun?* Es gab keine taktischen Möglichkeiten mehr, um das Blatt zu wenden. Er konnte nur noch hier stehen und beten, dass die Männer ihre Stellungen so lange hielten, bis die Wilden angesichts ihrer Verluste den Mut verloren.

»Gebt dem Jungen Wein!«, befahl er den Sklaven, um das bedrückende Schweigen zu durchbrechen.

Er spürte die verstohlenen Blicke der Gardisten, die ahnten, dass ihr Schicksal am seidenen Faden hing. Glorreicher Sieg oder blutiger Tod lagen in den Schalen der Waage, und nur die Götter wussten, zu welcher Seite sie sich neigen würde.

*

Seran zerrte sich den Trageriemen der Lanze über den Kopf. Sein Wurfspeer war im Schild eines Drakonen stecken geblieben und ihm entrissen worden, doch Kromer hatte sich sofort in die Bresche geworfen, um ihn abzuschirmen. Umringt von seinen Männern kam ohnehin kaum noch ein Feind zu ihm durch. Die Leibwächter hatten ihn abgedrängt, bis er sich dort wiederfand, wo der Durchbruch früher gelungen war und sich deshalb schon Reiter vor ihm befanden. Bis er bemerkt hatte, dass genau das Kromers Absicht gewesen war, steckte er bereits im Gedränge fest. Er musste zuschauen, während die Männer vor ihm auf die Drakonen eindrangen, die sich mit ihren Schilden schützten und aus den hinteren Reihen Speere warfen. Da sie für Anlauf zu wenig Platz hatten, trafen sie selten mit tödlicher Wucht, doch jeder Tote schmerzte Seran und steigerte seine Wut. *Es geht viel zu langsam voran!* Für jeden Gefallenen in der ersten Reihe rückte sofort ein Drakone nach, und mit jedem Augenblick, der verrann, schwanden den Kriegern rund um das Lager die Kräfte.

»Vorwärts!«, brüllte er und trieb Aleator vergebens an. Zweifellos hörten seine Männer den Befehl, doch sie konnten ihn nicht besser befolgen, als sie es ohnehin schon taten. Es gab keinen Raum, um Schwung zu holen, und keine Lücke, um sich hineinzuzwängen. Wo Seran auch hinsah, bot sich dasselbe Bild von Reitern, die sich vor den Drakonen drängten und fast mehr gegenseitig behinderten, statt dem Gegner zuzusetzen. »Verdammt!«

»Sieh mal! Da auf dem Wall!«, rief Fjallar hinter ihm.

Seran warf einen Blick über die Schulter, um zu sehen, wo sein Bannerträger hindeutete. An der Ecke des Lagers ging etwas vor. Als seine Reiter dort eingedrungen waren, hatten sie nicht nur die Drakonen vom rückwärtigen Wall vertrieben, sondern auch jene, die den hintersten Abschnitt des seitlichen Walls verteidigen sollten. Das hatten nun offenbar etliche Krieger bemerkt, die bislang vergeblich jene Seite des Lagers angegriffen hatten. Jetzt sprangen und kletterten sie über die Palisade auf den leeren Wehrgang neben den Reitern und attackierten von dort aus die Verteidiger auf den vorderen Abschnitten des Walls. Irgendein Bizen in den Reihen vor Seran brüllte Befehle. Einige der Drakonen, die sich bislang den Reitern entgegengestellt hatten, sprangen auf den Wall, um die Kameraden dort gegen die neue Bedrohung zu unterstützen. Doch auf dem abschüssigen, nassen Untergrund fanden sie nicht genügend Halt. Seran sah, wie sie rutschten und vom Druck des Angriffs rückwärtsgeschoben wurden.

Plötzlich ertönte ein Grollen, das er sofort erkannte. *Die Wölfe Harass'!* Aus den Reihen der Drakonen, die ihnen gegenüberstanden, ertönten Schreie. Vereinzelt löste sich die eben noch streng eingehaltene Ordnung auf. Seran konnte förmlich zusehen, wie diese Stellen auf ihn und seine Reiter zukamen. *Sie schaffen die Lücken für uns!* »Das ist es!«, brüllte er. »Vorwärts, zum Angriff!«

*

Astur kam es vor, als hätte ihm jemand den Boden unter den Füßen weggezogen. Seltsamerweise stand er trotzdem noch zwischen Boten, Leibwächtern und Sklaven, die ihn mit ihren

Blicken geradezu anflehten, sie aus der misslichen Lage zu retten. »Was steht ihr hier noch herum?«, fuhr er sie an. »Nehmt die Waffen in die Hand und kämpft um euer Leben!«

»Meint Ihr das ernst?«, fragte der Anführer seiner Garde. »Wir sollen Euch verlassen?«

»Glaubt ihr, ihr könnt mich allein gegen diese Horden verteidigen, wenn sie erst vor dem Zelt stehen?«, höhnte Astur. »Helft Karelian, sie zurückzudrängen, bevor es zu spät ist!«

Widerstrebend eilten die treuen Männer davon. Vielleicht wussten sie ebenso gut wie er, dass es längst keine Rettung mehr gab. Diese Bestien hatten der Verteidigung Risse beigebracht, die Serans Reiter dann rasch vergrößert hatten. Und je weiter Seran vordrang, desto mehr Krieger strömten zu beiden Seiten über die Palisade. Da sie in der Falle saßen, würden die Drakonen bis zum letzten Blutstropfen kämpfen. Selbst die Sklaven würden es versuchen, bevor es zu Ende ging. *Aber es wird alles nichts nützen.* Verderbte Magie und sein eigener Ziehsohn hatten ihn in die Knie gezwungen. *Drei Drachen sind verloren … Drei!* Es war unfassbar. Der Kaiser würde ihm niemals vergeben. Vor dem Rat würden sie ihn anklagen, der Stadt Theban schweren Schaden zugefügt zu haben. Seine Feinde würden sich an seiner Demütigung weiden und seine Söhne die Achtung vor ihm verlieren. Falls sich die Wilden überhaupt an die alten Sitten hielten und hohen Anführern gegen Lösegeld das Leben schenkten – oder sie als Boten der eigenen Niederlage zum Kaiser schickten.

Wollte er das? Astur starrte in die Nacht, ohne sie zu sehen. Innerlich malte er sich aus, wie er vor dem zornigen Kaiser seine Schande eingestand. Wie sie ihn auf der Straße mit Eiern und fauligem Obst bewarfen. Er hörte schon den Spott und die entrüsteten Vorhaltungen im Rat. Sein Leben würde eine Aneinanderreihung von Erniedrigungen sein. Und seine Söhne würden ebenso darunter leiden müssen, wenn sie sich öffentlich mit ihm zeigten. Vielleicht würde der Kaiser ihm sogar sein Vermögen nehmen, um den Schaden zu begrenzen. Alles, was er erreicht hatte – Ruhm und Respekt als Statthalter und Feldherr –, war nun verloren.

Abrupt wandte sich Astur um und schritt in sein Zelt. »Lasst mich allein! Alle! Und schließt den Eingang!«

Die Sklaven wirkten beunruhigt, aber sie gehorchten. Astur sah ihnen zu, doch er mied ihre Blicke. Obwohl einige, darunter sein Leibsklave, ihm seit vielen Jahren dienten, waren sie nur Sklaven. Sich ihnen anzuvertrauen hätte ihn nur noch mehr erniedrigt. Die Götter hatten ihr Urteil über ihn gesprochen. Er wusste, was zu tun war.

28

Als der Kampf die Zeltgassen erreichte, löste sich die Ordnung der Drakonen endgültig auf. Mal zufällig, mal absichtlich rissen Serans Reiter die Zelte ein, und wo immer eins in sich zusammenfiel, entstand Platz für einen Vorstoß in die gegnerischen Reihen. Beflügelt von der Aussicht auf den nahen Sieg geriet Seran in einen Rausch. Die Welt bestand nur noch aus blitzenden Speeren und regennassen Helmen, aus dem Dröhnen der getroffenen Schilde, dem Splittern von Holz, aus Schmerzen, Schreien und Blut. Aleator und er wirbelten in einem gefährlichen Tanz. Sprung vor, Sprung zur Seite, ausweichen, wenden, zustoßen, zurückreißen, die Erschütterung eines Schlags, das Brennen eines Schnitts. Er spürte Speerschneiden über die Beinschienen schaben. Ohne sie hätte seine Haut in Fetzen gehangen.

Erst als sein Blick das Zelt des Feldherrn streifte, tauchten seine Gedanken aus dem Gemetzel auf. Er ließ sich zurückfallen und andere nahmen sofort seinen Platz ein. Sie brauchten kein tapferes Vorbild mehr, um sich in den Kampf zu stürzen. Auch wenn die Drakonen verzweifelt dagegenhielten, war ihr Schicksal besiegelt.

»Statten wir dem alten Herrn einen Besuch ab«, beschloss Seran und wies Kromer die Richtung.

Sein Freund nickte ernst. »Wird wohl Zeit dafür.«

Umgeben von seinen verbliebenen Leibwächtern ritt Seran auf das große Zelt zu. Aus den Ritzen drang Licht, das es wie eine goldene Aura umgab. Überall tobte der Kampf, nur dieses Zelt schienen Drakonen und Mataver gleichermaßen zu meiden. Als ob es nicht zu dieser Welt gehörte. Aber wo war Asturs Garde?

»Bei Rauwonn! Er hat sich abgesetzt!«, rief Kromer.

»Du meinst, er ist geflohen?« Das konnte Seran nicht glauben. »Er wird sich hinter seine letzten Truppen zurückgezogen haben, um sie von dort aus zu lenken.«

Dennoch zog ihn das Zelt an. Warum war der Eingang geschlossen, wenn es fluchtartig verlassen worden war? Weshalb hatten die Sklaven, die sicher alles Wichtige und Wertvolle mitgenommen hatten, die Laternen zurückgelassen? Als er sich näherte, keimte Misstrauen in ihm auf. »Vielleicht ist es eine Falle.«

Kromer runzelte die Stirn und brummte in seinen Bart.

»Er muss mich hassen«, gab Seran zu bedenken. »Und er weiß, dass ich als Heerführer zu ihm kommen werde, um ihn entweder zu töten oder seine Unterwerfung entgegenzunehmen.«

Nachdenklich nickte Kromer. Sie hatten das Zelt erreicht. Während um sie herum der Kampf tobte, herrschte vor ihnen unwirkliche Stille. Seran stieß seine Lanze in den Boden und sprang ab.

»Lass mich vorangehen!« Hastig schwang sich auch Kromer aus dem Sattel. Die Leibwächter bildeten einen Halbkreis, um Seran zur Schlacht hin abzuschirmen.

»Kommt nicht infrage«, wehrte Seran ab und zog sein Schwert. »Ich muss mich ihm stellen.«

»Dann lass wenigstens mich die Zeltklappe zur Seite ziehen!«, forderte Kromer. Schon eilte er an Seran vorbei und schob den Dorn auf der Rückseite des Kriegshammers zwischen die sich überlappenden Zeltplanen. Mit zum Kampf erhobener Klinge stellte sich Seran vor den Spalt, den Kromer mit einem Ruck aufriss. Die plötzliche Helligkeit blendete ihn. Unwillkürlich hob er den Schild höher und blinzelte ins Licht.

Im Innern des Zelts rührte sich nichts. Kein Sklave, kein junger Nobler war mehr zu sehen. Doch auf dem Boden lag Astur. Obwohl sein Gesicht zu Boden gerichtet war, erkannte Seran ihn sofort. Am grauen Haar, den knochigen Händen, den Stiefeln mit den goldenen Sporen. Eine blutige Klinge ragte aus seinem Rücken. Er hatte die Rüstung abgelegt und sich ins eigene Schwert gestürzt.

»Heiliger Dunar«, hauchte Kromer.

Wie gelähmt stand Seran neben ihm und starrte auf den Toten. Er hatte Streit, bittere Vorwürfe, sogar Kampf erwartet, aber keine Verzweiflung, nicht von Astur. War sein Ziehvater nicht stets nüchtern, ja geradezu gefühllos geblieben? Selbst wenn die Menschen um ihn herum alle außer sich gewesen waren? Astur hatte ihn gelehrt, immer Haltung zu bewahren. Auf die Vernunft zu hören, anstatt sich seinen Gefühlen zu überlassen. Und nun lag dieser Mann vor ihm, hatte seinem Leben aus Scham und Furcht vor dem Verlust der Ehre ein Ende gesetzt.

Zögernd näherte er sich ihm, ging vor ihm in die Knie, streckte die Hand aus und wagte doch nicht, ihn zu berühren. Er hatte kein Recht dazu. Die Hand fiel herab, als hätte seinen Arm die Kraft verlassen. Er hatte ihm das angetan, durch seinen Verrat. Nie hätte er gedacht, dass es Astur so tief treffen würde.

Dieser Mann hat meine Eltern getötet und mir den Bruder genommen!, erinnerte er sich, um seine Schuld zu mindern. Und doch hatte er keinen anderen Vater gekannt. Er hatte zu ihm aufgeblickt, seinem Vorbild nachgeeifert. Er hatte ihn geliebt.

Schwer legte sich Kromers Hand auf seine Schulter und drückte sie verhalten. Er war für ihn da, aber er konnte die Schuld nicht von ihm nehmen. Seran unterdrückte das Schluchzen, das seine Kehle würgte, doch seine Tränen vermochte er nicht aufzuhalten.

*

Drei Tage lang lagerten sie in der Nähe des Schlachtfelds, pflegten die Verwundeten und verbrannten ihre Toten. Seran trauerte um Tjorr und die anderen Gefallenen seiner Garde, um Milos, dessen Leiche er nach langem Suchen auf dem Schlachtfeld fand und mit Garuds und Kromers Hilfe begrub, um Ildingar und alle anderen, die er viel zu kurz gekannt hatte. Im Stillen entschuldigte er sich bei Milos und dankte Tjorr für seine Treue, doch er wagte nicht, mit ihren Geistern zu sprechen. Zu groß war seine Angst, stattdessen plötzlich vor Astur zu stehen, dessen Zorn wie eine Keule auf ihn einprügeln würde. Hatte er nicht getan, was er tun musste? Aber auf Asturs Verständnis durfte er nicht hoffen. Zu sehr hatte er ihn enttäuscht und gedemütigt – vor Kaiser und Rat. Das war Seran nun klar geworden, doch es hätte nichts an seiner Entscheidung geändert.

Die gefallenen Thebaner trugen sie im zerstörten Lager zusammen und überließen es den Aasfressern, sich um das Weitere zu kümmern. Nur Asturs Leiche wickelte Seran sorgfältig in Tücher und bahrte sie auf, bewacht von seinen Männern. Danach fühlte er sich weniger schuldig, aber nicht erleichtert.

Noch stand auch den meisten Kriegern nicht der Sinn danach zu feiern. Das musste warten, bis sie zurück in ihre Heimatdörfer kamen. Aber sie waren stolz auf sich, schritten aufrecht und trugen ihre Beute zur Schau: Zahllose Kettenhemden und Schwerter, Helme und Speere. Viele von ihnen hatten nie zuvor so viel Eisen besessen, und obendrein hatten sie Kupfer- und Silbermünzen in den Geldbeuteln der Drakonen gefunden. Ihre Häuptlinge teilten auch den Inhalt der drei Soldkassen unter ihnen auf und beanspruchten die Besitztümer der noblen Reiter und Offiziere für sich.

»Fasst seine Sachen nicht an!«, hatte Seran sie angefaucht, als sie in Asturs Zelt eingedrungen waren. Er hätte es nicht ertragen, neben dem Leichnam sitzend zuzusehen, wie sie gierig die Sachen seines Ziehvaters durchwühlten. Kromer hatte sie für Seran als Erbe beansprucht, und die Häuptlinge hatten es widerwillig hingenommen.

Als der Abschied nahte, erkannte Seran, dass er ihnen etwas zurückgeben musste. Immerhin hatten sie ihm ihr Vertrauen geschenkt, sich ihm angeschlossen und seinen Plan ausgeführt. Ohne sie und ihre Krieger hätte er die drei Drachen niemals besiegen können. Zum Dank schenkte er Hjörrtrud Asturs Prunkschwert und überließ Sidgran den mit Abbildungen von Drachen verzierten Harnisch der Feldherrenrüstung.

»Du wirst an den Feuern der Warasker stets willkommen sein«, versicherte der nun einäugige Häuptling.

Seran drückte seine Hand in aufrichtiger Freundschaft. Kara musste ihn dafür hassen. Vielleicht hatte diese Hand sogar das Schwert geführt, das ihren Vater getötet hatte, doch Kara war weit fort und Sidgran hier, und sie hatten gemeinsam einen übermächtig scheinenden Gegner bezwungen.

Seran bedachte alle Häuptlinge und auch die Wölfe Harass'. In Asturs Gepäck fanden sich genügend kostbare Waffen, Helme und andere Rüstungsteile, mit Gold beschlagenes Sattelzeug, Weinpokale und Silbergeschirr, um jedem der Beschenkten

Ehre zu erweisen. Nur Wanargand lehnte den mit Achaten besetzten Kelch ab, den Seran ihm zugedacht hatte, weil er ohne Waffen kämpfte. »Ich will seinen Speer. Merogs Blut klebt daran. Ich habe es in jener Nacht gerochen, als ich dich neben der Leiche im Zelt fand.«

Die Waffe war so schlicht, dass Seran sie niemals in Betracht gezogen hätte, aber er erfüllte Wanargands Wunsch und ließ den Speer holen. »Was wirst du damit tun?«

»Ich werde sie Harass opfern und in seinem Hain aufbewahren.«

Seran nickte. Das war sicher in Merogs Sinn.

»Du hast jetzt ein Rudel«, behauptete Wanargand grinsend.

Seran folgte seinem Blick. Er meinte die Leibwächter, die Seran noch immer begleiteten.

*

Von einer kleinen Anhöhe aus blickte Seran über den Elwe nach Denuba hinüber. Obwohl es verglichen mit Theban nur eine kleine Stadt war, besaß sie Tempel und eine Arena. Auch den Palast des Verwalters, der hier im Namen des Provinzstatthalters regierte, konnte er deutlich erkennen. Das prunkvolle Gebäude überragte selbst die großen Häuser der Noblen. Wie winzig ihm dagegen die Dörfer der Mataver vorkamen. Im Grunde besaßen sie nichts, und doch hatten sie mit seiner Hilfe das Heer des Kaisers bezwungen.

»Schon Sehnsucht nach Bädern und Tavernen?«, fragte Kromer zwinkernd.

»In dieser Reihenfolge«, gestand Seran. Ihm war jedoch nicht nach Scherzen. Trotz der duftenden Salböle, in die er Asturs Leichentücher getränkt hatte, hing Verwesungsgestank in der Luft. Der Leichnam lag auf einem von Mulis gezogenen Karren unter einer aufgespannten Stoffbahn, die ihn vor der Sonne schützen sollte, aber das änderte nichts an der spätsommerlichen Hitze, die seit zwei Tagen herrschte. Seitdem war der Gestank immer schlimmer geworden, und Seran konnte es kaum noch erwarten, diese Bürde endlich Adurin zu übergeben.

Am gegenüberliegenden Ufer legte ein Schiff der Elivarflotte ab und überquerte den Fluss. Die Ruderer mussten sich kräftig in die Riemen legen, um nicht zu weit abgetrieben zu werden. Sicher befand sich Adurin an Bord, den zu seinem Schutz zwei, drei Dutzend Drakonen begleiten würden. Seran war froh, dass sein Bruder das Lager auf dem matavischen Ufer bereits aufgegeben hatte, sonst wäre eine weitere Schlacht unvermeidlich gewesen. Adurin hatte es sogar niedergebrannt, um den Elweonen keine befestigte Stellung zu hinterlassen.

»Reiten wir ihm entgegen«, beschloss Seran. Je schneller sie diese Begegnung hinter sich brachten, desto besser. Das Heer aus heimkehrenden Jukanern und Elweonen, mit dem er reiste, hatten sie zurückgelassen, aber es stand in Sichtweite bereit. Als Befehlshaber der verbliebenen Klaue des *Greverischen Drachen* sollte Adurin mit eigenen Augen sehen, dass es allen Verlusten zum Trotz noch immer eine schlagkräftige Streitmacht auf matavischer Seite gab. Nur seine Leibgarde und ein Trupp von Hrotars Jukanern begleiteten Seran Richtung Ufer.

Auch Adurin hatte sein Pferd und zwei berittene Leibwächter mitgebracht, da er wohl vermeiden wollte, wie ein Bittsteller zu Fuß vor ihnen zu stehen. Hinter ihm schritt ein Bannerträger, der jedoch nur die Standarte einer Kralle trug, da das Feldzeichen des *Greverischen Drachen* für Theban verloren war. Die Krieger hatten es bereits beim Angriff auf den marschierenden Drachen größtenteils zerstört. Nur das goldene Drachenhaupt war noch übrig und Ulweig zugesprochen worden, da ihr Eingreifen den Sieg über Kresos bewirkt hatte. Die Jukaner führten die Trophäe mit sich, um sie in ihrer Heimat der großen Seherin zu übergeben.

Für den Kaiser stellte der Verlust der Feldzeichen einen mindestens ebenso herben Schlag dar wie die Vernichtung seiner Truppen. Männer waren ersetzbar, die geweihten Standarten jedoch nicht. Seit der Gründung des jeweiligen Drachen hatten sie die Drakonen auf jedem Feldzug begleitet und standen für die ruhmreiche Vergangenheit, die den Nachfolgenden als Beispiel diente, dem es nachzueifern galt. Ein Drache ohne Feldzeichen besaß weder Würde noch den Segen der Götter. *Wir haben nicht nur ein Heer besiegt, sondern tatsächlich drei Drachen getötet.* Dafür musste der Kaiser sie ganz besonders hassen.

Auch Adurins Blick verriet Hass. Seran hatte es befürchtet, aber in die feindseligen Augen zu sehen, war nicht dasselbe. Erst jetzt spürte er den Schmerz über den Verlust seines Bruders mit aller Macht. Adurin würde ihm niemals vergeben. Dazu war sein Verrat zu groß.

Grußlos zügelte Adurin sein Pferd und starrte ihn an. Seran wusste nichts zu sagen. Sein Bruder würde jedes Wort in der Luft zerpflücken.

»Ich habe deine Nachricht erhalten.« Adurin klang kalt und zu Serans Erstaunen stotterte er nicht. »Bist du nur hier, um mir Vaters Leiche zu übergeben, oder willst du den Rest des *Greverischen* auch noch auslöschen?«

»Ich habe Vater nicht getötet und erst recht nicht vor, dich umzubringen«, erwiderte Seran.

»Wag es nie wieder, ihn Vater zu nennen!«, fuhr Adurin auf. »Du bist sein Mörder! Du und der andere miese Verräter, den du ihm schon immer vorgezogen hast!« Er sah Kromer an, der daraufhin an Serans Seite kam.

»Ich habe mehr Zeit mit euch verbracht als euer Vater, viele Jahre lang«, gab Kromer zurück. »Er hat mich gut dafür bezahlt, aber ich bin nicht sein Sklave. Es war mein Recht, frei darüber zu entscheiden, wem ich die Treue halten will, und Seran steht mir nun einmal näher. Du weißt sehr genau, warum.«

Adurin sah ihn nur zornig an, bevor er sich wieder Seran zuwandte.

»Ich bin *nicht* sein Mörder«, betonte Seran. »Ich wollte ihn nur zur Rede stellen und dann ziehen lassen. Aber wie ich dir schon geschrieben habe, hat er sich vorher das Leben genommen.«

»Selbst wenn das stimmt, ist es immer noch deine Schuld!«, rief Adurin. »Du hast das Schwert gegen ihn erhoben! Gegen den Mann, der dich wie seine eigenen Söhne aufgezogen hat!«

»Das war er mir verdammt noch mal auch schuldig! *Seine* Männer haben meine wahren Eltern getötet! Er hat mich von meinem Bruder getrennt, der deshalb als Sklave sterben musste. Es ging ihm nur darum, mich als Werkzeug für die Unterwerfung meines eigenen Volks zu benutzen! Kromer kann es bezeugen.«

»Das Wort eines Verräters«, wehrte Adurin ab. »Menschen sterben im Krieg, und ihre Kinder werden Sklaven. So haben es die Götter eingerichtet. Du hast dich nie darüber beschwert, von unseren Sklaven bedient zu werden!«

»Weil ich es nicht besser wusste«, verteidigte sich Seran.

»Erspar mir deine lächerlichen Rechtfertigungen und gib mir endlich Vaters Leiche!«

Seran wollte weiterreden, wollte Adurin irgendwie begreiflich machen, dass er richtig gehandelt hatte, aber die Miene seines Bruders verriet, dass er nicht zuhören würde. Er sah nur den Verrat – und dass sein Vater tot war. Widerwillig schluckte Seran seine Antwort und bedeutete dem Mann, der den Karren lenkte, zu Adurin zu fahren. Sein Ziehbruder hatte einen Sklaven mitgebracht, der das Gespann übernahm. Rumpelnd machte sich das Gefährt auf den Weg zum Ufer, und Seran blickte der eingewickelten Leiche nach. *Hast du jemals Reue darüber empfunden, was du uns angetan hast?* Plötzlich empfand er selbst Reue und bedauerte, dass er sich nicht getraut hatte, mit Asturs Geist zu sprechen.

»Ich wünsche dir und deinem Bruder nichts Schlechtes«, ergriff Kromer noch einmal das Wort. »Mögen eure Götter euch gewogen sein und euch beschützen.«

Adurin antwortete nicht. Stattdessen musterte er Seran. Mit einem Mal wurde sich Seran seines veränderten Äußeren bewusst, des kurzen Vollbarts, der neuen Narben, der nach den Kämpfen geflickten Hose und Tunika.

»Du bist nicht mehr der Seran, den ich kannte«, stellte Adurin fest. »Baleos hatte recht. Du bist ein Barbar, der nie wirklich in unsere Familie gehört hat.«

Die Worte trafen. Sie schmerzten so sehr, dass Seran stumm blieb.

»Baleos war schon immer eine eifersüchtige Kröte«, befand Kromer. »Aber von dir hätte ich mehr erwartet.«

»Lass gut sein«, bat Seran. »Ich will nicht noch mehr Streit.«

»Das hättest du dir vorher überlegen sollen«, drohte Adurin. »Ich mag kein Mann des Schwerts sein, aber ich schwöre bei allen Göttern: Für diesen Verrat wirst du bezahlen!«

Epilog

»Nichts gegen Kromer«, raunte Fjallar und lugte über seine Schulter, ob der Zwerg ihn hören konnte. »Aber ist es nicht ein bisschen vertrauensselig, ausgerechnet den Zwerg das Gold tragen zu lassen?«

Seran grinste und sah sich ebenfalls nach seinem alten Freund um, doch Kromer war mit Andrim in ein Gespräch vertieft. Einträchtig liefen die beiden auf dem schmalen Bohlenweg durch den Sumpf nebeneinander, und die größte Gefahr schien ihm, dass die schwere Truhe mit dem Gold des Kaisers über den Wegrand hinausragte, weil Kromer sie sich unter den Arm geklemmt hatte. Es erstaunte ihn immer wieder, wie viel Kraft sein Freund besaß. »Kromer ist die treueste Seele, die ich kenne. Und der Einzige, der das Ding schleppt, ohne zu murren.«

»Das könnte daran liegen, dass er es ein bisschen zu gern tut«, fürchtete Fjallar.

»Und könnte dein Misstrauen daran liegen, dass du dein Gold beim Würfeln an ihn verloren hast?«

»Hm.«

Belustigt schüttelte Seran den Kopf. Kromers Würfel und die Vorurteile der Mataver gegenüber Zwergen passten einfach zu gut zusammen. Vielleicht sollte er Fjallar ein zweites Goldstück geben, auch wenn sich kaum noch Münzen in der Truhe befanden. Immerhin hatte Fjallars Rat, das Gold als Sühnegeld für den Tod seiner Familie und des halben Stamms zu verlangen, ihm diesen Schatz erst eingebracht. Da Astur als Heerführer für das Massaker an den Andanen verantwortlich gewesen war, hatten die Häuptlinge Serans Anspruch anerkannt. Um genügend Goldstücke zu erhalten, hatte Seran die Münzen mit Kromers Hilfe geviertelt und als letzten Sold unter seinen Reitern aufgeteilt. *Tharians Stolz* war aufgelöst, die meisten Männer waren unterwegs in ihre Heimat, zu Verwandten und Freunden, die sie seit Jahren nicht gesehen hatten. Warum Fjallar, Andrim und einige andere lieber bei Seran blieben, sagten sie nicht und er wollte nicht fragen. Wenn die Zeit dafür reif war, würden sie es ihm verraten. Vielleicht besaßen sie ähnliche Geheimnisse wie Tjorr, den Seran vermisste, obwohl er so wortkarg gewesen war.

Doch heute war kein Tag für trübselige Gedanken. Selbst die Bohlen des Stegs schienen beschwingt unter seinen Füßen zu federn. Er hatte die wenigen Andanen, die sich dem Heer angeschlossen hatten, zurück an den Wagar begleitet und befand sich nun auf dem Weg zu Awas Dorf. Dass sie zurückkehrten, hatte sich in der Gegend bereits herumgesprochen, und überall waren sie mit Jubel und Ehren empfangen worden.

»Sie kommen!«, rief eine helle Stimme irgendwo vor ihnen im Schilf. »Die Krieger kommen zurück!«

Seran erkannte das kleine Pfahldorf kaum wieder. Dieselben Menschen, die ihn so abweisend behandelt hatten, eilten nun aufgeregt herbei, lachten und schlossen ihre Freunde und Angehörigen in die Arme. Selbst ihm und seinen Männern wurde wohlwollend auf die Schultern geklopft. Fremde reichten ihnen Bier und kündigten ein Fest an.

»Askar!«, ertönte Awas Stimme. »Willkommen bei deinem Volk!« Überschwänglich umarmte sie Seran und lächelte so strahlend, dass der verbitterte Zug für einen Moment aus ihrer Miene verschwand. »Komm! Du kannst deine Sachen bei mir ablegen.«

Seran bedeutete Kromer mitzukommen und folgte Awa in ihre Hütte. Während sie Waffen und Schilde, ihre Bündel und die Truhe abstellten, kauerte Awa neben dem aufgeschichteten Brennholz in der Nähe des Herdfeuers und zerrte etwas Längliches unter dem Stapel hervor.

»Du hast deinem Stamm neue Hoffnung gegeben. Deine Eltern wären stolz auf dich«, versicherte sie Seran und reichte ihm den in Lumpen gewickelten Gegenstand.

Sobald Seran die Hände darumlegte, wusste er, dass sich ein Schwert darin verbarg. »Ist das ... Gehörte es meinem Vater?«

Awa schüttelte den Kopf. »Gera hat es von deinem Großvater bekommen. Nachdem sie tot war, ging ich in euer Haus, um es zu holen. Ich wusste, wo es versteckt war. Wir waren gute Freundinnen, deine Mutter und ich.« Ihr Blick verlor sich in den

Weiten der Vergangenheit. »Gemeinsam haben wir in Wárs Hain gedient und von den Älteren gelernt. Schöne Sommer waren das …« Die Stimme versagte ihr. In ihren Augen schimmerten Tränen.

Seran wechselte einen beklommenen Blick mit Kromer, doch dann siegte seine Neugier. Ehrfürchtig befreite er die Waffe von den Stofffetzen, aus denen Späne und Staub rieselten. Darunter kam eine enttäuschend schlichte Lederscheide zum Vorschein, speckig und abgewetzt von langem Gebrauch. Umso mehr versetzte ihn der Schwertgriff in Erstaunen. Im ersten Moment kam es ihm vor, als bestünde das Heft aus purem Gold, doch dann erkannte er am rötlichen Schimmer, dass es Bronze sein musste. Wie konnte das Schwert so alt sein und dennoch so hell glänzen? Dickere Ringe aus einem ebenso glatten, aber dunklen Material, das er nicht einordnen konnte, verliehen der Hand den nötigen Halt. Zögernd legte er die Finger darum und zog die Klinge heraus.

»Heiliger Dunar!«, entfuhr es Kromer.

Auch die Klinge schimmerte im selben rotgoldenen Ton. Seran sah sein Gesicht darin gespiegelt. Und obwohl das Schwert offensichtlich aus Bronze bestand, war die Schneide schärfer als jede Stahlklinge, die er je in Händen gehalten hatte.

»Entweder hast du es täglich poliert oder dieses Schwert wurde erst gestern gefertigt«, befand Kromer.

»Ich habe es niemals angerührt«, behauptete Awa. »Wenn es jemand gesehen hätte, wären vielleicht Begehrlichkeiten aufgekommen.«

»Unmöglich«, protestierte Kromer. »Darf ich mal sehen?« Er streckte die Hände aus und Seran legte das Schwert vorsichtig hinein.

»Ein Schwert für Zauberer«, erklärte Awa. »Es wurde schon lange in deiner Familie weitergegeben. So kannst du kämpfen, ohne die Magie zu stören.«

Und weitere Kämpfe stehen uns gewiss bevor. Kromer hatte sicher recht mit seiner Warnung vor der Vergeltung des Kaisers. Baleos würde keine Ruhe geben, bis ihm Erman Gelegenheit zur Rache verschaffte.

Kromer drehte und wendete das Schwert, blickte die Schneiden entlang und hielt sich alle möglichen Stellen näher vor die Augen, begutachtete sie mal mit gerunzelten, mal mit überrascht gehobenen Brauen. Schließlich schüttelte er den Kopf und gab es Seran zurück. »Ich weiß nicht, was das ist, aber ein Zwerg hat es nicht gefertigt. Und erst recht kein Mensch. So viel ist sicher.«

Verblüfft betrachtete Seran die Waffe noch einmal. Sie war makellos und das trotz ihres Alters, aber ansonsten …

»Es gibt keine Nahtstelle, keine Ritze, wo die Teile aneinandergefügt wurden. Da ist nichts genietet oder gehämmert oder …« Kromer verstummte und hob ratlos die Hände.

Awa zuckte mit den Schultern. »Jetzt wollen wir nicht länger ans Kämpfen denken«, entschied sie. »Raus mit euch! Wir haben nicht den ganzen Tag gebraten und gebacken, damit ihr stundenlang ein Schwert bewundert.«

Lächelnd verbarg Seran es wieder in den Lumpen. Draußen erklangen Flötenspiel und Gesang. »Sie hat recht«, sagte er und schob seinen verwirrten Freund mit zur Tür. »Genug von Schlachten und Schwertern. Heute wollen wir feiern!«

Personen

Mataver (nach Stämmen):
Andanen:
Hlewar, Häuptling der Andanen, Vater von Askar und Adagis
Gera, Hlewars Frau
Kayo (ursprünglich Adagis), Sohn Hlewars, Sklave in Theban
Seran (ursprünglich Askar), Sohn Hlewars, Ziehsohn Asturs
Tanngrid, Andanenkriegerin
Oglan, verwitweter Fischer
Reginn, berühmter Gladiator in Theban
Awa, alte Heilerin
Galech, Awas Enkel

Rutaver:
Swarann, Gladiatorenschüler in Theban

Elweonen:
Geitla, angehende Priesterin Wárs
Wardrun, Zauberin und Priesterin Wárs
Alwila, elfenblütige Zauberin und Priesterin Wárs
Röskwe, junge Priesterin der Göttin Wár
Umbrik, ein Wolf Harass'
Rekkared, Kriegshäuptling der Elweonen
Ildingar, Bizen in *Tharians Stolz*
Andrim, Mitglied von Serans Leibgarde
Wáras, Zauberer und Alwilas Bruder

Jukaner:
Leubwin, jüngster matavischer Bizen in *Tharians Stolz*
Ulweig, Seherin und Zauberin
Hrotar, ältester Bizen in *Tharians Stolz*
Fjallar, Serans Bannerträger

Amunduren:
Habard, Krieger und Vertrauter König Gormunds

Gormund, König der Amunduren
Egther, alter Bauer und Familienoberhaupt
Haera, Ethgers Frau

Sechonen:
(Af-)Kara, Schwurkriegerin, Tochter König Eormendars
Hrimgard, Schwurkriegerin, Vertraute und Vorbild Karas
Eormendar, König der Sechonen

Warasker:
Gerol, selbst ernannter König der Warasker
Wanargand, ein Wolf Harass'
Tjorr, Ausgestoßener, Mitglied von Serans Leibgarde
Sidgran, Gerols Nachfolger als Häuptling

Sewenen:
Einohr, Späher im Dienst König Deriks/Deriges'

Uthonen:
Janner, Reiter in *Tharians Stolz*
Hjörrtrud, Anführerin der uthonischen Reiterkrieger

Thebaner:
Daimean aus dem Haus Darion, Kayos Eigentümer
Lizina, Daimeans Frau und Kayos Herrin
Nioba, Sklavin in Daimeans Haushalt
Rados, Sklave in Daimeans Haushalt, mit Kayo befreundet
Donisia, Lizinas reiche Schwester
Ardoso, Truppführer einer desmanaischen Reitereinheit
Garud, Sklave und Serans Pferdeknecht
Milos, Serans Leibsklave
Astur aus dem Haus Aurel, Heerführer und Serans Ziehvater
Baleos, Asturs älterer Sohn, Serans Ziehbruder
Adurin, Asturs jüngerer Sohn, Serans Ziehbruder
Vareas aus dem Haus Talas, entfernter Verwandter Asturs
Malasar, neureicher Holzhändler

Erman aus dem Haus Themenor, Kaiser von Theban
Syrakon aus dem Haus Themenor, Ermans vertrautester Ratgeber
Akero aus dem Haus Alban, Reiterführer des *Tharians Stolz*
Valentur aus dem Haus Borias, Bizen in *Saskallas' Speer*
Arauno, Übersetzer aus Serika in *Saskallas' Speer*
Deriges/Derik aus dem Haus Themenor, Neffe Kaiser Ermans, Statthalter Sevenas
Esernos aus dem Haus Talas, vom Kaiser gesandter Ratgeber Deriks
Ordechan, Bizen der Reiterei in *Tharians Stolz*
Kresos, Dezen und Lagerkommandant im *Greverischen Drachen*
Karelian, Dezen in *Saskallas' Speer*

Zwerge:
Kromer, Serans Waffenmeister

ENTDECKE
NEUE WELTEN
MIT PIPER FANTASY
Mach mit und gestalte deine eigene Welt!
PIPER
www.piper-fantasy.de